独角兽书系

GEORGE R.R. MARTIN

火星复古科幻

OLD MARS

【美】乔治·R. R. 马丁　加德纳·多佐伊斯／编
林南山　程景飒／译

重庆出版集团　重庆出版社

OLD MARS

Copyright © 2013 EDITED BY GEORGE R.R.MARTIN AND GARDNER DOZOIS
This edition arranged with THE BANTAM DELL PUBLISHING GROUP
through Big Apple Agency, Inc., Labuan, Malaysia.
Simplified Chinese edition copyright © 2017 Chongqing Publishing House Co., Ltd
All rights reserved.

版贸核渝字（2014）第60号

图书在版编目(CIP)数据

火星复古科幻 /（美）乔治·R.R.马丁，（美）加德纳·多佐伊斯编；
林南山，程景飒译 . —重庆：重庆出版社，2017.6
ISBN 978-7-229-09770-7

Ⅰ.①火… Ⅱ.①乔… ②加… ③林… ④程… Ⅲ.①科学幻想小说—小说集—
美国—现代 Ⅳ.① I712.45

中国版本图书馆 CIP 数据核字（2017）第 022642 号

火星复古科幻
HUOXING FUGU KEHUAN

【美】乔治·R.R.马丁　加德纳·多佐伊斯　编
林南山　程景飒　译

责任编辑：邹　禾　唐弋淄
装帧设计：谢颖设计工作室
封面图案设计：罗　烜
责任校对：朱彦谚

重庆出版集团 出版
重庆出版社

重庆市南岸区南滨路 162 号 1 幢　邮政编码：400061　http://www.cqph.com
重庆出版社艺术设计有限公司　制版
重庆市国丰印务有限责任公司　印刷
重庆出版集团图书发行有限责任公司　发行
E-mail:fxchu@cqph.com　邮购电话：023-61520646
重庆出版社天猫旗舰店
cqcbs.tmall.com
全国新华书店经销

开本：890mm×1230mm　1/32　印张：14.5　字数：365 千
2017 年 6 月第 1 版　2017 年 6 月第 1 次印刷
ISBN 978-7-229-09770-7
定价：60.00 元

如有印装问题，请向本集团图书发行有限责任公司调换：023-61520678

版权所有　侵权必究

目录 Contents

从红星到蓝星	乔治·R.R.马丁	
火星之血	艾伦·M.斯蒂尔/著 程景飒/译	2
丑小鸭	马修·休斯/著 程景飒/译	28
火星探险号的残骸	戴维·D.莱文/著 程景飒/译	52
扎图坎的剑	S.M.斯特灵/著 程景飒/译	86
浅滩	玛丽·罗森布鲁姆/著 程景飒/译	113
火星列王之墓	迈克·雷斯尼克/著 程景飒/译	144
穿越斯卡莱特	莉斯·威廉姆斯/著 程景飒/译	185

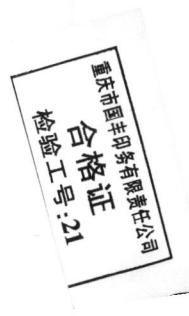

死海底之轴	霍华德·沃德罗普/著 程景飒/译	206
无耻之徒	詹姆斯·S.A.科里/著 程景飒/译	216
写在尘埃里	梅琳达·M.斯诺德格拉斯/著 程景飒/译	242
消失的运河	迈克尔·穆考克/著 林南山/译	274
太阳石	菲利斯·爱森斯坦/著 林南山/译	316
金家人的传奇冒险	乔·R.兰斯代尔/著 林南山/译	349
水手	克里斯·罗伯逊/著 林南山/译	373
夜之女王的咏叹调	伊恩·麦克唐纳/著 林南山/译	400

从红星到蓝星

——乔治·R.R.马丁

曾经有一颗叫作火星的行星。那里满是红色的沙地,交错的水道,充满了无尽的冒险。至今我还清楚地记得它,孩提时代我经常去那里。

我出身蓝领,生长在新泽西的贝永,家境普通,住在联邦政府提供的公屋,没有车,不能经常四处游玩。公屋在第一大道,而我的学校在第五大道,这笔直的主干道上短短的五个街区就是我的童年世界。

即便如此,这也不重要,我还有其他的世界。我是一个贪婪的读者,最开始是漫画(以超级英雄的居多,也有一些经典插画集和迪士尼的东西),然后是一些平装的廉价书(科幻、惊悚、奇幻小说,带点谋杀悬疑的、冒险奇谈的、历史的故事),窝在我最喜欢的椅子上,翻动着书页,思绪便去了更加宽广的远方。

我和超人一起冲上了梅特罗波利斯的摩天大楼,和蝙蝠侠一起在哥谭市除暴安良,和蜘蛛侠一起穿梭在曼哈顿的高楼大厦之间;我和朗·约翰·西尔弗还有罗伯特·路易斯·史蒂文森一起在南太平洋扬帆远行,和潜水侠、纳摩王子一起潜行;史高治·麦克老鸭把我带到非洲深处去寻找所罗门的宝藏,而H.瑞德·哈尔德又把我拉回这里;我虚张声势地和大仲马笔下的三个火枪手一起对抗红衣主教的爪牙,和盲眼的吟游诗人雷斯灵以及罗伯特·A.海因莱因一起在青山翠谷间纵情歌唱,和杰克·万斯一起穿梭在各大行星,和艾萨克·阿西莫夫一起奔跑在钢铁都市,和J.R.R.托尔金一起直面摩瑞亚矿坑里未知的恐惧。书籍成了我来往于神话大陆和虚构之境的通行证,从阿拉吉斯到川陀,从米纳斯蒂里斯到歌门鬼城,从奥兹国到香格里拉……

……它也让我徜徉在太阳系的大小行星和卫星之间——冰冻了的冥王星(那时候它还是颗行星呢),在那里太阳也不过只是颗明亮的星

OLD MARS

星；土星和围绕它的光环，头顶上的土卫六；永远面对太阳的水星，那是只有日夜交替时才能让生命存活的地方；还有强大的木星，它巨大的引力让其居民比人类强壮一百倍；笼罩在云层之下的金星，蹼足的土著（金星人或者金种人，随你怎么讲）在腐臭炽热的沼泽里狩猎着恐龙。

还有火星。

成年以后，我认识到比起穿过曼哈顿只有十五分钟车程的纽约，火星才是我常去的地方。通常我们会在圣诞节去纽约，去看无线电城音乐厅的节日秀，在时代广场的 Horn & Hardart 自助餐厅吃饭。这差不多就是我所了解的纽约了。（是的，还有帝国大厦和自由女神像，但直到 20 世纪 70 年代搬离新泽西我都没去过。）

但是，火星……我彻彻底底了解的火星。这荒凉的星球，这干燥、严寒的红色星球（当然），它曾见证了千年文明的兴亡。火星人，这古老神秘、充满智慧的遗族，有时满怀恶意，有时又心存仁善。火星大陆上满是陌生狂暴的野兽（八脚兽！萨克人！沙鼠！），呼啸的风，高耸延绵的山脉，广阔的红色沙海上干涸的运河纵横交错，残破古城里每个神秘的角落都值得去探险。

火星在我这等凡俗之人眼里有一种特别的魔力。它是独具匠心的天体，太古的神奇五人组（还有水星、金星、木星和土星），是拒绝和其他星星同步的流浪者，在苍穹之上，它们形成了自己的轨迹。火星是红色的，在古人的裸眼里它清晰可见；那是血与火的颜色。因此《罗马书》里会以战神之名为它命名也不足为奇了。伽利略曾在望远镜里观察过它，卡西尼号展示了 1666 年它的极地冰盖，阿萨夫·霍尔在 1877 年发现的火卫一和战神次子星火卫二让这颗红色星球受到了更多的关注……意大利天文学家乔凡尼·斯基亚帕雷利宣布观测到了火星上的"运河"更是引发了人类强烈的探究欲望。

事实上，斯基亚帕雷利把在火星表面观测到的暗线称为"水道"，而在英文报告里它被误译成了"运河"。这些水道是天然形成的；而运河则是人工制造的。而 1877 年正是处于人工运河走入公众视野的年代：建于 1825 年的伊利运河在美国的西部扩张史里起到了关键作用；1869 年开放的苏伊士运河连接起了地中海和印度洋；稍后的 1881 年法国人开始建造巴拿马运河，而这条运河最终在 1914 年由美国人修建完成。

这些都是浩大的工程，是现代工程学创造出的奇迹，而如果火星上也有运河……那么，无疑那也应该有运河的建造者。毫无疑问那也应该存在火星人。

而在数年之后当赫伯特·乔治·威尔斯坐下来开始构思有关外星人入侵的"科学罗曼史"《世界大战》时，他顺理成章地把寻找入侵者的目光投向了这颗红色的星球。"穿过虚空，"威尔斯写道，"某些意识接触到了我们的思想，而我们的脑海里也感受到了这些死气沉沉，却智慧过人的野兽，他们嫉恨的目光冰冷无情地打量着地球，慢慢而坚定地计划着把我们一网打尽。"

斯基亚帕雷利的言论引起小说家浓厚兴趣的同时也引发了科学家的关注。特别值得一提的是美国科学家帕西瓦尔·罗威尔。罗威尔在亚利桑那州旗杆镇瞭望台的天文望远镜号称比斯基亚帕雷利在米兰天文台的更大，观测时受到的光污染也更少。他用这些望远镜对火星进行观测……并宣称，那不是"水道"，而是"运河"。

火星成为了罗威尔的最爱。终其余生，他对这颗红色星球进行了广泛研究，而每次观测都有新发现，并绘制出了火星表面翔实复杂的地形图，包括运河，并行运河和绿洲。他刊登了自己的发现和理论，出版了三本非常受欢迎的著作：《火星》（1895）、《火星和它的运河》（1906）、《生命繁衍之地，火星》（1908），还发表了运河学说——长而直，明显的人工痕迹，由火星上的种族建造，用来从极地冰盖引水灌溉他们辽阔的不毛之地。

其他的天文学家同样把望远镜投向了火星。有些人观测到了罗威

OLD MARS

尔的运河,这至少在某种意义上证实了他的发现。有些则仅仅观测到了斯基亚帕雷利的水道,认为那只是自然地貌。有些什么都没有观测到,坚称运河只是光幻觉。总的来说,天文学界对罗威尔和他的观测结果持怀疑态度……但他提出的火星运河和火星文明理论已经深深植根于公众意识。

特别是在小说家的心里。

赫伯特·乔治·威尔斯创造出了火星人的世界,但他却从没把我们带到过火星。他把这个任务交给了一个名声不显的作家加勒特·P.塞维斯,此人在1898年出版了一本《世界大战》的续集《爱迪生征服火星之旅》。虽然本书如今已经泯然众人,但在当年却是风行一时,具有相当的影响力,它首次带领读者跨越时空来到这颗红色星球,那里有两个月亮,狂风阵阵的沙漠,还有斯基亚帕雷利的水道。这位作家真正确立了火星上的生命画卷,确立了基本框架,鼓舞了一代代科幻小说作家投身其中,造福了成千上万像我这样的读者。

"平凡的豆子[①]",1911年一个年青人把自己的小说寄给 The All-Story 杂志的编辑时,他这样称呼自己。有人觉得这是个排印错误(并不是),而1912年2月连载《在火星的月亮下》时则署名为"诺曼·宾(Norman Bean)"。笔名背后他的真名是埃德加·赖斯·巴勒斯。而这篇名为《火星公主》的连载在1917年集结成集再次出版。打着这个名头,在整整一个世纪它被一再再版,催生了无数的续集,衍生,跟风之作。

巴松是埃德加·赖斯·巴勒斯笔下的火星人(红绿都是[②])对这颗垂死的沙漠之星的称呼。巴勒斯采取了罗威尔的观点,并发扬光大,在这红色星球上创造出萨克人、八脚兽、飞船,创造出镭射枪、白猿、大气

[①] 原文为 Normal Pea。
[②] 小说里的两个种族。

中的植物,创造出勇敢无畏的剑客,仅着珠宝的卵生公主。尽管埃德加·赖斯·巴勒斯从来不是一位伟大的作家,但他是一位大师级的讲述者,他塑造出了约翰·卡特和德贾·托里斯两个角色,深受一代又一代读者的喜爱推崇,该书受欢迎的程度仅次于他的另一部作品《森林之王泰山》。在随后的半个世纪,出现了不下十部关于巴松的跟风作品,有一些是关于约翰·卡特的,有一些是其他角色……由始至终,巴勒斯所塑造的火星,那片土地和人民,成为了一个真实的星球系列。

巴松属于他,也仅属于他。而帕西瓦尔·罗威尔的著作和理论却给予了所有人灵感——奥蒂斯·阿德尔伯特·克莱恩、斯坦利·G.威因鲍姆、C.S.路易斯、杰克·威廉森、埃德蒙·汉密尔顿,还有无数其他的作家很快都构建出自己的火星和原住民。尽管 E.E. 博士·史密斯也曾把目光投向其他星系,并在 1928 年出版了科幻小说《宇宙云雀号》,但也只有少数他的跟风者追随。从 20 世纪 20 年代到 60 年代,大多数跟风的作者仍然选择待在家门口,在太阳系,每个行星、每颗卫星、每粒小行星,各种外来生物层出不穷。

在科幻小说的全盛时期,有多少发生在火星上的故事?绝对数以百计,也许成千。上万?有可能。我能列出来更多么?当然可以。诚然,许多故事都容易被遗忘也已经被遗忘,但是每个故事,就算是最短最差的那些,都让我们更加熟悉这颗红色星球,让它变得更加真实。但我孩提时代的那颗火星,却不是来自于赫伯特·乔治·威尔斯或者帕西瓦尔·罗威尔,甚至是埃德加·赖斯·巴勒斯的虚构。尽管他们也有着不容忽视的重要影响,它是许多不同作者作品的混合体,每个人都添上了自己独特的一笔,数十年里它们交织在一起,最终呈现出一致的风貌。这个世界构建于每个人,却又不为任何人所独有。

那就是我的火星。在最初,我还是个孩子时,我从未读过巴勒斯的小说(迷恋上它们是在很久很久之后,那时我已经五十多岁了),但是我爱上了关于巴松的作品。我第一次拜访火星,是在青少年经典读物

OLD MARS

（今天我们称为青春读物）里北极星号船员——太空人汤姆·科比特、阿斯特罗、罗杰·曼宁的陪同下完成的，他们来自于根据罗伯特·A.海因莱因的小说《太空军校生》改编的电视剧《太空军校生汤姆·科比特》。海因莱因的另一本青少年读物《红色星球》则把我带入了多少有些不同的火星。安德烈·诺顿和她的《幽灵安德鲁·诺斯》让我认识到了可怕的火星沙鼠。在禁酒的城镇里，我和C. L. 摩尔笔下的诺斯维斯特·史密斯一起面对"太空魔女"。然后是李·布拉克特和他伟大的太空歌剧英雄埃里克·约翰·斯塔克。后来再年长些，我遇到了《火星纪事》和雷·布莱伯利笔下呈现出的与众不同的古老火星，相较于冒险故事，它更像是一首挽歌，但却如此神奇，如此让人难以忘怀。

罗杰·泽拉兹尼萦绕在心头的诗歌《为传道者绽放的玫瑰》，也许是构建火星的最后一部著作。这部在1963年11月由幻想与科学杂志出版的泽拉兹尼小说已然成为经典。（泽拉兹尼还著有关于古老金星的最后一部著作——星云奖获奖作品《脸上的门，口中的灯》。）

在遇到布拉德伯利和泽拉兹尼的作品之前，我已经在创作自己的故事。早期成就是20世纪60年代为漫画杂志撰写的超级英雄故事，但很快便转向剑和巫术的玄幻和奇幻科幻小说，开始梦想成为一名有所建树的作家。某天，我突发奇想，我可以写一部自己的火星传奇。

这并不容易。泽拉兹尼也正在写他关于古老火星和金星的故事，太空竞赛如火如荼。为此我在公寓里盯着古旧的黑白电视机观看了每一次人工发射，我看到了新纪元的曙光，科幻小说里的梦想终成真。最开始是斯普特尼号、前锋号、探险者号，紧接着是水星计划、双子座计划、阿波罗计划。

尤里·加加林、艾伦·谢泼德、约翰·格伦。

还有水手计划……噢，水手计划……

正是水手计划终结了古老火星的荣耀年代……还有它的姐妹星——那个潮湿多雨，拥有被淹没的城市、无尽的沼泽、蹼足原住民的古老金星。在三个半月的太空飞行之后到达金星的水手 2 号(发射于 1962 年 8 月),是第一个成功定点飞越的近地行星探测器。水手 4 号(发射于 1964 年 11 月)同样成功抵达火星。水手 5 号(发射于 1967 年 6 月)又是一个金星探测器。水手 6 号(发射于 1969 年 2 月)和水手 7 号(发射于 1969 年 3 月)则是一对姊妹探测器。水手 8 号发射失败,而它的姊妹船水手 9 号(发射于 1971 年 5 月)在当年的 11 月进入火星轨道,加入火卫一和火卫二,成为第三颗火星卫星,也是红色星球的第一颗人造卫星。水手 10 号,最后的计划成员,不仅巡测了金星,也探测了水星……证明了这颗太阳系最里层的行星并不如预想的那样,事实如此,只有一面朝着太阳。

这都是惊人的发现,只是……

NASA① 发现的那个火星并不是帕西瓦尔·罗威尔和埃德加·赖斯·巴勒斯的那个火星,也不是李·布拉克特和 C. L. 摩尔的那个。水手探测器没有发现城市的迹象,现存的、废弃的、破败的,统统都没有。没有萨克人,没有八脚兽,没有任何火星人的色彩或是颜色。罗威尔的人工运河网并不存在,斯基亚帕雷利的"水道"同样不存在。取而代之的是各种环形山;真实的火星比起巴松更像是月球。而金星……云层之下,不是沼泽,也没有恐龙和蹼足的原住民。它是有毒的地狱,被含硫的大气所包围,表面遍布着火山岩,拥有人类无法生存的高温环境。

水手号的发现振奋了全世界的科学家,并绘出了里层行星详细精确的景色,但对于和我一样的科幻小说的作者和读者,激动里却混杂着幻灭和沮丧。这不是我们想要的火星。这不是我们幻想里的金星。

我从没写过火星的故事,也没写过金星的,水星的,或是我年轻时"失落"的那个太阳系里任何一个世界的故事。在过去的 20 世纪 30 年代,40 年代,50 年代,这些世界曾给予了我们那么多美妙的传奇。在那

---

① 美国国家航空航天局的英文缩写。

OLD MARS

里我不再孤独。水手号之后，我们寻找各式外星环境和外星种族的道路更加宽广，不再局限于寻找无果的"在家里"。

水手计划之后，科幻小说并没有彻底遗弃火星这一素材。特殊的故事和小说仍在出版。但这些新的故事都发生在"新火星"，真实的火星，水手号所探测出的火星……在那里，运河、废弃的城市、沙鼠、火星人都不复存在。金·斯坦利·罗宾逊的获奖三部曲——《红火星》《绿火星》《蓝火星》——讲述了这第四行星的殖民史和地球化，是最令人难忘的野心之作，是最杰出的成就。

总的来说，尽管如此，水手计划之后，基于火星和它的姐妹行星的科幻小说数量仍然无可厚非地急剧减少。真实的火星远不及它低俗的前辈令人关注。没有空气、没有生命、死气沉沉，水手号展示给我们的似乎并不是巴勒斯、布拉克特，或是摩尔笔下太阳系里神气活现的罗曼史，也不是布拉德伯利和泽拉兹尼笔下让人追忆的哀伤童话。水手计划之后，在我们谈及火星上那个是否存在生命的可能时，就像谈起了微生物或是青苔（青苔大概更加接近），而不是沙鼠和八脚兽。而如果发现了火星生命，那毫无疑问会震惊全世界的生物学家和航天学家，细菌可没有德贾·托里斯的吸引力。

因此青苔算什么，德贾·托里斯和她火星的同伴们被放逐到无尽的黑暗里，被放逐到书目里，再也不见……甚至在电影里也难再觅影踪。2005年，当史蒂文·斯皮尔伯格导演改编的《世界大战》上映时，入侵者不再是威尔斯小说里、奥森·威尔斯的广播里、《经典画报》漫画书里，或者乔治·佩尔小说里的那种火星人了，他们成了某种未知的生物。电影里那智慧过人、冷酷无情的入侵者坐着闪电球，而不是喷火的圆筒穿越时空来到了地球。我并不是唯一怀念火星人的人……

最后，带我们回到古老火星的是你手中的这本选集，它收录了十五篇关于那个古老的、失落的、满是运河和遗迹，还有火星人的火星的新作。值得一提的是，这部选集的投稿者都是在水手计划之后才开始写作生涯的。和我一样，他们读着老火星的故事长大，却从未有机会描绘它。那个火星是失落的世界，一去再不复返。

或者并非如此。

是的，帕西瓦尔·罗威尔、诺曼·宾、李·布拉克特、C.L.摩尔、雷·布拉德伯利都已经不在了，但是难道那就意味着我们不能再写它了？一直以来，科幻小说都是浪漫主义文学的一部分，而传奇永远都不拘泥于现实。

西部小说的作者们仍然描绘着那个虚无的古老西部；关注农民而不是快枪手的"现实主义的西部片"几乎没有市场。悬疑小说作家倾向于继续描写私人侦探抓到杀人狂魔解决谋杀案的故事，然而他们的真实生活则是花费在调查虚假的保险索赔和为打离婚官司的律师在肮脏的汽车旅馆里拍摄奸夫淫妇上。历史小说作家把故事设定在我们知之甚少的消逝的古代王国，而奇幻小说作家出版的小说背景则完全架空。据说，作为最杰出的科幻小说作家，小约翰·W.坎贝尔最后自己也意识到科幻小说事实上是奇幻的一部分。

纯粹主义者，"硬科幻"的拥趸，还有那些事不关己的旁观者，也许会号叫着说这些都不是"真正的科幻小说"。而它们是。可以称它们为"太空歌剧"、"宇宙奇幻"、"复古科幻"，或者是你喜欢的任意"昵称"。我，我叫它们"史话"，和所有故事一样，它们都基于想象。当你静下心来细细品读，我想比起"奇妙"，"现实"几乎无关紧要。

水手号找不到古老火星。可是你能。

翻开它吧。

——乔治·R.R.马丁
2012年8月

艾伦·M.斯蒂尔

1988年,艾伦·斯蒂尔和阿西莫夫科幻杂志社进行了第一次接触,随后便同它以及《类似体》《科幻与奇幻杂志》《科幻时代》展开了一系列合作。1990年,他出版了广受好评的处女作《光明之星》,随后获得了当年的轨迹奖最佳处女作奖,很快斯蒂尔被格雷戈里·本福特这样的权威拿来与黄金时代的海因莱因相提并论。他的其他作品包括《克拉克郡,太空》《月亮沉降》《迷宫之夜》《重量》《平静的替代品》《无限空间之王》《空间之海》《时空》《丛林狼》《丛林狼的崛起》《丛林狼的国境》《浪花》《银河布鲁斯》《丛林狼的见识》和《丛林狼的宿命》。他还有五本短篇集,《粗鲁的宇航员》《全美外星男孩》《失重下的性和暴力》《红蔷薇》《最后的科幻小说家》。近作则包括《丛林狼》系列、《十六进制》,以及一本青少年读物《阿波罗的弃儿》。2013年,斯蒂尔获得了罗伯特·A.海因莱因奖,在此之前,他已经三获雨果奖——1996年的中篇小说《未来上尉之死》,1998年的中篇小说《天使恐惧的威胁》,最近的是2011年的中短篇《火星皇帝》。出生于田纳西纳什维尔的斯蒂尔曾为包括科技和金融在内的各种报刊杂志工作过,如今他和妻子琳达生活在马萨诸塞州的特利,是一名全职作家。

现在他身负会让两个种族、两个世界陷入战争深渊的任务,带我们深入火星荒原,带我们进入一个完全不同于他获奖作品的火星,充满了古老梦想的旧时火星。

火星之血

火星上最危险的人是奥马尔·阿尔－巴兹，我第一次见到他，他正在里约泽费瑞尔空间站里呕吐。

这种事远比你想象的频繁。第一次来这里的人通常都意识不到这里的空气有多稀薄。同样，还有严寒，但我倒是曾听说过这里的气压和喜马拉雅山脉上的差不多。因此，当他们从火卫二的转运航空飞机上沿着扶梯鱼贯而下，就算没被挤吐，气促、头痛、恶心这些高原反应也会让他们吐个稀里哗啦。

我并不能肯定这个吐得直不起腰的中年男子就是阿尔－巴兹博士，只是猜想；我并没有看见其他的中东男人从班机上下来。但是对于他现在的情况，我无能为力，所以当空乘过来帮助他的时候，我一直耐心地站在护栏另一边等着。阿尔－巴兹博士谢绝了她的帮助；谢了，他可不需要什么援助。他直起身，从外套口袋里摸出手绢擦擦嘴，捡起刚刚胃部造反时丢下的滚轮包。博士很高兴意识到他并不是完全无助。

他是最后走出安全门的乘客了，四下张望一番后，终于看到了我举着的牌子。然后露出如释重负的微笑，向我走来。

"我就是奥马尔·阿尔－巴兹，"他伸出手，"您应该就是拉姆齐先生了。"

"是的，我是您的向导。叫我吉姆吧。"我上前想要接过他的包，我可不想和刚刚擦过呕吐过的嘴的手握手。

"我自己来，谢谢，"他并不让我碰他的包，"请帮忙拿下其他的行李,万分感谢。"

"嗯,没问题。"他雇了我当向导,如果他是我以前那些稀奇古怪的观光客雇主,我就让他自己拿行李。可是我已经开始有点喜欢这家伙了:五十出头,瘦得皮包骨,但已有发福的先兆,鬓角粗糙的黑发已经变灰。他戴着圆圆的眼镜,鹰钩鼻下面是浓密的胡子,看起来就像阿拉伯版的格劳乔·马克斯。奥马尔·阿尔-巴兹可不是什么无名小卒,他是来自亚利桑那天普大学的埃美关系学教授。

我带他绕过下午3点那班航天飞机上下来的观光客和商务客往终点站走去。"您一个人?还有谁吗?"

"很不幸,就我一个。学校提供的拨款只够一个人使用,我连带个研究生当助手都不行。"他皱了下眉头,"这会阻碍我的工作,真希望它够简单,一个人足以应付。"

我不明白他为什么会雇我当向导,但终点站人声嘈杂实在不是一个交流的好地方。乘客的行李沿着滑梯送下来了,但是阿尔-巴兹博士并没有挤进拿手提箱和行李袋的人群,反而径直走到火星货运窗口,交给办事员一把收据。我后悔了,不该提出帮忙搬运行李。一辆手推车驶出侧门,上面堆着半打铝箱;就算在火星的重力下,也没小到能让人一次搬两个。

"这是在开玩笑吧。"我低声抱怨。

"不好意思,工作需要,我得带着这些特制的器材。"他填了表,转过头对我说,"现在……你能把这些都搬去饭店吗?或者我得叫辆出租车?"

我打量了一下堆积如山的箱子,觉得不能全部塞进我吉普车的后备箱。所以我们推着手推车到出站口前方停车的地方,尽量用自带的橡皮绳打包稳妥。阿尔-巴兹博士爬上副驾驶位,把手提箱放在两脚间。

"先去饭店?"我坐上驾驶座。

OLD MARS

"是的,走吧……我不介意一会儿再去喝一杯。"他看见我眼里的询问,露出心照不宣的微笑,"不,我可不是什么先知的虔诚信徒。"

"那可真是太好了。"我越来越喜欢他了;我可不信任那些不能一起喝一杯的人。我发动吉普驶离路边。"这样……你在邮件里说想要参观一下土著的居住点。现在过去吗?"

"去,要去。"他犹豫了一下,"但既然我们都认识了,还是开诚布公比较好,这并不是我此行全部目的。不仅仅是见见那些土著。"

"怎么?还有事?"

他抬头从眼镜上方盯着我。"火星人的血。"

还是个孩子的时候,我最喜欢的电影是《世界大战》,是第一次探测火星 12 年以前,1953 年的那个版本。甚至更早,人们都已经知道火星是个有着类地环境的地方;分光仪显示大气成分是氧 – 氮,强力望远镜能清晰地看见海洋和运河。但 1977 年战神一号登陆火星之前,没人知道那里是否有人居住,所以乔治·佩尔和他的摄制组在创造火星人这一角色时在想象范围内绞尽了脑汁。

因此,电影里有个场景,吉恩·巴里和安·鲁滨逊逃离他们被外星入侵者摧毁的农场前往拉丁美洲。巴里在环太平洋学院见到了他的科学家同事,并展示了他在搏斗时得到的摄像头一样的眼睛。眼睛是吉恩用废弃的水管痛揍那个绿色小怪物时飞溅出来的,血肉模糊,一直被包在安·鲁滨逊的围巾里。

"而这个"——他夸张地把围巾展示给其他科学家看——"一个火星人的血!"

我爱死这个场景了。所以当阿尔 – 巴兹博士说出类似的话,我想他真够幽默,竟然扮演起看过的经典角色。但是没有挤眉弄眼,没有讽刺的笑容。我敢说,他和平时一样一本正经。

管它的呢,待会儿喝酒时再说,我一言不发地载他去了里约泽费瑞尔。教授预订了倾梅里亚人海海滨边的约翰·卡特度假俱乐部。没啥意外的：这是里约最有名的饭店，大部分观光客都趋之若鹜。在它建成前后，埃德加·赖斯·巴勒斯复兴了火星文学，有人认为俱乐部的主题就是《火星王子》和它的续篇。因此，它成了梦想来这里旅行的大部分人的首选圣地。

因为他们，每次我开车经过都想往那金色的窗户里面扔石头。这是一座纪念人类来了这里以后干的每件蠢事的十层纪念碑。如果我是土生土长的当地人，你能想象我的感受，就像夏坦想的那样……靠得太近。

在我们抵达饭店大厅时，阿尔－巴兹博士的反应真的很难预测。我发现他真是一个学院派。服务员在给他卸行李，教授却突然走向俱乐部门口。门房是个两米多高的黑人，穿着土著民的连帽斗篷，腰上还挎着一把带鞘的长刀。

阿尔－巴兹博士盯着他。"那不是个火星人吧？"

"不是，除非他在蓝魔队打过中锋。"看到阿尔－巴兹博士皱起眉头，我笑了，"那是提托·琼斯，公爵队的球星……至少来这儿之前是。"我摇摇头，"可怜的家伙，如果不是那身装备，他都不知道俱乐部干吗要请他当迎宾。"

阿尔－巴兹博士有些意兴阑珊。"真希望他是个火星人，"他轻声说，"这样事情就简单多了。"

"说起来，他们才不会来这里丢人现眼……殖民地附近都不行。"我跟着服务生穿过旋转门，"还有……我们不叫他们'火星人'，一般都叫'土著'。"

"我会记得的。那火……土著怎么称呼自己？"

"他们自称夏坦，在他们的语言里意思就是'人'。"我打断他显而易见的疑问，继续说，"叫我们就叫纳夏坦，就是非人，那还算是客气的。他们大多非常粗俗，有一大堆难听的话。"

教授点点头,安静了好一阵。

亚利桑那大学没有支付研究生助手火星之旅的机票,作为补偿,安排了一个两间的套房。服务员卸下东西就走了,阿尔-巴兹博士解释说他需要那个大房间,就是带酒吧的大客厅,作为临时实验室。尽管如此,他并没有马上拆开行李;他还等着我答应的喝一杯呢。于是我们把东西留在屋子里,坐上电梯下了楼。

酒店的酒吧就在俱乐部里,但是我并不想在这里喝,那里的酒保打扮得像巴索米恩的军阀,女招待花枝招展的像土著公主。只有约翰·卡特是火星上唯一一个能穿成这样的地方,正常人即使在盛夏也不该这样衣不蔽体。所以我们又坐上吉普,向游客很少涉足的老城区驶去。

在距我的公寓三个街区的地方有一家很棒的酒吧。午后那里人也不多。酒吧里安静又昏暗,适合交流。老板认识我;我们刚在后面坐下就端上来一大罐麦芽酒。

"放轻松。"我在高脚杯里倒上啤酒递给他,"适应了这儿的环境就对了。"

"我会记得你的建议。"教授呷了一口,笑着说,"不错。比我想象的好多了。本地的?"

"海勒斯安布尔。你认为我们会大老远从地球运啤酒过来?"这不是重点,我换了话题,"想要血液是怎么回事?你和我联系时说的是只想要我带你去土著殖民地。"

阿尔-巴兹博士沉默了一会儿,用手指来回拨弄着眼镜腿。"如果我告诉你整个实情,"他终于开口,"恐怕你就不会同意带上我了。有人极力推荐你。我也知道你不是原住民,但你的父母都是第一代侨民。"

"您居然知道?应该是跟我以前的顾客打听过。"

"还记得伊恩·霍纳吗?剑桥大学的人类学家?"尽管并不怎么友好,可我确实记得;霍纳博士雇我当向导,如果能相信他的夸夸其谈,他确实比我更了解火星。我不置可否。"他是我的朋友。"阿尔-巴兹博士继续说,"至少是我在专业领域经常交流的人。"

"所以你也是个人类学家?"

"不是。"他呷了口酒,"生物学家……准确说是天体生物学家。研究地球以外的生物形态。到目前为止我的研究范围还是在金星上,这是我第一次来火星。当然,金星和这里不一样。它的海洋生态很有意思,但是……"

"教授,我并不想这样失礼,但请你先不要说这个,告诉我,你为什么想要一个……"可恶,他差点让我也说错!"一个土著的血?"

博士坐回椅子,张开双手撑在桌面上:"拉姆齐先生……"

"吉姆。"

"吉姆,你熟悉星际迁移的假设吗?地球上的生物也许起源于外星,是来自于外太空的某个地方?"

"没有,没听说过……我猜你说的'某个地方'指的是这里。"

"对。我说的就是火星。"他伸出一根手指用力抵住桌子,"你想过没有为什么人类和火星土著之间会那么像?为什么远隔七千万公里远的不同世界里的两个种族会如此相似?"

"平行进化。"

"是的,我想那就是你在学校里学到的。传统理论就是这样:两个星球环境类似,两个世界的物种进化大概也是类似的;不同的是,火星人……土著,抱歉……由于地表重力小一些所以身材更高,温度低一些所以新陈代谢更快,臭氧层薄一些所以皮肤更黑,诸如此类。这个理论被广泛认可不过是因为似乎只有它才接近事实。"

"呃,反正我听说的就是这样。"

"不,我的朋友,你的看法都是错的。"他马上摇摇头,似乎在掩饰自己的窘迫,"不好意思,我不是在自夸。可是,我和同事都认为智人和智慧生物的类似,并不能简单归结为进化。我们认为两个种族有着起源上的联系,地球上的生命……特别是人类……也许就起源于火星。"

阿尔-巴兹博士顿了顿,以便他的话能被完全理解。是的,我能理解;我开始想弄明白他是不是个疯子。"好吧。"我尽量不笑,"我明白了。依据呢?"

教授竖起一根指头:"首先,地球上一些陨石的地质成分和火星上的岩石样本完全一样。所以有一种学说认为,在遥远的过去,火星上暴发了大洪水……也许是戴埃达利亚或者是阿布斯山脉的其他火山喷发……向太空喷射出了残骸。这些残骸如流星般坠入早期的地球。这些流星里也许包含了某些有机分子,从此在并不存在生命的地球生根发芽。"

他又竖起另外一根手指:"其次……当发展到人类出现,最让人惊奇的发现是 DNA 序列的存在并没有什么显而易见的用途。就像一台机器上没用的部件。毫无缘由,但又确实存在。因此,这些有名无实的线会不会就是火星上那些被带到地球的有机成分留下的生物遗传标记呢?"

"所以这就是为什么你需要一份血液样本?为了看看有没有什么联系?"

他点点头。"我带的设备至少能帮我部分解读土著血样的遗传密码,并和人类的进行比对。如果土著的基因组和人类的一样,也存在古老的无功能线性序列,我们就可以证明假设正确——地球生命起源于火星,两个种族在基因上同源。"

我沉默了几秒。阿尔-巴兹博士的话听起来没有几分钟前那么疯狂了。它不像看起来那么夸张,理论也合情合理。如果假设属实,那么隐含的意义就是:夏坦和地球上的居民是血缘紧密的兄弟姐妹,而不是我们在火星上碰巧发现的原始人。

但这并不是说我就已经相信它了。我曾见过许多夏坦,也很乐意接受这个想法,他们和我们确实存在某种共有的联系。或者至少我是这样想的……

"好吧，我明白你在做什么了。"我举起酒杯灌了一大口，"但血液样本不是那么好弄的。"

"明白。我知道土著民都躲了起来……"

"现在，那都是些陈腔滥调了。"我放下酒杯，"他们从不愿意和我们打交道。战神1号探险队花了几乎三个星期才找到他们，又用了一个月才算是有了点有意义的接触。学习他们的语言又是好几年，而我们一旦建立殖民地就把这些都白费了。不管我们去哪儿，夏坦都会举家迁徙，甚至为了不让我们探索他们的故居，会一把火烧了村子。自那以后，他们就成了游民。再没有贸易往来，文化交流也减少了……"

"所以没人试着从他们有可能留下来的东西里提取有机材料？头发，唾液，皮肤什么的？"

"没有。他们甚至不让我们收集他们的手工制品，更不会让我们接触到他们。你看到提托·琼斯穿的那身了吗？那不是真货……只是根据照片做的山寨货。"

"但我们学会了他们的语言。"

"只是一点点方言……你可以叫它夏坦杂语。"我心不在焉地划拉着杯沿，"如果你想靠我给你做口语翻译……那么，别抱什么指望。我只知道怎么过去，如此而已。最多能让他们不掷矛赶我们，也就这样了。"

他扬起眉毛："他们很危险？"

"只要你注意自己的举止就行。如果超出了他们的底线，他们也可以……有些凶残。"我并不想告诉他那些最可怕的故事——我这样做吓跑过其他客人——所以我试着安抚他，"我曾见过一些本地土著，算是混了个脸熟，可以让我参观他们的土地。可我不清楚他们到底有多信任我。"我犹豫着说，"霍纳博士没有什么进展。我想他也跟你说了他们没让他进村子。"

"他讲过。但老实说,伊恩算个屁!"——听他这样说,我不禁大笑起来,他也马上笑了——"我想要是我以人类的礼节去接近他们,肯定比他做得好。"

"会的。"伊恩·霍纳就像是英格兰的军官光临火星,夏坦几乎马上察觉到了他目下无尘的气焰。最后他什么也没研究出来,离开时还将失败归结为"厚颜无耻"的"攻击行为"。毫无疑问,土著民也同样对他感到愤怒……但至少还让他活着。

"所以你会带我去外面转转?我的意思是去他们村子外面?"

"这就是你雇用我的目的吧……嗯,当然会。"我又举起啤酒,"最近的村子在往东南150公里勒尸多列庚运河边的荒漠绿洲里。到那里需要一两天,希望你带了防寒服和徒步靴。"

"有,我带了派克大衣和靴子。你不是有吉普吗?为什么我们还要徒步?"

"我们只能开车到村子附近,然后就得下车步行。夏坦不喜欢机械化的车辆。赤道附近的荒漠非常颠簸,你得有点儿准备。"

他笑了:"我看起来像从没去过沙漠的人?"

"不像……但是火星不是地球。"

第二天,我一直在为行程做准备:在租用的仓库里收集野营装备、购买食物、给水瓶里灌满清水、给吉普换上新的燃料电池、确认轮胎有足够的气压。我确认阿尔-巴兹博士有应付未来几天露天生活的衣服,并介绍了一家本地的户外用品店给他,其实大可不必;他确实不是那种愚蠢得穿着百慕大短裤和凉鞋就跑进沙漠的游客。

去饭店接他时,我惊奇地发现他已经把套房变成了实验室。吧台上是两台平板电脑,咖啡桌上放着显微镜和试管架,电视机被挪开,放上了离心机。办公桌和其他桌子上都摆着各种设备;我甚至都不认识,但我看到其中一个有辐射标志,另外一个有激光警示标签。地板上盖着塑料板材，壁橱里甚至还挂着实验服。博士并没有提起这些；他背上双肩包和相机，在门把手上挂上"请勿打扰"的牌子，戴上宽边软帽就跟着我出了门。

许多游客都吃惊地看着他把装备放进吉普的后备箱，因为他们大多来火星不过是为了吃吃喝喝，在牌桌上玩乐。我发动吉普驶离了约翰·卡特，不到一刻钟就来到了市郊，穿行在里约泽费瑞尔周围的农田里。我们飞驰在倾梅里亚人海海滨满是尘土的道路上，这里只适合农用车和测井车通行，路旁排列的红松树愈见稀疏，而当我们把殖民地远远甩在身后，连这些也消失不见时，面对的是无路可循的沙漠。

曾听说除了红色的沙土，火星上的旱地和美国西南部的景色颇为相似。我从没去过地球，也无从辨知真假，但如果谁在新墨西哥州碰巧遇到了长得像毛发蓬乱的母牛的六脚生物，或是长得像翼手龙、叫起来像土狼的猛禽，一定要写信告诉我。还有，一定要远离那些像高尔夫球场上的障碍沙坑般的深坑；那里面潜伏着能一口扯下你一只手足，将你生吞了的东西。

吉普在沙漠里迂回前进，时不时避开路上的碎石，越过岩石，阿尔－巴兹博士紧紧抓住面前的碾杆，着迷于眼前开阔的原野。探究那些从未来过这儿的人眼里相同的景色，是我工作的意义之一。我指着从车前跳过的火星兔，并停下来让他给头顶那群因我们的侵入而尖叫盘旋的秃鹰拍照。

我们抵达了里约西南大概七十公里处的勒尸多列庚运河，它几乎是一条完全自北向南的运河。帕西瓦尔·罗威尔通过望远镜第一次标注火星运河时，认为它们是被挖掘出来的水道。也算是有一半正确，夏坦按照需求改变了原有河流的流向。实际上他们用的是简单得让人吃惊的人工机器，但地球人实在是低估了他们。他们是原始人，可是不蠢。

我们沿着运河走，尽量远离河岸，避免被北边船上的夏坦看到。抵

OLD MARS

达村子前，我可不想被土著民发现；他们会传言说地球人来了，好让他们的酋长有时机下令打包搬走。因此我们没撞上人；居住地唯一的标识，是一座像巨大的弓横跨运河的包皮木桥，看上去没怎么用过。

傍晚前我们进入了丘陵地带。周围都是平顶山，山间突起的是巨大的尖石；地平线处是锯齿状起伏的山脉。黄昏，我把车停在峰林背后，准备过夜。

我捡树枝生火，博士搭帐篷。生好火，我把满满一锅汤架在火苗上。出发之前，教授临时起意买了两瓶红酒；吃饭时我们开了一瓶，饭后我们借此开始交流。

"来聊聊吧。"洗完杯碟餐具，阿尔-巴兹博士说，"你怎么成为向导的？"

"你是说，为什么不是赌场里的荷官？"我用炊具抵住石头。强风从西边吹来；扬尘会毁掉剩下的食物。"说实话还真的从来没想过。我的家族是第一代移民，我生在这里，长在这里。能单独出门之后，就开始在沙漠里奔走，所以……"

"这就是了。"教授靠近火堆，伸出双手烤火。夕阳西沉，寒冷的夜晚就要来临；火光里我们已经能看到自己呼出的水汽。"我见过的大部分殖民者都满足于城市生活。当我告诉他们我计划去沙漠旅行，他们都觉得我疯了。有人甚至建议我买把枪，取出自己的意外保险。"

"建议你买枪的人对夏坦肯定一无所知。他们从不主动攻击，带着枪去村子毫无疑问会激怒他们。"我拍着腰带上的实用刀，"这是我能带去他们那里最锋利的武器了。和他们关系和睦的其中一个原因……我注重礼节。"

"我想这里的大多数人都没见过土著。"

"是的，他们没见过。里约泽费瑞尔因为旅游业成了最大的殖民地，可大部分定居者选择生活在有厕所和有线电视舒适安逸的地方。"我坐在火堆另一边，"这是他们的选择。而我住在那里不过是因为那里有游客。如果不是那样,我宁愿住在郊区,只在需要补给时才进城。"

"我明白。"阿尔-巴兹博士拿起我俩的锡制酒杯倒上酒,"如果我说错了请不要介意,"他把杯子递给我,"听起来你似乎对其他殖民者并不是很满意。"

"确实。"我呷了口酒,放下杯子;在见夏坦成员的前夜我可不想喝多了,"我的家族来这里是为了开发一个新世界,但随之而来的初代殖民者……嗯,你也看到了里约泽费瑞尔的样子。我们建造了饭店、赌场、贸易中心,在农田里引进了侵略性的物种,把污水倾倒进运河,每隔几周,太空船接连运来更多的人,他们认为火星就像是没有那么多妓女的拉斯维加斯……当然不是真没那么多。"

我说着抬起头望向夜空。各大星座都闪闪发光:大熊座,天龙座,尾星可以看作是北极星的天鹅座。在城里你看不到如此清晰的银河;在火星,要观测夜空的美景必须要来沙漠。"所以夏坦不和我们打交道也无可厚非?我们一露面他们就能知道来意。"回想起以前的日子,我自嘲地笑了,"老电影都错了。火星没有入侵地球……是地球侵入了火星。"

"我从没想到从你的立场来看会这样愤怒。"听起来,他的感情受到了伤害。这可不是待客之道。

"不,不……说的不是你。"我马上回应,"我想你可不会在牌桌上被逮个正着。"

他大声笑了。"如果我的开销里包括牌钱,我想学校可不会给什么好脸色。"

"那就好。"我犹豫了一下,继续说,"帮个忙好么?如果你在这里发现了什么……我也不知道能发现什么……如果不是什么好事,你能保密么?人类在这里已经干过太多傻事,也不差我们了。"

"我会记得的。"博士说。

第二天，我们找到了夏坦。倒不如说，夏坦找到了我们。

我们收起帐篷，沿着勒尸多列庚河南下。我一直关注着里程表，在我记得离土著定居区还有五十公里的地方，驶上河岸。我让博士注意观察定居区的标识——小路，或者是狩猎集会后留下的废弃帐篷，但我们只找到一些很明显的：另一座浮桥，还有桥下夏坦人的船。

这是一条十米长的细筏子，宽大的白帆迎风飘扬，船尾有一间小船舱。起初，甲板上的人们并没注意到我们，直到有人发现了吉普车。那人发出一阵鸟鸣般的大叫——"喔啦喔啦喔啦"——其他人都停下来注视着他所指的方向。然后站在船舱顶部的一个夏坦大声喊了几句，所有人都冲进了船舱，首领也从船屋顶部的入口处消失了。几秒钟之内，这便成了一艘鬼船。

"噢！"阿尔-巴兹博士震惊又沮丧，"他们真的不想看到我们，是吧？"

"实际上，是不想让我们看到他们。"教授不懂有什么区别，疑惑地看着我，"他们相信，如果不被看到，他们就如同从这世界上消失。因此，他们希望，对我们而言，他们已不复存在。"我耸耸肩，"某种逻辑，你需要考虑。"

没法让船员现身，我们只好离开那艘船，继续沿着河岸走。在我们听到一阵号角空旷的轰鸣时，船才刚刚从视线里消失。轰鸣在山岭里回荡；又是两声，然后归于平静。

"如果附近还有夏坦，他们就会听到，并知道我们来了，"我说，"他们会用号角传递信息，就像刚才那样，直到信号传递回村庄。"

"所以他们知道我们在这里，"博士说，"他们也会和其他人一样躲起来？"

"也许会，也许不会。"我耸耸肩，"这取决于他们。"

好一阵，我们都没有看到其他人或是其他东西。而再次遇到另一座桥时，我们离村子只有大概八公里了。这次，桥边站着两个人。就算作为土著，他们也非同寻常的高，直到走近我们才发现原因：他们都骑着哈达斯——一种巨大的、有六条腿、脖子上系着缰绳，土著民驯服来当驮兽的水牛。他们骑着什么我可不关心，我看到的是他们手中的长矛，还有全副武装的装备。

"哎呀，"我平静地说，"不太妙。"

"什么不太妙？"

"我希望我们闯进了猎人堆里……但这些家伙是战士。他们有些……嗯，紧张。让他们看到你的手，别把目光从他们身上移开。"

我在离他们二十码的地方停住，然后下车，摊开手慢慢朝他们走去。战士们也从驮兽上下来；尽管如此，他们并没向我们靠近，只是沉默地等着。

约翰·卡特的老板请篮球明星假扮夏坦，他们真该找个能真被当作火星土著的人。我们面前的夏坦更高大，有着和午夜的天空一样黝黑的皮肤，锈红色的柔滑长发，面部骨骼纤巧，让人联想起北欧血统。他们身着满是尘土的纯白长袍，这让他们看起来更像是茫然的流浪者，紧握长矛的手指上，有着长长的指甲，手腕处青筋暴起，看起来比人类的手更大。

他们用金色的眼睛坚定不移地打量着我们。当我们靠得太近，两位战士狠狠地把矛尖刺到我们脚下。我让博士别动，但是没必要提醒他别把视线移开。他正敬畏又好奇地盯着夏坦，作为科学家，他第一次能如此近距离地观察自己的研究对象。

我举起双手，摊开手掌："Issah tas sobbata shatan."（你好，尊敬的夏坦战士。）"Seyta nashatan habbalah sa shatan heysa."（请允许我们人类旅行者进入你们的领地。）

左边的战士回答说："Katas nashatan Hamsey. Sakey shatan habbalah fah?"（我们认识你，人类的哈姆齐。你为什么又回来？）

我并不奇怪自己能被认出来。会说他们的语言——虽然说得不太地道；在他们听起来就像小孩子——知道怎么来他们村子的人类一只手就能数出来。之前我并没见过这些特殊的战士，但他们无疑听说过我。我尽量不去嘲笑他们对我名字的错误发音；夏坦的舌头不会发"r"这个音。

"我带来一位希望深入了解你们的客人，"我仍用方言回答，并单手伸向教授，"请允许我向你介绍奥马尔·阿尔-巴兹。他是一位研究学问的智者。"我避免称他为"博士"；在他们的语言里这个词有着特殊的含义，意味着医生。

"人类才不想了解我们。他们想做的不过是掠夺和毁灭。"

我摇摇头；很奇妙，这个动作对于夏坦和纳夏坦有着一样的意义。"并非如此。是的，许多人都那样，但不是全部。在他的世界里，阿尔-巴兹是一位导师，从你们这里学到的，他都会告诉他的学生，从而增长他们对你们的认识。"

"你在说什么？"阿尔-巴兹博士轻声问，"我听到了我的名字，但是……"

"嘘。让我说完。"我继续说着方言，"能请你们陪我们去村子吗？我的同伴想让你们酋长帮个忙。"

另外一个战士朝教授走去，站在他面前。阿尔-巴兹博士面前的夏坦威武高大，充满威胁，然而教授撑住了，他什么也没说，依然直视着夏坦的眼睛。战士沉默地观察了他许久，然后看向我。

"他想向酋长求什么？告诉我们，我们再决定让不让你们进去。"

我犹豫着，摇摇头："不。他要单独和酋长求证。"

我在赌。拒绝一个守卫家园的夏坦战士的要求不是个友好的行为。但如果告诉他阿尔-巴兹博士想要他们的血，则完全有可能引起误解；他们会觉得他用心险恶。所以，最好的解决方法是让教授直接向酋长求得他们的血液样本。

夏坦一言不发地盯着我们，然后转身走开几码开始协商。"怎么样?"教授低声问,"你怎么说的?"

我大概说了说,包括我在冒的险。"我认为有三种结果。一,他们去向酋长请示,这样只要你做得好就能得偿所愿。二,让我们滚。如果这样,我们只能转身回家,就这样了。"

"那不行。我千里迢迢来到这儿可不能空手而回。第三种呢?"

"用长矛刺穿我们,等我们死后砍成块,扔去喂野兽。"我陷入思考。"除了头,"我又说,"有人会在半夜溜进城市,把它们扔在最近的房子门口。"

"请告诉我你在开玩笑。"

但是我没有。教授已经怕得要命,不需要再讲那些关于越过了夏坦底线的开拓者,还有那些没有像我这样的向导陪同就冒险闯入土著领地的蠢货的遭遇。我没有夸大其词,似乎他也意识到了这点,他只是点点头,然后扭开了。

夏坦结束讨论,直接回到哈达斯身边,骑了上去。那时候,我以为会是第二种结果,然而他们调转坐骑朝向博士和我。

"跟我来。"其中一个说。

我松了口气。我们就要见到酋长了。

村子和我上次来时已经不一样了。在夏坦成为游牧民之后,定居点也成了帐篷城市,必要时可以马上拆卸,打包,随时迁移。但这里显然已经存在很久了,看起来他们准备在绿洲里住上一段时间。低矮的平顶建筑取代了大多数帐篷,围绕它们还搭着脚手架,像是在修建一座石墙。我不知道这地方是否有个名字。

到达时,博士和我都已累得两脚酸痛。正如预想那样,战士们虽然允许我们取来自己的背包,但是执意要留下吉普。一路上,他们都慢慢地并排骑行在我们前方,不情愿地同意我们时不时休息一下。离开桥以后,他俩一直保持沉默,但在我们能看到定居点以后,其中一个拿出海螺状的巨大螺旋形贝壳,吹起了悠长响亮的号角。没过几秒,村子里就传来几声相似的回应。教授和我暗中交换了一下眼神。现在想跑也晚了；他们都知道我们到了。

穿过一座还未完成的大门，沿着满是尘土的街道前行。我们面前的村子似乎空无一人，唯一会动的东西是木桩上拴着的哈达斯。帐篷上没有飞扬的旗帜，砖房狭窄的窗户也遮蔽着。不，这里并没有废弃；只是人们都躲起来了。四周安静得可怕，甚至比抵在我们背上的长矛还令人不安。

村子中央是个庭院，中心有一口自流井，旁边则是座巨大的砖房。我们终于见到了村里第一个夏坦，他就站在砖房顶上的木楼里看着我们。待我们走近，便举起自己的号角，吹出一声短促的轰鸣。战士们翻身下来，招呼我们跟上。其中一人掀开这座房子唯一的门上覆盖着的挂毯，另一人则指引我们进去。

屋子里很昏暗，唯一的光源是从天窗倾泻而下的阳光。空气中弥漫着隐约的麝香味，熏得我都流泪了。穿着长袍的夏坦绕成一圈，垂下的头巾藏住他们的面孔；我知道这里没有女性，他们的女人从不见客。屋内唯一的声音是水钟的滴答声，每声大概间隔两秒多一点。

酋长坐在中间。修长的双手放在砂岩宝座的扶手上；发束因上了年纪开始变白，金色的双眼注视着我们。他并未穿戴什么来表明身份，作为部落首领的威严本身就不容小觑，仅仅抬起双手就让我们明白他就是首领。随着我们停下的脚步他放下了双手，足有整整一分钟一言不发。

最后他问："哈姆齐，你来做什么？"

我记得我以前没见过他，但显然他认出了我。很好。这样事情会简单点儿。我用他的语言回答："我带来了一个想要了解你们的人。他是来自地球的智者，是其他想要变得博学的人的导师。他想要得到您的赐予。"

酋长转而关注起阿尔-巴兹博士："你想要什么？"

我看着教授。"好了,该你了。他想知道你要什么。我会给你做翻译。当心……他们很容易被冒犯。"

"看来是。"阿尔-巴兹博士很紧张,但掩饰得不错。他舔着嘴唇思考了一下,然后说:"告诉他……告诉他我想从他的子民身上收集一点点血液样本。几滴就够了。我想要用来……我是说,我想用来证明……他们和我们是不是有共同的祖先。"

对于他的需求,这似乎是个恭敬的说明,于是我转身向酋长重复了他的话。唯一的问题在于我不知道土著语里"血液"该怎么说。在我以往和夏坦的交往里从没提到过。所以我稍微概括了一下,把它形容成"身体里流淌的液体",同时比画着一根右臂的血管,希望他能明白。

好吧,他明白了。他难以置信地望着我,金眸闪烁,坚忍的脸上双唇直打哆嗦。周围的其他夏坦都在窃窃私语,我听不清他们在讲什么,但是看上去可不怎么高兴。

我们有麻烦了。

"是谁竟然敢说夏坦和纳夏坦有共同的祖先?"他俯下身,双手握拳,咆哮起来,"谁能相信我们和你们有任何相似之处?"

我把他的话复述给阿尔-巴兹博士。教授犹豫了一下,直直地望向酋长。"告诉他没人相信,"教授冷静又从容,"这只是一个假设……一个有理有据的推测……而我想要证明或者驳斥它。那就是为什么我需要血液样本,我要发掘真相。"

我深吸一口气,祈祷我还能活着走出这里,然后翻译了教授的解释。酋长仍盯着我们,但似乎冷静了些。漫长的等待之后,他没开口,而是直接做出了决定。

他伸手从长袍的腰带上抽出一把骨制的匕首。阳光在锋利的白色刀刃上闪烁,我的心脏都漏跳了一拍,而当他起身向我们走来,我想我的生命已经走到了尽头。但他停在了阿尔-巴兹博士面前,双眼仍紧盯着他,然后举起左手,用刀刺破了左手的皮肤。

"就用我的血。"酋长伸出手。

我不需要翻译他说了什么。阿尔-巴兹博士迅速地放下背包,打开拿出一个注射器,想了一下又拿出更好的塑料试管。酋长握着拳头,血液从指间滴落,教授把它都接进了试管。收集好样品后,他拿出一个细小的药瓶,加了两滴抗凝剂进去。然后盖上试管,向酋长点头致意。

"告诉他,我非常感激他的友好,"教授说,"我会回来告诉他我的发现。"

"这会要了我们的命!"

"告诉他。"阿尔-巴兹博士的眼睛没有离开酋长,"无论如何,他应该知道真相。"

答应酋长我们会回来是我想做的最后一件事,反正都已经做了。半晌,他都没有回应,仅仅放下了手,任由鲜血滴在地上。

"好的,"最后他说,"回来告诉我你知道了什么。我也想知道。"然后他转身回到自己的宝座。"现在,走吧。"

"成了。"我低声说,心脏怦怦直跳,"你拿到了你要的。现在趁我们的头还在赶紧走吧。"

两天以后,我坐在约翰·卡特赌场的酒吧里,手里端着一杯龙舌兰日出,时不时往面前的老虎机里丢枚硬币。我发现,只要我无视周围所发生的一切,就可以毫不介意,而只要我偶尔投一枚硬币就可以免费喝酒。至少我是这样想的。可事实的真相是,纸醉金迷的赌场里环绕着某种安全感。诚然这个火星是虚幻的,但比起两天前那个乱人心绪的现实,它却更加合意。

奥马尔·阿尔-巴兹在楼上,正用带来的设备分析酋长的血样。回来以后我们直接就进了饭店,但很明显教授需要点时间来操作他特殊的戏法,我便决定下楼喝一杯。可能更该回家去,可我还沉浸在长时间旅行的紧张感里,所以给博士留了个手机号码,让他一有消息就通知我。

真奇怪,我居然还在这里流连。通常当一次旅行结束,我想做的就是脱下穿了好几天的衣服,开瓶啤酒,在浴缸里舒舒服服泡个澡。而不是像现在这样,留在这里,一杯接一杯地喝着鸡尾酒,证明我对扑克一窍不通。酒保在打量我,女招待尽量保持着风度,但我才不在意他们怎么想。他们相信火星人是无害的。我不久前见过的那些可是会因为看了他们的十字架一眼就杀了我。

在多年的荒野生涯里,这是我第一次被切切实实地吓到。不是因为沙漠,而是因为生活在那里的人们。夏坦没有恐吓我,甚至都没有丝毫暗示,只是酋长抽出匕首划破了自己的掌心。当然,他只是为了给博士一点自己的血,但他的行为也有另外的含义。

这是一个警告……夏坦并不轻易给出警告。

这就是为什么我努力把自己灌醉。教授现在太兴奋,根本想不到除刚刚到手的样本以外的事——回来的路上,除了这个他就没念叨别的——但是我知道,我们曾离死亡不过一步之遥,而且那也不是什么体面的死法。

然而酋长自愿献出了自己的鲜血,甚至也没让教授一有结果就马上回报。这就把我弄糊涂了。如果和人类血缘相近真让他那么震惊,他为什么还会感兴趣?

我又投了一枚硬币按下按钮,看着机器告诉我我又输了,然后抬头张望着看能不能拦下一位公主再给我一杯日出。德贾,维亚,反正是女的,或者无论谁,即便我看不到她们,但她们明显注意着我;我正想再碰碰运气,结果看到了其他东西。酒吧上方的电视正在播放晚间新闻,而天气预报员就站在地图前面。我听不清他在说什么,但是指出了里约泽费瑞尔西面一块活跃的云层系统,正穿过沙漠向勒尸多列庚运河移动。

看来一场沙暴正在泽费瑞尔附近的旱地——美收垓亚形成。夏季

OLD MARS

这种气候可不算稀罕；我们叫它哈布沙暴，这个地球上沙暴的阿拉伯名字莫名其妙地沿用到了火星。根据云图，明天下午晚些时候它就会到达泽费瑞尔外围。还好我回来了；谁都不想在沙漠里碰上沙暴。

一个女招待调整着比基尼带子路过。我举起杯子，来回晃着示意，她点点头，假笑着向吧台走去。我在包里寻找着硬币，她看出来我不过是在假装赌徒，这时我的电话响了。

"吉姆？你还在这里吗？"

"在酒吧里，教授。下来和我喝一杯吧。"

"不！没时间喝了！马上上来！我要见你！"

"怎么了？"

"上来！给你看看比较好！"

一敲门，门就开了。阿尔－巴兹博士拿过我手上的鸡尾酒杯子，一口干掉。"天哪，"他喘着气说，"我需要这个！"

"再来一杯？"

"不用……等我到了斯德哥尔摩，你再请我喝一杯。"我没听懂他的意思，但还没来得及问，他就把我拉进了房间。"看！"他指着吧台上的一台电脑，"难以置信！"

我走过去看着屏幕。上面显示着成行的 A，C，G，T，排成似乎无尽的序列，屏幕右边一条竖线里运行着几条破折号一样的横斜线。五条线组合在一起，呈明亮的黄色。

"呃，好吧，"我说，"教授，不好意思，但是你能……"

"你有些摸不着头脑是吧？"他问，我摇摇头，"这是人类的基因组……基因密码存在于每个人类个体里。而这些"——他的手颤抖着指向那些明亮的线簇——"这些线条是完全相同的土著样本里的部分基因序列。"

"一模一样？"

"完全一样。没有误差……或者说没有电脑能检测出来的误差。"

教授深吸一口气，"你知道我的意思吗？假设正确！人类起源于火星！"

我紧盯着屏幕。在这之前，我并没有相信阿尔-巴兹博士的说辞；那听起来似乎太不可思议了。而现在，证据就摆在我面前，我认识到我正在看着能动摇科学理论基础的东西。不，不只是科学……它质疑了历史本身，促使人类思考自己的本源。

"天，"我轻声问，"你告诉其他人了吗？我是指地球上的。"

"还没有。我打算发条信息，但是……不，我需要再确认一下。"教授走到床边，"我们得回去，"他望着窗外的灯光，越过它们望向更远的无垠荒漠，声音平静而坚定。"还需要另外一个夏坦的血样。如果第二份样本出现了同样的序列，那就能完全确定了。"

我后背发寒。"我可不敢保证。酋长……"

"酋长说他想知道结果。所以我们得告诉他，说明我们需要更多部落人的血……只是一点点……证实我们的发现。"阿尔-巴斯博士越过肩膀看了我一眼。"不是过分的要求。对吗？"

"如果你有这样的请求，我觉得他不会想看到这样的结果。"

他沉默了好一会儿，思索着我的话。"这样的话……这是我们必须承担的风险，"最后他说，"如果你关心的是酬劳，我会再付你一份……就是之前的两倍。但是我要马上回去。"他继续望着窗外。"明天一早。我要明天一早就出发。"

头开始痛了，像是有把钝刀在割我的太阳穴。我不该喝这么多的。我应该当场就拒绝的。但双倍报酬的提议实在让人无法拒绝；我需要钱，这可以支付我两个月的房租。况且，我喝得太多没法反驳。

"好吧。"我说，"马上出发。"

我回到自己的住处，吃了点阿司匹林，脱下脏衣服洗了个淋浴，就扑上了床。但却久久无法入睡。相反，我盯着天花板，某些不妙想法在脑海里不停盘旋。

OLD MARS

如果奥马尔·阿尔-巴兹告诉酋长,夏坦和纳夏坦的血液相似,我们两个种族同宗同源,他会有什么反应?他肯定不会太高兴。土著民从来不想和来自地球的入侵者扯上关系;我们的太空船一到,他们就退入了旷野。这也是为什么他们变成了游民……

但他们也不太一样了不是吗?村子里所见所闻的意义突然变得明朗起来。这个部落不只是建立起了永久的房屋,他们还修建了一圈围墙。这意味着他们打算在这里长期定居,并开始采取措施保护自己。他们厌倦了东躲西藏的生活,开始步步为营。

到目前为止,人类殖民者已习惯了忽视夏坦,认为他们是只会躲起来的野蛮人,不必理会。但这些都会被改变,一旦人类确认智人和自然人是同族,我们就会想要去了解他们。首先会涌入大量像阿尔-巴兹博士那样的生物学家和像霍纳博士那样的人类学家。也许这还不算太糟糕……但随之而来的会是一些其他人——历史学家和记者、观光巴士和摄影师的陆路之旅、想要赚一笔的企业家、决心要拯救无神论者灵魂的传教士、寻找观测古怪的土著村庄最佳视野的土地的房地产巨头……

夏坦不会容忍这些。一旦博士告诉酋长结果,他就会明白这一切都不能避免。首先,他就会下令让他的战士杀掉我们俩。然后……

在我的脑海里,我已经看到这样的惨状。一波接一波的夏坦战士袭击了里约泽费瑞尔和其他殖民地,并下定决心一次性永久铲除他们世界里的殖民者。噢,我们有高级武器,那倒是真的……但他们有绝对的数量上的优势,而缴获并学会使用我们的武器只是时间上的问题。太空船或许会从地球上运来士兵保卫殖民地,可历史向来不怎么优待征服者。我们会被无情地驱逐回老家,还是会进行种族大屠杀,消灭整个部落,把幸存者赶进荒野的更深处?

不管哪样,结果都一样。战争会以神的名义降临这个世界。人类,火星人,他们红色的鲜血会滴落在这红色的沙土之上。

沙暴就要来了。我想着另一场风暴,明白了我该怎么做。

两天以后,我被发现蹒跚着走出了沙漠,风尘仆仆,只有护目镜保护了眼周,留下两个浣熊眼睛一样的斑块。我极度脱水,处于精神错乱的边缘。

而且,我孤身一人。

讽刺的是,救我的是另一个向导和他陪同的来自明尼阿波利斯的一家人,他们只是来里约泽瑞费尔外面的沙漠逛逛。我不太记得我倒在他们脚下再被抬上导游的路虎之后发生的事情。能回忆起的,只是极渴的唇间清水甘甜的滋味,一个十多岁的少女让我枕在她的膝盖上,天使般的蓝眼睛一直凝视着我,还有漫长颠簸的归路。

警察来的时候我还躺在医院的病床上。那时候我刚刚恢复到能给他们一份清楚明白、合理可信的口供。正如所有成功的谎言,这也是建立在强有力的事实基础上。猛烈的哈布沙暴在沙漠的群山之间突然席卷了我们。风沙挡住了视线,我撞上了一块岩石,于是车翻了。阿尔-巴兹博士和我是怎样逃了出来,又是如何失去了联系。我是怎么独自一人在山峰的背风面找到了庇护。而教授在沙暴里消失了,再也没见到。

都是真的,每个字都是。我要做的只是隐瞒一部分真相,比如我是怎样故意在知道有沙暴的情况下开车进了沙漠,又或者是即使看到了西方地平线上猩红色的沙霾,仍然执意向南边开去,还告诉教授我们可以逃离沙暴。警官没有意识到我带了一副防沙的护目镜和围巾,却阻止教授带上同样的装备。他们也没意识到我原本可以轻易避开,却故意撞上那块岩石。

我讲述着我听到奥马尔·阿尔-巴兹呼喊着我的名字,在红色的风沙和不到一臂长的能见度里徒劳绝望地寻找我的身影,突然停了下来。那也几乎都是事实。略过的只是他曾走到缩成一团的我面前三米的地方,而我戴着护目镜,围巾围住了半张脸。我沉默地看着他蹒跚地经过我,双臂乱挥,沙子涌入了他的鼻子和喉咙,让他慢慢窒息。

我的泪水是真诚的。我喜欢教授。但他的学识让他的存在变得太危险。

作为证供,我的故事起到了作用。搜寻队到沙漠时找到了我翻了个的吉普。奥马尔·阿尔-巴兹的尸体脸朝下趴在离吉普车大概十五米远的地方,身上覆盖着好几厘米厚的沙子。当然,狂风抹掉了我们的足迹,没法证明教授曾离我有多么近。

这解决了巡警所有的疑问。阿尔-巴兹博士的死是个意外。我没有谋害他的动机,也没有任何违规行为。如果有罪,也只是鲁莽和愚蠢。我的职业声誉蒙上了污点,也仅仅如此。我出院的时候警方就结束了调查。那时,我意识到了两件事。一件是我逍遥法外了;另一件是我的罪行实在是不够完美。

离开饭店时,阿尔-巴兹博士并没有带上酋长的血液样本。它连同其他设备一起还待在他的房间里,包括分析样本的电脑;对比结果和其他一些他的笔记就存在里面。实际上,教授带着的唯一一件东西就是房间钥匙……我却忘了从他尸体上拿下来。

我不能再进入他的房间;任何行动都可能引起怀疑。我能做的就是在饭店大厅里看着,两天之后,服务员推出重新打包好的设备,送到空间站的航天飞机上,它们会被运往停在木卫二码头上的班机。几个月之后,教授的成果就会落入他前同事手里。他们会打开数据库,研究他们已故同事的资料,检测他收集到的血液样本。然后……

就这样。我们只需要等着结果,不是吗?

所以现在,我独自坐在邻近的酒吧,喝着酒,等待新一轮的风暴。而我再也不会涉足沙漠。

马修·休斯

马修·休斯生于英格兰的利物浦,成年以后大部分时间则在加拿大度过。在成为职业作家之前,他曾是一名记者,一名加拿大环境司法部部长的演讲稿撰稿人,一名不列颠哥伦比亚省企业和政治的演讲自由撰稿人。很明显,作为作家他受到了杰克·万斯的强烈影响,并以一系列描写生活在《濒死的地球》的年代之前,古地球首恶拉夫·英布莱的犯罪冒险的长篇和中短篇小说闻名,包括《傻瓜的理念》《再次骗我》《黑色布里林》《大帝》《西方之国》《螺旋迷宫》《模板》《四重与三联》《黄宝石》《他者》和《普通人》,还有短篇小说集《拉夫的含义和其他》。最新作品是城市幻想三部曲"地狱火海"系列:《该死的伯斯特》《不当的装束》《大麻烦》。他以马特·休斯为名撰写犯罪小说,并以休斯·马修为名编辑影视剧本小说。

在接下来这个秋天的故事里,他给我们讲述了每个人都看到了心目中的火星——也许也得到了应得的。

丑小鸭

佛瑞德·马瑟花了将近一个小时才开车翻越了大本营和骨城之间的蓝色山脉。崎岖不平的老路上满是白色的碎石,在最顶端,稀薄的火星空气变得愈发稀薄。他觉得眼前发黑,不得不缓慢地深呼吸,同时担心能不能驾驶着新战神矿业公司的吉普跨越一座悬崖。

他本可以更快到那里的——也更安全——若是沿着干涸的运河开向玻璃般的大海。或者也可以穿过十五英里长、满是尘土的平原,到达防波堤围绕的万年没有受到过海浪拍击的海岬。褪色的天空下,火星人废弃的城镇里高楼林立,像是一盘没有下完的国际象棋。

陆地附近的城市道路两旁都是低矮的建筑,没有窗,只有巨大且风化了的青铜门。他一直想知道这是不是他们的陵墓——直到现在都还没人搞明白火星人是怎么处理死者的——这时,客座上的对讲机嘎嘎嘎地响了,瑞德·鲍曼的声音在那头说:"基地呼叫马瑟,完毕。"

他拿起对讲机,打开麦克风的开关:"马瑟,完毕。"

"怎么还不来?"工长问。马瑟觉得自己听出了他声音里的怀疑。

"我正要进镇子里。"

对讲机那头一阵沉默,然后说:"骗鬼呢?你至少一个小时前就应该到那里了。"

"我走的山路。"

"究竟是搞什么鬼?"

"我以为那样会快点儿。地图上看起来要近些。"马瑟在撒谎。他没走河滨路不过是因为不想碰到其他车辆。他希望至少有那么一会儿，可以假装他是火星上唯一的地球人，而不是唯一的考古学家。

对讲机那头传来细碎的噼啪声。"我们安排了一堆事情，书呆子。现在把你那些调制器安置了，然后马上滚回来。"

鲍曼没有说"完毕"，但当马瑟正要关机时，工长又开口了："从海床那边回来。你毁掉了那辆吉普，下一趟火箭你就滚回地球去，别想拿到酬劳和津贴。"

"知道了，完毕，下线。"马瑟说。他关掉对讲机，驾车穿过刻着螺旋图案的柱子下的通道，尽头是两层白色建筑围绕的小广场，白墙上有狭窄的门和一些窗缝。

火星人骨骼纤细，举止优雅，有着棕色的皮肤和金色的眼眸，可他们外出都会戴着面具，男人戴银色或者蓝色的，女人戴深红色的，孩子则戴金色的。还在地球时，他看过一些最早期的开拓者拍下的关于火星人的远程图像——由于某些至今未知的原因，他们失败了。没有特写，也没有接触后的比拟，因为在第三次和第四次登陆期间，地球人带来了他们毫无抵抗力的某种疾病，并在短短几星期之内把他们残杀殆尽。他们的皮肉干成了枯叶，骨骼则变成了树枝一般；房屋内地板上满是这样的东西。

即使知道他们很奇怪，马瑟还是想见见火星人。心灵感应是学术界一种流行的观点，虽然有脑子的都知道，人类说"常识"的时候意味着什么相抵触的东西。

在很远很远的偏远地区——比如他身后的蓝色山脉，你还能听说一些幸存的火星人的故事。这也是马修选择这条路的另外一个原因。

坐在吉普里，他不停来回扫视着能看到的镇子。"在注意细节之前，"他的毕业论文导师曾说，"首先要把握全局。那样细节会更快地自成格局，你也可以少走许多弯路。"

广场里只有一个东西值得注意。星座把他环绕在中间的，四个同心环一样逐步升高的白色环形建筑，看起来像是骨头——这就是这座

OLD MARS

死城被称为"骨城"的由来。

马瑟能看见最矮最小的圆环前,立着一根青铜管子。它可以涌出水填满第一个圆环,再慢慢地依次注满其他的。当然,千年来,没有一滴液体曾在这里流淌:火星上的这块区域早已确定被遗弃,大海已经干涸,曾轻柔冲刷山脉的细雨也变成了绿色。

结束观测,马瑟把对讲机别在腰上下了吉普,向最近的建筑走去。门半掩着,可还是需要再推开些才能通过狭窄的入口。他发现自己走进了一个圆形的门厅,这里的骨墙上装饰着铜线——它们被嵌在坚硬的白色墙面上,也曾闪闪发光,而如今则呈暗绿色。

这些铜线有的弯曲,有的伸直。它们相交成奇怪的角度,呈现出三维分布,莫名就吸引了马瑟的注意。死城似乎变得更加寂静了。他注视着它们,妄图搞清楚这矩阵所表示的意义,接着这些线条竟自主地动了起来,他感到一阵眩晕。那一瞬间,他似乎看到了无尽的空间;然后,他差点就陷了进去。

捂上眼睛,他慢慢数到十。放下手,铜绿色线条依旧嵌在骨墙里。但是,它们立刻又开始释放出牵引力。他垂下目光,看到地板上有金银双色马赛克组成的漩涡状图案,已被门廊那边飘来的沙尘遮得褪色模糊了。但至少,它们不会动。

对讲机又在嗞嗞作响。"基地呼叫马瑟。"是鲍曼,"我们没有找到任何调制器的信号。"

他转身往外走。"我在城里,正在找最好的位置。"

吉普的后排座被取掉了,腾出空间来放了个带着铰链盖的大盒子。许多黑色的小椭圆状物体躺在充当填充物的稻草中间,每一个都有可伸缩的钢铁天线和红色开关,是无线电应答器。

马瑟的工作就是把这些装置连接起来。每装好一个,他都要打开开关。然后应答器会发射出描绘这个古老城镇轮廓的信号,传送到一个巨大的履带式机器的电脑里。这台机器现在正被缓慢地从露营基地拖拉到干涸的海床上。今晚,它就会到达海床,然后被装进运输机里。明天会到达古城,在斜坡下的基台上被卸下来,基台顶上还有一些梯子,很可能是古代火星人曾经停泊他们闪闪发光的船的地方。

这个庞然大物会滚动着爬进镇子,布下液压吊车,用它的机械胃,一片一片,一间屋一间屋,吞噬掉这座骨城,并将之磨碎,把金属和石头从火星人建造这个地方的骨化石里分割出来。不值钱的石头会被吐出来,金属则被消化掉,压实成立方体的粪便排出来。

金属值钱,可真正要紧的是骨头。它们会被磨成粉,打包,堆放在巨兽背后滚动的拖车上。装满一辆,拖车就会被分离,另一辆空的顶替上来。然后装好的拖车会连上拖拉机,八轮车掉头跨过干涸的大海,驶上火星的路河运输网,最终抵达农田环绕的新建的地球人城镇,那里的土壤即使经过数千年的休耕还是多少保持了原样。

研磨过的骨粉被用来肥沃庄稼,以供每个月银色火箭舰队不辞辛劳,穿越两个世界间的黑色深渊,从地球运来的数以万计的地球人食用。

马瑟就是最近到达的人之一。作为考古学家,他曾无力支付到火星的旅费。他被告知这个崭新的古老世界需要强壮的拓荒者,而不是头脑顶尖的学者。而且考古学家反对对古代火星城镇的破坏,所以一直以来公司都注意不让他们接近它们。

因此马瑟捏造了一份破绽百出的简历,但是新战神矿业公司被利润丰厚的合同蒙蔽,也缺少人手开掘骨城。马瑟就乘下一班火箭来了。

旅程很漫长,住处也是密闭的。他即将共事的同事很快便推理出他和他们不一样,不是来自于肯塔基的煤矿,也不是西得克萨斯州的租赁油田。他的双手柔软,脖子也不够粗糙。来自阿拉斯加金矿的老手、工长瑞德·鲍曼认为,对于这种不容疏忽的工作,他是一个来自城市的生手。

OLD MARS

马瑟动作很快,他先徒步把镇子分成了四块,并根据新战神矿业公司提供的航空图像快照制成的简易地图,装上了雷达调制器。两小时之后,他按下最后一个装置的开关,然后走回下车的地方。

他掀开引擎盖,打开汽化器的盖子,放了些火星的沙子进去。然后他呼叫基地说车子出了点问题——他怀疑是汽化器或燃料管线被污物堵住了——他得留在镇上过夜,明早再修车。

"我可不想冒着翻车的危险摸黑回去。"他说,"听说这些路已经被彻底冻住了。"

鲍曼正在吃晚饭。对讲机里说道:"知道了。明天再说。基地下线。"

在慢慢消失的阳光里,马瑟在前排座位下翻找着自己的背包,里面有他的专业笔记本。下车时,他还拿上了一个沉重的手电筒。

"好了。"他对自己说,"看看我们能做点儿什么吧。"

跟新战神矿业公司的董事和股东说火星上的这些骨城是无价之宝是没用的。新战神的会计和工程师已经计算出:这些城镇的无价之处只在于它是免费采掘的;开采它们的利润,会从一开始的数千万猛增至数亿。可以想象,如果火星上到处都是的骨城被更多地发掘出来,那新战神的收入最后会达到十亿。

"难以想象。"来的时候,一个和马瑟住在一个客舱、邻床的同事说,"十亿美元。而我们将是其中的一部分。"

"是啊。"马瑟回答,"难以想象。"

火星人修建自己的城镇主要是用石头、金属、水晶和玻璃。他们从运河引水从地下穿过——给房间以及,马瑟假设,他们的纤纤细足降温——还在围墙里种果树。

但是在这星球上的某些地方，曾流行——也许是一种仪式需求——用骨头来修建城镇。火星建筑师设计的屋子里，墙和地板都装上了含骨化石的薄片，那应该是从海洋巨兽庞大的骨架上剥离而来。有时候，巨大的肋骨和股骨会按规格切成方形或是圆形，直接成为建筑材料。但大部分会被压成粉末，与生石灰搅拌成修建道路和门阶需要的混凝土。

用这种骨制建材修建屋子采光和通风都很好，几乎没有暗角。而且这种材料还带有气孔，即使窗户狭窄，还装着青铜百叶窗，也不影响房间的透气性。墙壁是吸音的，而不是反射声音；马瑟猜测，在这些房间里谈话会变得隐秘，即使是金色眼眸的孩子们的咆哮吵闹也会变得轻柔平静。

随意漫步，穿过走廊，就看到了内庭。空旷，前居住者有条不紊地打包走了所有东西。偶尔，他能找到些被遗弃的家具——大多是骨制的，一对金属框架，长期的废弃让不是那么耐用的木质部分早已化为粉末。

在楼上房间的角落，他在一张骨桌上找到了散落的火星书籍。他曾听说过：薄薄的银页上用擦不掉的蓝墨水刻着蛇形的符号。没人能看懂它们，据说本来是有人会的，可后来他精神错乱了，掩盖了随后的谋杀。

马瑟快速翻阅着这些书，但除了看出它们制作精美，其余一无所获。他盯着其中一页几乎长达一分钟，想看看这些缠绕的图案能不能像墙上的符号一样摄人心神，并准备好一有不对就将其扔掉。但什么也没发生。最后，他把这些工艺品收进背包——这是故意违反雇佣条例——走了出去。

城镇从陆地逐渐向海床那边倾斜，它所在的海岬离消失了的潮汐很近，也很狭窄。在顶端，火星人建了一个宽阔的广场，这次没有喷泉。人行道由数以千计的小块瓷砖铺就，原本明亮的色彩在日晒下褪成了苍白的水彩色，组成了程式化的波浪和船只；蓝色和青铜色，围绕着一只双眼巨大，有三角形钩爪的巨型海洋生物。

从广场到前面的海港是一片跨度很大的骨制混凝土台阶，两条弯曲的防波堤围住被保护的盆地，狭窄的开口一次只能容纳两艘细长光滑的船只出入。

空地边缘的建筑比他进去过的建筑更加宏伟。入口处的骨制雕柱之间是宽大的青铜门。青铜门向阳的一面上刻着蛇形的浮雕。和那些张开了嘴的房子不同，它们都是关着的。

作为一名考古学家，想要搞清楚这个消失了的民族的种种未解之谜是再正常不过了。在抛弃家园的那天，火星人是不是遵从了什么约定俗成的仪式让他们住宅的门就这样永远敞开？又有什么相反的需求让这些马瑟假定为公共建筑的大厦的大门紧闭？

他不知道，也许永远不会知道，但当他最后回到地球，他会是唯一在这个领域做过研究的人，收获专业期刊上的一片赞誉之声。但是当佛瑞德·马瑟攥住青铜大门的把手，拉开它们时，还是带着一种预感到什么的颤抖。

门很轻松就被打开了，他走进一个宽广明亮的空间。高高的穹顶是用最薄的骨片制成的，半透明的光线倾泻而下，照在从门开始逐步下降的平层碗状结构里环绕着的一层一层椅子上。在圆形剧场中间的地板上，立着一块巨大的白色方形石头，比最顶端的位子略高。

马瑟一层一层走下去，石头正对着他的那面雕刻得非常复杂，和最开始进去的那个屋子的墙一样，嵌着绿色的铜线。它牵引着他的目光，让他步伐蹒跚起来。他跌坐在半路的椅子上。这次他可以好好研究一下这东西了。移开目光，他拿出笔记本，从书脊处的螺纹里拿出一支笔，深深地吸了一大口气。

然后他再次看向那个立方体。和之前一样，他发现不管他看着哪个位置，最后他的目光总会投射到它的中心。突然，二维的图案呈现出深度,因此他不再是看着,他看了进去。

没法移开目光,他不得不伸出手臂挡住眼睛,在他记下这感觉的时候隔绝自己的视线。他一度想要看看自己能否描绘出这白色石头上的绿色图案,但那种被牵引的感觉马上又回来了——这次甚至更加强烈——他不得不再次捂住自己的眼睛,以便记下这个新感受。

书包里的对讲机又响了。他没有注意到,继续写着记录。瑞德·鲍曼的声音在这火星人的空间里显得冷酷又违和。"基地呼叫马瑟,完毕。"

考古学家没有理睬,依然奋笔疾书。他预感自己会有非同凡响的新发现,获得颠覆性的知识,对此,首先他要说:"不可思议!"几乎马上又可以说:"但是,理所当然!"

鲍曼的声音不合时宜地再次响起。马瑟拿过书包想要关掉对讲机,却瞬间闪过一个狡黠的念头:如果不回答,他们就会觉得他受伤了;如果是这样,他们也许会来救他;如果他们来了,就会带他离开……离开呼之欲出的——

"基地呼叫马瑟,你还好吧?"

他按下麦克风的开关。"马瑟呼叫基地。怎么了?"

"怎么这么久?"

"我在清理汽化器。拿对讲机前刚好在擦手。"谎言脱口而出。

一阵沉默。他可以想象工长正在消化这个信息,剔除掉他对生手难以释怀的嫌恶——这种客观的厌恶可以扩展到和他不在一个世界的所有佛瑞德·马瑟式的人物,以及他们柔软的手掌和他们使用的长单词和更长的句式。他可能怀疑,像他这样的人一定秘密藏着本该在鲍曼记忆里,政府进行的那场思想大清洗中放火烧掉的禁书。

最后,鲍曼说:"明天我们可能不能把收割机从斜坡弄到海床上了。它比看起来要陡。所以大概不能按计划抵达。"

"好。"马瑟说,"别担心我。"

"而且我们这边都被缠得脱不开身。所以如果你不能自行发动吉普,没人能去接你。"

"好。"

"也不能给你带吃带喝。"

马瑟耸耸肩。"我带了三明治和大约一加仑水。过得下去。"

"你自己说的。"鲍曼说,"我可不愿意在这些鬼地方待太久。有人看见过幽灵。"

"幽灵才不会打扰我。"马瑟说,"通话完毕。"

他关掉对讲机,把它放回书包。然后系统地完成了自己的笔记。一直以来,他都刻意避开去看那个图案。现在他定神呼吸,说:"好了,开始。"

他放下手臂。那图案似乎迫切地寻求着他。他无意中瞥了一眼,然后点点头,说:"啊。"

那是一个赶海日的晚上。他邀请邻居在去海港集合前来家里吃晚饭。他的妻子煮好肉,盛在金色盘子里端到内庭,他们坐在骨椅上,喝着自家酿的果酒。

气氛轻松愉快。两对夫妻不仅是近邻,更是朋友。他们谈论着彼此的相识过程;丈夫们比较着各自对于即将到来的山谷狩猎季的预想;妻子们讨论着要去看的戏——尽管有一部漂洋过海而来的剧作家的新作,他也以哗众取宠闻名,但通常还是关于永恒的复兴。

饭毕,在正式的干杯以后,水晶火炬照耀着漆黑的街道,金眸民族穿着假日盛装开始庆祝节日。今晚不会有人再戴着面具,这可不是扭捏的时候。

海边的广场人山人海。镇上的人都来了,长者被安排在周边建筑的台阶上,小孩则坐在父母的肩膀上,这样所有人都能看到赶海的盛况。一小队音乐家奏起了节日的颂歌,人群也跟着轻声哼唱,载歌

丑小鸭

载舞。

最后一个音符结束了,他们全都涌向海港。通常环绕着盆地的船只已经排成了队列,有的拴在嵌在堤岸石头里的青铜上,有的彼此拴在一起,从阶梯的末端到栅栏没有圈住的空地,摊开了一条宽阔的通道。

乐手手中的竖琴响起轰鸣的单音。人群不约而同向前伸直了脖子。每个人的喉咙里都响起介于叹息和呻吟之间的声音。它们混合成共同的音符,调子不高却充满力量。它像无形的迷雾填满了广场,然后顺势而下,跨过海港,冲向大海。传递着单一的思想。

一分钟又一分钟过去,差不多一个小时,人群里多次传来这样的声音,某种共鸣把他们团结在一起。随后,在港口之外,夏日里无波的海面泛起波纹,一次,两次。一只三角锚尖状的尾巴伸了出来,轻轻拍打着海面。黑色闪亮的背部一闪即逝,最后,在船只前方再次出现。

单调的歌声增强了。火光里金眸闪亮。水域里泛起巨大的波浪,底部的台阶都被打湿了。然后水位又退了下去,海面向两边分开来。一颗张着血盆大口的头冒出水面,它的眼睛有餐盘那么大,虽然不是金色,却像是镶着银边。

透过水面,海怪的前鳍清晰可见,它拍打着尾巴,昂首向前,直到海港的阶梯。人群的悲歌愈发悠远,蕴含的信念愈发强烈。海怪垂下尾巴,擦刮着盆地的底部,蜿蜒的身躯耸起又绷直,然后,海水从它黑色条纹的躯体上滑落。被召唤的巨兽爬上梯子,头部抵上了广场的地砖。

寂静降临。女人们抱着孩子,同老人挨在一处,而男人们走下梯子,排列在海岸的两旁。黑色的天空中,散落的星星就像骨头的碎片。竖琴师奏起另一串音符。男人们整齐地比画出弯刀,等待着最后一个音节。

佛瑞德·马瑟惊醒过来,发现四周漆黑一片,自己站在干涸的海港阶梯顶端。一瞥之下,星星和两个小月亮发出的光让骨镇看起来像一

OLD MARS

片苍白的烟雾,但当他直直望过去,又一无所获。天空和梦境里一样深沉,视野之内,他能看到那小小的绿色星体,那是地球。他不知道自己在这里站了多久,久到死寂的海那边吹来的风几乎冻住了他。他颤抖地揉搓着裸露的前臂上麻木的皮肤。

他得记下来。他找到回圆形剧场的路,找到他放下书包的位子。他的笔记本不见了,但手电筒还在。依靠手电的光,他在室外找到了螺旋本。它躺在广场的地面上,盖住了马赛克拼成的海兽的眼睛。他上前捡起来,发现笔在几步以外。

可是当他坐在门阶上就着灯光记录时,却一头雾水。蓝色的笔画并不能自己组成词句;它们看起来就像被一群鸡踩过,似乎他的阅读能力被蜡封住了。

他的思绪回到了梦中的节日:海兽的死亡,它的肉被庄重地割下来切块,装在女人带来的正方形餐巾里,人们都回家了,而它的骨头则留给那些有幸参与的人处理。

还有一些其他的事情。他也不知道自己为什么会知道,但他意识到这是最后一次赶海,再没有海兽可以召唤。他努力把这些组织成语言,然后把它转换成纸上蓝墨水书写的词句。可是仍然无从下笔。

最后他放弃了,打着手电筒回到了剧场。直觉告诉他,他还需要坐在这间大屋子里其他的位子上,看看立方体的另一面。他盯着切割的线条组成的矩阵,立即感觉到自己又陷了进去……

他们是四个从小一起长大的兄弟,如今都已长大成人。他们努力训练,彼此竞争,彼此鼓励,彼此角力。终于有了回报:在年度竞赛中胜利而归,从而赢得了优先在骨镇旁蓝色山地里狩猎的资格。

他们在从小就熟悉的小径上列队奔跑,目的明确,全神贯注。他们熟悉这片土地的每一处起伏和弯曲,山脊,小丘,溪谷。他们同样熟悉另一个地方,白天鸟类隐蔽在那里,到了傍晚,会振翅飞向夜空,它们闪耀的花纹和火红的尾羽就像一场从天而降的赤雪。

那是在一处又高又窄，数百万年前就裂开的岩洞口。由于地面的位置，除非是从某个特定的角度，否则几乎看不见这个裂缝。但这四个年轻人知道这个角度，也知道在入口的裂缝背后，空间会逐渐变宽。在那里，数百只鸟儿聚集在地面休眠，就像一摊堆积的余烬，呼吸声汇成一片，沙沙作响。

四位猎人匍匐着爬进了裂缝，金属网已经备好。在这条低矮的小径里，他们的胸部和背部都在粗糙的岩石上摩擦——当他们还是孩子时要容易得多——轻松地就进了洞穴。静静地，放轻呼吸，他们围住了睡着的猎物。然后，最年长的那个发出信号，他们按预先演练的那样抛出了自己的网。

第一张网惊醒了鸟儿们，它们纷纷飞起来在金属网里横冲直撞。但是第二张网落了下来，边缘的重量增加了，鸟儿们向上的冲势慢了下来。然后是第三张，第四张。重量在增加，叠交的网眼更不容易逃脱，鸟儿们发出悲鸣，蜷回了地面。

猎人们兴高采烈地小心收网，用金属绳子绑起来收口。

鸟儿们被裹成一团，彼此挤压，就像一轮沸腾的金红色太阳。他们用武器扩大了裂缝，然后轻轻把抓住的鸟儿们放在了阳光下。它们悲鸣着，但猎人们却唱起了传统的赞歌，以感谢上苍赐予的尊重和优待。

鸟儿们安静下来，不知是不是被这响亮歌声的韵律里的奉承还是哄诱安抚了。当白色的道路把山地甩在身后，快接近镇子时，他们停下来打理自己的外套，刷去尘土和碎石。然后把捆起来的鸟儿举过头顶，仿佛是共同的光环，同时，迈着整齐的步伐，荣光归来。

回螺旋柱大门的半路上，人们已经涌出，并用歌声迎接他们归来。

回过神来，此时此地，那旋律还在马瑟的脑子里回响。他不出意外地发现自己正站在城镇靠近陆地那端的门外。在山峦剪影的那头，缩

OLD MARS

小了的太阳把火星的天空照成了灰白色,他脚下的碎石路也闪着幽灵般的微光。

这次,他甚至没有想过要记下任何东西。他转身慢慢走着——难以言喻的疲累——穿过死镇,来到港口的广场。尽管有段时间没有进食了,但是经过吉普时,他却对三明治和水视而不见。

"他大概只是脱水了。"受过急救培训的工人说,"这里的空气如此干燥,若忘了持续喝水,就会迅速变得虚弱。"

"再给他灌一杯。"鲍曼说,"然后把他搬到荫凉地去。"

第二天下午,工程车带着采矿工具抵达时,他们发现马瑟趴在港口广场的地砖上。现在,鲍曼翻着他在这个虚弱男人身边不远处找到的笔记本,明白了前一天马瑟最初为什么没有回答对讲机的呼叫。

大部分是没法辨认的草书,但有几个词很明显——公共的,仪式,粘合——足够确认工长长期以来的怀疑,马瑟是那些受到火星的影响,来这儿想要发现点什么做研究的知识分子中的一员……什么?鲍曼不明白像马瑟这样的蠢货脑子里都装着些什么。他也不想弄明白。

他走到港口阶梯的顶端,把笔记本扔了出去。在那里,机械巨兽前端的工程车已经在底盘上装好了起重装置。机器排出黑烟,操作员加大油门,开始上爬,在下方金属的轰鸣下,骨梯裂了,碎成了粉末。它的右轮压到了马瑟的笔记本,碾碎了它。

鲍曼在一旁监工,确定开矿机按设定程序在工作。当它爬上顶端,前端下压到地砖,并粉碎了它们后,他命令操作员出来,自己爬进了操作室。荧幕亮了起来,黑底绿字,显示着光点组成的栅格:那是马瑟安装的信号器,还好在他内陆病之前,鲍曼听一个澳大利亚沙漠采矿工描述过。

无线信号都是五个一组。鲍曼设置好操控器,从驾驶室里走下来,看着这台巨大的机器自己朝东开始工作。它转向阶梯附近的建筑,展开沉重的铰链式挖掘臂，在一片骨灰和碎片里准备拆除前墙。

"看好了。"工长在机械采矿机的轰鸣里对着手下咆哮，"我们去把吉普开下来，我要在天没黑透之前回去基地，第一杯酒等着我。"

等他们准备完毕即将离开的时候，他让人去找佛瑞德·马瑟。但是马瑟不见了。

马瑟现在明白了，那些银页的书籍并不是真正的书籍。火星人也不是用眼睛，而是用他们的手指来感知那些突起的象形花体。用指尖滑过纸笺上弯弯曲曲的线条，你会发现这不是文本，而是音乐。当你触摸着纸页，歌曲会在你脑子里成形，自己演奏出来：所有类型的歌曲——从舞曲到轻柔的民谣，从赞歌到颂歌，每一首都带着忧郁甜蜜的气息，让他不由得联想起火星。

在他清醒的时候，他专注于研究在火星人和地球人之间交织的内在对比和平衡：一个在华而不实的薄暮中渐渐衰退，而另一个却开始寻找黎明的曙光。

在音乐之外，他能听到鲍曼和其他人呼唤着他的名字。他很失望。他想当他们回到营地之后就会报告说他失踪了，然后把他遗忘。火星上确实有走失的人口，而且再也不会出现。他还没有在矿工里交到什么朋友。他们都把他看作是丑小鸭。

但是，当他坐在鸟洞里，想着这件事时，意识到他们还会回来重启机器。他们离开后的早晨，他爬上机器，扳下巨大的主开关让它停了下来。机器停止了吞噬一座位于海港到大门半路上的房子。这陆地上的庞然大物已经改进了许多。地球人知道怎么制造可靠的机械。

这里有许多书，还有火星人留下来的一些其他物件——面具、儿童玩具、衣料，还有一只大概是石膏雕刻的杯子——都需要收集。他想把它们统统带回鸟洞。但当他收集完能收集的东西，回去重启机器时，却发现自己不知道怎么设置指挥它跟着雷达调制器工作。所以他只能留着它空转，等着瑞德·鲍曼开着吉普过来启动它。

他希望他们认为是机器自己出了故障，但是洞穴外传来的呼叫告诉他，工长并没有放弃寻找解释。他趴在狭窄的入口，用灌木丛掩盖过的裂缝很难被发现。透过细细的树枝，他看到了鲍曼和其他人正站在山脊线上，生满老茧的手环绕在嘴边呼喊着他的名字。

他们有双筒望远镜，还有枪。

人们找了他整整一天，但马瑟还记得他从记忆的梦境里学来的火星人狩猎的技巧——他把它称为现象——让他毫不费力地躲开了搜寻。晚上，搜寻者们跨上了吉普，开车越过干涸的海洋。在更小的重力作用下，少风的火星空气里，粉尘降落得如此之慢，从山上望去，他看见空气里他们激起的尘土几乎是静止的。

当黑夜完全降临，他又去了镇子。他发现房间里墙上刻着的线条和立方体各面上的那些有相似的作用。但是，后者带给他的梦境都是公众事件，而房间里的则是私人场合。它们是火星人的家庭相簿。

最开始，他认为他应该完全废了那台机器以保存这些私人记录。但是在抽样体验了几个以后，他发现他们几乎都一样：生死聚散，命名仪式，还有其他一些世俗仪式的篇章。每一个都渗透着公共集会时弥漫的那种温柔忧伤。它们不是记录于这生活之中，而是在结束时。它们是回忆，是很久之前，那些打包好财产，留下敞开的大门，永远离去的火星人留下的回忆。

瑞德·鲍曼很不高兴。他有一个生产计划要完成。由于那个疯狂的马瑟干扰了自动采矿机的控制系统，现在它停摆了，这严重威胁到了原本在规定期限里运去卡车装的骨粉肥料就能得到的丰厚奖金。因此在吉普越过海床足够远之后，他停了下来。他让其他人先开车回去基地，自己则下车沿着车轮模糊的轨迹，艰难地穿过沙尘往骨镇走去。

到达之前天就已经黑了,但是他能看到前方闪着微光的白塔,偶尔有火花和闪光亮起,那是无线机器在通过墙壁磨碎金属时发出的。只要不聋,鲍曼就可以通过柴油引擎发出的声音找到路。或者是通过它排出的臭气。

他爬上阶梯,穿过广场。海兽的图案几乎完全被采矿车的轮胎磨平。巨兽按着程序的设定,推倒它和地球人之间的城墙,然后转过远处的拐角,机械的咆哮逐渐远去。鲍曼平静下来,寻找着马瑟在镇里活动的声音,不一会儿,他听到了。

一开始,他以为是风拂过屋檐的呼啸。但是,没有风,而且火星人的屋顶是平的,还不及支撑它的墙宽。他朝声音直走过去。在广场的那头,来自于巨兽这两天没去的较大的建筑之一。

巨大的青铜大门上,刻着他从没看到过的流动条纹;这让他想起了蛇,而蛇又让他想起了魔王。有时候他想知道上帝和路西法之间是不是有什么交易;上帝统治着地球而魔王拥有火星。

他轻轻地钻进大门,左手准备着手电筒,右手则拿着手枪。他并不想去射杀马瑟,但人人都知道在早期的开拓史里,那个疯了并谋杀了自己同事的人。他想自己接下来会见到一个考古学家——当然,是某种学家——在接触到太多火星的邪恶之后,已经该死地疯了。

那声音又来了,热情、低吟哼唱的音符。就像猫在唱歌,鲍曼想,也许是对着它抓到的老鼠。他不喜欢猫。在必须的时候,在真正必须的时刻,杀戮是合理的,但你得做得干净利落。

他能朦胧地看清建筑里的大体布局:开阔的空间,环形下降的椅子或是阶梯,底部巨大的白色模型。声音来自对面,比鲍曼进来时更为响亮,并沿着骨墙呼呼地轻柔回响着。他不由得毛骨悚然。他伸出拇指抵住武器的保险栓,确保它是打开的。

他沿着剧场顶部的平台缓缓移动。在一片白色的朦胧里,他看见一个黑影坐在其间。他准备好手枪,打开了手电筒。

OLD MARS

一个火星人坐在平台位置的中间,穿着一件不怎么反光的金属色长袍。他整个脑袋都罩在一个钟形的银质面罩里,上面用黄金雕出容貌——细眉扬起,嘴巴带着惊讶的表情。从面具的裂缝里,鲍曼看不清对方眼睛的颜色,但那人的目光并没有转向他。相反,他仍然盯着底下的立方体与之相对的那面。

地球人用手电筒照着那个人。他可以看见他的手,五根手指,而不是六根。长袍下可以看见他们统一的蓝色牛仔裤的裤脚,磨损的靴子也是新战神公司配的。

"马瑟!"鲍曼叫他。穿着火星长袍的男人没有听见的迹象。工长沿着通道走着,手电筒一直照着他,手枪就举在手电筒边上。"马瑟!"

戴着面具的人没有回头,四肢也一动不动。鲍曼站在他身边,枪口抵住他的肩膀。"振作起来!"

还是没有回应。鲍曼把电筒放在椅子上,让光亮对着静止的人。然后他把手指伸到头罩的边缘,猛地向上一拉。

火星战士正在行军上战场。一个连队有144人,六个连组成一个864人的营。他们戴着青铜铸成的护罩与闪闪发亮的盔甲和枪配对,枪可以抵御金属昆虫的叮咬,防止它们找到皮肤,刺破以后钻进去。侧翼和前方全速前进的是膝盖高的电子蜘蛛,它们的关节咔咔作响,联合成整齐的节奏。

六个营已经穿过了艾普斯利的骨门,这几乎是这个镇子所有的男性青壮年了。他们走过往胡克去的滨海大道,在中午之前,到达了指定的场地——山地延伸形成的海滨平原。他们排成四个营在前,另两个营在侧翼的队形,坐下来等着敌军。

胡克的军队姗姗来迟,赢得了艾普斯利人的冷嘲热讽。平地那边传来咆哮,质问他们今天是不是还有什么好事要做,是床,还是他们的老婆太舒适,令他们爬不起来了。

胡克人反唇相讥,让艾普斯利人想起战争的目的还没实现。然后两个传令官走到了两位主帅之间的空地上,决定作战顺序。同往常一样,首先是单挑,然后是小队。艾普斯利急切渴望能再与胡克对战;他们认为去年的胜负更多取决于战场的因素——头天晚上下了雨——而不是战士的战力。

首先是几乎赤手空拳的青少年组。然后是双人或者四人一组的中年战士。艾普斯利人干得不错,只死了两个,废了一个,而好几个胡克人都被抬了下去。普通士兵的观点偏向于这天最后来场大混战。

午休时,蜘蛛们在格斗。胡克人和艾普斯利人聚众赌约,传令官掌管着赌资,分配着奖金。然后,轮到个人优胜者上场了。

马瑟现在是艾普斯利人的统帅,穿着他伟大得不能再伟大的祖先留下的镀着闪亮琥珀金的青铜片铠甲。下午晚些时候,喇叭声给了他信号,他举起矛杆上缠着加固金属丝的长矛——他鄙弃带着盾牌作战。

他扛着长矛走到前线,背后的艾普斯利军营发出咆哮。他大步跨向战场中心,看着胡克的主帅走过来。和去年不同,他的对手选择了双手光子长剑。马瑟以为这将是一场值得纪念的交锋。明年,他们将用歌声来赞颂今天。

他已经习惯了在同一个意识里存在着两个人。火星人的梦境就像他曾在家里看过的电视纪录片,演员也会扮演一些历史人物——是观众同时也是演员。他想知道最初,在清理这个世界之前,这种体验是不是和科幻小说带给读者的类似。

现在,战士马瑟大步流星地跨向传令官等着的战场。他把矛尾插在地上,把头盔推到又长又尖的头顶。他的对手将剑垂向草坪,帽子后靠,金眸毫不畏惧地看着马瑟。

第一传令官唱起了代代相传的歌谣。马瑟一听到最后一句开始,就紧握住矛杆,深深地平稳地吸了口气,把头盔推下来,假定做好了攻击的准备。对面的剑士也遮住脸,举起了剑。

鲍曼猛地拉开这疯子脸上的钟形面罩，它扣得太紧，很难完全掀开。马瑟的眼睛在灯光照耀下瞪得圆圆的，却毫无神采。有那么一刹那，它们看起来似乎是金色的，可工长却在他放大的瞳孔里看到苍白骨墙的投影。

马瑟眨了眨眼睛，一次，一会儿又眨了两次。

"快醒醒！"鲍曼说，又用枪口戳了戳他。

考古学家从长凳上站了起来，流畅地转向工头。他用右手击向鲍曼的腹部，而左手手背挥开了手枪。殴打并没有继续，不只是因为那个人的跌倒。

马瑟看向自己的右手，似乎有些迷茫。从他看着自己手的眼神，鲍曼立即觉得这个疯子的意识里有什么东西——火星人是不是有无形的刀？——他似乎想用它戳他。然后他看见马瑟眨了眨眼睛，鲍曼意识到这个疯子看见了些什么。

莫名地，那比任何事都令他愤怒。这不对，这个手掌绵软的大学男孩的精神失控威胁到了瑞德·鲍曼的奖金和它能在火星上为他换来的东西：一处自己的居所和经营可靠的生意。他愿意为了他想要的而努力工作，任何一个空想的书呆子都不能掠夺他应得的回报。

他冲上前，用枪管击向他的头部。但他失策了，只在马瑟的头罩上激起一小片火花。撞击的声音就像音符，头盔承受了撞击。马瑟几乎没有感觉到。

然而什么事情过去了。考古学家又眨了眨眼，似乎现在他才第一次切实地看到了工长。他垂眼看着右手，在空空如也的空气中翻了翻。然后摇摇头，好像从一场迷乱中走了出来。

"跟我来。"鲍曼说。他举起了枪，这样这个疯子就不会再怀疑违抗的后果，他压住了扳机。

马瑟垮下肩膀，抬起双手扭下头上的银制钟形头罩。他悲伤地看着它光滑有图案的表面，那张凝固的惊讶的脸也在回看他。然后，鲍曼说："拿走。"而他却举起这金属制品，砸向了工长的脸。

鲍曼跌倒在地，鼻血长流，还不慎推翻了身边的长椅，持枪那只手的手肘受到了撞击。手枪掉落在他脚边的骨制地板上，他庆幸还好没有掉得很远。但当他捡起武器，举着手电筒巡视时，只来得及看见马瑟的背影消失在去广场的门口，火星人的长袍在他肩头像旗帜一般飞扬。

一整晚他都在捕猎这个疯子，灯光和枪一直就绪。他坚持不懈地肆意射击，但当火星薄薄的晨霭到来时，他依旧是一个人。

机械巨兽还在继续，一座房子又一座房子，一条街道又一条街道，用千年前死去的海兽的骨灰充填自己的储料仓，排泄出自己的方块：金的、银的、铜的、青铜的，还带着粒子熔炉的热气。鲍曼焦躁的是马瑟会从蓝色山区的藏身处回来，想要中断工程。他便从其他项目借调来了人手，给他们发了枪，让他们放哨。

哨兵回报说，偶尔能看见阳光在蓝色山地那边的金属上的反光，但那个疯子没有再去试图阻止骨城的毁灭。最后，那天终于来了，他们把这自动化的采矿车装上多轮运输机，准备穿过尘土弥漫的玻璃海去下一个采矿点。一切都有条不紊地进行着，没有什么变故。

瑞德·鲍曼的奖金安全了。他曾有一小段时间单枪匹马独自奋斗，但很快就雇用了一个来火星、想在荒地探矿发大财的资深岩石采矿员，经营起一整队的人员。

工长看着运输机驮着庞然大物慢慢远去，只在身后留下白色尘土飘浮的痕迹。然后他发动吉普，穿过曾经的镇子留下的废墟。房子都不见了，伫立千年的街道也不见了。采矿机去掉了地表的包裹，暴露出红褐色的火星基岩。自从第一次发掘出内庭下埋着的坟墓，鲍曼就让技师重新设定了自动化程序。机器继续寻找着金子、银子，还有金银器皿，这大大增加了贵金属的产量百分比。为着这个新举措，新战神褒奖了鲍曼——"干得好"。

　　穿过曾经的大门,他把吉普开上了压碎的白色岩石路带,慢慢向着山地开去。道路开始上升,他开上了山。他左右巡视,寻找着反光。

　　这些山脉总给他毛骨悚然的感觉。它们和那些古老的城镇一样寂然无声,但这里的寂静却有些不同。镇子不是人类制造的,但它们那些特殊的建造者却和地球人有着某种共性。尽管如此,这片土地本身,就是纯正的火星。回溯到行星一开始形成的时候,它从未和人类有什么联系。人类到这儿来建设它,但他们从未属于它。那些想属于它的,比如马瑟,通常都被逼疯了。

　　那是鲍曼的想法,在去下一个拆除点之前,他想要和一个他觉得可能会理解他的人聊聊。所以他往更高处开去,并时不时停下来,左右张望,等着找到那明亮的闪光。

　　下午晚些时候,他在眼角扫到了,便调转车头开向它所在的长长的卵石斜坡。上山的途中有一些高耸的岩石。它们也许是天然形成的,也许是因为火星人某些不明的意图放在那里的。当他用双筒望远镜望着那里时,看到了两块石头之间的间隙里有东西在动。

　　他下了车朝那里走去,伸出双手示意两手空空。"马瑟!"他呼喊着,"我们要走了!没人会再跟着你了!"

　　岩石间传来一个声音,在稀薄的火星空气里显得很单薄。声音柔软清澈,像是乐器的质感。"你想怎么样?"

　　"我只是想来说声再见。"鲍曼说。他靠近了,近到可以看见岩石间的空隙。他看见了银色,还有金色的高光。"你知道。"他说,"准确地说,那个面具是属于新战神矿业的。"

　　"不。"那个单薄的声音说,"我不知道。"

　　"没关系。"鲍曼说,"我想我们可以等会儿再说。在你死了之后。"

　　没有回应。

　　"你也知道,你快死了。"地球人爬上了斜坡,"事实上,我也不知道没有水你怎么还能挺这么久。你半夜潜进来偷水了?"

"没有。"

"那是怎么回事?"

再次没有回应。鲍曼爬上了石头。透过缝隙,他能瞧见马瑟。这人穿着火星人的长袍,戴着另外一个面具,这个面具有着平静喜悦的表情。"出来我们谈谈。"他说。

"谈什么?"

工长耸耸肩。"谈谈你该怎么办,该怎么活下去。"

"和你有关系?"音乐般的嗓音说。

"一点点。听着,首先,我很愤怒让你加入我的小组,因为我认为你是在滥竽充数。然后,我害怕你会毁掉整个工程,破坏掉一切。"

鲍曼等了一会儿,想看看能不能得到另外一个人的回应。"但是当你离开我们独自和它一起,你就不再是我的问题了。现在,我们摊开来讲,我能接受你在这里印证了你的什么想法了。"

他再次等着。这次沉默更加漫长。这让他很不安。他想这不仅仅是他和马瑟之间的默然;也是他和这山地间的,和火星间的。

最后,岩石后的人说:"什么也没有。"

"那你在做什么?"

"没事可做。也没做什么事。"

"我不明白。"

"都是过去发生的事了。"马瑟说,"就是这样。这就是火星。"

"还是不明白。"

"我明白。"又一阵沉默,然后,尽管鲍曼没有听到脚步声,但马瑟悦耳的嗓音似乎从更远的地方传来。"再见。"

地球人绕过耸立的岩石,爬了上去。没有另外一个人的踪影。他叫了两声他的名字,但火星山地间只留下一片意味深长的沉默。

鲍曼回到吉普车上,回到基地,继续下一趟工作。稍后几年间,有时候他会告诉人们,"你可以提出问题,但那并不意味着存在答案。"

又过了一些年,一个勘探工路过,他的跨步机四处掘击,每走一步磁力计都咔咔作响。他发现了自动化采矿机认为不值钱而留下的白石立方体,于是瞧了瞧。在立方体的一面,他找到了一具穿着火星人的服饰,坐在火星硬木椅上,木乃伊化了的尸体。膝盖上还放着一个银面具。

最开始,勘探工以为自己发现了一个真正的火星人,虽然现在人们都说火星人已经全部离开了。是眼睛迷惑了他:睁大的,干燥的,望着立方体,远远看去就像是两枚金币。

但面具是个好东西。勘探工这天没有白费。

戴维·D.莱文

戴维·D.莱文是科幻小说的终身拥趸,他的中年危机始于他从尖端科研工作中抽出时间来参加2000年的号角西方文学组织。此类颇有成效。2001年,莱文出版了第一部专业作品,并获得了2002年的"未来作家"奇幻文学大奖,提名了2003年的约翰·W.坎贝尔奖、2004年的雨果奖和坎贝尔奖。2006年,他凭借故事《Tk'Tk'Tk》获得雨果奖。2009年,他的《空间魔法》获得奋进奖。2010年1月,他在犹他州沙漠里的模拟火星基地待了两个星期,促生了高水平的致敬幻灯片放映和《火星日记》,还自费出版了他和通行人员博客的硬拷贝集。中篇小说《公民-宇航员》部分取材于他的"火星"经历,并获得了2011年安腊卜读者投票的第二名。目前,戴维和妻子凯特·尤尔,生活在俄勒冈州的波特兰,共同校订了爱好者杂志《本托》。他的个人网站是www.daviddlevine.com。

接下来,他将带我们去某种程度上NASA从未想象过的火星……

"火星探险号"的残骸

黑暗中,威廉·基德跪在纽盖特监狱服刑室冰冷的石地板上。手腕和脚踝上的镣铐已经比刚装上的时候薄了很多,由于长时间和冰冷粗糙的金属摩擦,皮肤都已经粗糙得裂开了。他移动着换了个不那么难受的姿势,链条也随之哗哗作响。

这些都是熟悉的,可以忽略的。但在他被锁着的门外,大厅里的骚动却是新的,让人异常地心烦意乱。毫无疑问,有些囚犯正在庆祝他们最鼎鼎大名的邻居即将到来的死亡。

"安静点,滚出去!"他叫喊着,或者是试着叫喊,"让这个受刑的人和他的主言归于好!"

那群狂欢的人不可能听见基德的喊叫。他的敦提口音曾经响亮到可以在公海的狂风中传出去几百码,现在却已虚弱到比耳语好不了多少。但是,几乎马上,喋喋不休的声音消失得无影无踪。

不一会儿,门锁上传来钥匙的咔嗒声。

这太不寻常了。不管是谁,奉海军部和下议院之命,到基德的囚室都属罕见。半夜来访更是史无前例。而且就在他临刑的前夜……

基德撑起来换了个坐着的姿势，身上的锁链随之叮当作响。数月监禁的疲倦，多年被驳斥的沮丧，绝望，挫败，他想象不出这次不合时宜的来访，除了带来更多坏消息以外还有什么别的目的。也许出于某种政治原因，议院决定把他的死刑提前那么几个小时。也许是在把他推上绞刑架之前，他们打算给他剃个头，或是来点其他的羞辱。长久以来，他已经放弃了去猜测议会决议常年朝令夕改的兴致。

不管是什么，基德都打算像男子汉一样接受它。他尽可能放松，勉强站了起来。但是当门砰地打开时，他几乎不能控制住其中一个膝盖。

那个蠢货闪烁的火炬几乎闪瞎了他。他试图举起手臂遮住眼睛，但是失败了。在他抬手之前，两个粗鲁的看守进来把他的胳膊扭到了背后。新的镣铐又硬又冷，紧紧锁住了他的手腕和肘关节。新的链条哗哗落下，垂到石地板上的镣环上。看守强迫基德跪下来，并很快将他捆绑好。一只手突然按住他的后脑勺，强迫他看着地面。他会就在囚室里被砍头？

"犯，犯人绑好了，大人。"这声音属于对待囚犯最粗鲁野蛮的看守之一。是什么人让他如此奴颜婢膝，都结巴了？

"滚吧。"这声音冷酷无礼，惯于颐指气使。有一种基德对不上号的口音。荷兰语？

"大人？"

"滚。我要单独待会儿。"

看守响亮地咽了口口水。"遵命，大人。"他低声说。

那只手松开了基德的头，双脚慢吞吞地走出了囚室。片刻后，嘎吱一声，门也被锁上了，关得远比基德想象的更轻。

一支火炬还燃着，还有那个人的呼吸声。

基德抬起头。

这个陌生人有六尺多高，从头到脚包裹着他的深色斗篷也不能掩盖其骄横的举止。他用绣花手绢捂着鼻子，无疑，为了隔绝监狱的恶臭还浸过醋。

"我应该把这份特权归功于什么呢,大人?"基德带着讽刺的礼貌,恼怒地说。

那人掀掉兜帽。"当然是投资者去探望他的委托人。"

基德一时没有认出这张脸,那高傲的黑眼睛,坚挺的带着隆起的鹰钩鼻。然后他喘着气,转动着脑袋。虽然他们从没碰过面,但是他在无数硬币上见过这张脸的侧面。"陛下。"他喃喃自语,胸中燃起冰冷的怒火。

威廉三世,英格兰和爱尔兰的国王,也是苏格兰的威廉二世,再次用浸过醋的布料捂住鼻子。"我在这里的时间有限,"他的声音低沉,"就算是和我那些亲爱的顾问一样愚不可及的人,也不能指望他们长时间忽视我的缺席。所以我就开门见山了。"他拿开手帕,黑眼睛注视着基德的眼睛。"我到这里来给你特赦。"

一开始,基德甚至不能给出回应。这无疑只是一场梦?或者是为了让他蒙受更多苦楚的残忍玩笑?期望和怒火还有怀疑在他心中搏斗。"陛下?"他设法说。

"你听到了,"国王厉声说,"我将免去我的议会以你出言不逊为名编织的,套在你那肮脏海盗脖子上的绞刑。"

基德迎上国王的目光。"但我说的都是真相。"

"真相在政治面前不值一提!而且如果不是政治,我才不会和你待在这恶臭的老鼠洞里。"国王叹了口气,"基德,你是个麻烦。你我都知道你不是海盗,但我的顾问想让你为对你赞助者名声造成的损害而受到绞刑。而且你鲁莽的逞能和该死的正直给你树立了太多的敌人,只有失去整个辉格党,我才能当众护佑你。但是你的罪行,你的敌人散布的谣言,都让你成了一个值得在绞刑架上牺牲的好船长。所以,再一次的,我赦免你。"他的唇边露出一丝诡异的微笑。"但是如果你接受了赦免,就要为我完成某个命令。而当你听到这个命令和条件,也许你会拒绝这仁慈的赐予。"

"什么任务和条件,"基德咬牙切齿地咆哮,"会让人认为刽子手的套索凌驾于国王的赦免?"

那笑容又令人气愤地扩大了。"我需要你计划,装备,配置人员,到火星上来一场探险。"

国王冷酷的嘲笑差点让基德的怒火喷薄而出,但是他管住了自己的舌头;他甚至没有让自己的表情流露出他所感受到的耻辱。

对基德而言,审慎是个新体验。甚至就在一年以前,对这种荒谬的轻慢,他本该带着用谎言和诽谤编织的意气风发谩骂,掌击,争斗。但是无常的监狱生涯教会了他谨慎。

他停下来,对一位国王——一位并不因轻浮和疯狂闻名的国王的话,进行了适当的考虑。现在是个新世纪,是冒险、探索和奇迹的时代。当新的世界几乎和旧世界一样被绘制出来,人们开始寻找甚至是更新的世界。气球在欧洲每个国家的首都升起,而在丹皮尔成功环游月球之后,去火星,虽然稀奇,但并非完全的异想天开。

"我知道了,"基德忍住了愤怒,"条件呢?"

"第一,"国王竖起一根指头,"你不能向任何人透露你被赦免的细节,否则就是死罪。第二,你要接受科学家约翰·塞克斯通的指挥。服从他的命令,忠实为他服务,直到探险胜利结束都要在他周围一百码以内,寸步不离,否则也以死罪论处。第三,你要亲自负责塞克斯通的安全。不管他受到什么伤害,你还是难逃一死。"他放下伸着三根指头的手,双臂抱在胸前。"另一方面,如果你能设法带着自己的脑袋和毫发未伤的塞克斯通回到伦敦,你会受到一位国王的嘉奖。甚至会被授爵。"

基德考虑着国王的话,郑重其事地考虑着。戴着锁链,他跪在英格兰最恐怖的监狱最黑暗的囚室里,面对着抉择,一个不可能完成的任务——一场疯狂的冒险,意味着他和他的手下可能都没法生还——或者是明天必然的死亡。

然后他笑了。

粗糙、刺耳的轻笑从他一年来被监狱的食物、监狱的水、监狱的空气摧残得只剩下干渴的喉咙里爆发出来。国王退了一步，雪白的手绢紧紧捂住鼻子，仿佛害怕基德会挣脱束缚，攻击这尊贵无比的自己。

"我接受您的赦免，陛下，"基德平复了痉挛，喘着气说，"我从不拒绝任何挑战。"

基德漫步在索尔兹伯里法院，去赴和杂货商耶鲁的约会，他在耶鲁那里订了水、绳索和食物。可以自由行走不受约束，不用超过十码就碰到墙，可以呼吸没有被一千个死刑犯的排泄物污染的空气，即使已经出狱五个星期，这仍然是个奇迹。

科学家塞克斯通和他走在一起。这个瘦骨嶙峋，只有基德岁数一半的灰眼睛男人，不仅是皇家学会的成员、格雷沙姆大学的讲师，还发明了能把地球球状表面投射到平面纸地图上的新方法，还发现了两种新的甲虫。他关于星际船舶和航行的理论很显然受到了众多科学同行的高度关注。

但是，相比于他的大脑，他的常识就和斑鸠差不多。

虽然基德的状况正在得到改善，但还是得杵着手杖。尽管有这个负累，他还是比偶尔停下来同陌生人以及对非同寻常的小块石雕感兴趣的贵族交谈，还在小本子上记笔记的塞克斯通走得快。这人就像是寒鸦——总是四处冲撞，被一切闪亮的物体吸引，却很容易就被吓飞。

基德原本以为国王赦免令的秘密条款是为了迫使他紧跟着塞克斯通，防止他逃跑。现在他终于明白这个要求的真正目的是让基德保护塞克斯通，免得他被马车撞倒、掉进水渠，或者仅仅是忘了呼吸。

"拜托，塞克斯通先生，"基德在他背后叫，"我们已经迟到了，耶鲁先生是个大忙人。"

"就一会儿,基德先生。"塞克斯通回答。他正停下来观察生长在路边建筑的两块基石之间裂缝里的野草。

"基德船长。"基德小声咕哝。他已经不再操心去纠正塞克斯通了,但是这种疏忽还是让人不满,特别是考虑到塞克斯通对自己的博士头衔有多坚持。

"这就是船?"说话的是他的老船员埃德蒙兹。

"唉。"基德回复。

头发斑白的老水手沉默地站了很久,老练的眼睛盯着泰晤士河里漂浮的小船。埃德蒙兹迫不及待地响应了基德召集舵手的要求;他们曾一起在圣罗斯服役,基德可以用生命去信任他。

"这会是我带过的最奇怪的船。"最后埃德蒙兹说。

对于这种断言,基德不过是点了点头。"我可不想和你争论这个。"

这船很小,从头到尾勉强有七十码,仅可以装载六十人的团队。但她不仅仅是小,她似乎是……纺锤形。一切设计都旨在尽可能地减轻她的重量——隔板是藤制的布纹纸屏风而不是结实的木制嵌板,雕刻的扶手被简单的绳索代替,而帆布篷布取代了舱口盖。基德还知道许多看不见的无形改变,比如甲板铺板只有普通的一半厚。

"但是船桨?"埃德蒙兹指着两边的两排桨架,"在今天这个时代?"

基德抬起下巴。"没有它们我不会起航。风浪并不可靠,桨手却能带船脱离险境。船桨不止一次救过我的命。"

他没有提到这些桨架上配的桨是用来推动空气的,而不是水。这是塞克斯通根据基德的描述设计出来的,但是基德只能指望它们能像塞克斯通保证的——和其他组成这艘奇怪小船的上千个没有经过实验理论的部件一样有效。

埃德蒙兹抛开对这艘船挑剔的评论,疑惑地望向基德。"你觉得她真的能游？"

基德点点头。"是啊，她是有点怪，但那是有原因的，你和我签约以后，就能认识她了。"

"唉，你相信她？"

紧接着是一阵长时间的考虑。

基德怎么想根本无关紧要。根据赦免的交换条件，不管环境如何，他都有义务陪着塞克斯通航行，还不能揭露原因。不过他仍然觉得他应该给自己的老船员一个真实的答案。

尽管一开始塞克斯通的许多设计好像是完全癫狂的，但毋庸置疑，这个男人有着无可比拟的头脑，基德只能遵循他的逻辑。基德本身也参与船只的建设和供给，使用那些拿国王的钱能买到的最好的工人和材料。如果他能请到一整队像埃德蒙兹这样好的……

"亲自驾驶的话我就能完全信任她，"基德说，"这将是一段很长很长的旅程。"至少，相隔万里，他默默加了一句，据塞克斯通推测它总计要花两个月。他们没有计划怎么抵达火星，仅仅只是对之后的探险做了推测。

埃德蒙兹叽叽咕咕了好一阵，然后坚定地点点下巴伸出手。"如果对基德船长来说她足够好，那对我也一样。"

基德喜出望外地握住埃德蒙兹的手，摇动着。"请上船，埃德蒙兹先生。欢迎加入火星探险之旅。"

基德挡住眼前初升的太阳，检查着船上奇异的装备，试着忽视码头上熙熙攘攘的人群。

他曾警告过国王，船员一雇佣好就会有谣言开始散播。确实，实际上在最近几个星期，公众已经不断施加压力，要求公开更多关于这艘船和她的秘密任务还有关于她声名狼藉的船长的信息。但是基德对手下严加约束，让塞克斯通忙于他的草图和图表，所以没有什么有价值的消息流出。但是昨晚日落以后他们开始给气球充气,消息很快传扬开去,人群几乎马上聚集了起来。

很快人人都会知道火星探险号的秘密。

九个束在一起的气球在小船的上方飘浮着,九个用上等中国丝绸制成的球体,充满了煤炭加热的热空气,在初升太阳的照耀下就像九颗闪耀的巨大珍珠。不可思议,船已经在水面飘起来了,龙骨处泰晤士河的拖船和气球上微风的晃动让她有了基德从未体验过的恶心,以及令人不安的移动。塞克斯通曾向他保证,一旦升空,飘浮就会变得平稳。

"快点,那处束胸!"基德一边指着一边叫着。水手长重复了他的命令,两个人爬上系住气球的包网以修复基德指出的瑕疵。束胸衣是基德和船员对连着气球和船体的绳索的称呼,虽然它们并不是真正的胸衣;这艘船有那么多史无前例的创举,他们不得不拓展现有的航海术语来囊括它们。这总比塞克斯通坚持要用的拉丁语好。

塞克斯通出现在基德的扶手边。"我们是不是快准备好出发了?"他说,显得望眼欲穿,"我们要和太阳一起升起,否则动力会有不足。"

"就快好了。"基德回答,注意力转向码头,"我们只是在等……啊,他来了。"

在一群衣着华美戴着假发的绅士冲击下,人群像红海一样分开,在他们最中间,国王像摩西一样大步行来。消息传遍了人群,就像石头激起的涟漪,民众环成一圈俯下身去。

"早上好,我的国民们!"待国王的到来造成的喧闹平息下来,他说,"我给你们带来了好消息!在这个重大的日子里,探险家和发现者的新纪元在英格兰开启了!今天,我的科学家,约翰·塞克斯通,和一群精心挑选出来的勇士,将会开启一场最不同凡响的航行……一场去火星的探险!"

一片闹哄哄。欢呼声,惊叹声,嘲骂声都在向国王的宣告致敬。最吃惊的反应来自于船员,他们大都接受了基德揭露的这艘船的目的地,以为航行的真正目的会更晚被公开。

就基德本人而言,他对自己的被免职仅仅成为了"塞克斯通队伍"的一员而感到恼怒,并轻声对水手长下达了一些指令。"遵命,长官。"水手长回答,蹒跚着把命令传达给了其他人。

基德明白国王想要把自己和这个声名狼藉,虽然得到了赦免的海盗隔绝开来。但他没必要也这样,他也不会让这种怠慢免受处罚。

如果国王想要的是重大的日子,他会有的。

码头上,国王还在滔滔不绝,塞克斯通凝视着自己指着不断上升的太阳的手指。"我们失去了太多时间!"他轻声对基德说。

"耐心点。"基德回答。

就在这时,水手长回来了。"准备好了。"他伏在基德耳边说。

基德露齿而笑。"等我的信号。"

"这是英格兰了不起的一天,"国王慷慨陈词,"也是荣耀的拿骚王室……"

基德看来,这是王室过分的自我夸耀。他转身大吼:"解开绳子!排水!"

待在船上四个角落里的水手协调一致地解开系住船的锚绳。不一会儿甲板下便传来猛烈的轰隆声,其他人推开了活门,让压舱的——数千加仑的水,而不是通常使用的石头——再次流到河里。

巨大的冲力让基德一个趔趄,火星探险号升空了。

人群的反应让它之前的点火变成了微不足道的细语。人们纷纷爆发出惊讶的叫喊和喜悦的跳跃;帽子暴风般抛向天空,外套和衬衫像旗帜一样挥动着。

在这场骚动的中心,国王混杂着暴怒和羡慕的抬头怒视着基德。

基德抬帽致敬。"两个月后见,男孩比利,"他小声咕哝,脸上闪过大笑,"你这混蛋。"

"火星探险号"的残骸

基德站在绳子边上,在普通船只上这里应该是尾栏杆,他的胃在翻腾。

他所有的航海直觉告诉他,他的船是完全平稳的。她飘浮在气球下,随风轻微而动,所以甲板上没有风力增强的迹象。塞克斯通用他的仪器,向基德担保它们都运转良好,可后者还是忧心忡忡。

在下面难以想象的远方,地球整个巨大的球体在他眼前铺展开来:一个闪耀的玻璃球,被蓝白双色的漩涡包裹着,悬浮在湛蓝的天空里。他可以伸出双臂,手指相抵,用双手跨越地球。

现在这水滴如此壮观,视野从骇人变成了有趣。

塞克斯通就站在附近,用望远镜向上凝视,基德向他那边靠了靠。"塞克斯通先生,"他低声说,以避开甲板上其他舵手的耳朵,"我必须承认我有些不放心。我曾在风暴里航行,穿过交战的海盗,面对绞刑,但在我整个生涯里这是第一次有颤抖的感觉。我的头很轻,双脚摇摆,此外舵手也告诉我他也有同样的感受。这是上层大气造成的疾病吗?"

塞克斯通啪地合上望远镜。"这不过是万有引力变小了。"

由于他的学识,塞克斯通常常不自觉地使用拉丁语。"那该怎么办?"基德问,"放血?催吐剂?"

塞克斯通笑了。"别怕。这不是病,是我们远离地球的结果。这种现象是由牛顿提出,后来哈雷第一次试图登上月球的时候证实的。我们离母星越远,她对重力的吸引——外行人一般叫作重量——会变得越来越小。我们的重量已经只有在家时的四分之三啦。"他用脚尖跳着,基德注意到假发在他头顶飞舞。

基德也跳了跳,惊奇地发现没费多大力就往空中跳起了好几英寸。

"今天结束之前,"塞克斯通继续说,"我们就会飞出地球,进入太阳系的大气。我们会在那里进入失重的状态,会觉得自己完全没有重量。那也是为什么我们将要放掉气球,继而靠帆航行。"

不管塞克斯通曾解释了这种现象多少次,基德始终不能理解。但

OLD MARS

是现在,压在他脚上的十三块石头变得这样轻,他觉得他开始懂了。他再次轻松地跳向天空,在落到甲板之前感受一下头晕的飘浮感。"我明白了。"他说。

基德继续跳着,而塞克斯通重新开始了望远镜的观测。"当然,"他用仪器向上凝视着,"我们首先会穿过和地球一起旋转的大气,然后是环绕着太阳的太阳系大气。"他放下望远镜。"也许会有一点湍流。"

"你叫这个'一点湍流'?"基德在塞克斯通耳边咆哮。

两个人为了保命互相紧靠着,并握住控制着船帆的船舵的垂直舵柄。不仅是因为它需要两个人的全部力量去维持它在空中的航线,也是因为只有船员间彼此依靠,才不会被吹到甲板外,瞬间消失于广袤的天空中。在基德下令让船员把自己绑在船桅上之前,他们已经失去了两名船员。

船只在大气里让人头昏眼花地翻滚,经受暴雨猛烈地冲击,被巨大的不只来自北南东西,还有来自上下的无常飓风吹得东倒西歪。连在曼德海峡的风暴里也不曾呕吐的基德也把晚餐吐向了甲板外。

"我也不知道!"塞克斯通吼了回来,"哈雷和丹皮尔都没遇到过!"

"滚去扣紧帆脚索,你们这些该死的!"基德向手下抱怨。但是基德所有的航海术都帮不上忙;不管他怎样调整船帆,船也只能像喝醉了的疯子一样打着圈儿。

基德这辈子从来没有如此惊慌失措过。每个方向都有暴风雨在动荡;指南针在罗盘上发狂一般地乱转,甚至最基本的永恒的真理都被忘得一干二净。"我们怎样才能逃过这场混乱?"他问塞克斯通。

"等看到蓝天就冲过去!"

但是用塞克斯通空气舵驾驶飞船的理论远比实践简单,不比头昏眼花地乱转好多少。而且在这种大风里划桨最可能的结果不是把桨划成两块就是把划手掷出甲板。

一场无止境又无所不在的风和闪电过去了，另一场永恒的水手地狱还在继续。右舷的前方出现了一小块蓝天。尽管基德和塞克斯通紧紧抓住船舵朝着左舷扳去，其他人也熟练敏捷地操作着船帆，但是除了另一场疯狂的翻滚他们一事无成。"上帝啊，这该死的鬼天气！"基德叫喊着。

"不要徒然提起主的名字，"塞克斯通回应，"但是相信他，他会提供庇佑。"然后他指出。

又是一小块蓝天的空隙，不比巴掌大，出现在右舷不远。而就在这时，左舷碰巧吹来一阵风，把船推了过去。

基德受到了鼓舞。"张开主帆！"他呼叫着，"撑住朝左舷抢风！"

把自己捆在后桅的水手长盯着基德，好像在质疑船长是不是还清醒。在风暴伊始，遵循长久以来的海军惯例，他们收起了所有的船帆和气球，面对风暴，光秃秃的桅杆比升起的船帆更不易被吹跑；从那之后他们只升起最小的那面帆来控制船只。但是现在，基德却告诉他要升起最大的那面，并让它转向接收尽可能多的风力。

"利索点儿！"基德叫喊着重申了自己的命令，要求他们动作迅速。

"遵命，先生！"水手长回答。他和主桅上的人松开自己，一只手始终抓住横桅索，小心地匍匐爬上了主桅。只有他们数十年经验累积下来的谨慎、技术和勇敢才让他们有可能把帆展开，扣紧帆脚索，船桁在船头船尾运转，船外吹来的风鼓满了船帆。

船帆刚刚立起来就在流动的空气中满满地展开了。即使在咆哮的狂风里也能听到它被撕裂的声音，船在基德脚下翻滚，直接侧向了那一小块蓝色。在海上，这种调度是不可能出现的，但是船底之下只有空气，游戏规则彻底改变了。

"都给我升起来！"基德大声喊，"撑牢了，左舷借风！都给我麻利点！"如果顺风继续，他们就能推进所有船帆，这个方法才会成功。

全体船员努力认真地干着，扣紧一张又一张风帆。每展开一张新的帆布，船就更快向外边驶去。

狂风刮在帆群上的力量也让船身偏向一边，她向右舷倾斜得如此厉害，龙骨脊都直直指向了风中。

基德和塞克斯通很难握紧舵柄，虽然现在船只完全倒向一边，但地球的引力变得非常微弱，没有人被甩出去。

主桅的那一小片蓝天正变得越来越大。

然后船冲了出去，跌进洁净的蓝色天空。风暴被甩在了身后，可怕的闪电球抽打着黑云。

"感谢上帝，"基德大喊，"幸亏有熟练的水手！"

基德，塞克斯通，埃德蒙兹和船上的木工都飘在右舷的空中，脚踝系着固定用的轻绳。风暴已经过去了三个星期，他们也见过了许多其他类似的——巨大的翻滚虬结的云层——而基德和塞克斯通一直在争论怎样才能最好地应付下一个不可避免的险境。

木工在船体上画了一个巨大的"×"，就在干了的藤壶和船蛆洞之间。"就是这里，船长，"他说，"如果你不确定的话……"

基德不确定，一点也不。

他满怀恶意地望了塞克斯通一眼。"这是疯了。在我们自己的船上钻洞？"

塞克斯通马上瞪了回来。"这是唯一的方法。"

三个星期以来，这艘船受够了行星间率性而为的大气，每一阵变化无常的微风都让它颠来倒去、花样频繁地翻滚。尽管他们已经绑紧了所有能绑紧的东西，但是人还是在空中飘浮，船只的转动和翻滚还依然造成了许多伤害，有几个人差点跌了出去。关于如何在这个新世界航行，基德已经学到很多，但每一次转向都还不是那么得心应手。

塞克斯通异想天开地做了一个新的航行计划。卸下主桅和后桅装到前面较低的船体上，让它们在放下和升起时和前桅形成一个主要的等臂 Y 形。根据塞克斯通的理论，这样把所有的帆都前移，可以在时不时吹过的风里暴露出船尾，而不是让它朝一边倾侧；让帆均匀分布在垂直面上可以让它们控制船的方向，让她在空中定位。但历史上可没有哪艘船的桅杆是在吃水线以下的！

"这样的话，我们就得在内龙骨的地方把船桅锯开！"基德抗拒地说，"那她就再也补不好啦！"

塞克斯通抚慰地拍拍空气。"我保证这个新设计能让船达到平衡，"他说，"如果可以，把它们弄到新位置上去。"

基德和他的手下不得不研究出一整套的新装备来支撑船桅。但是剩下的绳索有限，这工作一开始就得做得尽善尽美：万一装备不能充分让帆抵御风的力量，新装的船桅就会把船体撕裂。他摇摇头。"我不知道能不能做出来。给我点时间，该死！我们也可以在她立着的时候试着航行……"

"不。我们争论够了。"塞克斯通双手环抱在胸前，低头看着基德又往船体那边飘了几码，"我们要尽快更好地操控这艘船，否则下一场风暴一来，我们就会被卷进去因失衡而翻滚，或者被撕成碎片。"

基德努力松开咬紧的牙关。"那是命令？"

"如果必须的话。"

两人紧张地注视着彼此许久。埃德蒙兹和木工看着他俩，眼神飞快地从船长和科学家身上扫过，又收了回来。

曾经，基德是掌控自己命运的船长。但现在，他发现自己正服从于一个瘦弱的、连毛都没长齐的男学生，而敌对情绪则日渐减少。

而且……塞克斯通的想法能帮他们走得更远。如果他们能够完成这个任务，火星-航行者-基德的传奇会让被诽谤中伤的海盗-基德黯然失色。

他弯腰把绳子从脚踝绕到肩膀，绑紧，再后倾让自己赤脚踏上粗糙变形的船体。"给我斧头。"他对木工说。然后他退后，开始砍那个

OLD MARS

"×"。

如果有谁要伤害基德的船,那只能是基德自己。

火星,一个巨大阴暗的古铜色球体在基德的望远镜里闪烁。阳光照耀在云层、海洋和湖泊上,地球就像一块玻璃在闪耀,而火星灰暗得像干燥的原木。一个死气沉沉的世界。

基德猛地关上望远镜,凝望着视野里的不速之客。火星的星盘已经大得不能用拇指遮住了,它在一天天地变得更加明显。

那会是个激动人心的时刻。

隐患悄无声息,又步步紧逼。满载着食物和水,火星探险号已经离开伦敦三个月了,比塞克斯通理论上的最长往返时间还多出了一个月。飞出地球就用了差不多八个星期,比预计的长,但是自从他们改装了船桅,重新规划了分工,塞克斯通奇异的新航行计划一直运行得很完美。六个星期的时候,全体船员一致同意减少供给,全力向火星推进,以求更快返航。

当发现第一个空了的水桶,他们认为不过是个意外。但接二连三干涸的水桶给基德敲响了警钟。他和舵手到控制室敲打了剩下的每个水桶。

几乎三分之一已经空了。即使还有一半,他们也肯定会渴死在回伦敦的路上。

"该死的!"基德咕哝着,狠狠捏紧手中的望远镜,仿佛那是该下地狱的杂货商的脖子。但比起诅咒,基德更加埋怨自己。多年狩猎的海盗生涯,被自己的赞助者背叛抛弃,本应该教会他除了自己的双手最好谁都别信。

突然,塞克斯通轻拍着基德的肩膀,惊醒了他。"别骂杂货商了,"他熠熠生辉,"不是他的责任。"

"那怎么会这样?"基德尽力保持镇静,"如果不是他弄虚作假——

那就是国王、或者其他人的无能。"

塞克斯通摇摇头。"昨晚我才认识到了真正的原因。装船的时候这些水桶都是满的,但它们是根据地球的气候造出来的。你没注意到大气湿度变得有多干燥吗?"

"是啊……"基德用干得像块旧皮革的舌头舔着皲裂的嘴唇。离火星越近,空气就慢慢变得越来越冷、越来越干燥。

"空气的干燥首先让水桶的木头变干,然后让水从缝隙中蒸发。下次的旅程,我们可以用蜡封住水桶,或许可以阻止这种挥发。"

"下次?"基德没有娱乐精神地笑了,"我们不会有下次了。"他的目光投向空无云彩的大气,还有其下死寂干涸的星球。"大海虽然是喜怒无常的情人,但至少她偶尔也会有提供淡水的清泉和池塘。太空里连个岛都没有。"

"也许是没有岛。但是有……运河。"

基德眨眨眼。"运河?"

"给我望远镜。"塞克斯通拿过基德的望远镜看了看火星,又还给他,指着说,"那里。就在星球的边缘。"

很长一段时间,基德什么也没看到。然后一片波谷和模糊里,出现了一些细长笔直的银线,在微弱的阳光里闪闪发光。

基德移开仪器。"不过是海市蜃楼。"

"运河,"塞克斯通坚持,"其中流淌的除了水还能是什么?如果船能在那里登陆,再次启航,也许我们还能活下去。"

基德再次舔了舔干渴的嘴唇。然后他转向水手长。"告诉木工",他说,"我们需要一些支架才能在沙地上降落。"

火星在穹顶上闪耀着红光,巨大得好像是日落时圣彼得的圆顶。巨大的北极盖在猩红星球的顶上闪烁着白色的微光,但是塞克斯通否定了埃德蒙兹在这里着陆融雪取水的想法,他担心极区的大气太冷,而有限的煤储备不足以提供让船再次起飞的热能。相反,他们瞄准了北经四十度左右几条大运河交汇的区域。塞克斯通发誓他通过望远镜找到了那里有城市的证据;基德和之前一样不支持他的理论。但是,至少,多个运河的出现加大了他们找到水的概率。

假设,那就是,又或者这些银线确实是水渠,也含有可饮用的液态水,而不是某些未知的火星物质;也假设他们能在预定的地方着陆,并能在登陆后存活下来。

但就算是塞克斯通,对于在快速接近火星表面时会遭遇什么样的状况也毫无头绪。

在穿过太阳系行星和火星自转交汇的大气中的湍流区域时,风向变换得异常狂暴。但基德的船队对空中航行已经很有经验,船上的装备也是很好的证明,和地球上不一样,这里的海平面上没有那么多风暴云。"这里的空气太干燥要形成风暴太难了,"塞克斯通用和其他人一样干裂的双唇说道,"甚至是云也很难形成。"

现在他们要做的就是等待有利的风向,然后升起船帆把握住这机会。通常如果风向变化或是停歇,他们就会降下风帆,保持方向,直到遇上另外一阵顺风。这工作让人筋疲力尽,但是,用了这个技巧,效果显著。塞克斯通估计,再过几天就和火星近到可以放气球了。

基德用望远镜寻找着大气里细小的飘浮物,他可以根据它们的移动研究风向微小的变化。突然,一簇银色颤动的图像掠过他的视野。

塞克斯通曾给这些生物一些基德从来都记不清的拉丁学名。他叫它们飞鱼,虽然它们只是在形状上有所类似,但尝起来却完全不一样,它们也从未这样在大气里成排飞过。从过去几个星期里,基德已经认识到这种情况通常是一场暴风的预兆……这正好是基德祈愿的。

"展开顶桅,满舵!"他嘶吼着,船员们脚不沾地地付诸行动,许多人简直是在甲板上方二三十英尺的高度飞跃而过。他们已经适应了空中的行动,失重时,脚手推动他们敏捷地从绳索处跃到航桁再到船帆——塞克斯通坚持称这种现象为"自由降落",其实这和降落一点关系也没有。基德担心回到地球会发生什么,在那里,这种高度落下去可是会要人命。

基德双手交替攀着船尾绳索从后甲板的这边移到另一边,观望着主桅和后桅。但是整个三桅的船员都明确了自己的分工,几分钟之内就张开了所有船帆。

不一会儿,一阵狂风袭来。整条船都被吹得震动起来,桁端咔嗒作响,桅杆也被吹得吱吱嘎嘎,有些人系着安全绳大喊大叫。基德和埃德蒙兹靠着垂直舵柄,双脚蹬住甲板,狂风正试图吹翻这艘船。但是船装撑住了,整修过的船帆堆在一起,船向前冲去,行星以让人满意的速度在变大。

几分钟之后,基德被塞克斯通的行为吓了一跳,他带着惊恐的表情爬下安全绳。假发都被吹得不知去向。

"停下!停下!"塞克斯通在风中叫喊,"我们已经进入了行星大气。我真蠢,居然没意识到火星的重力比地球小。它的大气没有那么稠密,但是更深。"

"我没空听你的自然科学,博士!"基德吼了起来。

"你没明白,船长!我们已经在降落了!"

塞克斯通的结果让基德明白了自己身体曾试图发出的讯号。船只迅速地加速前行,实际上,是类似降落的感觉。不只是船正在加速朝行星降落,基德自己的体重也回来了,正拖着他从垂直舵柄弯向船弓。

"充气!"他喊着,"利索点儿!能做什么做什么!"

船中部的水手立刻爬向甲板上多周前收着气球的巨大储物箱。在地球时,他们花了一整天时间才把它们收好;现在他们远没有那么多时间了,而且还是在狂风之中。

基德继续盯着船帆,不时抢风,防止变换的风向把船扯成碎片。为了减速,他是否应该完全放下它们,任由失控?

OLD MARS

在想出答案之前,他被船腰传来的让人心惊的可怕声音吸引了注意。那是船腰的首要之地。"完了!"他痛苦地叫喊着,"都完了!"

他手里抓着一条黑色的破烂丝绸。

基德冲向船腰,逐箱作损坏评估。在接触储物箱的木头之后,每个气球都或多或少地腐烂了。每捆的中间部分还算完好,但由于被打包的方式不对,每个都千疮百孔。在有限的时间里没法让哪怕一个存住空气。

基德低头看着拳头间紧攥的破碎布料。

是他,亲自,把气球收起来的。他深知要活着回到地球它们有多重要,他确认过它们被完好地折起来放好。

他那时没想到的是,在被放气收好之前它们已经被第一场暴风雨弄湿了。潮湿的丝绸,无论收藏得多仔细,都注定会发霉腐朽。

基德,他自己,毁掉了火星探险号。他把脆弱的丝绸当作普通的帆布,这种敏感的材料就在他的照料下枯萎、死去。

他无助地抬眼望向火星,这火红的球体正无情地向他冲来,船一定会撞上这满是沙地和岩石的巨大球体,撞成碎片。

塞克斯通出现在他身边。基德一言不发,给他看破了的丝绸。"都这样吗?"自然学家问。

基德点着头,毫无自信能开口。如果不是近乎失重,他也许会绝望地瘫倒在甲板上。

塞克斯通立即拿出望远镜,专心致志地远眺起来,似乎他打算只凭注视的强度在风暴里烧出一个洞来。但最后他垂下望远镜,塌着肩膀转向基德。"没有这个我们不能航行,"他承认,"我们已经太深入火星的大气;它的引力让我们变得很快。"他叹口气。"要是我们能像卡里皮斯塞恩一样扇起鱼鳍多好。"

基德过了一会儿才意识到,这拉丁语是塞克斯通给飞鱼起的名字。"或者用我们的方式解决麻烦。"在他的职业生涯里,有许多次,基德曾在狂风巨浪里力挽狂澜。

尽管基德的心里仍然沉甸甸的，塞克斯通的眼里却迸发出灵感的火花。"桨！"他说，"那些桨！也许它们能用来……"

"在这种大风里？它们会像树枝一样折断的！"

塞克斯通摇摇头。"想想卡里皮斯塞恩的鱼鳍。"

虽然如此，基德还是努力跟着塞克斯通的推理，想象着鱼鳍。它们是巨大宽阔的膜状物，辅以坚硬多刺的肋条组织。

每根肋条都不会比鸽子的羽茎更厚，但当它们聚在一起，当鱼在空中飞翔时，每根肋条却只会承受很小一部分张力。

不。它们不是像鸟一样飞翔。更像是滑行。

"亲爱的主啊。"基德明白了。

"首先，我们要减速，"塞克斯通说，"否则我们就没有机会了。"

"降下所有帆！"基德大喊，"召集修帆工，装配工，木匠！"

当修帆工、装配工、木工分别完成了自己的工作，甲板上已几乎不能落脚了。

腐坏得最少的气球丝绸被割成了条状，绷在双桨之间；整个装配是想要再现类似中国舢板那样巨大的，展开时像羽翼般的船帆。但此刻，船腰更像是一团被混合着黑色条纹的白色织物拍打的肿块。任由纷飞腐坏的丝绸在下降的气流中狂野飘扬。就算是两个强壮的男人也很难在它的拉扯中握牢手中的船桨。

桨架被橡木和绳索捆成的结加固了，最沉重的绳索绑成环圈把每个结和对面舷缘配对的结连在一起。在龙骨之下，绳网把船架成了巨大的编织篮子。

"这没用，"塞克斯通咕哝着，"我是个傻子才这样提议。"

对自己的想法失去信心可不像是塞克斯通所为。通常，不管对基德而言有多不切实际，他都会固执己见，直到问题被彻底地解决——不论成败。但是现在,事到临头,全船人的性命都依赖于这个疯狂的灵感,科学家却在恐慌里颤抖起来。

"会有用的。"基德拍着塞克斯通的背说——虽然他自己也远不能确信,"一定会。"

就在前下方,火星的球体变得如此之大,已经不能一眼囊括。它反而更像是地平线,一道弯曲的地平线。火星的逼近,和船体上的大气压力也让基德感受到了重量,将近两月都没有过的脚踏实地的感觉。塞克斯通说过压力不会大于地球压力的三分之一,那很好,飘浮了这么多个星期以后,基德的膝盖已经和新生的小鹿一样虚弱无力。

或者那也许仅仅是出于恐惧。

基德大步迈向后甲板去安抚船员,尽量让步伐坚定自信。若是在普通船上,他应该已经爬上了后桅,但火星探险号的后桅已经固定在了右舷上。"别吵了,小伙子们!"他在湍急的大气里喊着,"不是一般的方法。你们都知道'撑住水',是吧?"

一片摸不着头脑的肯定回答。"撑住水"从来不用在这么大的船上;这意味着用身体支撑起船桨,让小船迅速地停下来。

"这就是我们要做的。首先,向后扳桨,之后,听命令,再往前扳,要平稳,要漂亮地用力。然后撑住桨,想活命就一定要撑住,这样整艘船就会挂在上面!"他瞥了眼塞克斯通寻求支持,得到了一个紧张兮兮的点头,"然后听命令抬高或者降低你手里的船桨。一点一点来!就像调整风帆一样。"

在飘荡的腐坏丝绸背后,基德只能看见一些若隐若现的脸。他们似乎都很紧张,彷徨不定。

而这些脸上也充满了希望,和信赖……对他的希望和信赖。

基德扬起下巴。他会证明他值得这种信赖,否则就让他在尝试里死去。"拉桨!"他喊着口号,还有"固定在桨架上!"

船员们都在尽力配合,努力听从也许从未有船长下达过的命令,用着从没在船上见过的装备。船桨的森林整齐地后拉,在把它们牢牢系到加固过的桨架上时,补好的丝绸像一簇火苗一样噼啪作响。

"准备好了,船长。"很久之后水手长报告。

基德深吸了口气。现在是检验塞克斯通疯狂构想的时刻,或者是走向他们共同的厄运。"撑住!"他以前所未有的坚定吼叫着,"就是现在,干得漂亮!"

船员们用背抵住船桨,喊着号子把桨往前扳。虽然他们对抗的只是空气,不是水,但高速前进对每对桨之间破烂丝绸膜的压力同样巨大。

他们都是优秀的船员,最优秀的。用国王的钱财能买到的最好的,并好吃好喝地养着。但,只是他们身为海员的力量就足够了吗?

船桨和丝绸把鼓动的空气散布开来,丝绸被绷紧,船也在颤抖旋转。张力让人和木头都发出不堪重负的呻吟,汹涌的空气开始减慢飞驰的船速,同时基德感受到了向前的冲力。

"坚持住,小伙子们!"他抓紧帽子大喊。

火星探险号像被叉住的枪鱼一样摇摆,颤动,奋力挣扎,开始让自己从一艘空中飞船变成一条巨大的飞鱼。

如今,火星那巨大弯曲的红色地平线开始变直。两旁,头顶,飞驰着一簇簇稀薄的云卷。塞克斯通带着他的望远镜紧紧靠住罗盘箱,大声喊着方位,并做出了许多手势,基德努力地都翻译成命令传达给自己的船员。"左舷上升一个方位点!"他喊道,"右舷保持不变!"

装配之间风的咆哮震耳欲聋。

基德常常不懂塞克斯通叫他的意图。他怀疑塞克斯通自己也不知道。船员经常过度执行或是误解基德的命令——这些命令他们之前闻所未闻。每当有人失去对船桨的控制,哪怕只有一刹那,船都会剧烈地上下左右摇晃。不知为什么,没有桨折断,也没有人坠船;船也没有失控地旋转。而尽管渥坏的丝绸继续在被撕碎,它也没有完全变成碎片

OLD MARS

……至少，暂时没有。

船越来越逼近下方的陆地，龙骨下方溅起赭红色的污迹。两旁掠过陌生的矿物地层，以及基德从未在旅途中见过的奇形怪状的橘色石头。和桅杆一样笔直的宽广运河中满是水光，从地平线这头延伸到那头，匆匆一闪，就被抛到了身后。然后是一座让人震惊的城市——高塔尖顶，宽阔的街道，仅仅一瞥，行色匆匆的居民。基德目瞪口呆地盯着船尾这光怪陆离的景象。

"船长！"塞克斯通在呼唤。

基德回过神来发现前面是巨大交织的红色沙丘。塞克斯通疯狂地挥舞着胳膊。

"右舷下降五个方位点！"基德高呼，"左舷升五个！"

船员们紧张地遵从了命令，发出努力的呻吟。船猛地倾向右舷，吱嘎作响。基德和塞克斯通把整个重量都压在垂直舵柄上，贡献微不足道的助力。

飞驰的船只笨重地，勉强地，改变了航线。

但是还不够。他们还不能摆脱沙丘的冲撞。

"都向前升！降船尾！迅速！上帝会拯救我们！"

一个猛烈的倾斜，船首升向了天空，船倾向了船尾，地平线也倒向了一边。突如其来的天翻地覆让船员的身体承受了巨大的压力。他们发出痛苦的呼喊；有人扛不住，尖叫着被抛在甲板上。丝绸撕裂和木头裂开的声音不绝于耳。

基德和塞克斯通挣扎着爬过倾斜的甲板，为了安危紧攀住罗盘箱。然后是一阵猛烈的撞击，上帝保佑，船狠狠地搁浅了。

基德跪在冰冷的沙子里，低着头摆出祈祷的姿势。但他并没有在祈祷；他不过是在放松疲惫的身躯。他百无聊赖地想知道上帝是否能听见火星上人类的祈祷。

"火星探险号"的残骸

船还完好无损地搁浅在巨大柔软的沙丘上。但是下方的两根桅杆已经碎成了碎片,固定它们的船体部分被钻出了两个大洞。船长装上的着陆脚和连带着的船体的木板也不知去向。一英里的沙地内散落着货物和煤。在那里,还躺着三个冲撞时坠船船员的尸体。另有两个也伤重不治。剩下的大多数还有希望康复。基德自己也吊着左臂,庆幸自己不过是扭伤了肩膀。

在白天,火星表面的气候和行星近地大气的气候并没有什么不同:寒冷,干燥,广袤空间里吹过微风,吹起飞舞的沙尘。但是失事一个小时后,太阳落下——这是他们在行星间没有影子的大气里航行两个月以来见到的第一次黑暗——寒冷愈发深重,甚至连基德最厚的外套也不能阻挡。大部分人甚至没有稍厚一点的衣服。没人能好好睡一觉,虚弱在加重,苍白的太阳也不能改善这凄凉的处境。

靴子踏在沙上的噗噗声让基德抬起头。是埃德蒙兹,看起来憔悴又疲倦的军需官。"我们清点了存货,长官。"

基德只是等着。

"牛肉和豌豆只剩两个月定量的一半。但是水桶……"埃德蒙兹摇摇头,"着陆的时候一半都洒了。只够大概两个星期。"

基德不知道说什么,喘了口气。在他能回答之前,头顶传来一声大叫。一个人站在船头顶端,一脚踏在破碎的斜桅上,挥舞着双臂,大声呼号,可惜被风吹走,消散在广袤稀薄的沙漠空气里。

基德笨拙地爬起来,把完好的右手罩在耳后。"再说一遍?"他喊。

那人双手罩成扩音器。"火星人!"

这些土著看起来就像螃蟹——真人大小有四只长脚的螃蟹,靠后肢走路。虽然他们有双手双脚,但四肢都在错误的地方弯曲,并且四肢和身体都覆盖着一层坚硬的壳,遮住腹部的是白色,背上则是和沙一样的赭红色。没有明显的头部,只是在躯干的顶端凸出一块,伸着两只可

OLD MARS

以灵活弯曲的黑眼睛,看起来和龙虾一样,还有直立的长得和钳嘴一样的吻部。每只手也同样类似于螃蟹,手指的尖端是凶猛的螯钳状。

他们在沙地上聚成一团。起码有一百多个。

基德放下望远镜,转向塞克斯通。"你觉得这些野蛮人会说英语吗?"

塞克斯通看起来很糟糕:服饰凌乱,假发早就无影无踪,面色黝黑,胡须横生。"未必。但他们不是野蛮人。"

"为什么?"

塞克斯通又拿着望远镜远眺,基德也是。"他们的服装。注意颜色和图案——非常复杂。有点让人想起波斯地毯。特别是中心的那个,戴帽子的那个。肩膀和手腕上都戴着珠宝。"

基德眯眼看着,但还是看不出年轻人注意到的那么多细节。"我只看见了剑。"每个原住民都带着又长又薄的剑,插在腰带上的剑鞘里;很明显,刀锋更小,同样也狭长弯曲。在苍白的阳光里闪着微光。

塞克斯通嘲笑他们。"我们也有武器,不是吗?我们可不是野蛮人。"

对此,基德不置可否。

基德尽量仰起头,笨拙地走下沙丘的斜坡,但是他胳膊受了伤,还要绕过成包的杂物——金币、玻璃珠、干牛肉、一瓶水、一本圣经——很难保持住平衡。他注意到,火星人有适合在沙地上行走的宽阔柔软的脚掌;他们下身穿着印度式的宽松裤子,卷在膝盖上,裸露着下半节红色甲壳包着的腿。

关注这些细节让基德没有在沙地上摔成球。

塞克斯通伸出空无一物的双手,率先开口。"以英格兰和爱尔兰威廉三世,苏格兰威廉二世国王的名义向你致敬。"

戴着帽子的那个火星人向前出列。他散发出浓烈但不让人讨厌的气味，就像马和肉桂混合的味道，而他甲壳上几处地方挂着的闪闪发亮的金属看起来是真正的金子。他用自己的语言吱吱吱叽叽叽地说着，然后向天举起一只手螯，然后向下环绕着火星探险号、英国人、火星人做了个手势。接着，他双手交叉，沉默地站着。

塞克斯通和基德交换了个眼神。甚至是自然科学家也明显被这种表示迷惑了。"也许我们该给他看看圣经？"基德建议，"他朝天堂比画……"

"我也没头绪。"塞克斯通承认。基德把厚厚的书递给他，他翻到起源。"这是我们最神圣的书籍，"塞克斯通对原住民说，虔诚地展示着，"这是宇宙创世纪的故事。"

火星人拿起书，和自己的同伴啾啾啾地检查评论着书的每一面。他的螯爪滑过主题栏，仿佛是在阅读，然后轻敲着皮制的封面和书脊。他把书拿近脸庞，双眼以一种最让人不安的方式弯曲在一起。

然后，让基德惊骇的是，他慢慢慎重地撕下一页，揉成一团，塞进了他那可怕的下颌。

基德和塞克斯通因为屈辱而僵硬，却无能为力，只能站在那里，眼睁睁看着火星人带着显而易见的沉思咀嚼并吞下了书页。没有哪个伦敦的美食家能在自己最爱的俱乐部用如此热切的态度品尝一杯美酒。原住民似乎是在专心于品味牛皮纸和墨水，连没有眼睑的黑色眼睛都失了焦。

塞克斯通愤怒得全身发抖。"那是主的话语！"他吐了口口水。

基德也很生气，但没有塞克斯通那么出离愤怒，他敏锐地意识到许多武装了的火星人已经从四面八方包围了他们。"放轻松，博士，"他伸手搭住塞克斯通的肩膀，低声说。

这显然起了作用，塞克斯通冷静下来。但当火星人撕下第二页第三页，并把它们撕碎成小片和周围的火星人一起分享时，基德就不得不从身体上控制住他。

OLD MARS

"他们似乎觉得我们主的话非常……可口。"基德完好的手臂跨过塞克斯通单薄的胸膛按住了他。而他自己已被火星人亵渎神明的享受深深震惊了,觉得自己快要歇斯底里胡言乱语了。

塞克斯通深吸了口气,轻拍着基德的手。基德抚慰着他。"主啊,宽恕他们吧,"塞克斯通望向天空,"他们并不知道自己犯下了怎样的罪行。"

在他们交谈时,火星首领已经把圣经交给了其他人。第三个原住民拿着一个玻璃瓶走了出来,首领接过来递给了塞克斯通。螺旋状的符号,也许是文字,蚀刻在瓶子的表面;内容物呈深琥珀色。

塞克斯通和基德面面相觑。最后,还是基德打开了柔软树脂制成的软塞,轻轻嗅了嗅里面的液体,他扬了扬眉毛,难以置信地尝了一口。

奇妙的滋味,带着姜和松木的感觉,液体滑过基德喉咙时那异常芳醇的烧灼感是如此熟悉,眼泪刺痛了他的眼睛。

"这不是费林托什①,"他对塞克斯通说,"可恶,这是上好的威士忌!"

塞克斯通眨眨眼,转身向火星人鞠了个躬。"我们好像有了贸易的基础。"他说。

基德在火星王子的火堆上烤着双手,惊奇于自己离纽盖特监狱竟已如此遥远。

尽管存在种种交流上的困难,火星人还是热衷于用他们的货物换取书籍,皮带,以及一切皮制的东西。火星的肉类很美味,虽然口感上有些辛辣,味道有点重。基德和他的船员被允许使用一个小小的、看起来似乎是一整块砂岩雕刻成的圆形建筑。塞克斯通推论说,所谓的"石头"实际上是火星人用自己的唾液黏结起来的沙子,但是基德不以

---

① 指毒酒。

为然。

至于塞克斯通,他开心得就像一只高潮的蛤蜊。他全心投入到研究火星的动植物、语言,和天文学——他声称发现了火星上有两个小月亮。他似乎要在这里度过余生了。

但是船上的贮备能接受的贸易项目是有限的。有些船员成功用自己的劳动和娱乐,比如吹吹哨笛,换取了火星人的酒和其他杂物,但这毕竟不是长久之计。基德发现,戴帽子的那个火星人突起的黑眼睛看向他们时,已经有些斤斤计较并且不那么友善了。

基德从火坑旁起身,穿过那些人声鼎沸的普通房间,来到塞克斯通的研究室。他正坐着在研究一本火星的"书"——一个蚀刻了纺锤形文字的细长薄铁线轴。火星的钢铁比英格兰丰富,也好得多,几乎等同于最好的西班牙钢铁。

塞克斯通全神贯注地坐着,好一会儿才发现了基德。"我想这是个动词。"他手里拿着一个刻过的金属条。

"我有个问题要问你。"基德说,"关于自然科学。"

"哦?"

"跟我出来。"

他俩都给自己穿上了斗篷——昂贵,柔软,用色彩鲜艳的火星纤维织成的斗篷——虚弱无力的太阳早已从空中消失。外面的街道漆黑一片,一片寂静,夜里火星人基本都会待在家里,只有百万计的星星毫不松懈地在闪烁。

"哪颗是地球?"基德嘴里呼着白气,问。

塞克斯通抬头望了一会儿,指着某处说。"我相信就在东方地平线下面。一小时之内它就会升起来。"

"知道了。"基德望着他指明的方向,"怎样才能回去?"

"当然要新的气球。"塞克斯通毫不犹豫地回答。他显然已经考虑过这个问题的细节,即使只是一个理性的推断。"而这里有足够的可利用的这种精美织物。"他用两指摩擦着斗篷。"食物和水可以从当地人那儿解决，升空时加热空气的煤也可以。最大的难题是更换那些桅杆。"

"啊，桅杆。"火星人似乎根本不用木头做建材。在这座石头和钢铁制成的城市里，他们就没见过比火柴更大的木头。

"还要修复那些着陆时的损毁。但桅杆才是关键。"塞克斯通拍拍基德的肩膀，"话虽如此，这里还不算太坏，嗯？进去吧，太冷了。"

"我再待会儿。"基德回答。

塞克斯通回去研究他的书本了，基德凝视着东方，好像在用意志力让地球，那颗明亮的蓝色星星能快点升起。

基德在火山坑附近挖掘着植物的根，寻找那些最细又纤维最少的。这些白色多节的根茎很坚韧，但没什么滋味，火星人对它们也毫不在意；几小时的劳动就可以换取一英担。基德怀疑这些都是动物的饲料，但是他选择不去深究。这是他和船员们赖以存活的食物。

几个星期以前，船上的书和皮就被吃光了，他们终止了奢侈品，比如肉、朗姆酒和糖果的交易。但和其他地方一样，火星上的水和木材都需要搬运，而船员们，这些有着异星力量的熟练水手，可以比任何火星人都搬运得长远。还有完全不像羊，却和羊一样习性的动物需要放牧，运河也需要经常维修。这些工作保证他们能得到固定的某种食物，还有水和煤。但这不是一个水手该过的生活。

从一大堆根茎里挑选了几块，基德准备把它们烤了，但是即将把火烧旺时才发现，被当作煤筐的衣物篮已经空了。基德咒骂着；虽然烤了以后味道也很难吃，但没加工的多节块茎根本不能入口。"塞克斯通。"他抖着篮子喊，"从煤堆那儿拿点煤过来，行不？"

等煤的时候，基德处理着根茎，惋惜着自己的命运。可是直到他弄好最后一块，塞克斯通和煤都没出现。"该死的，"他高喊，"怎么了？"

但是塞克斯通没有回答，也不见踪影。

基德恼怒地叹息着容易分心的科学家，起身到隔壁房间，发现塞克斯通站在煤堆旁，脚边放着半满的篮子，正目不转睛注视着一块煤。"当然了，"基德喋喋不休，"你能不能为了我们晚餐而放下你那些研究五分钟？"

作为回应，塞克斯通把脏兮兮的东西塞进基德手里。"你怎么看？"

这黑乎乎的一块不是煤，而是裹着一层煤灰的木头。火星人通常会用一些木头小碎片来点火；但这块却比那些大，足有拳头大小了，除此之外，也稀松平常。"木头而已。"基德耸肩表示，"还有什么？"

"年轮啊！看看这些年轮！"

基德瞪圆了眼睛，凑近了打量……心开始狂跳。"从曲度来看……这起码是棵直径三英尺的大树。"

"正是！"塞克斯通指着衣物篮里其他几块类似的，"这都是一样的。但是附近并没有看到有树。"他选了一大块拿起来。"我们必须找到它们的来源！"

基德在沙丘顶端蹒跚而行，用望远镜观测着前方的地平线。"没有！"他对塞克斯通大喊，"没有那个可恶的东西。"

不等回复，他就走下了沙丘，双脚激起片片细碎寒冷的沙流，滑向塞克斯通坐着擦脚的地方。

自然学家的脸上交织着苦恼和疲惫。"我发誓他形容的就在两到十英里之间。"他从革质水袋里喝了一大口水，"我的水都喝了一半了。也许我们该回去了。"

基德回头望着过去四小时他们追随的明显足迹，又抬头看着前方它消失的曲线。"你确定他形容的就是这条小路？他确实明白你要找什么？"

塞克斯通耸耸肩。"这确实是非常难懂的语言。"

基德小啜了口水,用手挡住刺眼的太阳,思考着现在的处境。快正午了,四个小时里他们看见的只是无垠的沙地和曾经新奇的矿物层。虽然他的水袋没有像塞克斯通一样耗尽,但也很快就要抵挡不住诱惑了。而且这还仅仅是他们的一厢情愿。

他看向沙漠那头。就像是海洋,红色的、干燥的、静止的海洋。而,和海不一样,它随风而动,泛起波浪,寂静无声。

不……不是那么寂静。那是什么……

"我的脚……"塞克斯通开始说。

"安静!"基德拍拍他,打断了他的话。

基德努力听着。然后听到了数月来没有听到过的声音。

是斧头。是斧头砍伐树木的声音。这声音藏在了之前他们踏沙的杂音里。

他们绕过沙丘向前冲去,很快发现自己正站在一个起码有两百码深的峡谷边缘。他们之前离它不过几百码,都压根没有猜想过它的存在。火星人留下的足迹,明显镌刻在峡谷壁上,蜿蜒而上,直到沙漠表面。而在底部……

"天呐。"基德说。

峡谷底部覆盖着茂密的树林。巨大的树木,有一百甚至一百五十码高,每棵金蜜色的树干都顶着庞大的树冠,笔直顺滑地从肥沃的黑土里延伸到峡谷边缘。成群的火星人在树林里移动,在这高大的巨人脚下,他们微如蝼蚁。

就在这时,一棵树轻轻地、慢慢地倒在了峡谷的地面。火星人跳上去,开始用斧头把它劈成碎片。

"天,他们在做什么?"基德大喊。

"这片峡谷下面的生态系统应该是独一无二的。"塞克斯通沉思,"但是,正如我们所见,这里的煤很丰富。也许他们只是习惯烧煤,所以必须把木头也砍成煤块大小。"

基德摇摇头。"囚犯的习惯。"

基德继续看着峡谷,塞克斯通则兴奋地走来走去。"我得确定这些树是怎么在沙漠中心活下来的。"他咕哝着,"这可能会是我一生的工作。"

听到这份声明,基德瞪大了眼睛,已经干涸的嘴巴似乎更干了。这些树是解决怎么回到地球这个难题的最后一环,但如果他没带着塞克斯通一起回去,他会重新面对套索。

此外,他意识到,他已经渐渐喜欢上这只呆头鹅了。

"但是塞克斯通,"基德伸手环住科学家的肩膀,"如果你把这些树作为你一生的工作,谁来帮我们重建船呢?在设计上肯定有许多需要改进的地方。"

"当然……"塞克斯通思考着,眼神渐渐涣散。

"既然我们是靠风航行,就该找到能把我们吹上归途的新的主风。因此,我们需要新的空气动能理论。"

"这确实是个难题。"塞克斯通拍着口袋找他的笔记本。

"想想,还有个难题。如何把那些树整棵地搬出峡谷,运到船那里,再把它们当成船桅竖起来。"

塞克斯通突然抬起头。"船桅?"

"船桅。"基德附和。

"那就是我们要的!"塞克斯通笑着说,"船桅!"

"船桅!"基德大叫,也爆发出大笑。

两人牵手转着圈圈,欢快地跳向火星稀薄的空气。

火星探险号飘在沙地五十码的上空,拉紧了她的系泊链。在她上方是八个大气球,每个都比之前的大得多——火星上斑斓的色彩被疯狂地拼在了一起——它们几乎耗尽了这座城里的每一码布,并且耗时许多个星期才买到。但是火星人和英格兰人都很乐意这种交换。

新的桅杆更让人惊奇——又直又光滑,还很轻,只用了半队人就把它搬出了峡谷给安装到位了。火星上的每件东西不只是重量更轻……这些树,微小干燥的外星产物,产的木材比地球上的任何木材都要轻巧坚固。他们塞进了尽可能多的原木。"我们要建造一整队太空船!"塞克斯通发誓,"再回来运更多!这些原木能让我们致富!"

"我不会。"基德告诉他。

塞克斯通惊奇地眨眨眼,露齿大笑。"声名远播的基德船长居然不贪财?"

基德露齿而笑。"当然不是那个问题。回去之后,我希望得到国王的感激!有了这些收益,我想定居在老家苏格兰,那里有我能喝的费林托什。"他靠在船尾,看着下方满是火星人的城市,他们看着船只升空都在兴奋地啾啾啾。"珍重,大螃蟹们!"他高喊,然后转向水手长。"解开绳子!"

船员们跳跃着付诸实施,不一会儿,一个巨大的翱翔,火星探险号飞进了火星蓝色的天空。

S. M. 斯特灵

被认为是哈利·托特达夫架空历史小说《王衔》理所当然的继承者，科幻小说界冉冉升起的新星，S. M. 斯特灵是《时间之海》(《时间之海里的岛屿》《挣脱岁月潮汐》《不朽之海》)的作者，在这部小说里，楠塔基特岛被抛回了1250年。他还著有《纽约时报》畅销系列：三部曲(《灭火》《守护者之战》《科瓦利斯会议》)，以及《日出之处》《上帝之鞭》《夫人之剑》《蒙提沃尔的至高王》《太阳之泪》《万山之王》，还有最新的《被赠予的牺牲》。其他的架空历史小说有"万物之灵"系列之《空中的人》《血腥国王的法院》，发生在一个遥远过去的外星人地球化了火星和金星的世界。而他最新的系列是《影子的产物》，包括《影子内阁枢密院》《夜幕下的阴影》。他也写作单本的小说，比如《西班牙征服者》和《白沙瓦枪骑兵》，还与雷蒙德·F.菲斯特、杰瑞·波奈尔、霍利·莱尔以及《星际迷航》的演员詹姆斯·杜罕合作，同样也为电视剧《巴比伦5号》《T2》《脑力船》《世界大战》《人类与克任人的战争》撰稿。他的短篇科幻被收录在《寒冰，钢铁和黄金》中。斯特灵出生于法国，在欧洲、非洲和加拿大长大，现在他和家人生活在新墨西哥的圣达菲。

如果你有什么重要东西被偷走，有时候你需要尽最大努力找它回来，不管一路上有多少艰难险阻——也不管将要埋葬多少尸体……

扎图坎的剑

不列颠百科全书(第20版)

1998年,墨西哥大学出版社

火星——参数

轨道： 1.5237 单位

轨道周期:668.6 火星太阳日

自转： 24 小时 34 分

质量： 0.1075 个地球

地心引力:0.377 个地球引力

直径： 4217 英里(相当于地球的 53.3%)

地表： 75%陆地,25%水(包括浮冰)

大气成分：

氮　　76.51%

氧　　20.23%

二氧化碳 0.11%

微量元素:氩,氖,氪

大气压强:北部海平面平均10.7 帕

太阳系排名第三可以存活生物的世界,火星没有金星那么像地球……

扎图坎:欺骗的大道

"欢迎来到折达。"山下萨莉说。

"我已经在火星待了一个多月了!"

"肯尼迪基地也在火星,但那可不是折达。"她说。

通俗点来讲这意味着某种真实的世界。

她走出太空船着陆塔的街道站,动作熟练地取下脸上的面具,迎面而来的空气与塔克拉玛干沙漠的一样干燥辛辣,又几乎与西藏的一样稀薄。

一秒钟以后,汤姆·贝克沃斯也如法炮制。外表有生命的组织蠕动着,然后安静下来,他的脸在翘起的棕色眼睛下变成了平滑的黑色椭圆形。你完全没必要去思考真相,那是在嘴和鼻子上黏附了一种合成的变形寄生虫。而他的面具更加紧密附着在他黝黑的皮肤上。

萨莉很享受回到扎图坎,这个汇集探险家和科学家的美利坚联邦联盟的主要中枢城市。公正地说,它是外星的。当肯尼迪基地还是……某种意义上的大航空站,而因为糟糕的天气只能停在南极,人人都被困在二流酒店。她或许会在火星度过余生,在很长一段时间里,抑制剂还是在来源地便宜。

贝克沃斯受到了抑制,有些呆滞;这并非训练的结果。一座数百码高的郁金香形细长高塔,竖立在低洼区和壁垒森严的混合区里,它们随时间流逝而消褪的颜色,在远处扬着粉红尘土,在褪色的蓝色天空中闪耀。高塔变换着彩色的阴影,一如记忆里梦中的彩虹。透明的丝带状的桥也在其中,其下透明的穹顶在有钱有势的人们的房子或是家的顶上闪耀,一片让人惊叹的繁花似锦。狭窄迂回的街道散绕在坚硬、平滑、玫瑰色石头制成、带着陈旧的小窗饰的房子空白处……

在迪沃瑞尔-阿达扎的托拉缪恩皇帝统一火星的时候,扎图坎曾是一个古老的独立城邦。它在长达三万年的漫长时空里,一直长治久安,而后经历了瓦解,却又再次独立为城邦。瘦长的本地居民排成长队相继走过,还有人牵着野兽,骑着鸟。这般场景似是复杂、沉默的舞蹈。

OLD MARS

在夹杂着拖着皮具行走在石头上的巨大声响里，偶尔有美妙的声音时不时叮叮当当作响，就像铃铛在做数学论证一般。

"火星并不比地球古老。它只是给人的感觉更加厚重。"汤姆·贝克沃斯说。散步的时候，他持续着从北冰洋冰封海滨的肯尼迪基地出来一路上都在讨论的问题。

即使是在恩赐纪元1998年，行星间的航运费依然昂贵，只有最优秀的宇航员才能完成旅程。不幸的是，有时，受过高等教育的聪明人投入大量精力资本去捍卫这些偏见，而不是质疑它们。

"火星文明比我们悠久多了。"贝克沃斯接着说道，"但是有一些共同特征。而且坦白说，比起我们，他们用一样久远的时间却做得更少。"

她自顾自地笑了。这里不是金星，你没法在这里戴上遮阳帽扮成位高权重的白人阁下。他也许认识到了。也许没有。

她停下来挥了挥胳膊。"就是这里，"萨莉说，"甜蜜之家。"

这是一座平滑的三层八角楼，除了芦羽的浅浮雕图案，中心区域还有带着典型帝国后期兰花组合图案的半透明穹顶，外观上乏善可陈。猫样大小、扁平甲壳虫形状的维修工缓慢地在水晶上匍匐着转圈。

"哈喽喽——老大——"一个带着浓重口音的单薄、刺耳的嘶嘶声用英语说道。

他猛地出现在门边，就像一副骨架自己展开了一般。概略地讲，就像一只土褐色的狗——一只处于饿死边缘、毛茸茸的狗。他有长鞭样的尾巴，鲨鱼一样的牙齿，高得离谱的额头下柔和善良的绿眼睛，还有长长的善于狩猎的脚趾。

"嗨，赛特恩堪，"萨莉说，"有什么要报告的。"

"安静——，"这动物说回了希腊语；打招呼已经耗尽了他的英语。"可能——太——安静——啦。"

他朝前弯下身子，嗅着贝克沃斯的脚。"闻——起来不同寻常。像你，但是……不一样。"

她套上长袍的一只袖子,扔出一包肉孜肉。不安静的动物在空中咬住,将肉和可食用的防腐包装一并吞下,然后满足地舔着他的排骨。她脱下右手的手套,伸进门边的凹槽。大门口一块手感模糊,干燥粗糙,有点年头的木头滑到了一边。

"你需要让屋子的系统熟悉下你的味道。"他们走进门厅,把面具叠好放回长袍的口袋里,她说,"那里。"

贝克沃斯小心翼翼地把手放进狭槽。

"它咬我。"他惊叫。

"需要 DNA 样本。"她说。

表面光滑的里门滑开了,露出泡沫状的石头砌成的一道拱形走廊。那里通向一百码外的内庭。空气潮湿得让人惊喜——像是棕榈泉或者贝克尔斯菲——闻着有淡淡的岩石、植物,还有诸如墨角兰和石楠以及地球上一些不知名的花草之类的味道。人行道经过装饰,满是不到几个世纪就沉积一次、富含化石的苍白石灰岩。在花架郁葱的植被下,纤细的浮雕柱子支撑着可以俯瞰内庭的露台,雕花的石头屏幕垂挂着彩色的薄布,很难发现它们。这不太像是宇宙飞船的封闭系统,但它就是。

"关于入住者的来历,我有个正式客观的礼貌说明。"她用流利的希腊语说,"这是我的私人助理,名叫托马斯,昵称汤姆,贝克沃斯血统。合约上允许,租约期内,他可以和我同住一段时间。"

在火星语里,那不过是十个词和一对修饰语。出于适当的礼貌,六个人从杂务、或是挂在顶部的狭窄书本、或者阿坦吉游戏里抬起头来,斜着脑袋,然后无视了她;他们都没穿长袍,也没穿其他太多东西。

"我们在二楼。"她领路说。

"似乎没人对我们有特殊兴趣。"贝克沃斯说。

"他们以前都是地球人。"她耸耸肩。

"火星上只有两百个我们这样的人。我曾以为我们会引人注目。"

OLD MARS

火星人无疑与奥克兰的一坨屎一样寻常!"

"汤姆,他们和我们不一样。这就是关键。"

套房的门朝她眨开了眼睛,放大蛇形的瞳孔。她迎着注视,任它扫描她和同伴。它认可地眨眨眼,肌肉缩回陶瓷弹子,发出一声钝钝的咔嗒声。

他们解下剑带,而他饶有兴致地看着她的照片:一张是她父母,一张是他们在纳帕经营的酒厂,还有两张她的兄弟姐妹和侄子侄女,以及一张她大学时养过,或者反过来,养过她的猫。

公寓很大,好几千平方尺,在习惯了太空船、或是太空栖息地、或者是火星上名为肯尼迪基地的栖息地以后,称得上让人愉悦。家具基本都镶在墙里或是地上,丝绸或是皮毛制的本地毯子叠放在上面。在感受到地球人的体温以后,它们有些激动。这仅仅高出火星人两度的体温很容易让它们混淆。

舒适,一种寒冷超然的外星方式,她想,然后大声喊道:"床头有一个壁龛,去放下你的装备。"

"浴室在哪儿?"

"那里。等等。先和扎图坎的沐浴系统认证一下。"她补充说,对他抽搐的表情露齿而笑。

"什么时候吃饭?"

"我会快速炒个菜。"她说。

"火星人也会炒菜?"贝克沃斯很惊讶。

"不,只是我爱炒。"

"要我帮么?"

"除了我的料理台附近你哪儿也不能去,"她说。"花了好几年才弄好的。"

在收拾自己不多的行李时,贝克沃斯平静地问:"那只狗怎么回事?"

"赛特恩堪？他是……啊，他是非常有用的跑腿。特别是在野外。他的食物也花不了什么钱。"

贝克沃斯嘲讽地扬扬眉，而她低声无奈地说："是的，和一些救援有关。他有些……问题。但很幸运，在那时他没被塞进消化池也没被针刺。"

"老火星之手就这样冷血残忍地拯救小狗？"他咧嘴大笑。

萨莉走到厨房的角落，举起胳膊，握成拳头，比了个中指。

"肉孜，肉素食的可以吃。"她边切边搅，贝克沃斯笑着拿出两个平底的球体放在桌上，插进吸管。

在无可救药的低能效里，火星人考虑过杀死驯养的动物取肉。在驯养改良后，鸟、蜥蜴，不管什么肉孜的来源，在他们远祖曾是翅膀或是前肢的地方都长成了没有骨头、切掉以后还会再生的肉块。

"尝起来确实像鸡肉。"贝克沃斯说。

她把煎好的火腿放到一个隔热碗里，把面糊倒进锅里，旋转它，然后弄出半打硬邦邦却蓬松的类似面包材质的圆形薄饼。

"这个品种更像小牛肉，这种香料尝起来像柠檬和辣椒——"她说道。

赛特恩堪竖起耳朵，发出一阵呜呜声，脑袋转向大门。

突然，大门开了。一个绿色的麻醉弹滚了进来，此时赛特恩堪已经起身；他不顾一切飞跃过去，撞上那个枪管状的陶瓷，把他从敞开的门口打了回去。

麻醉弹呈弧形滚了出去——不幸的是——正好撞上栏杆，滚进了内庭。下面传来"战斗！""报警！"的吼声，然后又突然中断了，麻醉弹在石头上炸裂开来，附近只要是有脊髓神经的生物在纳米粒子一接触到皮肤的同时就会不省人事。

在各种抛射弹以后，三个戴着头巾的蒙面人闯进了萨莉的房间，手里拿着剑和球根状细小枪管的喷射手枪。他们仔细搜查；萨莉觉得很奇怪，因为她身着的长袍的布料是防御光针最好的盔甲。

萨莉一个转身，把满是滚油的肉和蔬菜的碗扔到冲进来的第一个火星人脸上。他向后倒下，立刻和同伴纠缠在一起，而她举起一只胳膊挡在面前，原地起步向前跃过十码。一把喷射枪嘶嘶地喷出带着硫黄气味的燃烧的甲烷，那东西在空中穿过衣服狠狠打中了她的手肘。

那是一种二十秒内不能再袭击的枪。她落地翻滚一圈，从门边挂着的剑带里拔出剑，柯尔特45号危在旦夕。

一切都是那么梦幻，她的动作敏捷流畅，莫名地拉伸；一部分肾上腺素在她血液里嗡鸣，一部分抵抗着重力。在火星上跳来跳去就像梦一般，所以触到地面时也感觉很柔软。

赛特恩堪跳出门去；周围已陷入混战，重击声、野蛮的咆哮声，还有火星人的尖叫。

"痛！极痛！"一个声音真诚地说，"超强模式！"

汤姆·贝克沃斯重重地摔倒在地，瘫软无力，喉咙上的红斑显示出在他像暴怒的公牛般向前冲时可溶性晶体飞枪曾击中了这里。第三个进来的火星人用移动的尖刺瞄准她，当比她长的胳膊迅速闪过，钢铁制的尖端刺向她的左眼时，所有思绪都消失了。

萨莉不顾一切地拼命，剑刃向上滑向一边，手腕下翻，不和谐地穿过指尖。钢铁相撞发出流畅的叮叮声，她趁乱冲上前，在瘦长的人开始敏捷地后退时，恢复用护柄猛击。那是第一流剑客的诡计，在地球上的任何沙龙里都会被取消资格，但这不是在地球，也没有什么第二名。

火星人发出嘶嘶的呼叫，地球人沉重有力的骨骼和肌肉震裂了他或是她戴着手套的手指握着的剑柄，也许过程里还弄坏了什么。在感受到背部轻微的疼痛之前，山下萨莉只有野蛮地一剑从手腕劈向对方脖子的时间。还有三个火星人要对付。

噢，安静——

黑暗。

萨莉并没有失去意识太久,麻醉枪也没有什么残留。有什么东西碰着她的脸颊,粗糙湿润。

"老大……"

犬科动物的爪子间掉下她腰带袋子里被证实是解毒剂的点药器。她看到血慢慢从他脖子和躯干上的剑伤里流出来。

意志又恢复了,她翻身站起来,试图用手给他的伤口止血。

"好狗狗,"她说,"最好的。"

赛特恩堪哀鸣着。一张带有血统的脸在门柱那边张望。

"医疗救护,紧急状况!"萨莉尖叫。

这招来了其他人,许多细小的不讨喜的人类的脚后跟后面跟着蛤壳状的平台。那是类似一簇虫子般翻滚着的东西,拨开能清楚看到粉红色的细丝在闪烁交织。萨莉咕哝着让赛特恩堪进去,然后壳子发出一声黏稠的声音合了起来,就像两块牛肉被拍在了一起。过了一会儿,一个声音从壳子上的格子窗里传来,未经过滤直达思绪,是一个有机机器在说:

"杂种狗,标准型。大量出血,中等创伤,运动神经轻微受损。稳定处理……预后良好,但需要额外的蛋白质和原料。"

"批准消耗。"萨莉厉声说,控制自己不要因为救援而倒下;火星可没有提供国民医疗服务的打算。"尽快治好。"

她抚摸着外科创伤治疗器的壳子。

加油,少年,你能做到的!

她站起来,长袍染满鲜血,在他们回来喂养他,提供食物给房屋清扫者之前,那些东西会从墙上的小洞里出来清理其他的。平台慢慢地、啪嗒啪嗒地跑着,把自己插进……应该可以算是……建筑的静脉里。

"你让他们进来收了多少钱?"她问。

这一系的首领——扎伊——长着一头灰发,皱纹满面,这意味着他有可能出生在安德鲁·杰克逊还是美国总统,日本还是发型怪异、闲暇时间全部用来压迫农民祖先的刀剑爱好者的隐士王国的那个时代。

"一千,此外,如果我们拒绝,他们会杀死或折磨几个人来威胁我们,"他说,"行凶者都是强制独立签约的,人们显然惯于短视。"

在当地,这是完全的羞辱。

他继续说:"不管怎样,我估计他们都酬金丰厚。"

萨莉让自己数到五才能平心静气地说话。按当地规矩,她完全没有生气的立场,如果她想被尊重认可,就必须逆来顺受。这里的居民没人希望用自己或者亲属的生命,去冒险保护像她这样的人。而如果要出卖她,他们为何不能以此牟利呢?一千可是个大数目。

有人在重金悬赏一个地球人,或者仅仅是针对汤姆。又或者他们想要的是我们两个,但他们搞砸了。

公寓的血统认证系统把医疗平台挡在了门边,虽然它确实出于好意。但萨莉真的承受不起向他们倾诉的价格。

"如果能成为真正的笨蛋感觉应该不错。"她用英语咬牙切齿地自言自语。

"把这个带去我的领事馆,你会收到合理的酬谢。"她继续说。等到太阳穴的跳动平息下来,她在自己的电脑上飞快地录入,然后存到闪存盘里。

她和汤姆的交情还没有深到真正切实地关心他。

老实说,还不及我担心赛特恩堪呢,她想。

但他是这里该死的为数不多的地球人之一,是甚至称得上瘦弱的美国的同事,更重要的是,在他还没什么经验的时候照管他是她的职责所在。

"请注意,如果内容有任何重复,我领事馆的同事会调用仲裁委员会,并对违反我租赁相互保护条约规定的提出重罚。"

扎伊看起来似乎有异议——这是一个争议点,因为这条款只针对意外的街头犯罪和盗窃——但他只做了个简单的手势,并接受了那个塑料小方块。

她并不介意用领事馆对当地政府的影响力来威胁他。罗伯特·霍尔梅加德是个好人,但在内心深处她认识到联盟领事始终难以接受那里的宫殿区:这里的政府同地球一样什么都不管,在东方集团之外,社会民主主义的变更是很普遍的。

我比外交官更了解火星生活的这一面。更加,更加了解。

"我会出门一段时间,"萨莉总结,"我需要找到自己的胁迫者。请留着门廊的灯;我会在午夜以后回来。"

通俗音乐的单音节曲调很不押韵,足以让人皱眉。这里实际上没有摇滚民谣。

一个火星人踉跄着表演被认为是回归系列的亮蓝色时代的节目,廉价粗糙的布制面具摇晃着,隐约能看见脸上的笑容——本地标准的露齿而笑。他哼着一首曲调,然后高呼:

"兴……兴……兴高采烈!有人听到了交配的声音吗?"

他跌跌撞撞向她走来,萨莉呆板地开了火。轻盈的火星人噢地一声大叫,反弹到墙上,兀自咯咯笑着。

"在这该死的混乱的太阳系有三个有人居住的星球,无论在其中哪个星球上,你都没法摆脱喝醉的命运。"

他倚着墙慢慢滑倒,发出同之前一样的笑声,然后盘着腿开始哼一首曲子。几个少年狐疑地看着他,等着看是不是能安全顺走他的财物,但当萨莉怒视着他们时,他们又眨眨眼,后退了几步。

就是这种邻居。她推开了门。如果没有订单,特约德扎-扎尔特通常都会在这里。这是河岸边的一个低级酒吧,长途河船和开往荒漠平原货运车上的船员、高地来的旅行商队都是这里的常客……因此,特

OLD MARS

约德①桌上的那本《强制性暴力的专业资格》也许并不是那么不合适。

萨莉走进内门,引起一片沉默,人们都在打量她。

"瓦思-地球人。"一个声音咕哝,带着侮辱,但至少很敏锐。

伴着一阵的骚动,武器被放回桌面或是皮套。灯光是让人讨厌的绿色;有人忘了添加足够的燃料。墙上的壁画布满灰尘还褪了色,隐约能看见画上描绘了一个半废弃的高塔底层的圆形大屋。地上坚硬的石头被磨出深深的凹槽,周围布置着大小适宜的用原木树干制成的圆桌,上面的切口和磨损,用天然二氧化硅的细丝处理过。

空气寒冷干燥,一如既往,却又莫名闻到了古老的幽灵和逝去的希望以及所有错综复杂的历史的味道,正如折达,这个真实的世界。

特约德坐在一个燃着熏香的小空盆旁,周围打扫得一尘不染,凑近了可以闻到空气中隐约的麝香味。她在玩阿坦吉,左右互搏,偶尔从球形香精瓶里啜一小口,思考下一步该怎么移动,或是掷出骰子。

桌上摊开的游戏棋旁,放着一碗甜蘸酱和一盘有黑条纹的深红色花朵。特约德咬碎了一朵,吞下去,咂吧咂吧嘴唇,头侧向萨莉的方向。

"向你致以亲切的问候,山下萨莉,"她的嗓音像轻柔的小号一般,"这场比赛不会太长。"

这个胁迫者高于常人,约有七尺,大大的眼睛是柔和而明亮的琥珀金色,很是奇异。身着的长袍是略带红色的卡其色,在这星球上的任何地方都算得上是美妙的混色,头巾掀到脑后,露出精美的金属网兜住的头发。头发和金属网都闪耀着青铜的光彩。她的身材苗条,但并不给人火星人普遍的像鸟一样纤弱的印象。除非那是一只金雕,古时候蒙古人曾用来猎狼的品种。

恩赐者,深红王朝的皇帝们称为改良的泰尔茂比司特的战士种姓,执行他们的意志和维持和平。他们现在成员稀少,连托拉缪恩家族如

---

① 特约德扎-扎尔特的昵称。

今也只能控制住老首都迪沃瑞尔－阿达扎和周边地区，而在特约德周围空出一圈桌子并不只是火星人的风俗。

萨莉安静地等待着；这里的人们对待阿坦吉都很严肃认真。胁迫者再次掷出骰子，把一块运输棋子移动到左边独裁者广场，轻轻点头，然后开始收起器具。她把它们叠起来，塞进长袍袖筒的口袋里。

"也向你致以亲切的问候，特约德扎－扎尔特。"萨莉说。

她拿起一朵花浸进蘸酱里。亲切的问候也意味着邀请分享。花瓣上的纹理部分有些难嚼，味道则类似鸡蛋花和糖醋猪肉；她的胃开始咆哮。

谋杀和猝死，但如果你不吃又将一直饿着肚子……而我最终还是扔掉了晚餐。

"探讨合同？"她继续问火星人。

"你刚刚陷入了致命或者几乎致死的械斗，"特约德体贴地说，"那里被麻醉枪击中——"她指指她的脖子后面。"那只不同寻常的狗……没有陪着你。我需要细节；然后我们可以根据程度的不确定性来讨论合约条款，计算风险并达成共识。"

最终，合约对地球人习俗做出了明显让步，萨莉与佣兵握手谈定；她的手有些干燥，但坚定且充满力量。这不是她第一次为萨莉，或是这里联盟任务的其他成员工作了。

"这会是一项有趣的工作。"特约德说。

"我要带回我的同事。"萨莉冷酷地说。

"兴趣所在，"特约德说着，喝光了她球形瓶里的香精，"他不在指示之内，直接伤害也不是袭击者的目的。他们——暗地里——将此次袭击做得就像是持械抢劫，即使他们其他什么也没偷。他们要的就是一个瓦思－地球人。无疑即使是最古怪的收藏家也不会只是为了拥有一个地球人而那样做？我对排除了这个可能而感到高兴。"

墙上的钟开始用美妙诗歌的模式歌唱，音色如钻石一般悲伤：

岁月就像砂砾,
停留在痛苦的海边,
湮没在时光的波涛;
十二个小时过去了,
那是最后的太阳,
像玫瑰一样盲目威严;
它终将屈服于夜晚,
在另一个更——

"咬他,重重地咬! 咬,咬,咬他!"赛特恩堪充满敌意地说,龇牙咧嘴……毫不夸张,"我在自己人的地盘上咬了入侵者!"

"是,你咬了。"萨莉耐心地说,轻拍着他的头。

"我会——以后再有这种蓄意的情况——还咬他。狠狠地咬!"

你不能用希腊语讲你未来绝对会做什么;设想都建立在不可控事件上,语法禁止必然的结构。赛特恩堪已经尽可能地接近他所想表达的了。

狗狗没有看到他些微破败的最好的情况;他的伤口裸露在外,覆盖在上面的拟皮组织闪闪发光。他已经行动自如了,医疗舱用有机胶水从内部把组织粘合在一起,它们会被吸收,从而加速自然愈合的发生。

他微红的眼睛显现出疯狂的神色。不开心,萨莉想,我也不开心。

"狗狗,"特约德问,"你能追踪这些人吗?"

"能——"赛特恩堪胸有成竹地回答。

他从公寓大楼出发,深红色的舌头伸出来东嗅嗅西嗅嗅。一会儿就偷笑起来,他有了发现:

"呵—呵—呵—呵! 他们在这里喷了反追踪喷雾。我要嘲笑他们! 完全是徒劳! 我异常的敏感性和熟练的技巧可以很容易就发现血液和恐惧的费洛蒙散发的味道。"

他小跑着。特约德抬着眼睛,看似漫不经心地观察着矮点的屋顶上的动静。

"有趣,"她柔声说,"比起私人雇佣,这似乎更像是小型联合对抗策略。"

一般来说,火星人不比地球人勇敢;他们不过是更加直率。特约德也是如此。以前她们曾在一起工作,这也许会造成压力。但是现在,萨莉不在乎。

"很抱歉得让你经历这种风险。"萨莉说。

胁迫者并没有四处张望,但声音里有些许惊讶:

"我自愿参与。"她沉思,"你——地球人长久以来都是来到真实世界的第一个新事物。与你共事,总没有坐视时间流逝、坐视最后的城市沦为深渊、最后的大气植物都枯萎来得让人沮丧。"

"在那之前,也还有很长一段时间。"萨莉说;这并没有给大多数火星人造成太多困扰。

她核实了他们有六个人;发现蛛丝马迹很难,但并非不可能。

"从第一代君主的统治,到现在,时间也不是太长久。"特约德说,"啊,你的狗狗停下了。"

"这里,"赛特恩堪在被激怒的行人脚下四处寻找,"有许多痕迹,最新的通向这个建筑。"

"噢,该死的,"萨莉说。在发现狗狗抬起头摇着尾巴等着赞扬时,又加了一句,"啊……干得好,赛特恩堪。"

房子上的雕文写着:

合作强化机构,扎图坎特许经营。

"我们该怎么办?"萨莉用英语说,"这里是歹徒的总部?"

"我建议遵从墙上的劝告:请进屋打听。"特约德说。

接待室是个巨大的拱形空间;一张台子上放着杂志之类的卷轴,还有卖香精的自动售货机。墙上贴着一张广告海报：

你是否失去了自我保护的欲望，却又缺乏常规自杀的勇气？试试托克莫疗法吧，缓慢解决个人生理病痛最愉悦的方法！免费试用！

或者是：

没有什么能比拷问那些反抗或是想取代你的人更让人心满意足。沉迷于怨恨与嫉妒吧！我们的专家……

"真正困扰的并不是那些差异，而是那些该死的类似，"她避开那些有用的说明，呐呐自语，"或者都是。我们做一样的工作，他们却总是他妈的领先。"

她们进去的时候，赛特恩堪竖起了耳朵；他闻到了一阵对人类或是火星人的鼻子来说太过微弱的让人不舒服的气味。

"害怕，"他嘟哝道，"恐惧。"

"他们来过这里？"

"那条路。"他用鼻子指路。

那条路实际上是接待员的桌子，桌上有个醒目的标志：

擅自进入，格杀勿论。

"你的愿望？"接待员说。

然后他接待了特约德，萨莉可以看见他的瞳孔放大了。

接待员从袖子里伸出手，小心地平放在桌上。

"您的愿望，纯正的基因？"他重复道，这次他用了敬语。

三个身穿黑色长袍的胁迫者站在平滑的灰白色厚石板后面，萨莉认为他们还有更多的支援将出现。这里就是暴徒的大本营。稍稍有点安慰的是，他们的眼睛有点神经质地在她和特约德之间扫视；她在这里待了很久，足以明白火星人的肢体语言。这让她有了优势，她要对付的当地人对地球人可没有那么多的经验。

废话，他们没有情感，也不会管那些远在天边的事件和言论。他们很少自我反思。

萨莉深深吸气;她并没有完全的信心能活着离开这里,但如果没有特约德情况只会更糟。

"我的住所受到了袭击……"她开始说。

在她讲述完以后,接待员对她眨眨眼,弯腰对着栅栏里轻声说了些什么。特约德的耳朵向前竖起;赛特恩堪也是如此。一卷卷须伸了出来,接待员把它塞进耳朵。通话在完全的静默里进行;他点了几次头,然后扑通一声取下对讲机(或是数据检索机),说:

"四天以前,三个独立的胁迫者通过我们的就业安置服务以普通发现者的费用和第三方签订了你所提到的业务。他们还购买了关于你习惯性时间表的策略信息。今天上午早些时候,他们带了个瓦思-地球人俘虏回来交给三方。后来又购买了相当大量的医疗服务,有骨折、烧伤、犬咬伤,然后他们离开了扎图坎去了迪沃瑞尔-阿达扎。他们的联盟合约包括了保密条款,因此我们不会卖给您他们的个人信息。"

暴徒国际联盟,本地141,萨莉怨恨地想。他们有大量时间去想出涉及每个意外事故的条款。

接待员眨着眼睛;萨莉的经验告知她的显然远比她想要的多。地球人的身体语言和火星人并不完全一致,但比如幽默或者愤怒一类的基础情绪还是有可能相同。困难在于,对于他族的情绪,每个种族都找到了奇怪且难以理解的原因。而火星人只有一种语言,一套社会法则,因此不习惯应付不同种族,越过这条线的更为普遍。

旧金山的文化差异都比这整个星球大。她逐步放松脸上的肌肉。

"永久保密政策不可协商,必须无条件执行指令,"接待员慎重地说,"即使被杀死或严刑逼供,我和在这里的其他同事也不能改变这点;上级政策如此,我们对他们而言微不足道。"

萨莉调整了面部表情,瞥了眼旁边的特约德。恩赐者用放在剑柄上的手的其中两根指头做了个非常小的手势:别逼它。

"我对雇用了你们三个……合作同伴的人更感兴趣。"萨莉冷酷地说。

"我们可以用以下融资的利率告知你支付了2750元费用的第三方身份……"

"没有保密条款?"

"没有,没有什么是不能贩卖的。从客户的观点来看,轻率的节俭只会增加泄密的风险!注意,若你需要包含保密协议,我们会增加适当的额外费用——"

十分钟后,他们回到了街上,萨莉看着写在碎纸片上的人名和地址。

"现在怎么办?"她说。

特约德笑了。"按业内的做法,先侦察,后行动。"

我在这里,意图侵入哈佛。或者是牛津。

即使是按扎图坎的标准,这所大学也很古老。古老到它最初甚至没有穹顶,整体布局是深红王朝时代火星人喜爱的分体迷宫样式。帝国时代它们得到了发展;如今它逐渐减少的学生和员工居住在周围建筑里;这些建筑小的只有她公寓楼大小,大的比休斯顿的太阳能穹顶或者北京的人民大会堂还大;大的现在几乎都是花园了,通过地下隧道和地面刻着夸张雪花图案的半透明走廊连接在一起。

当萨莉在其中一个走廊的反光里看到自己时,忍住了惊吓。她和特约德都穿着学生长袍——略显陈腐和华而不实——戴着学院风格的面具。她的是一个纺织蛹,模仿昆虫被用于纺织生产的蛹期——新生的样式,是当地的一个冷笑话说法。特约德则是自嘲,一个精美的金色面具描绘出用剑高手恩赐者的脸……那才是真实的她。这样的装扮可以标识出某人学的是武术,或是军事历史。事实上,大部分人都戴着面具,穿着覆盖到指尖、让伪装潜行更容易的服装。

特约德有幽默的反讽精神。当萨莉提到这个事实时,她轻轻点点头。

"此外。在其起源,恩赐者是与维护规则和管理秩序有关的胁迫者……地球语里那是……"

"警察。"萨莉平静地说。

"是的。现在我就在单独为你履行类似的职能。"

她轻声窃笑。萨莉不想笑;这有点太过私密。

"所以我也服务于苏马兹,在——暗地里——某种程度上说,"特约德说,摸着面具前额威严的图案,那代表了一种信念,"即使我并不在山下国王的服务里。"

苏马兹意味着持续的和谐,这是托拉缪恩君主的计划和座右铭。如今,火星深红王朝不朽的和平已成为怀旧的回忆,但在特约德低沉的声音里有什么比那更强烈。

走廊的这一段像卷曲的开瓶器一样螺旋向下。因为重力只有地球的三分之一,她们只能沿着往下滑,然后走出去,进入了一个有穹顶的空间。边缘的建筑非常与众不同,但大部分指向泰尔茂比司特珠状螺旋的标识图案发生了变化。多多少少,表明这是科学系。

特殊结构的有色岩石组成了道路,蜿蜒穿过开放空间,点缀着低矮的灌木丛,花团锦簇。彩色的鸟飞翔追逐。有一只停下来在她面前盘旋。

"食物?"它满怀希望地说。

"走开。"她回答,于是它灰溜溜地飞走了。

学生们沿着小道、花槽和长椅,或坐或躺,争论,阅读,偶尔还会唱歌。除了永恒的阿坦吉,还有一些在玩甩开粘手的触手束的游戏。通过抓住触手束的尖端和旋转……它……然后丢给下一个人。如果错过,它就会逃回上一个那里。

萨莉不明白这里怎么会有人为了获取学识而绑架一个地球生物学家;火星人在这方面已经做得很好了,汤姆到这个星球本来也是为了自

OLD MARS

我提升。那让整个动机变得类似于我需要一个被实验的小白鼠和一个特定的基因模式。那也意味着他身上有可能会发生任何事。

任何事都有可能。

"请问,"特约德温和地问一位行人,"知识教员梅尔塔穆萨－福林在哪里?"

这个学生戴着的面具前额表面模拟了一个骨头肿胀的首领。

"啊,神经障碍学的梅尔塔穆①。"

或者是神经反常学的梅尔塔穆或者疯症学的梅尔塔穆,她在心里翻译。

"身份,职业?"

学生指向一座建筑。"在准备听取一场前提错误的精妙推理论证。"

"专长?"

"阿格里－特姆斯特,一个关于潮湿世界生命学最新的辅助领域,"学生勉强地说,"而后者,他有一个重要数据。这门学科虽然神秘,也没有什么直接的实用价值,但还有些趣味。"

在侮辱了一位教授以后,他斜斜脑袋,离开了。在其他环境里,萨莉也许会觉得屈辱:他所指的那座建筑的标识翻译过来大概是兽医学。当然,也意味着工程故障和补救措施。

"汤姆被兽医绑架了?"

那座建筑相当古老,高高的拱形窗户,里面是亿万年前的泡沫岩石。包括后来新建的穹顶也大部分用了该岩石,但是一座光滑的圆柱形石塔穿出了穹顶,高高伫立在那里,像一朵盛开的郁金香。

"啊,"特约德说,"是的,直接进去不太现实。不过有可用的替代选择。"

---

① 梅尔塔穆萨的昵称。

"什么替代选择?"

"作为恩赐者的基因携带者,作为对摄入必要热量增长的补偿,我还是有一些优势。"特约德皱着眉头思索着,吃下了另外一朵花,"在你的条款里……我欠了点人情,我对本地为独裁者服务的胁迫者们有相当的影响力。"

"他们会干涉?"萨莉又惊又喜。

"不是直接的。但是……暗地里会。"

"我会选择从高处直接跳伞进去,"几个小时后特约德说,"飞艇暴露预计会有一些小风险。"

"不。"萨莉说;通俗来讲那也没有什么不礼貌的。

小飞船近乎无声无息;引擎很平稳——因为她们把它推进到一个逆风的位置,现在正让它随风静静地慢慢地朝大学漂移。透过飞艇腹部透明的舱板,可以看到扎图坎在下面晃过,它不像地球城市那样喧嚣光亮,点点微光柔和平静,充满神秘感。很冷,温度应该在零下,但长袍和内衣能近乎完美地御寒。只有双眼之间的皮肤暴露在外,直到……

特约德从腰带上解下一个盒子。萨莉有些畏缩,但还是弯下腰靠过去。盒盖啪地打开,蹼状触手蜂拥而出,缠住了她的脸。黏糊糊的光子野兽扑通一声爬出,将萨莉牢牢地吸住;它只有几磅重,感觉像是调皮的孩子玩的黏胶。一切都消失了,细小的卷须刺进了她的血管,她的太阳穴感到一阵轻微的刺痛。另外一阵刺痛发生在眼角,更细的卷须和她的视神经合为一体,引起眼前一时模糊,还有一阵短暂的头痛。

就像是阴天,一切都变得更加明亮。特约德的身体散发着微光;这种动物对周围热量的感知就和放大了光一样。

"运作。"萨莉说。

如果说看起来多少有点儿像特约德,那是因为现在的她就像在模仿一本古代杂志封面上的凸眼怪物;恩赐者的眼睛在她脸的上半部分平滑地鼓出来,就像昆虫的眼睛。这是帝国时代军用的泰尔茂比司特,特约德曾说过,尽管事先提供了血液样本进行核准,但如果萨莉试图使用这种能力,还是会有一定概率被杀死。

可几率实在太小,不值得慎重考虑,这就是她的处理方式。

对讲机传来声响,然后说:"目标即将抵达。准备部署。我想说的是在有利情况下还是有许多随机因素发生。"

特约德抱起赛特恩堪,他呜咽起来,双爪紧紧抓住她的降落伞背带。萨莉检查了下自己的装备;剑背在背后,就在那个看起来很酷,但是拔剑时你得小心不要切掉自己耳朵的位置。和特约德争论一番后,她带了一把本地镖枪。她自己的手枪火力更强——但它并不生成甲烷;另一方面,在用子弹射中某人后并不能使他马上失去战力,而且声音更大。

运输机顶部的电缆被解开了。萨莉扯下连接降落伞背包的那一段,用戴手套的手紧紧握住。

就在下面,月亮底下,科学院的穹顶像蛋白石一样熠熠生辉——只有地球的月亮三分之一大的火卫一就在上方,而火卫二已经越过去了。飞艇调整了一下位置,支柱发出短暂的呼呼声。

"预备……跳!"

脚下的透明舱门开了,体重都压到了降落伞背带上面。缆绳飞散开来,在空中卷成一团,摇晃着,而她们逐渐接近了高塔膨大的顶端。特约德谨慎地计算着。

"就是现在。"她说着,拉开了伞索。

萨莉紧随其后,她们向光亮之处俯冲。她希望胃里翻腾的感觉全是生理反应。高塔的塔顶是平的或者说是近似平的——但如遇降雨也并不会造成积水,从标志来看那里还曾是鸟类栖息之地。她没有试着测速;特约德是专家,她只需要跟得越紧越好。缆绳突然折了一下;它末端无骨的抓束抓住了目标。当屋顶向她冲来,她夹紧双腿,伸展开,然后屈膝蹬地,在降落伞落地之前向前滚动;在地球时她就这样做,当然,在这里还没做过。

砰。

"嗷!"传来一声被捂住的狗叫。她受到了重击和冲撞,风从肺里颠簸出来。靴子和充填材料稍微保护了她。如果在地球,这冲击力定会让自己骨折;对大多数标准的火星人而言,这也足够让他们骨折了。特约德单腿跪地,被弄坏了的黝黑的剑刃闪着微光,镖枪则在另一边。

萨莉也是一样,钢铁的重量让人欣慰。枪在她的左边,不算太重,但她没有恩赐者与生俱来的灵巧。赛特恩堪蹒跚了一会儿,甩甩头,悄悄走近她身后。

她腰带上有几包炸药,她想这个是她兼职的装备。希望……

她们站起身向门那边走去。它缓慢地睁开眼,这代表有系统信号连接到了它的科技终端。特约德迅速俯下身子,将眼睛凑了上去。那东西变得异常的湿润,突击队员的眼罩使用了某种功能,一声黏糊的声响后,接驳了这台生物机器,门摇摇晃晃地打开了。

"可怜的安全维护。"特约德轻松地说。

栈桥接着向下的螺旋梯,环绕着一根乘载——或者曾经乘载——货运机的中轴。特约德拖着脚啪啪地向前跑,这有别于地球人的奔跑方式,但和一般火星人差不多。萨莉每次都轻松越过三四级阶梯,只要小心点,穿着有减震垫的靴子会让脚步变得悄无声息。偶尔会有光球出现,但它们几乎是静止的;眼罩上的镜片给了她们些微的光明,还能看见足迹因为剩余热量闪着的微光。

每隔一段时间,她们就会穿过一扇门,然后进入一间高塔厚厚的墙壁里的房间。大多都是闲置的。某个——

击中。

特约德在敞开的门前开火。一个学生应声而倒,满脸惊愕地看着她。一手拿着玉米薄烙饼,一手拿着顶部装着环扣的书。特约德迅速跑过去，在他倒地之前用枪架住了他的胳膊，然后轻轻地放下他，把书和大概是玉米薄饼的东西放在他的胸膛上。

在特约德行动的时候，萨莉关上了楼梯井的门。在这里射击某人和在家里可不一样，若你用的是麻醉枪；在某种程度上它更像是彩弹球，唯一有危险的是你倒下时猛撞到头。她偶尔会和特约德还有她的朋友们一起玩大量的彩弹球射击。这是有趣又有益的训练，虽然她从来没有打败过胁迫者。除了恩赐者，她偶尔能和其他火星人堪堪打个平手。

当然，在这个星球的现实之外，远离那些充满了障碍的道路，在生死攸关之前，你无法断定会不会有人使用致命性武器。这与即时无意识是相同的，但真实的情况是你会即时脑死亡。

"这里。"特约德低声呼唤。

这里有扇门，有比平常更多的闪着微光的脚印。萨莉拍拍赛特恩堪的头，他仔细地闻了闻，然后点点头。

"一——样的陌——生——气味。"他轻声说。

特约德再次通过了眼部审查程序。在轻推开门之前，她抬眼向萨莉点点头。

门开了，她的眼罩抵御住了一道强光。一个声音传来：

"……多年来，组织和君主的收支都在下滑。这是长期的手段中最不理想的！和潮湿世界的联系——"

就是地球的通俗口语化。

"——显示出空前的风险和机遇并存，最大化机制的功用——"

老虎般的警觉性让山下萨莉思维里遥远的安静的一部分犹豫了。

我是在听一个思想邪恶的大学兽医关于削减了他妈的预算的独白？她的那部分问。

房间很大，分散摆放着实验控制台和长凳，萨莉认出隔离舱，一个半透明的圆缸。汤姆·贝克沃斯就在里面，浑身赤裸，目光呆滞，被活的像虫一样蠕动的镣铐绑在框架上。一个上了年纪的白发火星人边来回走动边高谈阔论,穿着的黑色罩衫上装有许多循环的仪器,大部分都是活的。

还有六个年轻的火星人,大概都是研究生。她留意了一下第七个,一个身材高大、面孔严厉、穿着灰色制服的男人。他把金发剪成了板寸,颧骨几乎和她的一样高,斜着眼睛。一个研究生正把一个半透明管装在隔离箱的一侧,准备压下活塞。

特约德径直向这个小组走去。萨莉慢慢地深吸着气,跟在她身后。然后——

伊斯特布洛克尔转过身,睁大了眼睛。一只手迅速地摸向腰间的手枪。萨莉一跃而起——

击中!

在按下活塞之前,那个学生就倒地了,但由于甲烷再次上膛,特约德的镖枪有二十秒的空当。

——金发男子向后跃起,但她的剑尖划过他的手,自动手枪滑落下来——

噼啪一声,特约德的剑穿过另一个学生的眼窝,刺穿了她的脑袋,其他没有佩戴剑带的学生则乱作一团。教授愤慨地站着瞪眼。

叮咚一声,伊斯特布洛克尔拔出了自己的佩剑,摆出典型的欧洲学术重剑的姿态,迎向她的剑尖,狠狠还击。

击剑声叮叮不绝,特约德旋转着应付研究生的压力,让鲜血在空中划出模糊的弧线。击中,又一个软绵绵地倒在了地上。一声尖叫伴随着咆哮,赛特恩堪扑上了一个试图从背后袭击萨莉的人的背部。

击剑声叮叮不绝,萨莉的剑滑进了那人的喉咙,感觉很不好,吱嘎声、爆裂声,很柔软。

她愣了一会儿,看着他慢慢倒地,抽搐着,惊人的大量的人类血液喷薄而出。

"妈……"他喘着气,妈妈。

"你到死去还有很长一段路呐。"萨莉咕哝着,突然意识到肋骨上有道伤口,她之前甚至没有注意到。她忍着痛;只要再深个一两英寸……

最后一个研究生也受伤了,欲夺门而出。特约德的镖枪紧随其后:击中。

他脸朝下落地,有什么被压碎了。

萨莉用长袍的袖子擦了擦剑,然后装回剑鞘,她摘掉长袍的兜帽,用枪瞄准了白发教授。她取下面具和光学眼罩,有些遗憾,那东西爬过地板,爬上特约德的袍子,打开一个容器,自己钻了进去。准确来说,它不是光;它是一种味道。火星人和地球人濒死时都是污秽的。

她穿着的袍子会料理她的伤口,直到她有时间更有条理地处理它。她向塞住隔离舱的安瓿伸出手。

"小心!"汤姆说。

她抬起头来;他面色苍白,因为疼痛或是震惊或者两者兼有,但保持着警惕。

"卡缪斯特罗博士想要用那个给我做测试,他喜欢说明每一个步骤。那是能让你受到暗示的病毒。伊斯特布洛克尔……也许就是那家伙自己……付钱让他开发的。他们可以让我忘了它,再让你把我救出去……这样我就可以传播它了。"

"听起来像是他们干的,"萨莉认真地说,"有解药吗?"

"疫苗。"贝克沃斯回答。

特约德从门口过来,头转向一旁,看着那个兽医。

"你已年老体弱,"她说,"负隅顽抗毫无意义。"

萨莉调控着隔离舱,淡淡一笑。好多次她都像火星人那样做事。

山下萨莉打着哈欠,喝光了她的香精,是带酒精的覆盆子和芒果口味。公寓里的光球被调暗了;汤姆需要足够的睡眠。

"我是最好的狗狗。"赛特恩堪蜷在地毯上疲倦地说。

她又打了个哈欠。"坦白说,"她说,"火星上最好的狗。"

玛丽·罗森布鲁姆

　　20世纪90年代最受欢迎最高产的新兴作家之一。1990年，玛丽·罗森布鲁姆在《阿西莫夫科幻小说》杂志发表了第一篇小说，从此笔耕不辍，发表约有三十多部佳作，成为了该杂志的中流砥柱和最频繁的投稿者。她也向《幻想与科学小说》《新太空歌剧》《龙书》以及许多其他杂志和文选投稿。她以人为主题的《旱谷地》故事系列，被证明是《阿西莫夫》最受欢迎的系列小说，而现在，唉，似乎更加贴切了。1996年，她的中短篇小说《气鱼》获得了阿西莫夫读者票选奖，而且入围了当年的星云奖。她的第一本小说《旱谷地》出版于1993年，获得了声望卓著的康普顿·克洛克当年的最佳首作奖；接着她一鼓作气，发表了该系列的续作，第二本《喀麦拉》和第三本《石头花园》。她的第一本短篇小说集《合成和其他虚拟的现实》作为1996年最优秀的小说集之一受到了评论家的致敬。她还化名玛丽·弗里曼写了四本悬疑小说。最近的书籍包括主要的新科幻小说《地平线》，《旱谷地》系列的扩展再版和中篇小说《水典礼》。作为号角西的研究员，玛丽·罗森布鲁姆目前生活在俄勒冈州的波特兰。

　　在接下来这个心酸的故事里，我们可以认识到夹在两个世界里生活是困难又痛苦的——特别是在你只能看到其中一个时。

浅滩

马阿丁·蔡从门上的挂钩取下自己的防护服，检查了呼吸器的电量，沿着街道向离花园穹顶最近的公共街区走去。外面盘旋着下午最平常不过的微风，吹过运河边尖塔环绕的穹顶，吹向穹顶外延绵的赭红色平原。一股小尘暴掠过绿野里暗淡的绿棕色地区，在红色尘土上留下薄薄的踪迹。

爸爸就在那里，远离其他的成年人，在能找到深层地下水源的地方耕种着绿野。制造氧气。

爸爸不能用它本来的方式来领会它。任何人都不行。他朝花园穹顶漫步走去，直到走出街区，在呼吸器的空气充满肺部的时候，用舌头品味着火星。小尘暴变向朝他蜿蜒扑来，他笑了。经营健身房的苏瑞昨晚和爸爸喝酒的时候，还抱怨这些小尘暴在居民点附近徘徊不去，他们附和了她，爸爸还嘲笑了一阵。

她是对的，但他不会告诉她。她曾跟爸爸说他应该在爆炸里炸坏了脑子。

走出凸轮，他徒步离开了低矮的花园穹顶。回来的路上得停下来，确定路线。但不是现在。在到达绿野的时候，前面的两股尘暴合在了一起，在稀薄的空气里形成干燥的通道。它们在他身边环绕。他停下来，撑住身体。任他的眼前一片朦胧。

他站在一个镶嵌着马赛克的广场，在从一簇水晶盆射出的旋转电弧照耀下，瓷砖闪着微微的绿色、红色和深蓝色的光芒。每个盆中央都有水柱在跳跃，而当它们溅开时，发出玻璃碰撞时清脆的叮当声，溢出盆的边缘，在蛇形的风暴里滴落在广场上。两个火星人站在他前方。

他认出了他们,笑了。出于个人喜好,他给他们取名露丝和谢恩。他并不确信火星人明白什么是"名字"。因为火星人并不通过言语交流。

他们很高,瘦得皮包骨,就像他曾在全息板上见过的地球上冬天的树,他们绕着他旋转,用笑容将他淹没。好吧,那感觉像是笑容。他也跟着旋转,不用嘴巴去笑,因为他们能听见。最初他们的脸看起来很怪异,从前额到下巴有一条脊状突起,狭长而又迷离的眼睛深嵌于突起的两侧。他们的嘴是正圆形的,嘴唇苍白,通常都闭着,虽然他们时不时会张张嘴,现出黑洞洞的口腔,但他并没有看到过牙齿一类的东西。他不知道他们吃什么,也从没见过任何一个火星人进食。

他们拍着长长的有六根指头的手,他就跟着他们沿着运河一直一直往下走,蜿蜒的街道上铺着镶银边的天蓝色瓷砖,在阳光下闪闪发光,给红色的尘土和岩石覆上了幽灵般的影像。街道两边都是高高的扭曲的尖塔,细长苗条的火星人进进出出,漫步在建筑间狭窄的弓形水晶飘带上,就像他曾在全息板上见过的,古代马戏团那些优雅的走钢丝的人。唯一不同的是在古代影像里,你能看到那些走钢丝的人对于坠落的恐惧。

而这里没人害怕。

五个火星人也拍着手加入进来,他们在闪着幽灵般光芒的天蓝色小道上漫步,半长的袍子随风飘扬,像空气中的油膜一样变换着七彩。开着粉红色花朵的低矮多刺的植被在路边排成一行,几乎与正午的阳光融为一体,高塔倒是没那么拥挤。马阿丁停下来,陶醉地欣赏着一棵在风中摇晃的植物,这棵植物慢慢地从土地里冒出茁壮的支根。粉红且肉肉的细根像手指那样弯曲着伸展开来,避开道路以免被红色的土地埋葬。慢慢地,支根缩了一下,拉着植物离开了路边整齐的行列。

一个火星人立刻赶过来,一手拍打着长长的手指,一手拎着一根细长的黑色嫩枝,火星人把嫩枝的尖端插入之前那株植物扎根的泥土。原植物的细根猛地抽出泥土,缠住嫩枝多刺的下方。它晃晃暗绿色的叶子,发出威胁的沙沙声,所有的荆棘排成一排,指向拿着嫩枝的火星人。火星人朝它摇摇手指,再次把嫩枝插进泥土里。慢慢地,根系蔓延到了远处,原植物准备把自己拖回路边它留在邻居之间的空隙里。就像是教学视频。马阿丁带上了笑容,因为牵动嘴巴会让他的火星朋友指着他笑。那植物看起来被打败了,叶子耷拉着,荆棘也不再竖立着。

一根手指急促地捅了他一下,他抬起头。这群火星人都停下来回头望着他。露丝在面前,他感觉到的就是她。她的手。他匆忙赶上,耸耸肩。感觉上,露丝是个女孩,他也不确定为什么;但她就是。她和谢恩看起来一模一样,但谢恩给人的感觉就是个男孩。

运河就在前方。高塔优雅地耸立在泛起涟漪的河岸。游船漂浮在水面,缓缓顺流而下。他曾在黄昏时分溜出来过,那时的运河看上去几乎凝固了,但在阳光下,你可以看见船和水面下空了的河床。五颜六色的雨篷在风中飘动,在荫凉下,火星人倚在多脚垫上,用手指进行交谈。一个三人小组站在一艘游船的船首,吹着光亮弯曲的多口号角。他什么也听不到,但是他们散发出柔和的蓝烟,他突然被某种温馨的感觉包围,一如在夜晚,妈妈一边帮他掖被子,一边道晚安的感觉。他咽了口口水。露丝又走回来靠近他,脚尖飘浮,似乎没有重量。她在他面前挥着手,歪着头,一下张大了嘴。

他悲从心来,不由热泪盈眶。他们从未予他如此的关注。有时他们会和他一起散步,但没有……交流。他能感知他们,但通常他们并不能真正地感知他。

也许有了转机。

他闭上眼睛,回忆往昔。妈妈和她温柔的双手,落在他脸上的爱抚,爸爸看着她时,她微笑的样子。

他拭去落在脸庞的一滴泪,火星的尘土沾在他脸上,他望着水晶塔尖,和运河熠熠生辉的水面。妈妈会相信他。他看见了……这一切。它真实地存在。

要是她还在就好了。

爆炸声打破了宁静,似乎有一双看不见的手推了马阿丁一把。他向后一缩,运河,游船,都消失无踪。在运河遥远的那面,挖掘机突起在灰绿色的天空,红色尘土猛地涌出,细长优雅的石塔融化成了粉末瀑布。尘土翻滚着,铺天盖地,随后是模糊的重击。尘暴环绕在他身边,怒号着盘旋穿过地面,尘土扑进眼睛,他泪流不止。

矿工们又在工作了。他咽了口口水。很辛苦。感觉口水陷入胃里变成了石头。眼前模糊一片,他努力想透过沙尘,再次看到尖顶和游船,再次朝左边,朝右边,朝运河那边,能看见它们,看见火星人站在船上,摇着手指,指出道路。

但在他面前,只有沙尘,以及干涸的河床。

石塔倒下的大堆碎石漏出沙尘,看上去烟尘滚滚。机器在边缘爬行,处理摔坏的红色石头,尾部喷出红色的沙石。另一边,更多的石塔朝天立起,形成轮环,扭曲得就像他在过去经常看的儿童片里见过的独角兽的角。风蚀,爸爸说过,他们都说过。尘暴呼啸着穿行在机器间,穿过平原,飘向尘埃云。有人抓紧自己的呼吸面罩,一台机器陷入尘暴,随即罢工。更多人向它跑去。

他转向左边,转向运河破碎的堤岸,那里可以直接爬到河底。河岸依然整洁笔直,因此下去并不难走。他爬了下去,在风中,尘土像红色旗帜一样飞扬,他举目四望,希望看见水,还有游船。

"嘿。"

他僵住了,转头越过肩膀看去。

"见鬼,你究竟下来做什么?"一个行动笨拙,穿着金属色工作服的矮胖子上前挡住了他的路。因为清晨的阴影,马阿丁之前没瞧见他。

一个矿工。

护目镜下是饱经风霜的灰眼睛,露着脸,口鼻式呼吸机下面两撇胡子滴着汗。

"问你呢,小孩。"戴着手套的手钳住了马阿丁的胳膊,"那石头掉下来的时候你就在下面。你找死吗?"

他摇摇头,胃里的东西翻腾到了喉咙。

"嘿,我们警告过你们居民点的人离这儿远点,你怎么不听话?"灰眼睛态度缓和了一点,"我们马上要炸开另一处地壳。在这里你会死的。"

爸爸没提到矿工们已经来了。他不会告诉马阿丁。马阿丁一时语塞。

"嘿,我有个和你年纪差不多的弟弟。"矿工松开他的胳膊,"我也不会想让他受到伤害。"

"你……杀了……妈妈。"他大声喊叫,声音和破碎的玻璃一样清晰锋利。他猛击那男人的脸,想要伤害他,想要……

"嘿,嘿,哇!"那男人举起手,躲避着马阿丁挥舞的拳头,"冷静点,孩子。我们没杀任何人。"

那男人抓住了他的胳膊,马阿丁抓住他的通气软管,挣扎着。他的舌头打着转,喋喋不休,威胁要憋死他。

另外一个矿工疯跑过来。"嘿,豪尔赫……"那人停下来,双手叉腰,清晨的阳光里,他的一张脸尖瘦得像石头,"爆炸的岩石四处翻飞,他们难道不知道应该离得远远的。把他拎过来。"他往回走,"我们要把这猪猡带回去,指控他非法入侵。也许就能让他们滚远点了。"

"啊,不过是个孩子,特尔。"

"住口,豪尔赫,你就是该死的心软。"瘦子向前从腰带上掏出塑料手铐,"过来,小孩。你惹麻烦了。"

突然,空气中发出嘶嘶声,尘暴开始盘旋。一块石头击中瘦子的前额,他发出一声喊叫,马阿丁瞥见了鲜血。另外那个人,豪尔赫,躲避着头上飞过的岩石。马阿丁挣扎着恢复了自由,沿着运河光滑的河床拔足狂奔,墙壁在他身边一闪而过,远处传来瘦子特尔的咆哮。尘暴环绕着他,他并没有减速,只是沿着来时的路,有节奏地奔跑着,让他的呼吸器保持运转。

愤怒,和这星球一样巨大的愤怒充斥着他的胸口,深沉而阴郁,仿佛沉甸甸的大石。

他往回看去,尘暴也跟着转向,因此他能看穿稀薄的沙尘。矿工们没有追来——就算追来也抓不到他。他比居民点的任何成年人都跑得快。适应性,爸爸曾这样评价,那时他十岁,已开始赢得比赛。"这星球塑造了你。"

他们不会来抓他了。呼吸器在努力运转,他慢了下来,脚尖的推力推着他,他的身体还在运动,就像火星人那样,像他们的身体那样可以达到飘浮的程度。他又能看见他们了——他们并不是尘暴——和他一样飘浮的步伐,陪他继续前行,但是比他更轻盈。露丝在他身边愤怒地哼哼,让他牙疼。

运河、游船和高塔,再也不复从前。重游此处,他只会看见红色的尘土。胃开始抽筋,他停了下来。一公里外,又有一次坍塌。他开始步行,在运河光滑的地面上蹒跚地走着。船只模糊的轮廓在他头上曾是水面的地方漂浮。地面像是玻璃制成,但是没有那么平滑。爸爸说他只在地球看过它……或是某个类似的东西……那时他还是个小男孩,想来这里。

白驹过隙。

马阿丁停下了,挖掘机直接降在了运河上,似乎岩石的塔顶已经准备好进入曾是水流潺潺的地方。他发现一块落下来的小石头可以让他沿着光滑的石面爬到轮环的底部。在他头上,两座塔顶像舞者那样举起双手朝着天空扭曲着。脑海里响起轻柔酥痒的耳语。

悲痛。愤怒。马阿丁斜靠在石头上。对它们而言,它已经死了。就像运河、水域、游船和游玩的人?一种迟钝而无尽的忧伤充满了他心头,它们的悲伤。他双眼朦胧地望向运河。那里,河水还在闪光,那头,

浅滩

闪亮的水晶蛛网弯曲着、缠绕着、交叉着消失于远方。人们在河滨游走,彼此挥舞着指头。蛛网基座上是成对的葡萄藤,挂着厚厚的红色、紫色和橙色的叶子。虽然不是绿色,但叶子的形状有些像库尔特毗湿奴图画里的西红柿。点缀在地上的其他植物则像是多刺的甜瓜。那种也能动。他看着它们一致展开枝丫,抖着青紫色的叶子。

一个火星人越过运河上环形的高拱桥,飘到马阿丁近身处。是个他,马阿丁想。火星人走下河滨,越过轮环,看着他。真正的看。

迄今为止,只有露丝、谢恩有时候也会,曾看着他。他颤抖着,没法移开目光,充满了抑郁的悲痛,还有血管里奔腾的愤怒。他转不开目光。似乎他没进了红色的尘土,干涸,窒息。他喘着气。抽搐着回过神,长长的手指卷曲着,仅仅如此。

在笑?

他卷着手指,感觉……很愉快?应该是。

另一场爆炸摇晃着地面。

路网,水域,火星人都闪烁着……

……湮灭无迹。

马阿丁再次面对石塔,一片空白。

他能看到塔状羽毛般的烟尘,却看不清这次他们吹散了哪座塔。有多少已经死去?他踮起脚,开始小跑,测量着自己的呼吸。是时候回去了,得在爸爸和绿野小组回去发现他不见了之前赶到家。

左边,他能看到的是运河底空空的红土和散乱的岩石。成行低矮膨胀的绿屋闯进视野,他放慢了脚步。露出气喘吁吁的样子不好,也没必要着急,他们的地远在靠近门廊那边。他进去关好大门,打开里门。温暖潮湿的空气涌来,安抚了他干渴的双唇,他拿开呼吸器,闻着富含青草和尘土香味的空气。在这里需要使用呼吸器再糟糕不过了,但是居住地过滤后的空气富含二氧化碳,氧气含量很低。他曾晕倒过一次,让爸爸大吃一惊。他把身后的门拉上。首尔·矩在紧靠着他们自己的地里工作。"迷路了?"她带着笑纹的细长黑眼睛注视着他,"我看见你在那里,跟在尘暴后面。看起来迷路了。"她对他摇摇戴蓝手套的手指。"你不该跟着尘暴。它们可能把你击倒。弄坏你的呼吸器。那时候你该怎么办?"

"它们……才不会。"他努力用舌头讲出来。错了。讲出去的话收不回来。"我……我很小心……"他放弃了。拿出平板,打开它。我看见风是怎么吹开它们,留下洁净。他笑了,她看着他那样子,也眯起了双眼。好吧。你的甜菜比我们的大。他朝她露出大大的笑容。怎么弄的?

"啊,就是那种你有时会看到的绿石头。"她又对他摆着指头,甚至是直立的时候,她的背也不是很直,所以她得斜着头向上看他,"那里面有大量的磷,我猜。甜菜很喜欢它。只有你在我背痛的时候帮了我。"她心照不宣地眨眨眼。"试试吧,但是别告诉其他人,特别是萨沙。他觉得自己是个了不起的园丁呢。"她咯咯笑了,"你经常出去游荡,留神找找,带些回来。既然我告诉了你,也给我带些。"她朝他做了一个淘气的表情。"我不会告诉你爸爸你出去过。你的腿脚比我利索。苏瑞跟我说拉夫,镇上来做生意的那家伙,指定要我的甜菜。还额外加价。现在,他也会额外付给你们钱啦。"

苏瑞说了许多事。别告诉任何人。你需要帮助?他不需要看她摇头也知道她不要,他常常看见她很痛苦,某种程度上就像空气中的热源。今天没有。他点点头,摇晃着,穿过标记着每块地边界的塑料装置。"爸爸……回来……?"

"啊,他们已经进去了。"她蹲在成行的甜菜之间,轻轻地松着深绿叶子花冠周围的微红色泥土,"我猜那块地没有格斯说的那么大,所以他们早早就播种完了。他回来的时候找过你。"她耕种着潮湿的泥土,双眼仍然注视着耕作机。

"我……说不知道你在哪里。但是你不该就那样出去。"她飞快侧

浅滩

向扫了他一眼，"你会迷路。那些尘暴会击倒你。"

他摇摇头，跪下来，检查滴水线，找着干涸或是浸水的迹象，那意味着太多的水漏出来或是管道堵塞。他很急。爸爸想要确定他行踪的时间越长，他越有可能去核对屋子的数据。果然，他试着找出了两处堵住了滴水的地方。爸爸也许去了坎尼那里。她可以用任何东西酿出啤酒，他也听丹·郑说这一批确实不错。两杯啤酒下肚，爸爸就会在说教时随和很多。

当他前往坎尼住所时已夕阳低沉，不用太挡着眼睛就可以看到广场和喷泉。喷泉附近，四五个音乐家从弯曲的牛角烟斗里吹出粉红或是绿色的烟雾。他们一些菠菜已经准备售卖，他转弯走向居民点大仓库的入口。称重室很冷，彻底接近冰点。他把篮子放上测量器，输入爸爸的代码和内容。测量器哔哔作响，上传了菠菜的重量，加入他们这月的贡献量。搓着冻得针刺一样的双手，他朝门口走去。

正好它被吹开了。

"该死的尘埃到处都是。你必须一直更换轴承。"市长艾尔·斯格兰德将门全开，"嘿，你爸爸在找你！"他假装动怒。"你再也不会自己跑出来了，是不是？"他声音有点大，好像怕马阿丁不能听清楚，"你知道你爸爸不许。记得了吗？"

马阿丁点点头，但是眼睛却瞅着矮胖的市长背后穿着全套矿工服站着的男人——他曾交谈过的那个矿工。

"马阿丁，来见见豪尔赫。"市长朝矿工抬抬下巴。

"我猜这些家伙厌倦了那些冻干食品。他们愿意出高价买些鲜货换换口味。"

噢，天啦，他现在一定会告诉市长他曾去过运河。马阿丁咽了口口水。

"嘿，马阿丁。"矿工对他笑了。他的长脸上满是雀斑，头发并不是火星尘土的颜色，呼吸器没盖住的地方有些斑点。"很高兴见到你。想卖点什么农产品给我们吗？你和爸爸种了些什么呢？"

马阿丁拨开他们，走到外面的小巷里。

"别介意。"关上的门并不能完全阻隔市长的声音，"他理解力有限，两年前一场落石事故造成了他的大脑损伤。再也不能说话了。他常常走失，四处游荡。我们都常留心他。"

马阿丁在口袋里攥紧了拳头，朝左边他们的屋子走去。他可以感受到围绕他们的古老城市。透过居民点半透明的穹顶，尘暴在余晖里飞舞，变换着复杂狂暴的行列穿过花园穹顶外贫瘠的大地。螺旋和蛛网在落日鲜血般的余晖里闪耀着微光。

愤怒？

他停在门前小巷的路口。眨眨眼。

是的。愤怒。

大门滑开，露出黑洞洞的房间。爸爸还在坎尼那里。他拖着脚，激起不管怎样都会扬起的一小片尘土，朝那里走去。坎尼的大两房就在街角处，开着门，让市长发疯的是房间里氧气的含量比穹顶里自己的还高，显而易见，一堆人会聚集在那里。六个人手里拿着马克杯站在门口。

"嘿，马阿丁。"西莉——她用火星的红色尘土制造出很棒的马克杯和盘子卖给城里来的买家——朝他挥舞着胳膊，"让你爸爸喝完他那品脱酒，呃？"她圆脸边披散着灰色的卷发，朝他使了个眼色。

"市……市长……卖……"他舌头打着结。面对矿工，他可以说得很流利。面对她，他惊恐地感到眼皮后面有一种灼热的针刺感。

"甜心，没事。真的。"她拥住他，"他们从我们这里买东西是好事。他们不是导致那场事故的坏人。他们喜欢我们的蔬菜。会付给我们很多钱。"

人尽皆知，那并不是一场事故。现在他们正在毁掉这座城市。他眨眨眼，忍住了泪水。

"嘿,马阿丁你刚去哪儿了?"

爸爸面色潮红,推开人群,拯救了他。"天啊,孩子,我很担心。然后,首尔发短信跟我说你是在清理滴水器,还在其他人的地里干活,所以她没看到你。你是在那里吗?"马阿丁点点头,他的脸色放松了些。他已经深深藏住了眼泪。

"……帮忙。"马阿丁结巴着说。他又点点头。

"好吧,以后你要发短信告诉我,让我知道你在哪里。"爸爸伸手环住他的肩膀,"我不想无缘无故地组织搜索队,听见了没?"

他点点头,被爸爸揉乱了头发。他闻到了些微绿野干燥后的味道。马阿丁曾帮他们播过几次种,混合蓝绿细菌孢子,设置好抽取深层地下水的水泵和微孔浇灌系统,把水吸取到土壤里。蓝绿菌并不需要很多的水。它们自己设计好的,实在太干的时候就会生物性休眠,有水就又能活过来。有时候爸爸会蹲在某块土地上取下呼吸器。他说能闻到氧气的味道,在马阿丁有生之年,他可以丢开呼吸器四处走动。可除了蓝绿菌,马阿丁什么也闻不到。在穹顶之下,没有氧气,他也一直在游荡。

爸爸给了他一杯果汁,马阿丁也退回了自己平时的位置,坐在角落里装着酒吧毛巾和材料的塑料箱上。没人过多关注他,那里有些黑,坐下以后他变得更低了。喝着坎尼的啤酒,没谁会往下看;他们彼此打着照面,或是四处巡视。四五个小孩在进进出出追逐打闹。西莉对着他们大声吼叫。他认识他们。女孩还好,他得避开那些男孩子。特别是罗南。他是最小的,但特别卑鄙。只要周围没有成年人,他们就会干一件他曾在学校教程里读到过的"伟大的"抱团行为。他想知道火星人的行为和人类像不像。他从没在街上或是蛛网上见过任何争执冲突的迹象。没有呼喝。没有推撞。或者也许他们不是完全不同,只是用了其他的方式叫着某人的名字,把他推得团团转。

突然嘈杂起来的声音打断了他的思路。孩子团回来了,正簇拥在门边。围着五个矿工。马阿丁一下子僵住了,缩进临时酒吧下方的阴影里。

"嘿,伙计们,你们好,只是想歇歇脚,尝尝本地的啤酒。"豪尔赫满面笑容,站在前面。

"你们这些家伙在我们这儿可找不到那些邪恶矿石的脉络。"西莉说,周围立马安静下来。马阿丁看着人们处在动与不动之间。矿工周围空出一小片空间,没有动的人敷衍地打着招呼。

市长打着哈哈走进门,拍拍某人的肩膀。"这一轮酒我请!"他脸上带着笑,仍然看着谁先有所表示。"让我们给这些辛勤工作的男孩们展示一下我们的热情好客。给他们都满上,西莉!"

僵局被打破了。西莉张大嘴,但是人们已经手持马克杯挤在了吧台。爸爸呢?马阿丁并没有等他。他溜到墙边,避开去往吧台的人流,贴着墙溜出门去。

"嘿,是那个累赘!"

马阿丁停了下来,他衬衣后部被一只手拉住,并将他一直向后拖到远离坎尼门口视野的角落。

"他们传了个警戒短讯,累赘,我们必须去找你。"罗南的呼吸带着大蒜的臭味湿热地喷在他耳朵里,"那是我在游戏网上的时间,而我在他们说我们必须去找你之前我只需要五分钟。"他扭动着拳头,马阿丁呛住了。"累赘,得有人为我的游戏时间买单!"

会很痛吧。马阿丁闭上眼,但是能够感觉到另外两个男孩在罗南身后犹豫。饥饿。就是饥饿的感觉。他颤抖了。

"那么。"罗南的声音谄媚,却更加大力地揪着他的衬衫。

"你打算怎么赔,累赘?"

他不能呼吸,不到一分钟就挣扎起来,身体不再受控制。紧闭的双眼一片黑暗,飞舞着红绿色的斑块,胸腔都要爆炸了。

罗南大叫着放开了他。马阿丁跪倒在地,几乎感觉不到倒下的疼痛,沉浸在让他眩晕的痛苦战栗的呼吸里。

浅滩

"你还有专门找别人碴的爱好?"一个轻缓熟悉的声音慢吞吞地说。

马阿丁扶着膝盖,站起来。豪尔赫卡着罗南的后颈,提着他双脚离地,就像提一包肥料一样。罗南睁大了眼睛,皮肤变得苍白。

"跟你说话呢,小子。"豪尔赫非常非常轻地晃着他,罗南吱吱叫着,豪尔赫突然松手把他扔到了地上。

他狂奔到拐角。"我要告诉市长,"他大声吼着,"你不能这样做!"

"去告诉他好了。"豪尔赫笑了,"我就是这样做了。"他久久地俯视着马阿丁。"你得学着怎么对付那样的人,孩子。"他伸出手。"来吧,起来。"

马阿丁吸了口气。"打……"这次他讲出来了。

"是。"他扬扬眉,斜着脑袋,皱着眉头。

"你不是累赘。那些人怎么会这么说你?"

马阿丁耸耸肩,扭开头。

"当然,我是说,你举止像个笨蛋。没人会在一个陌生的星球上独自游荡。你会在人们找到你之前受伤。我曾看到有矿工死在两英里外的挖掘地里,只因为他们没告诉任何人就胡乱溜达。在这个星球碰到厄运的概率远高于一顿野餐会吸引蚂蚁的概率。"

马阿丁皱着眉。摇摇头。"不是……运气。不是……一个人。"他闭紧双唇。这些话语是自己出现的,他并不想说出来。

"是,我听说你在那里有无形的朋友。真希望你摔断腿的时候他们能把你带回家。"他眯起眼,马阿丁不得不又转开了头,"你在那里看到了什么?"

他听起来很有兴趣……似乎从没考虑过那只是想象。或者像爸爸想的那样,只是因为脑袋受了伤。马阿丁耸耸肩,低头看着街上尘土的图案。

"现在我知道你为什么讨厌我们了。那里,西莉告诉我的。那个姑

125

娘，是个长舌妇。对不起，马阿丁。抱歉让你受到了伤害，让你妈妈意外身亡。是的，你遇到了一些流氓公司，还有那些你不知道过着什么样生活的人，你以为他们赚了足够的钱回家，过得像个王子。我们大多数……我们再也回不去了。"他的黑眼睛涌上了阴霾，"交通费是一大笔，而你不会真正付钱买票，你很容易就把赚到的钱花在啤酒，吃喝，或是能轻松让你进入安乐乡的药物上。"他刺耳地笑了。"能让你得到返程票的唯一方式莫过于找到一个浅滩。那……我猜就是让这些家伙如此疯狂的原因。你听说的。那里到处都是珍珠，整组人都能衣锦还乡，免受普通舱冰冻损伤的危险。回去之后，买下豪宅。照顾他们的家人。"

马阿丁抬起头。他听起来如此……悲伤。"为什么……人们……想要……珍珠？"现在讲话变得容易些了，甚至比和爸爸讲更容易。"为什么……这么多？"

"你从没拥有过？"豪尔赫轻声笑着摸摸口袋，"我猜它对不同的人有不同的作用。通常，它们让性变得非常非常美妙。"他眨眨眼。"就像同时在给予和得到。你最好相信，在家那边这个非常畅销。在这里，有时可以看到奇怪的现象。"他伸出手，"拿去吧。"

马阿丁看着豪尔赫手掌里小小的卵形物体。它有着尘土的颜色，但是穿插着金银色的漩涡状脉络，而在他盯着看时，深处似乎还闪烁着细小的亮光。

"我应该上交的，我想，但是我……我感受到了它的作用。非常有用。比药物便宜。"他又发出那种刺耳的笑声，"移不开眼是不是？"他把手伸得更近些。"拿去吧。看看它对你有什么用。"

马阿丁朝它伸出手，在碰到它之前，围绕着他的这座城市的嗡嗡声加强了，在他轻触那片光滑时变成了号叫……

人流簇拥着他走在宽阔的大街，各种交流就像远处运河里闪耀的水光那样汹涌。幸福，舒适，归属感。这城市纤长的居民环绕着他飘浮在缠绕的蛛网里……它的名字在他脑海里化为灰烬。他们都走向运河，突然，所有幸福和闲适的感觉破裂了，让位于丑陋的红色的愤怒。愤怒。他朝前望去，高塔扭曲地伸向天空，高拱易碎的桥梁横跨过运河。他探查着矿工们工作的那片空旷、干涸、让人厌恶的空地，退缩了。怒气越来越高涨、高涨、高涨……反冲过平原，让他窒息，让天空和空气都变成死灰色，模糊了可爱的高塔，模糊了……围着他的人都张开手指修长的双手，迎接从天而降的毁灭，像握着闪光扭动的银矛一样握着毁灭，哼唱着，哼唱着，哼唱着，毁灭……他喘息着，愤怒的尘土让他窒息，挣扎……

"马阿丁？他醒了。"

爸爸的声音。

他感觉有胳膊搂着他。爸爸？眼皮肿胀得粘在了一起，他勉强睁开了。

他在医院。到处都是雪白一片，床边的屏幕上跳动着数字，闪烁着曲线。爸爸斜抱着他，脸遮住了屏幕，人们在他床边走来走去，摇着手指互相交流。"你怎么了，儿子。豪尔赫带你来的。他说你摸了一颗火星珍珠后就这样了。"

那不是什么珍珠，真是愚蠢的名字。珍珠是地球海洋里软体生物的贝壳里产出的，有多蠢才会认为这也产自某种海洋生物。周围站着的人一致摇着手指，脸上对他闪现着笑意。愚蠢的比较，不是太聪明不值得我们关心。他们根本不知道。他紧揪着盖在身上的白色被单，心不在焉地注意到这些混乱的话语出自他……他的口中。过了一会儿他才想起正确的语句。

"马阿丁？你想说什么？坚持下去，儿子。"

他眨眨眼，闲逛的人褪色了一些。现在他透过他们，又看到了爸爸的脸，那张脸变得更加焦虑，还看见了站在床脚的豪尔赫。

OLD MARS

"马阿丁?"

"我……很……好,爸爸。"他仔细组织着语句,试着移动手指,双手紧握成拳头。嘴。聚焦。"费恩。特德?"

"哈罗,马阿丁,觉得怎么样?"另一张面孔挤开爸爸出现在眼前。艾布拉姆,居民点的健保医生。艾布拉姆医生是那种开怀大笑就意味着有什么错了的人。"于是到底发生了什么?莫雷诺先生说有些男孩子行为有点粗暴。你的头有没有撞到什么?"

他能感受到他们的关心带来的压力。爸爸和豪尔赫。他的手指又扭到了一起,试着解释。他把拳头握得更紧了,前后摇晃着脑袋。点着头。肢体语言又回来了。他点点头。"在。墙上。"在翻滚混沌的脑海里找到言辞来撒谎可容易多了。

"我跟基地说男孩们欺负了马阿丁。"爸爸面对艾布拉姆提高了声音,"但没有,除了指证那些混蛋他什么也不能做。他究竟什么时候才能好?而现在,这个……"

"没事,保罗。"艾布拉姆搭着爸爸的肩膀,"根据扫描,没有出血,没有对大脑或者受伤区域造成压力。显然,撞击引发了大脑大量不同寻常的短暂突发的活动,就这样。根本原因很可能还是早先事故时大脑初次受损。"他安慰地说,爸爸扭过头。试着忍住哭泣。

马阿丁看着豪尔赫。他皱着眉头。是的,他知道医生错了。马阿丁等着他要这样说,但他一言不发。相反,他给了马阿丁一个扭曲的笑容。"很高兴你觉得好多了,马阿丁。嘿,你好些了,对不对?"他把一根指头伸到前额致敬,随后便离开了房间。

"我……我很高兴他一起来了。"爸爸绷着脸,目送他离开。不情愿地点点头。"很高兴知道他们有些人还不错。"他转向艾布拉姆,眼里再次涌上了怒色。"我要去和联盟谈谈。就是现在。这是需要社区干预的问题。"

"你也听到那些男孩子怎么说的。"艾布拉姆摇摇头。

"他们在撒谎。"

"他会好起来的,保罗。孩子们本来就很粗野,有时的作为就像是地痞。这次让他们害怕了。他们已经受到了教训。"

"马阿丁,我一会儿就回来。"爸爸和他说话就像市长对他说话一样。太大声,太慢。马阿丁忍住悲伤。点点头。

"你会好起来的,马阿丁。"艾布拉姆看着满是数据和曲线的屏幕,并没有看他,"但他们要你多留一段时间。"他又那样笑开了,但是仍然没有看向马阿丁。"三天来你都人事不省。"

三天?马阿丁点点头,但是医生没有看着他也就没有注意到。他躺回枕头,让广场上的人群回到眼前,色彩变得更加稀薄了。人们穿墙而过,视它们为无物,他可以看到建筑、马路、头上弓形跨越的蛛网。一座建筑弯曲的墙就在床尾处,穿过这间屋子。马阿丁看到艾布拉姆穿过墙,穿过三个漫步在宽阔的拱门,正在进行紧张对话的人。马阿丁伸出一只脚,伸进墙里,想要感受到什么。什么都没有。有人笑着晃晃手指,说了一些不甚有意义的话,但都差不多。关于他的脚,还有房子。

"你在看什么?"

他吓了一跳,床头屏幕上闪过红色警报。豪尔赫迅速上前,按住它。红色显示消失了,他偷偷瞥了眼门口。"他们把警报设定调高了。我猜医生怕你再昏过去。"他尴尬地停在床尾,没有发觉两个人正匆忙地穿过他,"那么你看到了什么?"他的黑眼睛盯着马阿丁的脸。

"我……城市。蛛网。人。"他还是打着手语。这有助于他更好地表达。豪尔赫注视着他们。

"有长手指,随时都在摇晃,对不对?银发?纤瘦?不可思议?"

"……很美。就像……尖顶。"

"是啊。"豪尔赫叹息着。声音疲惫。苍老。

马阿丁眯眼看着他的脸,看着他眼底的阴郁。

"所以,不只是我。"豪尔赫用双手擦脸,"我不能理解我怎么会用这个东西想出这些来？他们是什么，马阿丁？你知道吗？"

"……人。"

"火星人？"

马阿丁耸耸肩。愚蠢的问题。

"幽灵？"

马阿丁皱起了眉头。慢慢摇着脑袋。"幽灵……死人。"

豪尔赫呻吟着把脸埋进手里。"我四处打探过了。花了很长时间。是啊，触摸过珍珠的人都见识了它的作用，但是没人能长久拥有一颗珍珠。我也是。但是我想搞明白我看到的是什么。我觉得他们是幽灵。"他抬起头，双眼盯着马阿丁，"我确认过。找到了关于你们……关于那场意外的旧新闻邮件。你和你妈妈遇上了一场爆炸造成的岩石滑坡。那毁掉了一个小穹顶。"

当时，他们去拜访妈妈的一个朋友特里萨。她开心地笑着，还教他玩扑克。马阿丁闭上眼，仿佛再一次，头上的穹顶变弯了，裂了，红色的尘土和岩石像潮水一样涌了进来。尖叫声撕裂了他的耳朵，然后是寂静，黑暗，还有……

……人。

"很抱歉。"

马阿丁睁开眼，脸上扫过什么东西。豪尔赫正擦着他脸颊上的泪水。

"那是找到过的出产最丰富的珍珠浅滩。人……人们都疯了。那么，他们是什么？"豪尔赫低语着，"珍珠。你知道吗？"

马阿丁想着这事。他确实知道。但不确定能表述出来，他的手指在空中交织挥舞，支支吾吾地解释着，咬着嘴唇，等着话语能随着呼吸出来。然而没有。

"那是什么意思？你的手指在做什么？"

马阿丁摇摇头。"我……想他们……就像……"他深吸了口气，

"……灵魂。不。"他又摇摇头。"……投影？很久之前？"

"所以他们是幽灵。"

他听起来很宽慰。马阿丁摇摇头。"……不是死物。活着的。"他颤动着手指，努力寻找着语句来解释，"以不……不同……的方式……存在。"他抬起头，注视着豪尔赫的黑眼睛。"他们是永生。但是……当……当你拿走了……珍珠……他们……死。一切。城市。高塔。蛛网。"

"不。"豪尔赫转身走向门边，"孩子，你在发梦。他们不是活着的，他们只是幻象。是的，他们似乎很真实，但仅仅是那样。幽灵。幻象。"

"不。"马阿丁握紧拳头，"……活的。你杀死了他们。"

豪尔赫离开了。

马阿丁听着他的脚步声渐渐消失。在他身边，整座城市充满了活力和喧嚣。人们在蛛网上滑落，三个音乐家挥舞着精美的银色花棒，演奏出抑扬顿挫清澈的乐曲，让空中充满了玫瑰金色的光辉。一座城市。他尽力睁大眼睛，穹顶消失了，眼前是街道、铺着乳白色瓷砖的各色广场、头顶上银色的蛛网拱桥、纤细的通道连接着高楼之间耸起的尖顶。

满是人。

满是生机。

这就是浅滩。

第二天，爸爸就带他回家了，对待他就像对待易碎的精美玻璃。他租了辆原动车，似乎马阿丁摔断了腿。马阿丁觉得很蠢，坐在爸爸身边，车子轰鸣着穿过那些去花园、去购物，或是在做其他什么的人们。他们立马就都看向了他。他不用转身也能感觉到背后的指指点点。但是他发现他能让火星城市变得清晰，而不去在意那些闲言碎语。可那并不能让人觉得舒服。马阿丁对城市的感觉已经变了，愤怒的蜂鸣穿梭在一切事物之间。一切。北到运河，到蛛网尽头的红色空地，到运河

OLD MARS

荒瘠干涸像缺了一颗牙一样恼人的裂口。回到家，马阿丁说他有些不舒服，爸爸让他吃了片艾布拉姆医生开的药。这些药助眠，让他不再梦到这座城市。吃了药，爸爸放下心。现在他可以安心，还车去了。

这座城市影响了他。他不得不集中精力聚焦在穹顶上。如果他忘了，如果他失去了焦点，城市的建筑、人，还有蛛网，就会和走廊的墙壁、穹顶纠缠在一起，而他就会没必要地停下来，或者撞到人。或是墙壁。每个人对此都很友善，他们都听说了"急症"。他们会带他回家——即使那并不是他想去的地方——用大声又愚蠢的声音说着安慰的话。而他们的孩子一看到他就会溜走。

但是愤怒的蜂鸣在消散。某晚，爸爸带他去坎尼那里，他听到人们在谈论矿工放弃了爆破，以至于找不到任何珍珠，他们试着在挖掘，但只要没有找到，他们就会到下一处继续。

自从豪尔赫离开医务室以后，他就再也没有见过他。

爸爸又带他去看艾布拉姆医生，再次给他做了脑部扫描。

"是，颞叶那里显示的随机行为在增加。"即使办公室和马阿丁所在的检查室之间的门开着，艾布拉姆也并不打算降低自己的声音，"与那场事故之后做的最初扫描相比，这是一个显著的增长。"医生越过键盘抓住爸爸的胳膊。"语言，听力，视觉处理……都从这个区域来。想象一下地球的雷暴天气。闪电闪烁着光芒，引起了收音机里的静电，干扰了传统的有线电视。那就是马阿丁脑袋里正在发生的。"他几乎是欢呼雀跃。他喜欢长篇大论，马阿丁想。他曾登录到艾布拉姆医生的关于健康问题的演讲视频，都很不错。

但这一次很糟。

爸爸的悲伤笼罩了办公室，甚至使整个城市广场都显得暗淡。一个路过的人向他表示了慰问，他报以无力的感谢。"有什么方法能解决吗？"

浅滩

艾布拉姆摇摇头。他中指轻微的曲度似乎更能表达他此刻的心情。马阿丁看见爸爸的肩膀垮了下来。"药物能镇静,但由于他们给他服用了镇静剂……"艾布拉姆耸耸肩,"小剂量几乎就没有用了。"

好吧,那让城市变得模糊了,但也仅仅如此。

"他的手……一直在抽搐和痉挛。"

"我不知道是什么引起的。"艾布拉姆皱起眉头。

雷暴。马阿丁也皱起眉头。爸爸觉得很无望,艾布拉姆医生又轻拍着他。浅滩,豪尔赫说过的。矿工炸掉特里萨那个居住点时,崩塌的尘土和岩石里有大量的珍珠,而他曾被埋在那里了整整一天。不管怎样,这是爸爸后来告诉他的。有人花了很久才把他挖出来。睡在珍珠堆里,触碰着它们?雷暴?

两个穿过广场带着紫色花朵的人对他表示了否定。不太对。高个的那个飞快地比着手势,不停摇晃着。泛起微笑。

我们修好了你。

现在你是完整的了。你曾坏掉了。不完美的个体。他们露出笑容,安慰,认可,继续漫步,他们的弓足几乎是擦过光滑的地砖。

等等!他挥着双手。他们停下往回看。处理那些矿工!处理掉他们!他的手指猛地顿住了,两人都不赞成他的论调,但手指却划成理解的长弓形。还是,不完美的个体。他们耸耸肩,离开了。爸爸的双手握住他的手,马阿丁畏缩了。

"没事,儿子。"他的眼里满是伤痛,"若再有那种时候,试着握紧就好。"

你不懂。他的手指在爸爸的手里扭动着。

"他们……"他挤出怒火,"不。"他被爸爸紧握的手指抽搐着,挣扎着。"在乎。"

"谁不在乎?"爸爸强颜欢笑,"矿工吗,马阿丁?这里没有伤害过你的……坏人。"

OLD MARS

我想让他们把你也变得完整。手指挣扎着。我想让你看看。在这里我们并不孤独。她分享了。只是我们看不到。

他开始每天都去花园穹顶,去给苗圃除草。美丽的广场上建着许多苗圃,一个随意铺着淡蓝色和淡绿色瓷砖的优美八边形空间,闪着晶砂的光芒。两个温泉播放着悠扬的音乐,翻滚的水里伸出黑色细长的管子,喷射出柔和的红蓝色水雾。有时会有人停下来和他讲话。他通过感觉来分辨他们,柔和-甜蜜-开心,或者是坚定-体贴——他曾给他们都标注了名字,但是他记不住。然后是锋利-边缘-警报。锋利-边缘-警报并不常说话。马阿丁敢说,他对矿工考虑得比较多。他有时候能感受到马阿丁。好吧,感受并不是准确的词语,因为他们并不能像触摸植物、尘土,或是石头那样,真正触碰到彼此。有时候他会向马阿丁伸出手,而手会……陷入他的身体。

马阿丁并不太喜欢这种感觉。这并不造成伤害,但是感觉上……不对。就像有东西在他的肉里,实际上又不在那里。而当其他人"碰到"他,他们的手就像人类的手那样轻触他的皮肤,可他什么也感觉不到。如果他试着要去碰他们,他发现,他们会避开。所以他做不到。

只有锋利-边缘-警报伸手触摸了马阿丁的身体,而马阿丁从没见过他对别人这样。

人类居民几乎都让马阿丁单独待着,除草的首尔·矩有时会和他说说话。即使是她也是慢慢讲,用小孩的词汇。所以他并没有试着反驳,只是忙于手下泥土里工作。下午她不在时,豪尔赫会来花园。

他看起来苍老了很多。马阿丁伸直膝盖,打手势问他怎么了,腿间满是泥土屑。

"他们是什么?"豪尔赫蹲在他面前,"如果不是幽灵,你看到的又会是什么?"

他的手指舞动着,解释着。又摇摇头。摸索着语句。这更难了。

浅滩

"他们……是……珍珠。"不贴切。"像……就像……"他苦苦思索,想遍了他认识的所有地球上的事物。"投影?存储?他们……永……生。直到太阳……吞噬了行星。"放弃,垮掉,他的指头在空气中猛地表达了它们的挫败。

豪尔赫盯着它们。"永生?"他摇头,"他们不可能是活物。正如你所说,他们只是影像。幽灵。不是实物。而珍珠是岩石。"他抬起头碰到了马阿丁的目光。

他想要马阿丁说是。非常想。马阿丁却摇摇头。手指在空气中翻来覆去,他想着解释。"光谱。"接近了。"能量?"不准确。"与众不同的光谱。他们活着。"

豪尔赫闭上眼又睁开,希望破灭了。"没人看到,克里和班图在附近勘测过。"他的声音嘶哑,"你们这个居民点坐落在一座浅滩上。"

马阿丁忐忑不安。锋利-边缘-警报就飘在他身后。锋利-边缘-警报似乎总是待在马阿丁附近。

"我……"豪尔赫喘着气,"我会去提醒你们市长。然后离开。只是清除这里。居民点。我已经……你不能责备他们。只是为了……回家。就像告诉你的那样。"

他们会摧毁这个居民点,就像他们曾摧毁了另外那个一样。更糟糕的是,浅滩在他们下方,而不是在上方的岩石。他闭上眼,想象着市长,他的父亲,当巨大的地表反弓冲进了花园。"市长……会呼叫行星委员会。"马阿丁探索着语句,努力说,"他们会施以援手。"

"不会的。"豪尔赫摇摇头,别过脸,"我们有更好的武器,他们也知道。我们会贿赂那些需要贿赂的人——当拥有整整一片浅滩的珍珠那样多的财富时,你也能做到。人人都需要它们,马阿丁。"他声音嘶哑。"每个人。如果你想留在这里,最好让你的火星伙伴们帮帮忙。"他大笑着,笑容和眼里的阴寒一样苦涩,"没有其他人能做到了。来吧。"他挽起马阿丁的胳膊。"在他们怀疑我来通知你之前我就得回去,否则我就死定了。"

"你们会毁掉……"他愤怒地比画着,"你们会毁掉……这座城市。"

"你的意思是居民点?只要各位不反抗就不会。"豪尔赫拖着他沿着小路向出口走去。

他不是说的居民点。锋利-边缘-警报就飘在身后。

愤怒。

然后他离开了,大步跑过柔滑的瓷砖。广场上的人都停下来,转向他。喷泉里的水降低了,管子里喷出的漩涡和薄雾变成了难看的褐绿色阴影。马阿丁的皮肤上满是冷汗,他想自己快晕过去了,而此时豪尔赫猛地把他拉进了一间屋子,并关上了身后的门。

他们在坎尼那里找到了市长。马阿丁并没有意识到已经有多晚了;太阳已经沉入了城市和运河远方的峭壁。大多数人都在那里。爸爸靠着吧台,看起来和豪尔赫一样苍老。以前马阿丁从来没有注意到。他的头发里已经夹杂了许多灰色。房间里有一大波人在流动,他们都朝着运河走去,穿过移民,穿过墙壁,行色匆匆。他从没见过这些人如此焦急。马阿丁目送着他们,愤怒的蜂鸣渐渐加剧,让他的骨头都痛了。

"你到底在说什么?"

市长的怒吼猛地把马阿丁的注意力拉回了房间。豪尔赫离开了他,移民们都聚集起来,目光严厉,唇角抿出残酷的纹路。人们越来越多地穿过他们。马阿丁忍受着怒号带来的加倍的疼痛。豪尔赫后退一步。"你们无能为力。"他摊开手,"你们朝他们开火。他们就会把这里夷为平地。带上你们的东西,现在就走,我们会尽量不损坏得太多。"

"你们那样做,行星委员会会马上发出致命打击。"市长上前扬起下巴,"你们是自寻死路。"

"你这样认为?"豪尔赫不再退却,目光和之前他们在花园穹顶时一样阴冷,"我对你撒谎了。"他对马阿丁,也只对马阿丁说。"我在那里,是让岩石砸向初登地附近居民点的那个小组里的一员。我……知道他们要做什么。我只是放弃了,走了。但我并没有提醒那些居民。我……我很抱歉。"他的眼睛和黑夜一样深沉。

"对不起,马阿丁。"他再次面对市长,"那些人都是亡命之徒。每个人都回了家。带着富有。"在突如其来的沉默里,他的声音粗糙刺耳,还很大声。"你得到了真正的珍珠财富,死刑令也会延期。直到下一艘船离开。懂了没?"

"保罗,去拿枪。我办公室的地下室里有十二支。"市长堵住了往门边移动的豪尔赫,"抓住他。"

豪尔赫猛地往前冲,半打居民扑到了他背上。

有人被押着推出了市长办公室背后的小监狱,穿过人群,他们把他的手脚都绑到了身后。

"你们阻止不了他们的。"豪尔赫咆哮着,嘴角流着血,"你们没必要白白送死!只要不告诉委员会,他们会给出赔偿。"

"十五年了,"市长握着拳头站在他身边,"十五年来,我们一直在培育这些蓝绿菌的苗床!你们不过是要把它们都铲掉?然后回老家?我们不能回去,而我们想要自由地呼吸。"他暗地里踢了豪尔赫一脚。"我们走!"他转身从背后拿了一把自动来福枪,"他们会付出代价!我们会行动,躲起来,他们一来就让他们下地狱!"

"那样,他们会把你们全杀光!"豪尔赫在地上喊叫,"这里什么也不会留下!"

没人听他的。

"来吧,马阿丁。"爸爸挽着他的胳膊,"我不能让你留在这里。天知道一开火会怎样。就待在我身边!"他拖着马阿丁和人群一起穿过大门,戴上了呼吸器。

爸爸吓得要命,整个人都在颤抖。

OLD MARS

等等,等等,等等,等等,别去,别去那边!他的手语很急促,但爸爸没看见,也没注意。"不!"最后他喊出声来,"等等!"

"我们不能等,孩子。不然就迟了。"爸爸仓促地回了一句,他拖着马阿丁,并没有真正警觉。

没人在意。愤怒的蜂鸣挤压着他的大脑,他的全身。脚下的广场起伏着,他也走得跌跌撞撞,爸爸松开了他的胳膊。他叫喊着,想转身回去,但是人流席卷而过。挤过了他,忽视了他。尖顶愤怒地摇摆着,蛛网也在战栗;干涸的喷泉喷出闪耀着银色火花的云层,发出难听的嘶嘶声和爆裂声。

爸爸、市长、西莉,还有其他所有人都跑到了前方。他恢复了平稳,走上了去运河的捷径。那是他们来时的路。他能第一个到那里。他感觉满嘴的牙都松了,但还是咬紧牙关,自顾自地对抗着愤怒的蜂鸣。

男男女女站成优雅弯曲的行列,直面即将到来的挖掘机。机器在自己沉重的踩踏声里翻滚,掀起红土的阴云,张大的囊袋像是长满毒牙的嘴,准备吞下红色的泥土和岩石,筛出珍珠和这座城市。它们轰隆着穿过尖塔,穿过有着小径、有精心修剪过的灌木丛的花园,花园四周围绕着开着紫色和银色花朵的会爬行的植物。

挖掘机并没有伤害植物和小径。还没有。

直到它们开始挖掘珍珠都没有。

它们看不见那些人。爸爸也看不见。市长也看不见。

怒火就像头顶浑浊不清的云层,他看着它们在变厚,就像头顶飘浮着苍白的织物,呈现出一种病态的颜色。他们举起手,全都一起,手指比着手势,缠绕着愤怒滚烫的能量注入逐渐变厚的云层。有一些转过脸面对着爸爸和市长。西莉就在爸爸身边,她背后跟着气喘吁吁的首尔·矩。她也拿着一把自动来福枪。马阿丁注意到了,觉得惊异不已。

他跳到那些人面前,对着他们尖叫,举起手,张开手指,朝着他们挥舞。不是他们。他们不坏。你们不明白。我们不一样。

起初,他以为他们没人注意,可他们却注意到了,并慢慢地组合旋转,手指急速地闪耀着。

不完美。不完美的个体。

不坏,没有伤害,我们也生活在这里。他们不是。马阿丁伸手指向矿工,他粗鲁的举动引起了他们些微的震惊。随后大多数手飞快地讨论起来,太快了他跟不上,迅速又复杂。

锋利－边缘－警报猛地放下手,面向矿工。马阿丁转过去看着居民。"站回去!"无声的语言传来,他的手势在他面前传达了严厉,仍然,沉默。"站回去,他们要消灭矿工了。"

开始,尽管他看到爸爸睁大了眼睛,可还是觉得他们无视了他。然后他们停了下来,低声交谈,然后发出惊恐的尖叫,举起手,粗鲁地指点着。

他转过身。

人们协力拉着空中怒号的摇晃织物……

……扔了出去。

轻轻地。

它飘到了逼近的机器顶上,飘到了两旁拿着能源武器有目的地前进的矿工头上。轻轻地、温柔地笼罩了他们。

他们开始尖叫,弓起背,呼吸器被扯下,抽搐着,四肢痉挛,就像马阿丁曾在视频里看到的画面,鱼被拉上岸边等死那样扑腾着。苍白的云雾散去了,留下扭曲的尸体和缓慢前行的机器。一台挖掘机压过一具尸体,把躯干碾成了泥土。

"天!"市长刺耳的声音盖过了机器的轰鸣,"刚刚究竟发生了什么?"

"把机器停下来。"爸爸迅速跑上前,握住把手,爬上领头的挖掘机的座位。他摸索了一会儿,机器停了下来,身后留下长长的刹车痕迹。此时,后面的机器碾了上来,爸爸飞身下车,只见刚刚所在的挖掘机被撞向了一旁。

市长爬上了撞上来的那台机器,现在人人都在奔跑——跑向机器,跑向倒下的矿工,或者跑回居民点。不一会儿,所有机器都停了下来。矿工们也都不动了。居民们站着摇头,面色惨白,眼里满是惊恐。

"上帝啊,暴风雨……""尘暴……""讨厌的小旋风……""就像小型龙卷风,像它们……攻击……"

居民们都看着马阿丁。

人们都飘走了,飘回广场,或是登上了蛛网。还有一些在花园里闲逛,有个男人玩耍着扭在一起的三根紫色管子,向天空射出银光紫的薄雾。

"你做了什么,儿子?"爸爸的声音很严肃。

他们在马阿丁和居民点之间围成半圆。畏惧着他。四处张望。害怕更多尘暴的来临?马阿丁面对他们,虚无的声音玩起了捉迷藏,他的手势组合着解释,飞快而扭曲。

"他看到了火星人。他们生活在这里。就在你们的居民点。"豪尔赫喘着气说,他的手腕因为绑得太紧而留下了猩红色的勒痕,"拿着珍珠,我可以看见一点点。我猜他们……是他们杀死了这些人。"他叹了口气。"我……你是不是让他们不要连我们也杀了,马阿丁?"

他肯定地比画着。放弃了虚无的语言。

"我想他的意思是'是的'。"豪尔赫退回人群,没和马阿丁靠得太近,"我……我能看懂一些。"

每个人都想了解火星人。他们向马阿丁提出各种问题,但他只能用手语回答,于是他们转而问起了豪尔赫。豪尔赫说得也不尽详细,但马阿丁不打算纠正他。爸爸搂着他的肩膀,带他回到家里。爸爸也满腔疑问,但马阿丁紧紧缠绕着双手,他只好作罢。

他们把此次事件上报给了行星委员会,上面派来了一些人。他们听取了关于隐藏的火星人和大范围能源武器的事件发展,摇摇头。有一段时间，人心惶惶，当穿过广场上巡回表演的音乐家，或是蛛网的下方，他们都会远望山峰。

他们也怕他，但是比之前好多了，只是不再领他回家。而广场和墙壁缠在一起，他总是走进什么东西。

不久，他们放弃寻找看不见的火星人，也不再害怕他了。废弃的机器被拉走，居民们在坎尼那里抱怨居民点应该能够直接要求救助的权利，而不是通过委员会。他们重新回到培育新的蓝绿菌苗床，爸爸也重新开始说起氧气的气味。

通常，马阿丁都在花园里除草，因为他喜欢泥土的气味和那松软的感觉，首尔·矩判定他还是那个老马阿丁，他也乐于如此。疲倦时，他会和柔和-甜蜜-开心还有坚定-体贴在广场上漫步。锋利-边缘-警报不再跟着他了；自从袭击了矿工以后马阿丁就再也没见过他。

一天，豪尔赫来到花园。他现在和爸爸一起培育苗床，还在离坎尼那里不远的地方租了间屋子。他蹲在马阿丁面前。"我在戈塔找到一份新工作，就在往南一天车程的城市。"他的黑眼睛盯着马阿丁的眼睛，"我再也不会采矿了。"他从口袋里掏出他的珍珠。"我要把它还回去。可还去哪里？"

马阿丁从豪尔赫的手掌里拿起珍珠。柔和-甜蜜-开心正穿过广场，他摇摇手指让她过来，把珍珠递给她。她触碰到了它，让它消失回到本来的地方，然后她笑了，他们都感受到了它回归的细小波动。

"你做了什么？"豪尔赫看着他空空如也的手掌。他抬起头。"希望你能快乐。"他柔声说，"也希望他们能成为你的朋友。"

怜悯，马阿丁想。他需要怜悯吗？他思索着。需要怜悯的都已经过去了，他得出结论。他手舞足蹈地告诉豪尔赫，现在，他的每次行动，肉体的每个分子的每一次振动，都供给了……一颗珍珠。

一旦做成，他就可以在广场上漫步，分享迷雾般的音乐，永远漫步在城市和蛛网里。

不。不需要怜悯。

"我们。会。保卫。"他试着找出这三个词语。

恐惧再次在豪尔赫眼中蔓延。"这件事在矿工之间传遍了。"他放弃了空气里刺耳且虚无的语言,"但只要有利可图,那一切终将被遗忘。"

马阿丁耸耸肩。锋利－边缘－警报已经认识到他需要知道些什么。关于不完美的个体。

豪尔赫带着对他的恐惧走向门闸。

没关系。转换完成了。

他站着,舒展一下筋骨,然后闲逛出穹顶,穿过广场,享受着温泉喷出的水雾,向蛛网上柔和－甜蜜－开心招呼他的那个地方走去。

不再不完美。

身后,他模糊地听到刺耳的气声。

迈克·雷斯尼克

迈克·雷斯尼克是最畅销也是最高产的科幻小说作家之一。他的作品包括《基里尼亚加》《圣地亚哥》《黑女士》《围猎独角兽》《天赋之权:人之书》《至福境地》《象牙》《预言者》《神谕》《路西法·琼斯》《炼狱》《地狱》《稀有设计的奇迹》《寡妇制造者》《噬魂师》《饥饿的灵魂》《圣地亚哥归来》《星舰:雇佣兵》《星舰:反叛者》和《追踪吸血鬼》。系列小说则有《离开星球的最后一人请关掉太阳?》《他乡》《思想的远征》《狩猎蛇鲨和其他故事》和《另一个泰迪·罗斯福》。作为编辑,他出版了《开心屋:关于科幻小说的 17 篇科幻小说》《推理小说》《更多推理小说》《多毛暴眼怪物的故事》《科幻小说新声推荐》《这是我的滑稽戏》,以及和马丁·H.格林伯格共同编辑的一长串文选——《变选的总统》《变选的肯尼迪》《变选的战士》《阿拉丁:神灯之主》《奇妙的恐龙》《它誓》《变选的歹徒》《飘飘然的夏洛克·福尔摩斯》。除此之外,还有和加纳德·多佐伊斯共同编订的两个系列选集,和贾尼斯·伊恩编辑的《星星:基于贾尼斯·伊恩的歌曲》。1989 年,他以基里尼亚加系列的《马纳莫吉》获得了雨果奖,1995 年,中篇小说《奥杜瓦伊峡谷的七个故事》则为他赢得了另外一座雨果奖以及一座星云奖。他最新的作品是选集《星云队长的监禁和其他失落的未来》《赢得与失去:迈克·雷斯尼克雨果奖短篇提名小说完全收录》和《银河的主人》,还有小说《医生和粗野的骑手》。雷斯尼克和妻子卡罗尔生活在俄亥俄州的辛辛那提。

在以下快节奏的冒险里,他将带我们进入火星最边远的荒野,寻找万古遗落的火星国王的坟墓,这是一个关于贪婪与背叛的故事——有时求而不得也许更好。

火星列王之墓

拉佐的"鼻涕虫"酒吧里非常拥挤。

无缘无故地就这样了。火星港口周围有二十三家酒吧可供人放浪形骸，每家都秉持事不关己高高挂起的惯例，但出于某些原因，拉佐那里总是最拥挤的。

拉佐自己并没有太多考虑。是瑟密特瑞·史密斯首先发现他看起来像条鼻涕虫，然后就这样定了下来。虽然没人知道他是哪里人，但从他的口音以及行为习惯来看，他并非来自内缘行星群。只要他不在他的威士忌里掺太多水，永远有半打行星和卫星上来的舞女在搔首弄姿，并保证对听到的事情守口如瓶，也就没人在意。

酒吧很长，由一些闪闪发亮的外星金属组成，按招待的不同种族的体型大小，不同的区域有高有低。酒吧后面的墙上是拉佐那个世界巨大的全息图，这经常让那些聚集的酒徒高兴，但他们却从不涉足那里。这里有两个机器人酒保，但拉佐还是把大部分时间花在吧台后面。通常的猜想是，他待在那里是为确保机器人不会把酒杯倒得太满。

此时，拉佐正在做东招待十五个火星人、一打金星人、从土卫六来的一对矿工，还有两个从土卫三来的以及零散的地球人。最引人注目的还是那个天蝎星人，而那主要是因为他的同伴。

这个天蝎星人不为人知的真实姓名是马库斯·奥里利乌斯·史库

皮欧。他很高，足有六尺六七寸，很瘦，一副饱经风霜的样子。他有厚而密的棕发，有几缕已变得灰白；脸颊和下巴上一星期没刮的胡茬，还有淡蓝色的眼睛，淡到从某些角度看几近无色。

他穿着毫无特色的棕褐相间的衣服，而他并没有试图隐藏他臀部挂着的小皮套里的燃烧器。大多数观察者不能辨别他的腰带后面是不是还藏着一个更小的、靴子里是不是还有一把形状怪异的匕首。

他确实平平无奇——除了脚边躺着的生物。乍看之下它好像是只狗，但火星上并没有狗，更别说接近狮子大小的。它有四个鼻孔，两个在前，另外两个分别长在两边脸颊上——虽然被暗淡的灯光完全遮蔽，眼睛却像在发光，尾巴尖似利器。这动物一袭暗蓝色的卷毛，打哈欠时，露出了两排焦黑的尖牙。

所有主顾在桌子——和生物——之间给出了安全距离。

常和史库皮欧打交道的身材矮小的水星侍者给他拿了杯酒，继续在桌子之间穿梭，并没刻意关注他。

史库皮欧点了一支本地雪茄，喷出一口烟，仰坐着观看一个火星女人在一曲慢舞里旋转，在他看来非常笨拙，但却让那些火星客人狂热。这音乐曲调多变，充满了异星风情，他敢肯定就算他夜以继日地听上一个星期也哼不出来。

史库皮欧抿着酒，酒液灼烧着他的喉咙，绵延而下，他尽量不龇牙咧嘴，吹熄了雪茄。一分钟以后，他从口袋里掏出了什么东西扔给蓝毛生物，只见蓝毛生物抓住它，发出大声撕裂的咀嚼声，最后吞了下去。

火星女孩的舞蹈结束了，火星观众欢呼起来，发出他们特有的奇怪的呵斥声，然后一个来自木卫一的女孩冷漠地爬上舞台。

火星女孩走向吧台后的更衣室，停在了史库皮欧的桌边。

"你又来了，天蝎人。"她说。

"我喜欢来消费。"他回答。

"喜欢我的舞吗？"

"很特别。"

"也许,我该只为了你跳一支。"

"我总是不拒绝新体验。"史库皮欧说。

蠢死了。一个声音在史库皮欧脑海里响起。让她滚。史库皮欧俯视着蓝毛生物。我干涉了你的性生活?他想。

该死,史库皮欧!你为什么要浪费时间?不管怎样,她是个火星人。即使她想试试,也不能容纳你。

史库皮欧讽刺地笑了。爱是万能。

"你又在和你的狗说话了。"女孩说。

"他不是狗,你也没听到我说一个字。"

"你在对我撒谎,"她说,"一直都在撒谎。"

"当然了,"史库皮欧回答,"我们可是在拉佐的鼻涕虫。在这里讲真话甚至是违法的。"

她骂了一句火星脏话。"地球人!"她又轻蔑地加了一句,然后扬长而去。

高兴了?史库皮欧问。

非常,这就是答案。对了,有人在找你。

那女孩去拿了家伙?

那生物轻蔑地哼了哼。在门边。拿包的火星人。

史库皮欧的视线穿过酒吧,看到了那个刚进门的火星人。

那是个小个子,弯腰驼背(这在轻重力下很罕见),上了年纪,在大概是肩膀的地方挎着一个布袋。

你确定是找我?史库皮欧思忖着。

我当然确定,生物回答说。你也知道,并不是每个人都需要语言交流。很久之前我们有些就已进化了。

我们遇见那时候你怎么会生活在沼泽里?史库皮欧带着少见的玩世不恭的笑容问。

你为什么会和全太阳系的逃犯恶棍们待在酒吧里？我去沼泽是寻找食物，而你得靠赚钱才能买得起食物，这在我们族群就是个没用的额外步骤。

史库皮欧俯视着生物。那你为什么还要和我这样一个如此原始的生物一起闲逛？

你是我遇到的最致命的存在，这就是答案。和你在一起，我总会遇到新鲜的食物。

史库皮欧看着火星人慢慢接近。好啦，你的心灵感应是灵验的。他想要什么。

他长途跋涉而来。我让他告诉你。

这么麻烦？我只是要把他装起来。

我可不这样想，生物回答。

火星人来到桌边，心神不定地看着史库皮欧。

"你是史库皮欧？"他迟疑地问。

史库皮欧点点头。然后想起来大部分火星人并不知道那是肯定的意思。"是的，有些人这样叫我。"

"我能……我能坐下吗？"火星人指着史库皮欧对面的空椅子问。

"坐吧。"

火星人朝椅子迈了一步，突然意识到他得近距离地越过蓝毛生物。他僵住了，只能看着它，怕得不敢动。

"没事，"史库皮欧意识到火星人能整个晚上站在那里不动，"他叫梅林。是我的宠物。"

你的宠物？

那不然怎么说？让他们认为你是不能说话的动物对我们有利。

我真想咬掉你的腿。

"我从没见过它这样的生物。"火星人胆小地说。

"许多人都没见过。"史库皮欧回答。而火星人小心地绕过梅林，坐了下来。"我能为你做什么？"

"有人告诉我你是我下一事业计划的不二人选。"火星人说。

他想杀谁？梅林默默无言。

你现在就可以告诉我。

我？我不过是个不会说话的动物。

"什么计划？"史库皮欧问。

"也许我应该先自我介绍。"

史库皮欧耸耸肩。"随你的便。"

"我叫奎迪派，在巴拉托拉，就是你知道的新布鲁塞尔大学，当了一个多世纪的古代史教授。"

"好吧，所以你教历史，就不再是个孩子了？"史库皮欧说，"这和我有什么关系？"

奎迪派倾身向前，压低了声音。"我相信我发现了火星国王失落的坟墓的位置。"

史库皮欧轻蔑地哼了声。"你确定？"

"当然是！"

"在我的世界，那是所罗门国王的宝藏。在金星，那是被遗忘的天使的神庙。在水星，那是暗黑宫殿。而在火星，就成了火星国王的坟墓。"

"我这辈子已经做了两次尝试，"奎迪派说，"我需要保护。不仅如此。我是个学者，需要有人能预见我在西方死海底部最荒瘠的地方会遇到的危险，能帮我避开或者解决最坏的情况。"

"祝你好运。"史库皮欧说。

"你不陪我去？"

"没兴趣。"

"你还没有听到我的出价。"

"我去过西海底下。那里被称作巴尔夏尔，不管是谁告诉你那里很危险,显然他们都明白这情况。"史库皮欧说,"在这里我很快乐。"

"至少让我说出报价?"奎迪派说。

"请我喝杯威士忌,你就随便说。"

"哪种?"火星人站起来问。

史库皮欧拿起自己的空杯子研究了下。"我厌倦了这种。给我一杯他们在月亮上酿的蓝色快乐源泉。"

火星人到吧台端了杯酒回来,小心地放到桌子上,然后坐回自己的座位。

"它在冒烟。"火星人注意到。

"它足够老。"史库皮欧端起酒一饮而尽。

"你并不是我最后的机会,史库皮欧,"火星人说,"但无论从哪件事来看,作为一个资深研究者,我都发现你是我最好的机会。"史库皮欧兴趣缺缺却非常耐心地注视着他。最后,他深吸了口气,屈身用他人没法听见的声音低声说:"四十万特估币,搜寻不会超过五十天。"

快点儿,史库皮欧想,换算成现金是多少?

二十五万,梅林回答。

你能读到他的想法。他说的是实话吗,他确实有这笔钱?

是的,有。

史库皮欧看向火星人。"你说你叫什么名字?"

"奎迪派。"他回答说。

"库提·佩。"史库皮欧重复。

"奎迪派。"火星人纠正。

"好吧。"史库皮欧点点头,"库提·佩,就这样说定了。现在先预付一半,结束后再给另外一半,之后五十天我们就是你的啦。"

奎迪派拿出一捆大面额钞票。史库皮欧接过来塞进了口袋。

你不数数?

在拉佐这里数?别傻了。等会儿再数。如果少了,除非他补上,否则我们哪儿也不去。"

"你提到了'我们'?"火星人好奇地问。

"梅林和我。就像我告诉过你的,他是我的宠物。"

奎迪派望着这生物。

你肯定不能相信他现在在想什么。

"相信我,"史库皮欧说,"如果遇到了危险,你会庆幸有他同行。"

"我相信你,"火星人说着把包从肩头拿下来,放到桌上,"现在给你看这些安全吗?"

"如果在酒吧里我都没法保护你,那一旦离开这假装是文明社会的地方,我肯定更没法保护你了。"

奎迪派从包里拿出一张非常古老的地图,把它打开铺到了桌上。

"很好,"史库皮欧说,"这是巴尔夏尔。"

"看见这个小记号没?"火星人伸出一根三节的手指指向它。

"看起来像一粒灰尘。"

"这有三英里。"

"好吧,"史库皮欧无动于衷,"海底有块三英里那么大的灰尘。"

"我不能给你一个准确的翻译,"奎迪派说,"最接近的是——梦之陨石坑。"

史库皮欧皱起眉头。"我曾听说过。"

"有人说它是小行星造成的。"奎迪派说。

"也有人说那是一场早已被人遗忘的古代战争的结果,那时候我们还拥有让人毛骨悚然的武器。还有人说是因为它底下的地底城市倒塌所致。"

"你认为呢?"史库皮欧看着火星人问。

"我说它是上帝的拳击造成的。"

"你怎么会这样想?"

"我的民族并不是最早在这里居住的种族。"奎迪派回答,"在我们之前,巨人族占据了火星。他们很高,你甚至不及他们最矮的那个的腰部。他们所向无敌,但很快胜利让他们得意忘形。在他们决定让自己成为神的时候,真正的上帝一拳打下来,他们的国王一击毙命。"

"你是在历史课上还是教堂里学到的?"史库皮欧讽刺地问。

"当然,你并不信我。"火星人说。

"为了四十万特佑币,我会在五十个日夜里相信你的,从"——他看了看计时器——"四分钟之前开始。"

"我并不是在指责你的质疑,"奎迪派说,"直到上周,我共享了它们。"

如果他告诉我那是他的想象,不管钱不钱,我都要放弃。

听他说,梅林回应。

"火星上有许多宗教,"奎迪派开始讲,"大部分起源于历史事件,或者偶尔能在伟大哲学家的著作里发现这些信仰的起源。但有一种宗教——被称为布拉索克拉克;地球没有翻译或是近似的说法——比其他任何宗教都要久远。它的神庙被损毁,纪念碑都被拉倒,敲成了碎石,只有布拉索克拉克的圣书还幸存。在我们最珍贵晦涩的古籍里,我找到了足够的线索说服自己,在梦之陨石坑能找到答案。"

史库皮欧皱着眉头。"什么答案?"

"我收集的线索让我相信陨石坑里面或是下面确实存在火星国王的坟墓,在这些金色的坟墓里,我会找到最伟大国王的陪葬品——布拉索克拉克圣书的孤本。即使圣书的存在是虚构的,即使除了空空如也的坟墓什么也没有,这也会是千年来最重大的历史发现。"

"你说的是金色坟墓?"史库皮欧说。

"珠光宝气。"奎迪派回答。

他说的都是真的?

他确实相信。梅林回答。

他确实是专门研究这个的学者?

是的。

"你住哪里?"史库皮欧大声问。

"街那边的酒店。"

"堕落的火炬?"史库皮欧问。

"对。"

"我建议你现在就回去睡一觉。我计划明天破晓就开始探险。"

"可我还有很多要告诉你。"火星人抗议着。

"你一路上都可以跟我说,"史库皮欧回答,"我突然很期待这一路上你会告诉我些什么。"

"但我仅仅提到——"

"你疯狂的描述再现了往昔,让我想要亲眼看看,"史库皮欧起身说,"走吧,梅林。"

"我们哪里见?"火星人问。

"日出时我到大厅接你。"史库皮欧说。他朝门边走了几步,又转回来。"走之前,把我的账付了,库提·佩。"

出发前,史库皮欧数了钱,数目没错,随后他便带着奎迪派去了机场。

"我有这里的坐标。"火星人宣布,亮出他的挎包。

"放好他们。"史库皮欧爬出最近一场战争留下的三轮铁皮车。

"但是显然你并没有把地图研究彻底,不能找到准确的位置!"奎迪派反驳。

"对。"

"那么?"

"你告诉我你这辈子已经尝试过两次,"史库皮欧点燃一根雪茄,说,"你只是想给我这个印象,还是说真的?"

"我没撒谎。"火星人带着他所有的尊严说。

"那意味着除了你还有人认为你知道火星国王的墓在哪里。"史库皮欧继续说,"而你没必要做个能记录下行星范围内飞行器升空踪迹的大师。我们会在离陨石坑边缘两百英里的地方登陆,去陨石坑之前先在那里休整一天,以甩掉监视我们的人。我有足够的时间来研究地图。"

奎迪派睁大了黑眼睛。"我从没考虑过这个。"

"你没必要考虑,"史库皮欧回答,"这就是你付钱给我的原因。"

"我找对了人。"

"希望如此,"史库皮欧说,"梅林一到我们就走。"

"他失踪了?"

"他讨厌乘坐这些陆地车。一两分钟后他就到。"

"哪个飞行器是我们的?"奎迪派问。

"那个。"史库皮欧指着这一片里最老最破的飞行器回答。

火星人做了一个他们种族等同于皱眉的表情。"它看起来很脏,被锈住了。"

"如果你要提供一个新的,请便。"

突然梅林跑了过来。你会很高兴知道那个火星舞女没有哭着自己睡。

继续啊,打击我啊,真是伤心,史库皮欧沉默地回应。上去,记住你是宠物。别把操控装置弄乱了。

"他怎么会知道你会开到这儿来?"奎迪派问。

"这是火星机场我唯一开来过的地方。"史库皮欧回答。

哈!

他会相信的,史库皮欧自信地想。我为什么要骗他?

等他更了解你了就……

我不该骗一个花两个月寻找一些虚无缥缈的东西、同时付给我二

OLD MARS

十五万放哨的人。好吧,总之,除非迫不得已。这对我来说是小菜一碟。①

我不吃蛋糕。

"我们该登机了。"史库皮欧对奎迪派说。

火星人顺着舷梯进了舱口,立刻把自己绑进了茧形的椅子。史库皮欧也跟着做了,并没有去操心梅林。他最后一个进来,和往常一样,拒绝被绑到或是被保护到任何东西上。很快他们就升空了,朝约七百英里之外的陨石坑飞去。

"既然被监视了,难道我们不该朝西边绕个圈子?"火星人问。

史库皮欧摇摇头。"你从新布鲁塞尔向东走过来三百英里,为什么又要回去?我倒是希望对手有那么蠢,但是我们得承认他们没有。"

"我尊重你的经验。"

"好,"史库皮欧说,"把这个调到自动驾驶,让它在九千英尺的高空飞行,然后你再给我看看地图。"

奎迪派从挎包里拿出地图摊开。

"这里就是梦之陨石坑,"火星人指着那片区域说,"那里没有城市,没有警戒,什么都没有。"

"看起来在它以北不到五英里有座城市。"史库皮欧注意到。

"被遗弃的废墟。"火星人回答。

"但愿如此。地下有水源吗?"

"陨石坑?"

"陨石坑,城里,这一片任何地方。"

"恐怕没有。"

"所以如果有人在城里等,他们肯定断定你会去梦之陨石坑,"史库皮欧说,"守株待某人。"

---

① 原文:a piece of cake.

154

"那里很荒芜。"奎迪派确信。

"如果不是,我们也很快就能发现。"史库皮欧冷酷地说。

"好吧,陨石坑,那个,直径三英里?"

"十三博斯塔斯。"火星人回应。

梅林?

那就是二又四分之三英里。

"看着和甲板一样平。当然,如果坟墓存在,它不会跨越十三博斯塔斯的距离,所以你准备从哪里开始挖?"

"我现在还不能告诉你。"

"如果不相信我,我们就可以把整个行程取消了。"

火星人摇摇头。"你误会了。不能告诉你是因为我也还不知道。"

"你什么时候能知道?"

"一些古文献表明,我必须找到它描述的几个地标。"

"库提·佩,这也许会让你震惊,每隔两三万年地标就会变。"史库皮欧说。

"这些不会。"奎迪派信心十足。

他知道自己在说什么吗?史库皮欧问梅林。

大概吧。

大概,你什么意思?他知道还是不知道。

这些地标大概还在。

你最好是对的。我可不想接下来七个星期都在该死的陨石坑里挖洞。

"再说说那个荒废的城市。"史库皮欧说。

"在古代,它的名字叫梅拉佛拉,但之后它还有另外五个名字。除了现在这个文明以外,它在每个火星文明里都占了主导地位。"

"很好。"

"很好?"奎迪派重复。

史库皮欧点点头。"那意味着,除非这是那里现在荒无人烟的原因,否则那里会有水源。而如果那里有水,而它又废弃了,我们就可以把那里当作总部。"

"可那里离我认为是坟墓的地方有二十博斯塔斯远。"

史库皮欧看着火星人叹了口气。"你这辈子都试过两次了。除非你玩弄了不该玩弄的火星女士,我们才可以假设这些攻击不是阻止你或是其他人发现坟墓,或者不是因为袭击者知道你的想法,想要捷足先登。不管怎样,你觉得在梦之陨石坑光秃地面不设防地露营是个好主意?"

"明白了,"奎迪派说,"当然,我们会以你的意见为准。"

"也许我们不需要每天走过去,"史库皮欧说,"飞行器太小,货舱不能用来地面运输,但既然那座城市过去曾兴盛过,那我们也许能找到或者装配一些武器和马具。梅林若想自己有所贡献,我敢肯定他很乐意拉我们。"

我很早之前就应该吃掉你。

好了。你和库提·佩可以就睡在陨石坑中间。我每天一早就从城市出发,参观你们的残骸。

"随你。"奎迪派同意了。

当他们行驶至路程一半的巴尔夏尔海底郊区时,史库皮欧突然将飞行器停在一个废弃村庄的废墟附近。

"为什么停下?"火星人问,"我们还有几百英里远。"

"我说过我们要多花一天避开那些监视者的耳目,"史库皮欧说,"先歇歇脚,放松一下,吃点午餐。"

没那么容易,梅林警告说。

为什么?

村子里有食肉动物。

大家伙?

不好说。但他们都饥肠辘辘。

史库皮欧爬下飞行器,把奎迪派也弄了出来。

梅林则自己轻盈地跳到了地面上。

他们没有感知力,史库皮欧。我能读到的只有饥饿。离他们上次捕食已经有好几天了。

有多少?

五个。也许是六个。

不清楚?

也许有一个因为身体太虚弱,感受不到。

史库皮欧走到货舱,打开,拿出一把音波喷射枪。他检查了下,确定充满了电,递给了火星人。

"你知道怎么用吗?"他问。

"不知道。"奎迪派说。

"在娱乐视频里看人用过没?"

"看过。"

"一样的。这是开火装置。只需要瞄准,推这个按钮。"

"你在等谁?"

"准确地说是一群什么,而不是一个谁,"史库皮欧回答,"并确保你开枪时不会打到梅林。"

"我为什么要对梅林开火?"奎迪派问。

"他是我们的第一道防线。如果我们受到了攻击,不管是什么,在你举起枪瞄准之前,他会先进行反击。"

快,他们知道我们在这儿了。

"我再到货舱拿把武器,"史库皮欧说,"保持警惕。"①

奎迪派很迷茫。"我没有脚趾。"他说。

---

① 原文:keep on your toes.

该死的！都是些大家伙！

还没打开货舱，地球人就看到了五只毛发蓬乱、熊一样的六脚生物——呈暗灰色，龇牙咧嘴，每只脚上都有长而锋利的爪子——冲出了城市，分散开来，似乎是要切断所有的逃生路线。

奎迪派抖得像片叶子，史库皮欧走向他，拿过音波喷射枪，火星人感激地松开了手。

谁是首领？他问梅林。

左边第二个。

他是整群里最小的。

是"她"，火星杜克斯波拉是母系氏族。

史库皮欧瞄准那头母兽，按下了开火按钮。伴随着几乎是实体样的声音，她在火星稀薄的空气里被冲开了十英尺，痛苦而诧异地尖叫着。其他成员紧张地四处查看，试图找出打飞他们首领的敌人，根本没把袭击与史库皮欧和他的武器联系起来。

别让他们聚集在一起。祝我好运。

梅林一发出这个想法就扑向了正痛苦呻吟的母兽，并用爪子和尖牙撕裂了她。

她试图反抗，但金星人正慢慢把她撕成碎片。最后，她发出一声刺耳的尖叫，逃回了废墟。四只公的则显得有些犹豫不决。

梅林转而冲向最大的那只。他却立刻跟上了母兽，逃之夭夭，其他三只也绕了一个大的半圆尽量避开梅林朝安全地带跑去。金星人在他们身后悠闲地慢跑，确定它们不会改变主意，然后转了一圈回到船上。

"还想知道为什么要他同行吗？"史库皮欧笑着问。

"他太棒了，"奎迪派说，"我想附近不会有任何动物能一次吓跑五头杜克斯波拉。"

我没听错吧？他刚刚叫我动物？

看在他给钱的分上，他能叫你叫得更难听。留神看着以防那些生物回来。接着两小时它们不会变得没那么饿的。"

"我们要对这些饥饿的访客保持警惕,"史库皮欧对奎迪派说,"同时,再跟我说说你想找到什么。"

"我告诉过你了:火星国王的坟墓——也希望,在墓里找到布拉索克莱克的圣书。"

"历史上有很多火星国王,"史库皮欧说,"这些又有什么不同值得苦苦寻找呢?这星球不是很大,没有太多不可思议的地方可以让你三四万年地藏住一座坟墓。"

"这些墓地岂止是隐藏得好,"奎迪派说,"如果我的研究和传说没错,它们是被保护起来了。"

"被保护?"史库皮欧重复了一遍,"被谁?又是为什么?"

"它们是克朗王朝的墓葬群。"火星人说。

"克朗是个特别的种族。有人说他们甚至不到一年就征服了整个世界。星球上的土著,是来到这里的一小群人,他们没建造城市,也没留下宏伟的建筑,这显示他们只是……访客。"

"目前我要说,你们是勇士文化,直到你们的战争最后几乎毁灭了整个该死的星球。什么样的奇特种族能不到一年就征服你们?"

"我也不知道,"奎迪派承认,"传说他们很高大,但那可能只是相对的。和什么比高大?我假定他们有技术从另一个世界来到这里,无疑也持有比我们先进的武器,布拉索克莱克的圣书里对他们的近似超自然的力量有各种线索,流言,传说,都大同小异。"

"但你不能确定他们确实来自异世界。"史库皮欧继续说。

"是的。我也不知道他们是都死了还是消失了——或是暂时离开了。那些就是我希望在找到坟墓时能解答的问题。"

"如果能找到。"

"如果能找到。"奎迪派修正说,"但我确信能。我的成年时代几乎都在研究克朗。"

"我能问个问题吗?"史库皮欧说。

"当然。"

"为什么?"他说,"即使切实存在,他们也生活在数万年前。在离开或者灭绝之前,有足够长的时间征服这星球。就我所知,他们除了传说什么也没有留下——没有古物,没有遗迹,什么也没。你为什么想要用毕生去研究他们?"

"我们并不都是你和你朋友那样的战斗生物。"

"我的朋友?"史库皮欧重复。

"梅林。很显然,你和他有精神或是心灵感应上的交流。"

好吧,了不起,奎迪派!金星人想。

"无论如何,在接近你之前,我都尽我所能地了解了你,史库皮欧,"奎迪派继续说,"你去过所有的内行星,还有海卫一、土卫六、木卫三、木卫一和木卫二。你明显有欲望去探知下一颗行星之外有什么。我也对其他世界有兴趣。只是我对'世界'的定义确实有别于你。"

"听你这样说还挺带感。"史库皮欧说。

奎迪派转向梅林。"很抱歉曾以为你只是一种动物。"

梅林一动不动地看着他。

来吧,史库皮欧想。他在道歉。舔舔他的手,或者其他哪里。

真讨厌。也许我只能咬下他的六七根手指。反正火星人的手指太多了。

"他欣赏你的歉意,也接受了。"史库皮欧大声说。

"好,我不想让他讨厌我。"

讨厌又怎样?我一天之内面对五头杜克斯波拉只是为了我的那一半报酬。

你居然会看重金钱,史库皮欧讽刺地想。我还以为你是高级物种。

我们是。但对待低级物种,比如地球人的时候我们需要金钱。

"克朗人有没有留下手写的记录?"史库皮欧问。

"他们自己？没有。但他们战胜过的部族有。可问题是:这些记录有多少值得相信？"

"如果都是克朗同时代的人所写,为什么不能全信？"

奎迪派让自己奢侈地露齿一笑,这是史库皮欧见过的为数不多的火星人的笑容。"告诉我,史库皮欧,你是基督徒吗？"

"不太算。"史库皮欧耸耸肩。

"基督会说那些归功于他的事吗？终究,这些都是由信徒宣扬出来——但是他们说的准确吗？"

史库皮欧再次耸耸肩。"谁他妈知道。"

奎迪派又笑了。"现在你知道克朗的棘手之处了。那些作品是真实的,还是神话,是亲身经历还是道听途说？"

"好吧,明白了,"史库皮欧回答,"死胡同。"

"到我们进入坟墓为止。"

"在我们找到它之前就别操心进不进去了。"

他们在飞行器附近待到黄昏,杜克斯波拉还在不远处游荡。然后史库皮欧宣布他们可以离开了,很快飞行器又向陨石坑飞去。

"你真是个思虑周详的人。"奎迪派说。而史库皮欧一直在观察,以确定附近空域没有其他飞机。

"墓地里满是不周详的人。"地球人回答。

梅林,检查下地图,看看我们要去的城市有没有可以降落的地方。

这个破飞行器,不需要这样的地方。

我知道。但如果有,显然也就有飞机库。为什么要把飞行器留在人人都能看见的地方？

我看看。我想知道他们当时是不是甚至有飞行器。

一会儿就有答案了。

不走运。

好啦。值得一试。

"我们要去的城市有名字吗?"史库皮欧问火星人。

"有过几个,"奎迪派说,"在克朗人统治时期,它叫梅拉佛拉。晚些在第六普雷斯特王朝时期,就成了贝奇提尔。距今五个多世纪之前在被劫掠一空后,它最后的名字是拉丝提坡塔尔。"他叹息着。"现在它已经没有名字了。即使出现在地图上,它也被指定为废弃城市的残迹。"

"根据占地大小来看,它似乎容纳了五十万人,可能更多。"史库皮欧说。

"曾经是。"火星人证实。

"过去几个世纪它怎么就空了?人民厌倦了被掠夺?"

"你不怎么了解火星的历史,史库皮欧。"奎迪派说。

"我跳过了那个学科。"史库皮欧说。

你就没上过学。

"五个世纪之前的那场战争以细菌战而闻名,"奎迪派说,"他们不是用枪和炸弹来战斗,也不是用热线和声波武器,而是用灭绝人类的活病毒。幸存下来的基因都发生了改变。他们产出了畸形怪物的一代人,有了一次星球净化。"他绷着脸。"那是火星人最不值得骄傲的时代。"

"我明白为什么了,"史库皮欧说,"这解释了为什么那是空城……如果是的话。"

"那就没法知道了,缺乏登陆和探测。"火星人说。

"梅林会告诉我们,"史库皮欧说,"如果有东西在那里也很不错,一个火星人,一头杜克斯波拉,无论什么。"

奎迪派费解地皱起眉头。"为什么?"

"我需要一些生物来证明摧毁了城市的病毒已经荡然无存,或者是死了,或者是微弱得不足以伤害任何活物。"

"很安全,"火星人说,"这里的一些艺术品就放在我大学相关的博物馆。人们可以购买然后无害地带回去。"

"你也知道,它们也许是在病毒扩散前拆下来的,或者也许是人……好吧,火星人穿着防护服收集的。"

"那么也许我们该按我最初希望的那样待在陨石坑。"

"到了再决定。"史库皮欧回答。

不一会儿,他们就在城市上方低空盘旋,寻找可能的降落点。史库皮欧在市中心找到一个,他让飞行器平稳着陆,关掉灯和发动机,静静坐了一会儿,最后转向梅林。

怎么样?

我不认为——金星人说。然后他突然紧张起来。

等等!走运了!

怎么?

梅林皱着眉头,全神贯注。三个在逃的窃贼。

火星人?

两个来自土卫六,还有一个地球人。

他们藏在这里多久了?

六天。

还健康吗?好了,我们可以下去了。

"看着有点像庞培,也像水星暗面的废弃城市。"史库皮欧盯着周围的环境,评论说。

"照你这样说,"奎迪派回应,"我还没离开过这星球呢。"

"这是一个很有趣的太阳系,"史库皮欧说,"你该试着去见识一下。"

"我们每人都有自己的爱好。我的是——"

"我知道,"史库皮欧打断他,"梅林,他们离我们有多近?"

"他们?"火星人不安地重复。

"三个歹徒,逃犯。"史库皮欧回答。

"安全吗?"

"他们在这里所待的时间足以证明这个城市没有任何病毒的危险。我们的安全受不受到他们威胁,另论。"

"也许我们该待在船里。"奎迪派不安地提议。

"他们知道我们在哪儿。我也要知道他们的位置。"

他转向金星人。"怎么样,梅林?"

我正试着定位他们。土卫六人可比其他种族难搞多了。

"我在这里坐得够久了。"史库皮欧边说边打开舱门,跳到了地面上。他帮着奎迪派下来后,站在旁边看着梅林跳出来,轻松着地。

我喜欢这个引力,金星人想。

"停在那里!"一个人类的声音大喊。

"停?"史库皮欧微笑着重复,"人们还在说'停'吗?"

"你是谁,来这儿干吗?"那个声音继续说。

"只是寻找休息地方的旅行者,"史库皮欧回答,还是看不到说话的人。

"欢迎你爱待多久待多久。"那个声音说。

"谢谢。"

"一万一晚。"那个声音补充。

"包括活水和厨房吗?"史库皮欧问,取下了燃烧器。

那声音笑了。"我喜欢你,地球同伴!"他说,"为了区区几千块杀了你也太丢脸了。拿开燃烧器,交出你的钱,我们就都是朋友了。"

"都是?"史库皮欧说。

"难道我忘了说你被包围了?"

"被两个土卫六的光皮猴子和一个不敢现身的地球人?"史库皮欧回答,"我可真是怕得要死。"

还有两个在哪儿?

一个在你前方左边二十度方向,一个在右边三十度。

我不懂度数。给我一个参照点。

一个在左边水晶建筑的门前,而沿着飞行器右翼直走二十米就能找到另外一个。

你最好是对的,史库皮欧想。他把燃烧器指向水晶建筑,按下了开火装置,然后移动枪管以覆盖那幢建筑的整个正面。

一阵野蛮的号叫。史库皮欧单膝着地,继续朝飞行器右翼方向开火,立刻被报以痛苦的哀号。

"我要杀了你!"人类的声音大喊。

站到我身边来——快!

史库皮欧抓住奎迪派,把他推到梅林蹲着的地方。一秒之后他们先前站着的地面爆炸了。

"干得好。"史库皮欧叫喊着,"但现在你已是孤家寡人。也许你可以停下来。放一万到地上,毫发无伤地安全离开。"

回答他的是一串咒骂和另一场爆炸,这次炸掉了飞行器的起落架。

"我们得快点儿,"史库皮欧轻声说,"如果他袭击了船侧,剩下几百里我们就没交通工具了。"

"他应该有运输机,"奎迪派提议,"如果是逃避法律制裁,他是不可能用走逃到这里。而土卫六的土著比地球人体型大,那么显然他的运输机能容纳我们三个。"

"库提·佩,你这次总算有了进步,"史库皮欧说,"好了,梅林,别担心船。让我们集中精力把他逼出来。"

但是金星人没在那里。

"这里!"史库皮欧着急地把燃烧器递给奎迪派。

"瞄准地面上十到十五英尺处不停开枪。"地球人拿出音波喷射枪,也开始做一样的事。

"我假设这样做有什么原因。"奎迪派说。

OLD MARS

"梅林过去了,"史库皮欧说,"那意味着他跟上了那人,我可不想意外击中他。我们只要吸引那人注意力,让他专心对付我们就行。"

"梅林能找到他吗?"

史库皮欧点点头,继续开火。"他的视力不是太好,嗅觉也不比我好,但他能以某种方法用思想追踪。任何政客一见到他就想打死他。"

飞行器的后侧被直接击中,凹了进去。

"该死!"史库皮欧咕哝着,"他接近了。"

转移他的注意力。

他最好是钻进飞行器,史库皮欧想。

他大声说:"库提·佩,把枪对准飞行器!"

"什么?"火星人混乱了。

"照做!"史库皮欧的音波枪瞄准飞行器打碎了所有的窗户。

奎迪派跟着开枪,一秒以后飞行器里就燃起了大火。几乎是同时,他们听到黑暗里大概九十码远的地方传来一声可怕的尖叫。

"好了,可以停下了。"史库皮欧说。

"我们转移了那人的注意力,是不是?"奎迪派问。

"好吧,至少是混淆了视听。"史库皮欧说。

不一会儿,梅林就跑了回来。

"你还好吧?"

有点擦伤,但那反而增加了我晚餐的食欲。

晚餐?

别问了。

他们的武器怎么样?

老式的,没什么杀伤力。我们的还好些。

相信你已经毁掉了它们?

当然。

"好了,"史库皮欧说,"没必要待在损坏的船里或是附近。看看这城市给我们提供了什么寄宿条件吧。"

他们三个动身去探索废墟。当务之急是找到逃犯的飞行器,然而,不到十分钟就找到了。逃犯的藏身处只有五十码远。想必他们一意识到史库皮欧准备降落就跑了出去,留下他们的驻扎地——一座古老建筑的底层——亮着灯,在黑暗里特别显眼。附近停着一辆破烂的陆地车,史库皮欧检查了下确定它还能用,然后带着他的伙伴们走进了房子。地上还有铺盖卷,奎迪派向他的同伴们保证,他和梅林都可以吃点土卫六的食物,不会有任何不良反应。

"我们还是该做点家务,"史库皮欧说。他检查了楼梯和地面,找到一块松了的地板,看了看下面。"我保证没其他人会露面,但是同样我建议你把不想带走也不想被偷走的任何东西藏在这地板下的储藏空间里。"

奎迪派走向一个铺盖卷,把它摆在墙角,这样他就可以枕着它躺在地上。史库皮欧也同样躺在了房间那头的另外一个类似的铺盖卷上。

梅林走到门口。我一会儿就回来。

你真要去吃那个地球人?

金星人皱起鼻子。你真的打扫过了吗?我是去享用那个没煮过的土卫六人。

梅林走后,其他两人很快睡着了,一觉醒来已是早上,梅林就睡在门口。

"出发之前要不要吃点早餐?"史库皮欧提议。

"我兴奋得吃不下!"奎迪派回应,"我终于到这儿了!"

"等我们筋疲力尽穿过陨石坑底,你就没这么兴奋,也会饿了。"史库皮欧说。

"我会带着食物。"

你怎么样?

快死了。眼大肚皮小。

看看你身体浮肿的样子,你眼睛应该比篮球还大。

管它的。

梅林痛苦地站起来。史库皮欧看着他笑了。

你把两个都吃了？你爸妈没教过你节制吗？

随你怎么取笑我。下次有人要杀你的时候我会记得的。

"出发？"奎迪派走向大门。

"可以就走吧。"史库皮欧赞成,然后继续看着自己的搭档大笑。

他们三个走出去,爬上了陆地车。

沿着绕成一圈的街道,他们走了另一条很快就到了末端一座看不出入口的房子的路线,又走了两条弯路以后,终于找到了出城的路。史库皮欧用燃烧器融化沿途建筑的边缘,而且牢记了这些标志,以便能找到回来的路,还得确定在天黑尽他看不到标志之前能返回。

又过了十五分钟,他们离开了名为梅拉佛拉的古城——在它许多名字中,史库皮欧喜欢最古老的这个——迈上了平坦的布满红沙的陨石坑底部。

彗星,你觉得呢？梅林提议。

太大太快;但是破坏力不够。也许是小行星,或者更像是小行星的一部分。那时候火星有更多的大气;在撞击之前它就已经烧毁了大半。

"那么,"史库皮欧大声说,"地标在哪里？"

"你正看着一个,"奎迪派指着陨石坑远处一座锯齿状的红色山峰。

"在你的克朗王朝之前,那东西就一直在那里啦。"史库皮欧评论。

"当然了,"火星人回答,"如果它本身不够古老,就不会出现在古代文献里。"

"你说得对。"史库皮欧四处张望,"其他的呢？"

"请再说一遍？"

"你还要找其他的什么地标？"

"我们要在陨石坑北端找一个。"

史库皮欧拿出定位设备。"好吧,我们离它有四分之三英里。"他转向左边说。

十分钟以后他们停了下来,奎迪派开始在这个区域里转圈,检测着眼前的土地。随后他整个人都绷紧了。

"我想……"他说,"是的!是的,就是这里!"

"你看到了什么?"史库皮欧问。

"第二个地标,"奎迪派指着正前方说,"看那里,你也能看见!"

"婊子养的!"史库皮欧说,"我确实看见了。"

他们接近了一块直径约八英尺,纯平的正圆形石头。它几乎完全被流动的火星沙掩盖,但是一旦意识到它的存在,就跃然眼前了。

"我是对的!"奎迪派心满意足地说,"我是对的。"

"好了,下一个?"史库皮欧问。

"在圆盘最西点向正西方走八十三步。"

史库皮欧迈开了步子。

"不!"奎迪派说。

"怎么了?"

"那是火星人量的。我的步子比你们的小。"

"好。"史库皮欧说,站到一旁看奎迪派走了八十三步。

他和梅林站在奎迪派身边,四处张望。

"我没看到什么坟墓。"地球人说。

"看不到,"奎迪派说,"它们埋在陨石坑地表之下。"

史库皮欧看着他。"你看到了入口?"

"还没有。"

"还没有?"史库皮欧皱起眉头。

"是的,"奎迪派说。他从挎包里拿出干粮。"既然不能离开这里,我也吃点食物。"

"吃东西之前,我想先来个说明。"

"当太阳越过山峰十度的时候再说,"火星人说完,又轻轻加了一句,"希望如此。"

"这就是你要告诉我们的?"史库皮欧说。

"也许会出错。"

"不管对错,我们都要收钱,所以对我们没什么不同。"

"可对我来说,那是最重要的。"奎迪派回应。

史库皮欧觉得继续追问亦是徒劳,于是叠腿坐在了陨石坑里。

我非得看着他吃?梅林抱怨。

不,如果你愿意,你可以出去,然后死于光荣的独立。

讨厌你。

我又没吃下整整两个土卫六公民。

如果我还活着,中午叫醒我。梅林闭上眼。

不知为何,虽然多年没看过书,史库皮欧却希望现在带着一本。最后,他定睛看着山峰,温柔地回想起他曾爱过的数不清的一系列女性,有些是人类,有些不是,可没有一个能让他爱到有所羁绊。

他时不时看看天空,当太阳直射到头顶时,站了起来。

"能跟我说了吗?"他问。

"快了。"火星人咕哝着。

梅林也站了起来,鼓胀的腹部恢复了平常大小。史库皮欧再次对金星人的食量和消化系统表示了惊讶。

三人站着等了二十、三十、四十分钟,然后——

"就是现在!"奎迪派大吼,指着——突然从他脚边到陨石坑壁一条之前看不到的裂隙之间出现的一片阴影。"那应该就是入口所在!"

实际上他知道,梅林想。可谁又猜到了呢?

他们走近裂隙,而此时,太阳照射着什么不属于陨石坑壁的东西,正闪闪发光。

"好像是金属。"史库皮欧说。

"栅栏顶部。"火星人坚持。

史库皮欧走过去,发现自己俯视着一条长长的看不到头的螺旋阶梯。

"我找到了!"奎迪派说,更多的像是自言自语而不是告诉同伴。"他们愚弄我,嘲笑我,怀疑我,但是我找到了!"

"在入口能找到什么东西,"史库皮欧说着,用灯照亮阶梯,"走吧,看看到底是什么。"

"我带头。"火星人宣布,开始走下阶梯。

下面有什么活物没?

没有有知觉的。我想我感受到了一些动物,但不能辨别是什么种类。

做最坏的打算,他们最好是讨人喜欢的。

史库皮欧跟在奎迪派身后。他们下到了大概六英尺之下,意外的是,他们并非处于完全的黑暗。墙壁似乎有冷光的特性,一直有亮光发出。光线不算明亮,但至少能看清脚下的路,于是史库皮欧关掉了自己的灯。

突然,史库皮欧冲上前,抓住奎迪派的肩膀往后拉,直到火星人笨拙地跌坐到阶梯上。

"你干什么?"他愤怒地问,"我说了我领头。"

"是啊,"史库皮欧说,"但我想你不会希望自己身首异处。"

"你在说什么?"

史库皮欧指着一块横跨过阶梯,薄薄的刀锋样几不可见的金属片。"你以正常速度走下楼梯就会被斩首。"

"很抱歉,我的火暴脾气。"奎迪派说。他看着金属片。"你怎么想到当心这个?"

史库皮欧指着阶梯底部一具无头火星人尸体。"你不是第一个来这里的人。"

梅林侧着越过他们，走下阶梯，检查那具尸体。

都风干了。至少有好几个世纪，也许上千年了。

当他们走下阶梯，围着尸体，史库皮欧转向奎迪派。"这也许不是掉下来的唯一一个傻瓜。最好让我走前面，梅林断后。"

"同意。"火星人回答。

史库皮欧拿出燃气枪，沿着从楼梯井开始的走廊走去。走廊迂回曲折，但是没有分岔，所以走起来还算轻松。他开始有所松懈，觉得金属片也许是唯一的危险，直到他收到一声尖利的警告。

停下！

他僵住了，奎迪派猛地撞上了他，冲撞之下，他还是稳住了身形。

"是什么？"史库皮欧大声问。

没见过的东西。但是它正在接近。

在前面？

大概。

那他妈是什么意思？

在上面！就在你头顶上！

史库皮欧抬头看去。除了和墙壁一样发光的走廊顶什么也没有。

你错了。没什么东西。

它来了！

突然，一个有着巨大剃刀样毒牙和闪闪发光红眼睛的丑陋脑袋冲破了史库皮欧正上方的天花板。他一把将奎迪派推到后面，自己跃到墙边，对准那脑袋开火。没有大声咆哮，也没有嘶嘶吐气，它发出介于两者之间的声音。燃气枪打爆了它的一只眼睛，融化了一颗尖牙，但它还是朝史库皮欧扑来，他边退边开火，它逐渐从天花板伸出四，五，六，七英尺那么长。

最后史库皮欧朝它伸出拿武器的手臂。它张大嘴想要咬，或者也想吞,而他在最后关头按下了开火装置,在这野兽后脑上爆了个洞,脑子都烧脆了。

三人看着它无力地从天花板垂下来,几乎挨到了地面。

"这该死的是什么?"史库皮欧问。

"我也不知道古人怎么叫它,"奎迪派回答,"不是蛇,天花板里还藏着它细小的四肢和爪子,最接近的称呼是岩蛇,生活在山洞墙壁里的蛇形生物。"

这不是岩洞,梅林注意到。

一样的,史库皮欧回应。而且,那又有什么区别呢?你也可自便叫它墓蛇。

你感觉到没,这些国王并不想被打扰?

史库皮欧继续朝前走,几百码后,走廊开阔起来,墙壁的闪光也更加明亮。他们终于走到了分岔路口,史库皮欧停下来,考虑走哪个方向。

"这太简单了。"最后他说。

"简单?"奎迪派惊奇地重复。

史库皮欧点点头。"保持警惕,你就不会遇到阶梯上的问题。我也没必要射杀那条蛇一样的东西;我只要朝前跑。它在石头里可没有我跑得快。设计这个的人知道大部分侵入者都会来到这里。"

他再次看向两条走廊,犹豫不决。最终,他折回那个死去生物的地方。他从靴子里掏出一把细长的匕首,迅速砍下了那东西的脑袋。

"你拿那个做什么?"奎迪派盯着那个恐怖的残缺不全的脑袋问。

"你会知道的。"史库皮欧说。

他回到岔路,往左边的走廊移了两步,然后把这可怕的头像像保龄球那样丢了出去。

滚了约四十码以后听见一阵咔咔的响声,地面打开了,头掉进了一个似乎深不见底的陷阱。

看清它起止位置了吗?

是的。我先去,再把它弄清楚些。

去吧。

梅林沿着走廊小跑起来。跑了不到四十码,他伸出前掌,轻轻碰了碰地面。

什么也没发生。

他前进了一步,又重复这个步骤,这次地面像对待蛇头一样打开了。

梅林毫不费力地飞跃了过去。

不到四码宽,他回头示意。和地狱一样深,墙壁很光滑,小心别绊倒了。

史库皮欧转向奎迪派。"你能跳过去吗?"他问。

"不知道。"火星人不安地回答。

"你怎么会不知道?"史库皮欧问,"跳得过去或者跳不过去。"

"能跳。但我太老了,不知道能不能跳那么远。"

"好吧,"史库皮欧说,"我们选困难模式。"

"困难模式?"奎迪派重复。

史库皮欧把火星人夹在手臂里,跑过走廊,算好在陷阱前几英寸起跳。它没感应到他,在他落到对面的时候仍然闭着。地面接住了他,但冲力让他一时半会儿停不住脚。他松开奎迪派,两人一同滚下陷阱对面的走廊。

"太吓人了!"火星人抱怨。

"这些家伙知道它们的作用,"史库皮欧评论说,"数千年来它还能运作简直太不可思议了。"

他们小心翼翼地走着,在接下来的几百码里寻找着更多的陷阱。然后走廊弯向了左边,尽头是一扇刻着象形文字的宏伟的金色大门。

奎迪派走到第一组象形文字前,专心研究起来。最后,他退了回来。

"怎么?"史库皮欧问。

"这是次要国王的坟墓。"

"次要国王?"史库皮欧重复。

"克朗王朝有七位王。有六位埋在这个地下室。"

"意思是重要的那个——第七位王——在另外那条走廊?"

"可能是。"

"门上没有明确这样说?"

"没有。"

"那么,我们研究过这座坟墓以后再操心吧。"史库皮欧说。

奎迪派正要推开门,史库皮欧抓住了他的手。

"别!"地球人说。

"怎么?"奎迪派问。

"假设修建这个地方的家伙打算生事。"史库皮欧回答。他从靴子里拿出匕首扔到门上,立即溅起火花,发出噼啪声。

"通电的?"

史库皮欧点点头。"是。它到现在都还有能量供给真让我惊讶。"

"那怎么办?"

"这是致命的,"史库皮欧说,"但并不稀罕。这种东西梅林和我遇到过太多了。"他从身上众多口袋的一个里拿出一个小巧复杂的装置。"干扰器。这个小发明能解决只要不是强到能融了这门的任何电荷。"

按下开关,机器开始嗡嗡作响,然后他把它安到门上。再没有火花和电流声了。

"好了,去看看里面有什么。"他推着门说。门因自身的重量吱嘎响着,慢慢开了。

室内非常开阔。甚至,称得上奢华。墙是黄金的,到弓形的天花板足有二十码高。除了有许多华丽的柜子,房间里还均匀分布着六座精雕细刻的独立陵墓，每一座都像是微型的神殿。

史库皮欧走进第一座陵墓，除了大量灰尘什么也没看见。

我只看到了灰尘，梅林通知他。

我也是，史库皮欧回答。

他走出来，看见奎迪派正退出另一座陵墓。

"我想知道这里究竟发生了什么？"地球人说。

梅林用它的尖尾巴打开一个柜子。空的，他说。

奎迪派走向一堵刻着象形文字的墙。"看见这个没？"他指着象形文字最底部的铭文说。

"怎么了？"

"如果对朝代的鉴定没有错，这是大约五千年前对原作的补充。实际上是到了这里的盗墓贼所写，他发现数万年前这里就被洗劫了。他偷走剩下的一点工艺品，留下这个给后来者。"

"这个信息说什么？"

"他在找圣书，但并没有找到。要么在另外那个坟墓，要么它从未存在。"

"他都到这里了，为什么不去另外那个坟墓亲眼看看？"史库皮欧问。

"他有三个同伴。我想可以称他们为军团。在试图进入夏伯之墓时都死掉了，趁还活着，他决定离开。"

"夏伯？"史库皮欧重复。

"他是最伟大的克朗国王。"火星人回答。

"据说他的功绩并没有受到什么魔法的歪曲。"他环视着陵墓，"我很庆幸盗贼的同伙都被杀了。希望夏伯的墓没被破坏。"

"去看看。"史库皮欧说。

他们原路折回，地球人再次带着奎迪派跳过陷阱，回到了岔路口。这次他们往右，沿着另一条闪光的走廊前进。

顶上有什么活物没？

目前没有。

走廊依然迂回曲折，突然，他们看到前面十码的地面上躺着两具尸体。

他们停下来，盯着这情景。

"发现有什么不对没？"史库皮欧问。

从两个同伴那里，他得到了否定的答复。

"尸体上有标记吗？"

没有，但他们都面部朝下。

史库皮欧熟练地研究着这场景。"地上和墙上没有血迹，可想而知不管是什么杀了他们，它都没有刺破皮肤。"他停下来，皱起眉头，"库提·佩，象形文字说作者失去了三个同伴？"

"是的。"火星人回答。

"所以他们中有一个过去了。"他停下来，思考着，"除非弄明白是什么杀了这两个人，不然我们不会想到他是怎么过去的。"他更加关注远点的那具尸体。"他手里拿着武器，所以我觉得攻击他们的绝不是他能驱散的血肉之躯。"

他抓抓头发，眉头依旧紧皱。"不是活物，也不是能给走廊通电的东西。没有燃烧的痕迹，每个方向都有幸存者。"

"每个方向？"奎迪派重复，"我不明白。"

"我们还没有遇到第三具尸体，很显然他过去了……写下讯息的那个要么留在了这边，要么找到了安然无恙通过这里回去的路。"

还是没有活物，梅林通知他。

"那好，我们已经排除了不会杀害他们的东西，现在就只剩下两种可能：声音或者毒气。我不相信是声音。这些墙壁会让走廊变成回声室。强到能杀死这两人的噪音也能杀死其他人。应该是毒气。"

"为什么只是两个，然后呢？"奎迪派问。

OLD MARS

"气流，"史库皮欧提示，"或者，更像是气流。只要你不是直接站在毒气释放的地方，它就伤不到你。"

"我没在墙壁和天花板上看到通风孔。"火星人说。

"不是非要发生在这里。"史库皮欧回答。

"但你说了，他们必须得站在释放毒气的地方。"

"确实是，"史库皮欧强调，"但他们不会马上毙命。他们吸进去一点，会向同伴大叫'快跑！'，然后在倒地不起之前会跑出两三步或是十步。"

"那我们怎么辨别它从哪里喷出来？"

"找找这里到尸体之间有没有隐藏的通风口。"史库皮欧回答。

十分钟以后，他们得承认真的没有。

"你应该是搞错了。"最后奎迪派说。

"是吧，"史库皮欧挫败地耸耸肩，承认道，"那继续走。"

他们朝尸体前进了五步，突然史库皮欧大喊一声"停下！"，他的两个同伴瞬间定住了。

"怎么？"火星人问。

"我是个白痴。"史库皮欧说。

这我早就知道。

"站在他们的立场，"他继续说，"你发觉你被袭击了，中毒了。虽不知到坟墓之前还会有什么，但你清楚直至中毒前你都是安全的。"他得意扬扬地笑了。"他们不是朝前跑向夏伯的坟墓，而是返回来时的路。"他朝前迈过尸体，研究着天花板，又走了五步，然后停下来盯着天花板。

"退后，"他说着，摸出燃气枪，瞄准了一个微不可见的通气孔。

它融化了，在能释放出任何气体之前，就被堵住了开口。他们等了几分钟，确定没有毒气漏出来，就再次朝坟墓进发。

最后，他们又走到了一座宏伟的大门前——次要国王之墓的姊妹门。

"第三具尸体在哪里?"史库皮欧四处张望。

"我也没看到。"火星人附和。

"不是作者不会数数,就是他进了夏伯的坟墓。"

"如果是那样,"火星人说,"他们就都该进去了,否则不会知道他的同伴死了。"

还是没有生命迹象?

没有。

史库皮欧又拿出干扰器。"假设这门和另外一扇是一样的操作原理,"他说,"毕竟,如果你摸了一扇,就不可能再去摸另一扇。"

他弄好它,安在门上,然后推开了门。

"到底是什么?"他喃喃自语。面前是环绕着陵墓,警戒着的六个木乃伊战士。这座墓的墙比另外那座坟墓里的更大,更震撼,全是纯金制成,约有四十英尺高。前面还有一个同样是黄金制成的王座。

史库皮欧上前研究着那些战士。他们每个都有九到十英尺高,面部特征明显和奎迪派或是他见过的火星人不一样。每个都站得——或者被放得——笔直,一只手里握着长枪。

"这里有多少个夏伯?"史库皮欧皱着眉头问。

"这都不是夏伯,"奎迪派回答,"他们守卫着夏伯。"

"这些家伙正值壮年,"史库皮欧评论说,"你是说他们杀了六个战士只为了把他们立在这里,吓跑那些迷信的盗墓贼?"

"他应得的更多,"火星人说,"但克朗并不是人丁兴旺的民族。就像我告诉你的,他们甚至没有在这个世界扎根。"

主厅前面有四个附属的小接待室,每个里面都摆着精美的柜子。史库皮欧走向其中一个,打开来。空的。

"也许他们该塞进来十二个战士。"他说,而梅林此时打开了陵墓的门。

OLD MARS

史库皮欧——麻烦了!

什么问题?

你自己来看。

史库皮欧走了过去,看见地面上躺着两具尸体。

看看。这个是奎迪派那族的。被长矛刺了差不多十五次。另外一个是不同年代的,也是被刺死的。

史库皮欧站在那里,双手叉腰,迷惑地皱起眉头,研究着这场屠杀。两具尸体都抓着麻布袋,或者是包,史库皮欧发现,里面竟装着奎迪派之前假设的丢失了的艺术品。

假定有一个是那群人的第三个?

基本肯定。

"该死的,你觉得发生了什么?"他大声问。

你不会想知道我的答案,梅林紧张地想。但我想我们最好离开,越快越好。

"这是夏伯的私人护卫,"奎迪派笃定地宣称,"护卫队在这里只有两个原因:守卫圣书还有保护夏伯。不是他的财产,不是他的陪葬品,只是书和夏伯本人。"

"我要走近看看。"史库皮欧走进了陵墓。

"在这里!"奎迪派兴奋地大喊,"果然在这里!"

他跑上一座宝石外壳的平台,那里放着一本古代的卷轴。

"你要找的就是这个?"史库皮欧问。

火星人轻轻托起卷轴。"这是布拉索克莱克的圣书!"

突然,他们听到背后传来沉重的脚步声。史库皮欧走到门口,往外看去——六个战士苏醒了,并慢慢朝他们走过来。

梅林,快点到这里来!

史库皮欧拿出燃气枪,集中火力开火。最近那个战士的胸膛出现了一个黑色的燃烧着的洞,但根本没有用。

我们杀不了他们,史库皮欧——他们已经死了!

杀不了,但是我们能把他们烧成灰烬!

史库皮欧走到房间里,拔出插在腰带后面的小燃气枪,双手按住扳机,两把武器同时开火。

战士移动得很慢,活动着万年不用的肌肉,似乎只为了这一次杀戮。史库皮欧一面躲避着战士机械笨拙的攻击,一面挥动两把燃气枪继续攻击着最近的两个。最后,他们燃烧起来,史库皮欧转而瞄准了另外两个。

一个燃烧着的战士在地板上打滚,试图熄灭身上的火焰。第二个也如此,梅林飞跃过去,撕咬他的四肢。奎迪派把原稿紧抱在胸前,一动不动地站在陵墓的入口处。

史库皮欧发现最后两个战士中的其中一个正在向还在袭击倒下的战士的梅林靠近,便迅速将一把燃气枪对准了战士的矛头,在它刺到金星人之前融化了它。此时,一个燃烧的战士猛然撞向史库皮欧,他滚过地面,紧接着朝战士的脚开了火,很快它们便成了一堆没用的废物。

这还不到三分钟。剩下的着了火的战士仍然燃烧着跨过房间。

现在我知道这里为什么没有盗墓者了,梅林想。

我们真是该死的幸运。燃气枪只有二十秒的能量了。史库皮欧站起来,给燃气枪换上新的能量夹。库提·佩呢?

不管你信不信,他只是站在那里看书。

"嘿,库提·佩,"史库皮欧站直了说,"走啦。"

"不。"火星人说。

"为什么不?你拿到书了,我们也阻止了那些坏家伙——如果他们真是坏家伙的话——其他地方也早就被洗劫一空。是时候回家了。"

"这个更重要。"奎迪派盯着手稿,坚持说。

"回城再看啊,"史库皮欧说,"我又痛又累,想躺下来。"

"不!"火星人再次拒绝了史库皮欧,"我找到它了!"

"我知道,但现在让我们把它带走。"

"你根本不明白!"奎迪派兴奋地说,"我找到了复活国王的祷文!"

"我们刚刚才跟他的朋友和亲戚见了面,"史库皮欧说,"就让它这样吧。"

可奎迪派根本没有抬起头来,他终于还是大声读了出来。

保持警惕,是梅林的想法。我们不孤独了。

史库皮欧拿出枪,转身看到了金星人提到的东西———一个庞大的存在,约十二英尺高,很像奎迪派,但明显不是同一种族,穿着珠光宝气的全套军服,从他躺着的地方站了起来。

奎迪派看了他一眼,就跪倒在地。史库皮欧和梅林并肩站在陵墓的入口,地球人的燃气枪瞄准了后来者。

"我复生了!"夏伯浑厚低沉的声音响起,虽然这是史库皮欧和梅林都没听过的语言,但是两人都听懂了。夏伯的视线落到史库皮欧手中的燃气枪上。"拿开,"他说,"我会饶恕你的不敬,下不为例。"

"这是谁?"夏伯指着倒地不醒,手里还紧抓着卷轴的奎迪派问。

"唤醒你的人。"史库皮欧回答。

"我的王国里会有他的职位。"夏伯宣布。他伸直魁伟的胳膊。"能再活着真好!"

他转回来看着史库皮欧和梅林。"你又是谁,还有这个生物?"

"我们是他的保护者。"

"现在我是他的保护者了。"

史库皮欧耸耸肩。"整个都是你的——只要他付了欠我们的酬金。"他定睛研究着魁梧的国王。

"既然重生了,你有什么计划?"

"一如既往,"夏伯回答,"我要复兴我的王国,恢复古老的习俗和宗教。"

你知道我在想什么。赌一把吗?

随便,梅林回答,我陪着你。

"你离开太久了,夏伯,"史库皮欧开始说,"也许还不知道,你的民族没人活下来,不管是不是复活的国王,现在这个星球上的居民都可能会怨恨你的统治。"

"他们的意愿左右不了我,"夏伯回答,"自我被封在这座坟墓里,统治一切就成了我的使命,我会比其他任何国王都要英明神武。"突然,他盯着地球人和金星人。"你们想要阻止我?"

"一点也不想,"史库皮欧回答,"这不是我们的世界。你对我们不构成麻烦……但是对很多人会。那些习惯于现代火星,特别是现代武器的人。"他停下来,给他时间思考。"诸如此类,你需要帮助。"

"你提供吗?"夏伯问。

"何乐而不为。"史库皮欧说着,示意夏伯看躺在地上的战士尸体,"那些就是我们的诚意。"他指着夏伯的脖子,"你有一条非常漂亮的金项链。"

夏伯走出陵墓,看看尸体,转身坐到他的金王座上。"我们谈谈,"他说。

火星仍在沉睡,这漫漫长夜,古老的国王、地球人、金星人专心致志进行了艰难的磋商。

莉斯·威廉姆斯

英格兰作家莉斯·威廉姆斯曾在《中间地带》《阿西莫夫》《幻想的预言》《地下工作者》《未知领域》《儒勒·维尔纳的新冒险》《奇异地平线》《奇幻国度》等杂志上发表作品,而她的故事收录在《暗夜领主的宴会以及其他故事》及最近的《一杯阴影》中。她最有名的是陈探员系列,描述了在魔幻世界里,一个警察到地狱办案的伟绩,包括《蛇之代理人》《恶魔与城市》《宝贵的龙》《阴影亭》和《钢铁可汗》。她的其他小说还有《幽灵姐妹》《骨皇》《毒药大师》《心灵旗帜》和《冬日行动》。最近的作品是"世界魂灵"三部曲第一卷《世界魂灵》。威廉姆斯现住在英格兰的布莱顿。

这里,她将带我们体验一次火星最遥远最危险地区的狩猎冒险,故事里没有表里如一的人和事,也没有人的动机值得信任,哪怕只是一分钟。

穿越斯卡莱特

冻原上的部落并不喜欢那些非我族类的人。所以我知道他们不会关注我,更何况我也正是这样。在这个初冬霜冻,名为吉哈任的风激起尘土的早晨,我骑行穿过火线,走上通往冻原的路。在斯卡莱特,我让自己成为自己,那里有一条长路引导着我:就是那种城镇。我小心地把翅鲨赶进了马厩,它不喜欢其他人,甚至是我,大多马儿都和它一样似乎想待在外面。上半夜,我一直睡时醒,楼下马厩里偶尔会传来重击声,我知道是翅鲨在试着毁掉门。于是我们动身继续沿着山径前进,直到抵达山脊的顶点,我回头望去。

斯卡莱特坐落在一座狭小的山谷里,就在耶思河沿着石阶和运河的交汇处。在斯卡莱特的最高点,一座古代的拱桥跨过瀑布,众多瀑布飞流而下几百码,最后都汇入底下的黑色深潭,再流过镇子。斯卡莱特是一座枢纽之城,许多道路在这里交会。传说在深潭之下堆满了与斯卡莱特统治者们意见不合的人的白骨。

也许还真是。

不管怎样,我们一直沿着耶思河前进。翅鲨停下来喧闹地喝着翻腾的白色流水,我翻下马鞍,在干燥的金色草坪上站了一会儿,夏日的暴晒让它们都成了稻草。红土地干得都龟裂了:冬雨还没有来,河水还算丰沛。我寻找着某些踪迹,但看不到太多:也许只是半个脚印,又或

OLD MARS

是从肮脏的小车悬架下掉落的水滴。空气中有难闻的恶臭，无从分辨，却扰乱了我。如果没有对这个片区做过粗略的研究，我会错过这些踪迹——它们遍布在略远处的一小块土地上——大量的各种轨迹，迅速行进，马鞍上似乎载着不止一人。爬虫类的脚印，无论如何，不像翅鲨的八字脚。沿着河也有好几种足迹，最后跨越过岩石，消失不见了。

我满腹心事地走回自己的坐骑，爬上马鞍，慢跑起来。如果有其他人在这里，问题就复杂化了——其他人，我指的是暗夜之墙·代尔。不管他自己有没有意识到，那年我们穿过小路，第一次登上平原，然后最近在卡扎达，我对他感到了厌恶。如果他了解我，这个似乎很好掩盖了自我，名为塞恩的男人。如果他发现我实际上是谁，是什么——名为茹内达·皮斯的女人——我就会有大麻烦，这绝非我所愿。茹内达从前是神殿的舞者，一个吸引了王子（还有公主）的富有魅力的女子，一位诗人——和我化名的沉默寡言的塞恩是完全不同的人，他把黑发藏在帽子下面，用变色药水改变了瞳孔的蓝色，脸上戴着半边面具隐藏了毁容的伤痕，沉默寡言，只为了不暴露来自北方的口音。

半天过后，我们高踞在霍尔沙漠斜坡的顶端；又过了一整天，我估计已经到了冻原的边缘。那晚，我在突起的岩石下方的避难所扎营，很久之前的某个人留下了一堆装饰着典型的鸟类翅膀，难以理解的石头。巴恩狮子叫了一声，低沉洪亮的喘息声划破了山墙的寂静，然后夜枭开始歌唱。我躺在羊毛外套里，看着头顶的繁星，直到沉沉睡去，梦到了温暖的卡扎达，以及充满了茉莉芳香的金色美酒的良宵，还梦到了已经远去的某人，黑暗中，就在我身边。

第二天清晨，温度又下降了两度，我尽可能用耶思河结冰的河水洗漱，凑合着在火上泡了茶。清晨的空气里，翅鲨打着呵欠，喷着鼻息。晚些，我登上斜坡的高处，俯视着面前开阔的平原，看到远处黑色皮座上一个微小的身影，他全速穿过冻原，朝树林奔去。他的坐骑看起来有些奇妙的熟悉，不知道是否在斯卡莱特见过。然后他消失在阴影里，无影无踪。以防万一,我贴着毫无特色的石墙,绕过了悬崖。我知道部落群不会在这么远的地方驻扎,他们通常居住在冰原的高海拔平原。

中午,我看到了部落第一个哨站:一座黑乎乎的矮胖石塔。这并不是他们修建的,而是很久之前被他们占领的人们留下的,也许曾是一座军事堡垒,也许是神庙之类。也许都是,它已无从辨认——不管它拥有过什么实际的或是神圣的用途,都只给它留下黑暗的外形。我走进石塔,发现最近有火熏黑了地面的石头,墙上涂满了女巫的标记。看着这些我笑了,因为我正是这些标记想阻止的人之一,但在这遥远的西方,它们并不具备什么力量。只有当你进入沙漠腹地,那些沙洲歌手才会知道它们能做什么;这些记号应该是一位迷信又胆小的战士所留。有什么在喧闹,下面山峰传来隆隆声。不过是一只鸟,一只出没于山间的羽毛丰盛的伯劳鸟。我再次走出去,俯视着山谷。那只鸟就在那里,在投射到草地上的一片低矮阴影里。

要在石塔里扎营还为时过早,于是我再次动身,朝着一片沙地桦木走去。桦木赤裸的躯干在土地上拱起,像一根根金色的骨头。突然,随风传来一声遥远且极具穿透力的叫喊,我牵着翅鲨走到小树林的边缘,朝下望去。树林生长在石脊的高处,远望平原,在暗淡的草地上,我看见骑着黑色翅鲨的男人,这次能看见他帽子上戴着部落的象征,而且有人在追捕他。

追捕者骑着一头绿色的野兽,一种生活在遥远的伊斯尼斯山野间的有隐匿本领的物种。有些像爬行动物,也有些像猫,它可以用长长的身躯蜿蜒前行,只见它的骑士吐出伊斯尼斯男巫惯常使用的恶毒咒语,像掷出弩箭那样掷出毒药。我咧开嘴笑了,我该置身事外,然而——好吧,我太了解伊斯尼斯了,我曾在他们的奴隶宫殿里跳舞,而相较于卡扎达,我还有一笔旧账。除此之外,救人于危难从不是坏事。我向前踢踢马镫,冲下了平原。

当接近那两人,我能感受到空气中的咒语。据说在伊斯尼斯,男巫从毒药里吸收魔力,他们一开口就会发散出邪恶,只要他们存在,连空气都是苦的。我认出那些咒语,还有它们背后的那个男人。我把倒钩装上枪口,瞄准,开火,"子弹"穿过了含盐溪流边的盐桠木带。我心满意足地看着男巫举起手臂,从马镫上侧翻在地。绿色野兽发出一声尖叫,跑掉了。黑毛翅鲨上的男人停下马招呼我,但我已经调转马头,冲上斜坡,不留影踪。

卡扎达,过去某时,一个女孩在跳舞。大厅中央燃烧着蓝绿色的火焰,在远低于城市的地方,平原上的豺狗正在离开它们的领土边界。女孩随着节奏翩翩起舞,而她的眼睛像凝固的火焰一样反射着光芒。我从大厅后面看着她,想起前一晚,她曾只为我起舞。她名叫哈费尔,而我并不是唯一的观众。

高台上,男巫师盘腿坐在主人——哈尔斯,卡扎达的领主之一——身边,偶尔靠向领主低语,而领主冷酷厌倦的脸上会闪过一丝兴味。我注意到男巫是典型的巫师模样:羊皮纸一样的皮肤,束着螺旋状骨环的棕色的秃马尾发型。伊斯尼斯的人总是显得很苍白,就像蘑菇。他袖子上缀满叮当作响的守护符,而当他伸出手端酒杯时,我看到上面有他个人魔符的刺青。

舞蹈结束后,我寻找着哈费尔,但却看到男巫在通往大厅的走廊迷宫里。他打了一个响指,空气中立刻浮现出弧形的咒语火花。哈费尔温顺地走进阴影,牵着男巫满是魔咒装饰的手,随他走进夜色之中。我并不信符咒能有什么用,但是我差点就要相信了。那就是哈费尔:她喜欢周旋在权势之间,而对于怎样得到却毫不在意。

然后她就失踪了。没人知道她去了哪儿。哈尔斯把奴隶主抛出了城垛,以此泄愤。他雇我去找她,并带她回来。我不知道他是否清楚哈费尔和我的事,或者他是否在意。他知道面具下的我是茹内达·皮斯,而男人对待女人间的风流韵事并不那么严肃,或者,如果在意,也是好奇多过愤怒。毕竟，我只不过是另一个雇工。

哈费尔的踪迹，就这样，指向了斯卡莱特，因此也把我带到了北方。而那个毫无生气的男巫也在这里。似乎暗夜之墙·代尔也在。

黄昏之前我已深入山脉，平原已被远远抛在身后。面前就是长城，暗影里石塔一座接着一座。当天色完全暗下来，我下马生起火堆，为过夜扎营。睡着以后，我继续早先在这里出现的奇怪梦境，折磨人的关于黑色羽翼的幻想，还有透过火堆，看见的那张女孩的面孔。

当我醒来，躺在原地惊愕地看着星星。我确实认识梦中那个女孩：哈费尔，我所寻找的人。她的眼睛闪耀着森林的绿光，皮肤是金色的，头发是大地那样的红棕色。她笑着别开头，召唤着我，而幻想里，我看到她在火光里扭动着身体。她穿着奴隶女孩的服装，裸露的皮肤上缀满了绿宝石坏，而她的束腰长裤是春天树叶的颜色。欲望在我内心深处叫嚣。她就是世界所有的阴影，而她消失了，消散在晨光里，很快我又出发了。

到目前为止，我都希望看到部落的标识，揪心的是我还没有看到。天很冷，但我并不期望他们会退入山寨，这神秘的地方让那些更加迷信的民族断言他们不过是幽灵。不管怎样，接近午后，我越过了更多的足迹，然后，在远处，出现一堆部落夏天使用的圆形灰帐篷，在满是枯草的高原上就像是毒菌的新芽。他们的坐骑在附近吃草，而我看到亚纳红蓝色的旗帜在长竿上飘扬。我长舒了一口气：如果你希望进入部落，这是最文明的部落——至少他们不会在第一眼就射击。而他们正是我要找的人。尽管如此，我仍然警惕地靠拢。

在还有一小段距离的时候，女祭司拿着连枷走出帐篷。她不算年轻，皮肤上伤痕累累，染着靛蓝色的图案，头巾上点缀着大量的念珠。看到我她并不怎么高兴。

"山-海，"我向她的头衔致敬，"我带来一个消息。卡扎达的。"

"我对那个城市一无所知。"女祭师打断我,"别撒谎。"

"我来告诉你真相。"我下马,丢下个人图腾上带着亚纳徽章的碎布。看到这个,她的喉咙发出嘶嘶声,猛地从地上抢过它,生怕我要偷回去。

"你在哪里弄到的?"

"给我水就告诉你。我不是从尸体上割下来的,如果这就是你要问的。"

她盯着我看了很久,摇摇连枷,讲出保护不受亚纳不洁之神侵害的话语……"不需要这样。"我说。她睁大了眼睛:那是冬天森林的暗绿色。我想起了哈费尔,屏住了呼吸。女祭师并不像我以为的那样年老。她不只给了水,还泡了山坡上又苦又甜的产物制成的茶,而且保持了礼貌的沉默,直到我喝了三口。然后她说:"我再问你一次。你从哪儿得来的?"

"一座奴隶宫殿。"她还没有认出我的真实身份。如果我继续装下去,她也没法发现。"我在那里做什么——那是我自己的事。我遇到一个女孩儿,她说自己是亚纳的女祭司。她叫哈费尔。是她给了我这个。"我指着那徽章。

"而你把它送回给了我们。为什么?"

"我要经过冻原去柯伊恩。需要安全的通道。"

"所以你想用遗失的徽章来换取?"她思考着,但是没有责难。我能想象她的思维有多敏捷。

"如你所愿。"

她快速做了一个同意的手势。"很好。关于那个女孩儿,你还知道些什么?'公主'并不是我们知道的术语。"

我假装没兴趣。"我对你们的等级不是很了解。"

"很好,我来解释一下,虽然没人能理解部落的管理。"她转过头,吐了口唾沫,"你和你的男权社会——你们不懂母系氏族。哈费尔是失常的幽灵,被困扰的草。她出生时出现了彗星,我们相信,那是住在风中和阴间之间不洁之主的通报。她是神谕,是预兆,被视为力量的象征。"

"你希望她回来。"

"如你所说。一年半前她失踪了;我们都以为她死了,但风没有带来她的讯息,我承认我也不明白为什么。"

我转过脸。"你想怎么带回她?"

"啊,"山-海说,"我觉得告诉你并不明智。"

"事实上,这和我无关。但是你能保证安全通道吗?"

"能。你曾为我效劳。即使你是个男人,我也不会忘记。今晚有个祭典,你可以留下来。这不是因为我想要尊敬你:最好是马上让尽可能多的人知道你的存在。"

"这个祭典是要做什么?"

"召唤风和驾驭它的神明。仅仅如此。你不会想要参与的,看看就好。女祭司主导一切。"

"那已经是我的荣幸了。"我说,看到她冰冷的眼睛流露出笑意。

对卡扎达的居民而言,这些人都是野蛮人。回想起在哈尔斯的宫殿发生的事,我不由觉得这更有助益。被邀请参加的那个祭典于日落之后在漆黑高原的岩石堆里一处较矮的平坝上举行。空气渐渐变冷,传来雪的味道。竖琴巨大的琴弦奏出强音,而当黄昏的清风吹起,他们开始哀鸣和吟唱。女祭司身处他们之间,轻声低吟。长夜消逝,舞姿渐渐狂野。在祭典正式开始之前,有差不多三百人聚集到了这里。我再次看到了亚纳的旗帜,还有其他部落的。妇女们围在火堆周围;男人则阴沉警惕地站在边缘。

山-海呼唤着风腐朽的灵魂。祭典里他们都用一种更古老的语言,这种语言已经消失了数千年,与运河的建造者和平原上的城市无关。它更狂野,更奇特,并非人类的语言。我的皮肤在战栗,充满了陌生的禁欲的渴望;而他们在宫殿唱的歌曲却燃起听者的欲望。也许,这才是我需要的。当女祭司斥责,哄骗,乞求着那不洁的神祇,我迷失在了这简单的和谐里;脑袋一片空白。突然,有人挨向我的肩膀,我猛然清醒过来,并看似无意地转过身去。

他茶色的眼睛里倒映着火光。原本上好料子的外套破旧不堪,戴着饰有徽章的帽子——和我带给女祭司的徽章一样。再仔细看,披散的浅棕色头发下是一张气色不佳的长脸,像是轮廓分明的蜡烛。最后看见他时他骑着黑毛的坐骑,正被一个来自伊斯尼斯的男巫师追击。

"你救了我,"他音色低沉,像是丝绸和剃刀的摩擦,带着平原人的咝音,但语气听起来很愉快。"为什么?"

"我不喜欢伊斯尼斯。"

"旅馆?贸易?"

我低头微笑,尽管笑容隐藏在了面具之后。"都不好。旅馆很脏,商店里的价格虚高。他们的男巫更糟。"

"顺便说一句,那人没死。很遗憾。因此你需要弩箭或是毒药,或者一个他们的符咒,而不是倒刺枪。但这是件令人感激的事情。利他主义时常让我烦恼。"

"也让我烦恼。那就是为什么我从不付诸实践。是什么让他对你苦苦追杀?你是旅行者?你不是部落的人,但又戴着他们的标志。"

"是啊,"他说,"我确实是个旅行者,但我为什么会被允许戴着亚纳的标志就是一个很长的故事了。如果在斯卡莱特,我会选择喝一杯来探讨这个话题。但在这里——"

"部落并不沉溺于葡萄酒或是烈酒,除非你想酿翅鲨的奶。"

"所以我带着酒瓶。"

我俩都谨慎地选择了在祭典结束后,回帐篷互诉衷肠。我感觉很不安,我敢发誓,他在调情,那真是个难题。不管他是否知道我是个女人,或者觉得我是个男人。两个可能性都不让人省心。尽管我救了的那个男人一直在观察我,我还是不停在阴影里确定面具还紧系在脸上,我也没喝多。

他没有告诉我姓名,也不需要。他被称为暗夜之墙·代尔,是唯一到过暗夜之墙以外极北的人。在那里,冰川把褐土和平原分离开来,或者说至少他是唯一一去过又活着回来的人。他带回来一个俘虏,金色眼睛的奇怪黑东西,在泄密给卡扎达的男巫之前它还活了一段时间。我曾见过它,还有他,就在哈尔斯领主的宫殿,而我也说过,在那之前我们好几次都擦身而过。和我一样,代尔也是个赏金猎人,还同时狩猎其他东西,不是个好糊弄的男人,我不知道自己成功没有。

我们谈起了斯卡莱特,斯卡莱特本身,很轻松,就像在他乡萍水相逢的过客。终于,他说:"我肯定认识你。"

我耸耸肩。"也许我们在旅途中见过。你有点眼熟。"

"很多人都知道我。"他说得好像无关紧要。

"也许,那么,我们算是认识了。可我还不知道你的名字。"

他咧嘴大笑。"幸好。如果知道,你就该害怕了。"

"许多人都这样对我说。"我站起身,"夜深了,我还要走远路。"

他脸上浮现出隐约的好奇。"你要去哪儿?"

"柯伊恩。"

"部落并不喜欢旅行者。"

"所以我买了安全通道。"

"他们不用钱。"

"我说的不是钱。"

他笑了。"我觉得你来过这里。"

"你呢?你显然也来过,看看那个徽章。"

"我?我哪都去过。"他偏着头,从滑落在脸上的头发间隙里凝视着我。他的长脸愉快地倾斜着,像是期待着否定的答复。"晚上你需要个伴吗？"

"真不挑剔啊你？你甚至没见过我的脸。"

"就像你说的，我不挑剔。"

"真不幸，我最近发誓独身。"我说。

他又笑了。"可你见过了我的样子。好吧，我会相信你——奉承多过替代。"

我鞠了个躬，走向女祭司说我可以使用的帐篷。我不喜欢帐篷，很难防守。以防万一，晚上大部分时间我都把刀放在膝盖上，睡得很浅。但显然代尔心无芥蒂地接受了我的拒绝：我知道他在极端保守的部落里找不到什么乐子，但他没有来打扰我。

早上醒来，我发现女祭司坐在帐篷外面。

"你见过的那个女人，"她开门见山地说，"我需要你来做个占卜。"

"乐意之至。"我说。太阳才刚刚升起。"你想要怎么做？"

"我要带你去水晶湖。"

"如果我不去呢？"

"相信你还需要去柯伊恩的安全通道？"她怒视着我，"七步以内我的魔法能把任何人给油炸了。"

"干得好。但是我想要先喝点茶。"我没有占到先机。

"最好空着胃。"她板着脸说。

水晶湖就在森林里。走过一条像是动物踩出来的小路，当我们在玻璃般的黑色深渊面前坐下，吹过蕨类植被的风变得寒冷阴湿。红壤，绿叶……它们让我想起了哈费尔。

"你想要我怎么做？"

她点燃了青铜项链上挂着的小香炉。青烟里传来辛辣的气味，我咳嗽起来。这让我记起一种被热烈带到北境的南方浓香。

"闭眼。"她指示说。虽然并不太相信，但还是照做了。我感到脸上唯一可见的眼睛周围传来温热的呼吸，青烟渗入面具，拂过喉咙，挑战着我的辨别能力,我感到自己放松并沉静下来。我突然想到了暗夜之墙·代尔。

"不。"我听到女祭司的嘘声。另外一幅影像在我脑海里展开:绿眼,褐色头发的女孩。女祭司满意地呼了口气。"就是她。哈费尔。"

女孩的脸上满是沮丧。她凝视着膝头放着的东西,像是有火焰在其间燃烧的水晶球。一束灯光落在她的肩膀上;她穿着一条赭色的飘裙。椭圆匀称的脸庞,还有绽放的笑容如同我记忆里一样美丽。奴隶烙印印在她雪白的肩头,女祭司发出一声咒骂。

"污秽!"

毕竟,我是在奴隶宫殿邂逅了她。那又不是女修道院。

"那都是过往,"女祭司威严地说,"现在她不在那里了。"

这已经是危险的范围。我可不想这女人继续搜寻我的大脑,发现这女孩就是我来这里的原因,而我要带她回去。那么——好吧,我不想让她进入,第一次占卜就这样结束了。

"就这样?"我虚伪地说。

"试试看她现在在哪里。"烟更大了。违背自身意愿,我再次陷入黑暗,看到了那女孩。这次她穿着黑色的皮质骑装,坐在满是灰尘的壁炉旁。但她还是那个我在卡扎达认识的人,那个能像鞭子的轻抽一样瞬间让人陷入欲望的女孩。

"啊啊啊啊,"女祭司说,"我知道她在哪儿了。"

"哪里?"

"够了。"烟突然消失,我扑闪着眼睛。

"你为什么选我做这个?"我问。也不知道她有没有发觉我是个女人。

"即使是男人,外人也比较好。"那就是答案,"部落的那些人——带着太多虚妄。"她起身并点头致谢。"你现在可以走了。你会得到去柯伊恩的安全通道。到下个山脉时,你会发现山那面的聚居地。给聚居地的人看这个。"她递给我一个信物：一枚附上了魔咒的铜币，"他们会把它换成另外一个。所以，若一切顺利，也没遇到太多野兽，你能活着到达柯伊恩。"她的话里带着一丝轻蔑。

在曙光里，我一骑绝尘。我并没有再次见到暗夜之墙·代尔，但在到达山脊之前，我下马走进森林，再次返了回去。女祭司正和两个战士说话：他们给翅鲨装上马鞍，而她就坐在领头战士的背后。然后他们快马加鞭骑向西北方。我尾随而去。

正下午之前，我们已经在山上爬得很高，空气变得寒冷刺骨。我落后很长一截，但当我爬上山脊，我发现他们在下面一处废墟停了下来。由于损毁严重，第一眼都没辨认出是什么：一座塔的残骸。我控制着坐骑，观察着下面的小人。女祭司从塔里走出来，挥动着胳膊，似乎在斥责那两名战士。随后，他们都上马离开了。我非常愉快地等到他们消失在视野里，才骑向废墟。

塔里面是我曾在幻象里见过的样子。没有哈费尔的踪迹。积灰的炉床没被破坏，但靠近细看，积灰里，有人写下了一些符号。对那些不熟悉卡扎达秘密奴隶记号的人而言——那也是大多数——它看起来就像是鸟类的足印，或是害虫的爬痕。于我，它是一条讯息。

西北，向西，星星下的岩石。

我消化了一会儿这条讯息，然后对废墟进行了彻底的搜查。哈费尔不是一个人在这里。有人和她在一起，根据足印我猜是个男人。有人曾靠在墙上；还有模糊的湿气……我跪下来吸了口气。不是南方的人，是其他的……这湿气不够湿，也不是最近留下的，不可能是女祭司的战士，而且靠在墙上的位置太高，不可能是个女人。所以我断定，和哈费尔在一起的，是某个不认识奴隶记号的男人。

来自伊斯尼斯的人？或者是代尔打击了我？

不管怎样，我找到了我想要的。我谨慎地走出去，爬回翅鲨背上，快马加鞭向西方疾驰。

有时候,我感觉自己被跟踪了。风中转瞬即逝的气味,后颈针刺般的感觉,仅此而已。如果是这样,有两个候选人:男巫师和暗夜之墙·代尔。但我有些无能为力。如果折返,我的追踪者就会知晓,在这种地形下摆脱他的机会微乎其微;站在塔顶,我像晴空中的月亮那么明显。那条讯息我不是完全清楚,尽管我立刻出发,我想我大致弄懂了她的暗示。向西唯一的通道是两侧山壁紧靠的岩石峡谷,带着我通往日落的方向。最终,黄昏降临,峡谷上方突起一块岩石烟囱,顶上的爱之星就像一顶帽子。看着那个,我在面具下笑了,然后策马上前直到岩下。我跳下马,落在离高耸的驼峰十码远的地方,在尘土里喘着气展开了四肢。翅鲨受到了惊吓,跑掉了。我知道它不会跑太远:只要觉得还会有吃的,它最终还是会回来。我扭着四肢躺在地上。

我知道他靠近了。我闻到了翅鲨的味道,伴随轻轻的脚步声,一片阴影落到了我脸上,一只脚踩上了我的肋骨。他俯下身,拿开了我的面具。我的头发散落在尘土里。我没有翻动,仍然闭着眼静静躺着。他一言不发,但是我听到他惊讶地笑了。他继续用靴子碾压着我,还是没能得到回应,于是他把我抱起来,放到翅鲨背上。就在这时,我踢中了他的头。

这是资深舞者的技能之一。我感到他的下颌弹了回去,然后跌倒在地。我从翅鲨背上跃到他身上,又补上一拳。然后我好好打量着他:打量着他的长脸,还有披散在尘土里的浅黄褐色头发。

"暗夜之墙·代尔。抱歉了。"我几乎是诚挚的。

他的胳膊被我绑在身后:我想他失去了知觉,可我并不想给他以彼之道,还施彼身的机会,所以至少要把他的手腕捆上。他太重了,我没法将他抬到迷茫的翅鲨身上,只好让他躺在那里。我反身没入岩石边缘,向下方的峡谷前进,遇到了游荡回来的坐骑。它现在几乎是黑色的了。

"留在这儿。"我跟它说,把它系在路边的岩层上。然后寻找着想要发现的东西,找到了。

部落的祖先,或者是先他们来这儿的人,曾经干过些傻事。我不知道具体是什么。几千年来,有毒的大气,酸化的土壤,让他们暂时迁向山脉,在岩石里挖洞以抵御要命的寒冷。如今仍能找到他们过冬用的洞群,圆形的石门显示出了最近的那个。它半掩在一块大圆石后面。我推了推,判断着轴点,一开门,便爬了过去。那是一条向下的通道,我闻到混杂着汗水和烟草味的熟识香水味。我跟了下去。

哈费尔还穿着骑装,挤在一件拼接的皮草里。看到我,她喘着粗气,扭着身子滑入皮草,似乎是看到了新的威胁。

我慢慢地揭下面具,看到她的脸色变了。

"茹内达·皮斯,"她呼着气,"从卡扎达出来我一路都在想你肯定不会在乎我。"她惊讶地睁大了森林般的眼睛。"而且我想总有人会跟着我……"

"你的主人出价不错。"

"那就够了。"她立刻说,站起身来。

"人呢?那个巫师?"我询问。

"他去找我的姨妈了,"她说,"我不知道他什么时候回来。我想走,但从里面打不开门。"

"我们得马上离开。"

回去的路上,我说:"他侵犯你了?那个巫师?"

"没有。"我们四目相对。

"你对他做了什么?"

"他带我离开宫殿。我们一直一起睡。"她毫不羞耻地告诉我,仿佛我和她之间的过往无关紧要,也许吧,我苦涩地想,她是对的。

"他用符咒绑住了我,通过地道把我弄出哈尔斯的宫殿,起初,我以为他要带我去伊斯尼斯的奴隶市场。但相反,他把我带到了这里。他想要部落的影响力,他想把我作为和姨妈谈判的筹码。"她停下,表情变得沮丧而严肃,还有些诡秘。她一手抓住我的胳膊,喃喃细语道:"你又打算怎么做?"

"带你回卡扎达。"

我忍住没有反抗,从口袋里拿出一小瓶迷药。这可以立刻把她迷倒,让她晕一会儿。但她却振作起来。

"很好!这是双赢的。你可以得到酬劳,而我则有了一起回宫殿的同伴。"她嘲笑着我脸上的表情,"你不会以为我愿意待在这儿吧?待在这儿,要么屈服于我的女祭司姨妈操控的陈腐的古老预言,闭上嘴待在古板的帐篷里等着当种母马,还是像这样被关在过冬的洞里,因为严寒会冻住你的鼻涕,而整整六个月不能外出小便,靠风干的肉为生。我才不想呢!"她顿了顿。"我想这已经发生在你身上,但在这个社会,女人的角色并不值什么,不是吗?而我第一次从冻原上被抢走,是发生在我身上最好的事。在宫殿里,我有自己的际遇。显然,哈尔斯领主要我回去,但是三四年间,他就会觉得我年老色衰。他们会给我抚恤金——其他女人也一样。我能建立一个自己的地方。我知道有几个女孩乐意为我工作,这样我就会有自己的熟客。"她的绿眼睛里写满沉思,"我要找个能远眺大运河的地方——在那里的角落里有着花园和餐厅。我会靠自己得到它。"

"明白了。"我淡淡地说。

"因此,"哈费尔跳了起来,"我们能走了吗?"

"可以。"我回答。

我希望在离开之前代尔还没醒;这会减少尴尬,但躺在尘土里的躯体不见了。这让我更加急于离开。他解开了我的翅鲨,还好它没有跑远;恐慌了一会儿,我看见它带着轻蔑从岩石间敏捷地跑了下来。哈费尔很乐意骑马,很显然,在进入山区之前她一直是步行,于是现在我们要做的就是逃出部落的地盘,向南前行。

但是,不管我有多在意失踪了的代尔,我仍然没有给予他足够的

OLD MARS

关注。

  穿过峡谷,星星出来了,在岩石上洒下黯淡的光。突然,伊斯尼斯的男巫出现在我眼角余光处,他突然在山崖边缘跳起来,哈费尔惊叫着,而我从马背上跌落,全身麻痹,那是那天第二次倒地。我躺在那里,看着巫师从岩石上飞跃而下,像鸟一样轻盈地落在翅鲨背上。哈费尔诅咒地尖叫着,然后就没了声音。他们飞奔下斜坡,消失不见。

  很久之后,我才恢复过来,眼前出现一双靴子。

  "啧啧,啧啧,"是暗夜之墙·代尔的声音,"我看你是现世报了吧。真讽刺。"他弯下腰,触摸着我颈边冰冷潮湿的什么东西,然后突然我就能动了。"我确实试着克服这些会让人得不偿失的怜悯。从不会给我带来什么好处……特别是在早先发生的事情之后。"他扶着我站起来。他手腕上有擦伤。

  "谢谢。"我含混地说。才不会让他知道我恰恰觉得很尴尬,并有些我之前希望避免的小小难堪。我也不知道怎么会这样觉得:这应该是个专业的问题。

  "那个女孩去哪儿了?"

  "伊斯尼斯的巫师带走了她。"

  代尔宣称。"我想也是。混蛋一个。你是收了酬金?"

  "是啊。你呢?"

  "也是,是喜欢她的一个卡扎达的领主。哈尔斯的对手之一。还有,我知道你是谁了。名叫塞恩的男人。或者说名叫皮斯的女人。我在哈尔斯的宫殿见过你。你曾是个舞者。或者诸如此类的。"

  "那不重要。"

  "我们在一起能有更多机会追踪下去。我不需要你的干涉带来的麻烦,而我认识这个巫师,我们有过交手。"

  "你真大方。我也认识他。我们也交过手。当然,你可以杀了我。"

  代尔看起来很悲痛。"我可不会那样做。之后我们可以分钱。"

我知道他没有这种滑稽的念头：他只是想留意我，也许还需要我的帮助。这很好。

我们骑上翅鲨，我坐在他身后，一路追踪到高原边缘，然后失去了猎物的踪迹。翅鲨站在那里，犹豫地摆着头。巫师偷了我的翅鲨，我想知道他自己的坐骑怎么处理了。也许那个蜥蜴一样的东西还在附近闲逛。

"或许要扎营过夜了。"代尔英明地说。

"我还是不需要'伴侣'。"

"现在我知道你是女人了，实际上，我也不需要了。"

我们轮流守夜。这确实是一个异常安静的夜晚，虽然偶尔能听到高原外部落欢聚的声音。代尔叫醒了我，递给我一皮碗茶，说我们要出发了。我立即就同意了。在女祭司——哈费尔的姨妈——发现我们还在她的地盘上，派出战士袭击我们之前，我要离开部落的领地。

我们已经向西走了很远，但在夜幕降临前又回到了斯卡莱特，很奇怪，我发现了自己有多想念这个地方。至少，与冻原相比。

傍晚，我们找到一家酒吧，坐在角落的货摊边。我想那个巫师已经和哈费尔的姨妈交易过，会经过斯卡莱特返程。如果他还活着的话。不管怎样，我受托找回失踪的哈费尔。但在那之前，我寻找着蒸汗室，和酒。

"清洗干净，你还真有吸引力。"当我再次出现时，代尔说。我咬紧牙关。我希望作为茹内达得到更多关注，而不是默默无闻的塞恩，所以我又戴上了面具，然而他的评论更让人愤怒。

"我想你不喜欢女人。"

"我喜欢一些女人。只是不是因为性。"他打量着酒吧里的男人。

"相信我，那真是提神。"

"是啊。"代尔拘谨地说。他给我倒上一杯伊尔田白葡萄酒，看着我抿了一口。如果他要下毒,我想,早就下了。"你的生涯还真是丰富多彩。"

"你注意到了。"

"相反我就比较单一。从年轻时候开始,我就是赏金猎人。追随我叔叔的足迹。"

"你来自卡扎达?"

"我来自许多地方。我出生在一个沙漠村庄,由于太小,它甚至没有名字。我坐着驳船顺着大运河而来,再也没有回去。你呢?"

"卡扎达,但是父母不详。被院子周围的人共同抚养长大,然后作为舞者被进献给了神殿。他们用我来引诱到访的贵族。非常靠谱的工作。"为我的诗付钱,但我却不想告诉代尔这个;我认为这会减少我的威胁性。

"比赏金猎人轻松。"

"只是有时候。总之,我想要四处游历。"我想要从哈费尔的失踪里冷静下来,但是失败了。这就是为什么不能把生意和私事混在一起。

代尔在我身后搜索着酒吧;他发现了些什么,但我不想张望以免打草惊蛇。"我可以理解。"

"真是好酒,"我大声说,"再来点?"

他的眼睛仍然盯着房间后面。"随你,我的朋友。"他空着的手在桌面画了两个符号:西北,走了,"厨房那里有后门。"

于是我选了这条路,而代尔从前门出去了。我穿过油腻的洗碗处,有人在洗锅,她甚至都没有抬头。想必都习惯了。我快速穿过小巷,没有任何人察觉,在酒吧外和站在阴影里的代尔会合。

"他们在这里。不管怎样,巫师在。"

"你看见她了?为什么他把她带到了这里,而不是部落?"

"我也不清楚。中立地带的谈判?或者,既然发现我们出现,也许他觉得这里更安全。我只看到了他。我想他没看到我们。但不能肯定。"

"你看见他去哪儿了没？"

"没有。"

"我要拿回我的翅鲨。"我跟他说。然后我们按顺序迅速搜查起镇上的马厩，在第二间，属于一个廉价旅舍的地方，找到了我的坐骑。它正好从冒着热气的腹部抬起头来，看到我，它发出一声欢迎的嘶吼，喷了我一脸臭气。代尔觉得它很亲切。我懒得理会。我们拿着武器，走上酒吧的后楼梯。代尔从口袋里拿出一个玻璃瓶，打碎顶盖，把它扔到了角落；不一会儿，浓烟就冒起了，从门缝渗了进去。

"起火了！"代尔假装惊慌失措地大叫。

很快就传来令我们满意的尖叫，还有各式裸身的人们冲了出来。然而在大厅那头，有一扇门始终紧闭着。我穿过浓烟，一脚把门踢开。

巫师站在窗边，正打开百叶窗。

哈费尔双手反绑在身后，被塞住嘴，正在哭泣。我过去割断她手腕上的绳索，而代尔朝躲到一边的巫师扔了个燃烧瓶。我立即起身瞄准巫师的脸，让倒钩枪一触即发，可就在这时，房间随着掷出的符咒裂开了。

我感到它击中了我，而它本该击倒我，可它却像一阵热浪穿过我，消失了。一阵狂怒的叫喊响起，我转身看见女祭司，哈费尔的姨妈站在门口。她双手张开；而脸上，满是难以置信。巫师突然发出嘎嘎的笑声。

"这就是女性符咒的麻烦。"

我的魔法能在七步之内把任何男人烤焦。作为诗人，我更该关注的是语言的韵律，特别是其他种族的语言。

巫师伸出一只手。代尔把我拉低，环住我的腰，抱着我滚到了地板上。

头顶上，一蓝一绿两道闪电就像是双生的彗星。哈费尔发出诅咒般的尖叫。然而震荡的火光之后一切都安静了。代尔松开我从地上爬起，并将我一并拉起来。对面墙上仅剩男巫烧焦的轮廓。显然狂怒转换成了那个特殊咒语的力量。门口，亚纳女祭司，哈费尔的姨妈，毫无生机地躺在地上。而来回撞击着百叶窗的窗户，则是哈费尔唯一的踪迹。

我们很快发现她偷了我的翅鲨。猜她去哪儿可没什么奖励：卡扎达，体面的餐厅，一辈子的事业。我们本也可以继续追着她，但我不由想到她本该值得自由的人生。

过一阵子，虽然——过一阵子，我会返回卡扎达。也许是衣锦还乡。尽管痴心错付，但我心中的希望就在那里。

哎哟喂呀，她确实是红颜祸水啊！所以代尔和我按性别分了赃：他拿走了巫师的钱袋和毒药贮备，而我从女祭司身上取下了满是钱币的腰带和头上大量的玻璃珠。然后我们把她的尸体抛进了耶思河，给了远多于一间屋子的代价，让她保持沉默。不过即使算上这意外的花销，包括另一瓶伊尔田白葡萄酒，我们估计所得也略微超过赏金猎人的酬劳。

"当然，"两个小时以后，代尔酸溜溜地说，"失败对声誉不好。"

"确实。但至少我们不用两手空空回卡扎达了。虽然我觉得北境不再是个健康的地方。"我想起了女祭司的战士。代尔把酒杯握在指间。

"我想着伊尔特。现在那里正是一年中最让人愉快的时候。而且他们确实酿得一手好酒。"

我笑了。

"你需要一个同骑的伙伴吗？"

"不挑剔，你呢？虽然我突然想起你不再有坐骑了。"

于是第二天一早，我再次骑马离开了斯卡莱特，胯下是代尔的黑色翅鲨，背后是吉哈任的风，口袋里都是钱，面前是一个女孩的脸的幻象，她有一双森林般的眼睛。

霍华德·沃德罗普

霍华德·沃德罗普被认为是短篇小说界最杰出的作家之一，被称为"当代的奇思妙想"和"像白鬼子天使那样写作"的作家。1981年，他的著名故事《丑小鸡》赢得了星云奖和世界奇幻文学奖。作品被收录在：《谁是霍华德？》《关于近来陌生的怪兽：霍华德·沃德罗普的奇妙故事》《海龟之夜：霍华德·沃德罗普更多的奇妙故事》《再次回家》，以及个人作品集《梦工厂与放射图》的印刷本（以前只能在网上下载），还有与其他作者合作的《卡斯特的最后一跳和其他合作》。沃德罗普还与杰克·桑德斯合作了小说《得克萨斯与以色列之战：1999》，并有另外两本独立小说《探骨》和《一打艰难的工作》及畅销故事书《生来优越！》。他最近的作品是一本正在写的暂名《摩恩世界》的新小说和怀旧集《如一：1980—2005精选短篇》。在华盛顿州生活了几年的沃德罗普，最近搬回了他曾经的家乡得克萨斯州的奥斯丁，受到乡亲们的热烈欢呼，并为他举办了庆祝活动。

在地球上，历史重现很受欢迎，内战和其他形式的冲突已被重新演绎了数千次，但沃德罗普在这里给我们展示了一次发生在火星的历史重现，让我们跟随星际飞船萨利姆商开启一段跨越火星沙漠、回归生命本源的旅程吧。

死海底之轴

（关于1981年乘坐萨利姆商从萨希斯到索利斯湖的奥德之旅，乔治城，火星第四次殖民浪潮的再现。）

多云的清晨，我站在这里，靠近萨利姆商的最佳地点，它的材质是聚碳酸酯和（地球）人造纤维，而不是老式的坚硬植物纤维和灭绝动物的外皮。它的速度很快，也许比任何本地产的星际飞船都快，但它确实如此。

萨利姆商上没有齿轮、雄榫、板材、把手，它们转动时能奏出某种音乐，火星人誉为"近乎完美的旋律"——尽管复制品很呆板，像是音乐盒子，萨利姆商跑得越快，曲调就越发大声和喧嚣。

我反而带着一个磁带机，选择了无限循环20世纪60年代早期的曲子《火星舞会》。

适时又应景。

我在做的是重走萨利姆商走过的路线（否则只是干巴巴的事件）——奥德著名的从萨希斯到索利斯湖的旅程。

这是我们现有的最著名的火星旅游指南（因为许多各式各样的原因）。

奥德是关于火星变迁的第一个理性评论家，这纵贯他（漫长的）一生。其他人注意到了这变迁，却没有注意到潜在的过程。而奥德的个人经历给他的传奇人生添上了格外浓墨重彩的一笔。

这个寒冷的早晨在6#殖民地(和许多殖民地一样还在争夺中,直到AAS将它正式改名洛厄尔城),我和走出临时透明穹顶送别的三人握了手。

在简短交谈了几分钟后,我想起了奥德的话:"各司所职。"

然后爬进我高科技的萨利姆商,起飞,向其他人挥手致意(他们已经调头返回能够呼吸空气的居所),把航向调到向西,越过几座分散突起粉色沙丘,开始放《火星舞会》。

把奥德想作火星的史密斯船长。

他从萨希斯(在古老的火山岩盾上)出发,驶向索利斯湖(位于不作为耕地的文化展示地),记录下什么能让其他火星人愉快的(我们都懂)相当于高速风车里的几天短途旅行(大多数萨利姆商如此,而奥德的绝对是;我假定它即使在材质上和我的有差别,优雅上也相近)。

奥德在冬天起航也是非比寻常的。天气越冷,风向就越不可预测,还有频繁的星球环状尘暴。冬春两季的远行并非没有,但大多会选在火星的盛夏,有时候气温会升到接近华氏四十度。

这个传统是早期火星遗留下来的(那时还没有文化模式,萨利姆商也没有发展起来)。没人想要另辟蹊径。

虽说火星人是传说里的种族,但这里有许多可以追溯到一千万到一千五百万年前的风俗(众说纷纭)。

我敢肯定,在未来,有人会读到我的追寻奥德之旅,指出早期人类用不精确的知识投入所有,并宣称因为某三四个因素而消亡,最后把它们评论在注脚里。①

---

① 韦盾的猜想很准确,他是早先的殖民者和语言学家之一,其他地方,他就不太可靠了。

OLD MARS

奥德:"天气不错(就这个时节而言)。沙尘相当平稳固定。绕过两三个侵蚀的沟壑。天黑之前平稳运行。全天仅在地面上单一的居所附近看到了一个在行走的其他生命体。天黑时把萨利姆商停到路边,安全过夜。很舒适。"①

今天他应该见到了那地方。我不得不避开形状奇特有火车货运车厢那么大的岩石,以及两三个被侵蚀的隘谷就像是西北联盟沟缝遍布的不毛之地。

我们认为奥德生活在地质巨变之前,大撞击开始的时候(略晚),那时盾形火山隆起,巨大小行星的冲击突然煮沸了永久冻土。释放出难以估量的能量,失去了水蒸气,火山岩流,改变了在那之后再没能改变的火星地貌。

在第一天侵蚀地貌的路线以后,我放慢了些,必须保持与奥德一样的速度:我穿过(比他那时)更加险恶的地形,整个旅途只有这一次,奥德的萨利姆商超过了我的速度。身下萨希斯高原的缓坡上,矗立着一块约有喷气拉船车那么大的圆石。

入夜,我向火星中心报告了我的位置,观赏了日落(这些地方日落很快),看到火星的月亮疾驰着滑过天际。然后,和千年前的奥德一样,我进入了梦乡。

第二天:

奥德在他的原始路线中记录,起初几天,萨利姆商在"其他方面"也成为了旅程的一部分——也就是供水。他摒弃了如此古老的旅行一定是非常简单的观念——着陆,加当天需要的大部分水,然后再回到陆地上。

奥德(和我)不得不借道经过更多干枯的运河。在奥德那时候,有

---

① 《韦盾的奥德传:复写传奇》,伊利安奎尔·N.库巴编辑,海牙,爱思唯尔出版社:2231。

一些运河表面还有冰层,与那些水域开阔的湖泊不同,它们应该形成于奥德祖先的时代。可现在甚至连冰都没有了,都升华进了空气中。只有古老的河道,让如今的旅程成为了艰苦的跋涉。我曾想是不是弄坏了一个轮子(有备用,但在外面换轮子并不容易),但不过是一块坚硬的小石头。

奥德是最早注意到大气变得稀薄的人之一。其他人意识到了这个现象,却把它归结于其他原因。水的减少就是其中一个。萨利姆商的航行曾经只是小事件:在奥德那时候,它们有两倍大——我的追寻之旅只有他 7/10 的航程,或许还不够。

也是在这天,奥德远远目睹了一次小行星的撞击。

奥德说:"地平线上突然升起了一道一克瑞托普(五英里)高的烟尘和蒸汽。大量残骸飞溅,不得不减速以躲避掉下来的岩石,还要小心航行绕过更多。大气中的云层一直挂到日落,也许更晚。"

我最近的航向展现了奥德当时以及之后发生的一些事件的痕迹,包括右边一排冰封的火山口。还有几个大变动之后留下的盾形火山,或是火山锥(仍在活跃)。

可以说这次航行比奥德的更加冒险。

奥德时代,一些巨变的概念通过他的提及(早期的叙述)得到了印证,现在的奥林匹亚山就被证明是"新山脉"。

奥德对一些小事并不感兴趣,比如云掉下来啦,地平线上的造山运动啦,只是继续着他的冬日之旅。

偶然得知奥德的名字在英语里是一种土耳其曼陀林。(匹克威克唱片公司发行过一张名为《乌得琴曲:奥德王朝的国王们》的音乐集,由一群工作室的音乐家共同创作而成,我相信他们的灵感定是源自奥德之旅,据说其中包括卢·里德和卢纶·坎贝尔。我从没听过:据说它"动听但没有创意"。)

OLD MARS

　　第三天我俩的旅程都是滑降,平淡无奇,没什么重要的。晚上也是一样。奥德甚至都没有提到。

　　第四天,我的萨利姆商的传动装置出了点问题。奥德的麻烦则不同。

　　他的叙述让人迷惑。在抱怨早餐能找到的食物有多糟糕(传记里,他说他已经注意到传统植物的寿命从他祖先那时起就在逐渐衰减),预测他的午餐有多不值一提("微不足道的苔藓",他用了这样的措辞)以后,又过了几小时,他这样写道:"如果我没有昏头,这也不是冬日时节,我想我正在经历分裂。"

　　好吧。我没有经历过分裂(也没有人类经历过),但是曾有他妈的一次,我没有借风飞越一串很长的沟壑。最后我只得使出不太体面的一招:下车推它。

　　终于,我再次获得了高度和风力,然后匆忙离开了,驶向索利斯湖。

　　我把奥德留在了他的旅程里,并确信他没有经历分裂。但在阅读了更多关于航行和观测的记录以后,他的下一句话震惊了读者。

　　"现在巴德掌舵。尽管他几乎知道所有我知道的,但也仅仅是刚学会用他的伪足,我让他从经验中了解萨利姆商是多么好的东西,但很快它就变得笨拙不堪。"

　　巴德？读者会问。巴德是谁？他从哪里冒出来的？

　　奥德没有忍住他的小玩笑：

　　"他笨拙地载着我们绕过岩石,越过沙丘。时间——路程——流逝,我看着他的动作和协调性逐渐变得平稳自信。他让我想起了年轻时的自己。"

　　他当然能想起。奥德正在经历分裂(减数分裂)。巴德就是年轻时的他。

　　在火星文学里,这是唯一一次叙述者在叙述过程中分裂了。分裂通常发生在分裂者的居住地,由同巢兄弟照料,还有庆祝仪式,交换食

210

物,财产和美好的祝愿。分裂通常发生在春夏季节,情绪波动,饮食变化,广场恐惧症都是该病症的前兆。

发生在奥德身上时是冬天,除了开启了萨利姆商之旅外没有其他预兆。他应该是把它归因于了身体的活跃和其他方面的一种升华。

到底是科学家,他描述了自己的改变:"比起第393年,我变轻了。想想我在如此高龄分裂,没有前兆,而且还是在冬季,我和所有人一样惊奇。

"据说(大流沙地带)那边的温床福利莫在第419年分裂出'芽',但它不能独立生存,所以在宽恕节上被吃掉了,于是温床'巢'被禁止参加该活动一整年,直到被允许参加下一届全巢大会。

"巴德看起来和我一样有活力——在过去的几小时,他对萨利姆商的掌控已经和操作了差不多一个世纪的人一样让人放心。

"我们吵闹着越过昔日海底的平地飞向(索利斯湖)。看着自己的后裔巴德骄傲自信地掌控着萨利姆商,我感到很欣慰。"

关于在奥德和巴德前往的文化圣地到底发生了什么事一直存在争议(特别是在我们第一波登陆火星的人类之间)。

奥德之前的文学作品,充满了冲突和没用的信息。(在地球,人类学家如果不能在任意文化产品里找到立即的含义,他们会说:"这显然具有深刻的宗教意义。")

在火星不明的过去究竟发生了些什么? 在奥德的手稿出土之前,我们问。是否有法蒂玛、或者卢尔德类型的事件? 火星的厄琉息斯秘仪①,它是会重复发生的宗教事件吗?然而,它似乎是一个独立事件,之所以如此重要,是因它的影响持续了数百万年。不管是什么,它都是件极好的事情。奥德之前,没有人真正谈及这件事。不管是活了394年

---

① 是古希腊时期位于厄琉息斯的一个秘密教派的年度入会仪式,这个教崇拜得墨忒耳和珀耳塞福涅。厄琉息斯秘仪被认为是在古代所有的秘密崇拜中最为重要的。

的奥德还是刚出"芽"的巴德,对此事都是同样的习以为常。

所以他们继续前往索利斯湖;所以我继续跟着他们前行(在三十万或四十万年之后),很高兴能与久远的同伴一起旅行;奥德为他的新子孙骄傲;巴德叫喊着,也许只是因为纯粹地快乐地活着和驾驶着一架不错的萨利姆商,在这个濒死的正在失去氧气,水和热量的星球上。

"和所有巢父一样,"奥德说,"我教导巴德清晨醒来如何处理自己的排泄物,怎样用朦胧的双眼更好地观测远处的物体。他只用了几分钟就学会了这些会让他终身受益的技能。"

现在科学家奥德接着叙述:

"我注意到过去两天我们只看到干雪(二氧化碳冻成的),各处都只有零星的几块真正的雪。和我们祖先的时候不同,那时候干雪非常罕见。"

他(也是他们的,也是我的)次日的旅程会带我们到达终点——虽然他们的时间已经改变了许多。

在火星的古老地图上,索利斯湖(太阳湖)是一个明亮的圆圈,处在一片较暗地区的中央,当时那里被认为是一片灌溉过,有大量植被的土地,圆形的索利斯湖在其中尤为突出。

现在我们知道,暗区是厚重的火山尘和火山灰,而明亮的圆形是被风吹过保持清洁的突起区域。

在奥德的时代,它是一片残存的古老海域底部边缘的一道很长的褶皱,就像地球史前的博纳维尔湖。当他们逐渐靠近,奥德说:"祖先曾描述过萨利姆商在经过漫长的飞行后,抵达奇妙壮观的(古比特尔海)时的情景,日落时,它卷起的紫红色浪和泛起蓝绿色的波光。可现在,它只是一块毫无特色的突起,几乎不值得多看一眼。"

滑降到索利斯湖中央的亮区时,奥德收起了帆。

巴德说:"就是这里,父亲。"

"是的,"奥德说,"这就是开始的地方。"

"你出生在这里吗,父亲?"

奥德四处查看。

"我们都出生在这里。"奥德说。他指向远方一处孤零零的突起。"那就是生命之石陨落的地方。在那里,我们,所有生命,诞生。在祖先那时候,每年我们都回来过哭叫节,去赞赏,去思考,去惊叹它的发生。然后,所有的'巢'汇集在一起,喊叫、喧闹,就像他们在奏乐。"

"你伤心吗,父亲?"

"悲伤属于那些亲身体验了失去的人,"奥德说,"我怎么会悲伤?在淡季,我驾驶着一艘不错的萨利姆商经历了一场愉快的旅行。我来到了我们初诞的地方。也有了新的、能够欣赏这古老昏暗世界其他奇观的芽子。我怎会悲伤?"

"谢谢你带我来这里。"巴德说。

"不,"奥德说,"谢谢你。"

又是韦盾。让巴德和奥德留在婉约的田园诗里(我乐于这样想),聚焦到他们周围索利斯湖的日落和远处的塞勒一号和二号。

同时,我到了这里,在这曾是涌动海岸边缘的空旷突起上,试着找出是什么导致了我的萨利姆商减速。夕阳西下,此情此景或许增加了我对这两个四十万年前就已死去的火星人的人格化。

在探索了生命之石一天以后("如果你看到了一块石头,你就看到了他们全部"——奥德),他开始返回萨希斯,而他的叙述结束于回程的第二天。

奥德,到目前为止我们的发现里,再也没有写下其他只言片语。

巴德,除开在奥德传记里的露面,在历史或者是火星文献里也籍籍无名。

OLD MARS

我希望，如果可以的话，我希望他们过着满足多产的火星生活。

我们永远不会知道了。在火星和火星人逐渐消亡的年月，我们仍在洞穴外咕哝着仰望天空中那美丽的红点。

詹姆士·S. A. 科里

詹姆士·S. A. 科里是两位一起写作的作者的笔名，丹尼尔·亚伯拉罕和泰·弗兰克。作为科里，他们的第一部小说，宏大的太空史诗《利维坦觉醒》，广阔系列的第一部，发表于2010年，受到了广泛赞誉，2012年接着发表了广阔系列新作《卡利班战争》。接下来还有广阔系列的另一部《地狱之门》。

丹尼尔·亚伯拉罕和妻子生活在新墨西哥州的阿尔伯克基，是一家互联网服务商的技术支持主管。在短篇科幻生涯里，他曾和《阿西莫夫》科幻杂志社、SCI小说出版社、《科学与幻想》小说杂志社、《幻想领域》、《无线矩阵》《消失行为》《银页》《世界之骨》《黑暗》《野牌》等等有过合作，他的短篇故事收录在他的第一本合集《海怪哭泣和其他故事》里。转向小说以后，他接连不断发表了好几部，包括四部曲《夏日阴霾》《冬日背叛》《秋日战火》和《春日代价》。他的新系列《龙族遗产》已出版头两部，分别是《龙族旧路》和《国王之血》。他还与乔治·R. R. 马丁和加德纳·多佐伊斯合作了小说《猎人行》，还以笔名M. L. N. 汉诺威，出版了四卷超自然罗曼史《黑太阳的女儿》。

泰·弗兰克生于俄勒冈州的波特兰，几乎从事过所有已知行业，比如各种快餐工作、低等采石工、记者、广播广告推销员、复合材料加工员、计算机制造公司运营总监、会计软件咨询公司共有人等。目前，他是合作作家乔治·R. R. 马丁的私人助理，主要负责冲咖啡，跑邮局，争论是什么组成了好的写作。然而通常都是他败北。

在下面这个紧张的故事里，他们告诉我们"荣耀"对于不同的人有着不同的含义——对无足轻重的人也是如此。

无耻之徒

致承蒙天恩的大不列颠,法兰西与爱尔兰国王,独一无二的乔治·路易斯:

公元172年,9月30日——

陛下,我曾是个高贵的人。

我并不曾期望迟至今日才叙述在什么情况下史密斯总督取消了我的逮捕令,或者是什么欺骗迫使我在忠于王权或者作为一名绅士的荣誉里二选其一。我做出了选择,也接受了它们的苦果。在过去十年大部分的时间里,我带着我的船队纵横加勒比海域,个人义气,贪念,和粗鲁的复仇影响着我,像蛹期的毛虫一样,成为被控诉的那种低劣,残忍,黑心的人,而长久以来并非如此。我曾赎回您的家属。我取走了,公正地说,不属于我,确是我需要的东西。毫无疑问,您曾在各种谴责的论调里听说过我的名字,正是如此,因为我让最初的诽谤实现了一百多次。我也不会为此假装任何深切的遗憾。我的忠诚和谨慎得到了背叛的奖赏,虽然这是我灵魂上的缺陷,如此的信赖一旦离我而去,就再不可更改。

同样,我也毫不怀疑,对这个,史密斯总督的死,部分原因或是责难会归结于我。给您写信不是为我的所作所为,或是为无辜受控的反击乞求原谅。唯一希望的是您能读读我所写下来的这些文字,通过它们,您能更好理解总督死亡的情况和我在其中的角色。我只是恳求您在阅读的时候牢记两件事:在天主面前起誓,尽管他曾引起我千百次的报复,但我并没有亲手杀害总督,还有我曾是个高贵的人。

想想我的船,奥斯马的多米尼克号,在八月的海波里摇荡。三天前飓风袭击了海岸,水面和空气都是风暴前后特有的风和日丽。阳光普照,带着微微的热量,它就像不慈悲的神或是他对应的什么的眼睛,俯视着我们可怜罪人的脑袋,我们浪迹在海天一色的海洋之中。航行在这两片无敌的广袤之间,让人回想起深远的平静。我在船上储藏着鲜肉、淡水、酸橙和朗姆酒。船员们的忠心和能力让我完全有理由信任他们。当我第一次感到焦虑时,我们已经在海上航行了好几个星期,看不到陆地,也看不到其他船只。

但并不是这个原因。

圆蛤是第一个看到那艘遭受厄运的船只的人,他野蛮的喊叫从瞭望台上传下来。他的口音,是我听过的广泛流传的最奇怪的加勒比语之一,"啊嘿"一样的号子听起来更像"唉嘿",以及当他探寻到烟雾的号子"嗷"。和他一起航行的我们无疑不会混淆他的意思,但对于他的意图,我相信我们都有些犹豫。圆蛤是出了名的爱开玩笑,如果纯粹为了玩笑,俯视甲板,向我们散播谣言,虚构了这情景,我们没人——包括我自己——会感到惊讶。所以我没有下令改变航向,直到我爬到高处,用手中的小望远镜确认了那艘未必存在的船确实存在。

很明显,她是一艘商船,吃水很深。曾经高高挂扬起的船帆破破烂烂,还冒着烟。炮门打开了,六门大炮张着口,却没人操作。她飘着丹麦破烂的旗帜,围栏和侧面都裂成了碎片,还在燃烧,我曾见过许多海上战争的残留物,却从没见过哪种武器如此激烈的。我反而假定我看着的是一艘被闪电击中的船,她不幸或是噩梦般地在海上遭遇了刚刚过去的暴风雨。这样易得的奖赏少见但并非闻所未闻,很高兴有这样的好运,我让舵手转向追去。

我仍然可以回忆起被遗弃的船只从地平线上的针尖大小缓慢变成一臂之遥,不比硬币大的黑点的过程。即使没有望远镜她的船桅也在成形,然后似乎在呼吸之间我们就接近了她。很近,在这范围内她遭受的损害清晰可见。侧面黑色的烧痕让她高处的木板都烧成了炭,大小不一的洞布满了她的躯体。我毫无疑问,她吃水那么深不是因为货物的重量,而是进水了。她升腾的烟雾苍白,炙热,而当我们靠过去,我唯一害怕的是靠得太近会被误伤,火会燃到商人带着的弹药库,引爆她的火药。船身上的名字叫沃谷德·范·哈勒姆号。我以足够了解我做生意的这片海域而自豪,但我从未听说过她。她形单影只的出现已经很可疑,但我很鲁莽,更糟的是,充满了好奇。我给出大副柯普勒先生登船的指令,然后我自行登上了她损毁的甲板。

到达以后,吸引我注意的第一件事是死尸。多是普通水手,就和通常线上的商船、海盗船上的一样,但有几个却穿着殖民地护卫队的军装。尸身间散落着些奇怪的多节物体,就像是巨大蟹类的腿,有壮汉的大腿那么粗,和我的身体一样长。我指挥手下放轻脚步,准备退回多米尼克号,但这几乎不用我操心。毫不羞耻地说,沃谷德号有些怪异,我站在甲板上想着飞翔的荷兰人的故事,以及船员死了很久以后还顺着洋流飘荡的难船。她的后甲板燃烧着,像熔炉那样酷热,但苍白的火焰古怪地一动不动,如静止了一般。船帆不是帆布,而是不散热的无机织物。船舵那里,一个还在燃烧的人体残骸直直站着,手都熔化在了船舵上。我停在那里,试着想象什么样的罪恶之火能造成这样的破害,而三副达罗先生的声音突然响起,把我从思绪中唤醒。

达罗先生是新英格兰人,虽然有人可能在航海技术上与他相当,但这世上不会有人比他更简洁明、思路清晰了。听到他声音里的警告,我骨头都冻住了。准确回想起他的话语。劳顿船长,底层舱需要你。如今写来,它们似乎平淡乏味,但陛下,我保证,在当时,那就是一声来自地狱的呼唤。我拔出枪,走下甲板,准备,我坚信如此,发现了什么东西。

我错了。

作为一艘航船的船舱,一般来讲,线形船腹是不太可能的。它们又大又坚固,适合在航程里装运足够多的板条箱穿梭在新旧世界之间,以赚取利润。在船舱内巨大的黑暗空间里,我只发现了自己的半打手下及另外两个东西:一个及腰高,形状和外观就我所知是印加风格的装着金子的货盘,还有它前面一手拿剑一手持枪,满身浴血的女人。

回想起当时,不可能有我记忆中那样明亮的光线,但我向您发誓,昏暗里,我看见她就像在天光下一样清晰。她站着甚至比我还高一个头,而我也不是什么小个子男人。她巧克力色皮肤就像牛奶那样顺滑,头发是棕黑色。她穿着宫廷里的绅士都会引以为荣的男士裤子和织锦外套,却都以她的身形量体裁衣。眼睛是狮子鬃毛般的金色,而狮子的凶猛也呈现在了她的下颌角。

我立刻认识到她受了重伤,但她用身体挡住了通往财宝的道路,不让任何人过去。实际上,随着我的介入,她熟练地把枪口对准了我的前额,无疑她指尖轻轻一动就能要了我的命。达罗先生跪在甲板上,一个年轻的名叫卡特的船员躺在他脚边,手搭在他的肩膀上。

"怎么回事?"我问。

"我的,"那个女人说,"你们在这里看到的都是我的,除非你像宰了我的手下一样宰了我,否则别想拿到它。"

"小姐,我谁也没宰,"我修正了一下说法,"至少在这里没有。我是亚历山大·劳顿船长。"

"劳顿?"她说。我想她的表现有一刹那的动摇。"同样反对史密斯总督的人?"

"但是失败了,"我开了个玩笑,"就是我了。"

"那么你就是我祈祷的回音了,"她说,"你该送我回我的船。"

达罗瞟了我一眼,我心领神会。她的伤口无疑使她产生了幻觉。我们就站在她的船里,她却要求回去。

"放下你的武器,我会尽力而为。"我说。她的枪动也不动。

"给我你的承诺。"

陛下,我发现很难描述我听到那些话时产生的情绪。她孤军作战,却没有低声乞求。她的话不是出于请求,而是提出要求。这些年来,我的诺言早已不值一提,而她坚持索取,仿佛它是什么贵重的东西。

"我可不能给你我本来就没有的东西,"我说,"但是我能保证你不受伤害。"

她的表情严肃起来。她放下枪,顺势就倒向了地板。我能做的只有跪下及时接住了她。

"卡特受了伤,"达罗先生说,"他想让这位小姐离开她的金子。"

"似乎就是这样。"年轻的卡特说。

"要命吗?"我抱着毫无知觉的女人站起来问。

"也许要也许不要,先生,"卡特说,"不管怎样,对上她是个错误,我不会再犯啦。"

我让达罗先生留下处理燃烧的船,然后带着仍然不知名姓的女人回到多尼米克号,去找科赫医生。陛下也许知道科赫医生有些不堪的名声,我也不能说那是冤枉的,我们都是声名狼藉的人,但当我抱着一个素昧平生昏迷不醒的女人出现在他的船舱,我能如实地复述他的咒骂,作为医者,他郑重其事的样子更像是狗妈妈蹭着受伤的小狗。他撵我离开以治疗她的伤势,答应她一醒来就会叫我。虽然他并没有信守承诺,但在当时的情况下,我不能和他计较。

我回到甲板,恰好听到达罗枯燥的声音说,沃谷德号装载的金子是个不错的收获。阳光下,金子闪耀着我从未见过的华美光芒,似乎这金属活了起来,有了自己的意愿。我看见了自己份额内的宝物,但那时候我感受到面前的财富有一种我闻所未闻与众不同的秩序。

我集中呼吸命令把它都搬到下面,这时一声叫喊"唉嘿"再次打断了这一切。我拿起喇叭,呼叫圆蛤。他的第一份回复——eeah een, Catin. Ghana.——对和他同船的人还是可以理解的。一艘军舰,更糟的

220

是，挂着老对手史密斯总督的私人旗帜。第二份——Eeah mantu！——尽管当时没听懂。后来才明白我勇敢的哨兵说的是他带着怪物。我和船员们马上行动起来。抽回横在多米尼克号和沃谷德号之间的木板，砍断连着的绳索，升帆，一气呵成。

我得承认陛下没有机会和同样的船员在甲板上度过一些年月。那么，请允许我报告，海上长期的合作让一种默契在伙伴之间萌芽，在每一点上难以言喻的领悟都胜过仅仅是预见性的命令，那几乎都不是必要的。在这个特殊的时刻，在我做的每个决定里，如果我说我的船员就像一个有一百只手和单一思想的人一样工作，请不要以为我在吹嘘，我唯一的想法是向您报告真相。正如我说的，不到五分钟我们就脱离了沃谷德号，开始航行，我毫不夸张。多米尼克号有很浅的吃水线、值得骄傲的桅杆，和柯普勒先生掌舵的老练双手。这种组合让我们躲过了无数次的追击。可是，当我回头向宽阔的海洋看去，总督的船真在飞快地靠近。风不大，我有坚定的信念，不管最近总督大人交了什么好运，很快都会舍弃他，而我们会成功逃脱。

我错了。

很显然，不到一个小时，总督的船不仅保持着追踪，还步步紧逼。通过望远镜，我看到无形的力量驱动着她的船首乘风破浪。我也看见了甲板上绝对不会弄错的殖民地守卫队的军装。还有一开始我以为是想象的东西。甲板上耸立着巨大的高过士兵、让人只能联想到蜘蛛的奇怪东西，然而它不是什么蜘蛛。我在绳索那里找到另外一个，这个和雨燕一起移动的东西无疑显示它是活的，我想起了沃谷德号上我以为是蟹脚的物体。他们和看起来并不相同，这不是雕塑，而是活生生的，可怕得像是撕开启示录的书页跑出来的野兽。进一步想想，在那艘倒霉的船成功逃脱它的追击之前，有一个野兽丢掉了它的小命，现在还有两个。殖民地守卫队，还有史密斯总督本人为了结束这一切正朝我追来。他们有更多的大炮，更多的武装士兵。看起来，史密斯总督还联合了地狱的力量。多米尼克号的甲板上没人开口，没有哭泣，没有祈祷，只有恐惧带来的专心致志，因为我们清楚，一旦被抓住，等待我们的只有死亡。

总督的船吸引了我太多的注意力，以至于我没有发现或是听到我们的客人登上了甲板。只闻到了血和木兰花的气味，当我放下望远镜，她就在我身旁。科赫医生用碎布和纱布包扎了她的伤口，并把她的左胳膊绑到了肋骨上，她站在那里，就像是个从没受过伤的女人。她开口时，声音清脆。

"我们在哪里？"

我告诉她一个大概的方位，而她坚持要看地图。我看着她金色的眼眸颤动地注视着我的加勒比海地图。她苍白的手指指向一个离我们不远的地方。

"这里，"她说，"带我去这里。"

"如果转向，他们就会拦住我们。"

"如果不转向，继续这样下去，他们就会追上来。也不比这样好多少。"

"那是你第一次被抓到时逃脱的地方？"我问。

"是的，"她说，"而它现在是我们唯一的希望。"

我犹豫了，我承认。仅仅在几个小时之前，我才见识了这个女人要求被送回自己站着的船上。我曾抱着精疲力尽的她。我没理由相信她的心智正常，就算正常也不能信任她的判断。她感受到了我的不情愿，转眼看着我。在昏暗的船舱时，她是个被疼痛和恐惧折磨得半疯的女人，但依然是个帅气的女人。在加勒比海的阳光下，她更是无与伦比。一种愉悦的鲁莽让人情不自禁，我浮现起这些年惯有的真诚大笑。

"柯普勒先生，"我大喊，"右满舵！"

这突如其来的改变让多米尼克号吱嘎作响，侧翼和船横杆被海水的重量和空气的力量压弯了。总督的船也变了航向，离我们越来越近。

现在我都能读出她侧面上的名字了。阿佛洛狄忒号冲向我们,近得我看到了她喷出的阵阵浓烟,听到甲板上的士兵报告说已经瞄准了我们。尽管还没有和我们撞在一起,我看到炮门已经开始打开。到那时我们将插翅难逃,注定卷入战斗。

那女人在我身边,却对即将到来的覆灭熟视无睹,反而注意着我们航行的清澈海面。陛下,我想您从未去过加勒比海旅行。但作为一个见多识广的人,我向您保证,没有哪个欧洲的海洋——甚至是那个文化的温床,地中海——能比得上加勒比海玻璃般的清澈透亮。如果有人能审视反射的天空,看起来我们似乎是在空空如也的天空里航行。我和她一起俯视着绿色斑驳的海底,比我想象的更近。毫无征兆地,她发出一声欢欣雀跃的大叫。在底下很深远的地方,我以为是海底的地方动了,并慢慢地向我们升起。海面开始翻腾,海浪里传来阿佛洛狄忒号上惊讶的呼喊。从水里升起四面巨大的拱墙,几乎高耸入云。然后就像波塞冬①攥紧了托着我们的拳头,拱墙合在一起,遮住了太阳。

咆哮声震耳欲聋,我从没听过这么巨大的声音,我感受到了可怕的压力,仿佛是神圣的手重压着体内的每一个原子。在突如其来的黑暗里,我看到身边的手下都慢慢地贴紧甲板,听到木头发出不堪重负的呻吟。我惊恐地看到海洋在围栏边重叠,但那种重压,不管是什么,并没有影响到我们的浮力。

那个女人也滑到了甲板上,同样被可怕的重压击倒了。她的脸上带着胜利的神情,这是在黑暗降临前我看到的最后一个画面。

陛下,世界之间有比海洋更深的深渊。它的虚无仅仅能靠照进黑暗的永不沉没的太阳和不可思议的璀璨星光来缓解。在深渊上方航行的船比我见过最大的水下怪兽还要大。我怎样才能准确描述我醒来时身处的那艘舰艇有多么值得赞颂?我怎样才能告诉你她的航线有多么

---

① 又译波塞顿、波色伊东,是希腊神话中的海神。

优雅,还有弥漫着的那种力量?想想步入圣保罗大教堂的大殿吧,那里用闪亮的水晶取代了石头筑成的拱门,熠熠生辉,呈现出蝴蝶翅膀上那种不可思议的蓝色。想想这些年来收留了我和我的船员的可怜的奥斯马的多米尼克号,躺在此舰艇旁的她就像是被孩子丢弃的玩具,而在窗外,星光就和你透过地球变化无常的空气看到的那样永恒不变。

至于敌人。就和劫数难逃的瑟柯瑞阿号一样美丽,她的追捕者可笑地重复了她的厄运。非人的昆虫般的怪物,挤满了整个船舱,数以千计的肮脏爪子握在一只有魔力的手里。他们的壳被含有硫黄和硫的有毒火焰点燃。锯齿状的爪子垂在污秽的身体旁边,预示着被人触碰不仅将被切割,也会被传染。这只是其中之一。陛下,上流的可敬的史密斯总督和他恶魔般的主人们漂浮在一起。

但我先于本我知道,这并非是光怪陆离的梦境。实际上,一直到有个不熟悉的声音传来,唤我醒来,我也一无所知。

"船长,"那个陌生的声音说,"拜托,船长。醒醒!"

陛下肯定也知道,没有什么比那些信任自己的人正身处危难的恐惧感更能把人从昏迷不醒的深渊里唤回来。直到那时,意识也完全舍弃了我,而我靠着自己巨大的意志醒了过来。当我努力撬开眼睑,两件奇事等着我。第一个是说话的男人。他跪着都和我站着一样高。蜷起的身躯覆盖着柔软的黄褐色皮毛,还有他悲痛的面容,带着一丝仁慈。然而也许更像是安详、温和、不可思议的长着皮毛的蟾蜍。

第二个惊奇是他的话语并不是对着我说的。

"情况怎么样,拉安?"那个女人问。也许不应该说她听起来很虚弱。不过,这是一个被疲倦和伤病侵袭的身体健壮的人的声音。

"你带给我们的合金已经收到了,船长,"蟾蜍人说,"但是舰队还在紧追不舍。船员……"

"船员都不见了,"女人收回自己的脚说,"我们在海面受到了攻击,只有我活了下来。只有一个渺茫的机会,而这些人收留了我。"

蟾蜍人扫视着混杂在一起的我们,喉咙里发出一声痛苦的鸣叫。我们灰头土脸,陛下,即使一般意义上也是一群衣衫褴褛的人。年轻的卡特四肢平摊躺在透明的甲板上,圆蛤在他身边,像是两个睡着的人。柯普勒先生跪在地上,眼睛瞪得跟茶碟一样大,领会了环绕着我们的庞大结构。科赫医生,垂着头奔波在倒下的人之间,忙着照顾他们,无视了眼前的奇观。而我,我承认,畏惧地坐着,被降临到我们头上非凡又可怕的命运打击得瞠目结舌。当女人站起来,我终于回过神来,并非神志已清醒而是靠礼节性的残余感觉。只有达罗先生似乎不受超凡脱俗的环境影响。他带着律师在法官面前的冷静,朝那女人拉开了枪栓。

"请原谅,"他说,"你们提到的合金,并不是那些印加的黄金,对吗?"

女人和蟾蜍人都转过身来,他很震惊,她却被逗笑了。

"你说得对,"她说,"它不是真的黄金,而是某些世界的火山岩壳形成的稀有合金。"

"知道了,"达罗先生说,转向刚刚才苏醒的年轻的卡特,"我告诉过你那太轻了。真正的黄金比它要重。"

"你很聪明,先生,"卡特说,"那么,你觉得我们是死了吗?"

"还没有。"指挥着奇怪舰艇的女人说。

"但是快了。没有船员,瑟柯瑞阿号不可能摆脱敌人。"

"女士,"我说,"恐怕我低估了你和你的困境。我和我的船员对操控你的舰艇一窍不通,但我们在海上度过了很多年,有目的的团结一致才是不打折的力量。"

她对上了我的眼睛,发至心灵,我感到了她的不确定。

"你想让我把船给你操控?"

"船长,"蟾蜍人说,"还有其他的选择吗?"

想想看,陛下,我们的地位颠倒了。在奥斯马的多米尼克号上,我被剥夺了我最宝贵的船员。我能说吗?即使陷入了海面的暗礁和敌人的大炮组成的困境，我也不该避开想要把领导权交给温和的拉安的期望？我不能。控制一艘船是非常私密的事，而把它交到陌生人的手里是彻头彻尾的不忠。正如我和她，我俩都清楚这场结合不可避免，我还是看到了她眼里的犹豫。

"拉安，"她说，"带他们去他们的岗位，给他们尽可能的援助和指导。劳顿船长。你陪我一起指挥。"

"为了让我的人循规蹈矩，所以我要做人质？"

"如果你非要这样理解的话。"她说。陛下，我就去了。

当我们穿过瑟柯瑞阿巨大的内部，科琳娜·米尔——这是船长的名字——尽可能跟我说明了我们的处境，这里我也简述一下她跟我说的。那个我们称为火星的主体曾是一个浩瀚繁荣的文明的故乡。巨大的水晶城市布满山区和平原，连接它们的是流淌着淡水的运河网。七大种族和谐共处，和我们这个世界各个国家的样本差不多，充满和谐和冲突，和平与战争。她告诉我，在她还是个孩子时，仰望广袤的夜空，想要找出的那颗明亮星就是我们的世界，而我发现这种意象感动了我，让我充满了力量。那些城市现在都成了碎片，运河也干枯了。伊坎族，因为只有他们自己的昆虫委员会才知道的原因，一同和其他六族翻了脸。而软壳的曼纳族、睿智温和的索瑞德族（我的第一个熟人拉安就是）、发光的伊莫斯库族、巨大迟缓的诺利安族、机械化的阿奇罗恩族还有我们的表亲人类则被赶到了星球的地底，生活在伊坎人不敢进入的洞穴里。六个被征服的民族身处黑暗和绝望，直到科琳娜的兄弟，赫弥顿，偶然在对一种稀有合金的炼金术调查里发现它能带来巨大的能量。只要那种合金储量充分——他的新太阳能发动机被寄予厚望——就能摆脱伊坎人的威胁。

为此，被征服的民族派遣专人去深部矿藏丰富的地球，用冒失的手段从我们星球的核心进行暴力收集。极度害怕被发现，因为他们强大的力量在伊坎人的威胁面前不值一提。伊坎族和地球上人类的联盟，也许注定宣判了六个民族的命运。而他们的恐惧，如您所见，并非空穴来风。

但让我这样说吧：当我漫步在瑟柯瑞阿闪闪放光的大厅，我感受到了这艘大船的力量。和她这样独一无二的舰艇同行——陛下——我感觉自己成为了整个欧洲的皇帝。没有海军能抵抗我。没有军队能打败我。没有城市——不管多强大——能不在我的阴影下颤抖。然后再想想曾把她的制造者降服的敌人的力量，感谢仁慈的主伊坎人的野心还没有扩展到地球。但是再次，我异想天开了。

我的船员卖力地在新岗位上工作。公海上的经验教会了他们比理论知识更有指导意义的动力学原理，而跨越虚空时，拉安和科琳娜·米尔所剩无几的船员尽力培训着我的人，我们还命悬一线呢。我不会再赘述时间流逝，几小时到几天，几天到几个星期，我们都在忍受着不适。伊坎人的船队竭尽全力想要用诡计击败我们，超过我们的速度，引我们偏离航道。在这段期间，我们能睡就睡，不能睡时便竭尽所能地航行，并带着我所知道的好心情和友情忍受过度疲劳和恐惧。红色星球已然在望，追捕者变得孤注一掷。曾经一度看来，我相信我们能成功脱离困境。但我们的敌人有数量和经验上的优势。他们拖耗着我们，就像有人把引以为荣的石头磨成粉末。

即使穷途末路，即使我们被敌人恶魔般的舰队包围，他们终究忌惮我们。走投无路的困兽是最危险的。而此时，史密斯总督出现了。

陛下，如果您愿意，想想我站在瑟柯瑞阿宽阔的栈桥上。科琳娜·米尔船长蹙眉看着底下宽广的水塘，我们和敌人的舰艇像是被天使的手用光线绘制在了上面。空气中仍然弥漫着肉体烧焦的味道，那是我们之前债务沉默的证人。温文尔雅的拉安和柯普勒先生分别站在我两边，每人都聚集了一半的由我的船员们变成的伟大生物。然后我们也加入了。通过某种我说不清的魔法，面前的水晶面板像童话里的魔镜一样变换了形态，玻璃里映出的不是我本人的面容，而是史密斯总督。

OLD MARS

岁月待他不薄。鼠棕色的头发只在鬓边染上了灰色,养尊处优的皮肤很光洁。不管有多虚假,笑容一如既往的亲切,都让人觉得在算计着我的朋友们。

"劳顿船长,"总督说,"我还以为你已经回家了。"

"总督大人。"我回答。

"你的捕获者在劫难逃。罪犯科琳娜·米尔会被我的盟友逮捕,她的罪行会得到报应。唯一问题是方式。我看我们的猜测是对的。你和你的手下被迫为米尔船长服务。"

"我可不是奴隶商人,"科琳娜·米尔说,"是伊坎人蓄养奴隶,强人所难。"

"也许如此,"总督继续说,"我有个提议,劳顿船长。我的盟友只需要安全转移被告和她所偷的货物。对船本身没有兴趣。如果你和你的手下愿意绑了科琳娜·米尔此人,并打开锁接待我们的使者就太好了,根据海上救助权利,瑟柯瑞阿将归你所有。"

"我可没法相信你的诚意。"我说。

"正相反,"总督说,"我以荣誉向你保证,我俩都知道,我从不食言。"

是的,陛下。不管他的诺言说得有多天花乱坠,不管他对低劣灵魂的打击技能有多残忍,史密斯总督的承诺还从未被玷污过,即使是在摧毁我的诺言。如果他答应用这艘来往于各个世界间的船来换取科琳娜·米尔和她的合金,那这船就会属于我。我深信如此。

但是我要说我犹豫不定?毕竟,这关系到我作为一个男人的声望。我要说一方面是注定失败的前景,一方面是自由和无限的力量,我卑劣的天性会动摇我?不会。我立即粗鲁,真心真意,再无转圜余地地拒绝了总督。

甲板上的伊坎人立刻开始攻击。

要在世界间的深渊里登船不是件容易的事。战舰开足马力向我们冲来。恐怖的嘴凿穿了瑟柯瑞阿的外壳，朝大厅和穹顶里吐出他们的战士。我相信，第一个小时，在他们潮水般涌来的时候，我和科琳娜·米尔的手下让他们很多都丢了小命。陛下，他们是笨重的生物，但他们巨大的蛛形体积和他们可怕的速度不符。通过腿部末端的装置，他们发出纯粹的光射线，很快就能把人烧成灰烬。和这些来自深渊的恶魔并肩作战的，是殖民地护卫队，他们本该是王权的仆人，却成了史密斯总督的爪牙。

我们在廊道和大厅，镭储备室，船的八角形中心交战。科赫医生用他和曼纳族的工程师奥克图斯·奥克塔赞合成的有害气体暂时把他们赶了回去。圆蛤、年轻的卡特和达罗先生用奥斯马的多米尼克上抢修回来的一门加农炮把一打伊坎人轰成了烂泥和一堆甲壳碎片。我带着无比的骄傲描述着我的手下，他们都是些无赖恶棍，却像古代的英雄一样在战斗。他们开起火来绝不手软，手中的剑挥舞起钢铁的剑网，甚至让伊坎人都退避三舍。但在这样有力的防守下我们仍然损失惨重，节节后退。战斗的尾声，我和米尔船长站在一起，一手持着短剑，一手持着燃着绿光的玻璃和银制品，抵挡着敌人。至今，我还能感到她和我背靠背地站着。就在那时，烟和死亡的恶臭散开了，鼻孔传来木兰花的气味。希望在死亡到来的那一刻，这会是我消散的精神里最后的记忆。

当然，我们被淹没了。我和船员让敌人付出了沉重的代价，但最后，太过悬殊的兵力击败了我们。我被打倒在地，和剩下的人一起被绑住脚踝和手腕，粗暴地拖进监狱。大概有一百个船员躺在那里。我的船员四分之一左右都牺牲了，尸体和科琳娜的人一起堆在墙角。这些人，我清楚他们的梦想，他们的命运和我束缚在了一起，他们是我的，我却失去了他们。米尔船长就在我身边。裸露的肩膀上有大片的青肿，嘴唇上也留下了伤口。我呼唤着柯普勒和达罗先生，听到他们的声音时终于定下心来。

"你该接受他的提议。"科琳娜·米尔说。

年轻的卡特的声音说,什么提议？但我忽视了他。

"你在沃谷德号上向我投降的时候,我答应过不会让你受到伤害,"我说,"我非常确定史密斯总督才不会重视这个。我别无选择。"

她尽可能地转向我,意味深长的笑容里带着悲伤和欣喜,赞赏和绝望。

"如果你没有做出那样的承诺呢？"她问,"如果你多少有些污点的荣誉感没有约束你,你会出卖我吗？"

我沉默了一会儿,然后从一种不寻常的、模糊的不安中明白过来,这让人惊叹的女人的机敏会改变我所认知的那个我,让我重生为不一样的我。年轻的卡特咕哝着:如果有什么提议,听听条款也好。在科赫医生让他安静下来之前,我长叹了一口气。

"我不会接受,"我承认,"虽然那能救我和船员的命,我不会把任何人交给史密斯总督和他新同盟的势力。"

"那想想,就算你失去了荣誉,还是有东西会束缚你,"她说,"荣誉是需要转移和放弃的责任。从美德的角度来讲,我觉得那无可避免。"

我能说什么呢,陛下？那天,我的身体和灵魂都受到了洗礼。我面对着巨大蜘蛛野兽的下颌骨,沉默地和我亲如家人的人们永别。多么奇怪,这摧毁了亚历山大·劳顿的事情,如加勒比海的灾难,来得如此温柔,如此亲切。我躺在拥挤的牢房里,看着天花板,第一次面对这个说法,荣誉的缺失并不意味着灵魂的遗失。作为一个年轻人,这么多年来,我努力维护和赞美我的荣耀,而它最终却成了我的软肋。我对美名的热爱是史密斯总督惯常打击我的弱点。在海上度过的许多年里,我对法律和正派的夸耀,都变成了小家子气。你期望带来愉快的想法吗？美德之光在我身上抽象如心灵的曙光？不。正相反,它刺痛了我。正如阿喀琉斯之踵①,我走进帐篷里生气,而科琳娜·米尔温和的指责却给了我新的选择。

"女士,"我说,"你盲目地乐观了。"

在我最困苦的时候,陛下,我仍能领会科琳娜·米尔对我的粗野表现出的诧异和痛苦。我想她也许会继续,迫使我做出更合理的解释,但我反而转过身背对着她,坚持着自己的结论。因此,我暂时躺着,为我受到伤害的男性骄傲闷闷不乐,悲痛地后悔登上了沃谷德·范·哈勒姆号。如果不是和让我把这份解释送给您的问题有关,我也不会向您描述这场谈话。甚至,即便如此,我也要冒险省略它。不管什么样的罪恶会镌刻在我的灵魂上,至少我可以宣称其间并不缺少坦率。

"劳顿船长,先生?"柯普勒的声音让我回过神来。我惊讶地发现自己竟然满含泪水。我转过身时,咳嗽着,尽量拂去泪水。

"柯普勒先生,"我说,"那么,你解开了双手?"

"是的,先生。"

"这次你赢了,"达罗先生不情愿地说,"我有个拇指痉挛了,不然我完全可以打败他,先生。"

"希望我们将来不会再有复赛的需要,"我说,"现在,赶紧的。我们要夺回船。"

登上并夺取一艘船和从内部的禁闭室回收一艘需要完全不同的逻辑。第一个例子是,双方都持械,所有人都知道战斗已经打响。但第二个通俗来说,只有一方在武器上有利,而另一方知道争斗的存在。两相比较,我更愿意选择直接的战斗,不是因为我蔑视偷袭,而是因为和军火充足相比,奇袭比较脆弱。一旦警报声响起,就会恢复通常的平衡,对逃跑的囚犯很难有利。第一波守卫来了——一个伊坎的蜘蛛野兽和

---

① 或译阿基里斯,出生后被其母握脚踵倒提着在冥河水中浸过、浑身刀枪不入,除未浸到水的脚踵外,所以这里是他唯一的弱点。"阿喀琉斯之踵"就是指"唯一的致命弱点"。

OLD MARS

两名总督手下的掷弹兵——我们很快就有惊无险地解决了,拿着他们的武器,潜入了曾属于我们的船。囚禁我们的牢房离船尾不远,到栈桥的距离正好,但离存放珍贵的印加合金的船舱和作为瑟柯瑞阿的船桅、船帆和船舵的巨大引擎都不近。时间紧迫,科琳娜·米尔船长带着一队人去了船舱,我带了另一队去夺取控制中枢。看起来这似乎是很自然的各司其责,但实际上,每队人马都有几乎同比例的奥斯马的多米尼克号和瑟柯瑞阿上的船员。

我希望能说对引擎的突击进展顺利,但是运行着的巨大机械——足足有一打,每个都比军舰还大——被各种通道和死胡同包围着,复杂得根本不会有彻底的战斗。在和被伊坎人当作奴隶的比人还大的蛆样生物令人绝望的混战中,好几次,我发现被自己人砍中了。这几个月以来,我都没弄懂这些让人恶心的半昆虫的起源,现在我知道了,但真希望从没知道过。战斗如火如荼,警报响起,我们的优势消失了。

当科琳娜·米尔驾着装有合金的漂浮车赶到,伊坎士兵也追踪而来。科赫医生和奥克图斯·奥克塔赞的智力组合设计了一个临时路障,把通往引擎的通道限制得只有硬币的直径大小,但是在锁住了入口处的同时,也断绝了我们逃跑的希望。我看不到救援,但是我不动声色。我视察着防线,并给予船员们勇气和鼓励。但回收的武器太少,我们在狭窄的大厅训练,听到狭窄的通道里传来人声,大蜘蛛的聊天声,新的通道正慢慢地折磨人地从深处破土而出。

我把这个不祥的消息带回给科琳娜·米尔,她站在另一张我曾见她在桥上用过的悬浮光图前。只有在这里,代表瑟柯瑞阿的明亮标志不是被伊坎人红色艳丽的标志包围,舰艇孤独地漂着,身体被敌人刺穿,看起来甚至连覆着皮毛的猫背都不像。而曲线下方,是火星巨大的凸面。

"我们陷入了困境,敌人来了。"我说。

"伊坎人的船都附到了瑟柯瑞阿上。"她说。

"很抱歉。"我说。

"这也许能成为我们的优势。"她回复，回到声光的游戏，指向一处我没注意到的地表特征。那并不比一块小孩的指甲大多少，但红色的世界里那是灰色的。"这是地下世界的宫殿，通往我们一族幸存下来的要塞和大门。我的兄弟就守候在那里，只要有任何解放我族的希望，我都要把合金运到那里去。"

"科琳娜，"我说，现在我毫不犹豫地直呼她的教名，"除非在船上开个洞，把它丢出去，否则我真想不出来这有什么可行性。"

我不明白，当时和现在都不明白，一个女人的表情怎么能马上变得如此平静，如此不顾一切。

"直接丢。"她说。

陛下，哀悼劫数难逃的瑟柯瑞阿吧。在海上，在空中，不会有比她更高贵的船只，而我们，她无家可归、孤注一掷的船员，刺穿了她的船舵。当伊坎人明白过来我们可怕的意图，一切都太迟了。邪恶寄生的船只想要逃出去，可我们下降的速度和强力程度让他们惊慌失措。少数成功了的也被我们燃烧的尾迹打碎。其他还紧套着，即使我们已经回扳了呼啸的引擎，把致命的高速降到了仅仅是警戒的程度，它们还是在星球的岩石外壳上撞得粉碎。

瑟柯瑞阿在我们周围覆灭，弹跳时巨大的水晶飞溅开来。一个庞大的引擎从系泊处松开，飞过我们的头顶，飞向紫色的天空，爆炸了。扑面而来的风传来烧热的钢铁和血的味道。当这巨船最后一次朝双月抬起头，然后停下来，精疲力尽，毁于一旦，和西班牙环形剧场里斗败的公牛一样高贵，科琳娜·米尔握住了我的手。在靛蓝色水晶碎片和扭曲的金属里，躺着奥斯马的多米尼克号木质的骨架。聊以慰藉的是，他们静静地存留着，在牺牲和毁灭里他们依偎在一起，就像墓穴中夫妻交错的手指，而周围是他们敌人残破的尸体。

失事之后，我颤抖着爬出去，爬到这星球广阔的红色沙丘上。我们

OLD MARS

落下的地方离一个巨大的废墟城市不远。它的尖顶和高塔直插云霄，还不停冒着闪电。旁边一条比除了神一样的亚马孙河以外的任何河流都要宽广的运河，向南蜿蜒而去，水面低于堤岸，暗淡而萧条。科琳娜·米尔来到我身边，环住我的肩膀。

"总有一天，"她说，"我会让这一切重新恢复活力。我发誓。"

准备我们旅程的最后一段是项狂乱的工作。仅存船员中的一半人来设置临时路障，用火星射线枪和随身配备的锋利钢刀，让伊坎幸存者陷入绝境。另一半人收集好失事时散落的印加合金，装在受创的悬浮车上。当船员们搬运时，落下的平台一角在尘土里划出一道痕迹。科赫医生弯腰查看着伤员，而拉安评论着这次降落。当太阳在火星城市宏伟的废墟中升起，我们已经在车上绑好了绳索，靠着身体紧绷的肌肉，拉着货车向地平线走去。我们呼吸着地球上没人呼吸过的空气，感受着肉体梦幻般的轻盈，双足踏在另一个世界的红色土地上，这一切都是多么新奇。被巨大得超出预期的力量驱动，穿过群星，我们比任何帝国的远征都走得更远，甚至比与我同名的伟大的马其顿将军梦想过的更远。而我们注定的使命，依靠英国人不屈脊梁的努力，靠来自不同种族的人们自发的联合来完成。我们的目标，地下世界的灰色宫殿，在远方若隐若现，宏伟壮观，被圣埃尔莫幽灵般的火焰环绕着。

很难用词句描绘这不顾一切拼命的几小时。我和所有船员们一起拉着车，绳索深陷进双手和肩膀。就算是在海上干了一辈子的结着老茧的手掌也不能负担我们执行的恐怖任务。我的身体因为脱力而颤抖，韧带像船上的木板一样嘎吱作响。而且随时都会受到新的攻击，大蜘蛛在自己的土地上变得更加敏捷，也更加恐怖怪异。我们一次次把他们抛在后面，刀锋上滴落下淡黄色的脓水，而我们的伤口也在沙地上留下一致的痕迹。直到临终，我都会骄傲地回想起我的船组跨越血色沙丘时的同心协力。

敌人飞翔的侦察兵出现时，视线里地下世界的宫殿已经变得有之前两倍大。

如果您愿意,陛下,请想象广袤的火星天空呈现出丁香花一样的紫色,还有和照耀在威斯敏斯特和伦敦一样的太阳,从它中心闪耀的球体发散出蛇样的宽阔彩虹卷须。看吧,如果您想看,曾被七个民族水晶般的内心引以为豪的宏伟废墟被风暴和战争摧毁;宽广的失去活力的河流,像老头子的血液一样迟缓地流淌;流着鲜血的绝望船员拖着半毁的货车上幸存者的希望,像受伤的蛾子一样挣扎着倒地。空气稀薄,弥漫着金属和耗费的火药的味道。热带正午般强烈的太阳热力折磨着所有人。突然听到了圆蛤熟悉的喊叫——噢——啊!烟。想象一片蜻蜓,个个都有人的胳膊大小。它们从东方升起,有巨大的火浪那么厚,正穿过天空铺展开来。我听到了科琳娜·米尔发出的呼喊,看到她黄褐色的脸上滴下了鲜血。

"我们得尽快,"她说,"中央蜂房已经发现了我们。如果我们不能安全到底下,等他们的飞行兵力到了,就再也没希望了。"

"必须说,"达罗先生在喘气的间隙里说,"我开始不喜欢这些家伙了。"

年轻的卡特轻声笑着。"看看你在那里都干了些什么?臭虫。贱人。真可笑。"

"我为轻浮做了力所能及的事。"达罗先生严肃地吟诵着。我们并肩接踵,弓腰行进。时间已经迷失;只有拉紧,挣扎,还有停留在我们共同狭窄意识里的遥不可及的地下世界的宫殿。

而我们接近了目标,地形变了。不毛的沙地让位于低矮的紫色灌木林,细小的昆虫样的蜥蜴大胆地跑过我们的脚边。敌人巨大嘈杂的侦察兵遮天蔽日,阴影里我们还在工作。地形现已分成了沟壕和铺沙的平原。我们不知道敌人什么时候会到,但能勇往直前。那些曾经能够取悦国王的财富成了我们求生希望里的障碍。我能感到的唯一优势是,远离瑟柯瑞阿以后,伊坎人的骚扰也变弱了,而那些充当护卫的船员可以换我们这些拖运工的班。我自己也被允许休息，在队伍旁稍作调整。血痕浮现在我的胳膊和胸部，擦破皮的地方被汗水刺痛。然而，尽管有许多不适，目标仍然向我们靠近了。地下世界的宫殿矗立在头顶。巨大的石雕让其看来就像宏伟的大教堂，疯狂顺着表面扩散的活跃能量是深玫瑰色的。柯普勒先生踱过长长的队列，勉励他们全力向前，船员背部紧绷的肌肉像要被脊柱撑裂一般，而每张面容都龇牙咧嘴扭曲不堪，几乎感染我想要再次上阵。该死的西西弗斯也不会比我们的任务更艰巨，只要我们有希望和决心，还有友爱，不管是加勒比人还是英格兰人，索瑞德人还是曼纳人，毁灭和拯救就在一线之间。

科琳娜·米尔出现在我身边。没法形容，在我闪烁的意识中，她不是慢慢地接近，就是突然的出现。在我们努力的同时，她也没有闲下来，她的颈部受到了重创，还有左手关节处显眼的看着就很痛的烧伤，但她一声不吭。

"劳顿船长，"她对我说，"可以和你聊聊吗？"

"当然可以。"我转向她回答说。我甚至知道接下来谈话的主题。我们避开联合在一起的船员，站在一块突出地表的大石下蓝色的阴影里。

"在敌人到达之前我们不可能到那里，"她说，"在全力攻击时，我们也不可能继续带着这些负重。"

"我也这样怀疑。"

"那么如果你和你的人能先走，"她说，"去通知我的兄弟我需要增援，而我也可以和之前一样再次守卫黄金。"

她的笑容，在我看来，会让别人相信她的提议非常中肯，但我也是个有主见的人。瑟柯瑞阿的灭亡不可能被我们地下的盟友忽视，而我们醒来之后伊坎人的行动他们应该也不会一无所知。没有援军前来应该是个信号，意味着不会有增援，那么，这就是科琳娜·米尔想要挽救我、挽救我的人的策略。

"还有一个选择，"我说，"派我去谈判。如果史密斯总督是他们的向导,他们也就会被他影响,荣耀不会允许他拒绝。"

"那你要跟他和他的主人说什么?"她问。

这次轮到我笑了。

"不管到手的是什么,随机应变。"我说。她的眼中有那么一刹那的不信任。从第一次我把她从沃谷德·范·哈勒姆号上带了回来,要她完全受控于我,也并没把她的犹豫当作侮辱。

我们的准备工作并不漫长,完成以后,我用科赫医生白大褂上的碎布和奇怪的红色火星树的树枝表明了我们的意图。

在我选择我们最后的对抗过后不到一个小时,史密斯总督就出现在了平原上。科琳娜·米尔站在我身边,仅剩的混合船组或坐或站,在我们身后是一团盖着油布的东西,而后是落满灰尘的土地上被血染黑了的绳索。

史密斯总督和五个战斗型伊坎蜘蛛从我们东边的沟壕里出现。他的天鹅绒黑外套染上了火星的尘埃,瘦长的蛋形脑袋上耸立着角度奇特且蓬乱的头发,表情带着我熟知的神秘的愉悦,和我第一次不幸和他交手时一样,但是我要说:他的眼里有什么不一样了。不是现在,那时作为一个公正的观察者我就意识到,而我说出来的时候仍然需要您的信任,他带着一些类似于疯狂的情绪。

"早安,劳顿船长,"他说,"米尔船长。你们真是让我好追呢。祝贺上演了一出好戏。很高兴能像文明人一样解决这件事。"

"拭目以待,"我说,"我们还没有处理这个麻烦的条款。"

"条款?你真可爱,劳顿船长。条款就是你和你的盟友放下武器,否则,以上帝的名义,你就不能活着看到任何星球的下一次日出。"

"以上帝的名义?"我朝他吐了口唾沫,"来自一个献身地狱的人。"

"不如说,"他回以嘲弄的笑容,"我把自己献给了胜利者。大使,如果你愿意那样想的话,虽然还没有官方的头衔。总有一天,伊坎人会统治两个世界,他们的朋友也会和他们一起。"

科琳娜·米尔的笑声是精神上理想的嘲弄。

"不能接受,"我说,"你也许占尽优势,但在那之前只会看到败绩。我坚持要宽厚的担保。"

史密斯总督身旁的伊坎人交谈着,声调高得让人讨厌,像是带着一千把刀子。我相信史密斯总督和我一样畏惧它。

"劳顿船长,我曾给过你出价。你的回报就是帮助控制了瑟柯瑞阿。"

我点点头。身后年轻的卡特说,噢,出价是什么?

"你是个聪明人,"总督继续说,"我也意识到我提的条件太过小气。而现在我们的处境多少有些改变,以下是我最新的建议:让你的人放弃抵抗,说服科琳娜·米尔的叛军接受监管。我保证你安全回到家的世界,还会得到完全赦免。我会恢复你的美名,让你的荣誉在大不列颠帝国的每个角落都无可指责。我会亲自支持你的事业。"

我僵住了,陛下。这是怎么样的前途啊!在所有人中,利用史密斯总督作为挽回我社会声誉的代理人将会是怎样的复仇啊。在公众眼中回到正途,我的荣誉也得到回复,就像是不求回报的爱的誓言。有那么一阵,我像是身处祥和的家园,年轻时我曾在那里吃晚饭。我回忆起一位在我误入歧途前曾爱慕我的年轻女士柔弱的双眼。与她再会,吻上那几乎被遗忘的双唇……

"那还不够,"我说,"我还要一份你亲手写的忏悔,还要在证人面前说那不是被强迫的。你要承认是各种诡计和谎言降低了我的身份。还有,不仅要宽恕我,还有我手下所有的人。你能忍受这个代价吗,总督大人?"

他眯起眼睛,发出恼怒的蛇一样的嘘声。我可以感受到科琳娜·米尔的注视,但没有转身面对她。我和她的人都静静站着。微风搅起尘土拂过脚踝。

"成交,"他最后说,"你得到了我的承诺,我会履行我的契约,现在该你了。"

就在那时,有如神助,异变陡生,地下世界的宫殿升起一团绿色火焰,直冲火星紫色的天空。身后的船员发出欢呼,我看见科琳娜·米尔如释重负。

"我不会,"我说,"你这头凄惨卑鄙的猪。你以为你能吓到我?我曾驶过海上最猛烈的暴风雨。我曾手持利剑和比你强一千倍的人战斗。你以为你是谁,能宽恕我?"

"什么——"

"你看到的火焰,是我和科琳娜·米尔其余的船员安全抵达地下世界宫殿的信号。和你谈判只是为了拖延时间,现在,我们的人已经把合金运出你的势力范围了。"

年轻的卡特和达罗先生掀开油布,露出粗糙的火星石堆,史密斯总督吃惊地张大了嘴,我都能看到他缺了一颗磨牙。

"虚假的谈判!"他怒吼着,掏出腰带上的手枪。

他的眼中充满杀气。"你的荣誉一点都不剩了,先生。"

"蠢货,"科琳娜说。她抬起下巴,和女王一样傲慢。"对你这样的人,荣誉就是个无足轻重、毫无意义的东西。"

史密斯总督移动着手枪,瞄准她的前额,手指哆嗦着扣向扳机。科琳娜蔑视地眯起眼,毫无惧色。

"收起你孩子气的愤怒,"我说,走上前引开他的注意,"你不会开枪。你是个懦夫,也是个骗子,这里每个人都知道我所言不假。我不会再接受你的宽恕,这并不是出尔反尔。如果你还有信用,那信用也同样该死。你一无是处,总督先生。你,无,关,紧,要。"

然后,陛下,如我所愿,可敬的史密斯总督转身朝我射击。

宁可让枪弹击中我自己的腹部也不让我如此仰慕的女人冒死亡的危险,这是不顾一切的策略吗?但是它成功了。冲击并不像被骡子踢那样轻松,虽然我确定您从未遭受厄运去体验这些。我站立不稳,绊倒

OLD MARS

在地。我相信孤独的上帝有空闲向他澄清这个，史密斯总督有足够的时间明白他的脾气和冲动的暴力只能让他不堪一击。在他呼唤盟友援助之前，科琳娜·米尔跳上前，仅仅右肘一个肘击就压碎了他的气管。他也绊倒了，如同在许多事情上重复了我的遭遇。

随即乱战开始，科琳娜·米尔和剩余的船员向伊坎战士发起进攻。我们却坐了一会儿，我和他，四目相对。血从我破碎的内脏里流出来。他脸色破败，徒劳无益地挣扎着喘气。然后他瞪大眼睛，向后倒向了火星的土地，而那，如他们所说，就是那样了。

战斗结束，科赫医生和科琳娜·米尔立刻奔向我。那天我们赢了，却冒了生命危险。大规模的伊坎兵力突袭了我们，尽管我恳求了，但科琳娜和我的人拒绝丢下重伤、成为累赘的我。达罗先生用被打败的伊坎人的腿做了一个简陋的担架，然后……

噢，陛下，还有很多然后。我要再向您叙述地下世界的宫殿边缘的战斗，还有年轻的卡特是怎么叼着匕首生剥了系在一起的巨大蜘蛛船，拯救了我们；或者是和科琳娜·米尔的兄弟赫弥顿，命中注定的相遇，还有他打败伊坎人可怕的奸诈的计划；我要向您描述火星地表下宏伟的洞穴，详述那神秘疯狂的基因融合；因仁卡灭亡的矮人族；尼斯的鹰人；金星的植物皇后，就像谢赫拉莎德对她的哈里发，我相信无数个夜里我能用这些故事让您沉迷。结局呢？我来信陈述我在史密斯总督之死里扮演的角色，而我也做到了。

陛下，我并没有杀害总督大人，但却是帮凶。我违反了风俗和荣誉的法则，驳回了他宽厚的提议，并为了保护素昧平生却珍贵的一个女人和一个世界，让他迁怒于自己。我有牺牲的觉悟，但是承担了这个风险，因为比起成为荣誉的仆从，有更好更高尚的事情值得去做。我明白了，因此也成为了这样的人。而我曾经是一个高贵的人。

您真诚的火星公民，亚历山大·奥古斯都·劳顿船长

172 - 年 9 月 30 日

梅琳达·M.斯诺德格拉斯

横跨多个媒介和流派的作者梅琳达·M.斯诺德格拉斯，是《星际迷航·下一代》的编审，并为其创作了插曲《真爱尺码》等。她为《哑女神探》工作的同时，也是《连环凶案》的作者和制片人。她是长寿系列节目《未知数》的编导及联合出品人之一，而她也向环球影业交付了一部《未知数》的电影。梅琳达的小说包括《理性边缘》和《废墟边缘》，也完稿了这个系列的第三本。她还写了《电路三部曲》和《女王被拒绝的议案》。最新作品是以菲利帕·伯利卡娃为名发表的《这将杀死我》和《票房毒药》。

以下这个故事给我们展示了，即使在火星，家族也是强大的力量，是庇护所，同时也会是让人幽闭窒息的陷阱——或者，有时候，两者兼是。

写在尘埃里

浑然忘却伤害的所有回忆便是最美好的回忆。

在大理石上镌刻下仁慈,而把伤痛写在尘埃里。

——波斯谚语

这是喜庆的一天,珠光宝气的街道上满是闲逛的人群。

头顶上,精美的玻璃尖塔反射着下面道路的色彩,在天空留下擦痕。花朵散发出强烈而甜蜜的香味围绕着她。

卖甜面包的商人给了她一块面包。长长的马脸上有多面的昆虫样的复眼,在她吟唱出她的感谢时点头致意。她和周围的人群形成对比。修长苗条,像是舞动的芦苇一样摇摆,说出的每个字都是一个音符,每次谈话都是一曲交响乐。生者和死者结伴同行。

身着节日盛装的人们似乎比穿着防护服的她要舒适得多。她走进神殿,全神贯注地焚香,站着看墙上画着的抽象人物优雅的曲线。

另一位礼拜者转身欢迎她。长久以来第一次,她感到了快乐。抬手摘掉笨重沉闷的头盔,黑色的头发披散到肩头。

但我的头发是棕色的。

玛蒂尔达·迈克尔森-麦肯齐(朋友和家里人都叫她蒂尔达)哼着旋律醒来,这段旋律不同于地球上西方或是其他地方的任何曲调。

她起床，洗脸，看着水打着旋流回回收水箱。这是她第一次看见幻象。那真的就是火星人的样子？以前都只有声音没有画面。而这些记忆似乎都很人性化且非常有说服力。她真的就是美弥子·麦肯齐？

蒂尔达极度渴望找个人谈谈这最新进展，但其他唯一听过那段音乐的只有她父亲，诺埃尔爹爹，而如果真的谈了，他们就得小心了。蒂尔达并不想引起史蒂芬爷爷对父亲的怒火——至少不能比现在更多。

在抵达麦肯齐农场的第二天早上，诺埃尔爹爹无意中提到了那段音乐，受到了他岳父的一连串辱骂。凯恩爸爸恳求地瞥了他丈夫一眼，于是身材修长、金发碧眼的退役军人闭上了嘴，没有回应，虽然蒂尔达知道这让他付出了代价。从那以后，史蒂芬从不错过任何机会打击他儿子的配偶。

而凯恩爸爸甚至没有试着保护他，蒂尔达阴郁地想。感谢主，很快她就要去剑桥读大学了，离开当前这让她深感忧虑的处境。但诺埃尔没法逃开——除非丢下他的丈夫，让他们的女儿惊慌的是，那似乎开始变得有可能了。

同时，她开始梦见一个没见过的名叫美弥子的女人，走进一个异域的城市，自杀身亡。美弥子被这音乐诱惑了？如果这事情发生在自己身上怎么办？蒂尔达感到喉咙因为恐慌而发紧。现在她真的不能再等，必须要离开火星了！

她回想着改变他们人生的那晚，他们是怎么去到那颗红色星球的。火星来电，凯恩走出起居室，在电话里探讨起如何去探访爷爷，蒂尔达漂浮在虚拟仓里玩游戏，而诺埃尔爹爹躺在躺椅里看一本古老的纸书。

当凯恩爸爸回到起居室，面无表情，嘴边抿起了岁月的蚀痕，他撞翻了脚凳，诺埃尔爹爹带着军人闪电般的反射离开椅子。

"你父亲出事了？"诺埃尔爹爹搂住凯恩问道。

凯恩爸爸摇摇头。"不，他很好。是我继母……她死了。"

蒂尔达关掉虚拟仓。无须言语，他们走进厨房，坐到桌边。外面，

OLD MARS

棕榈叶在微微的海风里摇晃，发出响板一样的咔嗒声。

"天啊，他们才结婚七个月！发生了什么事？"诺埃尔爹爹问。

"她去了一个火星城市，脱掉了她的头盔。"

"老天爷！为什么？发生了什么？"

"综合征……我猜。爸爸两天以后才找到她的尸体。"

他的声音沉重。停顿了很久。"他想让我……我们，回家。"凯恩爸爸加了一句。

诺埃尔爹爹站在那里，忙着给大家倒冰茶。"那不是我退役以后我们想象中的生活。"

凯恩低头看着自己的手。"我知道。"为了打破僵局，蒂尔达匆忙从桌边站起来，递给父亲一杯茶。

诺埃尔斜倚着橱柜，盯着自己的丈夫，而凯恩故意避开了蓝眼睛的注视。"他试着娶了美弥子，取代了你。"诺埃尔轻声自言自语道。

"我明白，但现在他需要我。这只是暂时的。一旦他去世，我们就卖了农场，一起回地球。"

"那会是很久以后。"

"他七十七岁了。不会太久。"

诺埃尔爹爹摇晃着玻璃杯，冰块撞在杯壁上，发出脆响。"我想那也是公平的。你曾跟着我辗转各地——月球、谷神星、极点空间站，后来还环游世界。"

于是诺埃尔爹爹从空间通讯处退役，他们也搬到了火星。到了麦肯齐田产，火星红色土地上有五个用于耕作的巨大穹顶，第六个则罩着自家宅地、牧工宿舍、工人之家、粮仓、货仓和飞机库。出乎蒂尔达意外的是，与麦肯齐农场隔着古老湖泊沉积矿对岸的古老火星城市里有着精美缠绕的尖塔。

这些闪闪发光，有着彩虹颜色的玻璃塔几乎让她甘心搬家，她迫不及待地要去探索这座城市。只可惜美弥子死后，史蒂芬严禁任何人再踏足那里。

在继她父亲之后几天开始听到那音乐以后,蒂尔达秘密做了调查。他们称它为火星幻想综合征,而在它更极端的形式里,人们会进入城市,死在那里。通常都是健康状况不佳的人,或是非常不幸福的人。他们还大量提到史蒂芬和美弥子从五月到十二月的婚姻。没有迹象表明二十七岁的美弥子生病了。那只有一个解释,一个无益于史蒂芬声望的解释。

那就是综合征,与之相对的真相是,在土地肥沃的地方随处可见的大部分城市已经毁灭。城市相继被夷为平地,而综合征成为了传染病。

联邦政府仓促地禁止,但在立法得以通过议会决议之前,只有一座城市保留了下来——湖对岸那座。虽然没有完全消失,但综合征的案例减少了。而现在,火星人在蒂尔达的脑海里歌唱,她走到了死去女人的前头。

她颤抖着意识到她已经站在那里,迷失神志了太久,诺埃尔爹爹也许需要她帮忙做早餐。她穿上色彩鲜艳、图案富有想象力的环保套装,穿上她爷爷坚持让她穿的代表她是一个火星农场女孩的大腿靴。

由于地球上的空间通讯设施为了便于发射而多建于赤道附近,所以她一直生活在温暖的异国——澳大利亚的黄金海岸、夏威夷、佛罗里达群岛、圣保罗,在那里,拖鞋、短裤、游泳衣是非正式的制服。而现在,她却住在一个古老,几乎没有空气的世界,穹顶的裂缝或是能让超轻型飞机失事的奇异风暴都能要了你的命。假设地球上也有能置人于死地的事情——她深思着抖开头发,卷发在她肩膀上飞舞——但似乎没有如此主动的敌意。天啊,这里简直不宜人居!

脚后跟敲打着石质地板,穿过大大的起居室。麦肯齐家的房子位于红色岩石的峭壁下,三面都是湖床。它有三层高,两代以前它还住着一个喧闹的家族,可如今只有他们四个:史蒂芬爷爷、他的儿子凯恩、凯恩的丈夫诺埃尔,还有他们唯一的孩子——蒂尔达。

OLD MARS

她查看了自己的信息环。有条来自阿里·阿尔－贾哈尼的讯息，他是这里少数和她年龄相近的人之一。他的家族拥有西边的农场，他们允许他在几周后启程去巴黎学习医学之前可以不用做杂务，并好好与火星告别。他建议飞去蒙斯·奥林匹斯。她回信说会和他同去。

蒂尔达也有业余时间，因为诺埃尔爹爹同意让她学习驾驶超轻型长翼飞机，那是火星上最普遍的快速运输机，而他抵触火星上的其他活动。史蒂芬就想把她丢进分拣包装的棚屋里工作。和阿里一样，她很快就要离开去读大学了。她没必要学习如何做个农场工人。

烘烤的肉桂卷散发出的酵母气味，煮咸肉、咖啡若有若无的香气引着她去了厨房。诺埃尔爹爹围着巨大的石桌，摆放着盘子和银器。

在地球，曾是凯恩爸爸料理家务，而诺埃尔爹爹不管，但在麦肯齐农场，凯恩有诺埃尔缺少的技术——操控大型拖拉机、收割机、打谷机。诺埃尔爹爹可以学，但凯恩爸爸已经会了，所以他们转换了角色。蒂尔达并不惊讶曾经的军官证明他在厨房里和在战斗中一样擅长。

随着她的脚步声，他转过身来，在她的头顶印下一吻。她紧紧抱住他。"那么，我能做些什么？"

"给煎蛋饼打蛋。"

她打了三打鸡蛋，帮诺埃尔爹爹调了味，再把它们倒进巨大的铁制平底煎锅里。鸡蛋和锅里的咸肉混在一起。

"昨晚我梦见美弥子了。我觉得我就是美弥子。她在和火星人打招呼，他们也很欢迎她，给她食物，还有一座神殿。"蒂尔达轻声对父亲说。

他表情严厉而紧张，看了她一眼。"我没疯！"

"我知道。"

"你也梦到她了？"蒂尔达问。

诺埃尔爹爹看看套装袖子里的手表。摇摇头。"不是现在。也不是这里。"他说。然后他开始倒数。"三……二……一。"

写在尘埃里

后门外传来喋喋不休的说话声,还有靴底在铲土机上刮过的刺耳声音。住在路那头宿舍里未婚的农场工人、凯恩爸爸和史蒂芬爷爷涌进了厨房。

铲出菜肉煎蛋饼时,诺埃尔的思绪完全混乱了。他岳父死去的配偶怎么会闯入他和他孩子的梦境?他的梦可没有这么愉快。他经历了美弥子所有的孤独、悲伤和憎怨。对他家族的怨恨,本质上来说他们是把她卖给了史蒂芬。怨恨她年迈的丈夫。或者他仅仅是把自己对岳父的不满带入了这场幻境?

诺埃尔在煎蛋盘子里撒上新鲜的欧芹,把它切成一份一份的薄片。蒂尔达拿来咸肉和面包卷,这些都放在长长的橱柜上。饥饿的工人们一字排开,诺埃尔后退了。

史蒂芬坐在桌子的最前面,凯恩坐在最后。没人在挨着凯恩的地方留出位置,凯恩也没有反对。诺埃尔觉得受到了伤害,在长凳上找到地方坐了下来。

"这是什么?"史蒂芬问。

"菜肉馅煎蛋饼……一种意大利炒蛋。"诺埃尔回答。

"那么,为什么不就只做该死的炒蛋?"老人问。

"一次性翻转三个蛋有点困难,而这样还可以计时看看你们什么时候回来。"诺埃尔平静地说。和睦无价,他提醒自己。

史蒂芬的回应是哼了一声。诺埃尔看见蒂尔达瞟了一眼凯恩,但凯恩只专注于自己的盘子。在他们抵达后的第一个月,凯恩还时常跳出来保护诺埃尔免受他父亲的言语攻击,但那已经停止了。最初,诺埃尔还劝凯恩让步,觉得史蒂芬总有一天会接受他。可他的魅力攻势失败了,而最近,感觉凯恩也开始赞同他易怒的父亲对诺埃尔经常的批评。

他们曾经激烈又激情的性生活,由于凯恩体力明显的枯竭,以致那种亲密时光也变得不那么频繁。至少,当躺着醒来听着凯恩的鼾声,渴望他的爱抚时,诺埃尔是这样告诉自己的。诺埃尔觉得孤独又寂寞。

和美弥子一样孤独寂寞。

诺埃尔看着他丈夫的脸,研究着这熟悉而心爱的轮廓,想知道什么时候它变成了一个陌生人。他想要看着凯恩的眼睛,短暂地成功了,可年轻点的男人移开了目光。诺埃尔清楚这种反应,清楚它的含义。它意味着有什么结束了,一些凯恩不想告诉他的事情。他没了胃口,食物闻起来让人反胃。诺埃尔推开了面前的盘子。

史蒂芬重重地哼了一声。"就连你自己也不喜欢这该死的东西。"他说。

诺埃尔维持着愉快的表情,但把双手放到了膝盖上,这样就没人看到它们已经握成了拳头。再一次,冗长的祈祷浮现在他的脑海——让老头子中风吧,中风吧,中风!

在搬家之前,他和岳父没什么交往。史蒂芬和凯恩的母亲凯瑟琳出席了他们地球上的婚礼。凯瑟琳真诚直率且蔼可亲。史蒂芬就差太多了。很明显,即使诺埃尔在他空间通讯的职业生涯里有许多成就,史蒂芬也不想儿子和一个"没价值的爬虫"结婚。对史蒂芬而言,那不值一提;你要么是火星人,要么不是,而诺埃尔不是。

参加玛蒂尔达的洗礼时,史蒂芬成了孤家寡人,凯瑟琳在两年前因侵袭性的癌症去世了。那时候,老人想要说服他们搬回火星,这样蒂尔达会成为一个真正的麦肯齐。但凯恩坚定地拒绝了。诺埃尔刚刚升为中校,上将还不是完全无望,诺埃尔也知道凯恩喜欢地球上和煦的微风和温暖的太阳,喜欢没有防护服的阻隔手牵着手一起散步。而他再也不想挖土豆或者打谷子了。

诺埃尔明白,史蒂芬宣布再婚,并在告诉他儿子为什么的时候,这个老混蛋也没有拐弯抹角,这深深伤害了凯恩。美弥子对这个老人而言不过是个活动的子宫。重新建立家族的机会,一个务农的家族,一个火星家族。一个了解历史和延续,不会离开的家族。然后发生了美弥子死亡的悲剧,凯恩觉得回去是他的责任——如果有什么是诺埃尔能明白的,那就是责任。

史蒂芬和工人出去工作了,早餐也结束了。诺埃尔很惊奇,凯恩留了下来,帮他和蒂尔达清理了桌子,把餐具运到那个巨大的工业洗涤器里。

"今天你忙什么呢?"凯恩问他们的女儿。

"阿里和我要开飞机去蒙斯·奥林匹斯。"

"好,玩得高兴。"凯恩在她的脸颊上印下一个吻。

"确认过天气了吗?"诺埃尔装作无意地问,不想让自己听起来像过度担忧的父亲。

"预计未来两天都不会有尘暴。"她开心地回答。搭住他的肩膀,她踮起足尖吻了吻他的脸颊。"别担心。"她的蓝眼睛里跳动着顽皮。

那是他赠与他们孩子最显著的特征。而她温暖的欧蕾咖啡色皮肤和卷曲的棕发都是遗传凯恩的。诺埃尔心中满溢着对她的爱。后门在她身后关上了,厨房里突然就安静下来。

他转身对着他的丈夫笑了。"嘿,现在只有我们俩了。"诺埃尔说着暗示性的话。凯恩板着的脸并没有放轻松。实际上,更严肃了。"怎么?我做什么了?"诺埃尔问。

"回我们的房间再说。"

诺埃尔放小了步子,以不至于超过他体形小些的配偶。房间里的装饰是他俩个性的完美融合:隔板上放着诺埃尔的纸质书籍,以及他们付钱从地球带来的凯恩的一些抽象油画。凯恩本打算一旦安定下来就作画,但是,和许多其他计划一样,从没实现。诺埃尔的战斗盔甲立在一隅,就像是异域文化里的雕塑。

"好吧,什么事?"诺埃尔问。

"爸爸给蒂尔达在罗威尔综合大学农学系登了记。"

"好吧,希望他能拿回他的钱,"诺埃尔说,"她要去剑桥,三周后就离开。"

凯恩移开目光,走到梳妆台前开始整理。"我取消了她去地球的船票,已经生效了。"

"什么?"这是诺埃尔针对不听话的新兵的音调和语气。

"她是我之后的继承人。"

诺埃尔控制着自己的情绪。"我们在他去世后卖了庄园的打算呢,发生了什么事?"凯恩又移步到房间的另一边,没有回答。"我猜那个计划不再有效了吧?"

"这是最实在的工作,也许还很高尚。我们供养着地球,"凯恩防备地说,"我的曾曾祖父修建了这座屋子,谁知道多少千年前第一次在这里开荒。麦肯齐的人需要继续留在这里。"

"蒂尔达也是麦克尔森家的人,她有其他的规划。我也有。"

"我以为你的计划是和我在一起。"凯恩说。

"是的……"这次轮到诺埃尔踱步了,"你曾不想要这种生活。你说过你再也不想回来。"

"事情总会改变。"

"显然是的。但是你和你可怕的父亲没有权利替蒂尔达作出决定。"

"因此,这已成定局。"

"是,他是个混蛋,你知道。你也说过。蒂尔达要去剑桥,如果我必须亲自带她去的话。"

"你不能。我们会在港口拦截你。她是纯血统火星人的后裔,而且未成年。我们可以让她待在这里。"

凯恩越过他,抓住他的肩膀。"看,让他以为他赢得了胜利。等到蒂尔达二十一岁,她可以该死地随心所欲,给我时间给老人做工作……而且……而且……事情总会有转机。"

"首先,他不会改变。他每天都在提醒我们他有多该死的固执。"诺埃尔苦涩地说,"其次,我不认为你能指望他合宜的死亡和存款,你得面对他。最后,三年半的时间对蒂尔达来说太晚了。在火星狗屎一样的学院学习农学怎么能帮她进入高质量的大学,特别是在她退学以后?"

凯恩僵住了。"我是罗威尔毕业的。"

"我不是那个意思——"

"是,你就是这个意思。你以为这里是希克斯维尔。"

"别转移话题。那是个干扰,你需要面对你真正要做的。你选择了懦夫的解决之道。不能反抗你的父亲,因为你没有骨气,所以让蒂尔达和我受苦!"话一出口,诺埃尔就恨不得收回来。甚至是凯恩的黑皮肤,诺埃尔也能看到他血气上涌。

"现在我认清著名的空间通讯军官是怎么看我的了!"他转身猛冲向门口。

"凯恩,等等!对不起,我——"

厚重的金属门轻轻关上了,但感觉却像是一记猛击。

蒂尔达推下遮篷,爬进她喷绘得相当华丽的超轻型飞机。是火星漫天的红色让居民对颜色如此疯狂?她想知道。她的飞机被喷成了银色,上面蓝色的星星、月亮、条纹和漩涡跨过过长的机翼和机身。她沿着跑道滑行,超过巨大的把他们的货物运到罗威尔城宇航中心的履带式拖车。然后开始加速,超长的机翼迎上火星稀薄的空气,升空了。她看见远处阿里绘着银色闪电球的黑色飞机也飞上了红色的天空。

她慢慢靠过去,然后他们比翼而飞,穿过了火星人的城市。她想知道梦中的火星人怎样了。珠光宝气的尖塔依然如故,但现在,林荫道上铺满红土,风吹过的哀怨呻吟代替了曾经充盈了这里的歌声。

机翼的阴影扫过火星红色的沙土和岩石,与旋风捉迷藏,越过火山

OLD MARS

口和高原。远处虚弱的阳光闪耀在盖着居民农田的穹顶上。

透过前风窗,她观察着隐约可见的蒙斯·奥林匹斯山脉,太阳系最大的火山,越来越近。山顶冲破了火星的红色天空,几缕浮云盘绕在山肩,仿佛是山丘想用薄披巾把自己围起来。

阿里打破了沉默。"我会怀念它的。"

"你去过地球吗?"蒂尔达问。

"没有。"

"你会喜欢上它的。"

"我妈怕我不会再想回来。"

"你跟她说什么了?"

"我向她保证我会回来。"他犹豫了一下,"但我撒谎了。我不知道去了大学和医院以后我会觉得怎样。也许住院医生实习会让人无暇他顾。"

"也许诚实点更好?"蒂尔达建议。

"她之前一直在哭。想想如果我那样说了她会怎样。"

他们飞越了一条运河,突然一个急冲。蒂尔达说:"我们降落吧。"

"为什么?"

"我想往运河里丢石头。还没玩过呢。"

"你想要有东西爬出来?"阿里取笑她。

"不,当然不是。我只是……看,和它一起,好吗?"

"好。"

他们找到一块离运河大幅变窄的地方不远的平地,着陆。在火星的低重力下,他们可以飘浮着,迈开大步,很快就到了运河边。很显然,它并不是天然形成的。边缘整齐,像是激光削出来的,河堤难以置信的笔直。蒂尔达知道早期的探险家曾潜入运河探索,但什么也没找到,只有纯粹透明的玻璃河床。火星人为什么要建造它?它们有什么用途?

最初,对深挖地区生活的未知生物的恐惧打击了殖民者,但岁月流逝,运河里什么也没出现,需求代替了恐惧。家园正经历气候变迁,缺少足够的农田供养数十亿人口,需要新的产粮区。所以灾难预言者销声匿迹,殖民者接踵而来。

蒂尔达跪在运河边,捡起一块石头。把它丢出河岸。等着无止境的心跳般的响声。可以遇见,什么也没发生。

"好奇怪,他们没有留下书写的记录。"阿里说。

"我想奥尼尔是对的,音乐是他们传递信息的方式。"蒂尔达回答,选择了火星最负盛名的外星考古学家的理论。

"似乎超级累赘。如果是个不能唱歌的火星人怎么办?你想当哑巴吗?"

蒂尔达笑了,很高兴地发现在这么多个星期的不安以后她终于能笑了。"那真是个有趣的问题。"

"我就是那样五音不全,我的所有有趣的问题,都没有答案。"阿里说。

他展开一个灿烂的笑容。"现在要做什么?"

"我该回去了。"蒂尔达敷衍地说。

"我有个压力帐篷,妈妈给我们做了午餐。面孔雕像那里怎么样?我们可以做彼此的'奥西曼达斯'。"

飞行一个小时后,一张巨型的脸出现在下方,皱着的眉头下一对空洞的眼睛望向红色的天空,嘴唇抿出不妥协的线条。然而他们一降落,它就变成了一座陡峭的悬崖。太空中能看到的东西由于太大,在地平面上反而难以一览全貌。

"你知道它是怎么雕出来的吗?"他们支起帐篷,阿里问。

"当然是从空中,"蒂尔达说,"从上面发出激光切割岩石。"

"我怎么没想到这点。"阿里打着有氧呼吸袋说。蒂尔达装好小加热器,放松地长叹一声,取下头盔。

阿尔-贾哈尼夫人是个让人赞叹的厨师,她把巴巴加诺什和咖喱

OLD MARS

鸡块都装在柔软的皮塔饼里打包。餐后甜点是滴着蜂蜜的果仁蜜饼。幸运的是,蜜蜂在火星的穹顶里活得很好。那很好,地球上它们几乎都销声匿迹了。

收拾野餐篮时,阿里有些紧张。"我想过,我要去巴黎了。你在剑桥。离得不远。也许我们可以……在一起。"

"很乐意。"蒂尔达说,脸颊不禁泛起一抹红晕。阿里有一张英俊的脸,头发乌黑浓密,这样的提议,确实让她很难拒绝。

他们又戴上头盔,把折起的帐篷,放到阿里飞机后面。然后他们走到面孔雕像边。在过去不久,有些人凿出了通往这巨大雕塑的阶梯。蒂尔达爬上去的时候有些内疚,但最后耸耸肩也就接受了。这不是她所为,要还原也太晚了。

在顶上,他们走过巨大下巴,走过脸颊,最后俯视着左眼的刻痕。

"真想知道他是谁。"蒂尔达柔声说。

"这就是为什么他们该留下书面记录。"阿里说完,顿了顿,又加了句:"嘿,想去我们那里吃晚餐吗?"

想到麦肯齐家餐桌上开庭般郁闷的沉默,蒂尔达高兴地点点头。"乐意之至,谢谢。待会儿起飞以后,我就用无线电通知他们。"

"我们最好现在就走。"阿里斜眼看着远方的落日。

诺埃尔爹爹同意了,但他的声音听起来有气无力。希望他和凯恩爸爸没有爆发另一场争吵。

太阳,小小的,远远的,沉入了地平线下。火星的月亮升了起来,它们在天空的轨迹相反,彼此穿越。没有深处大气的缓冲,星星似乎触手可及。他们安静地飞翔着,彼此心有灵犀,沉醉在这一刻。终于,农场的穹顶在望,像地平线上捕获的星星那样闪耀。火星城市里的高塔投下指状的阴影,伸展开来,仿佛要去抓住星星和月亮。

阿尔-贾哈尼家的晚餐喧闹,美味,有些乱,但很有趣。阿尔-贾哈尼夫人就像裹在头巾里精致的浮雕。阿尔-贾哈尼先生膝盖上坐着他们最小的孩子，小茉莉。阿里的两个弟弟，彼此偷偷地又戳又掐。还有西拉杰，他的黑眼睛闪着顽皮的光芒，即兴唱了一首《阿里有了女朋友》，最后赢得了他哥哥的一拳猛击。

这些都让蒂尔达回忆起搬到火星之前，她和父亲们享用的那些高兴安逸的家庭晚餐。她迫切地想知道如果他们为她孕育了弟弟或者妹妹会怎么样，但她知道这项技术对于军官的薪水来讲太过昂贵。尽管如此，那会让一切都不同。也许这些虚构的兄弟姐妹里会有人想做个农夫，能安抚史蒂芬爷爷。

晚餐之后，他们玩了让年幼的男孩们厌恶的麻将和拼字游戏，他们更想玩虚拟游戏，射击外星人。小茉莉在她妈妈的臂弯里睡着以后，蒂尔达知道是时候告辞了。阿里送她到停飞机处，然后握住了她的手。

"很高兴。谢谢你和我一起度过这一天。"他轻声说。

蒂尔达研究着他脸颊的纹路和他丰厚的下唇，想着在地球的话，他应该已经靠过来吻她了，但在这里，他们被头盔隔绝开来。她满足于紧握住他的手。

"谢谢你的邀请。我玩得开心极了。"

"离开火星之前我们再玩吧。"他伸出一只胳膊拥抱着她，蒂尔达也热情地回拥。然后她爬进轻型飞机，短距离地跃过隔开两处农庄的运河，往家的方向开去。

她吃了一惊，两位父亲居然都在洞穴一样的起居室里等着她。她注意到诺埃尔爹爹比平时更苍白，他如此面无表情，看起来更像是大理石雕像而不是个活人。凯恩爸爸环住她的肩膀，带她去沙发坐下，但她注意到他不敢直视她。

然后他开始讲了，随着凯恩爸爸的每一句话，蒂尔达觉得自己快死了。她想要尖叫，奔跑，哭泣，捶打那些似乎正向她挤压过来的石墙。她拥着心中的苦痛，缩成一团。

"但……但我并不想学习农艺。"最后她说。这是带着未流下的眼泪,努力从苦涩的喉咙中挤出的话语。"我不擅长植物,爸爸,你也知道。上帝保佑,我弄死了一棵无花果树!"

若是往常,凯恩爸爸会回应她的戏弄。这一次,他依旧冷漠。

"你姓麦肯齐。我们都擅长种植。"

"而我们有些人却杀死了那些东西。"

蒂尔达望向另一个父亲,而她被诺埃尔看着自己丈夫时的神情吓住了。

凯恩猛地抬起头,眯起眼睛看着诺埃尔。"那么,你确实是在威胁我了。"

"我是个战士,你为什么不让她参军呢?她为什么一定要遵从你们的家族传统?"

"你自己说的——你擅长杀戮。"凯恩音调阴冷,"我想要给她一些不同的东西。"

蒂尔达站起来,颤抖的手攥住凯恩的胳膊。"我也想要给自己一些不同的东西,但那必须是我自己要的。我要学习哲学和比较宗教学,我想要了解火星人和欧洲的冰川生物。求你了,爸爸。"最后的语句变得清晰起来,她害怕自己听起来像个五岁的孩子。

"火星人已经灭亡了。而欧洲的生物甚至可能没有智慧,那个学位你只能用来教书。"凯恩说。

"那有什么问题?"诺埃尔厉声说。

"那没用,也没有意义。"凯恩的呼吸变得沉重粗糙。他俯视着蒂尔达。"在你成年之前,你爷爷和我会抚养你,并定下规矩。你要去罗威尔学院。五周后开学。"

让她失控的不是他的话语而是严厉的语气。蒂尔达一声呜咽,抽泣着跑出了房间。她满含热泪,向卧室跑去;听见凯恩爸爸防备地说:"她会哭一场,明天就好了。小孩的复原能力很强。"

诺埃尔厉声回答:"你伤了我们女儿的心!我想我永远不会原谅你。"

诺埃尔溜进卧室,发现她已经精疲力尽地睡着了。开门柔和的声音并没有惊醒她,他不得不轻轻摇晃着她的肩膀。她坐起来,撩开脸上的头发。眼睛周围的皮肤又红又肿,当诺埃尔打开床头灯,光线照在她满是泪水的眼睛时,她不由畏缩了一下。

他坐到床边,蒂尔达伸出手臂抱住了他。"他们真的可以让我在这里待到二十一岁吗?"

"可以。在这种情况下,火星的法律就是这样规定的,它们总是那么守旧。"

"你是要跟我说让我忍耐?"她的声音失去了快乐和活力,听起来就像是个上了年纪的女人。

"不,我不会。"他两指紧张地捏着床单,"解决未成年监护问题还有个方法。这是火星保守主义切实在为我们服务。"

她跳起来跪在床上,眼里闪现着希望。"好。就这样干。要怎么做?"

"哇唬。等等。等我告诉你了再继续。也许你会觉得罗威尔学院的农学系更合意。"他顿了下,屏住呼吸,"参军。只要有一位父母同意,你就可以在十七岁入伍。然后你可以申请学院委员会计划——绿色战略。要先服一年兵役,但是根据你的成绩、纪律、欠我人情的海军上将的推荐信,可以直接通过。剑桥已经给你保留了位置。你会去上大学,只要完成每年度的义务。你会成为一名军官。"

她皱起眉头,咬着下唇。"我得学空间通信指定的东西吗?"

"他们并不在意学位。只看过程和成绩。"

她带着这个主意坐了几分钟。诺埃尔不知道她是不是在想象自己穿着蓝金色制服的样子。"你教过我射击。"

"确实。"

"还有其他有希望的路子吗?"她问。

"很难回答。我觉得没有了。地区叛乱以后,地球上的政治家们意识到他们需要和侨民平等对话,而不是一味欺凌他们。真希望那能继续下去。"

"那就是你憎恶这个的原因,"蒂尔达凝视着他,"你觉得我们被欺负了?"

他紧紧抱住她。"是的,我就是这样觉得。"

"好吧,我会——"

他用手指点住她的嘴唇。"不,我希望你好好想想。记住,没法保证这一定有用。计划也许会失败。过几天再告诉我。但是不管你要怎么做,都不要惹恼史蒂芬。如果让他觉得你难以控制或者变得执拗,会让我们更加难以离开。如果你决定参军的话。"

她花了三天时间来考虑。她在虚拟器上看了关于地区叛乱的战争电影和纪录片。她忍受得了基础训练?应该吧。她体力很好,近乎活跃。枪炮并不能吓到她。死亡也不会。但那又和其他人平凡的生活有什么区别?

蒂尔达接受了父亲的建议,并没有大发脾气。史蒂芬把她的沉默当成了默认,很明显在讨好蒂尔达。每次拥抱她时,他都得意扬扬地瞥过诺埃尔爹爹,仿佛在说,看吧,现在,她是我的了。对待自己的儿婿,史蒂芬甚至变得更不近人情了。

第三天晚上,他们一家三口坐在起居室里。诺埃尔爹爹坐在沙发上,缝补着凯恩的衬衫,凯恩翻阅着信息环里的种子目录。

"蒂尔达去学校以后,我想我也可以放下家务,和你们一起种田。"诺埃尔爹爹说。

"行,就那样。但也许不是现在。爸爸喜欢和我一起工作。"

"为什么不能和你俩一起?"蒂尔达问,语气更像是质问而不是疑问。

诺埃尔爹爹警告地瞅了她一眼,而凯恩看起来很恼火。"看起来,现在不是最好的时机。让我们都留在这里,直到……"他的声音渐渐低沉。

"什么?直到什么?"蒂尔达追问。

"我睡觉去了。"凯恩咆哮着,踏步走向卧室。蒂尔达注意到诺埃尔的眼睛追随着他,脸上浮起了悲伤的神情。

"睡之前出去转一圈,看看星星?"她提议。

诺埃尔点点头,跟着她走出屋子。穹顶柔和了灿烂的星光,给急滑过头顶的福玻斯罩上了彩虹般的色彩。

"我决定了。我要去参军。也许我走了,爷爷就会接受你,不再指望我。"

他轻轻抚摸着她的手背。"别担心我。我们会让你登上空间通讯船的。"他挽起她的胳膊,走到一块可以看到有谁接近,并且不会被偷听的田地里,"长时预报说,后天会有一场恶劣的尘暴。它朝罗威尔城袭去,在它来之前我们可以离开。"

"在爸爸和史蒂芬发现我们失踪的时候,尘暴会阻碍他们,他们就没法来追我们了,而且要抓住我们拖车也太慢了。"密谋的感觉真是激动人心。

"完全正确。明天和阿里一起出去,收拾好要带的东西。记住,轻装就可以了。太空通讯站的床脚柜放不下太多东西。就把它放到飞机座舱里。"

蒂尔达几乎有些恐惧尘暴的大小。那是从南方地平线袭来的怪兽,尘土在风力下扭成各种奇异的形状。低频的杂音让每个人的神经都紧张不安,以致对待其他人都严词厉色,但当它到来时,声音就像一千个女妖在咆哮。

凯恩和史蒂芬命令工人在尘暴到来前仔细检修各个穹顶。

"蒂尔达和我去看看飞机。"走过混杂的人群,诺埃尔爷爷说。

"等等!"史蒂芬说。

"瞧瞧,爸爸,如果我只会一件事的话,就是怎么绑紧一架飞机。我绑过太多战斗机了。"诺埃尔爷爷没有停下来,反而挽起了蒂尔达的胳膊,他们赶到离飞机最近的气闸。

穿过时,风已经袭来,蒂尔达打了个踉跄。诺埃尔爷爷搂住她的腰,稳住了她。他们顶住悲鸣的狂风,冲向蒂尔达的飞机。诺埃尔爷爷尽力扯开遮篷,打开舱门。他把她举起来,她攀爬进了座舱。

他的头盔紧靠住她,大声说:"我待会儿帮你松开飞机,你就可以升空了。"

"你怎么——"

"我会应付的。准备。"

他向前推着遮篷,把它扯到地上。然后解开了飞机。她感到飞机开始移动。待诺埃尔爷爷确认以后,蒂尔达开始沿着跑道滑行,风吹击着座舱,摇晃着长长的机翼。她盘旋着,设法升空,看到父亲跑向另一架飞机。他拉开遮篷后,又跳回地面,解开了一条绳索。

风越来越猛烈,尘暴遮蔽了太阳,形成不自然的黄昏。蒂尔达努力操控着飞机,而她父亲跑向了另一条拴绳。红色地面上闪过一道光,气闸转开了。

一个穿着防护服的人跑出来,冲向诺埃尔爷爷。个子很矮,大概是凯恩爸爸。蒂尔达打开无线电,从耳机里听到祖父愤怒的声音。

"混蛋! 婊子养的! 你会带她去地狱。"

"史蒂芬。"诺埃尔爷爷的声音很大,但仍然温和,"这是——"

他没法讲完了。老人冲向了他。

诺埃尔爷爷想要稳住自己,但是愤怒的拥抱困住了他。史蒂芬雨点般地打着诺埃尔爹爹的身体。空间通讯站的军官想要甩开他,并没有还手。半解开的飞机不停后翻着,像是疯狂摇摆的蝎尾。

蒂尔达忘了计划。她把无线电调到紧急频道,大叫:"爸爸!爸爸!救命!"

狂风怒号着打旋,保持机翼平衡越来越难。诺埃尔爹爹努力推开史蒂芬,但被阵阵强风推着,他根本睁不开眼。那架半解开的飞机猛地撞在他的背部和头部,他跌倒在沙地上。

"爹爹!"蒂尔达尖叫着,调头飞向跑道。

她因恐惧而颤抖,但还是在狂风中降落了。一个轮子倾斜了,一边的机翼也深插进沙地。她推开顶盖,爬了下来,几乎是蹒跚着跑向她的父亲。史蒂芬双手垂在身旁,迎风站着。他俯视着诺埃尔爹爹,满是沟壑的脸上混杂着震惊和狂怒的表情。

蒂尔达跪倒在父亲一动不动的身体边。"你这个怪物!你这个可恶的老混蛋!你杀了他。我恨你!我恨你!"她的话像是和风一样惊醒了史蒂芬。

气闸又打开了,另一个穿着防护服的人跑了出来。

凯恩爸爸来到他身边。他几乎不能呼吸。

"诺埃尔。天啊,诺埃尔。"

狂风尖啸而过,把蒂尔达坠落的飞机吹翻在沙地上。

"我们必须进去!"史蒂芬大叫。

凯恩爸爸努力咕哝着,用胳膊抱起他的丈夫,四个人贴在一起,奋力走回气闸。

尘暴还在肆虐,遮天蔽日,狂风在穹顶周围呼啸呜咽,绷紧了每个人的神经。诺埃尔躺在床上,还没有苏醒。学过急救的工人亨利已经尽力了。

"他需要去罗威尔城的医院,"他说,"但是,当然,风暴让那变得不可能。"亨利摇摇头，悄悄离开了，留下凯恩握着自己丈夫无力的手，坐在床边。

蒂尔达和他们坐在一起。时间流逝，疲惫让她变得虚弱。史蒂芬来到卧室门边。

"走开。"

"凯恩。"

"我现在没法面对你。"凯恩看着蒂尔达，"去睡觉。"

"我要帮忙，我要留在这里。"她说。

"去睡会儿。然后我再让你接手，我再去休息。好吗？"

"一定要叫我，如果……"

"什么事也不会有。"她站起来，绕过床边，亲吻了他的脸。他也回吻了她，但是没有松开诺埃尔的手，似乎一厢情愿地想要留住诺埃尔的生命。

她脱了衣服，爬上床。她以为她会睡不着，但有时候肉体会打败精神。

她走过火星人的城市，那里再次挤满了火星人，高大而优雅。他们中两个略小的身影。一个有着长长的黑发和纤弱的身姿。蒂尔达马上认出了另一个。是诺埃尔爸爸。他胳膊上挽着那个女人。

蒂尔达跑了过去。"爸爸，爸爸！"他松开美弥子，抱住了她。"你在这里做什么？"他没有回答，只是低头对着她笑。"走吧，"她催促他。"我们得回家了。和我一起走吧。"

她握住他的手，使劲拉着，但他挣扎着松开了手。然后再次挽起美弥子的胳膊，飘走了。蒂尔达追在他们身后，但似乎没法靠近，他们的身影越来越远，消失不见。她到处寻找，发现一个火星人站在被她称为神殿的地方的阶梯顶上。那张傲慢自大的脸和配在上面的复眼有些眼熟。

奥西曼达斯。

她跑上台阶,站在他面前。和其他火星人不同,他俯视着,似乎能看见她。

"我爸爸去哪儿了?"

一阵音乐扑面而来,充满了她不能理解的信息,于是她醒了。

回到父亲的卧室,那里正在进行紧张的讨论。亨利用两根手指撑开诺埃尔左眼的眼睑。瞳孔放得如此之大,眼睛里几乎没有了蓝色。

"血压飙升,"亨利说,"脉搏很弱,只能勉强摸到。"

"什么意思?"凯恩爸爸问。

"可能是脑出血。如果压力不能降下来,他会死。"

"那就想办法啊!"凯恩下令。

亨利后退几步,伸出手掌像要推开凯恩爸爸的话。"不,不,我不行。我没有那种技术,也没受过那样的培训。"

在凯恩爸爸开口之前,他冲出了房间。父女俩面面相觑。"尘暴很猛,会堵住拖车的引擎。"他说,"就算天气条件好,去罗威尔也要五天。"他的肩膀垮了,她明白他已接受了这个无奈的结果。

"那就是为什么他会在城里,"蒂尔达几乎是在喃喃自语,"他要死了,所以他去了城里。"

"你在说什么?"凯恩爸爸问。每个字都带着怒火。

"我梦见了爹爹和美弥子。他们一起在城里。奥西曼达斯想要告诉我什么,但我听不懂。"她的声音沙哑。

"真是疯狂的交谈。奥西曼达斯又是谁?诺埃尔也不会死。我不会让他死的!"他在房间里走来走去,似乎他可以超越死亡。

疯狂的转圈让蒂尔达的思绪变得烦忧。她试图考虑着计划,解决方案,替代选择,但她能看见的只有阿里温暖的棕色眼睛和和煦的笑容。然后她意识到阿里就是答案。"阿里!"她叫喊着。

"什么?"

"他是布拉德伯利诊所里的实习医生。他就要去上医学院了。"

"他们在运河对面,我们飞不过去。"凯恩爸爸说。

"飞索。抛过运河。"

凯恩思考着。"我们没有太多时间。尘暴会压倒一切。"

"那么我们要尽快。"蒂尔达说,赶着去呼叫阿里。

事实证明了阿尔-贾哈尼一家的友善,他们没有犹豫,也没有不情愿。就算这样,史蒂芬爷爷也坚持说这个计划是疯狂的,不许工人们帮忙。

蒂尔达感觉自己的手指已紧握成拳,随时准备向自己的祖父发难。此时,任何对这个老人残余的感情都荡然无存,她发觉凯恩也发生了一些变化。他直面自己的父亲,对着他大喊大叫。

"你这个婊子养的!你就想他去死。会有人帮我的,总有人像我一样恨你!"

凯恩爸爸的话十分刻薄,史蒂芬似乎被深深打击了。而且有好几个工人都站出来想要为他们提供帮助。蒂尔达想一起去,但凯恩不想让她冒险。

"陪着诺埃尔,"凯恩爸爸紧紧抱住她说,"别让他孤单一人。"他跨步离开,出门前回过头来,黝黑的皮肤下有灰白的阴影。"还有,别让你祖父进房间。"

蒂尔达瞪大眼睛,点点头。她锁上门,回到诺埃尔爹爹身边。

四十分钟过去了,蒂尔达一直握着父亲的手,跟他说话,试图唤起他们共同生活的记忆。突然,门开了,凯恩和阿里走了进来。年轻人看起来有些害怕,但很坚定。

蒂尔达跳起来拥抱了他。"谢谢你。谢谢你。"她擦掉眼里涌起的泪花。

"别忙着谢我,但我相信会好起来的。尼安德特人要穿孔,我也通过手环上传到了罗威尔医学中心,一个神经外科医生会通过它指导我。那就让我们开始吧。我们需要给他剃头,给头盖骨消毒。而且我需要个钻孔机。"

准备工作比实际操作要耗时得久。凯恩爸爸固定住丈夫的头,而蒂尔达拿着毛巾准备擦血。阿里插入了钻孔机。蒂尔达咬紧牙关,太阳穴都痛了起来。当钻头慢慢钻进皮肤,她满是汗水的手拉紧了毛巾。碰到骨头时,散发出烧焦的气味,钻头慢慢穿过骨头,一股鲜血喷在阿里的胸前和脸上。蒂尔达跳上前,想要用毛巾捂住,这只让信息环里那个上了年纪的白头发女人尖声说:"不要,让它流。我们要降低压力。"

喷射的鲜血慢慢变成了滴落,然后止住了。阿里站起来把信息环对着诺埃尔头骨上的洞,让罗威尔城里的外科医生检验。布什医生靠向前方,仿佛她可以跨越数百英里的距离。阿里拉出耳塞,这样他们都能听见那女人说话。"干得好,阿里。看起来不错。清理伤口,填起来,包扎好,几小时之后他就会醒了。"

蒂尔达先拥抱了自己的父亲,然后扑进了阿里的怀抱。他笨拙地吻了她,几乎避开了嘴唇,但那依然非常美好。

蒂尔达回房间换上干净的衬衫。有些喷射的鲜血溅到了她身上。她非常自豪自己没有昏厥或是晕血。也许她能成为一名战士。当然,现在她没机会去实现了。诺埃尔爹爹醒来以后会发生什么?她很想知道。但那些想法太过忧虑,充满了痛苦和恐惧。她回到了父亲的卧室。

好几个小时过去了。诺埃尔的瞳孔恢复了正常。血压降了下来,脉搏也平稳了。他却没有醒来。阿里呼叫了布什医生。她让他测试了士兵脚底的肌肉反射。测试正常。但他仍然像雕像那样躺着,而且每过去一个小时,似乎他在床单上的身量就越小,仿佛正逐渐消散在他们眼前。凯恩的脸凹了进去,变成了灰白色。阿里再次紧急呼叫了布什医生,但是她也无计可施。

尘暴尖啸着过去了。阿里的父亲想要飞过来接他,但阿里拒绝了。"除非我的病人醒来。"他这样说,令蒂尔达忍不住想吻他。史蒂芬爷爷来过一次,充满仇恨地盯着他俯卧着的儿婿。蒂尔达很高兴阿里能留下来；让她避免了一场情绪的大爆发。

蒂尔达回到卧室躺下。她只想让自己灼热的双眼休息几分钟——

诺埃尔爹爹和美弥子分别坐在神殿阶梯顶端的奥西曼德斯两边。三人一齐看着蒂尔达走过林荫大道。周围的空气跳动着——

她突然用手肘推开茶树丛，仔细剥下细嫩的叶子。她的双手玲珑，小孩的手，皮肤是苍白的杏仁色。她抬头看着自己的父亲，而他正对她微笑。

"白宫和白金汉宫都会饮用这种茶叶。仿佛我们在这里就是因为它们。"他说。美弥子感到一阵兴奋的轻颤。

现在她的手变大了，盔甲里戴着长手套，紧握住沉重的步枪。一道闪光划过，激光在谷神星上落下一个新的弹坑。

她的面板变黑了，这样她不会变得眼花缭乱。她让自己开始在掩蔽物里搜寻。

"迪莉娅？山姆？马特？报数。和我说话。有人吗？"她的声音是低沉的男中音。

蒂尔达来到阶梯底下，朝奥西曼德斯走上去。

"现在你明白了吗？"他问。

"这座城市储存着回忆，"她说，"你们——生者和死者以某种方式居住在一起。过去和现在串联在一起。难怪我们不能理解。那太多了，所以我们用音乐来表达。"

他点点自己细长的脑袋。"我们有太多都失传了。祖先的声音，在你冲向孩子的时候就湮灭成灰。"

"我们不明白，"蒂尔达说，"但是美弥子成了桥梁，是不是？"

"而你和你父亲都听到了。"

蒂尔达看着诺埃尔爹爹。"可现在我想带我父亲回家。"

"身体和灵魂分开了。而你的呼唤再也得不到他的回应。"

蒂尔达惊醒了，冲下床，跑进父亲的卧室。

"那太疯狂了。你想把病人带到那些废墟里去?"凯恩爸爸说。

"很抱歉,我得赞成你爸爸。"阿里朝床上做了个手势,"他每时每刻都在变得更加虚弱。移动会要了他的命。"

"现在他已经垂死了。是不是?"她向阿里追问。他踌躇着,慢慢点了点头。她转向凯恩。"求你了。爸爸。我们会有什么损失?告诉你吧,他去城里了。像美弥子一样。他不觉得还有什么值得他留恋。你得去说服他,带他回家。"

凯恩咬着下唇。打量着床上。被单似乎勉强隆起,盖在诺埃尔的胸膛处。他看向阿里,而阿里只能无能为力地耸耸肩膀。

"我想我也无能为力了。"

凯恩慢慢说:"我妈妈听到过那音乐。她曾想死在火星人的城市里,但爸爸却没有听到。她求我帮她,我却站在了爸爸那边。他带她去了罗威尔城。去了医院。"那是如此酸涩而伤痛的忏悔。

"这次不要再站在他那边了,"蒂尔达争辩说,"诺埃尔爹爹不是非死不可。他只是需要一个活下去的理由。求你了,爸爸。"

那一秒,悬而未决,让人窒息,然后凯恩爸爸跳起来,取来诺埃尔的防护服。在蒂尔达和阿里的帮助下,他们给他穿上了。凯恩抱起诺埃尔。

"我爸爸禁止任何人去城里。你要帮我们遮掩,行不行?"凯恩问年轻人。

"我会照办。"

确定史蒂芬在果园穹顶里后,他们急忙冲向车库,开走拖车。他们颠簸在干涸的湖床上,身后扬起凤凰尾羽一样的烟尘。然后他们到了城里,面前是宽阔笔直的林荫大道。

"这就是我们的目的地?"凯恩爸爸问。

"是的。"蒂尔达透过前挡风玻璃专注地盯着前方,"我知道路。"

OLD MARS

拖车巨大的引擎声在建筑的墙壁之间回响,火星的风叹息着低语着穿过街道。一道移动的闪光让蒂尔达的头猛然一动,但那只是一道尘卷。慢慢地,废墟上回忆之城的表象形成了。她看见了盛装的人群,飘带和风筝在风中飞舞,还有尖塔彩虹般的色调。音乐围绕在她身边。

"耶稣基督!"凯恩爸爸咕哝着,"那是……?我听见了。"

她指引着穿过如今熟悉的拐角和街道,直到神殿近在眼前。"上去,我们要把他带上去。"

奥西曼德斯就在台阶顶上。当蒂尔达爬下拖车,他朝她慢慢点点头,消失了。

凯恩把诺埃尔抱在怀里,三人一起爬上陡峭高耸的台阶。神殿里,墙上漩涡状的残破图案褪尽了颜色,而沙尘在脚下摩擦。

音乐像是咆哮的河流越过他们,像是让棱柱产生了外星生命和回忆的幻象。父亲俯视着她,头盔后的脸变得紧张。"我没法思考。我不知道该做什么。"

"叫他回来。告诉他……你知道要告诉他什么。"

凯恩点点头,把诺埃尔放在神殿的地板上。

然后,握住诺埃尔戴着手套的手,他柔声说:"醒来吧,甜心。"诺埃尔呻吟着,轻轻动了动。

有用,蒂尔达激动起来。

突然,她的信息环响了,在火星优美的歌声里显得格外刺耳。她想要忽视它,但它坚持不懈。最终她回复了。是阿里。

全息图像上他的脸显得严肃又紧张。"蒂尔达,是你祖父。他该死地出来了。计划完全失败了。我想要把他拦在门外,但他强闯了进来。他知道你们去了哪里,也知道它是怎样引诱了他的家族。你爷爷开着重型推土机在路上了。"

"天啊,"蒂尔达喘着气,"好的,谢谢……我要……我要想想办法。"她切断了通话,看向父亲。

凯恩抱着丈夫,一心一意地说着。"对不起,诺埃尔。我一时迷失了方向。我不明白我最初的忠诚去了哪里。现在我知道了。我爱你。回家吧。"

无济于事。凯恩和诺埃尔之间的连接太脆弱。在这紧要关头,她不能把凯恩拉走。蒂尔达溜出神殿,跑下长长的梯子,来到街上。她能听见不远处重型机械凶恶的咆哮,后面还跟着墙倒塌的轰隆声。

她跑了出去,绕过街角,史蒂芬就在那里,在高高的玻璃围起来的驾驶室里。甚至透过玻璃面板和头盔,她都能看见他脸上扭曲的暴怒。他把巨大的推土机开进一座建筑,用前铲斗猛击着它。

蒂尔达冲过去挡在推土机前面,举起胳膊在头顶挥舞,并大喊大叫。"停下!"推土机停在了她面前仅仅几英寸的地方。

"滚开!"

"不!你不能这样做!你会杀了诺埃尔爹爹的。他的灵魂就在城里。"

"他已经死了。他屈服于这些造物、这地方。我得拯救凯恩和你。"

"这只会让你失去我们俩。"她尖叫着反驳。

机器后退着绕了个圈,前往另一座建筑。蒂尔达从未感到如此绝望。她不知道怎么攻击这巨兽和里面的人。

此时,美弥子冷静缓慢地走出建筑的大门。史蒂芬接近了。推土机被迫停了下来,而蒂尔达意识到回忆的种子甚至渗入了史蒂芬封闭的心灵。风卷着沙尘在她脚边盘旋,蒂尔达突然明白了该做什么。她跑向前,扯掉了燃料盖。

美弥子在说话。"你不爱我。我不过是达到目的的手段。你从没原谅我取代了凯瑟琳的位置。"蒂尔达疯狂地捧起沙子塞进油箱。"你谈论的都是宝宝,还有他会如何比曾经的凯恩更出色。甚至宝贝本身也只是伤害凯恩的手段。他不重要。我也不重要。"

听着美弥子的话,史蒂芬喃喃自语:"你不是真的。你这个怪物。"

神啊，她怀孕了。蒂尔达想。这让爷爷心碎。也让我们心碎。她摇摇头，赶走这绝望的想法。但不是现在，该死！

史蒂芬再次发动推土机，咆哮着冲向前，想要压碎美弥子。而引擎一阵抖动，熄火了。老人厉声咒骂着打开盖门，跳到地上，手里拿着一个又长又重的扳手。

史蒂芬追着美弥子，美弥子就飘在他面前触手可及的地方。蒂尔达着急地跟上去。"你杀不了她。就算你已经那样做了。但你抹杀不了这些记忆。如果诺埃尔爹爹死了，记忆里也会留下你对他的残忍。我发誓我也会死在这里，于是你对我做的也永远不会被遗忘。"

他差点绊倒，步子不再那么决绝。蒂尔达再接再厉，她知道她的话在老人的灵魂里砍出了伤口，但她并不是真的在乎。

"如果你让凯瑟琳如愿在城里死去，她的回忆也会留在这里。你就不会完全失去她。你难道不明白？你越是抓住我们不放，我们越要争取自由。如果你的行为让诺埃尔爹爹死去，你也会失去你的儿子。"

史蒂芬蹒跚着停下，像手杖一样杵着扳手。肩膀不停颤动着。"神啊，宽恕我吧！"史蒂芬轻轻说着，话语模糊，蒂尔达几乎听不到。"我是如此孤独。"他跌倒在地。

美弥子记忆的幽灵走向他。一只手放在他的肩膀。"我们有许多话可以谈。"她坦白说。

蒂尔达让他们留在那里，跑回神殿。发现诺埃尔爹爹靠着凯恩，戴着头盔的头倚在他丈夫肩上。他们向她张开双臂，她扑进了他们的怀抱。

几周以后，她和阿里在火星人的城里散步。这是一幅疯狂的景象，人们清扫着沙尘和碎石，科学家思考着这座城市是怎么记录下临终时生命的记忆，而宗教领袖祈祷着。麦肯齐农场开门接纳到来的专家队伍。

"那么你不后悔留下来?"阿里问她。

"不。这里还有很多事情要做。诺埃尔爹爹和史蒂芬可以轻松地接触美弥子。而我可以和奥西曼达斯交谈。我是必需的。"

"奥西曼达斯是谁?"阿里问。

"一个想出怎么让记忆存活的火星人。"

"难怪他们会给他建造纪念碑。"阿里顿了顿,仰视着现已被拂去灰尘的细长尖顶,"讽刺的是,你爸爸和爷爷在一起工作了。"

"是啊,还很合拍呢。我还是会去剑桥。虽然现在他们只让我接受函授课程。"她对他笑了。"我会想你的。"

"那不会是永远。"

"我想你会待在地球。"

阿里环顾四周。"我在这里有许多回忆。我不愿放弃它们。"

他给了她一个拥抱,她目送着他返回轻型飞机后也回家了。凯恩爸爸和诺埃尔爹爹正在做早餐,还有这么多人需要供养,他们也许需要一些帮助。

迈克尔·穆考克

在现代文学界,迈克尔·穆考克是最为多产,广受读者欢迎,但又极具话题性的人物之一。在过去的三十多年中,他以作家和编辑的双重身份,成为推动科幻小说和奇幻小说发展的主力军。上世纪60年代中期,他出任英国科幻杂志《新世界》的主编,当时的《新世界》仍是英国颇具影响力的老牌上流杂志,但已颓势渐现。穆考克到任后,将这本杂志带入一种奇异的变革中,由此发起新浪潮运动。在穆考克的主持下,《新世界》一改往日风格,变得激进大胆,成为英国新浪潮运动的主场。而穆考克本人,也因原创作品《杰瑞·科尼利厄斯》的面世而遭遇冰火两重天:既得到大量赞赏,也受到不少恶评。除此之外,他还是辩论家、文学理论家,以及大部分当时最杰出作家的导师,这使得他成为那个风云激荡时代最富争议的人物之一。1971年,在遭受了国会的大力抨击和大型连锁书店WHSmith的禁售之后,《新世界》停刊,不过穆考克本人并没有长久地离开公众的视线。他的《艾瑞克》小说系列作为"剑与魔法派"小说的一员,笔致简练优美,又别具一格,因为分册太多,在此就不一一列举了。这部系列小说广受欢迎,成为大西洋两岸的畅销书。与此同时,穆考克的其他奇幻和非奇幻作品,如《格洛瑞娥娜》《看这人》《外星人热》《终结一切歌声》和《母亲伦敦》奠定了他当代最受尊敬和好评的作家地位。他曾赢得星云奖、世界奇幻奖、约翰·W.坎贝尔纪念奖以及卫报小说奖。

他其他的作品包括小说《战争猎犬与世界之痛》《拜占庭沧桑》《迦太基欢笑》《耶路撒冷号令》《海怪大陆》《空中战神》,小说集《与基督共餐》,自传体调查报告《好莱坞来信》,奇幻文学批评著述《魔法和野性浪漫》。他最新出版的作品有《伦敦猎奇》《非小说及私语合集》,以及新近创作的《白修士圣殿》系列第一卷。在伦敦度过大半生后,穆考克于几年前搬到得克萨斯州的一个小镇上,在那里工作生活至今。

对于火星来说,穆考克并非陌生人,他曾用笔名爱德华·P.布拉德伯里写下一系列以火星为背景的小说,把一个傻乎乎的地球小子送到了古老宜居的火星上,这几部小说分别是:《火星战士》《火星刀锋》《火星野蛮人》。如今他又把我们带回了火星世界,这次陪伴我们的是一个胆大妄为的逃犯,在生命时刻受到威胁的情况下,他疲于奔命,在慌乱中落入了难以抉择的境地:他无意中肩负起拯救整个星球免于毁灭的重任,但时间只剩下几个小时,他不得不与时间赛跑……

消失的运河

一、火星追捕

麦克·史东遇上麻烦了。他听到 P140 自动步枪——某种禁用武器——的子弹穿梭在大气中发出规律的啪啪声,这种小东西可以精确定位一个人的位置,把他击晕或者击杀,就看地球当局下达了哪种命令。如果有必要,携带此种武器的仿生机器"温伯"能够一路追着他去外太空。

温伯可以进行空间穿梭,把空间像布卷一样折叠起来,它们就像刺透布卷中的针,用这样的方式穿梭时空,耗时更短,所花费的能量也更少。人体当然无法承受这样的位置转换——在空间中进进出出,还得穿过宇宙中的"褶皱"——但温伯并不是人类。它的速度惊人,能够轻松适应环境变化。以正常的时间和空间为参照系观察,它能够用超过巡航导弹的速度飞行,对温伯而言,跨越一百万英里就跟飞行一百英里一样轻松。这种东西是最为可怕的武器,所有太阳系殖民地都立法取缔它。它将诸多功能集成一体,可以充当侦察兵、追捕者或是刽子手。看来麦克运气不好,有人要用这玩意来收拾他,让他失去反抗之力,就能轻而易举地把他抓回撞锤城了。

为什么他们要这么对我?他百思不得其解。

他被迫伏下身来,努力藏好自己。火星的丘陵上覆满了地衣:赭色、棕色,还有千万种深浅不一的黄灰色,占据了他整个视野。你总不能藏在地衣丛里,除非穿着一套镜面装。丘陵的背后就是高山,每一座都比珠穆朗玛峰还高,完全没法攀登上去。

本来他是打算朝那个方向去的,不过有温伯感应到了他启动飞行翼时的热度,一秒钟之内就把它击毁了。四天之前,它们用硬飞虫击中了他的营帐,差点让他一命呜呼。

入夜,刺骨的东风肆虐,铁锈一样红色的沙尘从沙漠方向飞来,这种沙尘对人的肺杀伤力很大,打在衣服上的沙沙声听起来像是死神的低语。

麦克把最后一根大麻烟从嘴唇上扯下来,掐熄了烟头,打算留着以后再抽。如果他还有"以后"可言。IMF(星际联盟军)显然拿到了一些新的基因搜寻温伯,负重能力超强,可以扛着一具尸体往返火卫一。真是令人不寒而栗的小东西,它的体积不会超过一条成年的鲑鱼。

这些东西真让人恶心,麦克坚持要战斗到最后,他手边除了两把充满能量的6号自动手枪之外,靴子里还插着一把小刀,口袋里装着几个指节套环,剩下的只有双手和牙齿了。

在水星的时候,人们称呼史东为野兽。木卫四上的奴隶主把他从一艘沉没的熔岩潜水艇中拉出来以后,他几乎变成了一只真正的野兽。他一直在寻找传说中的吉加的能量冠。皇家神父叛军原本计划把疾风城炸成碎片,IMF发现他们秘藏的炸弹船、冰冻拦截它们行进路线,把幸存者疏散到惊惶星之前,惊惶星是一颗小行星,不过更像一艘飞船。但吉加抢先一步把他们的能量冠藏了起来。

在很久之前,他依靠那些坚固的避难所活了下来,但这次,恐怕只能靠运气了。

旧水槽孔这里很难找到藏身之处,那些22世纪的地球人野猫矿工自以为可以挖穿火星的表面,引出地底的熔岩。他们相信火星地底有熔化的金河。

在他们蜷曲着身子睡在锥形帐篷里的夜晚,有人拍着胸脯说听到

OLD MARS

了熔金流的声音,还有人掉入了一个特别深的矿坑,赌咒发誓说他亲眼看到熔化的铂金在脚下流淌。

可怜的东西,人们花费了太多时间研究浩瀚的星空,得出的结论却和宇宙的真相南辕北辙。近来,麦克听说那些废弃的锥形帐篷被冬眠的奥克鳄鱼占据了。他衷心希望这些家伙没有醒来的迹象。他可不相信所谓的熔金河,也没时间去琢磨这些问题。现在他全身心只专注一件事情:把自己隐匿好,让体温降低。躲在几个废弃的燃料吊舱之间,希望大基因蜜蜂会误以为这里只有一艘古老的沉船和已经死去的飞行员,忽略而过。

"唯有触犯法律之时才会惧怕蜜蜂。"这熟悉的宣言是用来证明公民的自由神圣不可侵犯。而这些天麦克的所有行为几乎都触犯了法律。火星需要廉价的劳动力,被抓以后几乎没有机会重获自由。监狱就是最好的人力资源提供地,工业生态学创造了独有的逻辑。

如果你从监狱里逃脱,溜回到撞锤城,就算是自由了。在那里能过上更好的日子,前提是你懂得照顾好自己。如果无法逃脱,就会被当作苦工压榨,直到丧失最后一点剩余价值。

看样子他们似乎打算活捉他。

啪啪,啪啪,啪啪。

为什么他们要浪费这么多钱来抓他?他知道那些机器的成本,就算把他整个人卖了也抵不上一个温伯的价值。

扇动着咔嗒作响的翅膀,飞行器出现在远处的地平线上。徘徊一圈,在稀薄的空气中转身。麦克的小伎俩没有骗过它。操纵得真好,他羡慕飞行员的技术。看样子更像艘私人飞行器,不像是IMF。这种小飞行器需要一人驾驶,另一人控制武器,或许优秀的追猎者一个人可以顶两个用。他伸手拉开自动手枪的保险栓,为战斗作好准备。

不是他不够自信,而是在这种情况下击中飞行员的可能性几乎为零。

史东是土生土长的火星人，出生在大规模水箱集成的低地运河。这片区域从来没有真正成为一条运河，得名的原因来自于早期的探险者试图挖掘出长而直的凹槽，而这些凹槽成为了火星城市建设的雏形。

不过这里是护卫队贮存水资源的主要地方。在火星，水是昂贵的资源，必须从金星进口。有的时候水箱会发生渗漏，麦克打小就学会钻空子，赶在水箱发出警报之前搞点漏出来的水。母亲则用尽一切方法在这个小区里谋生，他的父亲是一名来往于木星的太空人，从西海运送纯铀的路途中，因为铀中的碳棒老化扭曲，导致裂变反应无法控制，引起20罐纯铀爆炸，父亲生还的希望寥寥无几。

麦克七岁的时候就被母亲卖给一家矿业公司，公司急需个头矮小，可以爬进小行星和卫星上狭窄矿道的童工。签约的童工至少要干满一年才能出来，前提是侥幸没死的话。他的母亲知道所谓的"契约"实际上等于跟死神签约。她也清楚在矿道里面自己的儿子只能呼吸稀释过的甲烷，直到他的肺部和其他器官衰竭为止。

但是麦克死里逃生了，他依靠偷盗空气罐存活并成长，凭借他那如野兽一般的求生欲，在甘尼美提斯社会[①]闯下了不小的名头。克鲁矿工们把他塑造成一名传奇的英雄，争先恐后把自家女儿许配给他。

麦克·史东后来又回到了火星，计划乘飞船前往地球。母亲托人捎话说想见他一面，叙叙旧情。于是他怀着满腔仇恨去了坦克镇，想要一刀把这个不负责任的女人刺死。可是当他看见母亲的时候，愤怒烟消云散。她只是个孤零零的老妇人，生活窘迫，形单影只，连个像样的家庭都没有。如果他一刀杀死那女人，只会让她解脱。

所以麦克放过了她，见面的时候，他能感觉到母亲和自己都拼命抑制着激动的情绪。于是他转过身，笑着问她还没有忘记自己父亲那低

[①] 甘尼美提斯是希腊神话的特洛伊王子，木星最大的卫星木卫三也用它命名。

沉的呼噜声吧。这让麦克的母亲留意到自己儿子那香烟一般颜色的皮肤，看上去像是风化多年的老皮革。她从儿子脸上读出了自从被卖以后忍辱多年的辛酸，悲从中来，泣不成声。所以麦克假装原谅了她，她一直活在这个谎言中，直至死亡。反正他说什么或者想什么，跟母亲所信奉的主也没多大关系。

自那以后，麦克就开始疯狂地偷窃珠宝。成色好的，个头大的，他偷得驾轻就熟。伏击采矿列车，突袭返回地球的飞船。他跟大多数窃贼一样出手阔绰，所以低地运河出生的人们保护着他，也喜爱着他。家乡人把他当成英雄，到处讲述他的传奇故事，像是上了V剧一样。坦克镇上只有两个人特别喜欢看V剧：麦克·史东，还有伊莉·陈——一个火星小女孩，小时候麦克还和她玩过藏猫猫的游戏。现在的伊莉在为地球人工作，其工作团队几乎不与任何人直接联系，连她的长相都是未知之谜。麦克还记得她那轻盈的褐色身影和金色的眼睛，那时候他还爱着她呢。

他也想象不出伊莉现在的模样，毫无疑问应该是一张面无表情的长官脸吧。神圣不可侵犯、高高在上，就像那些遵从法律的坦克镇人一样。

她已经把坦克镇甩在身后，而他选择留下来，不过他又被卖了一次。这一次被卖到熔岩火山兄弟公司，至于是做什么的，他到现在也不太清楚。公司又把他派回到木卫三工作，谁也不知道他曾经在那里有过家庭。

然后，地球上爆发了战争，真是一个最糟糕的时代。战争摧毁了旧有的企业联盟，开启了真正的星球贸易时代。每个人都希望改善生活，这是毋庸置疑的。

在史东再次回归火星的第三个月，他的同胞们借着革命之势揭竿而起，已经征服了数量不菲的资源塔。起义军还洗劫了博物馆，拿到了可供复制的太阳能反射系统，用来通信、编码和对外联络。

游击战术无疑是聪明的。到了第六个月，蓄谋已久的起义军大获全胜，成功占据了火星卫星，跟地球和太空日本等四个最富有的国家有了贸易往来。

与此同时，随着新火星定标站的建立，"黑洞跃迁"开启了探索广阔宇宙隐藏时空的先河，温伯出现了，可以在宇宙的时空褶皱中自由穿梭。人们逐渐意识到，此前对宇宙的认知连沧海一粟都算不上，人类所能看到的只是宇宙中微不足道的一小部分。多年以来，"宇宙迷雾"完全蒙蔽了天文学家的眼。

这一新发现带来了意想不到的改革动力，建立了全新的联盟体系。人们声称，只要掌握了正确的方法，星球间的旅行甚至可以在以天为单位的时间内完成！所以，地球即将灭亡也不是什么大不了的事情，科技井喷式的发展必然带来思想的解放。

麦克知道整个人类正站在某个十字路口，只要准备就绪，随时可以踏上广阔无垠的群星之路。可能会有厉害的敌人在前方等待着，或许在敌人面前，人类渺小得如一粒尘埃，又或许他们可以学习如何跟外星生命谈判。这是麦克熟悉的游戏，却不一定是最好的游戏。但就目前而言，他需要跟那些拥有雄厚资本的家伙同场竞技，而他永远无法毫发无损地获得这么多金钱，就算他仍然是火星化外世界的一名头狼也不行。他很清楚太阳系的现状，也知道这个世界真正的主宰是哪些人，资讯是他的优势。他在木卫三上所得的利润不够让他跻身经济寡头，他也不喜欢当个所谓的公众人物。麦克让自己前妻的姐夫当了台前老板，自己则悄悄回到了火星干他的老本行。他——或者说他选择的那个假名——拥有非常正经的名声。人们称颂他能解决各种问题，却没有人知道他深藏内心的梦想，也没几个人知道他长什么样，真名叫什么。为了清除所有的照片和大部分记录，他支付了拳头大小的一颗钻石。回到火星，麦克开始积累自己的事业，首先要为自己弄到一艘顶呱呱的太空飞船。他开始步入水资源掮客的领域，并拥有一家大气工厂

OLD MARS

一半的股份。

但就在他获取购买飞船的资金时,他被人出卖了。

那是一两个星期之前的事情,从那以后麦克就开始了漫漫逃亡之路。那个来自金星的鬼鬼祟祟的小家伙肯定有问题,他给麦克提供了一笔天价的交易,结果天上没有掉馅饼,而是陷阱。

出乎意料的是,在被押往塔波林山的一座私人监狱途中,麦克抓住了一次机会逃跑了。在押送途中逃跑容易,要逃离行星可就难了。

这是他逃跑后第八个火星日,在这种内陆地区没有真正意义上的地图,他也很清楚星际军队的伎俩,如果认定有人藏在这个区域,就会释放大型机器人做地毯式的搜捕。麦克本该留在撞锤城,藏在坦克镇,但可能会让许多人付出昂贵的生命代价。他得把机器人带到野外,远离人群聚居地,否则他们可能会杀掉一半的低地运河的人。把它们引到莫诺格雷米尼宽阔的峡谷和高山之外,传说中莫诺格雷米尼旧时期的火星皇后们仍然被埋在深深的冰层里做着白日梦。

麦克试图找到一个传说中的"风洞",火星最后的种族试图在风洞中寻找空气,躲避那几乎毁灭整个星球的、持续不断的流星雨风暴。跌落到地面的流星几乎摧毁了一切人文存在的迹象,十几个文明,曾经统治了整个火星,让火星郁郁葱葱得如金星一样的文明,毁于一旦。

麦克讨厌金星,嫉妒她的富饶美丽,还有那不可预知的气体风暴,每次都会造成不可估量的巨大损失,对地球移民而言,光解决怎么在金星上生存就能把人逼疯。金星上的原住民也够讨厌的,都是些浑身恶臭的小个子,皮肤竟然是绿色的,地球人管他们叫矮妖。他也讨厌地球人,更打从心底里憎恶水星。只有火星是他无比挚爱的星球。他爱着火星那辽阔宁静的沙漠,延绵的丘陵,高耸而生物罕至的群山。一旦这个美丽的星球独立了,他要带来足够的水资源,让火星绽放出灿烂的光彩,就如美好的田园时代图画和雕刻里面展示的那样。那时候,火星上还有海洋,在20世纪和21世纪的神话和传说中,有大量的描述火星的文章。

而麦克想要让这一切美梦成真。他梦想着要看到运河再次流淌,太阳和月光照耀着蓝色的森林,还有黄铜色的地衣;梦想着安顿下来,种几亩田地,自给自足。或许还能有个家;梦想着创造一个新的火星,一个宁静的、让孩子们快乐成长的星球。这就是他的梦想,也是这么多年支撑他活下来的动力。想到这里,他露出一抹淡淡的温柔的笑容。

而现在他能拥有的最美好的梦想是不受折磨地迅速死去。

他已经没有时间再去思考该怎么寻找下一次逃跑的机会了,火烧眉毛且顾眼下,先逃过眼前这一劫再说。他不得不抑制自己内心那股子宁为玉碎,不为瓦全的冲动,宁可战死也不愿苟且偷生。但是,他必须活下去。他忍住内心的厌恶,嘟囔一声,从绑在腿上的皮革袋里抽出了一张白色的丝巾。

他正打算把它绑在枪管上,突然,一阵冰冷、湿滑还带有鳞片的感觉从脚踝传来,试探性地拽了拽他。

麦克猛地挣脱,而对方拉得更紧了。它似乎很有耐心,明白猎物无法逃脱。本来麦克已经尽力让自己逃离温伯的感应器,但是突然而来的动作惊动了那玩意。拽着他的怪物发出嘎吱嘎吱的声音,麦克不得不又一次挣扎着拔出了自己的腿。

温伯吐出了象征死亡的凝胶,布满了附近的岩石。除非万不得已,它们不会浪费宝贵的气体或者飞箭在他身上。看样子,至少不需要举白旗了。现在麦克才明白过来,它们根本不给他逃脱的机会,直接要把他置于死地。

在麦克的身下,地面全成了粉末,怪物的触手更加用力地拽着他,他身下的地方开始碎裂,他被拖往下方的裂缝,外衣上的每一寸都在地面刮擦着。这套外出服的电路板再也承受不起另一次攻击了。突然间,一切漆黑下来,他听到那玩意心跳和呼吸的声音。虽然记不起这玩意真正的学名叫什么,但是毫无疑问,那是一条奥克鳄鱼。

麦克·史东随时准备面临死亡。

二、来自未来的毁灭之患

他还在试图掏出手枪,身下的那条裂缝已经变成了黑暗的隧道,粗糙,两侧还有结块的东西。最恶心的是那糟糕的味道,鳄鱼粪!死亡的威胁让他的记忆突然迸发:这玩意叫作火星瓦讷——绰号奥克鳄鱼,是火星上唯一还幸存的大型肉食动物。这些长着巨大头颅,有许多触角的爬行动物喜欢在风洞或者水井的洞穴里休眠,很多动物都这样,它们也并非特例。它们蛰伏已久,醒来的时候饥饿难耐。第一只苏醒的幼崽会把自己的兄弟姐妹全部吃掉,有时候甚至包括它们的父母。然后再吃掉那些仍在冬眠的同胞。虽然它们本身不带任何放射性,但选择的居住地仍然是极度不适合人类生存的地方。所以,就算这条鳄鱼不会马上吃掉史东,只要弄破外出服,他也会因为辐射而痛苦地死去。

"噢,该死的!"他没办法把枪从皮套里掏出来。

这家伙似乎很精通捕猎之道,所以他没办法对它造成什么伤害。他现在已经被拖下去很远了,追踪者已经从他视线中消失,也不再让他觉得恐惧。一只仿生的温伯可能跟着下来,不过到目前为止他还能保持乐观。事情还有转机,如果鳄鱼饥不择食地吃掉温伯,就能引爆内置的炸弹,这给了麦克一瞬间的宽慰。

隧道张开成了一个深坑,里面有一颗有舷窗般大的头颅在有节奏地晃动,还长着六只圆圆的眼睛。慢慢地,它朝着后面退,触手把他的身体越拖越深。

麦克竭尽全力让自己落入深坑的速度减缓,深坑里传来黄绿色的光,照着一只鳄鱼庞大的躯体。如噩梦般的像蛇一样挥舞的触手,嘴里还长着密密麻麻的匕首般长的尖牙,覆盖着恐怖黑色鳞片的身体扭动着。更多的触手缠绕上来,他完全无法动弹,倒也避免了挣扎让外出服的情况更糟糕。接下来不管会发生什么,他都认命了。

麦克听到下颚开阖的咔嗒声,看到那家伙张开了嘴,准备把他一口吞下去。就在那时候他突然听到似乎有人在说什么。然后,一只触手松开了,他的右臂被解放出来。如果他能摸出枪来,就算不能把鳄鱼杀死,也要给它点印象深刻的教训,在它那漫长的、半爬行生物的生命中留下浓墨重彩的一笔,或许还会让它一辈子都消化不良。那是麦克能做的最后一击,他的手指死死地攥着枪托。可是鳄鱼猛地一拽,他不由自主地松开了手,手枪飞了出去,就在这时候,另外有东西从空气中掉了出来,叮叮当当地落在岩石上。他低下头,看见蓝色的小火苗在闪烁,头脑里似乎响起了嘲讽的声音。

忽来一阵可怕的冰冷,外出服肯定有地方破了,按照这个速度,他还没被鳄鱼吃掉就会被冻死。他被追踪者发现的时候正在营帐里休息,争分夺秒的行动让他没法携带更多的物资。在火星的夜晚,要是没有霍普金斯保温毯,真的能冻死人。瓦讷鳄鱼正在等着他身体里的热量一点点流失,它们的耐心和狡猾一样出名。火星上曾经有数十种不同的瓦讷鳄鱼,麦克以前在博物馆见过它们的图片,在北半球早已灭绝的辛多鲁部落展区,这些部落营地中的某些文物被奇迹般地保存下来。有种瓦讷鳄鱼长着可怕的巨大下颚和十只触角。麦克遇见的就是这种。

它又碰了碰他,发出了开心的咔嗒声。突然,瓦讷鳄鱼犹豫了,大坑的边缘迸射出一些红色的、汁水淋漓的东西。黑暗中传来一声尖锐的命令,它从麦克身边退了回去,如饥似渴地追逐肉块去了。

麦克一把抓起闪烁着蓝色火焰的东西,把它收好,急忙尽力爬向深坑的另一侧。湿滑的页岩加大了难度,但他仍然竭尽全力爬了上去。他看着手心里的蓝色小玩意,正发出细微的嘶嘶声。那到底是个什么东西?突然间,他嗅到了一丝危险的气息,转头看向右边。

麦克不可置信地瞪大了眼,他的面前是一个巨大的"类人",闪亮的眼睛俯视着他,钩状的手随意地搭在金属臀部上。

这是一种他从未见过的机器人,看起来像是当地的货。跟那些火星文物博物馆里的东西有些类似。不过博物馆里那个是粉红色的茶石雕刻出来的,只有一英尺高。考古学家认为这是一个家喻户晓的火星神祗,或者每个小孩都会有的玩具。

就在机器人的上方,一根淡绿色的光柱发出嘶嘶的响声,像是坏掉的嘎理佛瑞啤酒。很快,史东惊讶地看到光柱中出现了一个人类的身影。古铜色的皮肤,高大的身材,穿得甚至比在占博科大道上还少。要不是他身上的皮革吊带有些许磨损和撕裂的痕迹,这人看上去就像是刚从 V 剧连续剧场里下来的戏子。他右边腰带上挂着一把硕大的、样式古老的黄铜钢合金手枪,左边挂着一把带剑鞘的仿古长剑。有好一会儿史东都在怀疑这人是不是被某些疯狂的剧组抓了,逼他去演虚幻的火星种族内战片。这些情节经常出现在星期天剧场里面,麦克喜欢在休假的下午看看。

绿色光柱里的人影再次发出了嘶嘶的响声,断断续续好几次,这才稳定下来,他清晰地说:"不要徒劳地攻击我,这只是虚拟影像。我是一名科学家,跟你一样,来自地球。一千多年前,早在流星风暴之前我就来到了火星。我预测了这幅图像会在未来出现。它是可交互的。"

他微微一笑:"我就是米格尔·克兰。"显然,他认为自己的名字应该家喻户晓。麦克注意到他的口音是古老的地球腔。"我把这个小装置称为'跨时间传输线',它可以跨越时间传送图像和声音。这是我们能做到的最接近时间旅行的方式。生物体跨越时间会严重受损,我们经过实验已经发现人和动物都不可能在物理层面进行时空跨越旅行。那只瓦讷鳄鱼不会再来打扰你了。她只是还保留着潜意识的狩猎本能。在我们的时代,我们驯养了她的祖先,用来搜寻丢失的游客。当然,它们有吃人的本能,不过千百年的训练改变了它们的大脑。我们发现她和类人在一起,所以派她出来找你。不过以防万一,还是喂了她一些含有催眠剂的肉块。我很抱歉这个机器人比较粗糙，不管你信不信，它必须通过代码激活！我们必须通过遥控设备来操纵它寻找我们想要的。在这种情况下，真是太不方便了！你有什么想问我的吗？"

麦克一边刮下惨遭踩躏的外衣上沾染的凝胶，一边打着寒战。他四下环顾，这是一间人造的房间，有两扇门。地上有一个石头盒子，他很惊讶房间里如此温暖。"你骗不了我。时间旅行？你在几千年前怎么可能从地球上来到火星？在还没有掌握太空旅行技术之前？"他看了看周围的洞穴，照明设计得很精巧。墙壁上装饰着明亮的荧光矿石和各种宝石，如群星般闪耀。他的匕首还在，或许可以挖几块钻石出来，然后逃之夭夭。如果他能躲开这个疯子的话。

投影中的男子耸了耸肩。"传送的时候出了点故障，失控了。我回到了古时候的火星。好吧，我想你应该听说过我，米格尔·克兰上尉。难道你没读过我的书？关于我在火星上的生活？我很惊讶你居然没听说过它们。它们虽然没有以我本人之名出现，但这些书都是经由我口述然后别人写的。"

"我都不读书的。"

投影中的男子似乎很吃惊麦克竟然是个文盲。

可实际上，麦克可以阅读47种星际语言，大多数都能流利地书写。他学这些只为了实用，他又不是个学者，只是个贼。把其他职业安在他头上都是一种侮辱。

出于某种直觉，麦克开始感到不安，他仍然在寻找着自己的手枪，还摸了下靴子里那把刀子，确认它安然无恙以后才稍稍放心。米格尔·克兰的声音听起来很有趣，但麦克不喜欢有谁在他头顶上这么说话。让人毛骨悚然。

虽然从某种意义上来说，克兰算是他的救命恩人。就在他们头顶的某处火星地面，还有一个温伯在锲而不舍地搜寻他的踪迹，然后把凝胶喷向他全身——凝胶可以从皮肤渗透进身体内部，从体内的骨头开始把麦克啃噬得干干净净。毫无疑问,他对自己目前的际遇很满意,他得抓住这次机会。

"这也不算是什么特别好的机会,史东。"克兰的声音听起来仍然带着愉悦,"这么说吧,你可能会为了一份伟大的事业而献身。"

麦克大笑。"每当我听到这种话的时候,都忍不住热血沸腾地握紧手枪。顺便问一句,我的枪在哪里?"

"你自己找找,我可没有拿它,类人也没有。你想知道为什么我派了瓦讷鳄鱼跟在你身后吗?"

"我在猜呢。"麦克低头看了看深坑,那只令人厌恶的生物已经吃完了它血腥的一餐。他也瞥到了自己的自动手枪,卡在一片岩架上。

"你还记得几周前有一个矮妖来找你吗?"

"记得,绿色的小不点儿。来自金星的怪胎。曾经说到什么交易之类,不过我没打算接活儿。我讨厌他身上的味道。而且他像是在撒谎,挺危险的。"

他翻身趴在地上,努力伸手去够手枪。

"你就是因为这个拒绝他的?"

"是他把我卖给 IMF 了?"

"不完全是,但你根本没有听他说完就把他赶走了。"

"他能说啥? 信口开河而已,我太了解矮妖了,压根儿不想知道他要做什么交易。我曾经跟他一样疯狂,所以才会想着把他们脑袋里那些不切实际的幻想掐死。"

"那个可怜的小家伙已经被吓得魂飞魄散了,他发现了我们留下的一粒时间种子,还以为那是魔法。上古时期的火星妖魔鬼怪啥的。他只打开那个袋子朝里面看了一次,就不得不听命行事。可怜的家伙,他倒是想扔下袋子一走了之,不过我仍然强迫他去了。矮妖只是把我的消息带给你了而已。他身上有个袋子,里面装着一些蓝焰宝石。"

"一袋子?"史东嘲讽地笑了。蓝焰宝石是最稀有的宝石,它无法被切割、打磨或是粉碎,具有非凡的硬度。现存已知的蓝焰宝石只有三颗。其中一颗陈列在地球上的太空征服展览馆里,另外一颗在联合系统主席波洛涅斯·德尔菲手里——他是七大世界里最富有的人,至少在他买宝石之前。而最后一颗在问世后不久即被盗走,说不定也落到了德尔菲手上。"不可能有这样的事情。"

"可事实就是如此,意外的是,德尔菲想要蓝焰宝石,他相信那玩意在你手上。我派了一个叫岗茨的人跟踪矮妖,结果被抓住了,严刑逼供之下,他告诉他们你那里有蓝焰宝石。"

"噢,棒极了!这么说起来一个虚拟人像摆布了一个矮妖,然后那个矮妖又摆布了我!难怪他们舍得花这么大价钱来抓我!原来是为了传说中的宝石。难怪他们不在乎我的死活,只需要简单地使用几对什么什么电极就可以拷问一具新鲜尸体!你让我想起了我妈!"

"我只能通过来自时间种子的零碎消息去拼凑线索。它们或多或少随机分散在未来,大多都被破坏或者销毁了。必须有足够多合适的空间才能让时间种子起作用。不过跟你想象的线性时间不一样,我们说的是辐射态的时间。根据我对你们世界的了解,德尔菲可不是唯一想要蓝焰宝石的人。他在富豪阶层也有对头,可能是另一名宝石收藏家,或者跟他竞争主席职位的对手,他们认为这样就可以毁掉他。你也知道,这就是政治上的恶性循环,你有了足够的财富才能当上联合系统主席,而只有你当上了主席,才能继续搜刮巨额财产。大致来说,跟我们的时代差不多。"

"你们的时代?"

"看你从哪里开始计算了。"听这个家伙说了这么多,史东越来越觉得他的口音很古老。米格尔·克兰的说话风格很像一名军人。"或者说从哪个星球。好了,我们来说现状,星际联盟军怎么会来追捕你?它可跟咱们没有半点关系,追杀你的应该不是 IMF。或许是德尔菲,他不知道你没有拿到蓝焰宝石。那个矮妖不敢把它们留在自己身上。所以他把那袋子背了回来,扔给类人了。"

尽管拒绝接受他的说法,但史东的态度变得越来越谨慎了。

"这么说吧,你到底是谁?"他挑衅地说,"还有,为什么对我这么感兴趣?谁会花这么多钞票来追猎我?我想你是一名真正的职业军人。那么告诉我,你,到底是谁?"

"我的军人履历还得追溯到20世纪中叶的朝鲜战争。"克兰说,"其实我是一名科学家。为五角大楼效力,研究时空转换的问题。我拿自己做了实验,结果出错了,被传送到上古时代的火星。我掉落在一个名为卡纳拉的氏族中,他们继承了由更远古的智慧种族希吾人留下的知识和科技。这台机器就是其中之一,我们把它称为卡纳拉人的'记忆捕手',这是最复杂的类型。"

"你肯定想知道这是什么东西吧?它是一种交互设备,可以进行跨时间通信。我们研究多年,虽然还不知道原理,但在某种程度上,已经可以操纵它为我们服务了。我们能看到清晰的视觉效果,在克服了语言和其他交流障碍后,可以互换信息,甚至偶尔的一个念头!希吾的科学家在时空研究方面取得的成就令人叹为观止。大部分人相信他们放弃了古老的火星时代,比如说去了另一颗星球的未来,只要条件合适!也有人说他们干涉过远古时期的地球,甚至我们的未来。但都是些无稽之谈。我们认为这种设备是他们对技术应用的最高体现。所以有些事情,麦克·史东,得靠你去完成。可惜对你们的世界而言,我只是个虚拟的投影,否则我就自己去做了。"

"这么说,你要跟我做个交易?我想你经手的都是大手笔吧!有哪些你不能亲自去做所以要托付给我的事情?跟通常的交易一样?"

克兰的投影笑了。两个男人之间似乎有了某种默契。"就是通常那种。"

"好吧,"史东说,"报酬怎么算?哦,别忘了告诉我点蓝焰宝石的事儿。想必你的交易里面肯定涉及了它们。来说道说道吧,我有足够的时间。"

这次克兰没有笑着回答他。"很不幸地告诉你,"他说,"你没有。"

三、星球炸弹

"曾经发生过一场战争,"古铜色皮肤的地球人说,"我们压根没有准备,还以为会有很长一段时间的和平。可是我们的敌人憎恨和平,那是一个被我们打败以后,在地底下隐匿多年的部落。我们的技术不错,但是史前文明——比如希吾人——所建造的武器更为可怕。这些武器,还有辅助的各种科学仪器,经过各方协商以后被严密封锁,它们可怕到足以毁灭整个世界。可是我们的敌人发现了这个秘密:一枚能够毁灭星球的核弹。他们计划用艾雅运河把它运送到我们的城市——充满绿色迷雾的沃内尔城——然后引爆。不过我们的人获悉了他们的计划,多亏了敌人的内乱。部落领袖太鲁莽,被我们打败了。审讯过后我们才知道核弹的消息以及位置。不久以后,它就会被运到沃内尔,然后在几个小时之内被引爆。"

"我们派出了最强的专家,但都没办法阻止。摆在我们面前的只有一条路,调节定时器。通过有序地解锁七个区域的设置,可以把定时器时间往后延迟,但是无法取消。所以我们的科学家把定时器引爆的时间推迟了大约一百万年。这已经是定时器的极限了。我们估计这么多的时间足够找到解决问题的方法,而那时候火星的人口或许也不会这么稠密,我们的人真的在努力解决问题——一百万年,时间还不够吗?第二件事就是把核弹送到远离这座城市的地方,让核弹顺着运河继续往下漂移,漂到荒无人烟的地方去。你熟悉那条具有重要历史意义的艾雅运河吗?"

史东猛地竖起拇指指了指头上。"所有古老的运河都干涸了,除了河床的痕迹什么都没剩下,当然也不会有任何记录。在那场巨大的'四千年炮轰'中,一切都消失得干干净净!火陨石噼里啪啦从天上掉下来,整个火星被砸得稀烂,连许多建造得最深的庇护所都没能幸免。除了一些怪物还能活下来以外,啥都没了。要知道,为了尽量减少水资源的浪费,运河通常设计得又宽又深,就这样都能被流星风暴砸平。不过,那叫什么艾雅运河的,是在地底下的吗?"

"我们的祖先设计这条伟大的地下运河时就考虑到了所有可预见的危险,这条运河环绕整个火星,它的无数支流为火星提供珍贵的水资源。人们用上古水之女神艾雅来为它命名,艾雅运河是连接其他运河的枢纽。它的创造者希望通过运河贸易,为火星带来和平和繁荣。它环绕了整个火星,从南极到北极,两极的冰川融化不停地为运河补充水源。不过早在我们的时代之前,这个计划就被放弃了。"

"放弃?为什么?"尽管自己处境堪忧,史东仍然被这个故事吸引了,"听起来这个计划挺棒的啊。"

"艾雅运河的系统本来已经修建了数百公里,后来在帕塔芙水道交岔口施工期间出了问题,一场可怕的灾难降临了。诺克都洞穴地层部分突然垮塌,原本的地质测试显示那里是坚固的岩石,不知道为什么突然垮了。数百人因此而丧命,还有更多的洞穴相继垮塌,直到形成一条巨大的鸿沟。深达好几英里,宽度也超过了桥梁能够跨越的极限。那里一片黢黑,深不可测。诺克都大裂隙直接通往这个星球的核心,于是整个运河计划就此搁浅。再尝试在火星上开凿一条子运河也不了了之。但就在艾雅运河项目被永久关闭后一个月左右,发生了一件只能称之为奇迹的事情。有卫兵报告说,亲眼看到运河慢慢地有水源注入!

"某些特定的自然条件形成了奇怪的系统,产生了足够让大型船舶航行在运河里的水资源。在诺克都,洪水冲出了深渊,连筑坝都没用,很显然水资源是可循环的。科学家们派了好几拨人深入诺克都深渊探询发生奇迹的原因,但不是杳无音信,就是无功而返。水仍然源源不断地产出。然后,对你们而言,差不多五百年前,地震差点把核弹扔了下去。"

麦克实在不敢相信自己的耳朵。"什么意思——把它扔到深渊里，这样它的爆炸就不会造成损失？"

"你真的没搞清楚状况。希吾人原本的计划是攻打附近的行星，尤其是地球。这种核弹的威力超过你的想象。它根本就不能在火星上被引爆，即使在太空中，它都能有效打击目标。这是一枚星球炸弹！它的目的是毁灭整个星球，把它炸成一团宇宙尘埃！"

"而那玩意儿现在这儿？"史东猛地伸手朝脚下指了指，"我们一边说话它还一边嘀嗒倒计时！大概还有多久爆炸？"

"不到七个小时。"克兰回答。

"真是棒极了！这么说来，你们解决问题的办法就是把问题扔给我们？"麦克没有试图掩饰自己的厌恶。恐惧从内心升起，攥住了他的心脏。

"并非故意。我们也是最近才知道，火星仍然有人居住——或者说重新繁衍出了人类。这并不是我们第一次尝试联系你这样的人，我们也在想办法拆掉核弹的引信。在这条时间线上，我们能接触到最接近的人就是你了。"

"如果你们可以预知未来，那么就该知道结果如何。"

"我们能预见最远的'未来'就是现在了。再往前，什么反馈都得不到……"

麦克沉默半晌，仔细思考着。他很熟悉格里德利的辐射时间理论。

"这么说，我们已经没有未来可言？"

投影中的克兰拿起了某种黄色的薄卷轴，上面还有符号在闪光，让他整个人的影像闪烁了几下。"打从一开始，我们最优秀的科学家就在研究怎么解决问题。我们终于找到了终止核弹的办法。"

麦克沉默了很长一段时间，他想多听听克兰高亢的声音，终于他忍不住开口："好吧，那我到底要做什么？"

"我们需要你来终止核弹。"

"凭什么我要听你的？"

"为了拯救你的星球，研究显示你是火星人，甚至比我还正宗。你是一名幸存者。"

"这个理由不够，除非能让我过得更舒坦。"

"这就是为什么你需要宝石。"

"一口袋蓝焰宝石？"

"没错，矮妖试图向你展示的，以及德尔菲听说的蓝焰宝石。"

麦克笑了。"这份奖励算是让人心花怒放。如果你说的是真的，我也没有别的选择。我应该跟你讨价还价的对吧？你可真是奸商，跟我一样。"

"那本来就是你的风格，史东。你是一名火星人，你出生在火星，所以你不想它就这么被毁掉吧？炸得连碎片都不剩。"

"好吧，就算你说对了。我该怎么下到那条运河里去，又该怎么对付那枚核弹？"

"这个问题很复杂。"克兰说，"核弹在移动，正如我所告诉你的。地震把它送到了运河里，直到它撞上了激流。我很高兴核弹的外壳非常坚固，相对也较轻，幸运的是，它最终卡在了深渊之上的岩石中。水流从三个方向冲击，恰好帮它保持了平衡。它仍然在那里。"

"激流？所以你的机器人不能够到它？"

"算是原因之一吧。"

"它卡得很死？"

"不幸的是，并非如此，它应该很容易被移动。"

"是吗？具体在哪里？"

"几乎就在深渊裂口的边缘。"克兰说，"就在断掉的艾雅运河通往无法预测的深渊入口，应该是直通火星的心脏了。"

"换句话说，在地狱的边缘。"

"这种措辞听起来优美多了，"克兰说，"我会帮你的。现在朝你的左边看,就在类人的脚下。"

史东转头,看到一个巨大的金属和岩石混合制成的箱子,大约一米见方。箱子的一侧印有一些奇怪的标记。

"打开它。"克兰说。

于是史东弯下腰,把箱子举了起来,轻易地打开了它。里面是一件仔细包裹起来的,像是头盔的科学仪器。他小心地伸手触碰了下,那东西出人意料地还挺坚固,他伸出双手,把它拿了出来。

"看上去像是一个大头盔,很像古老时期地球上消防员戴的那种。"克兰说,"这是一顶高洛瓦战斗头盔。它们曾在火星的地下墓穴里和柯文人战斗,从未见过天日。"他飞快地描述了头盔的外观特点。"……已经修改了参数,适合你使用。一开始它的热敏成像功能会帮助你在黑暗中视物,感应器可以自动适应你的眼睛,你可以把它当成精度极高的双筒望远镜。还配有强力光源,当你需要在炸弹上做一些精细工作的时候能用得上。还有一组迫力工具,你可以打开和使用。当然它的功能不仅如此,头盔上有超过百万数量的神经元节点,所以它能通过使用者的直接反应来操纵。我们也设置了检测程序,能够感应到它,如果在你完成冒险之后它还能幸存下来的话。"

"迫力工具?"

"历经多次修改,可以直接念力使用的工具。主要是直观应用,需要跟你的大脑进行调谐,这样你就可以直观地看到有什么问题,也可以解决问题,不需要借助额外的仪器。你最好做一些适当的头部运动。"

"好吧,"史东半信半疑,"有什么咒语没?"

"没有。高洛瓦头盔是军医用的,不管你信不信。所以要用神经传感,这样军医就能以最快的速度在战场上帮助受伤的士兵或平民。同情心就是高洛瓦军医的通用名,这是整个世界公认最伟大的医生。当然,他们笨得跟猪一样,但是戴上这个头盔就跟人类差不多了。它应该和你的外出服兼容,类人可以按照你的需要对它进行调整。"

"事关行星的生死存亡嘛。"头盔很轻,感觉像是有机物制成,摸起来像是活的一样。散发着淡淡的、令人愉悦的味道,有点像盐水。史东把它慢慢地套在头上,感觉像是一顶大小合适的帽子。很快,他感觉头盔似乎活了一般,流淌过他的头骨,环绕他的咽喉和额头。他的外出服突然响起了嗡嗡的识别码。圆形的眼罩覆盖了他的眼睛,但丝毫不影响视线。确切地说,他反而看得更清晰了。有这么一瞬间,他感觉到颧骨发痒,似乎闪过一连串樱桃色的光芒。然后是一阵暗红色的,像是血液,很快他便适应了更加清晰的视野。类人拉开了他的手臂,轻轻地触碰各个地方。史东感觉自己的外出服变得更舒适了。他很惊讶这个机器人居然可以让他觉得自己身体前所未有的健康。或许高洛瓦军医必须保持健康的状态,才能保持对病人的同情心。他突然胡思乱想起来。

"话说,那个炸弹敏感度高吗?"

"应该不会。"克兰说。

"那我该怎样关闭计时器?"

"你必须解开一连串的密码锁,编号是从右往左数的,他们称之为G-脚本。我们对密码锁进行了编码,用有着特殊时间点签名的一段特殊旋律。那是一首曲子,所有的音符组合起来就成了一连串复杂的数字。你听过一首来自地球的古老儿歌《迪克西》吗?只需要把它用口哨吹出来就行。这个数字可以抵消现有的计时序列,调出核弹的密钥然后注销。密码锁啪地打开,核弹就这么轻而易举地被你搞定了。"

"如果失败了呢?"

"那它就会继续倒计时。"

"然后到点引爆。"

"是的,不过我相信,出现失误的概率微乎其微。麦克·史东,我们的人已经把它解密了。说白了吧,你要做的就是背诵这么简单的一首小曲儿。'噢,我愿身处那棉田里——'"

"有个问题。"史东挺不好意思地说。

"什么问题?"

他脸红了一下。"我五音不全。"他说。

四、黑暗中起舞

"那你就把音阶都背下来。"克兰似乎觉得又好气又好笑,像是听到了一个天大的笑话,"那顶头盔会帮助你,我们已经把编码录入到头盔里,它会自动翻译。"

史东耸耸肩。"如果我成功了,我就回到这儿,然后你把宝石给我?"

"一整袋宝石,我保证。"

看来史东也没有别的选择,他必须赶紧做决定。是否要信任这个陌生的地球人?他发出一阵长而低沉的笑声,测试下头盔的反应,然后坚定地把面甲拉了下来,头盔与身上的外出服开始对接。他眨了眨眼,打开了头盔上的探照灯。然后平躺在坑里,捞到了他的手枪。瓦讷鳄鱼发出了一阵不愉快的警告声,不过仍然没有停止进食。

史东擦干净枪管上的泥泞,把它放到皮套中。"现在该干吗了?"

"头盔里的程序可以帮助你定位核弹。从这里出去,你会发现脚下有一段楼梯,它可以通往运河的旁边。所有希吾人的运河都有类似的设置,而继承他们文化的人复制了这种建筑模式。"米格尔·克兰的声音听起来有一丝温暖,史东开始好奇这个地球人真正的声音。"还有编号系统也是源自希吾人,希吾人系统中使用得最多的是11。1,2,11,11,21,如此等等。"

"艾雅运河被仅存的火星人发现了,他们是我们的追随者,建造了城市,躲避流星陨石。这里有足够的空气和水源。水田里培育的植物长势良好。他们还建造了大气工厂,利用运河进行来往贸易。这种特殊的文明维系了一千年以上。然后如你所知,流星风暴来了,整个星球被粉碎。几乎能够追踪到的火星生命都灭绝了,除了地底下的那些东西，再也没有回到地面。"

麦克不由感慨自己的运气。那通往下方的宽阔黑色阶梯让他想起了建造它们的上古火星居民，在古老的年代，火星上有着温柔的大海，绿色的山丘，无尽的森林和广阔的天空，那时候人类还没有诞生。然后是第五纪，属于火星猿人的年代。再然后是流星风暴，最终，火星人孤独地存活了下来，其他的文化所残留下来的废墟被掩埋在如铁锈般的火星尘沙之下。他们选择了孤独地生存在地底，悄然逝去，被巨大的、可怖的黑石坟墓堆包围。

虽然他习惯独来独往，但史东绝不是个冷血的人。打从他呱呱坠地的那一刻起，就不停地为了生存而战斗，他享受每一次战胜自我后的成就感，呼吸到肺里的每一口新鲜空气，还有所有能看到的、听到的一切，他都心存感激——至少证明自己还活着。麦克·史东拥有一颗人类的、富有智慧的大脑，他为自己的火星血统感到自豪。

他其实并不在意自己能拯救谁，或者得到什么报酬。他做这一切纯粹为了这个星球。他脏污的靴子踩在了如黑珍珠般的大理石台阶上，石阶光滑而庄严，有些微微的弧度，就像刚修好那样。史东几乎没留意到它们的瑰丽，只是想起了小时候在一堆巨大的反光水箱之间玩耍的事情，又想到有这么丰富的水源可以为低地运河的人们做些什么。

他呼吸着带香草味的空气，不仅回想起小时候在公共的大荧幕上看过的 V 剧，有时候它们跟生活一样真实，有时候又让他质疑是否真的有人能过上这种美好的日子。是否他的生命已经走到了尽头？所以大脑才会飞速地回忆过去。难道他已经死了，所以才会一直回忆在没有被卖去挖矿之前，如野生动物一般自由自在的日子？那时候的夜晚，在火卫一闪烁投影的光芒下，他们在巨大的水箱中间追逐嬉戏。她从西方航行至此，就如黑暗中出现的精灵，阴影被她甩在身后，蔓延……啊，那生动鲜活的美丽场景！不管是生是死，麦克都发誓再也不离开火星。

类人已经把他的外出服彻底修好，能量也补充满了。麦克觉得全身都暖洋洋的，他很快走到了台阶尽头，站在了巨大的运河边上，眺望着对面。这颗行星秘密储藏了如此多的水资源，把他吓了一大跳！这里根本就是片海洋，广阔无边。不管从哪一边望去，似乎都没有尽头。他所知道的运河只是一条古老的水道，而真正的运河则是一道穿过火星上黑色的坚硬的花岗岩的河流！岩石上还有精美的浮雕，雕刻了一些半人半兽的生物和野兽。河岸上有一些来自外星的神秘机械设计，不知道有何作用。还有斜插入运河的便道，这样可以使用机械或者动物把运河上的船只拖到岸边。花岗岩壁上蚀刻着闪烁的计数单位，差不多有一米长，史东知道这种单位叫作"道森"，由一名地球翻译命名。

他转头看向右边，在头盔清晰的照明下，他发现缓流荡漾着朝瀑布方向流去，而瀑布离这里约莫有好几英里远，但已经能看出水流逐渐变得湍急。遥远的轰鸣声传来，虽然隔着头盔听起来比较微弱，史东朝右边前行，步道逐渐变宽，前方黑暗的地方慢慢显示出散落的建筑物轮廓，有好多低矮的房屋，但都荒废许久。这里以前肯定是一个热闹的港口。人们在这里往来贸易，川流不息，建立家庭，过着复杂的社会生活。麦克真希望他有时间去探索这个港口镇。跟运河本身相比，港口镇的建筑显得很人性化，也昭示出不同的风格。

这里是最后的火星人居住的地方，现在看来显得格外凄凉。在低地运河一直流传着上古时期的火星人仍然居住在地心中的传说，麦克从小听着这些故事长大，可惜在这里没有找到任何活人的痕迹。

传说中出现的也不是最后的火星原住民，而是拉菲斯。它们是一种半透明的生物，被称为"哀悼之魂"，永远徘徊在低地运河居民区，有时候会唱着从死亡之海深处飘来的挽歌。它们的轮廓是粉红色的，午夜的月光下几乎无法看得真切。它们漂流着，像是半透明的射线，能依赖光照为生。它们的歌声能让人心碎欲死。讲故事的人坚持认为它们不属于什么种族也不是什么生物，而是火星原住民的灵魂，永生永世被困在低地运河地区。

OLD MARS

史东从未感觉到如此孤独。随着他的前行，面前的建筑逐渐变得稀疏，头盔向他展示了越来越多伟大的自然景观。在艾雅运河奔流的水边，石笋和钟乳石形成了一片巨大的石头森林。其中有一些被古老的艺术家取材雕刻成灭绝已久的动物形态。史东一路走来，看到了不少，有一个三角脸的塑像，看起来几乎跟地球人一模一样，麦克看多了陌生的怪兽模样，倒是被这张人脸吓了一大跳。石雕的眼睛瞪着他，似乎带着点讥讽的神色，看上去像是有智慧的生物一样。

这里没有任何生命的迹象，连野蛮的瓦讷鳄鱼都不复存在。不管是光滑的大理石地面，还是枝蔓丛生的石头森林，或是弯曲向地面的石钟乳上，都没有飞虫或者走兽出没。

这里唯一的声音就是河流湍急的水声，就连水声都显得格外安静。突然，他感觉到微弱的沙沙声，从石钟乳群中传来。

他停下脚步，然后再次听到了异样的声音。他无法识别是什么，但知道这是不该出现的声音。难道这个文明还有残存下来的幸运儿吗？

他动了动下巴和耳朵，头盔果然如克兰所描述的那样做出了响应，放大了外界的声音，并把其他的噪音降低。可是除了持续不断的水声，什么也没有。难道是他幻听了？不，很快那个声音又响起，这一次麦克听得非常真切。是某个穿着鞋的两脚动物在他背后，或者说在追踪他，脚步声在空旷的地底洞穴里显得格外响亮。就在那里了，没错。轻微的、稳定的脚步声，几乎和他自己的完全重合。当他停下脚步的时候，对方也停。方向似乎在史东右侧的石钟乳背后。史东露出了一抹几近恶魔的微笑，伸手松开手枪的皮套，弯腰摸了摸刀子，还在老地方。他回想起关于残忍的地底怪兽的传说，它们会突然从人形变成野兽的样子。至少直到目前为止，他不会相信任何陌生的东西。

脚步声又响起，史东眨了眨眼，关闭头盔的探照灯。蹑手蹑脚，尽量不发出任何动静地走到最近的石堆中。微弱的声音从他身后传来，他小心地拔出光束枪，用拇指拨了迅速启动的指令，然后飞快地把枪端平,枪口迸射出细微的光,像是一瞬间出现了许许多多灿烂的星光,划出美丽的弧线掠过天然的地底洞穴。一个人影清晰地投射在弯曲的石柱上。只有一个人,他被跟踪了,是克兰派来的吗?不太可能。还是那个矮妖?也不像。更不可能是类人。

是沃内尔城幸存下来的上古之民?他有一块充能电池,手枪里的能源还剩四分之三。从逻辑上讲,追踪者的身份只有一种可能:从一开始就在追杀他的那些人。而他们的装备都很精良!

他的咆哮声在黑暗中响彻。"听着,我不知道你打算从我这捞点什么,如果想要蓝焰宝石,那就打错主意了,我压根儿就没有那玩意儿,也不知道它在哪!要是以为我在撒谎你就大错特错,不怕告诉你,我有任务在身,要对付一枚炸弹。如果半途而废,整个火星都会被炸成一堆渣子,你也逃不了。我不在乎别人怎么看待火星,但我出生在这儿,也打算在这儿养老。所以,不管你跟在我屁股后面想干什么,先生,我奉劝你,还是从哪来回哪去吧。或许你愿意走出来?让我看看你是谁,要么就干一架。随你选择,我都奉陪到底。"

没有人回答他。冰冷的黑暗中,仍然只有单调的水流声作为回应。

继续前进。

危险!

眩晕弹落在片刻之前他还站立的地方,真是太外行了!只有外行人才会犯这种低级错误。史东的心里升起了一丝怀疑的念头。

自从离开撞锤城就有个追猎者在追踪他,而现在他大概知道那是谁了。如果刚才的子弹只是吓唬吓唬,那对方就是专业级的追踪者了。是的,毫无疑问,有人在跟他玩把戏呢,或许在借此寻找他的弱点。

玩就玩吧,史东毫无征兆地猛地打开头盔灯。在那里,没错!一个人影在石笋群中闪过。他又关上了头盔灯,仔细聆听。然后,悄无声息地慢慢离开宽阔的大道。穿过了宏伟的天然石拱门,想找出谁在追杀他。在黑暗中穿梭的时候,史东忍不住想着这人在火星上生活多久了。

他意识到对方和自己的移动方式惊人地相似，总是从后面和侧面接近目标，习惯到成了条件反射。这是种谨慎的习惯，一种随时可以做出攻击的姿态。因此，跟在他身后的绝不是来自地球的追猎者，而是一名火星人。

史东知道大部分火星人可能从事的工作，做一名追猎者可不是他们的风格，不管自己的脑袋有多高的价值。

除了——

他猛地又一次打开头盔灯，这次他看得更加清楚，来人穿着一身红黑相间的夜猎装，携带着额外的空气罐。手上提着两把22-40手枪。每一名追猎者都有属于自己的特征。

难道真的是伊莉·陈？或者是陈的伙伴？

危险！

现在他明白了，追猎者并不是真的想要他的命。那么肯定是陈了。在鳄鱼盯上他之前他们假装刚刚才到，给他求生无门的压力。或者，他们的本来意图就是让他下来这个地方，所以才会跟踪他？

"是你吗，伊莉？你跟着我干什么？你在地球，我在火星，井水不犯河水。"

她的声音跟他记忆中没有多大差别，甜蜜、轻快，带着一点点口音。伊莉的话从黑暗中传来："或许我的雇主低估了你的身价，麦克。"

"我可不相信你。"

"好吧，那你告诉我为什么有人希望你必须活下去，而不是要你的命。"

"因为你不会对我严刑逼供，我知道的，你不会这样对我。"

"是吗？要知道时代不同了，一切都有可能改变，麦克。"

"你说得没错，但是你没有变，我也没有。我们是火星人，你比我更热爱这个星球。你不会受制于任何人，我也如此。我们有着相同的理由保持自由之身。"

"我们不一样,麦克。从根本上说,我是一名追猎者,而你是窃贼。追猎者捕杀窃贼。"

"谁雇你来的?谁要你把我带走的?"

"你不会猜吗?"

"德尔菲。他或许是全宇宙最有钱的人,但要买我的命,他的钱远远不够。"

"这么多钱已经足够让我好奇了。我要知道他到底想从你身上得到什么价值连城的东西。一包我不该看的东西,也是你没有的。我知道你没有,就算有,你也只是拿它来当诱饵。我追踪了你差不多一个星期,麦克。我有好多次机会可以干掉你的。我给了你机会让你尝试所有的逃生方法,而你已经试过了。"

"什么?这么说你在测试我?"

"差不多吧。"

她从黑暗中走了出来,走进了他头盔的光束中。一个轻盈的、男孩般的身影。跟他记忆之中的样子有点区别。她的左手提着头盔,右手松松地抓着一把枪。她棕色的卷发披散着,中间是一张美丽得不可方物的心形脸,还有一双细长的金色眼睛。她纤细的眉毛倾斜着,嘴唇殷红如新鲜的血液。被她追杀的人几乎就没见过她的脸,雇主也很少见到伊莉·陈的庐山真面目。她都是用投递的方式收取"佣金"。

曾经的她就如他的亲妹妹一样,小时候的每一天,麦克都陪着她玩。在麦克的记忆里,伊莉还是个聪明而漂亮的小姑娘,很难想象她竟然已经长得如此亭亭玉立。

"好久不见,伊莉。你到底想要干什么?"他掀开了头盔的面甲。

"嗨,麦克,"她笑着把手枪收入皮套,"你真是个又难糊弄又难干掉的家伙,我就是好奇德尔菲如此迫切地想要从你身上弄点什么,居然说价格随我开。"

他肯定会觉得这是个好主意。麦克也把自动手枪收了起来。伊莉收好枪以后,反身回到黑暗中,拖出一个沉重的包裹。她蹲下去检查背包带。

"结果你找到答案了吗?"

麦克也不知道自己为什么仍然对她保持小心谨慎,答案可能很简单。哪怕是最强壮的男人,随时能够控制自己的情绪、保持冷静的男人,也很难抵抗美丽女人的诱惑。

"当然啦,"她站起身,朝着麦克走来,似笑非笑地看着他。她的眼神疲惫,声音有些沙哑。"但我不相信他会按照规矩付钱。"

这话让史东大笑起来。"我最后一次见到你大概是二十年前了,从水箱里偷水。"

她也笑了。他还记得这个笑容,小时候他俩在低地运河集贸市场彼此追逐,她经常嘲笑他的笨拙。她还自我吹嘘自己的火星血统可以追溯到伟大的布鲁伦战舰主宰着绿色海洋的年代,战舰徜徉在秋天的金色阳光之下,那是火星古老的旧时代。史东轻而易举就相信了她的话。

那些嫉妒伊莉的人都说她的母亲是一个地球妓女,父亲是火星的狱警。不过,她那浅棕色的光滑皮肤,充满爆发力和野性的身段,像男孩一样坚毅的脸庞,还有卷曲的头发,修长的双腿,小巧玲珑的乳房,带着点嘲讽的金色眼睛总让见过她的人坚定不移地相信:伊莉·陈就是个地地道道的火星人。

像伊莉这样出身和背景的女孩,很难在火星上找到什么正经工作。而她选择了最艰难的职业之路:先是担任德克斯·梅瑞希的伙伴,学习赏金猎人的贸易之道,逐渐成为拥有自己独立账户的追猎者。麦克怀疑伊莉·陈帮助自己还有其他原因。传闻中她又聪明又狡猾,但不知道有几分可信。

"那么你有什么主意,伊莉?"

"或许,我们可以建立伙伴关系。"

"我真是受宠若惊,原来你这么喜欢我啊。"

"我只是非常不喜欢德尔菲。我不喜欢他在火星上做的一切,也不喜欢他那种为达目的不择手段还反复无常的性格。他到底想干什么,麦克?"

"他以为我手里有一堆蓝焰宝石。"

"一堆?"

"一堆。"

她沉默了,他几乎能听到她大脑转动的声音。

"那枚炸弹又是怎么回事?"最终她开口问道。

于是,他把自己所知道的一切都告诉了她。

麦克话音刚落,伊莉就说:"这么说,我想我肯定能帮上忙的。"

他好奇地问为什么。

她笑了。"因为我也是火星人,"她弯下腰,背起地上沉重的背包,"而且我可不是五音不全。"

五、口哨吹出的"迪克西"

他们来到了瀑布边,头盔里的无线电传来的声音越来越大,震耳欲聋。深渊深处放射着怪异的粉红色光芒。

"有人说火星的核心就在此地之下。"伊莉言简意赅地说。

"你以前来过这里?"

"来过一次。地球上有个犯人越狱潜逃,以为逃到火星就可以得到赦免。本该如此,可惜撞锤城的法官欠老伦敦同行一个人情。我拿了双倍酬劳,因为我活捉了那家伙。他在火星上有不少朋友,考古学家和学者之类,不是什么硬骨头,很轻易就招供了。据说他们找到了传说中消失的运河存在的证据。你知道这个故事吧?"

他点点头。"知道,听说是在沙漠里发现的,有人在晚上睡觉的时候突然被流水的淙淙声惊醒,他仔细聆听了许久,断定地下有河流。当然，人们传说那是幽灵运河，类似海市蜃楼的东西。误导那些在沙漠里的游客疯狂地寻找水源，然后渴死在流水声中。"

"那些学者说到这个也是莫衷一是，有人说是一种类似虫洞的东西，连接新世界的入口之类。也有人认为它直通地球，另一端出口在亚利桑那州的某地，或许还能回到上古时代。还有人联想到了所谓的宇宙迷雾——正是这些东西多年以来蒙蔽了天文学家探索宇宙的眼睛。"她耸了耸肩，"公说公有理，婆说婆有理，他们倒争执得不亦乐乎。反正，我找到了山洞的入口，发现了这个地方，也抓住了逃犯，带他回去，换回了我的赏金。"

"为什么我从来没听说过那个入口？"

"我把它破坏了，不想再给那些考古学家们难堪。至于那个逃犯没有泄露消息，可能有两方面原因，一来他还指望着再次在这个地方隐匿，二来他也知道如果走漏了地底瀑布的消息我会怎么收拾他。逃犯被押送到了谷神星，你在那里可没待多久。据我所知，那家伙带着秘密进了棺材。"

他们已经走到了瀑布边缘，眼前的景色如梦如幻。气势宏伟的飞流直冲而下，广袤的空间中悬挂着一屏闪耀的水幕，各种光芒交替闪烁，蓝色、金色、绿色和红色，奇异诡谲。那是古老的光，麦克想着，虽然他不知道为什么。在深邃的黑暗中，洞穴中的微光显得格外压抑。麦克的眼前似乎出现了各种人影，那些他所讨厌、憎恨的人们，但没有他曾爱过的人。带着武器的男人，觊觎他钱财的女人，或者那些压根从骨子里瞧不起他的，或者两者兼有。残酷仿佛是足以点燃整个星际社会的燃料，而不是他所选择的苦口良药：和平。为什么，他所能想到的一切就是这些？那闪烁着光芒的水道，浮现出数百万种不同的模样，他就像回到了一个可以肆无忌惮撒娇的怀抱，脆弱如一个婴儿，那里是安全的，安全的……

"史东！"

伊莉有力的胳膊抓住了他,把他从悬崖边拉了回来。"该死的!我还以为你能控制自己。"她的愤怒就如一巴掌扇在他脸上。麦克咒骂了一句,那双眼睛,那双令人不敢逼视的眼!这一瞬间,她的愤怒似乎在他俩之间酝酿着什么。

他摇了摇头。"好了,别担心了,对不起,我保证下不为例。"

她皱着眉头,透过望远镜越过汹涌的瀑布搜寻着。"那是什么?"

一抹类似电光的绿色闪过。跟周围明显不同。麦克打开头盔的光学系统,飞快的文字闪过,测算着它的距离和大小。伊莉也用自己的望远镜检测。

约莫有1.5米见方,星球炸弹平稳地躺在一圈粗糙的圆石之中。几乎一动不动,激流猛烈地在它周围冲击,相逆的水流让它保持着悬浮状态。只要它周围的水流稍稍改变一下流向,就可能会把这枚可怕的炸弹冲下瀑布,那一切都完了,只能眼睁睁等着炸弹爆炸,整个火星化为宇宙尘埃。

瀑布怒吼着跌入深不见底的洞穴,头顶上的黑暗中,不时有光芒闪烁。根据头盔的分析,这里四周有着数不尽的贵重金属矿脉,金矿,银矿,还有钻石和许许多多在地球上极其罕见的稀有金属。史东可以想象德尔菲发现了这一切以后欣喜若狂的模样。他搜寻着瀑布顶端,发现了一条可能穿过激流的路径,那是一片黑色凸出的花岗岩,像顶篷一样,成吨的水流先流经它,再携万钧之势直冲而下。这片顶篷可以给予它下方的岩石一点保护,至少能保护一部分。而突出的花岗石有一处缺口,那里的水流直冲而下,形成了一片盲区,史东和陈都没有把握可以顺利穿过去,四周也没有更好的路径。

"看来我们得用上绳子了。"伊莉解下沉重的背包,"我们不能就在这里搞定那枚炸弹,得把它抓过来。"

"我可以尝试从我的手枪里发射抓钩。"他展示了下自己腰带上结实的抓钩,"约莫50米长的金属蛛丝,不过我们站在这里可没用。必须

OLD MARS

保证炸弹的安全,绝对不容有失。我看该打开重力均衡器,这样就算水流有变化也不影响炸弹的位置。你的外出服里有重力均衡器吗?没有就用我的。我们两个都得过去,尽可能靠近才行。"

他们没什么时间讨论方案了,先得做 GE 压力测试,确保重力均衡器可以在这里使用,把能够威胁到他们生命的各种力量转化成平衡外界压力的重力场。这项技术背后的科技理念十分先进,但必须先做好压力测试,否则后果不堪设想,曾出过的事故可不止一次。而他们没有第二次尝试的机会。于是他们联系了米格尔·克兰。克兰明确地告诉史东,他所戴的头盔早就在各种环境下测试了压力,尤其是瀑布激流。他很惊讶伊莉·陈参与了这件事情,但对他们俩应用外出服的能力没有表示任何担心。"不管是针对一个人或者十几个,从理论上讲,重力均衡器都能抵消这么强大的力量。当然,我们绝不允许出现操作错误。要记着,哪怕是电路上出现了一点差错,你俩就会在一瞬间被瀑布冲走。"他建议伊莉的外出服只开启维持最低功耗,以备不时之需。"至少有什么万一的话还可以随机应变。"克兰这话听起来似乎有点没底气。

很快他们就准备就绪,用麦克的金属蛛丝把两人拴在一起。在这种时候还依赖头盔分析图像就太不明智了,还是用自己的眼睛看靠谱。哪怕把外界感应强度调整到最小,他们仍然能感觉到水流从运河急冲而出,落入深不见底的峡谷时那巨槌撞击般的声音。他俩小心翼翼地滑入了堤道,重力均衡器控制着他们的四肢和手肘,膝盖处吸附力全开,确保他们不被激流冲走。恐怖的水力在重力均衡器的转换之下,成为他们往前行走的动力。他俩就像趴在广袤的水晶屏上的小斑点,甚至看不清前方一米开外的地方。他俩紧紧地靠在一起,打起十二万分精神谨慎前进,不时趴下来,靠双手和膝盖的力量爬行,周围尖啸着的水幕遮蔽了他们的视线,史东不止一次失去了平衡。而伊莉总是保持步履稳健,在关键时候拉动绳子救下了史东,否则他早就被激流冲到火星地核之中了。他心里默默地算了下，就这么几分钟，伊莉已经救了自己七次。

头顶上，瀑布轰鸣之声不绝。激流四溅，水雾弥漫。突然间，伊莉差点被激流扫出了边缘，史东猛地把重力均衡器功率开到最大，死死地抱住她的后背，用尽全力往外一踢，在重力均衡器的作用下，险险往内侧跌倒，他感觉到有什么东西似乎勾住了他的肩膀。等他回过神来，看到外出服被划破的碎片随着激流冲下了瀑布，真是雪上加霜，这下子他们的处境更危险了。两人极力寻找目标，顺带盯着计时器，粗略判断离炸弹爆炸还剩多长时间。四十分钟。突然间水流安静了下来，连声音都柔和了许多。这是一片掩盖在巨大的花岗石顶篷下的静水，感谢它吧，总算能休息一会儿恢复下体力了，还可以节省点时间。

史东偶尔回头望着已经看不见的岸边，他们所做的一切会不会白费？当初不接受这个不可能完成的任务会不会更好些？他想着克兰可能疯了，如果他们失败了，不可避免的会迎接死亡。可是死亡不就是所有人类、星球和整个宇宙最终的归宿吗？他们为生存所做的一切挣扎最终不也是徒劳吗？多延续几年，几十年，几百年，又有何意义？对宇宙的时间尺度而言，人类繁衍几千万年，也不过是一个转瞬而已。

这个念头刚出现在他脑子里，站在他身边的伊莉·陈抬头看了他一眼。突然间，他明白了自己做的事情意义重大，付出一切都值得。

他们终于接近了。一个闪烁着浅绿色光芒的东西，正好卡在下方一片岩石裂隙之中。史东没找到合适的路径下去，有这么一瞬间，他以为他们将功亏一篑。这时候伊莉点了点头，示意如果他抓牢金属蛛丝，或许她可以尝试吊下去拿到装炸弹的盒子。但是，这就意味着她要使用自己携带的、没有经过测试的重力均衡器。就连她的外出服是否还有足够的能源都不清楚。

她耸了耸肩，开始绑金属蛛丝。

OLD MARS

瀑布仍在他们面前轰鸣,奔腾,危险一如既往。

史东开始担心他的金属蛛丝够不够长。

他很难估算出准确的距离,不过他得集中注意力。

史东必须在伊莉打开重力均衡器的一瞬间关掉自己的,在他们分开的这几秒钟里还得竭尽全力保持平衡。他举手示意伊莉开始。

一瞬间的眩晕感袭来,他关闭了开关。她的身影飞快地从他视线中消失,伊莉的轮廓比他想象的还要娇小。

她外出服上的蓝色和红色交替闪现,水流的重力被均衡器转化成额外的阻力。她伸出胳膊,紧紧地拽住了那枚核弹,将它从闪烁着玫瑰色光芒的深渊入口处摘了出来。她兴奋地大叫着,身体弯曲着往后摆动,划出一道弧线。他猛地一捶金属蛛丝控制器,收缩蛛丝把她拽回来,史东用尽全身力气稳住自身,恨不得把牙齿和指甲都插在岩石上。当她摇摇摆摆地站在他身边的时候,他大笑着,像一个傻瓜,兴奋地打开自己的重力均衡器,保护着两人。史东用力拥抱着伊莉,为她的得意而兴奋。

他们拿到了星球炸弹!

现在必须沿着原路返回,他们一寸一寸地小心挪动脚步,穿过瀑布。时间在一点一滴地流逝,他们甚至不敢浪费一秒钟看下计时器。回到岸边的时间似乎格外地长,均衡器逐渐变得不稳定,能量的小气泡冒了出来,迅速消失在摇摆得越来越厉害的重力领域中。

就在史东几乎耗尽全身体力,绝望地相信炸弹很快就会爆炸的时候,突然间,他的靴子踩到了光滑的花岗岩上,他用力把炸弹推到了相对平整的石钟乳上,强撑着最后的力气关掉了重力均衡器。他的外出服噼啪作响,上面还有裂痕,说不准一瞬间就能要了他的命。

史东得意扬扬地呼叫了克兰,可是地球人看上去并没有特别喜出望外。

"你还剩下27分钟,"他说,"你觉得来得及吗,史东?"

伊莉咧嘴一笑，开始吹口哨。

"那是什么？"克兰问道。

"没用的调子，"她说，"扬基之歌，怎么了？"

可是，在克兰把调整好的音调回放给他们的时候，十一个保护锁中，只有四个打开了。他们还需要依次打开剩下的七个。"得克萨斯的黄玫瑰"打开了两个，"沃巴什的月光"又被两个保护锁弹了回去。

伊莉尝试着不同的调子和速度，破解新的序列。又打开两个，接下来又是一个。然后就再无进展，她挺尴尬的。"我的祖母在愚行复兴时代来到火星，在她因为吸毒去世之前，我们一直都这么唱歌来着。"

"你们的处境越来越危险，"克兰警告他们，"看样子有什么东西卡住了。停！"他们浑然不觉时间正在一分一秒地逝去，不断的尝试和失败让他们越来越接近死亡。"你们必须停下来！"克兰说，"必须解开所有的保护锁，否则炸弹不能被终止。我们研究那些代码花了许多年，所以才能把解码信息调制在一首简单的小曲儿中。现在我们没时间再重新解码了！目前的情况太过复杂，而我们还剩下八分钟。"

麦克站起来盯着炸弹走了几圈，尝试用不同的迫力工具撬开剩下的锁。"看样子没用，这玩意儿随时会爆炸。"他盯着手套上开始消失的迫力工具。

"看样子我们都有点五音不全了。现在进行 B 计划。"伊莉把双手伸进背包，拿出了一个四方形金属箱子，飞快地打开箱盖，里面装着一个严实的罐子，上面印着政府的警告标志。她戴着手套的手指抚摸着它，那东西像是有生命一样，开始扩大，抽搐，啪啪地蹦达。最终它变成了一条像是卡其色梭鱼的东西，横卧在伊莉腿上。"我设置好这东西了。"

史东认出这是一枚未激活的 B-9 温伯。他隐约猜到了伊莉的计划，但仍然问道："你拿这玩意儿出来干什么？"他想知道这个问题的答案。

但她没有停下来。"我比你轻多了,把你那根大围巾给我,"她说,"快点!可能还需要用到一些工具。我会告诉你该干什么。我们需要金属蛛丝,你能把它从你的外出服里抽出来吗?"

"我可以试试。"

他先抽出了长长的白色围巾,伊莉把围巾缠在腰上。炸弹上没有计时器或者液晶显示屏提醒他们还剩多少时间,他们只能依靠自己的计时设备。

"还剩七分钟。"

他仍然打算按照自己的计划来。"现在,"史东说,"拿上这些磁力夹具,围巾会派上用场的。虽然它承受不了多大的压力,不过可以在我们用金属蛛丝将炸弹捆在温伯上的时候固定下炸弹那的位置。把末端留长一些,或许能用上螺丝钻杆。"

伊莉飞快地用金属蛛丝固定好手上的东西。"好吧,"史东嘟嘟囔囔地说,"还要更多的磁力夹具,我们有的都用上。"

炸弹平放在地上,旁边是温伯。在他的计划里,他们把炸弹抬起来,用金属蛛丝和八个磁力夹具固定在温伯上。而这些磁力夹具通常是伊莉追捕那些重犯,防止他们逃跑所用的。他们一起把温伯平放在炸弹上面。还剩六分钟,他做了个深呼吸。

然后,就在他还琢磨着自己的计划时,伊莉已经跨上了这一堆被蛛丝捆在一起的玩意,她用围巾和剩下的金属蛛丝把自己和它拴在一起,保持四肢活动。史东感觉很不爽,他意识到自己的计划已经行不通。而现在再来争执又太浪费时间。

很快,她就把整个玩意儿绑在自己身下,温伯开始挣扎,像是一条迫切想要冲入大海的鱼。史东用尽全身力气抓住它,震得双手麻木。然后,伊莉开始加载外出服的能源。

除了恶心反胃,他无法找到其他的词形容这种感觉。她打开了自己外出服上的重力均衡器开关,抓住温伯,缓缓地把炸弹放开,让它单独保持在均衡器作用的范围之外。伊莉轻轻拍打着手臂上的代码。难道她不需要一个头盔？一阵微光闪过，她瑟缩了下。不！不要是自杀式的使命！不要说完成这计划需要她付出生命的代价！瀑布的声音淹没了他们的交谈声，不用无线电根本没法沟通。强大的仿生温伯在她手上跳跃，朝上攀升，很快越过史东的头顶，而伊莉仍然稳稳地抓着它。温伯往下一沉，盘旋一周，再次上升。史东狂吼着让伊莉放手跳下来，自己会接住她。

"我必须先测试下，"她大声说，"没多少时间了！"

"或许我们该说再见。"一阵沉默之后，虽然极度不甘，史东无可奈何地后退了几步。

"或许吧。"话音刚落，她松开了温伯。

它猛地升腾到空中，盘旋一周，伊莉的生命也悬在半空。她的外出服噼啪闪烁。金属蛛丝连接着炸弹，非常牢固。

而她只是靠几个磁力夹具、一点蛛丝和她自己的力量挂在温伯上。但史东敢发誓，他看到伊莉面带着笑容。

温伯和炸弹的联合体开始直线移动，越过诺克都瀑布——透过遥远的水雾，各种金色、银色和粉红色混杂的闪光——径直往下跌落！史东的心都抽紧了，恐惧攫住了他。伊莉·陈在往下坠落！一瞬间就落到了他的视线之外，她被温伯拖到了那深不见底的、透着玫瑰色诡异光芒的深渊，还有那永不停息奔腾不已的致命水流中！当她的身影消失的时候，史东感到前所未有的恐惧。

"哦，上帝啊！"他赶紧打开无线电，但没有任何信息传来，"天哪，伊莉！"

他痛苦而徒劳地在闪耀着金光的空气中搜寻着。

什么也没有。

瑰丽的诺克都瀑布仍如万马奔腾般呼啸，像是诡异的狂笑声。

就在这时，温伯耀武扬威地像一条鲑鱼般跳过瀑布，冲到运河上方的空中。伊莉仍然挂在它背后，温伯奇异地扭曲了几下，似乎要爬升到更高的地方。她飞了上来，然后又下跌了一段距离，几乎直接朝他冲过来。他清楚地感觉到温伯的目标似乎就是他。是因为他是最近的生物热源？或者他一直是温伯的目标？

她过来了，说时迟那时快，伊莉纵身一跃，从飞行的温伯上跳了下来，直接朝着走道落下，温伯划出一道完美的弧线转身，像镭射光一样背对着他们飞去——须臾间启动了时空穿梭，从眼前消失。现在它大概钻入了不可见的空间褶皱，寻找更大的热能目标，从岩石表面闪烁而过，像一根细针一样刺入折叠的宇宙时空。

在伊莉关闭外出服能源往下坠落的时候，他一个翻身接住了她。她大笑着，投入了他的怀抱。

史东无法控制地做了他一直想做的事情，把她紧紧地搂在怀里，掀起自己的头盔，深深地吻了她。自从他第一次在低地运河区水箱之间跟这名头发蓬乱、棕色皮肤的火星女孩玩捉迷藏的时候就爱上了她。她的嘴唇红得像染了鲜血，她也激烈地回吻他，轻轻咬着他的舌头，在他回应的时候发出咯咯的笑声。

在撞锤城，某位吸血鬼般贪婪的奸商正舒服地躺着，愉快地享用果汁，他看到一抹明亮的光划过西北方，然后天空出现了一朵暗橙色、几近深红的花。他完全没有意识到，在这一瞬间，他能活着就是世界上最大的幸运，比他所赚取的一切财富还珍贵。

很快，史东和伊莉沿着长长的黑色花岗岩走道爬上了运河边的阶梯，回到他第一次跟克兰见面的房间。地球人已经消失无踪，而停止动作的类人右臂钩子上，挂着一个柔软的、灰色鼠皮口袋。史东把口袋里的东西倒在伊莉手掌上，她倒抽了一口凉气。

史东点燃了他仅剩下三寸的大麻烟，深深地吸了一口，微微一笑，心满意足地看着伊莉。她把袋子里的东西拿出来，并排摆好：七枚切割完美的蓝焰宝石，靛蓝色的光泽交相辉映。每一粒都是一个不同的世界,每一粒都是完美的、迷人的,勾引人回想起自己最瑰丽的秘密梦想。如果你愿意,你可以活在其中,永远,永远。

"啊哈,"史东高兴地说,"真是太漂亮了。"

尾声

他们都可以想象接下来的事情,矿业公司和考古学家们发现了火星上有如此庞大的水资源。当然,几个世纪以来,来自外星的超级炸弹可能对它有所污染,必须经过过滤处理才能使用。但那不会是太大的问题,尤其是监狱里有多得不得了的劳工。史东也能猜到那些剥削者们会疯狂地想要占据整个神秘的深渊,宽阔的平静的运河水永久地倾入那个深不见底的峡谷,通过某些神秘的过程,让水资源在运河里永恒地循环着。

这就是力量。

"一切都会颠覆,"伊莉·陈说,"这个发现将是骇人听闻的,人们还可以在运河上行船。未来将有电梯直接通往瀑布之下。游客们会带来大把大把的收益,还会诞生各种奇幻小说。导游们可以发挥想象力对上古传说和历史进行解读。艺术评论家们也可以从各个角度解释这些宏伟的设计。浮雕的美丽恢宏,建筑师和工程师们的聪明才智。还会有上千种新的学术理论诞生。那些疯狂的理论,宗教,邪教……可是这些都还不是最糟糕的情况。总有像德尔菲一样贪婪的人会疯狂地攫取那里的珍贵金属和珠宝……"

"不,"他说,"这些都不会发生,我们可以保护好这个秘密,只需要一阵子就够。"

这也是伊莉所想的。她露出了甜美的、带着点讽刺的火星式笑容。"看来我也得退休不干了。"她说。

于是他们买下了整个火星,伊莉只花了两枚蓝焰宝石,把它卖给了地球财阀组成的财团。而史东和伊莉拿下了火星矿业公司、两艘宇宙飞船、撞锤城和其他定居点的所有权,整个火星勘测、开采以及火星监狱的所有权利。那里的犯人有不少是史东的旧识,于是很快他们就被释放了。

或许从此以后,火星将成为一个充满公正和理性的天堂,能有持续上千年的黄金时代,火星的后裔可以茁壮成长,蓬勃发展。但此时,以及此后的好几个月,或许更长的时间,这条消失的运河仍然是属于他们两人的秘密。

菲利斯·爱森斯坦

菲利斯·爱森斯坦的短篇小说发表于《科幻与幻想》《阿西莫夫》《模拟》《惊奇》等杂志上。她的作品中最著名的是关于阿拉里克游吟诗人的冒险幻想故事,这位游吟诗人天生拥有瞬移的能力,后来这一系列整理成两本书:《注定流亡》和《红色领主的笼罩》。

她还著有元素之书系列的《魔法师之子》和《水晶宫》,单行本《地球阴影》和《荣耀之手》。还有一些短篇小说,包括和丈夫亚历克斯·爱森斯坦合著的小说,被收入《夜影集:九个意想不到的黑暗幻想故事》。菲利斯·爱森斯坦在芝加哥大学获取人类学学士学位,在哥伦比亚大学担任老师已经二十多年,教授创意写作。还编纂了两册《冒险科幻文集》,收录自己学生们的作品。现在一家大型广告公司担任文字编辑,与她的丈夫一起生活在她的出生地芝加哥。

在《太阳石》的故事中,推翻了"亲人已去,家不成家"的古老说法,证明在陌生的土地上你仍可以找到属于自己的家,只要你用心去寻找,虽然那可能会是一段漫长的历程。

太阳石

他期待着在子午线宇航中心遇见父亲,可是当他度过了为期一个月从地球前往火星的旅途,背着行李袋走下飞船时,等在出口的人里没有那个熟悉的身影。离开了两个火星年,努力学习,刚刚获取了考古学博士学位,戴维·米勒还以为那个省吃俭用送儿子去全太阳系最好的高等学府就读的男人会在宇航中心欢迎他回家呢。

熙熙攘攘的人群逐渐散开,同机而来的乘客们提取行李,跟接机的人寒暄——不管是家人、朋友还是接待人。有些跟他一样是火星人,有些是有钱的旅客,还有一些是前来火星的移民,他们还没有从能够永久居住在这片神奇土地的兴奋感中回过神来。

戴维很确定,有钱的旅客们都拿到了自己的名片上面写着"跟发现者一起游览消逝的火星文明遗迹"如此煽动人心的词句。这样写也不完全算是骗人,他在少年时期就在尼拉克斯·拉克斯附近的小运河边发现过古文明"遗址",还有几段被沙蚀的、不到他小腿高的围墙。父亲的贸易伙伴雷卡里认为那是七八千年前火星人遗留下来的。而他的父亲——当之无愧冠以名片上头衔的人——著名的本杰明·米勒博士鉴定以后认为这些"遗址"不值得开发成旅游景点。但至少可以让戴维理直气壮地自称为"发现者"。

看来再等下去也不会出现惊喜,戴维往宇航站出站口走去,那里有电话。在地球上他买了个人通信器,但火星肆虐的沙尘暴严重干扰了无线通信,还是固定电话更加可靠。

终端客服告诉他电话工作正常——至少昨天是这样——但他尝试

拨打父亲的号码，没有应答，准确地说是根本无法拨通。

他咬着下唇想了片刻，放弃了，改打给姐姐。他衷心希望接电话的不要是姐夫，姐姐已经够难缠了。

童稚的声音响起，压根不知道谁是戴维叔叔，不过最后，戴维仍然说服小孩把电话交给妈妈。

"嗨，戴维。"虽然不太亲切，但确凿无疑是姐姐的声音。两年以来，她从未回过他的信息。

"是我，我回来了。"他说，"你们怎么样？家里还好吧？"他甚至都不知道她现在有几个孩子。

"别假惺惺了，戴维，"她说，"你想干什么？"

"两年不见了，贝。这样的开场白可不算友好。"

他听到她哼了一声。"老实说我根本没想到你会回来。怎么，地球让你大失所望？"

"地球挺好的，"他说，"不过我从来没打算一直待在那儿。"

"说的也是，"他的姐姐说，"你终究会回来，帮助老爸挖更多的东西。说不定还能找到一座失落的城市，完成他的心愿。要知道，他都好几个月没有回家了。"

"好几个月？"戴维说，"到底几个月？"父亲大部分时间都在户外工作，可是……好几个月不回家？

"我不清楚，四个还是五个月了？我又没有经常跟他碰面。"

"你跟雷卡里联系过吗？"

姐姐顿了顿，又抱怨说："我就搞不懂爸爸到底看上那个火星败类哪一点了。"

"那你到底……"

"没有，我没跟他联系过。他也没有跟我联系。"

"贝弗利——"

"老爸喜欢他更胜过自己的亲人，而你跟他一样，不是吗？你可千万别反驳这一点。"

戴维没有回答这个问题。雷卡里伴随着他的成长，是一个很出色的伙伴。"他跟老爸一起出去的？"

"我怎么知道？"

"他没有接电话。"

"他会不会用电话都是个问题！"

戴维深深吸了一口气。在地球上他早就学会了在有人议论火星人和火星移民的时候闭嘴，虽然这个教训是挨了不少拳头才记牢的。"如果你觉得合适，我会去老爸家。"他说。

"随你。"她说着，就挂了电话。

这场对话是十年以来他们之间最长的谈话，让戴维一直放不下心来。几个月没回家？他试图把担忧的想法抛在脑后，回头找工作人员安排去查尔斯顿的班车。当然，班车是没有的，不过工作人员愿意把自己的摩托艇卖给火星老乡，也很乐意接受来自地球的信用额——这通常只能从地球游客和高等官员手里赚到，戴维在学校的时候做兼职积攒了不少。他背好行李袋，检查电量表，然后关好座舱门，准备往北而去。摩托艇上有导航地图，但戴维不需要，他的方向感挺不错，而且这也不算长距离旅行。只要沿着海德科运河一路朝北走，就不会迷路。他出发的时候天空已经一片黢黑，不过摩托艇的大灯很明亮，道路状况良好，永远占据运河的水荨麻也清理得干干净净。大概黎明时分他就可以抵达查尔斯顿。

即使处在两条运河的交汇处，查尔斯顿也算不上大城镇。如果是在地球上，这样的小城镇人口估计会比火星最繁华的城市还多。但戴维早就受够了地球上喧嚣拥挤的人群，他很喜欢查尔斯顿的冷清。一条主干道两侧林立着摇摇欲坠的旧房子，寥寥几所商店和酒吧，还有一些住宅区，从运河边往外辐射延伸。小镇北边是游船码头，停泊了六艘驳船，三艘小帆船，码头对面是雷卡里和他众多家里人居住的庄园。

太阳石

跟戴维预料的一样，早晨的街道上只有寥寥几名行人，都是他认识的，甚至有人还能叫出他的名字，问候他。不过他只是伸出胳膊挥舞几下，没有停下来寒暄。

他父亲的屋子在小镇北边，既是办公室又是居住地，门上挂着褪色的铭牌——"本·米勒及儿子们，旅游中心。参观古代遗址"。母亲还在世的时候，父亲是个乐观的人。戴维是父亲的独子，本来这里的"儿子们"算上了女婿，不过贝弗利的丈夫改换门庭去了公共事业单位工作，对岳父在斯提斯大学获得的诸多荣誉以及近三十年来发现的六个上古村落遗迹丝毫不感兴趣。他曾说过火星上的考古学就是个噱头，除了娱乐价值以外什么都没有。

戴维停好了摩托艇，试探着推了推办公室大门。门没上锁，在查尔斯顿，门锁几乎只起了装饰作用，就算锁上也会把钥匙挂在门把手上，方便需要进门的人。

里面的小房间一片昏暗，窗户上堆积了太多的灰尘，遮挡住了早晨的阳光，戴维按下了电灯开关，可惜没用。他推开大门，扬起的灰尘在透进屋子的阳光照耀下四散飞舞。他打开每个火星居民都随身携带的照明设备，走到了办公室后面的门口。穿过这扇门就是父亲的卧室，床上一片凌乱，但衣柜的抽屉关着，里面的衣服叠得整整齐齐，父亲常穿的外出服没有挂在衣钩上。再往里走就是戴维自己的卧室，跟他离开的时候一模一样，桌上摆着两座学校发的奖杯，床底下还放着一双旧鞋子。

"你没有必要回来。"他的父亲曾经说过。但戴维心知肚明，自己一定会回来。本·米勒及儿子们。这里是他的家。

离开家最初的几个月很难熬，强烈的思乡情绪挥之不去。但戴维总是通过运动来缓解，不管是在飞船还是在地球上，结果就是他的负重能力整整提高了一倍多。后来，研究生院和异国母星地球上的美丽景点深深地吸引了他，冲淡了他对家乡的想念。只有偶尔在凉爽的清晨

OLD MARS

醒来时，他会深深怀念着火星上明亮得刺目的晨光。

他把行李扔在床上，一个又一个地打开自己书桌的抽屉，试图回忆点什么。

东西不多，抽屉最底部有几件T恤。下面放着一个小笔记本。

戴维出去旅游的时候总会带着一个小本子，去地球也不例外，不过他自己的小本还躺在行李袋里。这是他父亲的记事本，只在第一页上有字迹。

顶部是日期，差不多五个火星月之前。日期下面的几行字映入戴维眼帘，那是父亲熟悉的笔迹，大概讲的是阿克罗纽斯运河发源地，北极的冰山附近发现了疑似上古遗迹的废墟。

这条线索挺可靠的，他的父亲在笔记本里写道，因为它来自火星上最年长的老人，曾经帮助过他们翻译一些难以辨认的铭文。可靠的线索，但也是漫长的旅程，他确信自己和雷卡里将会从人们视线中消失很长一段时间去将它发掘出来。日记底部是废墟的坐标。

北极冰川一如既往地缓慢融化，为运河注入水源，现在正好是退潮期。乘船向北行很容易，雷卡里有一条船，戴维看到它停在码头。

长途旅行过后，他很困顿，更加饥饿。

小厨房的柜子里空空如也，大概父亲在北行之前就把它清空了。于是戴维决定出门觅食，在当地的餐厅里找点东西果腹，在火星上，能吃的东西千奇百怪。杰姬的餐馆就在街上，早餐应该有花生酱和面包片供应，对戴维而言这就足够了。

在地球上求学的时候，这已经算美食。

"你回来啦，不知道你爸会多开心。"杰姬说。

她是个又高又瘦的女人，脸颊上留着火星风蹂躏过的痕迹，但她的笑容很亲切，自制的黑莓果酱也非常美味。比起贝弗利，杰姬更像个称职的姐姐。而戴维常常在想父亲为什么没有娶她续弦，让她真正成为自己家里的一分子。

"他离开挺久了,是不是?我姐姐说有好几个月了。"

杰姬低头看了看手表。"一百三十三天。"

戴维用手肘撑在桌子上,俯身抓过一把面包屑,把它们扔进了嘴里。"我看到雷卡里的船停在码头。难道我爸一个人去的?"

杰姬点了点头。"但一个多月前他就回来了。还说有人会来照顾生意,不过没定好具体时间。可是从去年开始我就没见过一个旅客。"

戴维签了张支票,使用地球信用额付餐费。杰姬把支票折好放在衬衫里。"很高兴看到你回来,小家伙。晚上应该给你弄点丰盛的东西。听说华纳餐馆那边有一只多的鸡,或许我能说服他们让出来。"

"那真是太棒了。"戴维说。

"记得在五点前回来。"

他走出餐馆,前往火星人居住区。

主干道上到处是赶早市的行人,在早市上做点买卖后,人们会赶往贫瘠的农场去料理转基因花生、马铃薯和大麦。农场一直延伸到海德科运河东侧。在运河西边,又有人在种植小麦,据他父亲所说,每隔十来年新移民从地球抵达的时候,总会有人乐此不疲地尝试。不过小麦从来就没个好收成,只能长出些细弱的茎秆喂山羊。戴维在地球上吃过太多小麦面包,也不觉得它有何特别之处。跟鸡肉可不能相提并论。

有几个人停下来跟他打招呼,询问在地球上的生活,称赞他看起来气色不错。所以戴维差不多走了十来分钟才来到雷卡里的庄园。

庄园的楼房弧线优美,面朝海德科运河,火星人称其为"莫瑞亚"。雷卡里曾说过它已经建成一千多年。按照火星的计时标准,实际上没有这么长。楼房房体是当地的软红石,房顶由覆盖着硬黏土的植物纤维编织而成。火星人种植的这种植物,种子不仅可以食用,还能饲养运河附近的洞穴蜥蜴。可对移民而言,这些种子并不在他们的菜单之上。小蜥蜴是火星人的蛋白质的主要来源,而移民们也无法接受。戴维曾经尝试过炖蜥蜴,不过仅仅出于礼貌吃过一口,也是唯一的一口。当然，雷卡里的同胞们也无法接受移民们的美食，戴维认为这倒是件好事情——至少意味着某些资源方面，火星人和移民之间可以减少竞争。不过他父亲坚持认为在紧急情况下也可以靠火星人的食物充饥。幸运的是，戴维还没有机会去验证他的观点。

雷卡里的儿子伯马里在庄园里修建新船，只差桅杆和船帆就能大功告成。他看到戴维的时候先用火星人的方式表示问候，然后按照移民的习惯走过去拍拍他的肩膀。跟所有的火星人一样，伯马里身材瘦削而结实，皮肤红润，眼睛大而苍白。火星人通常比移民高一个多头。戴维笑着伸手回应他的问候，他俩从小就是铁哥们。

"看来在学校里过得不错，"伯马里说，"你看起来挺健康，也结实了不少。"

他说的是纯正的火星文，不过对戴维而言，火星文和英文完全没区别。

"这得归功于地球上的重力。"戴维说，"比火星大多了，我还是更喜欢这儿。雷卡里叔叔在哪呢？"

伯马里还没来得及回答，雷卡里就从房间里走了出来，同样用火星人的方式表示了欢迎，然后像个地道的移民那样拥抱了戴维。

很快，雷卡里一大家子人都从屋子里走出来，他的妻子、弟弟、弟媳和两个孩子。很快，庄园里摆好椅子，支起桌子，摆上火星人和移民都喜欢的植物饮料，薄荷香气和淡淡的酒精味道弥漫在空气中。人们都用好奇的眼光打量着戴维，不过只有雷卡里最小的侄子按捺不住地询问起地球的情况——离开火星的时候，他还只有戴维膝盖这么高。戴维给自己倒了杯饮料，讲起了在地球生活的故事，繁华的城市，熙熙攘攘的人群，学校和老师们……周围人听得津津有味，不停地催促他继续讲下去。最终，雷卡里出面打断了叙述，说戴维看起来挺累的，今天就到此为止吧。成年的火星人总是善于解读地球人的面部表情——比人类擅长得多。不过实际上戴维刚吃过饭，精神还算不错。但他也明白，询问正事要紧,如果火星上只有一个人知晓他父亲的下落,那必定是雷卡里这位贸易伙伴无疑。

"我想我们该去办公室谈谈。"雷卡里说着,举手示意大家稍等一会。他踱进了庄园里一间屋子,带回来一盏绿色的火星提灯。古老的火星文明没有留下太多辉煌灿烂的东西,但古人们已经发现并种植阳光地衣,它们吸收的阳光可以用特殊手段反向激活释放,一天内可以维持几个小时发光。雷卡里以前教过戴维怎么操作,可戴维每次都喂食过度,反而弄巧成拙。

"我有照明灯。"戴维拍了拍夹克口袋。

"我知道。"雷卡里说,但仍然带着阳光地衣提灯。

他们进了办公室,雷卡里关上大门,把提灯放在能够显示地图的长桌上。他掸了掸习惯坐的那把椅子上的灰尘,坐了下来。戴维选择了父亲常坐的那把,等待着。他知道雷卡里或许会兜几个圈子,但最终会给出自己想要知道的答案,不会让他失望。火星人对谈话的节奏和话题切入的时机有着自己的把握。

雷卡里修长的手指叠放在膝盖上。"你觉得在地球上学的知识有用吗?"他开口问道。

戴维在斯提斯大学念完本科,教他的老师全是他父亲以前的学生,在这所学校他可以轻而易举地一口气念到博士。但父亲坚持认为去地球留学过后,他才能成为一名优秀的考古学家,即使在地球上他只能研究一些被好几代博士导师研究得烂熟的考古发现。直到他去了才意识到父亲是对的,地球的考古学老师学识渊博,远远超出戴维的想象,而他们非常乐意给本杰明·米勒博士的儿子提供最优质的教学。

"有用,非常有用。"戴维回答。

雷卡里做了个手势,在火星习俗里表示认同。"你爸很高兴你去了地球。一位老朋友给他写信说你表现得很棒。"

戴维等待他继续说下去。

OLD MARS

雷卡里似乎在仔细打量他,过了半晌才开口:"你父亲身体一直不好。"

戴维觉得后背突然渗入一股寒意。这个消息真是糟透了。"您指的哪方面?"

"他的心脏有点毛病。"

"我离开的时候他看起来很健康。"

雷卡里又做了个火星人表示否定的手势。"那是靠药物支撑,甚至在你离开之前他就开始服药了。"

戴维皱起眉头看着他。"您该早点告诉我的。"

"医生说没有别的治疗方案,可能前去地球治疗会好点。但医生也说你父亲的身体状况很糟糕,星际旅行可能会有生命危险。你父亲也不希望把飞船票浪费在自己身上。"

"我很乐意让给他!"

"他知道。"

戴维深深地叹了口气。他的父亲一直都这么固执。"您真的该早点告诉我的。"

雷卡里的声音变得很低沉:"或许,不过他不希望你知道。"

戴维可以理解他,这是火星人最死板的传统之一,对长辈不可思议的尊重,而且理所当然地认为其他人也应当如此。作为一名火星人,你绝不能违抗长者,否则就是大逆不道。这就是雷卡里明明压根不相信会有什么发现,仍然跟着许多考察队四处探险的原因。

早在戴维出生之前,雷卡里就成为父亲的合作伙伴,帮助父亲引导地球上富有的游客前来参观保存得最完好的火星遗迹,解说各种上古火星习俗——当然,他私下也承认,有些东西是连蒙带猜,不敢保证绝对准确——还寻找各种渠道翻译古代碑文。在漫长的旅游淡季,他俩一起寻找更多废墟遗迹,还在火星上不同的地理环境中搜寻各种有趣的矿物质。古老的文明已经发掘了星球上便于使用的各种资源,把星球表面挖掘得坑坑洼洼。但戴维的父亲曾经在北极发现过蛋白石矿脉，一直掩埋在冰川之下，后来冰川融化暴露出陡峭的岩壁，这座矿脉才重见天日。

就这样，斯提斯城的有钱人才能戴上装饰有蛋白石的戒指和吊坠，虽然城市里只有一家珠宝商能够从地球带来做底托的黄金。蛋白石带来的财富资助他们探索了好几个看上去有特殊考古价值的地方，不过一无所获。古老的火星城市已经消失得太久，但他的父亲从未放弃过努力。

"我找到了他的笔记本，"戴维说，"上面写着他发现了一些有意思的坐标。"

火星人举起一只手，这是个类似地球人耸肩的姿势。"你爸听到了一个故事，你也知道，他总能听到稀奇古怪的东西。"

戴维点点头。

"他认为那些坐标有价值，所以我们乘船出发，花了几个星期在北极冰原附近搜寻。就我而言，什么都没看到。但在某个区域，你的父亲似乎……看到了……古代遗迹的某些迹象。当然我们带了挖掘机器，像往常一样挖开了地表土壤层。然后他跪在坑里，亲自用小铲挖一些点，据说像是木桩地基的痕迹。以前他也经常这么做，我想这不会影响他的健康。我倒是打算在他身边帮忙，但他把我推开了。他说这种工作很细致，留给专家来做比较好。其实这种事情对我也不算陌生，但你父亲确实更加可靠。"

戴维不知道他说的是不是真相，但他没有流露出任何令人怀疑的迹象。不能忤逆长者——不管是父亲还是雷卡里，都是他的长辈。

"突然我看到他表现出非常痛苦的样子，"雷卡里说，"他的手在颤抖，连药瓶都打不开。我赶紧上前帮他，打开药瓶拿了一颗药喂他服下，但似乎没起作用。医生说如果有必要可以再服一颗，可是，也没有用……"他做了一个戴维从没见过的手势，单薄的肩膀下垂，仿佛非常疲惫。"我把他埋在了北方,然后独自回来。有人问起我就说我俩必须回来一个,而他选择留在挖掘场。"

他又重复了那个新手势,火星人很少重复手势表示强调。戴维表现出询问的样子,他回答:"这是悲哀的表示,戴维。年轻人通常不用的。"

戴维深吸了一口气,缓缓吐出,尽力稳定情绪。"我想去祭拜下父亲的坟墓。"

"他应该不希望让你去。"雷卡里说。

"这没关系,我想去。"

雷卡里把手伸进上衣口袋,掏出裹成拳头大小的布片。"这才是他希望的,戴维。他让我把这个交给你。"他解开布片,露出一个苍白的、水滴形的卵石,打磨得非常光滑,一头刺穿了,系着螺纹状的银链。它的表面散发着依稀的微光,像是蛋白石的幽灵。戴维很快就想到了,这东西的火星名叫"太阳石",是火星族长传承的信物,从父到子,一代一代地往下传承。

雷卡里的父亲在九年前去世,任命他为一家之长,平时他也带着一枚太阳石,贴身挂着。而火星上的地球移民从没觉得太阳石有什么特别的吸引力。戴维一直觉得雷卡里的太阳石非常漂亮,却从不知道父亲也有一块。

雷卡里把太阳石递给戴维,链条在他修长的手指间摇晃。戴维接过它,放到提灯边仔细打量。"这是从哪来的?"

"很久以前了,"雷卡里说,"早在你出生之前,早在我和你父亲联营公司之前。一个小男孩在火星小镇以南大约四十公里的地方走丢了。你的父亲曾经在那片区域寻找遗迹,熟悉地貌,于是他自告奋勇帮忙搜救。事实上,他是唯一一个参与救援的地球人。而他找到了那个孩子,但那时候正值冬季,他去得太迟,孩子已经被冻死了。尽管如此,孩子的爷爷从未忘记过他的大恩,因为这个孩子是他们家族唯一的希望。多年以来,老人一直帮助你父亲翻译碑文,讲述从远古流传下来的故事,甚至绘制一些古老的地图。在老人的生命快要走到尽头的几个月前,他把你父亲叫了过去,给了他这枚太阳石,这样他的家族至少可以继续传承下去,哪怕是传给了地球人。也就是他告诉你父亲上古时代的城市可能存在的方位,你知道你父亲迫切地想要发掘这些遗迹。当然,类似的故事,这么多年来你父亲也听过无数次了。"

"所以,"雷卡里继续说,"我们就去了,怎么可能不去呢?而这一次,我们迎来了你父亲的噩耗。而现在,由你来继任家族族长。"

戴维用手捧着那颗太阳石,想着父亲肯定佩戴过它,想着那个素未谋面的火星老人,还有那已经逝去的小孩。他感觉有点迷茫。

本·米勒和儿子们,他多么希望可以最后一次握着父亲的手,最后再拥抱他一次。他才不想做什么族长。"可我还有个姐姐。"他说。

"她已经加入了另一个家庭,"雷卡里说,"你的父亲并不希望她继承太阳石,我想你明白这一点。"

戴维做了个同意的手势,把链子挂在脖子上,然后把太阳石塞到衣服里面。身为一名地球人,戴着太阳石会显得很奇怪,塞进衣服里少招人注意,再说雷卡里也是这样佩戴太阳石的。"我爸的坟墓就在挖掘场附近吧?"他说,"我想去看看。"

刚贴到肌肤的时候,石头一片冰凉,很快就变得温暖。他不禁感到一种奇特的安慰,仿佛冥冥之中父亲有一部分回来了,与他同在。

雷卡里再做了一次悲哀的手势。然后喃喃地说:"等新船建成以后,我就带你去。这是一次漫长的旅程。"

戴维想到了那艘船,一艘漂亮时尚的游船,但在速度方面不能尽如人意,他发现自己无法容忍这一点。在心里仔细计算了剩余的地球信用额,戴维心里有了底气。"我会买一个电机,"最终他说,"比用船帆快得多。"

雷卡里做了个吃惊的手势。"你哪来这么多钱?"

"在地球上赚了不少,再加上我平时挺省的。足够了。"

雷卡里站起身。"那就这么决定了,我们俩一起北上。你买好电机,我会在船上给它留出位置。"他往门口走去,然后回头,做了个告别的手势。

戴维无力地倒在父亲常坐的椅子里,筋疲力尽。这天谈到的事情和发生的一切让他突然不知所措。他的手隔着衣服覆盖在太阳石上。"你早该告诉我的,爸爸。"他低声说,闭上眼,泪水夺眶而出。他不愿在雷卡里面前表现得如此软弱,而失去父亲则是一桩无法想象的悲痛之事。打虎亲兄弟,上阵父子兵,他们本该成为好搭档。整整两年,他都在想怎么修改门上的铭牌。"本·米勒和他的儿子,考古学家,参观古代遗址。"

残酷的真相粉碎了他的未来蓝图。本和戴维·米勒将要发掘出失落的上古城市,在古老的火星文明方面做出巨大建树,载入人类史册。真的,作为一名新的考古学博士,他真的有这么多宏伟的计划。他摇了摇太阳石,仿佛透过它可以握住父亲的手。

"为什么你从来没告诉过我?"他顿了顿,"为什么你就这么离开了?"

眼泪终于干了,戴维用衣服擦了擦眼,强迫自己从椅子上站起来,关上了前门。雷卡里留下了那盏提灯,不知道为什么,它那绿色的光芒看起来令人欣慰,似乎唤醒了他童年的记忆,多少个晚上他在雷卡里的庄园里,伴着阳光地衣的提灯度过。但现在他不需要照明,把提灯留在桌上,戴维回到了卧室。他躺在床上,放松下自己,把薄枕头翻了一转,垫在脑袋下面。

他沉沉地睡了过去,直到被办公室的门铃吵醒,门铃只有手动按钮,不依赖电力。他眨了眨眼,坐起身,窗外的天色昏暗——已近夜晚。

他迷迷糊糊地来到了办公室,提灯的光芒几乎快消失了。戴维从口袋里掏出照明灯,走过去开门。

是杰姬,她的腰上挂着照明灯,柔和的灯光映照着夜晚的街景。"还有兴趣吃鸡肉吗?"她问道。

他眨了眨眼,意识到自己饿极了。于是点点头。

"那你过来吧,配料是豆子和西红柿。"

听起来很棒,戴维说:"我马上就去。"

餐馆里还有另外三名客人,戴维认识他们,是父亲的朋友。他犹豫着要不要把父亲去世的消息告诉他们,但又实在难以启齿,所以他们只是闲聊了一些地球上的趣事。戴维原谅了自己的隐瞒,支付了账单。

"打算出去帮助你爸,是不是?"杰姬一边接过他的信用额支票一边说。

"你从哪里打听来的?"

"今天雷卡里的儿子给他的新船竖了桅杆,意味着很快就可以启航了。很简单的推理。"

"好吧,我是打算旅行一次。"戴维说,"看看这两年有没有什么变化。"

杰姬笑了。"这里从来没有改变过。"

戴维往身后运河的方向指了指。"那里种了小麦。"

"这倒像是四季更替,"杰姬说,"天气转暖,河水上涨,反之则下跌。反正不可能真的种出小麦来。"

戴维耸了耸肩。"小麦就意味着有新移民,就会有新的东西看。"

"还有新的失落城市等你狩猎吧。"她眨巴眼睛看了他一会儿,转身招呼另一名顾客。

吃过东西仍然觉得疲惫,于是戴维决定回家睡觉。天刚蒙蒙亮,他终于醒转,感觉好多了。由于没有电能,淋浴无法使用,但边上的棚子里有水桶,可以去运河里打水洗个澡。他扔了几颗消毒丸在水桶里,关好了门。洗完澡后换上了一身颜色鲜艳的粗呢衣服,仍然把太阳石贴身戴着。这时候,杰姬的餐馆应该有早餐供应了,她家的面包和花生酱非常美味。戴维觉得自己精神抖擞，做什么都有干劲。

沿着大街往前走一百来米就是麦克的机械店，店内库存里还有几个电机。总会有人——尤其是新来的——嫌弃船帆太慢，新来的人通常挺有钱，也会有些亲戚央求他们帮忙给买个啥换个啥的。麦克心满意足地接受了地球信用额，把店里最好的电机卖给戴维。他不仅拿出了充满能量的电池，还借给戴维一辆车，让他把电机拉回去。

伯马里在等着他，新船已经停在随时可以滑入运河的斜坡上。船帆挂上了桅杆，不过没有打开，安放电机的支架也装好了。

"这里可以放电机，"伯马里说，"不过会影响它航行的优雅性。"

火星人不喜欢电机，在地球人移民之前他们从不使用这种东西。但大多考古学家认为，远古的火星人肯定会用，没有强大的动力，他们的文明怎么能发展到如此高度？但戴维想到了古老的地球文明，曾经使用人畜作为动力，依然创建了世界奇观——金字塔还矗立在地球上呢。他亲眼见过。

"确实会影响。"他同意，把电机安放在支架上，锁好。螺杆正好插入水面以下。"但有时候牺牲美感是为了换取速度。"

伯马里的礼貌并没有掩饰住他的怀疑。很快雷卡里从庄园另一边的屋子里走了出来。"你昨晚睡得好吗，戴维？"

"很好。"戴维回答。

"你打算什么时候出发？如你所见，船已经准备就绪。"

"我们还得准备点补给。"

"我一上午就能搞定，"雷卡里说，"你那边没问题吧？"

"没问题。"

从当地的商店购买补给没有花费戴维多少时间。主要是花生酱、大麦饼和晒干的豆子，只要用水一泡就可以食用，非常方便。他和雷卡里把补给物资放在船底，各占一侧。他们检查了电机的导航，一切正常，导航投射出标准的网格式地图，能准确地标记目的地。他们还带上了挖掘机，捆在船尾戴维的个人工具旁，那是他父亲的遗物，雷卡里特意保存下来，在地球上，戴维使用过更大型的同类设备。雷卡里的妻子和杰姬赶在中午之前合作烤了不少蜥蜴肉，准备了山羊奶酪和土豆——火星人和移民都喜欢这种食物。戴维和雷卡里合力把船拉到了运河，火星人预计他们得赶两个星期的路。

前几天，他们沿着海德科运河北上，穿过了戴维曾经跟随父亲拜访过的人类和火星人混杂区域，那里还有一些上古遗迹，供地球游客参观，当地人却很少前往。然后，他们在运河支流转向东行，进入了戴维从未涉足的领域。白天，戴维和雷卡里交替掌舵，晚上则停船休息，用插在电机上的厨具加热干粮和肉类，然后在船上过夜，睡在充气垫上。

戴维曾经无数次想象过，如果没有耀眼的地球，火星的夜空将会如何美丽。跟地球上看到的月亮相比，火卫一个头较小，光芒黯淡，火卫二则根本就融入了黑暗背景中。

东行第二个夜晚，晚餐过后，雷卡里把提灯挂在船头，跟戴维谈起了与他父亲同行的多次旅行，他们在斯提斯城、萨巴尤斯和塔尔希斯地区发现的遗迹，还有未知的、神秘的北方。那里还没有任何考古发现，冬季的冰层太厚，雨季的时候水流又太湍急。雷卡里说古老的火星人不可能选择在这样一片动荡的区域扎根，修建城市。

"当然，你父亲不相信这种说法。他对古代火星人有着不切实际的浪漫幻想，或许你也这样。其实他们跟我们没多大区别，也会和我们一样爱护自己的船只。传说古代火星人拥有庞大的舰队，船帆上绣着阿拉利亚树叶纹章，扬帆远航。"他往后靠在桅杆上，收拢的船帆拂过他的肩膀。"阿拉利亚树已经快灭绝了，许多东西都是如此。上古时期的火星上还有海洋，夏日的午后，航行在海洋上，极目远眺，那是非常惬意的。"

"真希望我能看到这种美景。"戴维说。

雷卡里望着黑暗的天空。"是啊，肯定有非常广阔的视野。"他沉默了一会儿，然后说，"那时候的火星人口也比现在多吧，现在家庭里的小孩太少了。"他看了一眼戴维，补充说，"当然，我比大多数火星人都幸运。"

到了第六天，他们又转入了一条东西走向的支流，它将连接到一条继续往北的运河——朝着他们目标的方向。戴维注意到后方似乎有船只在跟着他们，他早就看到那艘船上高耸的桅杆和船帆了，本来以为是火星商人之类，不过能跟上他们的船，肯定是使用了电机，这对火星人来说非常稀罕。或许是某些有钱的地球移民乘坐的游艇吧。而当他们转到支流的时候，戴维确认那艘船——不管是火星人的还是移民的——是在跟踪他们。

第八天，当他在黎明时分醒来的时候，发现来船距离他们只有十来米了。船员们在夜里收起了船帆，以免影响航行，来船的桅杆立在中央，看起来有点奇怪。船头站着三个陌生的火星人，正在下锚停船。等他们忙完了，戴维发出了问候的信号，他们友好地回复了，虽然有些迟疑，好像是不愿意用火星人的方式问候地球移民。很快他们的目光移向他左侧，戴维才发现雷卡里已经起身站在他身边。他低声问道："你认识这些人？"

"可能认识。"雷卡里模棱两可地回答。

戴维用火星人的语言问道："嘿，你们需要帮助吗？"

他们似乎被吓了一跳，戴维猜测绝不仅仅是因为一个地球移民会说火星话。其中一人指着他做了个很严厉的、命令式的手势。这通常是家长教训年幼小孩用的，但冲着一个成年人来就太不礼貌了。对方用英文说道："你戴着一枚太阳石，它不属于你。"

戴维伸手摸了摸藏在衣服底下的太阳石。"它属于我的父亲，"他说，"这是父亲给我的。"

"它属于我们的表亲，"火星人说，"我们是他血缘最近的亲属，所以太阳石应该归我们。"

雷卡里上前一步。"温讷将家族传承通过这小伙子的父亲进行下去。我亲眼见证。"

船上的人们纷纷做了表示否定的手势。"这不合情理，地球人不能戴着太阳石。"其中一人说道。其余的人用手势表示赞同。

"他的长辈认为这样符合情理。"雷卡里说。

陌生人们头碰头地讨论起来，似乎低声争执着什么。过了一会儿，他们拉起船锚，但并没有转向南边，其中三人拿起短桨开始朝着雷卡里的船只划行，很快两艘船几乎靠在一起，说话的火星人一跃而上，跳上了他们的船。

"这是我们的。"他断然道。在戴维还没有反应过来之前，火星人飞快地伸出手来，修长的手指隔着衬衫衣领捏住了太阳石的链子，用力一拽。

戴维觉得自己快被链子勒死了，他抓住火星人的手腕，试图阻止。

"Letann！"他大叫道。

火星人愣了一下，然后松开了链子，并用力挣开了戴维，踉踉跄跄地往后退了几步，右腿撞上了船舷，失去了平衡。没来得及稳住身形，他一下子从船舷边摔到了运河中。

Letann？这个词没有经过戴维的大脑就冲口而出，他知道这是古老的火星语，意思是强烈地命令"停止"、"住手"，甚至有诘问的意味，类似于英语中的"你怎么敢？"是火星语中表达愤怒的最有力的词语。他是在哪里学到这个词的？童年时候吗？戴维自己都记不清了，他只知道这是第一次用它。

浑身湿透的火星人在同伴的帮助下回到了自己船上，跟其他几位一起低声交谈了许久，还不时转头瞥了戴维几眼。最后，没有任何语言或者手势，他们拉起船锚，掉头南下。

戴维揉了揉被项链勒疼的脖子，看着火星人的船逐渐远去，直到他们之间的距离远到大喊大叫也听不到，才开口说："太阳石是他们的东西？"

　　雷卡里做了个表示否定的手势。"他们和温讷的直属亲戚关系得追溯到四十代人之前。他们家族也有自己的太阳石，说不定继承者就是他们之一。"

　　"但是，如果他们是温讷关系最近的亲属……"

　　"你才是他最亲近的亲属，戴维。这一点我敢肯定。"

　　戴维做了一个小孩子被长辈教诲后表示同意的手势，雷卡里用手势否定了他，不过他态度很温和。

　　"自从你戴上太阳石以后，你就不再是小孩子了，戴维。"他伸手在戴维身上太阳石的位置拂过，但没有碰到他的衬衫，"它代表一种责任。你的父亲很清楚这一点，所以让我把它交给你。"

　　"我明白了。"戴维回答。他从父亲那里继承的东西有限。一间破屋子，几件家具，还有父亲撰写的有关火星文物论文的副本。当然，还有父亲的名声，这也算是无形资产。而太阳石能代表这一切。

　　戴维在船舵处坐下来，雷卡里递给他一大块麦饼和一罐花生酱。他拉起了船锚，继续前行，火星人的船很快消失在身后。

　　过了许久，戴维才问："他们为什么放弃？"

　　雷卡里咬着自己的蜥蜴肉干。"因为他们有自知之明。"他言简意赅地说。

　　旅行第十四天，戴维站在船头。"我们快到了。"他看着导航，"还有不到一公里。"过去两天里，运河的两岸在逐渐升高，现在每隔几百米就有粗糙的石阶，毫无疑问是人工开凿的。河岸远方，低矮的山丘清晰可见，映衬着东方瑰丽的天空。

　　雷卡里坐在桅杆上，他反倒回头朝来路眺望。"你的父亲是对的。这里曾经有过一座城市。"他说，"或许在很久以前，那时候可能没有这么厚的冰层。这应该是一个美丽的城市，优美的尖塔，美丽的鸟儿可以在塔里筑巢。还有露天的剧院,演员们戴着木头面具演出,那可是精美华丽的面具啊!道路两边全种着茂密的阿拉利亚树,在空气中散发着芬芳的香气。开花时节,阿拉利亚树上的花朵飘洒到运河中,就像许许多多小型船只一样。"他再次做了个悲伤的手势。"这一切都消失得太久,他们怎么受得了现在的气候?"

"谁能受得了呢?"戴维反问道。

雷卡里把手放在胸口,从衣领滑进了衬衫,掏出自己的太阳石,举起来,盯着。午后的阳光照耀在太阳石上,闪烁着。

然后,他把太阳石塞了回去。"古人们。"他说着,伸手关掉了电机,"我想我们已经到了。"

他横过船舵,停船靠岸。

船撞上运河边的台阶,雷卡里看到岸边有系船柱。他们系好船以后,戴维爬上了阶梯,很惊讶地看到阶梯顶部有一片开阔的平地。离火星人的居住区如此之远,又离运河边如此之近,本来早就该被水荨麻覆盖,却在岸边五十米之内有一片裸露的地方。除此以外,水荨麻一丛接一丛地往四面八方蔓延,一直到遥远的低矮丘陵边。

他的父亲总是说,水荨麻肆虐的地方可能有地下水,在火星这样满是浩瀚无垠沙漠的星球,地下水意味着绿洲——也是寻找失落城市的好去处。这一经验帮助他寻找到不少废墟,有些已经开发成旅游景点。父亲肯定清理过这里的水荨麻,用的大概是火星传统的除草剂。这就意味着在这里或许有所发现。

雷卡里也走了上来。"我将你父亲埋葬在那边。"他说着,指了指北方巨石堆方向。

火星人标记墓地的方式是在周围堆上一圈石头——如果附近没有石头,就堆一圈凸起的土堆。不过墓地的标记过一段时间就会消失。岩石在风蚀作用下会化为尘土,而凸起的土堆同样会被风沙抹平。不过火星人并不介意,他们没有习惯祭拜死者。

OLD MARS

父亲的坟墓仍然清晰可见,就在运河不远处,岩石排列整齐,不过已经有一些地方开始风化。戴维跪在地上,用双手把沙尘拂干净。

他真希望当时自己能在场,亲自给父亲挖掘坟墓,并和雷卡里一起按照火星人的简短仪式悼念已经逝去的生命。他曾经站在父亲身边亲眼目睹过这样的仪式。现在,他只能在坟墓旁边跪下,回忆自己最后一次见到父亲的情形。那是在子午线航空基地,他冲着父亲挥手,高声道别。他几乎能听到父亲的声音在叫着他的名字。恍惚片刻,戴维觉得真的有声音传来,他抬起头,四下张望,可是除了雷卡里没有任何人。他摇了摇头,站起身,看着朝四面八方蔓延的水荨麻。这里曾经是一座城市。雷卡里如此说。是现实,还是神话?谁也说不清楚,火星文明比地球文明还古老,有着太多神秘之处。

他起身前行,跟随着心中的某个坐标指引。

没过多久他就发现有人工剥落表层土壤的痕迹,他挖开表层土壤,下方的空间更是有明确无误的铲刀痕迹。父亲在这里发现了什么?戴维不得而知,这里看起来不像有古代建筑的痕迹。他回到船上,拿出一个大瓶子,装满运河水,安上喷嘴,喷湿这一片区域。这是考古学流程,有些蛛丝马迹可能会在湿润的土壤中显现。雷卡里也来帮忙,来回跑了十几趟补充喷壶,甚至用手捧着水到处洒,他们的辛勤努力让这片区域的土壤变得湿润,又不至于泥泞。天色渐暗,他们卸下船帆铺在洒过水的土地上,用岩石压住船帆边缘,让水分能保持过夜。

然后他们享用了晚餐,两个星期以来第一次睡在陆地上。

第二天早上,匆匆忙忙吃过早点,戴维拿出了其他工具——折叠铲、硬毛刷和尖头抹刀,这些都是他从地球上带来的。他走到船帆边,深吸了一口气,拉开了帆布。如他所料,湿气被船帆保护得很好。戴维跪在泥土上仔细观察了许久,留意到土壤吸水的微弱变化——有木质地基存在过的痕迹,虽然早已腐烂殆尽,不过能够辨认出土壤表层显露出一个矩形的入口框。

这种痕迹极其细微，但他认为自己看得没错，这里真的存在过木质地基。或许是用阿拉利亚树制成的，这个念头一闪而过，肯定是因为雷卡里提起过这种树木好几次。

他掏出抹刀，仔细刮擦潮湿的土壤，试图确定入口的轮廓。很快，顶层的浮土被清理掉，他决定使用挖掘机了，雷卡里帮忙从船上卸下挖掘机，带到现场。戴维轻轻打开开关，小巧的机器开始工作。他把机器在可疑的区域来回拉动，每拖动一次，它就挖深一厘米。

挖开了约莫五十厘米，下面露出抛光的石材。戴维拿起抹刀和硬毛刷，跳下浅坑清理泥土，寻找石块的边缘。

很快，光滑的石块整个暴露出来，差不多一米长，两米宽，方向几乎是正指南北。西边紧靠着从运河延伸出的粗糙石块，而东侧边缘突兀地断裂。他沿着东侧挖了一条窄沟，发现了大约十五厘米的光滑垂直面，下方是另一个光滑的平面。他继续朝东面扩展挖掘范围，四十厘米开外又发现了光滑的垂直面，下方仍然是光滑平面，看起来像是一段楼梯的开端。戴维再次打开挖掘机，把挖掘深度设置到最大，花了一下午的时间来清理。日落之前，他的面前呈现出一个两米宽，三米长，几乎一米多深的孔洞，三步向下的台阶，通往……何处？

雷卡里一直坐在孔洞边上帮忙挖掘，已到日落时分，光线逐渐黯淡。戴维从浅坑里爬出来，坐在他身边。"里面肯定有什么东西，"他兴奋地说，"谁也不会无缘无故修台阶。"

雷卡里做了肯定的手势。

"如果这是在地球，我想里面肯定是一个往下的露天式剧场。前方有足够的空间摆下大型的弧顶。"他指了指巨石的方向。

"很有趣的想法。"雷卡里说。

"可能还有许多台阶，"他左右看了看，目测下面积，"这肯定是个重大发现，我得向斯提斯大学申请研究基金，还得来一批学员协助。太让人兴奋了。"

"嘿,这里只有三步而已。"雷卡里提醒他。

戴维叹了口气,表示同意。"我需要更多的证据,才能写项目申请书。"他一伸腿站起来,"好吧,明天再来挖。"他冲着雷卡里微笑,"看来老爸这次听到了靠谱的故事。"

雷卡里低头看着已经遁入阴影的台阶。"我和你父亲合作多年,他教会我很多东西,"他说,"他肯定会想是否几千年前地平面会比现在低许多,或许这些台阶所通往的地方现在已经不复存在。"

戴维双臂交叉在胸前,也低头看着地上的浅坑。"嗯,或许如此,"他说,"有许多精彩绝伦的东西湮没在时间之中。但是,我必须找到答案。我得好好享用点花生酱和麦饼,然后美美地睡一觉。"

第二天,他挖掘出更多级台阶,越来越多。每隔一段时间,他就把挖掘机拉回地表,将挖掘坑扩开,以免坍塌。在坑内,挖掘机很快就在台阶上堆满了泥土,戴维和雷卡里交替使用铁锹来清理。忙碌到下午,坑洞已经扩到五米多长,台阶也挖出了十来步。两天之后,变成了十几米长的坑洞和整整二十步台阶,终于,他们挖到了一扇大门。

严格地说那是块椭圆形的垂直面板,约两米高,宽一米三左右。戴维清理掉面板上的泥土,打开照明灯仔细研究。它嵌在光滑的石墙之中,由金属制成。最令人惊讶的是,它上面几乎没有锈蚀的痕迹,就像是百年左右而不是千年以上的文物。

"瞧瞧这个,快,瞧瞧这个!"戴维兴奋地说,简直把站在身后的雷卡里当成什么也不懂的外行。

雷卡里伸出手来,带着虔诚的神情触摸金属门。

门上没有把手,没有锁,也没有钥匙孔之类的东西,如何开门看起来挺不明显。但门的宽度大过了到台阶的距离,想来不会是往外拉,而是往里推。戴维双手放在门上右边,试探性推了推,然后逐渐加力。金属门纹丝不动,他又试了试另一边,仍然毫无动静。"要是我事先带上撬棍就好了。"他喃喃地说。把照明灯凑到门边,他一厘米一厘米地仔细探察，试图找出蛛丝马迹。最后只在门的正中找到两根头发丝粗细的缝隙，一条垂直的，另一条在水平线上，细得连抹刀最尖锐的地方都插不进去。

他用额头抵在冰冷的金属门上，考古学家普遍弃用凿子，因为它破坏性太强，而此时戴维是如此渴望能有一把。他深吸一口气，耐心点，戴维提醒自己，这是考古学家最需要的精神。老爸，他在心里默念，我知道你在寻找什么。他把全身重量压在门上，从脸颊到膝盖，每一块能使上劲的肌肉都用力推门。他能够感觉到衬衫下的太阳石几乎快陷入自己胸口。

门板动了动。

他继续用力。

突然间，门沿着那两条头发丝粗细的缝隙分成四块，缩回到石制的框架内，戴维面前出现了一个椭圆形的入口。

前方，十来个放在三脚架上的提灯释放着绿色的光芒，有两个火星人站在那里，他们盯着戴维。

他愣愣地看着他们。搞什么鬼……

雷卡里担心他掉到入口里面，一把抓住他胳膊。然后才慢慢放开手，他用火星语说："这是我朋友的儿子。"

两名火星人没有做出招呼他们进去的手势，只是一直盯着他们看。

戴维一脚跨过门槛，四下环顾。

入口内的空间只有五米见方，墙壁打磨得跟外面的台阶一样光滑，没有任何装饰品。房间的另一端是往下的楼梯，绿色的提灯挂在墙壁上，他能看清一步步台阶。戴维对着两名火星人做了个友好的手势，而他们没有应答。他越过两人，沿着楼梯往下走。火星人没有阻止他，但戴维听到他们跟雷卡里用火星语在说话。

"他不该戴着太阳石，"其中一人说，"他是外族人。"

戴维猜想雷卡里做了个否定的手势，然后听到他回答说："自打这孩子出生起我就抱过他。他不算外族人。"

"他来自地球。"火星人之一说。

"他去地球只是求学,"雷卡里回答,"没有留在那儿。"

戴维没有回头看他们彼此之间的手势交流,他更感兴趣的是楼梯之下隐藏着什么秘密。一扇门就意味着一片考古学的宝藏,而在这个躲过风吹雨打,尘沙侵蚀的地方又藏着什么呢?复杂而强烈的情感驱使着他继续往下——好奇、迷恋,还有点遗憾,因为父亲不能跟他同来。遗憾的感觉尤其明显,然而,在他一步步往下走的时候,他感觉自己离父亲的目标越来越近。

下行的阶梯很长,很长,但终有尽头,巨大的房间呈现在他面前,似乎原本是一个天然的洞穴,墙上还留有水蚀的痕迹。房间里四周都摆放着绿色提灯,围成一个圆圈。

在房间的中央有两张半圆形的大桌子,拼在一起,中间留有一臂长的空隙。没有椅子。

两位火星人走了进来,把他夹在中间。沉默片刻,他们用英语说:"我们是这里的看守者。现在,把太阳石给我们。"

戴维看着雷卡里:"您说它是属于我的。"

"他们不会抢走你的太阳石,"雷卡里的回答似乎更针对两名火星人,"长者不允许抢夺太阳石这样的行为,温讷的远亲们已经试过了。"

"你必须把太阳石留在这里。"其中一名火星人说。

戴维做了个否定的手势。"这是我父亲留给我的,"他用火星语说,"我不会把它留下。"

"你会的。"那人简短地回答。做了个手势示意戴维跟着他,火星人走过去,站在两张桌子缝隙的地方。他的左右手同时在两张桌子上画出一个符号,然后,桌子中间突然升起一张深色的木质面板,几乎顶到天花板。

那上面摆满了太阳石,一排接着一排,一个个都挂在像小手指一样

太阳石

的钩子上。

"你应该把太阳石挂在这里,"火星人说,"所有传承终结的家族都是这样。"

戴维看着那些太阳石,代表了无数已经消逝的火星家族。他几乎可以感受到岁月的力量,无数人的呼唤。不假思索地,他轻轻地穿过看守者,走到面板前。戴维伸出双手,舒展着比火星人短了许多的手指,拂过那些太阳石。

突然间,他眼前的景色像是万花筒一样旋转起来,一排排太阳石,两张桌子,还有这间屋子全都模糊。他发现自己被高大的陌生树木环绕,前面是平静如琉璃的大海,海上一排排的船只,挂着五颜六色的船帆,就如周围五彩缤纷的树叶。陆地上巨大的建筑物如一柄利刃直指苍白的天空,火星的男人,女人和小孩,在周围走着跑着,手舞足蹈,无数的人影彼此重叠。白天,黑夜,细雨,飞雪,还有阳光。千千万万嘈杂的声音混在一起,笑着,哭着,喊着,连绵不绝,偶尔还夹杂有音乐声,歌声,像是群鸟共鸣,又像是久未上油的铰链嘎吱作响。这些石头都在跟他说话,透过他自己的太阳石,火星的历史,过去,如潮水般淹没了戴维的思绪。

最终,在他面前无数的幻觉中,有人伸出一双并不存在的手,握住了他的肩膀,令人目眩神迷的嘈杂一下子安静下来,一切虚拟景象都消退,他的眼前只剩下一个人的身影。

本杰明·米勒博士。

"嗨,儿子。"他说。

戴维张大了嘴,却一句话也说不出来。他已经懵了,像失了魂一样呆站在那里。不知道说什么,也不知道该做什么。他好想一把拥抱住父亲,可他伸出了手之后,只碰到空气。终于,他用嘶哑的声音颤抖着说:"老爸!"

他的父亲笑了。"很高兴看到你,儿子。真是对不起,我没有去子午线宇航站接你。"

"老爸……"

"我真希望跟你一起去考古现场,哪怕就一次。但我老了,最终没能撑到那个时候。"他摇了摇头,叹了口气,"我记得我躺在地上,听到雷卡里叫我的名字,然后痛得失去知觉。等我再恢复意识的时候,已经到这儿了。"

"这儿?这个洞穴里?"戴维惊讶地问。

他的父亲做了个否定的手势。"在太阳石里面,你一直戴着的这个。"

戴维的手指抚摸着太阳石:"在里面?"

"在里面,"他的父亲肯定地回答,"和温讷以及他所有的长辈一起。太阳石可不仅仅是家族传承的象征,儿子。每当我们戴着太阳石,就等于把自己的祖先一起带上——每一个曾经戴过太阳石的祖先,他们的记忆,他们的知识,他们的个性,都在这里面。之前虽然有温讷的帮助,我还是没有整理完这些宝贵的财富。我想既然火星也有同样迫切的希望,我和他一起帮助你,肯定会更容易。"

戴维艰难地咽了口唾沫:"您是说,我也死了?"

他的父亲再次做了否定的手势。"你没有,你只是体验了所有人的经历,这种事情还是第一次发生。温讷说,是因为这些太阳石靠你太近,然后触发了连锁反应,我想你已经注意到了。"

戴维回想起他感受过的一切,五味杂陈。"我想我确实体验了太多。"

"现在,你亲眼见到了传承之地。你必须决定是否要用它换取名声,或者去搜寻别的东西。这是一个伟大的发现,儿子,一位考古学家倾尽一生都梦想着拥有的发现。"

戴维越过父亲的身影,看向后面那些已经一动不动的人影,又回想起太阳石所代表和象征的一切,家族,传承,那些久远得考古学家只能靠想象来填补空白的过去。他问道:"他们会如何作想?"

他的父亲摇摇头。"他们代表着过去,儿子,我也是。而未来需要你来做决定。但首先,你得离开这里,要做到这一点,你必须先睁开眼睛。"

"什么?"

"睁开眼睛,现在,睁开眼睛。"

父亲的声音消失了,而他面前的场景开始晃动,变得半透明,所有的人和景旋转着,速度越来越快,直到完全逝去。而他仍然一动也不能动,慢慢地,模糊的一切又逐渐清晰,戴维感觉到周围又出现了令人眩晕的晃动,他用双手捂住眼睛,做着深呼吸,试图平息情绪。他感觉自己被揉碎了,髋关节、膝关节和肘关节撞到了坚硬的东西,他不由自主地蜷缩成胎儿的形状,然后,寂静的黑色吞噬了他。

过了好一会——他不知道具体多久——戴维睁开了双眼,当他把手拿开以后,眼前仍然是一片黑暗。他躺在冰冷的石头地板上,挣扎着跪坐起来,关节上的瘀伤让他疼得一颤。

他跟跟跄跄地站起身。"雷卡里?"他叫着。没人回答,他又用火星语叫了一句:"这里有人吗?"沉默再一次回应了他。

他从口袋里摸出照明灯,打开。火星人没有拿走他的东西,当然,因为自己还戴着太阳石,所以没人敢随便冒犯。戴维现在才明白过来,为什么在船上的时候,那个跟温讷隔了四十代的表亲鼓起勇气来抢夺太阳石,但被他大吼出的古代火星语吓得魂飞魄散。

拍了拍胸口,戴维确定太阳石还在。他四周照了一圈,自己还在洞穴里,虽然挂满了太阳石的木板已经消失。绿色的提灯全都被遮起来,他拉开几块挡板,让柔和的灯光照亮上楼的台阶。他一路小跑上了台阶,拉开边上的提灯挡板。很快到了顶部,但椭圆形的门关上了,哪怕他用上了太阳石,仍然无法打开。

有人把他锁在里面了。

肯定是那些看守者。

他们不敢拿走他的太阳石，但可以锁住洞穴，让他死在里面。他唯一无法相信的是他们竟然说服了雷卡里。

戴维沿着台阶下行，回到了洞穴。

他大步穿过房间，又合上了所有提灯的挡板。然后，撑在桌子边，目光逡巡四周。

椭圆形的大门被埋在土里，显然那是一个被废弃的古老入口。但看守者必须进出洞穴，哪怕只是为了补充提灯。他在洞穴里转悠了一圈，但没有找到任何蛛丝马迹。戴维舔了舔手指，举到半空，想捕捉哪怕一丝微风，但无济于事。

好吧，他想着，别犯傻了。

他握住太阳石，用最正式、最尊敬的火星语清晰地讲着："温讷，您选择我父亲当作后代传承家族，请告诉他的儿子，我该怎么离开这个地方。"

他听到了微弱的低语，像是扫帚扫过木地板的沙沙声。然后他面前的视野突然变暗，除了右边的一个小点。当他转向那个方向，感觉自己仿佛看到了一条狭长的光带，盘旋着环绕洞壁，尽头是一个圆圈，就在洞壁的低处。他离开桌子，朝着墙壁走去，因为看不到脚下的地板还绊了一跤。长长的光带逐渐黯淡，但光圈仍然亮如火卫一，它的范围逐渐缩小，他走到墙壁边的时候，光圈缩成了一个比脖子上太阳石大不了多少的小点。大约在他膝盖的高度，戴维弯腰，没有发现任何与众不同的记号。他伸手触摸着这个地方，什么也没发生。于是，他掏出太阳石放在那个位置上。

一片漆黑中，眼前的墙壁突然裂开一个椭圆形的出口，跟上面金属门一样。外面是向上的楼梯，四周的墙壁亮着绿色的提灯。戴维顺着楼梯很快爬了上去。

顶端又是一面石墙，戴维的视野再次变暗，就这么一瞬间，指示了他太阳石放置的位置。墙上的暗门打开,午后的阳光照耀进来。

戴维一步跨了出来,发现自己身在没有被水荸麻侵蚀的那片区域远端的巨石堆中。他身边站着两个人,示意他走过去,然后关闭了背后的暗门。

和两名看守者一起坐在巨石上的雷卡里一个健步跳了下来,拥抱戴维。"我就知道你能做到。"

"这么说,这是个测试?"戴维问道。

雷卡里做了两次表示同意的手势。

"可我要是失败了会怎样?"

雷卡里抓着他的手臂,目不转睛看着他。"你放心,如果两天过去你还没找到方法出来,我就会下去把你带回来。但我知道,你不会失败的。当你打开第一个门的时候我就知道长者们会认同你。"

戴维转身,看着自己刚才走出来的那块巨石。没有任何迹象表明它可以打开,但戴维清楚自己随时可以再次回到地底的洞穴。"我父亲曾经示意我可以向地球人揭秘火星的洞穴。在地球上,有许许多多类似的神秘之地,学者和游客络绎不绝地访问。阿尔塔米拉洞窟壁画,拉斯科洞穴的史前文明,希腊的古代墓穴,还有埃及的金字塔。这些神圣的地方,以前在地球上学的时候我见过好几处。"

看守者互相看了一眼。"你会这样做吗?"其中之一问道。

戴维用手指拂过脖子上的太阳石。他看着雷卡里。

"那些在地球上创造辉煌历史的人们已经不复存在,而火星上的古文明还在传承。如果我把他们的秘密公布出去,我的祖先们会怎么评价我?"戴维做了个否定的手势,"他们会帮助我发掘那些超过两万年没有人居住的城市废墟,那才是考古学家该做的事情,而不是掠夺还没有成为废墟的传承之地。我相信,会有合适的地方来成全我的名声。"

雷卡里紧紧抓着戴维的手臂:"你父亲会为你骄傲的,我知道。"

他想起了自己的父亲——他能够感应到父亲就在太阳石里。他们仍然可以一起合作,只是以自己意想不到的这种方式而已。这样的话,戴维就能把父亲的死讯带给一直关心他的杰姬,还有贝弗利,或许她会意识到自己对父亲的爱,这是子女对父母的天性。或许她们都不会相信父亲会永远活在太阳石里,他也没打算告诉她们。毕竟,这是他和先祖之间的秘密。

"您愿意跟我一起工作吗?"戴维问雷卡里。

"那就太好不过了。"对方高兴地回答。

他们又走回到挖掘出的坑边。

"我们该把它填上,"戴维说,"看来不再需要它了。"

挖掘机就放在从上往下数第三步台阶上,他俩把它拖了出来。戴维靠在挖掘机上好一会儿,低头看着台阶。"您可以把失落城市的线索告诉他的,不是吗?"他低声说,"您和您的先祖们都知道它们在哪,为什么不告诉他呢?"

"那是他的愿望,"雷卡里说,"不是我的。"

"可是这也没什么差别啊,从长远来看。我会做他期望做的事情。"

"差别很大,"雷卡里说,"不管我有多尊重和喜欢你的父亲,他都不是个火星人,而你是。"

"我是?"戴维惊讶地问。但突然间明白过来,他不需要雷卡里的回答已经知晓答案,太阳石里的诸多先祖也知晓。

"或许我们可以画一个新的标志,"雷卡里说,"作为米勒家族的族徽。"

是的,戴维想着。我们一定要画一个。

戴维·米勒,考古学家,参观古代遗址。

家族。

乔·R. 兰斯代尔

乔·R. 兰斯代尔是一位来自得克萨斯州的高产作家，曾经获得埃德加奖、英国奇幻小说奖、美国神秘小说奖、国际犯罪小说作家奖，还有九次布拉姆·史托克奖（恐怖小说界的最高奖项）。虽然他以恐怖小说、惊悚小说闻名，如《夜行者》《打鬼王》《底部》《剃刀之神》等。他仍然写过哈普·柯林斯和伦纳德·派恩系列探险解谜小说，如《野蛮季节》《我的魔力》《双熊曼博舞》《坏辣椒》《轰隆翻滚》《暴力队长》——还有西部小说，如《神奇的旅行车》，还有不太容易分类的跨流派小说，如《西部飞艇》《驱动》、《驱动2：不只是续写》。他的其他作品包括：《死在西方》《重击》《日落与锯木屑》《以爱之名》《冻伤》《阴影华尔兹》还有《皮革少女》。他还参与了蝙蝠侠和泰山系列小说的创作。他的许多短篇作品被收录到《光怪陆离》《科幻与炸鸡》《乔·R. 兰斯代尔精选集》《阴影之友》《长篇文》《兰斯代尔妈妈最小儿子的作品》《畅销保证》《远方世界——卡迪拉克沙漠与死亡之民》《电子浓汤》《高贵的作家》《满载故事之手》《大丰收》《好的、坏的、不好不坏的》《乔·R. 兰斯代尔故事选》《不只是短篇故事》《疯狗的夏天及其他故事》《国王及其他故事》《亡者之路》《高地棉田》和《乔·R. 兰斯代尔故事集》等各种文集中。他还创作了许多综合类小说，如《燃烧飞艇：奈德和赛尔的冒险小说》。他还编辑出版了各类文选，如《西方精选文集》《纸浆时代故事》《纸浆时代故事之子》（与吉斯·兰斯代尔合编）、《鞍底》（与帕特·罗布鲁托合编）、《黑暗之心：黑暗悬疑故事》（与妻子凯伦·兰斯代尔合编）……他和家人现居住在得克萨斯州的纳卡多奇斯市。

《金家人的传奇冒险》中,兰斯代尔讲述了一个年轻姑娘,身负拯救瘟疫的使命,踏上了一段危险又传奇的旅途——而在她完成旅途之前,谁也不知道前方等待着她的是什么。

金家人的传奇冒险

我扫了自己一眼,颤抖着。蓝色的冰层在我面前,越过冰层是广阔的火星的极地区域,无限延展,越过极地是连绵耸立的群山,越过群山则是我要去的地方。我浑身冰冷,觉得自己可怜又可悲,差一点儿想要放弃。然后我告诉自己,父亲会因此而失望。他不希望自己的女儿是个半途而废的懦夫。

我们金家人,绝不能懦弱。自出生以来,这个念头就被反反复复灌输到我的脑子里。我低头看着父亲的尸体(金家族现在只剩我一个了),裹着银色的被褥,躺在雪橇里。我的耳边仿佛响起了他的声音:"安吉拉,别回头,往前看,继续前行。这是我们的目标,像一只老骡子一样埋头往前。我们是金家人,我们继续前行,哪怕其他人都半途而废。"

在这么一瞬间,我觉得有了一丝力气。但随即又想到该如何挣脱目前的困境,这让我再次陷入沮丧。我不能一直待在这冰面上,即使在稀薄的空气中只待了几分钟。这一切像是梦境,像是以第一视角体验某个跟我一模一样的人所有的经历,包括失去父亲。但真正的我却在其他地方,在任何时刻都可能会猛地清醒,说不定我会发现自己仍待在银色的飞艇里,巡航在火星冰层上空。

可是,一切都真实发生了。

这就是真实的我,安吉拉·金。就在冰面上,呼出的白气像是蓬松的云层,而父亲的尸体就躺在我脚边的雪橇上。

我深深地吸了一口冰冷的空气,努力抑制下放弃的念头。我是金家人,决不能放弃。哪怕是到了走投无路的地步,也不会绝望。至少在爸爸去世之前,我一直坚信不疑。

可是事情还是发生了。

热疫席卷了远方——我们一直这样称呼山那边的城市。火星热疫是一种可怕的疾病,它能引起突发的高烧,可以直接把正常人的脑子烧坏,让他们全身变得通红,皮肤溃烂,还长出恶心的脓包,整个人不由自主地颤抖、尖叫或者出现幻觉,最终彻底疯掉。没有人知道热疫是怎么产生的,但它已经肆虐开来,就像晴天霹雳一般。人们认为热疫跟火星的某些水源有关,融化的雪混入小溪、河流,供给火星人的日常使用。整个火星大部分区域都干燥炎热,沙漠遍布,但极地的冰盖富含水分,里面潜伏着各种致命的病原。

热疫来势汹汹,但人们已经找到对症的治疗方法,只要把疫苗带到热疫肆虐地区就好。这就是父亲和我的职责,把疫苗带给灾民。我们走的是常规路线,尽管火星上随时可能出现各种恶劣的气候条件,谁也不能保证一切顺利。当你认为火星的气候怡人的时候,它或许会猛地给你致命一击。

我们的飞行器轻便而迅捷,上面装载着两副雪橇——我没想到真能派上用场,还有急救物资,最重要的是一个灰色的皮包,里面装满了疫苗。我们只携带了几个小瓶,不过应该足够了,事实上,据父亲所说,只要一滴就能治愈一个成年人,还能保证你从此免疫。这就意味着几小瓶就足以拯救整个远方城,火星上的城市人口跟地球完全不同,一座城市里顶多也就两三千人。爸爸曾说过,在地球上这等人口规模只能算城镇,甚至乡村。我对地球的记忆太模糊,回地球的旅费极其昂贵,我也不渴望回去。我喜欢这个红色的星球,虽然目前我身处一片蓝色和白色混合的冰冻区域。

无论如何,爸爸说一滴疫苗就可以救一个人,我相信他。他是个医生,可惜已经在冰面上亡故了。

本来爸爸不想带我来的,他总是说:"火星上任何事情都会出意外,就连时钟都可能走不准。"可是自我妈妈去世后,我就不得不跟他外出,接触许多陌生人。像现在这样,乘着滑翔机赶路,太阳能为我们提供动力,涡轮机呜呜地旋转,载着我们在火星稀薄的空气中极速飞驰。夜晚,两个明亮的、散发银色光泽的月亮升起,爸爸说他从来没习惯天上会挂着两个月亮。地球的事情我记不太清,但至少记得月亮只有一个。那样真的很无趣吧?在火星上,一个月亮飞快地在空中穿行,另一个懒洋洋的原地不动,悬挂在天际,看起来很近很近,仿佛你搭上一个梯子就能摘到它们。

我们在月光下航行,夜晚的空气被涡轮机吞噬又排出,在太阳能的作用下驱动着滑翔机飞速前行,爸爸把一些小圆球放在滑动表盘里,航行途中,它们在表盘里滚来滚去。

我坐在副驾驶的座位上,学了一点点皮毛的驾驶知识,这是黎明前最后的黑暗,用不了多久太阳就会升起,整个世界会从一片漆黑变成蓝白色。唉,回想起来,如果我们早几秒钟,或者晚几秒钟通过那个地方,或许悲剧就不会发生。

可是一切不能重来,第一道曙光很快洒在挡风玻璃上,然后倏地转暗,砰砰的撞击声响起,然后是金属撕裂的声音,虽然来袭者并非金属所制。

那是火星蝙蝠的尖叫声,这该死的东西硕大无比,爸爸说过它们和地球上的蝙蝠不一样,不用昼伏夜出,白天黑夜都可能出现。它们虽然有着巨大的、洁白如雪的双眼,但都是瞎子。依靠体内的某种类似雷达的装置探测周围环境，寻找猎物。我想这些蝙蝠肯定把我们的滑翔机当成了冰域上空的巨大蓝色鸟类，它们直冲着我们飞来，发出如金属撕裂般尖锐可怕的叫声。滑翔机扭曲翻滚，但仍勉强留在空中。接下来更可怕的是，蝙蝠开始啃咬它，直到滑翔机片片破碎。

有几只蝙蝠被滑翔机的涡轮吸了进去，活生生绞死。但那无济于事，我们在坠落。我还记得我透过挡风玻璃瞥见的火星蝙蝠那巨大的翅膀、白色的眼睛和长满獠牙的嘴。飞机前端翘起，我们往下坠落，在蝙蝠没有追上我们之前，在滑翔机宽大的翅膀尚能勉强保持一丝平衡的时候，我们就如成熟的果实一般啪地砸在如岩石般坚硬的冰面上。

是的，我们坠机了，我被撞晕过去。

等我恢复知觉时，发现自己躺在冰面上。哪怕在滑翔机里，爸爸也坚持让我穿上绝缘服，我很庆幸听了他的话，只是没有戴上头盔。我全身僵硬、疼痛难忍，努力让自己爬起来，坐在冰面上，我摸索到系在胸前的头盔，把它戴好，调整好护目镜和下颌的勒带。

然后我试图挣扎着站起身，但那看起来倒像是我在跟一个看不见的人摔跤。

一开始我根本没法站起来，似乎我脑子里的平衡系统出了点问题。最终，漫长得像度过了一个火星年，我的双脚才站在了冰面上。我环视四周，没有看到父亲的踪影。只见火星秃鹫在山对面盘旋聚集，追赶着太阳，翅膀的尖端染上一层红色。我跨过一个小雪堆，滑翔机就在前面——准确地说是它的残骸。蝙蝠把它撕成跟自己差不多大小的碎片，这场景看起来就像一群硕大的毛皮动物强行要跟一只银色的鸟类交配，盲目的激情让它们全体坠落。

朝着滑翔机残骸的方向走去，我很快看到了父亲，他趴在冰面上。我拖着沉重的脚步走过去，看到他身边已经结出了红色的凝血冰块，像是草莓冰饮。我在他身边蹲下来，徒劳地想做点什么。他伸出一只手。

"别碰我，"他虚弱地说，"我伤得太重了。"

"天哪,爸爸!"我只顾着抽泣,说不出话来。

"已经没救了,"他说,"彻底没救,我失血过多。"

"我能把你的伤口缝好,"我说,"只要你教我!"

他的头勉强地动了下。"没用的,内脏都坏死了,我都能感觉到它们怎么从我身体里流出去,而我已经无能为力。扶我起来。"

附近有一个垫子,我拿过来,轻轻地把父亲扶起来,让他的头靠在垫子上。

他开口道:"当太阳彻底升起到天顶的时候,我就会离开你。"

"别这么说,爸爸。"我忍不住回道。

"我可不是吓唬你,"他说,"只是陈述事实,趁还能说话的时候,我得把事情交代清楚。我断气之后,你得把我留在这里,去找药箱,然后把它带走……还得带上一副雪橇,越过冰层,翻过山脉,抵达'远方'。"

"那里太远了,远在天边。"我说。

"没错,但你能做到,我有信心。那里的人还等着疫苗。"

"那你怎么办?"我问道。

"不是告诉过你吗?我快死了。孩子,我爱你,我也尽力了,所以接下来就看你的了。"

"不!上帝啊!"

"跟他无关,是死是活他老人家都无能为力。你只能依靠自己,没有任何人可以帮助你。记着,你可是金家的人。我们不妨把它当成一次冒险,就像你小时候我读给你听的那些俗套的传奇小说一样。"

他指的是那些骑士冒险小说,一些古老的故事,比如《劫后英雄传》之类。爸爸曾经说过,这些小说被称为传奇浪漫,实际上主要讲的是冒险故事。在那个时候,我根本没想过什么冒险精神,我只想躺在他身边,和他一起死去。

若我死去,就万事皆休。不管是被冻在冰面上,或者被雪地野兽抑或火星秃鹫吃掉,那都无所谓。

死后万事空，谁在乎这些？

"你必须把自己当成一个英雄，"爸爸说，"你必须把自己想象成一个救世主。这样想确实狂妄，但你就得这么看自己。赶紧去找那个装着疫苗的包裹，带上它，乘上雪橇往前走。雪橇上可能还会有补给物资，能派上用场。火星冰原上什么都有，所以得时刻保持警惕。你可以做到的，孩子，尽快赶过去。但要时刻保持警惕，不管是冰面上的、冰面下的还是天上飞的，都可能给你带来危险。"

我点点头。

父亲笑了。"我不能骗你说这一切很容易。"

"我明白，"我点头，"我明白的，爸爸。"

"是的，困难重重。但你是个金家人，你能做到。"

几乎是他话音刚落，我就严肃地向他发誓自己一定尽全力。他欣慰地闭上了眼，再也没有睁开过。

最合理的做法是把父亲的尸体扔在冰原上，但我不能这么做。不能让火星秃鹫或是任何野兽来糟蹋他。我在飞机残骸边上找到了两副雪橇，其中之一已经扭曲得惨不忍睹，另一副有些弯曲和裂口，我稍作修补，把父亲的尸体牢牢地绑在它上面。四下搜寻，很快便找到了药品和物资，我把它们也绑在雪橇上。

所幸的是，物资还算充足，食物、饮水、探照灯、急救箱、照明弹、毛毯，还有一些杂物，甚至一双雪地靴，只需要轻轻一碰，就可以砰地弹开，还可以适应任何尺码的脚。

我记得当时自己用尽全力把父亲的尸体拖到雪橇边，我脑子都迷糊了，忘了可以把雪橇拖过去。物资里有五张毛毯，我用其中一张把他包裹起来，在两侧固定好他的头和脚。我把他放在驾驶舱靠前的位置，跟物资和疫苗放在一起。

我回到雪橇驾驶座上，拉过滑盖，坐在那里，发呆。看着窗外茫茫一片冰原，再看着覆盖在父亲尸体上的毛毯，我忍不住哭了，哭了好长一段时间，丝毫没有夸张。这是最难熬的一段时间，然后，我再次想到了这句话：金家人决不放弃，至少我不会。

终于，我恢复了理智，打开雪橇的引擎开关，一踩油门。雪橇跳跃前行，我负责指引方向。启动的时候，我就捏破了一枚导航药丸。刚开始没有什么感觉，没过多久，它起效了，那是一种微妙的、不可言喻的感觉，就像一条滚烫的蠕虫钻进了我的脑子里，安家落户。然后，我明白了该往哪个方向走，这就是导航药丸的作用。它们是用火星上一种蠕虫制成，所以我会感觉到有虫子钻进我脑子里指挥方向，这种感觉真是奇怪极了。导航蠕虫体内的某些DNA可以精确指示它们从火星的一端旅行到另一端。导航药丸能让你完美复制蠕虫的功能，无须等待太久就可以生效。

可以说我多了一种直觉。

雪橇发出低沉的轰鸣声，下方的发动机不时分开积雪，在冰面上滑行，雪橇离冰面有一段距离，这是我所希望看到的。这台机器最高可以离地十到十二英尺，也能在水面上滑行，它的气密性足以充当小型潜水艇，肯定比雪地靴实用。

世界上的一切，整个世界，还有天外的星星，甚至整个宇宙，彼此之间都是有所联系的。爸爸曾经这样告诉我。

可是现在，包围着我的只有孤独感。我就像一枚孤零零的粒子，跟尘世毫无羁绊。

雪橇撞到几处雪堆，然后继续前行。蓝白色的冰面在眼前延伸，无边无际，而群山的轮廓似乎仍然远在地平线上，没有靠近一分。

过了会儿，我停下雪橇，打开盖子，走了下来。雪橇里面有加热器，温度适宜，我又在腿上裹了一条毛毯，跟几英寸外包裹父亲尸体的那条一样。而雪橇外的空气冰冷如刀，我随便选了一个坑，脱下裤子，蹲下来撒尿。冰冷的风刮得我屁股都快失去知觉了，管它的，先解决个人问题再说。

正在此时，我看到有动静。

起初我还以为是幻觉，海市蜃楼什么的，很快，我确认，那是真的。

黑色的鱼鳍飞速地撞破冰面，猛烈得我都能听到清脆的冰裂声，目测离我有四分之一英里。我也不知道经验是来自哪里，但我相信自己的判断。这是一条冰鲨，个头大得跟地球上的虎鲸差不多，但身体是柔软的凝胶状，脑袋四周还长着许多触须，看起来像是挂着彩带一样，却极其危险。它可以在冰面上或者水里航行，甚至可以长时间待在陆地上。它的黑鳍比已知的任何一种金属都锋利，可以毫不费力地切割坚冰。冰鲨有着极其灵敏的嗅觉，也能对声波做出感应，当然不如火星蝙蝠这么敏感，但有用就足矣。它的身体就跟凝胶一样柔软，可以随意插进任何地方。很可能它嗅到了我尿液的味道，前来享用午餐。

我赶紧拽上裤子，飞快地跑回雪橇里，拉上滑盖，猛地把油门一踩到底。太多的能量供应让雪橇一下子有点吃不消，它蹦了一下，又砸在冰面上。在这么可怕的一瞬间，我还以为一切都完了，我弄坏了最后的庇护所和交通工具。幸运的是，雪橇启动了。

我打开监控，把视角拉到后面，冰鲨锲而不舍地跟着我，看起来越来越近，而且我明白透过摄像机看到的画面有误差，真正的冰鲨应该比画面上更接近。

雪橇还有一些能源储备，但我必须省着点用了，否则会需要更多阳光来补充，而糟糕的是，现在太阳都快落山了。夜晚也需要能源，如果挥霍太多，肯定捉襟见肘。

可我要是放慢速度，冰鲨会追上我，一口咬在雪橇上，把它轻易地咬成两截，我会变成它嘴里的肉酱，腹中的美食。除了我，还有我那可怜的父亲。

冰鲨很聪明，似乎知道入夜了我会面临更大危机——虽然它不可能知道——所以它以飞快的速度跟在我身后，却没有试图追上我，同时我无论如何努力踩油门也不能摆脱它。它就像一个好整以暇的猎人，知道自己只需要等待，猎物就会不得不放慢脚步，落入它口中。

天色渐暗，但我仍然只能看到一片广袤的冰原，群山的轮廓依旧远在天际。似乎就在一瞬间，阳光隐去，月亮升了起来。我打开了照明灯。

突然，意外发生了。

即使在雪橇里，我也能清晰地听见冰面崩裂的声音，然后看到了它。当然，我看到的都是摄像头传来的影像，但它就在那儿，冰原不断开裂，从裂缝中浮现出它的轮廓——冰山正在上升。它们击破坚冰，从冰原底部寒冷潮湿的深渊升起，带着上古时期火星的气息。它们划开冰面，裸露在空气中，重现天日。在某些冰山万古不化的冰层之下，曾经的土壤还保留着生命的痕迹。那时候空气中的生物体飘洋过海，说不定极北冰山上还附着有南方热情海滩的古生物呢。也有一些是纯粹的冰山，空无一物。有些冰山甚至是古时候深埋在地底的岩石形成的。我听说上面还有早已灭绝的古生物化石，甚至还有上古火星人，虽然偶尔有一些支离破碎的考古发现，但大部分关于上古火星人的故事都是传说。这些坚冰上升后也会很快没入深海，携带着古老的宝藏和他们的信息。

冰原崩裂的声音如可怕的诅咒般不断响起，皎洁的月光洒在清澈透明的冰层上，反射着明亮的光。我面前冒出的巨大冰山完全挡住了行进路线，透过坚冰我能看到一团黑色的阴影。它位于坚冰中心，看上去延伸了好几英亩。随着我越来越靠近冰山，看得也更清楚了。那块阴影几乎让我忘了呼吸，忘了有致命的生物还在我身后追赶。天哪，冰山的一侧冰墙上映出一道石头做的阶梯，通往一座石金字塔入口，消失在一片阴暗之中。这座包裹金字塔的冰山的冰壁看起来不太厚，它很可能是空心的。

我当时什么也没想，只觉得自己完蛋了，肯定逃不出鲨鱼的巨口。这时候阳光已经极其微弱，过不了多久雪橇就不得不放慢速度。突然

OLD MARS

一个疯狂的念头出现在我脑海,那也是我唯一的活路,除此之外我别无他法。想要绕过这座冰山那得开几个小时,它太大了。

我扫了一眼后视镜,看到高高耸起的黑鳍,透过波光粼粼的冰面,我甚至能看到冰鲨的样子。巨大的身躯,是的,正如我所说,那是个怪物,虽然名为冰鲨,可跟鲨鱼长得一点也不像。它通体黑色,还能不断变换形状,更像是某种凝胶,除了那顶锋利可以轻易切割开坚硬冰层的黑鳍以外。

雪橇依然往前滑,我把油门一脚踩到底,我知道这样会耗费许多能量,但这是个很管用的计划,至少是我能想到的唯一计划。

沿着冰山那冷硬的冰壁努力往上冲,雪橇艰难地爬上了冰山。我关掉引擎,拉开顶盖,翻滚了出去,俯身撕开补给袋,飞快地抽出三根热能棒——它们通常用来做爆破物。我拧开热能棒,朝着冰山用力扔了出去。它们砰地炸开了烟花,火焰升腾,释放出来的热量烧焦了我的头发,发出一阵嘶嘶的声音,冰山融化出一个大洞。正如我所希望的那样,这座冰山的冰壁很薄,里面是中空的,仿佛一个形状怪异的玻璃盖,倒扣在一个石金字塔蛋糕的上面。

我回头看去,冰鲨正试图把整个身体从裂隙中挤到冰面上。它挪动着、扭曲着、挤压着身躯,终于,它发出一声咆哮。如此恐怖的咆哮,我感到脚下的冰山似乎都在颤抖。风中传来它那恶心的气息,令人作呕。它的形状不断变换,从扁平变成厚实,触角从它的头部伸了出来,我还能看到上腹部长着的脚蹼。它滑行着,努力缩短我和它之间的距离。

我迅速地回到雪橇里,猛地往前冲去,从热能棒炸出的大洞飞跃进了冰山,等我回过神来,已经跃上了石阶,位于金字塔内部了。

雪橇的灯光可以为我指路,面前是一条宽阔的走廊,大得可以媲美厅堂。两旁雕刻着高高瘦瘦、看起来跟人类很相似的动物形象。走廊的尽头是两扇打开的大门,用某种我不确定的材料制成。大门很宽敞,我驾驶着雪橇轻松通过,两边还绰绰有余。

进了大门,我从补给袋里拿出照明灯,走下了雪橇。我推了推沉重的大门,可它纹丝不动。我灵机一动,又回到雪橇里,用雪橇抵住门,发动引擎朝外推。门动了,砰地关上。我用同样的办法关上另一扇门,为了保险起见,我决定下车查看一番。门上有锁,不过太大了,我没法碰到。不过门的一侧有个长方形缺口,我赶紧跑过去用探照灯查看。里面有开关,我抓住它,用力一拽。它发出嘎吱的响声,像是在乞讨的小孩。然后我听到咔嗒一声,锁扣上了。这是我大胆猜测,小心求证的结果,真是幸运。我找到了正确的开关,而令人惊异的是它居然还能工作。这里很可能是史前文明的遗迹,比人类在地球上诞生的年月还要久远。但它没有生锈,没有腐烂,居然还能用。除了有点嘎吱作响以外一点没掉链子。如果不是在这生死存亡关头,我一定会惊叹得连呼吸都忘记。

金字塔里面并不潮湿,虽然包裹在冰山里,但这里的空气很干燥、清新。如果我还记得曾经读过的有关冰雪的微观结构的东西,我想这座金字塔很可能偶尔会浮到地面上来——或许几百年一次吧。它吸入新鲜空气,透过冰山排出内部的气体。这个念头本来只是猜测,但随着在金字塔里的呼吸,我越来越肯定。事实上,这里面的氧气如此充足,让我都有点幸福的眩晕呢。

这时候我听到冰鲨撞门的声音,它已经爬上了冰山和台阶,正在用力地撞击紧闭的大门。大门摇晃了两下,但依然坚固。

我爬回雪橇里,打开车灯,驾驶着它深入金字塔内部探险。

终于,我来到了一个大房间,更神奇的是,里面居然有光。房间里的光源像是嵌在墙壁里的大水泡,数量繁多。它们发出橙色的光芒,并不刺眼,但足以照明。我关掉雪橇的大灯和引擎,下车查看。一开始我想不通怎么会有灯光,然后联想到了这些年来发掘出的火星史前文明的神奇。他们保留下来的东西存了千年以上,丝毫没有腐朽,就跟那令人惊叹的门锁一样。跟我们相比,史前火星文明在科技方面遥遥领先,超出了我们能理解的范围。还有那神奇的冰山,它就是个冰封的世界,沉没在水底,但里面的东西与水隔绝,历久弥新,还能提供氧气,足以让我震惊得目瞪口呆。

金字塔有一面内壁似乎被炸弹之类的东西破坏掉了,散落着许多冰块。内壁上还有大量的呈泡沫状的冰凸出来,坚冰里面包裹着一些人。我眨了眨眼,他们端坐在巨大的石头椅子上,被冻得结结实实。他们差不多有八英尺高,皮肤是金色的,头颅光滑,手指修长,双眼紧闭。他们的鼻子扁平,嘴巴微微张开,我可以看到他们黄色的牙齿。看上去这些牙齿很坚硬,像小型的石雕。这些人坐在椅子或宝座上,武器倚放在一边。可能是枪,长管状,有枪膛,虽然没有枪托,但看起来有像是瞄准镜和扳机的东西。还有一些武器像是鱼叉,至少有十二英尺长,锋刃呈蓝黑色,看起来挺沉的。

也许是有什么东西突然打破了外墙,让这些生命在一瞬间被冻结。我只能想象这是上古时期的战争,爆炸把他们暴露在外面的空气中,所以必须冰冻起来。不过这个解释太荒谬了,我不知道事实如何。

我在宏伟的宫殿里走来走去,猜测这一切都是战争的结果。当然,只是猜测,不过我倾向于相信自己。我的眼睛已经适应了室内的光线,能看到地面上有许多拇指大小的红色虫子,每走一步都能踩上一些。墙壁里面也有蠕虫,至少在石头缝里,我抬头一看,天花板上还有虫子在爬来爬去。我打开照明灯,看清楚了,确实是这类蠕虫。它们摆动着毛毛虫一样的脚,在天花板上穿行,不时落到地上,像下了一场淅淅沥沥的血雨。

远处隐约传来砰砰的声音,我意识到冰鲨还在锲而不舍地轰击金字塔巨大的门。我得想办法找到另外一条路出去,再用几根热能棒炸开冰山,或许能在那怪物察觉之前逃之夭夭。可是面前的墙壁除了缝隙以外,只有六条宽大的走廊,遁入黑暗。

我匆匆回到雪橇里,合上盖子,发动了引擎。在车灯指引下,前方的道路一览无余。我来到这些走廊的入口处,犹豫起来。我不知道该选择哪条路,或者它们都通往同一个出口?我坐在车上仔细想了想,决定去中间那条碰碰运气。我伸出手,轻轻地抚摸了下父亲,希望他能带给我好运,然后径直冲着中间的走廊而去。

灯光照耀下,红色的蠕虫像是从石头缝里倾泻而出。就在这时候,身后传来了响亮的破门声。冰鲨,冰鲨撞破了大门,毫无疑问。我简直不敢相信。

这个该死的家伙真够执着,跟我们金家人一样,认定目标,死不撒手。

我只能努力把注意力集中在前面,沿途一片黑暗,我的雪橇灯闪烁着。逃离冰鲨追捕的时候我可能用掉了比想象中更多的能量。除了不停前进,我不知道该怎么办。在我以为自己永远只能这么开下去的时候,前方出现了亮光,我驶出了隧道,来到了冰冷的山脊上。月光洒下来,照在面前一艘巨大的、光滑的金属船上,反射着柔和的光。一艘气派十足的航船,有着宽大的、如纸一般薄的船帆。过了好一会儿,我才意识到它也被包裹在冰层之中。冰层上有被打破的痕迹,新生的冰块覆盖其上,像是冰雪天地中的精灵。一条通道直达船尾,还有升降电梯,落在曾经应该是码头的地面。我驾驶着雪橇径直冲了过去。

我沿着通道往上,它应该是按照金色皮肤火星人的身材制作的,又高又宽,对我而言就像是一条大道。我沿着它直接进入了船内。

我终于停下车走了出来,推开旁边一扇半掩的门,朝里面看去,是一间宽敞的舱室。虽然我的雪橇在充满电的情况下动力十足,但实际上轻如鸿毛。我毫不费力地把它推进房间,然后出来,关好门。我思忖着应该优先确保雪橇的安全,毕竟目前它是我唯一的交通工具。而在这里,我恐怕得步行来寻找出路,如果我能破冰而出,能摆脱冰鲨继续前进,到了白天,雪橇就能重新享受阳光照射充能。它获得越多的太阳能,就能跑得越快。

　　沿着船里的道路飞奔,我来到了一个巨大的通道口,两侧是同样巨大的舷窗。通道通往控制室,在我面前的广阔视野里,一张硕大的椅子吸引了我的视线。一眼望去,首先映入眼帘的是一双长腿,我抬头,看到一个金色皮肤的、比其他人都高大的火星人端坐着,手里握着轮盘,左右两侧是各种齿轮、按钮和操作杆之类的,下方标示着奇怪的波浪状线条,我猜想那是一种早已失传的语言。

　　我看着他的脸,他双眼睁着,眼珠仍然栩栩如生,丝毫没有腐烂的迹象。但眼睛上结满了霜花,像是挂着糖霜的甜甜圈。

　　他的皮肤上有一些脱落的痕迹,我确定不是因为腐烂,而是伤口。他就坐在这把椅子上遭遇了袭击,或许是正在指挥这艘船航行到大海的时候。右侧远端的墙边,我曾见过的那种鱼叉整齐地摆放在架子上。我估计这种东西更像是这个上古种族在某些仪式上用的装饰品,而非作战武器。但它们看起来依旧锋利无比,散发着危险的气息。

　　我努力爬上了控制台,透过火星人面前巨大的舷窗往外眺望。月光皎洁,能够看到船前方薄薄的坚冰屏障,越过它就是那片平坦的、一望无际的冰原,在更遥远的天边耸立着群山的轮廓。远在天边,我觉得胃里面一阵抽紧。

　　远处又传来沉闷的声音,紧接着有什么东西破碎了,我本能地知道那是冰鲨锲而不舍地追踪而来。说实话,我以为冰鲨会知难而退,它虽可以在离开冰层和大海的地方生存,但我真不知道它能离水这么久——不过我还是能肯定是冰鲨。虽然看不见,但它身上那股腐烂的气息,像是酸腐的饭菜在它的胃里(是的,我听说冰鲨是有胃的)发酵后冒出气泡一样。那味道太令人作呕,我的眉毛死死地拧在一起。

　　我跳了下去,跑到武器架边,爬上旁边的一张桌子,抽出最小的那把鱼叉。对那个坐在椅子上的金色火星人来说,它轻巧得可以当投掷标枪,但我只能勉强搬动它。我拿着鱼叉,从桌上跳下来,飞快地朝通道跑去。就在这时候我听到了冰鲨的动静,它已经爬上了船,正循着我的味道朝大厅而来,那声音听起来近在咫尺。

我跑回到控制室,又一次爬上了那张桌子,它靠着墙摆放,上面一点就是舷窗。我匆匆扑向一侧的舷窗,用鱼叉去撬它。我用尽全力,但它纹丝不动。冰鲨的动静越来越近,它身上的味道也越来越浓。就在我快绝望地以为要丧命在此的时候,舷窗在鱼叉底下啪地弹开,往外掉落,砸在下面的甲板上,粉碎。我把鱼叉扔下去,然后猫着腰从洞口跳下,这里离下面的甲板足有八英尺高。我砰地落在甲板上,捡起鱼叉,踉踉跄跄地奔跑,试图找到我藏雪橇的那间舱室——那里还有我可怜的老爸。

我回头扫了一眼,那怪物正把它那如油脂一般的身体从舷窗那里挤出来。黑色的头颅扬起,触角飞舞,锋利的牙齿闪闪发光,明亮的、白瓷般的眼睛盯着我。它脖子细长,正挂在舷窗的缺口处,看起来身躯挺臃肿。我顿时明白了,它绝不会放弃到嘴的猎物。我想起爸爸曾经说过:"冰鲨是一种巨大的、令人恶心的生物,它的大脑只有小个头的苹果那么大。双眼之间,是它的要害之处。它头脑简单,生性凶悍,所以从不考虑更聪明的方案。跟人类完全不同,它一旦决定追捕猎物就会坚持到底,不管这种追逐有没有意义。一旦猎物被它发现,那就只有一个结局——不死不休。"

冰鲨的头扑通一声摔在甲板上,恶心地蠕动着,身体还有一部分卡在舷窗里,支棱着的触角和短小的腿伸展出来。这东西的体积至少有我的二十倍。

恐惧死死攫住了我,我的腿像焊在甲板上一样一动不动,过了好久才回过神来。那股腐烂的味道像是迎面挥来的一记重拳。我转过身,沿着甲板拼命跑。身后,冰鲨发出恐怖的咆哮,震得我耳朵生疼。我疯狂地朝旁边的舱门扑过去。

锁着的,我又换了一间,仍然是锁着的。

OLD MARS

　　终于有一间舱门没有锁，但也没么容易打开。我把自己整个身体——六英尺，140磅，我可是个大个子女孩——的重量压在上面，但它纹丝不动。冰鲨尾随而至，它滑行着，发出尖锐难耐的噪音。我使出了吃奶的力气，危机时刻，不知道从哪里来了一股神力，终于，门开始移动了。打开了足够宽的缝隙，让我挤了进去。门板边躺着一具火星人的尸体，似乎是在古老的战斗中跟入侵者拼命作战后倒下，而敌人收走了同伙的尸体。他的头几乎只剩下一层薄薄的皮还连在身体上，脑袋边有一摊黑乎乎的东西，已经凝固了，坚如磐石。

　　我跳过他的尸体，飞快地滚向大厅。就在这时冰鲨闯了进来。我转过头，它的双眼在昏暗中死盯着我，像一对闪烁着的白色火焰。然后，它头一低，一口咬住地面的火星人，狼吞虎咽，发出一阵像是火鸡啄食玉米粒的声音。我怀疑它对那个坐在椅子上的火星人也做了同样的事情，但必须承认，我无法分神为这些死去已久的生物哀悼，我唯一担心的是该怎么逃脱。

　　大厅的门关着，唯一的光线是透过右边船舷照进来的月光。那里有一扇开着的门，但不是出口，里面是一排排的架子，像是蜂巢。这里没有任何别的出口。

　　我走投无路了。

　　没有任何词语可以描述出我真实的感受，你无法用人类的语言来表述那种绝望。我只能说像是掉进了深渊，除了放弃别无他法。但这个比喻也不太准确，至少我还有一点点空间可以挣扎。我有种错觉，面前的一切扑面而来，要么让我窒息，要么给我空间喘息。不，那不是真的，那只是错觉。冰鲨来了，我听到它沿着甲板滑行的声音，它的咆哮让船舱的墙壁都在颤抖。我的心脏在胸腔里剧烈跳动，几乎快跳出嗓子眼儿。正像古老地球上的说法：千钧一发。

　　爬上那些宽大的架子很容易，我理所当然选择了这条路，虽然也是条死路，不过至少好过等死。我把鱼叉横放在架子上，踩上去站稳，接着取下鱼叉放到更高的架子上,再往上爬。当我爬到架子顶部的时候,冰鲨进入了房间。我及时转过身,攥紧手里的鱼叉,背靠在墙上,鱼叉的末端也抵在墙面,这样可以握得稳一些。我等待着,心里清楚它那柔韧的身体要挤进这么狭小的空间,不会有任何问题。

我不会坐以待毙。

就像高手对决,我的面前是狭小的空间,而那腐烂的臭味传来,它——就在那里。

冰鲨在架间艰难前行,它那锋利的牙齿闪过一丝寒光,白色的双眼闪烁着,像是探照灯。它碰到了鱼叉尖端,发出了一声像老妇人般的尖叫。

它扭动着,拼命撞着结实的架子,我听到它发出嘎吱的声音,冰鲨的头迅速弯曲,逐渐变得细长,我发现它试图钉到我所在的架子上来。我挪动着鱼叉,想起了爸爸曾说过它那小小的大脑,在双眼之间,跟小苹果一样大。我朝着那方向戳去,再戳。

它猛地朝后方蹦去,头顶的触角四下张开。它们扭曲着,像是美杜莎的蛇一样。冰鲨又冲了上来,我一边发出恐惧和愤怒的尖叫,一边奋力迎战,死死攥着鱼叉跟它对抗。我不停地用鱼叉戳它,腐烂的液体从它身上溅了出来,溅到我脸上。像是脓肿的地方炸开了似的,我不停地猛戳猛刺,一边尖叫着,然后——它逃跑了。

准确地说,它只是退到我看不见的地方去了。

我颤抖地坐着,身体上到处沾着它的内脏,或者脑浆,或者什么乱七八糟的黏液。

它死了吗?我跪在架子顶上,爬到边缘,伸出头去查看——突然,冰鲨昂起了头,像是蛇一般发出尖锐的嘶嘶声。

几乎是条件反射般,我叫得比它还响,不假思索地刺出了手里的鱼叉,我什么也没想,我的恐惧有多深,我的鱼叉就戳进去多深。冰鲨又一次猛地后退,还拽着我的鱼叉。我想着:这下完了,安吉拉,你还不如把头埋在双腿之间,滚你妈的蛋吧。过不了几分钟,你就会被冰鲨吃掉,你能听到最后的声音就是它咬你的咔嚓声,你最终的归宿就是冰鲨的消化液,然后你的残渣会被它的肠道排泄出来,释放在冰冷的大海中。

它猛地撞了过来,我听到架子开裂的声音。鱼叉的柄打在了我的双眼之间。我的眼前冒出了许多星星,头疼欲裂。架子又裂开了好几处,我满眼金星地摔倒在地上,然后晕了过去。

不知道过了多久,我才恢复知觉,发现自己没有待在冰鲨的肚子里,而是躺在它身上。它在地板上,平坦得像一张抹布。

我起身环顾四周,冰鲨的头还立着,鱼叉戳在它的头上,像独角兽的角。

这怪物凝胶样的身体,沿着大厅往低处流淌。我站起身,靠在舷窗边的墙上,惊魂未定。我终究还是戳中了它双眼之间的小苹果,很幸运,很偶然。我曾经多次试图这么做,但都没成功。然后,不管是因为恐惧、绝望或者幸运的意外为我带来的力量,我做到了。

我笑了,没有原因,只有毫不抑制地疯狂大笑。

我悠悠回过神来——我不得不说,在这种情况能回过神来多么不容易——开始寻找雪橇。我踩着冰鲨的尸体,穿过了走廊,又来到另一个走廊。我越走越糊涂了,想了一会儿,又朝着来时的路退回去,总算认出了刚才那扇有火星人尸体的门,尸体已经被冰鲨吃掉了。我走到甲板上,一抬头就看到了我跳出来的那个舷窗。

太高了,没法爬回去,这还不算太糟糕,我感觉船在移动,没过多久,又动了一下。

我以为冰山只是在动而已,但当我透过包裹这艘船的冰层看出去,发现在海上冻结的冰面又开始出现裂口。冰山恐怕是要再次下沉了,一直沉到深海,就像一块大石头。

我再一次走投无路。

不能把父亲扔在这里,不能就这么把他扔在这个冰冷的坟墓,于是我飞快地在甲板上奔跑,四下查看。好不容易跑到船尾,看到往上的楼梯。我上了楼梯,看到船后敞开的入口,我曾经驾驶雪橇从那里进入。我按着自己的记忆往里跑,终于,找到了那间存放雪橇的房间。

我把雪橇拉出来,打开顶盖,钻了进去,并迅速启动。我沿着来时的路开车回去,穿过长长的黑暗走廊,那些令人难以置信的红色虫子仍然在墙上爬来爬去。我把油门踩到底,外面传来冰面破裂的声音,水流出现在金字塔的地板上。

当我冲出金字塔入口时,海水哗哗地朝里灌着。冰山下沉,海水淹没了雪橇。我祈求着海水带我出去,把我推回到大海。

正如之前所说,雪橇拥有短时间内充当潜水艇的能力。顶盖密封性很好,灯光在黑暗中也可以使用。但问题是,我仍然在庞大的冰山里面,它飞快地下沉,而越到深处,海洋越黑暗。海水从我用热能棒炸开的冰山孔洞灌进来,周围的冰块还在不停跌落。

我的雪橇朝着那方向开去,然后被推向金字塔的侧壁。海水的力量太大,我开动了整个引擎,跟它对抗。我看到一点光亮,月光投影在水里,波光粼粼的,像是装在罐子里的牛奶。很快,光点开始消失。

我努力往外冲,虽然我大致知道那个孔洞在哪,但一时间根本找不到。我无法确认它的位置,接着突然意识到它可能重新被冻住了,这里面的生物都会被冰包裹起来。我去到自以为是孔洞的地方,操纵雪橇努力撞上去。雪橇弹了回来,我又撞了一次,这次听到了破裂的声音。起初我还以为是雪橇被撞碎了,但灯光明确无误地指出了冰块的裂痕。我匆匆瞥了一眼,冰层上出现了如蜘蛛网的裂纹。我又操纵雪橇撞了上去,这次雪橇撞破了冰层,冲了出去。我又看到了闪烁的月光点。

雪橇放缓了速度,它顿了一下,然后跌入漆黑中,跟包裹着金字塔和船舶的冰山一样。

我再次发动引擎,死踩住油门,雪橇开始艰难地朝上冲,像地球上的海豚一样。它砰的一声撞穿了海面的冰层,发出哐啷巨响,跌在冰面上。月光闪烁着,柔和,明亮,照耀着整个冰原。

我爬了出来,用携带的工具修整雪橇,然后朝着火星群山的方向开去。

在那一瞬间,我欣喜若狂,随后才感到浑身无力。我以为是没吃东西的缘故,伸手朝补给袋里摸去,这才意识到并非如此。我的肩膀是湿的,上面不是海水,是血。在我昏迷后,冰鲨给我留下了齿印,还不止一个。它撕开了我的肩膀,而我的肾上腺素一直抑制着痛楚,直到此时才一口气爆发。

我不该去琢磨太多,接二连三的事情让我疲惫不堪。顺从大脑中的指示,调整雪橇的方向,那个指示应该是导航药丸借我的大脑做出的。我在补给袋里找到了急救品,撕开封口,里面有些绷带。我把它绑在伤口上。绷带一层又一层地湿透了,我又赶紧换上新的,然后不再理会。补给袋中还有水壶和压缩干粮,那东西吃起来味道像木屑。水润湿了喉咙,这是我喝过最甘甜的饮料。

雪橇朝着群山的方向直奔而去,要走多久取决于充能的情况。我压根没有多做思考就知道大概要18小时,就跟知道自己名叫安吉拉·金一样笃定。

爸爸曾经教过我怎么判断和计算距离。至于越过了山脉怎么到远方,我就不知道会走多久了。父亲会把我的经历称为传奇冒险小说中的经典之作。

我发现了被冰山和微生物包裹的失落的上古火星世界;我用鱼叉跟冰鲨打了一架,还打赢了;我跟着冰山下沉到黑暗冰冷的海水里……而现在我沿着冰面滑行,浑身浴血。我知道自己的旅途不会像群山那样延绵不绝,该死的,我也肯定自己不想再来一次。只要我没死在雪橇里,它就能带我去群山那边,等到太阳出来了,引擎会慢慢地充满能量。或许我会因为失血过多而死去,变成一具尸体,跟我爸爸一样。那也无妨，我尽力了，决不放弃。我不会放弃！

我再一次看了看月光下的冰原和远处的群山，笑了。我也说不清为什么，但我就是想笑。我抬起头，大笑出声。

然后闭上了眼。我的眼皮沉重又滚烫，无法再坚持了。

腿伸直，轻轻碰了碰包裹着父亲的摊子。然后，我晕了过去。似乎晕厥也可以习惯，但我希望这是最后一次。

如果你死在火星上，会上火星的天堂吗？那些金色的火星人有没有上天堂？我知道自己不相信天堂之类的东西，但我忍不住怀疑，现在的自己已经到了天堂。

温暖的感觉包裹着我，啊哈，或者，这里不是天堂，是地狱的入口？我想在火星上，下地狱的概率可能更大吧。我要去跟那个高个子金色火星人跳舞，还得带上鱼叉，还要跟冰鲨跳舞，和住在地狱里的一切野兽。我还要在滚烫的熔岩坑里跳舞，不过这似乎不太糟糕。如此温暖，我受够了冰原的寒冷。火星地狱？我喜欢。

然后我就醒了，雪橇已经停了下来。我感觉温暖而舒适，但很快又觉得冷。没过多久我清醒过来，明白发生了什么事。雪橇停下，加热器也停止工作，所以慢慢变冷。我做了一大堆奇怪的梦，不过我还活着。太阳升起来了，雪橇在阳光下晒了几个小时，太阳能电池也充能了，又能提供温暖而充满活力的能量。油门还在全力推动的位置，于是，在我什么也没碰的情况下，雪橇又启动了。

真是不敢相信，我居然能活过来。我扫了一眼冰面，看到了群山。但我脑子里的蠕虫知道我移动位置，距离比我预期的少多了。我把手放在操作杆上，感到全身疼得快裂开一样。肩膀上的血止住了，虽然绷带湿得一塌糊涂，但它完成了自己的使命。我很小心地挪动着手臂，避免撕裂伤口。

雪橇在冰面上愉快地滑行，我调整了导航，让它始终指着正确的方向。

OLD MARS

傍晚时分，我到了山上。开始追踪人类活动的痕迹。我的身体发热，感觉很虚弱，但还能坚持。终于发现了一条小路，从两座山峰之间插进去。我沿着它往前走，不知道会通往远方还是戛然而止。凸出的山峰挡在我面前，似乎是死路一条。但走近以后才发现柳暗花明又一村，小路如刀切过黄油一般在山壁上插过。

当我走出去的时候，已是夜幕降临。前方往下，是一个灯火通明的山谷。

这里就是远方。

我沿着斜坡往下开，风驰电掣。前方的景象径直扑来，我要确认它一切安好。

我开得太快了，在探照灯的照射下，突然一块巨石出现在面前，我飞快地拉动操作杆，让雪橇腾空。有那么一瞬间，我以为会直接撞上去，还好没有，但它仍然撞到了雪橇的底部。雪橇在空中旋转，崩溃。我眼睁睁地看着顶盖在身边破裂，把我甩了出去。我重重地摔到长满湿润冬草的斜坡上。止不住地往下滚去，却突然撞到了前面的东西。

那是我父亲的尸体，我紧紧地抓着他，抱着他，一路飞快地沿着斜坡往下滚去。

滚下去。

滚下去。

我和父亲抱作一团，直到撞上一堵墙。狠狠地撞了个正着。

剩下的也没啥好说的，天旋地转的我摇摇晃晃地站起来，挣扎着走了几步，倒在屋子前门。一对老夫妻把我抬了进去，然后整个小镇都醒过来了。人们上山去找雪橇，找疫苗，我父亲的尸体仍然靠在外面的墙边。雪橇撞得支离破碎，还好疫苗没事，但我父亲永远无法回到我身边。

人们络绎不绝地进来看我，就像我是什么珍稀动物一般。我根本记不住谁是谁，又或者长什么样，只知道他们来了，瞪大眼睛看我一会儿，又走了。

终于好奇的人们都走光了,我坐在老夫妇家的椅子上,他们喂我喝汤。医生走了进来,替我疗伤,他说我可能被感染了,还可能有脑震荡。还说现在不能躺下来,不能睡过去。

所以我没有。

我服下了他给的药,坐在那张椅子上,一直到早晨的太阳爬上群山。看样子它很疲倦,似乎宁可待在山下的黑暗中。然后我再也坐不住了,推开硌得屁股发痛的椅子,躺在地板上。我才不管会不会死,反正也不知道自己身体状况是在康复还是恶化。除了休息,我什么也不要做。

有人把我抱上了床,反正我醒来的时候是躺在床上的。我被包扎得严严实实,身穿睡袍,应该是那位老妇人的。床上的感觉真好,我不想起来。可令人惊讶的是,老妇人说我已经躺了整整三天。

我在回忆着那些传奇冒险小说都是怎么结局的,大多在主角最光荣的一刻结束,枪口喷射着火焰,拳头齐飞,多么壮观。但我的传奇冒险——如果你真的打算这么称呼它——则结束于一场葬礼。

镇上的人们把我父亲的尸体放在谷仓里,敞开着,让冷空气可以保护他不腐烂。但时间长了也不行,必须得下葬。他们给我准备了合适的衣服,热心地帮助我,整个小镇上的人都出面参加了葬礼。我和父亲被认为是送来疫苗的英雄,他们不吝把所有溢美之词加诸在我们身上,我满怀感激地答谢了他们。因为疫苗送来得很及时,几乎一夜之间,镇上的人都痊愈了。

就在爸爸下葬后没几个小时,我居然也得了那该死的火星热疫,不得不自己给自己注射疫苗,并卧床休息了两三天。我本来就够虚弱了,热疫又来个雪上加霜。回想起来真是讽刺,我带来了疫苗,但从未想过给自己注射,爸爸也没想过,他还是一名医生呢。

说实话,我哭了很久。然后我把有关爸爸的记忆都封存在大脑里,随时可以回想。我会永远记住他的,绝不忘记。

这就是我们金家人。

克里斯·罗伯逊

克里斯·罗伯逊的大名出现在《阿西莫夫》《中间地带》《后记》《地底》和其他畅销科幻杂志上。他最广为人知的作品要数天空帝国系列小说,其中有大量的短篇文,包括《龙的第九子》《铁颚与蜂鸟》《白光之夜的旅程》和《牢不可破的三人》等。他的其他作品有《无处不在》《帕拉嘎伊:火焰上的海洋》《秘密之书》和《世纪之末》。近来他一直在创作绘本小说,包括《埃里克:失去的平衡》,其中塑造了麦克·莫科克等角色。他还和《纽约时报》畅销漫画作者、著有《寓言》的比尔·威廉汉姆有所合作。最近在创作一部新小说《未来:超越》,除了写作,罗伯逊还是猴脑丛书出版社的出版人,这家出版社近来推出了数字漫画《猴脑漫画》。罗伯特和家人现居住在俄勒冈州的波兰特市。

《水手》讲述了一个关于海盗的故事,劫掠和百人斩的戏码足以引人入胜,但我们伟大的冒险者并非航行在地球的海洋上,而是火星无尽的沙海之中……

水手

船张满风帆,四面八方除了红色的沙子什么也看不到,他们最后一次看到水域已经是好多天前了。

贾森·卡莫迪站在阿尔戈号的船头,用他亲手制作的望远镜眺望着地平线,寻找猎物。栖息在身旁栏杆上的皮翼鸟不时扇动翅膀,发出刺耳的嘎吱声,贾森从腰带上的皮囊里摸出干肉条安抚它。若是他太久没给宠物零食,皮翼鸟会用锯齿般的鸟喙啄他的手指以示提醒。

"当心点,船长,小心你的手指头被当成肉干了。"从背后传来一个声音。没有转身,贾森又摸出一根肉条塞到宠物等待着的嘴里。

"强盗比较喜欢吃肉干,不过它要是饿狠了,也不会拒绝手指头。"他这才转身,微笑看着靠近的大副。

"说不准这家伙吃掉几根以后,"大副说,"你指头的数目就对头了。"他伸出只有三根手指头的手,在贾森面前晃了晃。

"在我的家乡,铁尔,"贾森说,"海盗们通常都缺胳膊少腿的,最优秀的海盗往往装着一条木腿,或者手臂用钩子替代,要不然就是独眼龙。"

大副突然变得严肃起来,拉了拉呼吸器上挂着的石头吊坠,火星人在空气中得携带呼吸器,遮住他们的鳃。"我相信,当他们去到最终归宿之地时,所缺少的部分都会安然地等待着他们。正如经文所说,窒息之神在海洋里,让一切逝者安息。"

贾森接过大副手里的肉干,铁尔绿色的皮肤上布满了各种伤疤,昭示着漫长的岁月里他所经历的一切,战斗、肉搏、殴打,而他还活着。

"这样想真不错,"贾森若有所思地说,然后笑了,"别怪我不知足,光有肉干没有夹饼可算不上汉堡。"

铁尔的下颌噼啪作响,这是火星人在大笑。"就我们的运气而言,你还是指望用以前监狱看守提供的稀粥代替夹饼吧。"他突然想起了什么,下颌停了下来,额头上浮现出羞愧的黄色,抚摸着石头项链以示忏悔。"窒息之神宽恕我亵渎的言辞。"

贾森回想起第一次在普拉西斯监狱见到铁尔的时候,像是上辈子的事情。铁尔当时是侍奉窒息之神的牧师,因为公然反抗普拉西斯领主的暴政而被抓进监狱。那时候贾森刚到火星没多久,被领主亲自抓捕。他和牧师共享了一间囚室,等待着刽子手行刑的石头。起初他俩都提防着对方,但黑色幽默和同病相怜的情绪很快让他们熟悉起来,并建立了友谊。几周后,当他们成功越狱,用临时搭的木筏逃到沙海中时,两人已经亲如兄弟。

"铁尔,你可曾想过我们居然能拥有自己的航船,航行在——"

"船长!"上面传来惊呼声打断了他的话,"前方有船只,正东方向!"

贾森举起自制望远镜朝他指示的方向搜寻,远在地平线上,一艘商用大型帆船正慢悠悠地航行在沙漠里。

"休息时间结束了,伙计们。"贾森招呼着剩下的船员,"肥羊上门啦!"

贾森·卡莫迪曾经的梦想是环游地球,现在来看算是实现了一半,确实在环游,可是并非在地球。更讽刺的是,这得归功于《国家地理》杂志。贾森小学时候就读过许多有关十来岁的孩子航行全球各地的文章,在中学时期,他着迷地研究地球仪和地图,阅读了各种导航和航海技术的书籍,还观看了所有能找到的关于海洋、航行或者探险的电影和电视节目。就在同学们都担忧考试成绩,冥思苦想该考哪个院校的时候,贾森利用一切课余时间在附近的湖泊和河流里试航自己的单人帆船,还在墨西哥湾里度过假期。那时候他就敢一个人出海,凭借指南针、智慧和勇气深入大海并顺利返回陆地。

高中毕业后,含泪告别家人和朋友。贾森从得克萨斯州的加尔维斯顿港口出发,乘着一艘只有24英尺高的单桅帆船,想要环游世界。他下决心要一直航行下去,直到从港口的另一侧返航。

遗憾的是,他的旅途刚开始就宣告阵亡。

那时候他还在加勒比海域,满月的光芒照耀在大海上,他在静海突然撞见一个奇怪的漩涡,急速旋转着,突兀地出现,没有任何征兆。贾森根本来不及转变航向避开它,就这么一瞬间,他的帆船直接撞了进去,一切改变从这里开始。

在进入漩涡的时候,他不由自主地闭上了眼,而睁开眼的时候,已经来到另一个世界。

后来贾森才知道自己到了火星,但这里跟NASA探测器传回来的火星图片完全不一样。难道自己穿越了时空,来到了这颗红色星球遥远的过去或是未来,还是进入了平行宇宙的另一个位面?贾森完全搞不清楚。他想看看地球的模样,看能不能找出点线索,但他制作出最好的望远镜也只能在天空中显示出一个模糊的蓝绿色星球影像。他的天文学知识还没有深厚到根据星体位置和形态推断出大致的年代,或者判断出是否在平行宇宙中。

不过这些都是后话,当他初次降临到这个星球时,只知道这是个见所未见、闻所未闻的世界。

帆船半埋在细沙里,头顶是深蓝的天空,两个月亮循着轨道彼此交汇。贾森从甲板上走下来,踩在沙子上,一瞬间就陷了下去,细沙没至他腰间。这里的沙粒细小得超乎人想象,地面看起来光滑如液体,但是更加危险。他在沙地里挣扎着,勉强保持浮在沙面,透过红色的沙尘,他注意到一个脊背如刀锋的影子正在靠近。

贾森的新世界之旅差点在第一天就宣告终结,如果不是路过的普

OLD MARS

拉西斯军舰把他拽上船的话，他已经躺在岩砂鲨鱼的肚子里了。船员们从未见过人类，对这个奇怪的俘虏非常好奇，军舰朝南行驶，把他带到了普拉西斯。虽然语言不通，在他们抵达码头之后贾森仍然清晰地向军人们表明了他需要空气呼吸。要是他没有表述得足够清楚，或者太拖拖拉拉，他早就淹死了，火星人强迫贾森跟他们一起进入水下的城市。

接下来的日子里，贾森学会了简单的普拉西斯火星语，能够跟捉拿他的领主沟通交流。但领主拒绝相信宇宙中除了这颗红色星球以外还有其他生命，尽管事实就摆在他眼前。贾森被裁定为异端，关在囚室里，等待死刑。在那里，贾森遇上了第一个称之为"朋友"的火星人，他的生活也从此发生了天翻地覆的变化。

但是不管怎么说，贾森仍然痛骂了《国家地理》一顿。要不是因为这本破杂志，他就跟普通人一样，上大学，找工作，享受平静生活了。

阿尔戈号靠近大商船的时候几近正午，沙尘暴肆虐，严重影响能见度。不过他们眯着眼睛也能辨认桅杆上飞扬的旗帜颜色，那是温迪地区商队的旗帜。

不过，就在贾森·卡莫迪的船队从西边接近商船之时，另一艘舰船也在从南边靠近。阿尔戈号还保持着可以谈判的距离，没有急着靠得太近以便发起攻击，但另一艘舰船已经航行到了几乎和商船平行的位置。

"这不是普拉西斯的护卫舰吗？"贾森说着，放下了望远镜，眯缝着眼睛，迎着正午时分刺目的阳光看去。

"普拉西斯跟温迪处于交战状态？"一名船员大声问道。

"那可是新鲜事，至少我们还是首次听说。"铁尔回答。

"可是，他们明显不是友军。"贾森指着帆船说。它的三根桅杆已经被击中，裂开，摇摇欲坠。像是给他的结论做注解，话音刚落，普拉西

水　手

斯护卫舰船首炮响了，朝着商船开火。商船上像下了一场石头雨，砸得桅杆和船体更加伤痕累累，甲板上的船员一片混乱，绿色的血液洒得到处都是。

"看上去他们想速战速决，"铁尔抓挠着肩膀，一直暴露在干燥的空气中，他的皮肤粗糙不堪，长出不少鳞片，"打算怎么办，船长？"

正常情况下，阿尔戈号只抢商船，遇上军舰——不管是沙海南方的普拉西斯军还是北方的温迪军——都会逃之夭夭。但显然现在并非正常情况。

贾森皱起眉头。"如果我们回到自由天堂的时候没抢个痛快，那该死的拉克和其他船长会笑破肚皮的。在沙海上瞎转悠的时间太长了，我觉得。"他的目光在两艘军舰之间逡巡，"看样子商船上有什么东西，让普拉西斯军舰不择手段地想得到。"

"这么说，领主改行当海盗了？"铁尔若有所思地说。

"或者是护卫舰上的船员改行了。"贾森揉了揉下唇，护卫舰上的船员射出了抓钩，扣在商船的甲板上，两艘船的距离急剧缩短，为登船肉搏战做准备，"他们似乎都没注意到我们。"

"看看我们背后的风，"铁尔回答，"面前一片沙尘暴。而不管是哪方的注意力都集中在对方身上。"

贾森的嘴角慢慢咧开一抹微笑。"一旦普拉西斯军舰的人登上商船，护卫舰上恐怕就没几个能打仗的船员了吧？"

"假如我们在沙尘暴的掩护下偷偷从后方接近……"铁尔的下颌骨又发出一阵噼啪的笑声。

贾森转身看着聚集在阿尔戈号甲板上休息等待命令的船员，他们挤在一起，免得被暴风吹走，也让自己的皮肤少承受点干燥的沙子。不时有气泡从人们的呼吸器中冒出来，为了保持鳃部湿润，也为了在空气中顺畅呼吸，船员们脖子上都挂着装满含氧水的呼吸器。

"各就各位！"贾森从腰间拔出弯刀，高高举起，"去把投石车推出来！准备开火！"

对普拉西斯军舰上的船员而言，海盗的投石车投掷到甲板上的碎石应该是遭遇偷袭的第一个讯号。不过护卫舰水手误以为是对面商船的反击，一直到贾森·卡莫迪和阿尔戈号上其他海盗一齐登陆到护卫舰甲板，海盗船长大喊着冲锋，水手们的下颌发出嘶嘶声，普拉西斯军才意识到他们被第三方攻击了。

"海盗！"一名水手大喊，摸索着套在腰间的长刀，"警告——"

贾森一刀刺入了水手脖子上的呼吸器，穿透了脖子，把他的警告硬生生憋了回去。贾森以前没这么心狠手辣，可以追溯到他和铁尔第一次在甲板上遇见登船海盗还被邀请入伙的时候。那时候贾森一直尽可能减少暴力和杀戮，能够让对方丧失反抗能力就放他一马，除非万不得已才会杀人。但那大概是半辈子以前的事情，这些年里，他亲眼见过领主及其忠实的仆人们如何对待违抗他们法律的人。普拉西斯所谓的"审判"造就了太多牺牲品，他们被肢解得惨不忍睹。他已经无法匀出半点怜悯之心来对待这些所谓的正义之士。

贾森猛地把刀从水手脖子里抽出来，还没等尸体倒在甲板上，铁尔就出现在他身边，手里握着一条电鞭。

"窒息之神会为你引路。"大副对着倒下的水手咕哝。虽然严格来说，铁尔早就不是牧师了，早在贾森认识他之前。再说也没有几个水手信仰神祇，旧神早已没落。

"小心右边！"贾森大吼着，站到铁尔身旁。三名水手朝着他们跑来，手里拿着棍棒和刀子。

第一名水手刚冲到贾森身边，他一刀子戳过去把对方扎了个透心凉，然后砰地一抬腿，正中第二名水手脖子上的呼吸器。第一名水手还跪在地上，徒劳地挣扎着，把流出来的内脏塞回肚子里。第二名水手呼吸了一口干燥的、沙尘遍布的空气，双眼圆瞪，充斥着恐慌之色。

铁尔的电鞭倏地挥出，缠上了第三名水手的脖子。水手顽强地抓

水 手

住电鞭,用力往后拉,显然希望让对手失去平衡。铁尔仅仅动了动拇指,按动鞭柄上的按钮,强烈的电击让水手全身痉挛、抽搐,眼珠子四下乱转。很快,从他身上传出来的香味让贾森想起了家乡的炭烤海鲜。

就在铁尔松开电鞭的时候,贾森正在清点人数。有六名船员跟着他和大副登上护卫舰,他迅速地数了下,所有人都还站着,只有人受了点轻伤。而普拉西斯水手全倒在他们脚下。

"这艘船似乎归我们了。"铁尔边卷鞭子边说。

"带几个人去搜下面,"贾森指示,"如果还有水手就清理掉,在我们攻击商船之前,不能有后顾之忧,解决掉那上面的水手已经够麻烦——"

"船长!"一名海盗喊着,贾森迅速转身。透过面前的沙尘,他能勉强看清对面。护卫舰上的军人几乎占领了商用帆船,正顺着抓钩绳气势汹汹地从商船上冲过来,眼里杀气腾腾。

"放轻松点,"贾森冲着铁尔一笑,"领会精神。"

通常,贾森的对手看到他的时候会愣一下,火星人从未见过粉色皮肤、还可以直接在空气中呼吸的生物,就这么一瞬间能让贾森在打斗中占据优势。但这些年来有关他的故事早就流传开,有种叫作人类的生物,统率着一艘海盗船,航行在沙海中,贾森已经没什么新鲜感和神秘感可言了。虽然他的技艺早就成熟到不需要借助这种优势就能打赢战斗,可讽刺的是,他不想占便宜也不行。

对方所有水手看到贾森的时候都愣住了,他的皮肤,他的头发,居然还没有鳃!他们死盯着贾森,连眼都不眨一下。贾森觉得自己像是从前的电影明星,屈尊到游艇上为那些不认识的路人甲乙丙丁签名……

如果只是想抢占护卫舰还挺容易的,付出的代价仅仅是有几个人轻伤。但要从折返回来的水兵手里保住它就难了,护卫舰上的人数是海盗们的三倍。贾森一向夸口说自己手下每一个海盗都能以一抵三,这个牛可吹大了,要想证明它更是难上加难。

铁尔带着两名海盗下去清理发射投石机的水兵,其余的人跟着贾森严阵以待那些从商船上回来的人。贾森打算亲自料理护卫舰舰长,那家伙的额头上文了准将军衔。一只手拿着剑,另一只手拿着一支火把。

贾森很惊讶居然能在火星人手上看到明火。红色星球上的人们只在工业上使用火,通常在远离运河网络的礁石堆。他们也知道火可以当作武器,但很少有人使用。

"不管你是勇者、疯子还是蠢货,"舰长带着浓重的普拉西斯口音说,"都只有死路一条!"话音未落他就端着剑扑了上来,剑尖直指贾森胸口。

"凡人皆有一死,舰长,"贾森拉开弓步招架住对方的冲锋,脸上闪过一丝笑意,"我也不例外,"他前踏一步,一刀封住了对方的剑。"但不是现在!"

船长嘶嘶地怒吼,横跨一步,勉强避开了贾森一记重劈。

"你,海盗,居然会保护……这些异端?"舰长的愤怒显而易见,"为什么?"

异端?这话从何说起?贾森没时间去思考这些,舰长挥舞着火把,朝他头上戳来。

贾森一个后跳闪开,感觉到火焰从脸上划过的灼热。如果他是个土生土长的火星人,这种热度足够在一瞬间烤干他的眼睛,不透明的眼膜会强行关闭,遮住他的视线。

毫无疑问,这就是舰长冒险带着明火战斗的原因。但贾森可是个地球人,虽然眼睛被热量和烟雾熏得眯缝起来,但他仍然能看到对手的位置。

不过,他假装自己暂时失明。

半眯着眼睛,贾森在面前的空气中盲目地摸索,他的剑佯攻着空

水 手

气,却一直瞄准着舰长的身体。他可以听到准将的下颌发出轻柔的咔嗒嘲笑声,顺便庆祝即将到来的胜利。

就在舰长剑指对手腹部,用尽全身力气扑过来的时候,贾森轻而易举地避开了这致命一击。火星人总会被他的速度和灵巧吓一大跳,在这个比地球重力低得多的地方,他的动作异常灵活。事实上这才是贾森最为倚仗的优势,在准将回过神之前,贾森一扬刀,径直划过舰长脖子上的呼吸器,一刀砍中了他的后颈。

准将身子往前倾倒,喘着气,长剑和火把都落到甲板上。他的手捂着后颈,深绿色的血液从指缝中喷涌而出。

燃烧的火把在甲板上滚动,贾森伸手去抓,还没够到的时候,另一名普拉西斯水手冲到他面前,手里挥舞着分量十足的棍棒。贾森挡开了,现在的每一秒钟对他而言都非常宝贵,他担心甲板被烧起来。跟所有在火星沙海中航行的船只一样,护卫舰由一种轻质混凝土制成,极其坚固,舰体里还有大量的空气袋,让船只不至于因为太沉而陷入沙里。要命的是,虽然船体本身不会被点燃,但船板之间是用一种类似焦油的易燃物涂抹黏合的。如果船上失火,很快就会烧得只剩一堆船板,船员们就得搁浅在沙海上,等待皮翼鸟或者岩砂鲨鱼享用饕餮盛宴。

电光火石时,尘埃落定。贾森用最快的速度料理完那个水兵,转身只看到舰长的火炬滚到了两块船板之间的接缝中,火焰如一朵盛开的花,沿着黏合砂浆的路径四处蔓延。

"船长!"铁尔刚好从下面回来,他左肩有一道明显的伤口,"着火啦!"

"我看得到!"贾森扫了一眼甲板,在这场战斗中他损失了两名手下,还有三人受伤,包括铁尔,但普拉西斯的水手已经全军覆没。糟糕的是,火苗已经蔓延到整艘护卫舰,连船帆都未能幸免,到处冒着滚滚浓烟,空气中飘着灰尘。

"阿尔戈号在射程以外,"铁尔高喊着,"它不可能及时赶过来救我们!"

贾森皱眉,带领海盗冲上护卫舰的时候,他亲自下令阿尔戈号后撤以保安全,所以现在埋怨谁也没用。

"砍掉抓钩!"他一边高呼一边越过火苗朝船舷冲去,"如果我们运气够好,可以赶在商船着火之前脱身!"

铁尔和幸存的海盗们不需要进一步指示,纷纷飞奔到护卫舰侧舷,跳到商用帆船的甲板上,然后抄刀猛砍连接两条船的粗索。

贾森是最后一个离开护卫舰的,他脚下的甲板已经岌岌可危。铁尔和水手们扛着商船上断裂的桅杆,抵在护卫舰上用力推着,拉开两艘船之间的距离。但是,当贾森重重地摔在帆船甲板上——还把膝盖扭伤了——的时候,几片燃烧的船帆和带火星的烟灰跟着他一起落到了商船上。

"快灭火!"贾森着急地叫道,一边用手痛苦地捂着膝盖,"快来人,把火灭掉!"

两名海盗冲了过来,疯狂地用脚踩熄了燃烧的船帆,铁尔仍在指挥着剩下的船员推着桅杆,两船之间的距离当然是越远越好。火苗挟着滚滚浓烟从护卫舰上扑过来,就在他们都快绝望的时候,风向转了,回吹到护卫舰上,浓烟、灰尘和被火烤得滚烫的砂子离他们远去。

铁尔扶着贾森站起来,看着对面的船被烧得四分五裂,散落在沙面上。海盗们齐心协力,推着商船慢慢开始挪动,惯性会加大两船之间的距离,虽然不算太远,但足以确保安全。

"这下没事了,"贾森舒了口气,"我们赶紧下船舱去接收战利品吧。"

"也不知道那是什么,"铁尔搀扶着贾森穿过甲板,回答道,"反正普拉西斯人急切地想据为己有。"

贾森突然回想起舰长说的那些莫名其妙的话,深感不解。不过,当铁尔掀开下层入口的挡板后,他一下子就明白了。

水 手

两人愣在那里,呆滞地盯着下面的船舱,贾森惊讶得张大了嘴,铁尔不由自主伸手拍了拍胸前挂着的枯石护身符。

"看来不是为了占有,"铁尔喃喃地说,"而是毁灭。"

商船昏暗的舱室里,数十双眼睛盯着他们,闪烁着惊恐的光芒。

他们说着贾森听不太懂的方言,不过铁尔可以充当翻译。这些可怜的火星人挤在狭小的舱室里,有可以当祖父母的老人、父母辈的中年人,也有小孩。他们没有呼吸器,只能围在便携式喷水机周围,分享着那点可怜的水源,润湿他们的皮肤,透过鳃呼吸少得可怜的氧气。而他们的皮肤都呈现灰棕色,已经濒临脱水和窒息的边缘。

难民们每个人手里都紧紧地攥着枯石护身符,证明他们是窒息之神的虔诚信徒。而讽刺的是,窒息不仅是他们崇拜的神祇,也是他们即将死亡的方式。

"他们都是普拉西斯难民,"铁尔解释说,"被迫害,不得不逃亡。"

贾森看得出铁尔强行抑制的愤怒,但难民们一直重复的某个词语让他的情绪稍微缓和。贾森明白那个词代表了"牧师",虽然铁尔不当牧师很多年了,但他仍然以此为荣。

"他们说普拉西斯的情况越来越糟糕了。"铁尔继续道,"领主一直在迫害自由民,越来越残酷,曾经只抓捕公开反抗领主或者质疑他统治权的信徒,现在恐怕有异端信仰都能成为罪名了。"

贾森注意到难民们身上大多有旧伤,遭受过鞭笞或者拷打,甚至更可怕的经历。有些人还被残忍地砍去了手指、挖掉了眼睛。最令人不忍的是他们脸上的神情,不管是年老的还是年幼的,连痛苦都被麻木所取代,他们承受了不知道多少心灵和灵魂的伤害,这些伤痕或许永远无法痊愈。

"他们跟这艘帆船的船长做了笔交易,搭乘商船往北,穿过沙海去温迪。"铁尔苦涩地说,"希望在那里建立新家园,可以自由地选择信仰,还有享受和平的生活。"

贾森不由得冷笑一声,将"自由"和"温迪"放在一起真是莫大的讽刺。

"他们有多少钱?"他口气酸酸地问道。

铁尔冲着难民重复了一次问题,其中一人带着困惑的表情和口吻回答了他。

"他们无法理解,"铁尔对贾森说,"这些难民从来就没有用过货币。"

在普拉西斯,一切用品都靠分配,掌权的领主根据人们的需求来合理分配物资。可惜这只是理论,事实上大多人都过着贫病交加的生活,还以为自己得到的已经够多了。

"那就问问他们有什么贵重的东西,"贾森改口,"他们总得给这艘商船的船长点值钱的货吧——珠宝、首饰、传家宝、物资什么的,还剩下多少?"

铁尔转述了他的问题,难民们面面相觑,过了很久才有人开口回答。

"他们把所有东西都给了温迪商人,"铁尔翻译说,"什么都没留下。"

贾森又沮丧又愤怒,一拳砸在另一只手掌上,他非常生气,恨不得把那个跟难民们提议找温迪商人的混蛋抓出来一刀砍了,很明显,他们上当了。

"这艘温迪商船根本不可能带他们奔向所谓的'自由',"他怒道,"而是去当奴隶!"

铁尔的声音低沉了,这一次他没有为难民传话。"船长……贾森……他们已经经受了这么多折磨……"

"不!"贾森坚定地摇头,"他们应该知道。你明白我在说什么,告诉他们!"

铁尔的下颌颤抖着,这是火星人表示叹息的方式。然后,他转向难民们，用温和的口吻向他们解释目前的境况。

贾森几乎听不懂他在说什么，不过那无所谓，他大概能猜到。在沙海上的人都知道，温迪是个对待游民极其苛刻的水域，所谓游民就是指在温迪水域没有居住地的人。如果是有钱人还好说，只要花钱找到个合法居住的地方就行。如果身无长物，就会被抓住，直接判刑，被卖去当契约奴隶。从理论上讲，契约奴隶有可能通过自己的努力赢得自由。但实际上这种事情从未发生过。

商船主人的如意算盘昭然若揭。

他从难民手里得到的那些小玩意儿不值一提，但把这些人送到温迪就可以大赚一笔。这也算是温迪港口的管理员和商船船长之间的默契，某些不需要的"船员"就能以游民的理由被捕，管理员和船长共享他们被卖去当契约奴隶的收益。也有海盗头子这么做的，不仅掠夺船上的货，还把船员当作奴隶卖到北方。显然这是奴隶贸易，但在温迪完全合法。

所以，这些可怜的难民是刚脱虎口又入狼窝。

从他们绝望的哀号中，贾森明白铁尔已经把话讲清楚了。

"我们该拿这些人怎么办？"一名海盗询问着回到甲板的贾森和铁尔。

阿尔戈号在商船旁边航行，沙尘暴渐渐平息，现在所有人都知道他们这次辛辛苦苦"掠夺"到的东西是什么，现在的问题就是怎么处理。

"能怎么办？"另一名海盗反问，"跟我们又没关系，他们只能等着风暴和岩砂鲨鱼来收尸。"

这话虽然不好听，但贾森也不得不承认这家伙说得一点没错。站在甲板上他就能望见岩砂鲨鱼在沙海底下飞掠狩猎的痕迹。如果这些难民蠢到试图穿越那片沙海，很快就会小命不保。更别提便携式水箱能不能确保他们免于窒息都成问题，反正死了也是给鲨鱼加餐。不过，就算发话的海盗乐见普拉西斯难民自生自灭,很明显,其他的伙伴可不一定这么想。

尤其是他的大副。

铁尔一直抓着胸前的枯石吊坠,脸色难看之极。贾森明白他一定是想到当年他俩从普拉西斯监狱越狱的时候,不得不扔下的家人和朋友。想到他们因为多年的信仰而可能遭受的可怕折磨,再看看这些难民们绝望的脸,铁尔的内心一定痛苦得无法想象。

"我们该把他们送回去。"另一个人说。

"送回他们刚刚逃离的地方?"铁尔哼了一声,"那我们就是让他们送死,要不然偷渡到温迪去?至少有机会可以活命。"

另一名海盗做了个类似地球人呸的手势。"得了吧,至少普拉西斯人还有个效忠对象,讲点规矩。温迪那些吸血鬼商人满脑子里只剩钱了。"

"反正他们也活不成,干脆我们来动手吧,让他们少受点折磨也是慈悲啊。"又有一名海盗插嘴说。其他人纷纷点头认可,在这种境况下,这种提议反而是种善意。

在这颗红色星球上生存不易,因此火星人通常都有非常强烈的求生欲。可沙海能把人折磨得求生不能,求死不得,速死才是解脱。

"不行,"贾森做了决定,"带他们一起走。"

所有船员都转头看着他,有些满脸迷茫,也有些一脸警惕。

"带他们去哪儿?"铁尔问道,"你不会打算让他们回普拉西斯吧?或者偷渡去温迪?去哪里都是让他们送死,甚至比死还糟糕。"

贾森双臂交叉在胸前,摇了摇头。

"当然不会,他们要去的地方,是自由天堂。"

从船员们愤怒的喃喃声中可以看出,这不是他们愿意接受的方案。贾森真心希望没有人打算来次投票。

阿尔戈号上的所有船员都签署了自由天堂条约,这是一份约束火星海盗的规则，所有的海盗都受它约束，不管是在船上，还是在自由天堂水域的家中。条约里定下了海盗们劫掠分赃的规矩，还要求他们把劫掠物资的一部分送到自由天堂的公共仓库里，派发给需要的居民。但最为要紧的，是它还定下了海盗们选择头儿的规矩，不管是船上还是水域里，不管任何时候。

船员们推选了贾森作为阿尔戈号的船长，当然，船名是他当船长以后起的，以前叫作鲨鱼之牙号。同样，自由天堂的首领也是由各艘海盗船的船长们选举出来的。可是贾森当上了船长不代表他一辈子都是船长。正如他曾经从前任船长手中夺取指挥权，也可能会有船员来夺取他的位置。

夺权有两种方式，一种是有部分船员不满现船长的指挥，就可以召集满足规定人数的船员进行表决，选出新船长。贾森就是这样当上船长的。

还有一种更多地出现在海盗之间还没那么平等的时候，不服现船长的船员可以向船长挑战，以一对一的方式决出胜负，胜利者才能担任海盗船的指挥。这种方式在贾森当海盗的日子里还从未见过，近年来的海盗们都很少使用了，大部分原因在于单挑规定不死不休。尽管没人使用，这条规矩仍然写入了条约，以纪念最初那些为了自由勇敢地脱离水域，航向沙海的海盗先驱。他们用刀剑代替言语来征服船员，证明自己的价值。这样的规矩也算是自由天堂出现之前的海盗先驱时代唯一留下的痕迹了。

当贾森站在阿尔戈号的甲板上能看到古老城市的废墟时，意味着他们已经快到家门口了。

"你的鸟儿呢？"

贾森转头看着靠近的铁尔，这几天牧师把大量的时间花费在尽可能帮助难民上。铁尔带领他们朗诵经文，分享那些幸福的过往回忆等等。

"你说强盗啊？我相信它很快就会露面的。"贾森回答，"它总是这样。"

在他们与普拉西斯舰队战斗之前，他的皮翼鸟宠物就不知道飞哪里去了，自那以后贾森也没见过它。当然这并不奇怪，他的"宠物"只比野生飞禽好那么一点点，对自由还有无限向往。

铁尔学贾森一样靠在栏杆上，看着古老城市的废墟慢慢地滑过他们眼前，听着船员们的窃窃私语，还有一些船员仍在抱怨船长怎么会带上这群普拉西斯的"废物"。

"我们火星人曾经都很善良，"铁尔低声对贾森说，一边瞟着那些心怀不满的船员，"辉煌灿烂的文明哪。但是整个世界都干旱肆虐，恐怕最干涸的，是大多数人心中慈悲之泉的源头。"

自从第一次见过火星人以后，贾森就一直很惊讶，一个沙漠占主导地位的星球上，智慧生命竟然是水栖的。但他很快就明白，上古时代的火星是一片汪洋，生命起源于大海。生命不断进化，创造出繁荣兴盛的文明，修建起巨大的城市，编织出复杂的贸易和文化交流的网络。

可大概就在贾森来到火星的几千年前，一切都变了。海洋面积开始缩减，最初很缓慢，然后一年比一年迅速。民众之间的怀疑论者说这只是一个自然的循环，就跟涨潮退潮一样的，不必惊慌。但更富有远见的人们已经开始担忧如果海洋面积继续萎缩，人们该如何生存。最终他们找到了一种方法。

在古老的年代，现在许多曾经是海洋的地方已经沦为沙漠，埋葬着古老城市的废墟，那时候的人们修建了复杂的运河网络，通往地势最低的地方，人们希望哪怕海洋真的干涸了，也能保留下来一些水域。人们沿着狭窄的运河迁徙到新的庇护所，一路上留下各种上古文明的遗迹。

然后火星人迎来了最艰苦的日子，海洋大片大片地消逝，运河孜孜不倦地把海水运往位于低海拔地区的庇护所。生活仍然要继续，虽然日子越来越艰难。但蔓延整个世界的干旱或许稍有放缓，但从未停止。慢慢地，运河越来越浅，直到最后无法通航。所谓的全球运河系统支离破碎，火星人被无情的沙漠分割开来，彼此隔绝。

到了现在，曾经辉煌灿烂到蔓延全球的火星文明只剩下城市的废墟，被埋葬在细沙之下。城市里摇摇欲坠的雕像，还有最高的屋顶和尖塔偶尔会在沙面升起，像是遗址上竖立的墓碑。

贾森把目光从废墟上收了回来，看着铁尔，对方一脸严肃。

"我相信你们仍然可以重现辉煌灿烂的文明。只要心存信念，坚定不移。"

阿尔戈号航行到了自由天堂的码头，船员们纷纷准备下船。铁尔领着难民们跳上锚石，那里就有通往水底绿洲的道路。码头上停着十来艘其他的沙船，几乎所有的海盗都把自由天堂称为"家"，有人在卸下最近掠夺的战利品，也有人准备再次进入沙海。

数千年前的工程师们修建把海水输送到海拔最低地区的运河网络时，总会有些地方因为太过遥远而未能被列入其中。第一批海盗先驱找到了这样一个湖泊，命名为"自由天堂"，不管从运河哪一个节点出发，都得经历好几天在沙海的旅程才能抵达，它的位置是一个被严格保守的秘密。东边的古城废墟，还有一条从西南到东北走向的山脉遮蔽了它，在沙海上根本观察不到它的存在。只有南面有一条通路，障碍重重，还有许多地底生物，船长们必须得小心翼翼地航行才能安全进入自由天堂。海盗们还埋下了不少陷阱，如果有人不知道迂回进入自由天堂的路线，径直这么闯过来，肯定会陷在沙海里，撞上海盗们的防线，粉身碎骨。

贾森在甲板上，正在佩戴复杂的呼吸装备，否则他无法进入自由天堂的街道，会直接溺水而亡。他称呼为家的建筑物里倒是隔绝了水，有加压的空气供应，连门上都有阻水透气的锁。不过他的屋内建有喷泉和水池，这样去他家拜访的火星朋友才不用冒着窒息的危险。但要想回家得先穿过水域里的城市，所以他得戴上头盔，平时跟自由天堂的人们打交道时也得如此。

等贾森装备好自己，追上同伴的时候，铁尔已经领着难民们进入水域了。贾森的肩膀上挂着包袱，透明的球形头盔把他的脑袋完全包裹在里面。在商船甲板受伤的膝盖尚在康复之中，还未痊愈。所以进入水底能够抵消一部分重力，这让他感到一阵欣慰。

铁尔已经拿掉了呼吸器，难民们贪婪地张开鳃，大口大口吞吐着海水，这是自打他们登上温迪商船之后最畅快淋漓、肆无忌惮的呼吸了。

"总算回来了！"一个声音透过头盔传到贾森的耳朵里，响亮得似乎让周围的海水一起共鸣，"粉色皮肤的地球人，你给我们带了什么好东西？"贾森把手放在头盔的声音传感器上，并朝着来人的方向转过身。有时候他在水下不太能辨认出火星人的声音，但说话的这位，毫无疑问他知道是谁。

"是你啊，拉克，"他回应。在头盔里说话很奇怪，像是在咒骂，不过他的话能够被位于下巴附近的麦克风广播出去，音量也会放大到别人能听清楚的程度。他真希望自己声音里的怨毒能够在扩音的过程中消失。"见到你真高兴。"

"是拉克船长，再一次提醒你。"拉克的下颌发出欢乐的咔嗒声，面前荡漾起波纹。他和船员们正准备离开自由天堂去沙海。

海盗们一旦进入了自由天堂，就意味着人人平等，所谓的等级之分只限于登船以后，这是自由天堂的规矩。唯一的例外是被大家选举出来统治自由天堂的船长，他可以算是整个海盗社会的领袖。

拉克上前一步，用评估货物的眼光看了看难民们。"我想你恐怕不会同意把这些难民卖到温迪，你抓来的这些家伙真是虚弱，不过卖掉他们仍然可以给自由天堂增加点收入。"

贾森愤怒了，透过头盔瞥了一眼铁尔，看到大副一脸警惕的表情。

水 手

他们跟拉克的恩怨由来已久,就在他们逃出普拉西斯没多久,刚被邀请上船做海盗的时候,就跟船上的水手拉克大打出手。拉克不满意这个粉色皮肤的异族人和曾经侍奉旧神的牧师居然没有被当奴隶卖掉,而是入伙做了同伴。若不是自由天堂条约里明文规定了海盗船员之间禁止私下斗殴,他们和拉克恐怕得打到不死不休。

后来,拉克得到了自己的船,当上了船长,贾森也是。但他们之间的仇恨从来就没有消失。在拉克被选为自由天堂的首领后,贾森和他的争执更是从未断过,尤其是涉及把船上的囚犯卖去当契约奴隶的问题。

"他们不是囚犯。"贾森冷冷地说,抑制住自己想要拔刀的冲动,"而是我们的客人。"

拉克的下颌夸张地开阖,他大笑着,面前的海水一阵激荡。"太有意思了,粉皮肤的家伙!就跟你把野兽叫作宠物一样有趣!"他笑得更欢了,面前的海水几乎形成一个漩涡。

贾森上前一步。"行了,拉克,我是认真的。你不能碰他们。"

一声短促的轻笑荡起了水波,拉克的表情也严肃起来。

"他们签了条约吗?"

贾森摇了摇头。"当然没有,你看看这些人,这么虚弱,怎么能当海盗?"

"既然没签自由天堂条约,那就不能算作自由天堂的居民。"拉克双腿一蹬,浮在水里朝贾森游过来,停在难民们身边。"既然他们不是居民,那就算是战利品。谁也没有权力把所有战利品都据为己有,你必须得分给船员,还有自由天堂的其他居民。"

"他们是自由民!"贾森叫道,"你不能把他们算作财产!"

拉克嗤笑了一声。"自由天堂是唯一的自由之地,其他的人本质上都只是奴隶,区别在于奴役他们的是契约、金钱或者权势而已。"

"自由应该是每个人与生俱来的权利!"贾森反驳道。

OLD MARS

那些在码头上卸货、装货或是交换货物的船员们纷纷围了上来,等着看热闹,连许多船长都不例外。

"小心点,粉皮肤,"拉克警告说,"你这种言论已经快越界了。"

贾森在围观的人群中寻找其他船长的面孔。他能看出来,有几个人显然对他表示同情,但其他人似乎坚决地支持拉克。

"而作为自由天堂的首领,"拉克对着围观的人群大声说,"我有权要求接收一部分阿尔戈号的战利品,就是现在。"他抓起离他最近的难民的胳膊——那是名刚刚成年的女孩——并示意手下的船员一起过来,"另外,阿尔戈号最近一段时间内向仓库缴纳的货物一直不够,根据条约关于拖欠缴纳的船只规定,这一批难民将全部归自由天堂所有。"

拉克的船员纷纷动手抓捕困惑的难民,准备把他们带到拉克的船上,然后出海卖到北边的温迪。铁尔勉强抑制住愤怒,走到贾森身边。

"你得想想办法。"他干巴巴地说。

贾森默默地走到一边,尽力不让自己的情绪影响理智,他必须想出一个两全之策。

"船长!"铁尔着急地催促。哪怕是在家里,他也以贾森的大副自居,看来铁尔从来就没有跟船长平起平坐的概念。贾森这才意识到自己的手一直握着剑柄,握得如此之紧,手掌疼得厉害。

铁尔用力抓着贾森的肩膀。"你知道他们被卖到北方会有什么样的结局。"

他可以说服足够多的船长,达到法定人数,然后呼吁推翻拉克,另外选举一个首领。但这需要时间,等到他说服大伙的时候,拉克早就鸿飞冥冥。另外也无法保证新选出来的首领一定会反对奴隶贸易啊,说不准跟拉克是一丘之貉。

铁尔的手紧紧地抓着贾森的肩膀。

"拉克船长!"贾森突然大喊一声,甩开了铁尔大步朝前走,一边抽出他的剑。"我要向你挑战,根据条约第一章规定,我有这个权力。"

水 手

所有的目光都朝着贾森的身上集中,然后移向拉克。首领站在水里,手臂交叉,阴沉沉地笑了,面前又出现了漩涡。

贾森站在一个无头的、腰部以下都埋在沙海里的雕像头上。离他差不多一臂距离,几乎伸手可及的地方,拉克蹲伏在一列像是风中枯树的廊柱残垣顶上。

按照条约规定,被挑战的一方有权选择单挑的地点。他选择被沙海掩埋的古城废墟作为战场也并非出人意料。

"在这里你那身腱子肉不会占多少便宜的,粉皮肤,"拉克嗤笑着说,"你要喜欢瞎蹦跶,悉听尊便。等落下来的时候就知道好朋友们都在等你。"他指了指周围的沙海,还留有明显的岩砂鲨鱼活动过的痕迹。

贾森的右膝仍然不得劲,在帆船上受的伤还困扰着他。走到战场的时候,他能听到拉克的党羽发出嘲笑的嗤嗤声。有六艘沙船下锚停在附近观战,甲板上挤满了人,几乎是自由天堂全部人口。在拉克自己的船上,难民们被赶作一堆,戴着镣铐,气喘吁吁地互相传递着便携式水箱的呼吸口。

铁尔和贾森的船员都待在阿尔戈号甲板上,表情严肃而紧张。如果贾森挑战拉克失败,阿尔戈号将重新选出一名船长。而贾森如果不能赢就得死,没有第三种可能,单挑就是个不死不休之局。

贾森看到铁尔在虔诚地祈祷,双臂扬起。大副信仰的神祇就是在类似他们所在的废墟的一块枯石上殉难的,正是因为如此,自由天堂的居民通常都选择城市废墟作为决斗场。这里对火星人而言,无处躲藏、无法逃脱。辛辣的阳光毫不留情地射向沙面,而沙海本身也是危机四伏。决斗的哪一方呼吸器里的含氧水消耗殆尽,他会很快窒息和脱水。不过这次决斗所用的武器会确保观众不会等待太久。

"拉克,我还有机会收回挑战,"贾森大声说,"我们没必要非得分个你死我活。放了那些难民,我们还可以……"

电鞭从他脸前不到几英寸的地方划过,打断了他的话,干燥的空气中,电鞭尖端闪着电火花,噼啪作响。

"我这辈子都不想再听你的废话了!"拉克大吼,"闭嘴,受死吧!"

作为被挑战方,拉克同样有权选择使用什么武器。所以他选择了对贾森而言最难用的一种。

"好吧!"贾森咆哮一声,挥动着右手的鞭子,让它从自己脚边掠过。

"废话少说!"

贾森缓缓地举起手臂,鞭子在空中一弹,划过一道圆弧,他猛地一抽,鞭梢朝着拉克站立的地方直奔而去。

拉克下颌抖了抖,发出笑声,敏捷地从柱子上一跃而起,跳到一段露出沙海表面的屋顶。间不容发地避开了贾森的一击。

"你永远都掌握不了用电鞭的窍门,你没那本事,对不对,粉皮肤?"

自他意外来到这红色星球开始,贾森充分利用了自己在低重力环境下暴增的速度和力量。但是说到技巧和细节,将每一分力道收放自如,就比较困难了。而火星人能在水底下把电鞭操纵得如水蛇一般灵活,在陆地上又如闪电一般迅猛,而贾森用这玩意儿总有点力不从心。

但他绝不打算放弃。

拉克的电鞭再次出手,呼啸着卷向对手。贾森横过一步,险之又险地躲开了。鞭梢擦过他光裸的肩膀,电击的疼痛蔓延到胸口,还有股刺鼻的皮肉灼烧的味道,几乎让他一哆嗦就扔下手里的武器。虽然电鞭充满能量以后打在身上也不致命,但如果连续被击中同一位置也很难受。以贾森的身体状况来看,虽然硬扛几鞭子也没事,不过要是一鞭子抽在心脏上那可就不妙了,更别提脑袋,挨一下恐怕就能炸熟脑子。

虽然贾森很快恢复平衡,用自己的鞭子跟拉克对抗,但对方已经平稳地落到另一个屋顶,贾森再次抽空,鞭子在空气中发出噼啪的声音。

拉克灵活地一跳，又跳到一个破败的塑像头上。沙海里的岩砂鲨鱼贪婪地在一旁盘旋，紧盯着他们的行踪。而头顶上，皮翼鸟也不甘示弱地盘旋飞舞，它们很有耐心。

拉克的鞭子又来了，贾森尽可能平稳地跳下雕像顶部，瞄准了一间寺庙的屋顶，刚好有一角露出沙海。

但他估计错了距离，跳得太远，膝盖上的伤又让他落地的时候站立不稳，差点就软倒在沙海里。他的手臂迅速地在身边画圈，像是在空气中游泳保持平衡。贾森的左手勉强抓住了屋顶边缘，还好他死死地握着鞭子，要不然这一番挣扎肯定得丢掉武器。

就在贾森努力把身子拉上倾斜的屋顶时，他听到电鞭在空气中呼啸的声音，紧接着左腿一阵抽疼，他差点就跌了下去。这让他再也无法顾及手里的武器，电鞭落到了沙海里，一眨眼的工夫就被一只岩砂鲨鱼给吞了下去。

贾森趴在屋顶上，他的腿几乎硬扛了拉克一记充满电能的鞭打，剧烈地抽搐着。他勉强一个翻身，就在拉克的电鞭再次挥来的刹那，滚了出去。第二击紧接而至，几乎擦着他的脸而过。

贾森挣扎着坐了起来，拉克轻巧地落在庙顶的另一侧，离他大约十五英尺远。手里的电鞭如毒蛇一般灵活，他来回挥舞着手臂，让电鞭越甩越快，还不紧不慢地打量着贾森，似乎在想朝哪里下手更好。

"第一次见面就该宰了你，"拉克一边说一边甩着电鞭，一圈又一圈地，鞭子甩动的速度越来越快，"这么多年了，你一直是我的眼中钉，肉中刺。"

贾森无法站直身子，他的左腿仍然在剧烈地痉挛着，完全搭不上力。双臂倒是没问题，但武器丢了，他无法反击。拉克可以待在安全距离外，直接用鞭子慢慢抽死他，或者逼迫他落下沙海，不过是快慢的问题。当然，如果拉克准头够好，一鞭子就抽中他的脑袋，那就一劳永逸了。除非贾森有天神相助，否则无力翻盘。

"再见了，粉皮肤，"拉克残忍地说，下颌发出恶毒的笑声，"我不会想念你的！"

他抡圆了胳膊，鞭梢直冲贾森的头部而来。就在这千钧一发的时候，贾森不知道从哪爆发了一股力气，伸出双手抓住了拉克的鞭子，用尽全身力气，抓得死紧。他的胳膊不由自主地抽搐、颤抖，但贾森凭着一股毅力，咬着牙硬是没有松手。一波又一波的痛感袭击着他的神经，但他顶住了。

"蠢货！"拉克咒骂，猛地用力往回拉着电鞭。

就在这一瞬间，贾森猛地发力——不管是力量还是对痛楚的忍耐力，他都是数一数二的。拉克愤怒地咒骂着，又无可奈何地看着鞭子脱手而出。

四肢已然麻木，拼着最后一丝力气，贾森用力一抖，沉重的手柄划过他的脑袋上方，他松开手，拉克的电鞭也飞落到沙海里，被一对岩砂鲨鱼拉着两头吞了，它俩还差点打起来。

贾森跌倒在寺庙顶温暖干燥的表面，手臂失去了知觉，在身体两侧颤抖着。电击的痉挛让他连呼吸都困难，但奇迹地保持着意识。

拉克走了过来，居高临下地看着他，影子笼罩在贾森脸上。

"真是可惜，我们不能航行到你所在的星球，粉皮肤，"拉克的脸靠得更近了，"如果那里都是你这样的废物，征服他们简直是轻而易举。"

拉克的手指碰到了贾森的肩膀。

拉克推着他的肩膀，让他的身体朝着一边滚落。

"不知道下面有什么东西在等着你，"拉克说，"我真希望它能给你带来点惊喜。"

拉克在贾森徒劳的挣扎下，享受地把他的身体推到了屋顶边缘。就在这一瞬间，贾森动了，他唯一还能控制的是受伤的右腿，狠狠地踹在拉克的腿关节上。在拉克吃痛的怒吼声中，贾森用自己的腿勾住了对手的，猛地一拉。

水 手

带着怒吼的余音,拉克被甩到了屋顶边缘,贾森借着这股力往里滚去,双眼紧闭,他全身的肌肉都在痉挛,无法动弹。一切都完了,他的垂死挣扎也只能苟延残喘。可是,拉克的怒吼突然被一阵撞击声打断,然后是嘎吱嘎吱咀嚼的声音,贾森的脸上露出一抹苦涩的笑容。

另一个黑影掠过他的脸,他感觉到锋利的爪子触到了腹部。

"那就来吧。"他喃喃地说,倚靠智慧和勇气击败了狡猾的敌人,结局是变成皮翼鸟的午餐?这算什么结局?

可他居然没感觉到皮翼鸟的尖喙啄食肚子上软肉的疼痛,他竟然还活着。皮翼鸟拉住贾森的腰带,试图去啄他挂在腰带上的皮袋。

他睁开眼睛,露出疲惫的笑容。

"你这家伙,强盗。要是你早露面几分钟,我就没这么狼狈了……"

太阳从东方的地平线上升起,阿尔戈号面前出现了水域,正前方。

"你已经计划好了吗,船长?"铁尔问道,警惕地打量着栖息在贾森肩膀上的皮翼鸟。

"啊哈,你有机会成为一名圣人了。"贾森回以他微笑,"只要你跳过几个思维障碍。"

铁尔的下颌骨咔嗒响着,似乎在干笑。"我去给舰队发信号。"

大副赶着去给跟在他们后面的十几艘沙船下命令,贾森的视线越过沙海,看着刚刚映入眼帘的运河网络。

虽然他当上了自由天堂的首领,但说服其他船长支持他的计划也不容易。因此,过了好几个月,计划才真正付诸实施。

他们首先要解放普拉西斯,要切断领主对外贸易的线路,然后发动民众罢工,集中所有反抗普拉西斯领主暴政的人,组织起义,推翻领主,拯救可怜的平民于水深火热之中。

未来,困难重重,道路漫漫,但霸权总会被推翻。

一旦普拉西斯的人们体会到了"自由"的含义,他们就会北上,直扑温迪。而解放温迪,废除奴隶买卖之后,贾森将继续率领舰队在沙海上航行,哪里有压迫他们就去哪里。他将航行在世界各地,想去哪儿就去哪儿。

贾森的梦想终会得到实现——他的环游世界之梦。

伊恩·麦克唐纳

英国作家伊恩·麦克唐纳是一名超富想象力的作家，他的作品涉及面广泛，大胆得惊人。他的第一个科幻故事发表于1982年，自那以后，他的大名频频出现在《中间地带》《阿西莫夫》等知名科幻杂志上。1989年他的小说《荒凉之路》获得了轨迹"最佳小说"奖。1991年他的小说《清晨之王，白日之后》获得了菲利普·K.迪克奖。他的其他作品包括《蓝色六号》《心、手和声音》《愚人的祭品》《最后的咖啡》《进化的海岸》《克瑞亚》《战神快递》《布拉赛尔》。他还著有三个短篇集，《帝国之梦》《用舌头说话》和《在赛博阿班的日子》。2005年，他的小说《诸神之河》入选了雨果奖和阿瑟·克拉克奖的决赛名单，从中节选出的中篇小说《小女神》入围了雨果奖和星云奖。2007年，他凭借短篇小说《巨灵的妻子》获得了西奥多·斯特金纪念奖（短篇科幻小说奖项）。2011年，他凭借《托钵僧之屋》荣获约翰·W.坎贝尔纪念奖。他最近创作的小说有《托钵僧之屋》、YA系列小说开篇《平面奔跑者》，还有《做我的敌人》。伊恩·麦克唐纳于1960年出生于英国曼彻斯特，一生中大部分时间居住在北爱尔兰，现在贝尔法斯特定居。他的网站是：http://www.lysator.liu.se/~unicorn/mcdonald/。

在战争中，艺人上前线慰劳士兵，是会冒极大风险的。他从未置身于这样奇怪的战场，遇见如此奇怪的、非人类的观众，一路上跌跌撞撞化险为夷，而在这个倒霉艺人的背后，或许有一些狡黠有趣的故事……

夜之女王咏叹调

上帝,仍然在血流成河的火星上停留。

在大峡谷酒店的天堂塔套房里,著名音乐家和歌唱家康特·杰克·菲茨杰拉德穿着一件衬衣站在窗前。他脚下就是安塞纳石雕城,满城的棚屋,塔楼,公寓层层叠叠,伸向远方,电缆轿车从皇家聚居区的两座雕花小尖塔中间俯冲下来。数根高达一英里的柱子顶端安放着石雕的多身神像,神像之上,第九舰队的空中霸王战斗机在红色的天幕中巡弋。战斗机上方是大峡谷顶部,边缘的岩石被雕凿成城垛和堞口的形状。凌驾于这一切之上的是大气层边缘,在这个区域里,太空舰队的数盏锚灯成为了黄昏阴影的点缀。一中队的特维伍人拉着一把空中飞椅从套房的观景窗前匆匆而过,椅身随着特维伍人翅膀的上下扇动而不断颠簸。飞椅上的乘客是一个人类,穿着一件长长的防尘外套,是远征军下属的文职人员所穿的款式。他一只手紧紧抓着一个外交手提箱,另一只手攥住安全带,藏在防尘面罩下的嘴惊恐地大张着。

"上帝啊,看看那个!简直让我作呕。那架难看的政府飞行器,竟敢大清早让我难受!你休想让我乘坐这种东西,费萨尔,休想。那些家伙会朝你头上拉屎,真的,是我亲眼所见。这座峡谷底部的火星蝙蝠粪足足有五百英尺厚。"

我生来脚步轻盈,细致敏感,可是无论再怎么小心,我也没法在康特·杰克毫无察觉的情况下靠近他。男高音歌唱家的耳朵一向很灵。

"音乐家先生,星战同盟会已经下达了规定,我们不能再叫他们火星蝙蝠了,如今的官方称谓是特维伍文明。"

"简直是放屁。火星蝙蝠这个词再形象不过了,这群长着蝙蝠样的家伙本来就是一群蝙蝠。没有任何一种文明是建立在空中排便上的。我的茶在哪儿?我要喝茶。"

我递给他一杯早茶。他咕噜咕噜地灌了一大口——身为一名职业歌手,他总是缺乏应有的礼仪。康特的故乡是基尔德尔郡:他坚称自己所有的账单上都要出现这个地名。要不是自我催眠,他早就过了事业的巅峰期了,剩下的只有头衔和尊称而已。他的贵族头衔承自他爷爷获得的教宗荣誉。他爷爷生前只是个木讷虔诚的小店主,却在阿赛当地受到圣人般的膜拜。只是这位蔬果店主虽然是个好信徒,但他孙子却对宗教和其道德说教嗤之以鼻,可想而知,他的荣耀迟早会败在孙子手上。天堂塔套房里的国王级大床万幸没被另一具身体侵扰。康特·杰克·菲茨杰拉德喝干了杯里的茶,慢慢站起身,等到完全站直之后,这个身高六英尺半的大个子吸了吸满是赘肉的肚子,僵硬的关节发出噼噼啪啪的脆响。

"噢,上帝保佑你,好孩子。其他人可泡不出这么带劲的茶。"

早在我们动身来火星之前,我就开始在每天的早茶里放上一点点兴奋剂,在过去的六个月里一直如此。

"他们喜欢我们吗?大老爷们儿会像小孩儿和经期的女人一样流眼泪吗?"

"联席会议的长官们很喜欢听你唱歌。"

"是吗,不过这种迷恋不会让他们舍得去掏自己装满不义之财的钱袋。酬金只会有一丁点儿,绝对没错。他们不过是一群俗人。"星战同

OLD MARS

盟会有权召集地球上所有的演艺人员到火星前线去给各位将军、舰队司令和空军总指挥进行义演,这种没有报酬的演出多少带有强制性。在为陆海两军举行的演出中,风情万种的舞女和脱衣舞娘通常是主角。坐在钢琴前向外张望,你能观察到很多事情,比如衣冠楚楚的空军首席长官在音乐大师演唱爱尔兰老歌大串烧时打瞌睡,不过据新闻报道,他不久前才率领军士和塞尔提安之巢恶战了一场。

"费里德·贝想见你。"

"那个可恨的土耳其人。他想要什么?我敢说他是想要更多的钱。我不去见他。他毁了我今天的好心情,我要和他绝交。"

"时间定在十一点,先生。地点是运河苑酒店。"

康特·杰克鼓起腮帮子,表示妥协。

"怎么,他住不起大峡谷酒店?他瞒报了这么多所得税,竟然也住不起?哈,要不是这样,酒店服务员就会放他进来了;其实他们应该竖个告示牌:狗不许进,穿制服的人不许进,经纪人也不许进。"

我们一样付不起大峡谷酒店的房钱,不过这种事最好交给像我这样的钢琴伴奏者去解决。我从前和他谈过逃脱酒店账单的办法。

"我去预订交通工具。"

"爱去就去呗。"他再次将视线投向窗外的峡谷风光,这风光属于安塞纳,一座特维伍人的巨型城市。太阳已经升到峡谷边缘,照得安塞纳城中的尖塔、烟囱和高楼投下阴影,这些建筑都是由大峡谷中的岩石雕刻而成的。

特维伍人受到日光的召唤,从窄小的巢棚里成群结队地飞了出来。"能不能再喝一点儿你的特制茶?"他伸手递过茶托和茶杯,我连忙接住。

"没问题,先生。"

"谢谢你,好孩子。要是没有你陪着我,我肯定会很失落,非常非常失落。"

他说完挥了挥手,示意我走开。

"多谢夸奖。对了,先生?"

他从窗前转过头来。

"您的裤子。"

对一个大个子来说,康特·杰克·菲茨杰拉德呕吐的样子未免太秀气了。他把身子探出空中飞椅,喉头猛地痉挛了一下,呕吐物恰好落到一张横挂在两座石雕尖塔之间的床单上。他用一方雪白的大手帕擦了擦嘴,就算完事了。他也许会为此责怪我,责怪拉飞椅的特维伍人,责怪整个特维伍文明,但他绝不会把害他呕吐的责任归咎于在我收拾行李时喝下的三杯特制早茶,以及常年藏在床头柜里的酒瓶子。

这次结账过程不太顺利。这种事我绝不会对康特·杰克说起,但是自从我第一次利用这个基尔德尔郡人的名气成功逃账开始,我已经很久没遇到麻烦了。

当时那位经理说:"你得留下行李。"他是个亚美尼亚人,从没听说过爱尔兰,更别说基尔德尔郡了。

我向他保证:"我们会回来的,一定会。"

"那你也得留下行李。"

"万能的上帝呀,"两把太空飞椅在大峡谷的降落台上着陆的瞬间,康特·杰克大叫起来,"你想干什么,杀了我吗,你这个娘娘腔的异教徒?我的心脏很脆弱,我告诉你,很脆弱,几十年来,有不少人嫉妒和怨恨我,我的心早被挫磨得千疮百孔了。"

"这是最方便快捷的交通工具。"

"在吸血蝙蝠拉的车里被颠得七上八下,吃尽苦头还得不到好处,真是操蛋,"自从系上安全带,由特维伍人拉紧绳子抬起飞椅,康特·杰克就一直抱怨个不停。飞椅在半空中摇摇晃晃,正下方一英里处就是平民聚居区的一座座尖塔,这些建筑物就像成行排列的矛尖,在大峡谷的红色岩石上插得笔直。他不由得发出一声微弱的叫喊。特维伍轿夫

OLD MARS

们抬着他穿行在飞驰而过的缆车之间,又绕过一座座特维伍人的巢穴——满是窗户的石头大楼,他低低呻吟了几声,攥住安全带的指节变得惨白。

我相当喜欢这种飞行。我的生活大多数时候是波澜不惊的——因为不想做打理唱片版税的杂活儿,我当上了音乐大师的钢琴伴奏者,凭我的专业学位,这是我能在业内谋到的最高职位。这份工作很有吸引力,但是一点儿不刺激。它的吸引力来自于新的工作环境,可是没过多久,崇拜明星的狂热劲儿就消退了。在来火星的前夜,我也这么兴奋过。飞船!太空旅行!不知道为什么,我在飞船起飞的前一晚辗转难眠。不过我很快发现,太空旅行和远洋航行极其相似,只是没有散步甲板,没有短途旅行,乘客少得多,食物也差得远。对我来说,不管飞船上的同伴们有多么聒噪乏味,我还是从他们身上找到了些许乐趣,一想到他们得和康特·杰克共处整整三个月,我就暗自高兴。

我本人对这场战争充满了兴趣。我爷爷是霍塞尔公地入侵战的殉难者之一,就死在战争刚刚打响的几分钟里。他当时正在沃金清真寺里祷告,不幸被阿利瑞人的三足机动战士放出的热线烧成焦炭。那天有好几千人遇难,不过从那之后,我们花了两代人的时间去掌握阿利瑞人的技术,以保证我们的领空安全,并组织了一支舰队谋划反攻,整个计划的名字叫作"持续正义行动"。那一声哭喊仿佛就在昨日:铭记沙贾汗!舰队出征的那一天,我站在人群中,和大家一道围在霍塞尔公地上的一个巨大弹坑旁。还有人聚集在阿利瑞人入侵时留下的其他弹坑边,或者在山顶上、沙滩上、河岸上、屋顶上、教堂里,在每一处能看到开阔天幕的地方,抬头仰望被我们的远征舰队起飞时的光焰照亮的夜空。十一月的寒夜里,我和所有人说着同一个词语:正义,正义,但我的心在呼喊着:铭记沙贾汗!

万岁!万岁!当首相告诉我们,我们的战士占领了安塞纳,征服了特维伍文明,把大峡谷变成我们的火星司令部和军火工厂时,我们禁不住这样欢呼。不过在这些飞船远在太阳的另一端，离地球有好几个月路程的情况下，要保持爱国热情相当困难，而且人们也不相信特维伍人真像政府宣传的那样，是阿利瑞战争机器入侵地球事件的背后主谋。继这个宣传失效之后，第二种说法出炉了：特维伍人是阿利瑞人的奴隶，我们的行动解放了他们，让他们获得了民主和自由。特维伍人是一个拥有独特感知能力的种族，在我看来，他们筑巢栖息和喜欢成群结队的生活习性恰好体现了人民的本质。在安塞纳细如长笛的尖塔上伫立的多身神石像象征着一条真理：我们人类最优秀、最具创造力，也最卓越的品质就是我们所缺乏的神性。我已经诚心祷告很久了。

飞椅在密集的雪花石膏尖塔间一坠而下，康特·杰克发出一声短促的呻吟。这群特维伍轿夫的领头人吹了声口哨做出指示——特维伍语的最低音都超过了人类听力的上限——轿夫们驾轻就熟地带着我们盘桓而下，越过特维伍人的巢穴，穿过石拱门，又从扶垛下方一掠而过，最后来到了大运河边的西部大码头。人类在这里的蜿蜒石阶上修筑了不少廉价的喷石客栈和货栈。运河苑酒店很便宜，但这并非其最重要的魅力。费里德·贝之所以喜欢这里，既是因为这里物美价廉，也是因为这里靠近码头。康特·杰克晕乎乎地哼唧着，发誓说自己再也站不起来了，我乘空给了领头人一把数目可观的索瑟斯做小费，她双手合十以示敬意。

"我们破产了。"费里德·贝说。我们此刻正坐在运河苑酒店的阳台上，一边喝咖啡，一边眺望特维伍码头工人通过货船打开的舱门装卸货物。我说起了咖啡；这是一种远征军特制的人造咖啡，品质低劣，有股非常恶心的大便味儿。费里德·贝身为强大的奥斯曼帝国公民，对咖啡有种异乎寻常的热爱，每喝一口就露出一脸苦相。我又说起了阳台；所谓的阳台其实只是个能容纳两张桌子的大窟窿，紧挨着垃圾桶，风不断灌进来，形成一股涡流，阳台里终日尘土飞扬。费里德·贝戴着防尘眼镜，用头巾包住脑袋，啜着劣质咖啡。

OLD MARS

"你说破产是什么意思?"康特·杰克用他唱歌剧的大嗓门狂吼。货船上的特维伍人纷纷吓得飞了起来,发出勉强可闻的叽喳声。"你又成无业游民了,是不是?"费里德·贝出了名的好逸恶劳,头天拿到钱,一夜之间就能花个精光。他重重地哼了一声。

"事实上,杰克,这次变成无业游民的人是你。"

我常常在想,康特·杰克事业的缓慢滑坡是否得部分归咎于一个事实:经过数年的朝夕相处,经纪人说话的口气渐渐不像个经纪人,倒像客户了。康特的眼睛鼓了起来,他有高血压。我来火星前看过医院报告。"事情和愿意花钱来看演出的观众有关,杰克,观众,如今这些人越来越少了。"

"我在一群梳辫子的小丑和他们粗声粗气的新娘面前撒下我的珍珠,可他们却把珍珠扔回了我的脸上!"康特·杰克开始咆哮,"你知道的,我在斯卡拉歌剧院表演过。斯卡拉歌剧院!我还为教皇表演过。我还不如去为那些太空蝙蝠表演呢,至少他们还能欣赏高音 C 调。不,费里德,不不:你得为我找到更好的观众。"

"只要有观众就好。"费里德·贝小声嘟囔了一句,又大声说,"我为你安排了一次巡回演出。"

康特·杰克稍稍直起腰。

"演出几晚呢?"

"五晚。"

"这个鸟不拉屎的地方有很多音乐厅吗?"

"没有多少。"费里德·贝尽可能把脸隐在头巾、眼镜和咖啡杯后面,"更多的是音乐会。"

"那是军队喽?"康特·杰克的脸唰地白了,声音也变低了。根据往日的经验,我听出一股堪称奥林匹斯诸神之怒的怒火就要燃烧起来。谢天谢地,我从来不是他发火的对象。"观众是那些不知天高地厚,蠢得和屎一样,连该把喷气枪的哪一头对准敌人也要人教的新兵?"

"是的,杰克。"

"表演是在……在内地吗?"

"是的。"

"是不是……靠近前线?"

"我已经增加了你的保险金额。"

"啊哈,我的前妻们和经纪人能得到丰厚的补偿,这真让我开心。"

"我已经和主办方谈好了与风险相称的酬金。"

"什么风险?"

"你要去的是战区,杰克。"

"那酬金是多少?"

"每场一千五百索瑟斯。"

"好孩子,告诉我我们不用冒这个险。"康特·杰克对我说。

"大峡谷酒店的经理扣下了你的行李,"我说,"我们必须冒这个险。"

"你得和我一起去。"康特·杰克伸出一根手指戳向他经纪人的鼻梁,在距离一英寸的地方停住了。费里德·贝摊开手,表示认输。

"如果可以我一定去,杰克。真的。我说这话是真心实意的。不过我可能要去安塞纳录一场音乐会,到时候会有来自维纳斯大娱乐城的资深模特经纪人到场,所以别人特意通知了我。"

"维纳斯?"我想到那些云上城市,永远飘浮在暴风地带,就像洒落在行星环道间的闪亮珠宝。维纳斯城十分传奇,当地居民世代居住在那里,是群收入丰厚,生活安逸的成功人士。

"就五晚?"

"就五晚,然后你就可以走了。"

"合同附加款项还是和从前一样?"

"当然。"

康特·杰克又开始他那声震峡谷的狂笑。"成交。我们勇敢的军团士兵们需要更多激励。我们什么时候出发?"

"我已经为你订好了火星女皇号的船票。八点整从圆O码头出发。"

康特·杰克板起面孔。

"我晕船。"

"这是条运河。何况同盟会已经征用了所有的空中交通工具。看来有场大仗要打了。"

"我会咬牙忍住的。"

"你是好样的,杰克,"费里德·贝说,"对了,还有一件事;费萨尔,你不会煮咖啡,对不对?"

我开始怀疑费里德·贝让我们到这破破烂烂的船员旅店来是别有目的。"等你学会了,能到我的旅店来帮忙吗?"

此刻的康特·杰克已经听到了观众遥远的掌声,像某种稀有的飞蛾那样闻见了一种名为"名望"的迷人气味,气味微弱但却明显。

"那我是……第一个出场的人吗?"

"当然了,杰克,"费里德·贝说,"你一直都是。"

我们坐在火星女皇号散步甲板上的桌边抬头望天,只见一架架空中霸王战斗机从头顶飞过。战机飞得很高,夜晚运河的灯火在机身上投下淡淡的光。我仰头数数,数到三十就数不下去了;众多的引擎声汇成一股巨大的轰鸣。我们所在的地方是船尾,四周围着栏杆,面前的小桌上摆着两个玻璃杯,此刻响声大作,就连杯中的酒水也被震得泛起涟漪。其中一个玻璃杯是我的,只是一口未动——我不喝酒,但却很乐意做康特·杰克的陪客。他是个渴望得到别人关注的人——如果得不到,他会变得落寞和脆弱。他希望找一个乘客做他的听众,把演艺路上残酷的点点滴滴都说给对方听,让对方崇拜和惊叹。不过他失望了。

火星女皇号是一艘能拖动十二艘驳船的货物拖船,能容纳八个乘客,不过眼下只有我们两个。我是他的同伴。跟随他的时间长了,我对他的各种逸事了如指掌，熟悉程度堪比我为他伴奏的曲目。可我还是认认真真地听着，不时发出笑声，反正都是些无关紧要的小事，只是说出来打发时间罢了。"我们正往东走。"康特·杰克说。我没有纠正他——他一向弄不清火星上的方位，其实这里和地球正好相反，西面是东面，东面则是西面。可他总是固执地教导我：好孩子，太阳升起的地方是东方，落下的地方是西方。我们一起向前张望，一支舰队就像只巨大的箭镞，以遮天蔽日的气势朝坐落在地平线上的山岭驶去，那里正是日落之处。幽深的大峡谷渐渐开阔起来，变成了一条宽广的水渠，不过我们仍然能看见峡谷两侧的岩壁，峡谷和运河在此处合二为一。"希望舰队一路顺风。"他在这次航行中一反常态，变得沉默寡言，心事重重，这绝非因为没能在船上俘获一个新听众。这条运河交通繁忙，船只往来不绝，从我们开始喝第一瓶被康特·杰克称为"回归夜晚"的酒开始，我已经数到八条迎面驶向安塞纳的拖船——这种景象让他彻底明白，在前方迎接他的是战争。不是战争的画面，报道，传闻，而是战争本身。他或许第一次开始怀疑这次演出。

"费萨尔，你的关节疼不疼？"

"先生？"

"我是指重力，或者更确切地说，是失重。我的手腕，脚踝，手指，所有能活动的关节都疼得要命，其中拇指疼得最厉害。我从前还以为情况会恰恰相反呢，毕竟人在这儿处于失重状态，身子轻飘飘的。可事实上一点儿也不。我用尽力气也只能做到把杯子举到嘴边。"

在我看来，他拿起桌上的杯子凑到嘴边的动作相当顺畅。康特·杰克又倒了一杯"回归夜晚"，重重地瘫倒在椅子里。墨绿色的河水在我们的船下流淌。火星的黄昏短暂而深沉。战争破坏了这片曾经人烟稠密，沃野千里的土地。只在洼地上留下一道道蕴含着黑色玻璃的裂痕，这是热线灼烧地表刻下的痕迹。晚风"萨斯"越来越疾，这种风风向不定，大峡谷的哪一端入夜，风就从哪一端吹来，穿过阿利瑞人支离破碎的巢穴石柱时，发出奇异的呜呜声，就像一首如泣如诉的长笛奏鸣曲。"真是个可怕的世界。"喝完第二杯酒的康特说。

"我倒觉得这里相当宁静，有种特别的美。或许应该叫作忧郁。"

"不，我说的不只是火星，而是所有地方。自从战争爆发以来，到处都是一派血腥恐怖，而且情况还在不断恶化中。战争让一切变得残忍，残忍而丑陋。战争希望世间的万事万物都变得和它一样。这真是太可怕了，费萨尔。"

"你说得对。我想世人错得太离谱了。我们正让所有文明停滞和倒退。安塞纳可是一座比所有地球城市都要古老的城市。如今发生的事已经没有正义可言了。我们要为了对它的爱而战斗。"

"最可怕的不是战争，费萨尔。我的思绪已经从残酷的战争中摆脱出来了。不断地变老，这才是最可怕的事。我一天比一天衰老，可又束手无策。我的关节不如从前灵活了，费萨尔，这个血腥的星球让我觉得自己老了。我会慢慢变得力不从心，头脑迟钝，大小便失禁。我得到了什么呢？一套高档管乐器，仅此而已。而且这些乐器也不能用一辈子。我没有投资，没有财产，连一分钱的唱片版税都没有。苛捐杂税已经把我榨干了。就算我像只老鼠一样爬进排水管里，逃得远远的，那些混蛋一样不肯罢休。你知道的，他们威胁过我，说要逮捕我，进那什么臭名昭著的马歇尔希监狱？你也清楚，我是教皇骑士，我手中握着教皇亲赐的宝剑。"

"他们想要的只是钱。"我说。康特·杰克一直不愿意花钱请律师和会计，结果害得自己稀里糊涂地签下灾难性的唱片合同，待执行官寻上门时，他只能乖乖提交纳税申请表。这趟火星巡演的所有收入刚够抵偿他这几年欠下的税金和利息。"一拿到钱，他们就会放过你了。"

"不，他们不会。他们永远不会放过我。他们知道康特·杰克是颗软柿子。这群该死的讨债鬼还会回来的。一旦尝到你鲜血的滋味，他们就会一辈子咬住你。寄生虫，我被一大群财税寄生虫缠住了。赋税，战争和衰老,这三样东西让一切都变得粗俗,低劣和迷茫。"

一束束白光在黄昏的地平线上闪烁。我无法分辨这些光是从天上落到地下的,还是从地下射到天上的。前方的舰队已经消失了。热线在世界的尽头跳跃,熄灭,又被新的光束替代。地平线外的闪光将远山的轮廓衬托得格外清晰。世界边缘已然竖起一道由热线交织而成的闪光栅栏,我禁不住失声大喊。康特·杰克站了起来,闪光照亮了他的脸庞。几秒钟后,一阵细微的隆隆声传入我们耳中,看来远处发生了爆炸。船上的特维伍水手们在栖木上不安地鼓动翅膀,开始低声惊叫,我能听出他们的声音,只是觉得相当刺耳。世界尽头正在进行着一场光束和闪光的狂欢。我看见一道弧形的火焰从空中坠落,最终化作一团白光,消失在地平线下。我相信我看到了一架空中霸王战斗机的坠毁和机上所有成员的灭亡,但是这一幕真的很美。天空被最绚烂的火光照得通红。康特·杰克惊愕地睁大双眸。半空中巨大的爆炸让黑夜变成了白昼,他急忙抬手捂住眼睛。一片片清晰的阴影从甲板上掠过,特维伍人扑扇着翅膀飞了起来。

"噢,好孩子,好孩子。"康特·杰克小声说。爆炸的声波冲向我们,驾驶甲板上的窗户咔咔作响,桌上的酒瓶酒杯也叮叮当当地响成一片。我觉得这股声波搅动着我的五脏六腑,让我的肠胃翻江倒海。光束渐渐黯淡下来,地平线重回黑暗。

我们刚刚目睹了一场惨烈的大战,但是对战双方是谁,谁胜谁负,抑或这场战役有没有赢家和输家,战争结果如何——我们全不知晓。我们只是见证了一些可怖、美丽而又难以理解的东西。我举起一滴没动的酒杯,喝了一小口。

"上帝啊,"康特·杰克仍然站着,"我一直以为你为着宗教之类的原因,滴酒不沾呢。"

"不,我只是为了弹琴才不喝酒的。我一喝酒就关节痛。"我喝着酒。它的味道有些像醋,也像人类酿的葡萄酒,到底是什么呢?我弄不明白。杯中的酒见底了。

"好孩子。"康特·杰克替我斟满空杯，也给自己倒了一杯，和我一起眺望被远处的大火映红的天边。

我们在一座用空啤酒桶搭起来的临时舞台上演唱"营地复仇者"，台下的座位只坐满了一半，随着时间一点点过去，观众越来越少，最后只剩下六排。一个旅长在演出期间喝个不停，乘着酒兴，极力鼓动手下的士兵们上台伴着爱尔兰老歌大串烧跳几支舞。他们理智地拒绝了。他摇摇晃晃地走向舞台，想哄康特·杰克下台和他一起跳爱尔兰舞蹈"利默里克的墙"，孰料绊了一跤，头磕到啤酒桶边，立时挂了彩。

塞尔提亚区司令部的观众更不含糊，直接用瓶子好好招呼了我俩一顿。康特·杰克刚刚走上舞台，张开双臂，开始演唱他的主题歌《我会再次带你回家，凯瑟琳》，一只瓶子就打着圈儿飞了过来。他咬牙留在台上，坚持唱完了《继续燃烧》《今夜无人入睡》和《我心爱的宝贝》。第三首歌刚一唱完，一只专供火星出口的麦啤瓶子又飞了过来，瓶子里装满热尿，不偏不倚地砸在他的前襟上。他唱完《种马铃薯的园子》，鞠了一躬，走下台去。我跟在他身后离开，一把把军用折叠椅如雨点般砸向舞台。他连看也没看一眼，默默地走进他的专用帐篷里，把自己脱了个精光。

"我在格拉斯哥帝国剧院受过更恶劣的对待，"他说。他的口气中夹杂着一丝不容置疑的骄傲。眼前这个人还从来没有像现在这样让我崇敬。"能帮我洗洗这些衣服吗，好孩子？"他把散发着恶臭的湿衣服递给我。"对了，去给我放点儿洗澡水。"

我们拿到了足额的现金之后，沿着迷宫般纵横交错的运河水道继续前行，离前线越来越近。我们乘坐的船是一艘远征军快速巡逻艇，船上有两座热线发射塔，一座在船头，一座在船长室旁的枪炮座上。船身很小，除了我们两人和四个脸色阴郁的船员，就只能容下一架钢琴了。船员们一路上不停地抽烟，还想用他们这些太空兵爱说的污言秽语来激怒康特·杰克。说到骂人，康特·杰克绝对能胜过他们中的任何一个，可他这回却一言不发，泰然自若。这座夜神尼克斯的运河迷宫复杂得不可思议，小船就在这些曲折回环的水道中穿行。火星运河里的水呈淡绿色，运河两岸生长着权杖树，紫色的枝叶横斜水面，金币大小的种子不时落进水里，甫一入水，这些种子就迅速生出螺旋桨状的嫩芽，慢慢游走了。这里是昂特人的领地，他们个个高大英伟，住在一艘艘平底船的后部，以船为家，是我们忠实的伙伴。当船偶尔驶入宽阔的河道时，我们能看见传说中的昂特原始明轮船，又或是他们淡蓝色的陶瓷高脚屋集镇。几个船员毫不掩饰对昂特人的轻蔑，懒洋洋地将船上的武器对准他们。其实昂特人早就接受了同盟会提出的互不侵犯协议，离群索居，延续着他们一成不变的生活方式。我们的船长认为昂特人是天生的懦夫和叛徒。只有被热射线的炙烤驯服的种族才值得我们信任。

我们的船沿着大运河而上，穿过尼克斯迷宫，在走了整整五百英里之后，终于到达了目的地。特维伍装卸工小心翼翼地抬起我的钢琴，放进装卸吊网中，再由船下的地球军人帮忙接住。我刚走下跳板，就听见一阵叮叮咚咚的琴声，转头一看，只见吊网放在码头上，几个军人站在一旁发笑。我登时有种想要剥开包装，检查钢琴是否完好的冲动。这不是我的琴——我绝不会让我的贝森朵夫牌钢琴在吉凶未卜的太空旅程中冒险——但它是我从一家专门从事太空租赁的公司租来的也还过得去。我如今越来越喜欢它了，这是琴者对钢琴的无声之爱。它们就像小狗一样让人依恋。我最终压下冲动向前走去。时时刻刻做到仪态庄重——这是我从康特·杰克身上学来的。

欧德曼是第三空中舰队的维修基地。一架架空中霸王战斗机盘旋在基地上空，遮天蔽日，我们只能走在战斗机巨大的阴影中。工程师们穿着维修服，带着维修装备簇拥在飞机周围，有的忙着让发动机降速，有的打开部分机体进行检修，有的忙着放空气体电池。眼前的一切明

OLD MARS

明白白地告诉我,这支舰队最近遭遇了一场恶战。飞机外壳裂开一道道口子,深得能看见里面的骨架,浑圆的机身上还有不少对穿的大洞。引擎电缆塔融化了,金属液体一滴滴往下淌。船员吊舱和炮塔则完全不见踪影。一些损坏情况最为严重的战斗机徒留骨架,只剩下几个小舱包裹着裸露的龙骨。

没有迹象表明有机组成员从这样的灾难中生还。

基地指挥官尤日巴希·奥斯曼亲自迎接了我们。

他是个粉丝,还是发烧友。他一直是康特·杰克的忠实歌迷,听过他在伊斯坦布尔举行的每一场音乐会。他每次都坐同样的位置,拥有康特·杰克所有的唱片。他自己天天唱这些曲子还不够,还趁在餐厅吃饭的机会,试图把他的下级军官们也变成歌迷。可惜这群年轻人都是粗人,技术虽然拔尖,但音乐方面的修养和普通士兵相比是半斤八两。此刻他两手一拍,招来两个勤务兵替我们拿行李。我不会说他的语言,但从那几个先前替我接钢琴的工程师前倨后恭的态度来看,我明白我们之后不会再受到冒犯了。更让人惊喜的是,他还特意清空了营地的蒸汽浴室,让我们独享。经过一番出汗、蒸熏和擦洗后,容光焕发的康特·杰克精神抖擞地走进餐厅帐篷,那模样活像走上了斯卡拉大剧院的舞台。他是如此风趣机智,风采卓然,来为他接风的大多数年轻的昂巴西斯人和穆拉日姆斯人都不会说英语,但他的超凡魅力已然超越了所有语言。帐篷内很快欢笑一堂。

"看看这个吧?"康特·杰克在隔作更衣室的后台帐篷里说。他从冰桶里拿起一瓶香槟,瓶子不断往下滴水。"库克牌香槟。他们给我喝库克牌香槟。噢,这些男孩儿真是太可爱了。"

在晚宴上,我留意到一些食品的供应并不充足,为了办好这场宴会,尤日巴希所费的努力可想而知。出于对康特·杰克的崇拜,他竟然竭尽所能来满足演出合同里的一条可有可无的附加条款,这份热情实在让我惊叹。康特·杰克让酒瓶跌回正在融化的冰块里。"我稍后就来和你会合,美妙的时刻快要到了,我要在心中装满歌谣,伴着听众的喝彩声脚步轻盈地踏上舞台。费萨尔,我是个明星,我是个真正的明星。好孩子,你先出去吧。"

康特·杰克要独自待在帐篷里做登台前的最后准备。在这段时间里,他将完成从康特·杰克·菲茨杰拉德到来自基尔德尔郡的国民歌者康特的转变。这种转变是深刻而私密的,我清楚自己绝不会有旁观的机会。舞台是用空中霸王战斗机的备用部件临时拼凑起来的。在半空盘旋的飞船用探照灯照亮了舞台。一束追光跟着我来到钢琴边。我朝台下鞠了一躬,对观众们热烈的掌声表示感谢,随后把燕尾服的下摆往后一扬,稳稳当当地坐了下来。一个伴奏者需要做的就只有这些了。

我弹出一串滑音,想检查钢琴在经过码头军人的粗鲁对待后还能不能正常弹奏。测试的结果不错,这架钢琴足以应付这群对音乐一窍不通的空中舰队工程师了。我首先弹了一段短暂的序曲,营造出一种万众期盼的氛围,接着琴音一转,直奔主题,康特·杰克就要出场了。一束追光打在他身上,他快步走上舞台,宽阔的胸膛里迸发出嘹亮的歌声——《我会再次带你回家,凯瑟琳》。他在这一刻光芒四射,吸住了每一双眼睛。火星的深夜是如此的静谧,是我有生以来经历过的最沉寂的夜晚。他走到舞台前方,追光照得他全身发亮。他沉浸在如潮的掌声中,仿佛演唱会已经到了尾声,而不是刚刚开始。他这个人一向不知道谦虚为何物。我抬手按向琴键,开始弹奏《重归苏莲托》。

唱着唱着,一团团高耸的火焰突然照亮了漆黑的夜空。台下的观众一时没有反应过来,全都坐着出神,仿佛这些火焰是康特·杰克不知用什么方法制造出来的舞台效果。凄厉的警报声随即响彻整个营地。康特·杰克和我都清清楚楚地看到蜘蛛形状的三足机动战士,它们像树一样高,正穿过火焰朝这边走来。一时间热射线和剑刃的闪光交织在一起,观众们纷纷奔回岗位拿起武器。康特·杰克仍然呆呆地站在追光中央,一道热射线劈中舞台,燃起弧形的火焰,幸亏一个昂巴西斯人跳起来抓住了他,将他推到火焰之外。这个人不懂英语,也不需要懂。我们赶紧逃命。我边跑边回头看了一眼。我知道自己会看到什么,可我不能不看:我那架租来的钢琴,虽然廉价却耐用,在过去的日子里陪伴我走过了一亿英里的太空旅程,从音乐厅到大剧院,从灰扑扑的公路铁路到绿水凝波的运河,此刻它在一道道热射线的击打下熔化成一汪溶液,像喷泉一样爆开。一个三足机动战士从我们头顶上踏了过去,它四下寻找着新目标,装有热射线发射器的手臂不断旋转。我抬头一望,只见一团触须像乱草般缠绕在飞船下方,接着一条钢铁长臂掠过我,干脆利落地砸在了我们的更衣室帐篷上。

"我的库克香槟!"康特·杰克大喊。

一条热射线在我跟前的泥地上划出一道熔岩般的火弧。我很幸运——对一个普通人来说,热射线无声无息,避无可避。它们是一种光。你能做的只是朝正确的方向移动,作出正确的动作——前提是你得有足够的运气。救了我们一命的昂巴西斯人就没有这种运气。他跑进了热射线里,霎时间灰飞烟灭。一个生命的消失是如此迅速,如此彻底,这不仅仅是死亡。这是歼灭。

"音乐家先生,跟着我跑!"

康特·杰克呆呆地盯着那个昂巴西斯人消失的地方,一动不动。我抓起他的手,感到这只手又黏又湿,全是刚才表演时流出的汗水。我俩穿着打着领结的燕尾服绕过还在冒烟的大坑,俯下身子,以之字形路线向前奔逃。这么做没有其他理由,纯粹是从战争电影里学来的。阿利瑞战争机器穿过营地,用热射线在其中划出一道道火红的岩浆印记。装有热射线发射器的手臂还不断寻找着新目标。在这千钧一发之际,我们的士兵恰好到达防御位置开始反击,立刻将阿利瑞战争机器的火力吸引了过去,并用密集的炮雨构成了我方的火力网。先前为我们打追光的飞船如今把追光换成了热射线。空中霸王战斗机纷纷起飞,用炮塔对准阿利瑞三足机动战士满是眼睛,看上去极其骇人的头部。一台战争机器杀掉了一个站在河中的昂巴西斯勇士后,头部的无数眼泡四处转动着寻找新目标。它终于发现了我们,抬起一只手臂瞄准了它的新猎物,热射线发射孔随即打开了。我们都以为这次难逃一劫,谁料它犹豫了一会儿,竟然移开了手臂,一根抓绳从它腿间垂了下来。我们赶紧躲到一堆木桶背后,尽管聊胜于无。这时一颗飞弹在夜空中划出一道红痕,战争机器的左前腿膝盖立时爆炸。战争机器用剩下的两条腿摇摇晃晃地保持着平衡,一艘战斗机趁机从低空飞过运河,射出一道灼人的热射线,切断了它的右前腿。这只巨怪踉跄着倒下,只听轰隆一声,一股气浪腾起,火花四溅,这庞然大物正好倒在了我们那艘救命船的正前方,成为一堆碎片。逃生舱门打开了,一条条形似灰蛇的东西蠕动着爬出舱门,下到地面。战斗机开火了,我赶紧把康特·杰克推倒在地。炮弹在我们耳边呼啸。康特·杰克圆睁的双眼中除了恐惧,还有别的东西,一种我从没想过会在他眼中看到的东西:兴奋。就如他在火星女皇号上高谈阔论的那样,战争或许是残酷的,恐怖的,丑陋的,但是除此之外,战争还蕴藏着一种原始可怖的力量。从蒂珀雷里到廷巴克图,我看到过同样的愉悦和力量主宰着当地的观众。我看着这一切,心知肚明,要是我们有朝一日回到地球,回到英格兰,我会做个钢琴伴奏师,誊写员,做个清白的好人。而康特·杰克·菲茨杰拉德会一直继续他的音乐家生涯,哪怕有一天,他只能在空荡荡的音乐厅里演唱。我的心里没有兴奋,只觉得恐惧,实实在在的恐惧。也许这就是我坚强勇敢的理由。枪炮声渐渐停息了。我从木桶上方看出去,只见码头上到处是阿利瑞战争机器的银色残骸。河水混着紫红的血液缓缓流淌,很像一幅水上油画。一架空中霸王战斗机转头飞临河上,在低空不断盘旋。一架舷梯放到了地上。一个飞行员蹲在舷梯顶端,急急朝我们示意。

"跑啊,音乐家先生,跑啊!"我大吼一声,把康特·杰克拽了起来。我们开始狂奔。热射线在我们周围跳跃戳刺,就像在表演黑色探戈。一台起火的战争机器已经看不见任何东西了,它跌跌撞撞地经过我们

OLD MARS

身侧,一路踩垮帐篷、营地和维修棚,不时有燃烧的碎片从它身上剥落。在距离舷梯还有十步远的地方,我听到了一种让我全身发冷的声音:营地背后的山丘上传来阵阵凄厉的号叫,回环往复,如细波碎浪般绵绵不绝。我从没听过这样的声音,如今却亲耳听到了,这是阿利瑞帕多瓦步兵的战歌。这时一只手紧紧握住了我的手:飞行员拉着我,我拉着康特·杰克,我们三人像一条人链般冲进了机舱。舷梯开始上升,我看到山丘的轮廓线开始沸腾流动,像一层银色的浮油般冲下山丘,朝我们而来。那是帕多瓦步兵,成千上万的帕多瓦步兵。战斗机起飞了,舱门也关闭了,我朝下看了最后一眼,只见尤日巴希·奥斯曼仰头看着我们,抬手行了个礼,随即转身拔出佩剑,大喝一声。这声音甚至盖过了战斗机嗡嗡的引擎声,以及欧德曼基地的所有土耳其士兵拔剑的声音。无数剑尖闪着寒光,他们就这样发起了冲锋。战斗机在空中转了个圈,我什么也看不见了。"你看见了吗?"康特·杰克对我说。他两手抓住我的肩头,脸色因为惊惧而显得苍白,手指的力气却大得出奇。"看见了吗?好可怕,实在太可怕了。可是又好震撼!啊,那是神迹,费萨尔,神迹!"两行热泪滑下他沾满灰尘的面庞。

我们在夜之迷宫中穿梭。毫无疑问,一定有追兵在跟随我们穿过这些狭窄曲折的峡谷。机长室里的声波发射器接收到一些短暂而又让人浮想联翩的信号,我们所有人都听得清清楚楚:可怕的叫喊声在夜之迷宫山谷中回响,这声音虽然遥远,却又如影随行。飞机主舱没有窗户,机长也不懂英文,不过他尽最大的努力让我们明白了一件事:我们得远离他的机组人员,无论他们是在操作室,枪炮座,舰桥还是导航吊舱。所以我们只能待在光线昏暗的货舱中,坐在坚硬的钢丝网上,假装说起那些老掉牙的老音乐家故事,每当我们那来者不拒的耳朵为我们带来外面战争的零星消息时,我们就不约而同地闭上嘴。听觉是比视觉更原始的感官。看等于理解,而听等于领悟。眼睛可以闭上,耳朵却是永远张开的。音乐家停住他已经说了千遍万遍的故事:什么他从前为教皇献歌啦,毛巾薄得要命啦,罗马教廷的人变成了一群下作的混蛋啦。在我絮絮叨叨的时候,他的耳朵仍然灵得要命。他的眼睛倏地睁大了。特维伍人蹲在机舱中的巢穴里,身上的羽毛片片竖起,泛出一层浮油的光芒,两手交替握着武器。瞬时过后,我听到了叫声。声音断断续续但极有节奏,从低音渐渐升到最高音,音域跨越了三个八度,好似让人胆战魂飞的哀泣。跟在我们身后的声音有两种,二者一唱一和,就像在表演一首实验性序列主义乐曲。另一个声音在我们前方响了起来,分明是在应和。这声音还未停,远处又传来一声号叫,在风化的夜之迷宫石谷中来回往复,听来十分虚渺。我们惊魂未定的同时,右侧又响起第五种声音,来来回回,不住地喊叫回应。我抬手捂住耳朵,倒不是因为这些尖厉的声音刺得耳膜生疼,而是因为这些看不见的声音在音乐性上实在让人不敢恭维。它们唱的外星音阶和和声不堪入耳,与之相比,我简直能称得上是音乐家。

声音消失了。飞机上的成员都快崩溃了,无论是人类还是特维伍人。此刻的寂静是如此浩大。我会几句能派上用场的土耳其语,起码足以听懂费里德·贝到底说了些什么。我努力去回忆机长的寥寥数语,那是他向机组人员转述通讯内容时我偷听到的。据机长说,欧德曼基地遭受的袭击只是那西恩战争女王突袭的一部分。从阿赛到乌拉尼亚,类似的袭击在总长五百英里的前线相继爆发。敌人不仅投入了战争机器和突击部队,甚至还对太空舰队发动了攻击:他们发射了一组又一组火箭,将我方轨道战舰的火力从地面袭击上引开。一种从未有人见过的怪东西破土而出。它们打得整座军营的人四散逃命,砸毁战壕,将防御阵地踏为沙砾。我试图想象这样一幅画面:红色的土壤裂开,某种比噩梦更可怖的怪物从地下爬了出来。我甚至不由自主地产生了一个阴郁的念头:也许太空中再也没有像这样可怕的东西了。我把偷听到的这一部分埋在心里,没对康特·杰克说起。理由很简单:从第一天做他的钢琴伴奏者开始,我已经习惯对他撒谎了。

OLD MARS

"我能一下子喝光一大杯酒,"康特·杰克说,"如果这个破地方有酒的话。哪怕让我闻闻占美臣威士忌的软木塞味儿也行。"

火星女皇号甲板上的香槟让我堕落,因为那时候我很乐意和音乐家先生喝一杯。不只喝一杯,我甚至想用占美臣酒瓶的瓶底砸他一下,把他砸到两百米外。

在舰桥上,一道玻璃走廊从升力体机身中伸了出来,机长在方向杆前喊出指令。机组人员在我们周围奔来跑去。特维伍人不断变换着羽毛的颜色,一会儿变成蓝色,一会儿又变作鲜黄。我觉得身下的甲板在移动,机舱里的一切似乎都嘎吱嘎吱地动了起来,我失去了平衡,但又抓不住任何东西,这种感觉相当糟糕。引擎声很响;机长一定在提高速度,让这架战机在被风打磨光滑的石头间穿梭。这里的地貌蜿蜒狭窄,宛如巨大的肠道。我仰头观望,一直从舷梯看到舰桥。玻璃走廊外,粉色的晨曦正染大地。原来我们已经在夜之迷宫山谷里逃了一整夜。这些迷宫般的高峡深谷和让人难以相信是天然形成的石拱门,在地图上根本没有记载。我看着高耸的石壁。飞机如今飞得很低,紧贴着积满淤泥的运河。太阳越升越高,将阳光平平投射在嶙峋的石壁上。火星的黎明是如此壮美,地球上的任何景致都无法与之相比。但我仍然希望自己此刻身在那里,而不是在这个地狱般的地方。

"费萨尔。"

"音乐家先生。"

"等我们回到地球,记得提醒我干掉费里德那个混球。"

我忍不住笑了,康特·杰克·菲茨杰拉德唱起歌来。他唱的是《哥尔威海滩》,一首他最爱用略带伤感的声音唱起的爱尔兰歌曲。"你是否到过哥尔威海滩去?那里有伦乱和盖尔人的游戏。他们明了这一切。他们热爱这一切。"虽然常常听他唱这首歌,但这样的唱腔我还是第一次听见。若非他就坐在我面前的甲板上,斜靠着机舱隔板,我一定会怀疑唱歌的人根本不是他。歌声小而洪亮,像瓷器一样完美,像玫瑰一样甜蜜，充盈着缥缈的真情。这是童稚的歌声，就像一个男孩儿在跟祖母学唱歌谣。此刻的康特·杰克就是这个来自基尔德尔郡的小男孩。飞机上的每一个灵魂都在倾听，无论他来自地球还是火星，但他的歌不是为他们而唱。这是场一个人的音乐会。

战斗机突然在某种连续撞击下摇晃起来。魔法破灭了。飞机上的人开始大喊，土耳其语和刺耳的特维伍语混杂在一起。机身不停地颤动，就像被一只巨手攥着乱晃似的。随着一阵金属的撕裂声，机壳破了，我们头顶正上方的枪炮座完全和机身分离，炮手、大炮和一块两米长的机身碎片一下子不见了。一张脸透过破洞看着我们。这张脸比破洞更大，嘴部尖如鸟喙，还兼分作三支，尖嘴周围排列着六只眼睛，丑怪可怖。尖嘴张开了，嘴里的两排尖牙磨得嘎吱作响。怪脸叫了一声，一股奇异的臭气立刻朝我们袭来。叫声越来越高，超过了三个八度，最终止于尖叫。我们一时骇得魂飞魄散，几乎喘不过气来。在我们附近，另一个声音开始回应它。这张怪脸很快消失了。经过短暂的惊吓之后——虽然很短暂，但我们已经受够了——机长开始狂喊指令。特维伍人从巢穴中飞起，扑扇着翅膀，从机舱大洞一涌而出。雷步枪的枪声越来越密，随后又传来更加刺耳的噼啪声和我方防御热射线的嘶嘶声。

我原本以为自己绝不会听到这样可怕的声音，可这声音如今却源源不断地从破洞灌进来。这尖叫声不知是谁发出的，除非脊柱被人活生生扯离身体，否则我绝对发不出这样的声音来。我只能猜测是热射线射中了其中一头怪物。

我们再也没有看到那群特维伍人。

飞机不知撞上了什么，再次摇晃起来。康特·杰克向前猛地一扑，一只利爪同时抓破了机壳，在隔板上从头至尾扯出三条裂缝。飞机朝一侧倾斜。我俩穿着燕尾服，领结和衬衣满是烟尘，身不由己地滑过甲板。机尾又被撞了一下，开始颠簸。我看向身后的那片黑暗。刹那之后，机尾炮塔整个不见了，机舱彻底向外面的空间敞开。我看到一只生

OLD MARS

着四翼的怪物正飞离我们,越升越高,穿过一道道被阳光染成粉红的石拱门,飞进无边无际的夜之迷宫里去了。它的身躯异常庞大,我拿不准用什么东西来类比它的体积才好——我擅长听,却不擅长看——至少不比我们这架千疮百孔的飞机小。怪物半拢起翅膀,穿过一道拱门,又振翅朝被朝日映红的天空高飞而去。在它的颈上和腿间,我看见银色的光点闪耀。它是机器,它是阿利瑞人的手下。

眼前的一切让我难以置信,目瞪口呆。这时飞机再次遭到撞击,由于撞击太过强烈,我们生生从机舱一侧飞到了另一侧。我看到几根弯刀般的钢爪戳破了舰桥的玻璃走廊,轻易得像是戳破一层熟橘子皮。这头生了翅膀的火星怪物把舰桥从机身上撕扯下来,轻轻松松地擎住舰桥,就像抓着一根轻若无物的铅笔似的,然后大脚轻轻一甩,舰桥就打着旋儿飞到空中去了。我看到一个人从上面掉了下来,心有不忍地闭上眼睛。我清清楚楚地听见康特·杰克在叽叽咕咕地说着他信仰的咒语。

失去控制的飞机开始剧烈偏航。操作员们冲到我们身边,互相大喊大叫,拼命想要恢复对飞机的控制,让飞机在一处安全的地方着陆。现在已经完全没有逃跑的希望了。那些怪物到底是什么东西?他们是夜之迷宫的恶魔猎手吗?飞机擦过一根石柱,机壳登时碎裂,飞机框架发出吱吱嘎嘎的尖音,一下子变了形。机身倾斜了,开始不停地打转。

"飞机一侧的引擎坏了!"我大声翻译出操作员们越来越冰冷绝望的对话。我们正在下坠,但速度实在太快了……太快了。首席操作员呼出一声指令,翻译过来就是"请大家做好紧急着陆的准备"。我把机舱里的货物捆在我的胳膊上,再死死抱住,又把我所有值钱的东西攥在手里。钢琴师的手指是很有力的。

"帕特里克和玛利亚!"康特·杰克大喊一声,我们撞上了地面。冲击力太大,我一时无法呼吸,无法思考,只有死亡的阴影在我脑海中持续而清晰地盘旋,我只看见一样东西,那就是惊恐万状的康特·杰克

・菲茨杰拉德丰厚的下唇上挂着一滴涎水。在此之前,我从没留意过这嘴唇有多丰满,多能生出惹人一亲芳泽。死亡是一种甜蜜的妥协。

我们没有死,只是弹了起来,落地时摔得更重。飞机骨架呻吟了几声,断了。冒着火花的电线落在我们周围。我们的飞机仍然没有停下来,我们也还活着。我的思考能力终于回来了,一个声音在心里说:"不能倒下,一旦倒下,我们所有人就都没命了。"我这下确信我们能活下来。即使被摇得晕头转向,被撞得遍体鳞伤,整个人失去知觉,我们还是能活下来。飞机残骸又往前滑了一段,撞上了山崖底部的几块大如屋宇的巨石,在发出一阵吱吱嘎嘎的响声后,终于停了下来。透过机壳上的五处裂隙,我看见了五片天光。它的美丽超越了任何语言。那些怪物也许还在空中盘旋,可我必须离开机舱。"杰克!杰克!"我焦急呼喊。他双眼圆睁,一张脸吓得煞白。

"先生!"他终于抬眼看我了。我抓住他的手,和他一起逃出了浓烟滚滚的飞机残骸。那些受过军事训练的机组人员逃得更快,眼下已经全数撤出去了。我突然察觉到一片巨大的阴影飞过我的头顶。我抬起头,在眯起眼睛避开太阳微小粒子的刺激后,我看到了可怕的景象,太可怕了!第一眼是那头先前追逐过我们的怪兽的全貌,叫人魂飞魄散。它正以惊人的速度俯冲下来,四只翅膀让它的身形十分灵活。它看准目标,将几个正在奔跑的人抓到半空,每个人的身体都被弯刀状的利爪插个对穿。它在我们的头顶上空盘旋不去,我能闻到它翅膀扇出的腥风和尖嘴里散发的浊气。我这次无论如何逃不过一劫了,比起被活活戳死,我宁愿干脆利落地死于空难。怪物用它那六只眼睛盯着我和康特·杰克,接着发出一声刺耳的怪叫,就像那些被它的利爪活活刺死的操作员的灵魂发出的惨呼。随着一股翅膀扇出的强风,它腾身而起,飞走了。

这一幕给我们留下了终生难忘的阴影。

讽刺是随时随地都存在的。没错,我们这回劫后余生,不过在这之

OLD MARS

后，我曾三次想象杀死康特·杰克是件多么解恨的事。捡起一块石头砸死他，用他的领结勒死他，或者只要抛下他，把他一个人留在干旱的深谷里，让那些吃人肉的怪物干掉他。

山谷的运河里还有一点儿水。我仔细斟酌了一下，把一片纸屑丢进水里，纸屑浮动得很缓慢，不过总算显示出了清晰的流向。如果想要脱险，我们应该沿着运河朝水流的方向前进。我对夜之迷宫蜿蜒的地貌全无了解——我怀疑没人了解——但我确信这里所有的水流都汇向大运河，而大运河是"持续正义行动"的脊柱和神经系统。我提议喝点儿水——康特·杰克命令我不许看，然后双膝跪地，俯身去喝有种古怪金属味儿的火星水。前方传来可怖的喊杀声，既高亢又遥远，在峡谷上方不断回旋。我们喝完了水，开始朝声音传来的方向进发。

头顶的天空被峡谷两壁夹成狭窄的长条，太阳如今还没穿过两指宽。康特·杰克发出一声戏剧化的长叹，一屁股坐在河岸边的系船柱上，不走了。

"好孩子，我要再不吃点儿东西，就连一步也走不动了。"

我指了指这片地处外星球的广袤地域：深谷、尘土、河水和赤色的天空，示意这里是不毛之地。

"我看到了灌木丛，"康特·杰克说，"我看到上面结了果子。"

"先生，那些有可能是致命的毒果子。"

"既然这东西火星人能吃，那也一定难不倒地球人强悍的消化系统，"康特·杰克理直气壮地说，"就算有毒，死得痛快些总好过慢慢饿死吧，上帝啊。"

争辩是徒劳的。康特·杰克摘了一枚鸡蛋形状的紫色浆果，轻轻咬了一小口。太阳又在狭窄的天空中前行了一段距离。

"我顽强地活着，"康特·杰克边说边将剩下的果子吃了个精光，"尝起来有点儿像没熟透的香蕉，又带点儿淡淡的茴香味儿。还能入口。我已经饱了。"

我们又赶了半个小时的路,不料康特·杰克突然要求停一停。

"肚子疼,费萨尔,我肚子疼。"他赶紧蹲到一块石头后面。我听到几声呻吟咒骂,伴着稀里哗啦的腹泻声。过了好久,他才重新露出头来,脸色惨白,满身是汗。

"你感觉怎么样?"

"轻松一些了,好孩子。轻松一些了。"

我心中第一次生出想要杀死他的念头。

果子打通的不只是他的肠道。峡谷的沉寂一定让他十分苦恼,所以他开口说起话来。上帝啊,他居然说起话来了。康特·杰克喜欢在每一件事上表达观点,从我应该如何熨他的衬衣(显然我需要一块专门用来熨衣领和袖口的中档微型熨衣板)到这场星球混战的指挥水准,涉猎范围相当广。我试图用唱歌来引他闭嘴,因为我坚信,也知道他抵受不住一展歌喉的诱惑。我用还算过得去的男中音大声唱起《继续燃烧》,接着是《士兵的梦》,都是极富进行曲节奏的歌。我的歌声在嶙峋怪石间响亮地回荡。

康特·杰克轻轻碰了碰我的胳膊。

"好孩子,亲爱的好孩子。别唱了。这山谷已经静得让人受不了了,可是你的歌声只会让我觉得更受不了。"

这是我心头第二次升起杀死这个人的冲动。但我们都意识到,如果我们想要成功活命——即使不能我们也不会这么想,因为这种想法一定会让我们伤心欲绝,丧失求生的勇气——如果要抓住一点返回军事占领区的希望,我们就不能像歌唱家和钢琴师那样赶路,我们必须表现得更加亲近和团结。所以到最后,我俩交谈起来,这是一个男人和另一个男人的谈话。我对他说起童年时在林木葱郁的沃金度过的中产阶级生活,又说起在皇家音乐学院的求学生涯。现实总是安静而无情,让人不敢相信却又无从反驳,我最终只能承认自己永远成不了音乐大家。我永远不会有到阿尔伯特音乐厅、马林斯基剧院和卡内基音乐厅演奏的机会。在说这些话时,我看到了一个从未见过的康特·杰克,在狂傲自大、胡言乱语的面具背后,他是如此的仁慈、善良和真诚。我眼中的他已经超越了一个歌手。我看到了一个艺术家。他也向我坦白了他的恐惧:那些为教皇和权贵们献艺的日子蒙蔽了他的双眼。当他彻底明白总有一天,万众瞩目的光环会从一个人身上移到另一个人身上,而他终将离开舞台,在冷寂中度过漫长余生时,已经太迟了。不过他为自己做了一些谋划。是的,做了一些谋划。在困境中跋涉能让人很好地集中全部精力去思考。他打算付清税款,继续维持和费里德·贝的经纪关系,直到他取得在金星的长期居留权。等到他环游完几大星球,等到他的指甲下积存了足够的太空尘埃,他会回到爱尔兰,回到他的家乡基尔德尔郡,置几亩地,做个穿背心、脸蛋通红、生活闲适的沼泽男孩儿。他将只为教堂唱歌,或者在教区和民间节日期间亮亮嗓子。到那个时候,他会重新爱上宗教,不是出于个人信仰,而是为了熟悉的舒适感和安全感。"你想过结婚吗?"我问。康特·杰克从不缺乏异性仰慕者,即使她们已经不再像他的头发和胡须还光亮漆黑的时候那样,朝舞台扔内衣了——那时每当遇到这样的情形,他总会用那些内衣抹一把脸,在赞同的尖叫声中,把内衣猛地掷回观众堆里。"剧院里没有一张椅子是干的,孩子。"他如此描绘当时的盛况。可我从没发现他和任何女性有过超越一夜情和香槟早餐的持久关系,完全没有。

"我从不觉得有这个必要,孩子。我不适合结婚。那你呢,费萨尔?"

"我也不适合结婚。"

"我知道。我一直都知道。但是这个残酷的世界需要婚姻。真的需要。女人,费萨尔,女人。如果女人全部离开,让男人们单独待在一起,他们很快就会齐心协力造出一片荒芜之地。女人是创造文明的力量。"

我们沿着运河绕了一个大弯,迎面而来的景象甚至让康特·杰克也安静下来。这里发生过一场战斗,一场战况激烈、结局惨烈的战斗。但是谁赢了,谁输了?我们看不出来。阿利瑞三足机动战士挂在凸出的岩石和石拱门上,就像一只只风干的蜘蛛。空中霸王战斗机的残骸钉在石柱上,插在岩石的裂隙和沟壑中。人类和阿利瑞人的残肢断臂,盔甲碎片,七零八落地散落在谷底。头盔和铠甲都是空的,里面的血肉早就被某种食腐动物啄食干净,它们白天躲避着遥远的太阳,夜晚就出来啃咬和撕扯死尸。我们站在一幅凌乱的画面中,被机壳金属板、支架、框架、破碎的油箱、绞成一团的金属丝和已经无从辨认的机器围绕着。最叫人惊恐的是,这里居然有一艘太空飞船,与大气层摩擦产生的火焰已经烤化了船体,曾经坚硬的船身如今脆得像颗熟软的水果。飞船横躺在山谷中,船壳上有两个对穿的大洞,大到能飞过一架战斗机。

康特·杰克抬眼看了看这艘坠落的飞船,又看了看自己的手。

"上帝呀。我可能再也不会演唱《哈姆斯密舞厅》了。"

回应他的是一阵叮当声,是金属互相碰击发出的脆响。这是最后的疯狂。此时此刻,我意识到我们已经死了——我们死在了一场空难中——那场战斗如同一场噩梦。我随后感觉到地面在我穿着高级演奏会皮鞋的脚底颤抖,我立刻明白了什么。金属碰撞在一起,残骸碰撞在一起,叮当声在我们周围响作一片。大地摇晃,烟尘四起。这处战场残迹开始搅动移位。地面晃得太厉害,我的双脚根本站不住,除了康特·杰克,我没有任何东西可以依凭。

在这样的情境下,我们只能互相扶持。眼前一时尘土飞扬,地上的碎片纷纷朝四周滚动滑落。地面越升越高,越升越高,我这时第三次产生了杀死康特·杰克的念头,因为我还不完全明白到底发生了什么事,一心设想我要是杀了他,说不定能阻止这场疯狂。这一切都是他造成的,他不知用什么办法,将古老的火星恶灵从地底召唤了出来。一尊闪闪发亮的巨大圆锥形钻头破土而出,尘土和石块随着这潜伏地底的机器的出现而剧烈抖动。机器渐渐升得比我们高出二三十英尺,这尊顶

OLD MARS

端呈锥形的圆筒是金属造的，表面泥迹斑斑。几扇舱门沿圆筒腹部依次排列着，几根金属腿从中伸了出来。还在不断旋转的钻头突然呈扇形散开，就像绽放的花朵一般，露出一个大大的入口。我定睛一看，内里的黑暗中有银光翻滚。阿利瑞兵人涌了出来，它们的触须支撑它们敏捷地爬过金属碎片和石头。它们的头部戴着头盔，呼吸膜被装饰精巧的胸甲护住，触须还擎着热射线步枪。我们只好举手投降。它们将我们团团围住，一声不响地把我们赶进了黑乎乎的火星圆筒里。

一辆蜘蛛形轿车把我们丢到了一片被热射线打磨平整的平台上，平台前方是缟玛瑙石门。我们的看守抬起钢铁触须，用须尖在光滑如镜的石门上拍了几下。屹立的石门是成年人类的五倍高——对身材更矮小的阿利瑞人来说，这两扇石门恐怕更具压迫感——阿利瑞建筑风格的石门分作三扇，上面装饰着精美的高浮雕，全是触须交缠的图案，繁复得如同凯尔特人的编结工艺品。一块圆圆的光点出现在石门中央，渐渐裂成三条直线，形成一个明亮的"Y"字母。直线不断朝左右和下方延伸。看来除了进石门，我们是无路可走了。我们人类真是太过盲目自大，满以为只要控制了天空和地面，就等于控制了这个星球。可是我们的太空炮击和大量空中霸王战斗机的进攻并没有彻底赶走阿利瑞人，而是把他们赶到了地底。即使塞尔提亚和坦佩大巢穴被完全摧毁，焚烧一空，成千上万的阿利瑞无产者只是钻入更深的地底，甚至比他们的发源地——地热核心还要深。他们奋力往下，朝着阿利瑞国度仍然温暖的生命源泉进发，攫取矿产和能量资源。向下，向外，从巢穴到工厂，从地下防御工事到地下城堡，从四通八达的地下隧道系统到延伸得极远极深，还相当宽阔的真空管道，整座庞大的工事就像一块海绵。在地下深处，在温热岩浆包裹着的黑暗里，他们创造出一个远远避开了太空炸弹侵袭的世界。他们在这里等待时机，策划阴谋，将他们的卷须伸到我们的营地、指挥中心和基地下面，纠集经过熔岩锤炼的军队，向我们发起进攻。

夜之多王咏叹调

我不大能记起待在圆筒里的那段经历了,只记得圆筒不断往下钻,好像永远无法到底似的,圆筒里还弥漫着一股浓烈的醋酸味。对气味一向敏感的康特·杰克默默用手帕捂住口鼻。他的沉默让我疑惑不解:比起让我们闻他们的体味儿,阿利瑞人有成千上万个更好的让我们灰飞烟灭的理由。

俘虏我们的人既不冷酷也不和善。冷酷与和善都是人类的感情。在霍塞尔公地袭击事件之后,我们渐渐明白了一个道理:火星人的感情是火星式的。他们没有爱,没有愤怒,没有绝望,也没有复仇之心和嫉妒之情。他们攻击我们不是因为憎恨、保卫自己也不是出于民族情感。他们有独特的需求、动机和情感。所以从表面上看,他们只是静静地引领我们走出了圆筒舱门(同样的圆筒还有几百尊,全部竖立在发射井中,指向地上世界),来到一座庞大的地下码头,码头是用温热的沉积岩筑成的。我们沿着一条凸堤向前走,来到一座站台。一辆蜘蛛形玻璃轿车被许多条钢臂拉扯,挂在一根单轨上。我们甫一落座,轿车就开始颠簸着加速了。我们冲进了一条黑暗的隧道,随即来到一座地下城市中央。透出灯光的窗户层层叠叠,条条道路蜿蜒直下,没入染上红光的雾气中。我们穿过水下瀑布,穿过被人造太阳光照亮的宽广的圆柱形农场,越过集装箱编组场和练兵场,看见下面的阿利瑞兵人密集得如同海滩上的沙砾。我们身下的工厂,育种缸和工程机械闪现着焊接电弧和融铁的亮光。我突然看到了几个深达几英里的洞,洞壁被扶墙、石拱和尖塔支撑着,整体就像一座反转过来的大教堂。这些细长的石洞和尖塔里挤满了生着翅膀的怪物——就是那些轻而易举将我们打落半空的四翼巨怪!它们屠灭了所有的机组成员,却让我们活了下来。

我相信我们是被选中了。我也没有怀疑我们被选中的原因。

一阵刺耳的切换声响过之后,轿车穿过一条隧道,巨大的轰鸣声响彻整条隧道,让人心惊。出了隧道,就到了一条长廊,长廊旁就是发射井,大约有好几百个,一个挨着一个,每个井里都有一尊装备炮塔和导弹挂架的火箭飞船。我不禁为我们那支被人吹嘘得极为强大的太空舰队担忧,同时也更加担心自己的命运。虽然我们看到了阿利瑞人这么多的秘密,但要向星战同盟会通风报信又谈何容易。康特·杰克也在同一时刻意识到了这个问题。

"上帝会保佑我们的,费萨尔。"他小声说。

轿车继续向前,穿过布满坑洞、矿井、隧道和钻孔的火星地下世界。如今我们站在缟玛瑙石门前,石门洞开,兵人变成了一队看守,环绕在我们周围,敦促我们走进去。打磨光滑的砂岩形成了一条长长的人行道。道路两旁有座位,说是座位,其实就是层层叠叠的大号黑曜石蛋杯,每一个蛋杯里都有一个阿利瑞人——无产者,繁衍后代的雌性阿利瑞人,兵人,雄性阿利瑞人——他们按照皮膜的颜色和等级排列。从他们头盔和胸甲上的雕刻图样来看,他们应该是这个种族中最重要的一群人。一个国会,一个仲裁院,一个内阁。不过真正的大人物在走道尽头:诺克提斯女王本人。我们从不知道一个阿利瑞女王是何模样,我们从没抓到过她,无论是一具尸体还是一个活生生的囚犯。她们是富有传奇色彩的生物。女王的真实样貌完全超出了我们的想象。她体形庞大,简直占满了走道尽头的所有空间,可又像一轮太阳一样耀眼。她的皮肤是金色的,身上也覆着盔甲,不过甲片是钻石形的,就像童话里的仙甲一样。她长着许多带文身的产卵器,好几个输精员轮番上阵,她每产一个卵,输精员就稳稳接住,再涂上亮晶晶的精液。她的眼皮和触须尖均穿有象征地位和荣耀的金环。珠宝和最上等的金银丝在她的胸甲和头盔上放射光芒。我们的鞋跟踩在发亮的石地上,发出踢踢踏踏的声响。

"费萨尔,跟紧我,"康特·杰克低声嘱咐,"要随机应变。"看守们停了下来,可康特·杰克仍然大步向前走。他打了个响指,现场每一只尊贵的眼睛都落在了他的身上。他咔嗒一声立正,行了个小幅度的正式鞠躬礼。站在他身后的我吓了一跳。他曾经对我说过:"除了教皇之外,任谁都是微不足道的小人物。"

一根触须像蛇一样爬向我们。我强压着退后的冲动,眼见触须的外皮渐渐后缩,露出一颗人头。头颅的主人不是别人,正是尤日巴希·奥斯曼,欧德曼基地的音乐爱好者。我们最后一次见到他时,他正在领导手下发起一场抗击阿利瑞兵人的冲锋,这场冲锋是勇敢无畏,振奋人心的,但我眼前的这颗头颅证明,他们的拼搏彻底失败了。恐怖的氛围达到了顶点。尤日巴希突然睁开眼睛,发出一声长叹。"他"上下打量了我几眼,又更加仔细地审视了康特·杰克一番。

"来自爱尔兰基尔德尔郡的康特·杰克·菲茨杰拉德,欢迎你来到此处。我是尼亨娜·瑞普尔图·瑟文尼高格·黛丝皮瑞普;是拥有正义的支持,通过决斗的考验,广受人民的爱戴,毫无争议的诺克提斯女王。我还是您的头号粉丝。"

我在康特·杰克的特制茶水里倒了一点儿朗姆酒。之后为了讨个吉利,为了让他保持斗志,为了某种疯狂的理由,我又倒了一点儿。我敲了下门,听到他一声召唤,这才进了他的更衣室。我们也许身在火星女王大厅下方的建筑群里,这里的结构复杂得就像迷宫一样,藏在距离火星地表几英里远的地底。可是即便如此,有些旧规矩是必须遵守的,这是我们的规矩。

"好孩子!"康特·杰克叫了一声。阿利瑞建筑和人类的身材比例并不相称。虽然无产者已经把这里改造了一遍,被灼烧过的石头还散发着刺鼻的气味,可我进门时还是得弯下腰。

康特·杰克坐在一面用热射线打磨光滑的黑曜石镜子前理正他的白色领结,整个人几乎将小小的房间塞满了。可他还是用歌剧式的浮夸姿态接过茶杯,喝了一大口,边喝边发出基尔德尔郡式的啧啧声。

"啊!太享受了!太享受了。真是让我精神振奋,直面困境的决心更坚定了。上帝啊,我今天很需要它。你是不是在里面加了点儿别的料,小滑头?"

"你说对了,先生。"

"这朗姆酒好得出奇。茶喝着也不错。我真有点儿好奇,他们是从哪里得来这些东西的?"

"先生,有时候糊涂也是一种福气。"

"你这话说得对。"他将杯中的茶一饮而尽,"那钢琴好使吗?"

"和朗姆酒一样。只不过我认为那琴是他们自己造的。"

"那些工蚁一样的小东西很擅长细致的工作。他们的触须尖相当灵巧,简直是天生的工艺大师。我真想知道他们之中会不会出现优秀的钢琴师?费萨尔?上帝啊,听我说听我说!他们把我们抓来这里,是想把我们当成上发条的音乐盒子,供他们消遣取乐。我们得唱歌,弹曲子,做他们跳舞时的伴奏。我们两个是这个蛮荒星球上最后的高尚绅士,如今却要葬身在阿利瑞章鱼的地洞里。有谁知道我们还活着?有谁会看在上帝分上救救我们!对了,费里德·贝,他会做点儿什么。一定会。最起码,如果到时候没有拿到钱,他会开始找我们。"

"我猜费里德·贝已经拿到保险金了。"我端起茶碟茶杯。我们的境遇可以用绝望二字来形容,荒谬可怖得让人几乎失去了直面的勇气。诺克提斯女王留下我们的意图再明显不过了,她是想让我们一辈子做她的伶人,做两只关在笼子里的画眉鸟。不要私下和粉丝见面,这是康特·杰克训诫我的第一句话。粉丝们总以为你是属于他们的。

"混账!"康特·杰克高声咆哮,"他妈的混账!他该死,他该死。等我回到……"他怔了一下,突然意识到我们再也回不去了,那颗遥远的、小小的太阳再也不能将淡淡的暖意照到我们身上,我们的余生或许要在这些低矮的隧道中度过——对方的脸将是我们唯一能看到的人类面孔。他像头公牛一样狂叫着,涕泪纵横。"这就是康特·杰克·菲茨杰拉德最后的演出吗?出卖自己的尊严,沦为给超量排卵的火星章鱼女王唱曲逗乐的小丑?啊,太可怕了,太可怕了!你先出去吧,费萨尔,让我一个人待会儿。我得做做准备。"

我登上舞台时，阿利瑞人酸醋一样的体味扑面而来，让我呼吸一窒。我一向对醋存有奇怪的恐惧感。灯光照得我眼花，可我的鼻子告诉我，音乐厅的层层阶梯上坐着成千上万个阿利瑞人。阿利瑞人是用触碰，还有发声时皮膜颜色的变换来交流的。此时观众席上一片干树叶摩擦的沙沙声，那是触须相碰的声音。我把礼服下摆往后一甩，坐到钢琴前，试弹了一段音阶。这的确是架相当好的钢琴。音色完美，琴键的重量和灵敏度也很棒。我看到一大片金光在大厅深处闪烁。女王已经驾临，坐上了她那把飘浮的重力宝座。徒劳的愤怒让我的双手不住颤抖。谁给了她做康特·杰克头号粉丝的权力？她在她的私人房间——一个灌满甜美芳香的油脂的大坑，她躺在里面取暖，以此维持自己庞大的体重——解释了她当初是如何接触到康特·杰克·菲茨杰拉德的音乐的。更确切地说，向我们解释的人不是她，而是可怜的奥斯曼的头颅。当年她还是生活在皇家孵卵所的幼儿——为了争夺女王之位而进行的可怕内斗还没有爆发，在这场内斗中，只有一个胜利者能活下来——在德川堡轨道战役中，阿利瑞第三王朝惨败，自此之后，她开始对地球产生兴趣。她试着听地球的收音机，慢慢迷上了轻歌剧。她欣赏花腔的颤音，男高音的爆发力，以及深沉男低音的庄重浑厚。在这些人中，她尤其喜欢——或者不如说是阿利瑞式的喜欢——充满魅力，舌灿莲花的康特·杰克·菲茨杰拉德。她被爱尔兰吸引住了。那是一个翡翠绿岛，是一块精雕细琢的庞大宝石，广袤的绿色土地上生活着崇尚自然的人民——多么非比寻常，让人惊叹，充满魔力！她甚至命令无产者们在皇家巢穴的一间空置地下室里修建了一座与实物等大的阿赛城模型。她成了歌剧和男高音们激情唱腔的狂热追随者，还暗暗发誓，如果自己能在夺位大战中取胜，一定会在火星之上，在夜之迷宫山谷中央，建造一座举世无双的歌剧院，吸引地球上最优秀的歌者和乐师来为阿利瑞人一展歌喉，让她的同胞们见识一下她心目中最伟大的人类艺术。她最终活下来了，还吞噬了她所有的姐妹，将她们的经历和记忆据为己有。她开始着手修建太阳系中最宏大的歌剧院,可是战争阻断了这个计划。年代久远,美轮美奂的厄尼特里亚和伊斯迪之巢像未受精卵一样化为废墟。她逃到地下,逃到她空空荡荡,尚未使用过的音乐厅里。哪知有一天,她却在纵横的隧洞,密集的建筑和阿赛城赝品中央,听到了菲茨杰拉德来到火星,在军营演出的消息。与此同时,她也知道其他部族的女王们正联手发起一场持续进攻。她立刻抓住了机会。

只要一想到那座小小的阿赛城复制品,想到它远离阳光,比自然的绿色更绿,深埋地下静静等待着我们,我就禁不住在梦中尖叫着惊醒。

热身完成了。我在钢琴前坐直身子,活动了一下手指,弹出《我会再次带你回家,凯瑟琳》的前奏。康特·杰克·菲茨杰拉德上台了。他张开双臂,一手握着手绢,笑容可掬,一段段歌词从双唇之间洪亮清晰地流淌出来。表现专业,唱功高超,真是惊人的表演。在他走到聚光灯下的那一刻,我觉得自己深深崇拜着他,这份崇拜比从前任何时候都要强烈。观众席也被柔和的彩色闪光照亮了。阿利瑞人纷纷亮起他们的发光皮膜,这等于他们的掌声。

康特·杰克在舞台中线停住了。我双手离开琴键,仿佛这片象牙白有毒。寂静来得突然,又显深远。每一个光点继续亮着,随后慢慢熄灭。

"不,"他轻声说,"这样下去不行。"

他抬起左手,向观众展示了一番,接着又依样抬起右手。展示完毕之后,他双手合拍了一下,清脆的响声在黑暗幽深的空间里回响。一下,两下,三下。他静静等待。然后我听到一声单调的"啪",那是一对触须拍在一起的声音。这不是拍手,绝不是,可它是喝彩。又一个阿利瑞人加入了它,随后一个接着一个,直到缓慢的触须拍击声席卷了观众席。康特·杰克抬手示意"够了",大厅立刻安静下来。他自顾自地鼓出一连串掌声,又为我鼓掌,我也用一连串掌声回应他。阿利瑞人立刻领会了他的意思。掌声从火星女王音乐厅的每一层每一处飘出,就连横梁也不例外。

"现在,让我们再试一次。"康特·杰克嘴里说着话,毫无预兆地走下舞台。我看到他做了个准备的手势,示意我配合他把演出气氛推向高潮。我数了足足一分钟,铆足劲弹出《我会再次带你回家,凯瑟琳》的前奏。他大步向前,张开双臂,手里攥着手绢,面带微笑。整个音乐厅沸腾了。从大厅这边到那边,震耳欲聋的掌声如潮水般爆发出来,一浪高过一浪,一波接着一波。

康特·杰克朝我眨了眨眼,一下子冲进耀眼的灯光中,接受一生中最热烈的喝彩。

"多棒的音乐厅啊,费萨尔!多棒的音乐厅!"

编者简介

乔治·R. R. 马丁是纽约时报畅销书作家,在创作领域成果丰硕,作品包括备受好评的"冰与火之歌"系列——《权力的游戏》《列王的纷争》《冰雨的风暴》《群鸦的盛宴》《魔龙的狂舞》。他曾凭借中篇小说《沙王》赢得"雨果奖最佳短中篇小说奖"和"星云奖最佳短中篇小说奖",并于2012年被世界奇幻大会授予终身成就奖。作为编剧兼制片人,他参与制作过《阴阳魔界》《侠胆雄狮》,以及多部未曾上映的电影、电视剧。他如今与娇妻帕里斯生活在新墨西哥州的圣塔菲。

加德纳·多佐伊斯凭着出色的编辑工作赢得了十五次雨果奖和三十七次轨迹奖,还凭借写作两次捧得星云奖的奖杯。他曾担任《阿西莫夫》编辑近二十年,创作和编辑了上百种图书,其中包括《年度最佳科幻小说》。2011年,多佐伊斯被收录入"科幻名人堂"。

A Song of Ice and Fire
冰与火之歌 纪念版

回馈十二年热爱！

【美】乔治·R.R.马丁 / 著

"冰与火之歌"系列小说是美国"国宝级"文学作品，是世界级奇幻大师乔治·R.R.马丁积20余年之功精耕细作而成的经典。已出的前五卷共获得四次"轨迹奖年度最佳小说"、五次"世界奇幻奖"提名、四次"雨果奖"提名并获得一次大奖以及三次"星云奖最佳长篇"提名。

目前，该系列图书已在全球以数十种语言翻译出版，销量接近八千万册，掀起了全球性的"冰与火之歌"热潮。自2011年以来，由于HBO同名电视剧的推动，越来越多的人得以接触到这部经典，使其得以长时间霸占《纽约时报》畅销书排行榜前十位的多个位置。

法外之徒

GEORGE R.R. MARTIN

【美】乔治·R.R.马丁

加德纳·多佐伊斯/编

"无赖、邋遢汉、坏男孩和坏女孩、花花公子、浪荡子……
他们有着不同的称谓,大多介于黑白之间,趋于灰色——
灰色一直是我最喜欢的颜色,它比黑白两色都有趣得多。"
——乔治·R.R.马丁

欢迎来到法外之地色拉丹城,
无所不能的巫师们庇佑着这里的生灵。
亚玛莉尔,曾经的隐身女公爵,现在的退休盗贼,
每月十七号固定参加老友的聚会。
然而,巫师间的小较量打破了和谐的现状,
让她与同伴差点沦为垫背的炮灰。
亚玛莉尔借着满肚子怒气和酒意去找至高巫师理论,
未料这一愚蠢的举动竟将她推入了重出江湖的险境……
一百零一天的时限,一份不公平的契约,
偷盗一整条街道——否则只有死。

21篇以"法外之徒"为精神核心的原创主题小说集,
21个放纵不羁却又勇敢正义的可爱无赖,
他们巧舌如簧,他们身怀绝技,
他们不以拯救世界为己任,
却同样有资本成为最迷人的存在。

听,他们潜行于暗处的脚步声越来越近!